Mary Ryan

Flüstern im Wind

Roman

Deutsch von Günter Löffler

Schneekluth

Die Deutsche Bibliothek – CIP-Einheitsaufnahme
Ryan, Mary:
Flüstern im Wind : Roman / Mary Ryan.
Aus dem Engl. von Günter Löffler. – Sonderausg. –
München : Schneekluth, 1998
ISBN 3-7951-1617-1

ISBN 3-7951-1617-1

Ein Verlagsimprint der Weltbild Verlag GmbH Augsburg
Druck und Bindung: Bercker, Kevelaer
Printed in Germany 1998

Meinen Eltern
Charlotte und Pierce
zum Gedenken

Ich hatte zwei, drei Male dich geliebt,
bevor ich dein Gesicht und deinen Namen kannte.

John Donne

Prolog

Der alte Mann packte die Haushälterin am Arm, seine Finger gruben sich in ihr Fleisch. „Wo willst du hin?"

„Sie braucht einen Arzt, Sir. Ich gehe ihn holen."

Sein Griff zog sich schmerzhaft zusammen. „Ein Arzt kommt mir deswegen nicht ins Haus!"

Sein Atem roch nach Whisky. Sie fürchtete ihn, aber sie war auch sehr besorgt. „Wenn sie stirbt, sind Sie schuld, Sir!"

Der Alte stöhnte. „Gottes Fluch ist schlimmer als der Tod."

„Sie vergessen Gottes Barmherzigkeit, Sir. Sie ist sehr jung – und sehr unschuldig, trotz allem, was passiert ist."

Sie strebte fort, und er ließ sie los. Dabei starrte er sie mit seinen rot umränderten Augen an. „Unschuldig, ach so?" Er lachte gequält. „Es gibt keine Unschuld hier. Der Fluch Gottes lastet auf dem Haus."

Sie erschauderte. „Kann ich wenigstens Mrs. Finnerty holen, Sir?"

Seine Augen verengten sich. Wieder lachte er freudlos. „Das wäre durchaus angemessen."

Er wandte sich schwankend ab. Am Ende der Diele blieb er stehen und rief ihr nach: „Wenn es da ist, sag mir Bescheid – hörst du!"

In der geöffneten Haustür drehte sie sich zu ihm um. Er hatte das Kinn vorgeschoben, und seine Mundwinkel waren herabgezogen.

Sie trat hinaus in den Regen.

Wenn sie sich später die Ereignisse dieses Tages ins Gedächtnis rief, waren ihre Erinnerungen bruchstückhaft: der Lauf durch die nassen Felder, die schneidende Kälte, die Begegnung mit Mrs. Finnerty, die sie etwa auf halbem Wege traf.

„Ich weiß, Mädchen", sagte Mrs. Finnerty, als sie ihr die

Geschichte erzählen wollte und unter dem schwarzen Tuch fröstelnd die Schultern zusammenzog.

„Und er redet fortwährend von einem Fluch", flüsterte die Wirtschafterin, doch die alte Frau erwiderte nichts.

Das Mädchen warf sich in ihrem Bett herum und biß die Zähne aufeinander. Mrs. Finnerty preßte die Hände auf den dicken Bauch; schrubbte sie sich anschließend in heißem Wasser; dann drangen ihre knorrigen Finger zwischen den Schenkeln vor. Es war still in dem Raum. Man hörte nur das Gemurmel der alten Frau, das Knistern des Feuers und das Knarren des Betts, wenn das Mädchen unter den Schmerzen einer Wehe den Körper krümmte. Sie gab keinen Laut von sich.

Mrs. Finnerty hielt ihr schmales Handgelenk und beobachtete ihr Gesicht. Die Lippen waren trotzig zusammengepreßt, die Augen fest geschlossen, die langen Wimpern in die Haut gegraben.

„Sie läßt sich von dem Schmerz nicht unterkriegen", murmelte Mrs. Finnerty vor sich hin. „Bei so einem Willen hat sie wenig Frieden zu erhoffen."

Die Haushälterin ging nach unten, um mehr heißes Wasser zu holen.

Langsam verrann die Nacht. Die Gestalt im Bett bewegte sich krampfhaft, griff in die Locken, verkrallte sich; Schweiß rann ihr ins Haar.

Die Haushälterin brühte Bouillon auf und versuchte dem Mädchen einige Löffel davon zwischen die Lippen zu flößen. „Damit du bei Kräften bleibst", erklärte sie sanft.

Das Mädchen öffnete die Augen und schüttelte den Kopf.

„Vielleicht hilft es, wenn du dich an mir festhältst?"

„Ich würde dir nur weh tun, Ellie", flüsterte das Mädchen stockend. Sie biß wieder die Zähne zusammen, bäumte sich auf, wehrte sich gegen die Kraft, die sich ihrer bemächtigen wollte.

Mrs. Finnerty schob ihr eine mit Roßhaar bedeckte weiche Kugel zwischen die Zähne. Die Wirtschafterin sah sie mißtrauisch an.

„Beruhige dich", sagte die alte Frau gereizt. „Es ist aus Mohn gemacht. Es wird ihre Schmerzen lindern."

Das Kind kam kurz nach der Morgendämmerung zur Welt. Die Haushälterin wisperte, daß sie Angst davor habe, was ihr Herr zu tun gedenke, daß er befohlen habe, von der Geburt unterrichtet zu werden.

„Sag ihm nichts." Mrs. Finnerty durchtrennte die Nabelschnur und nahm den nachgiebigen Körper in die Hände, prüfte ihn, drehte ihn.

Das Neugeborene machte ein schmatzendes, pfeifendes Geräusch, als es Luft ansaugte; dann ließ es ein leises Heulen hören, das an Stärke gewann und sich zu einem schrillen Schrei steigerte.

Mrs. Finnerty seufzte. Ihr Gesicht verriet Erleichterung. „Das Kind ist großartig", sagte sie.

Sie wusch das brüllende Baby, und die Haushälterin brachte angewärmte Handtücher, in die sie es wickelte.

„Ein prachtvoller kleiner Junge", raunte sie dem Mädchen zu, das sich ihr Kind ansah und nickte. Ihre Augen waren von der Erschöpfung glasig geworden.

Plötzlich wurde die Tür aufgerissen und flog krachend gegen die Wand. Schwankend stand der alte Mann da, mit einer Miene der Verzweiflung, und roch nach Schnaps. Er zeigte auf das Bündel in den Armen der Haushälterin. „Gib es her."

Die Haushälterin wich zurück, barg das Baby sicher an ihrer Brust.

„Der Junge lebt und ist gesund", sagte Mrs. Finnerty ruhig, in sachlichem Ton, „Wenn ihm etwas zustößt, melde ich es der Polizei, dann erfährt es die ganze Welt."

„Ich drehe dir deinen Hexenhals um!" rief er aus und torkelte mit geballten Fäusten auf sie zu.

Sie sah, wie er näher kam. Ihr Gesicht war ausdruckslos. Er starrte sie wild an, seine Blicke verschmolzen mit ihren. Da blieb er stehen, ließ die Arme schlaff herabsinken und glich einem Menschen, der mitten im Schreiten vergessen hat, weshalb er losgegangen ist. Er wandte den Blick ab.

„Gehen Sie schlafen, alter Mann", sagte sie ermattet. „Solche Sachen wurden vor langer Zeit einmal gemacht."

Er drehte sich um und verließ das Zimmer. Sie hörten, wie er den Treppenabsatz entlangschlurfte.

Kapitel 1

„Ich kann nicht mit dir reden; ich kann mich bei dir nicht anlehnen. Warum versuchst du nicht, mich zu erreichen? Ich bin am Verhungern!"

Kitty legte sich den Vortrag zurecht, den sie Leonard gern halten würde. Sie saß neben dem Herd und betrachtete mit widerstrebenden Gefühlen den kleinen Stuhl, den Sheila hatte anfertigen lassen – für sich und das Kind, das sie unter dem Herzen getragen und auf diesem Stuhl zu stillen gedacht hatte. Arme tote Sheila! Sie wollte einen einfach nicht in Frieden lassen. Immer wieder erschienen Sachen von ihr, obwohl Kitty eingesammelt und in dem großen Mahagonischrank des Nordzimmers verstaut hatte, was zu finden gewesen war: Kleidungsstücke, Schuhe, Unterwäsche; aber schlug man ein Buch auf, konnte ein Zettel mit Sheilas sauberen Auf- und Abstrichen zum Vorschein kommen, vielleicht eine alte Einkaufsliste, wie Kitty sie erst am Tag zuvor entdeckt hatte. Und nun hatte Leonard auch noch diesen kurzbeinigen, gedrungenen Stuhl aufgestöbert und war fast beleidigt gewesen, weil es ihr an Begeisterung gemangelt hatte.

Armer Leonard auch, wenn man es richtig bedachte. Sheila, für acht Jahre seine Ehefrau, war dabei gewesen, ihm das zu geben, was er sich mehr als alles auf der Welt gewünscht hatte; aber das Kind hatte nur einmal geschrien, wie Kitty aus seinem Munde wußte, und die Mutter war am selben Tag gestorben, hatte sich etwas später, „in der Morgendämmerung, davongestohlen". Es hatte ihn sentimental und melancholisch gemacht, obwohl er neuerdings nicht mehr darüber sprach. Hat der Kummer sie getötet, fragte sich Kitty, weil all die Monate der Erwartungen und Gebete mit einem einzigen dünnen Aufschrei endeten? Nun ja, eine Frau von vierzig war schon ein bißchen alt für das erste Kind; andererseits war es schlimm genug, mit sechsundzwanzig schwanger zu sein wie sie selbst. Noch sah man nichts, Ausgang des dritten Monats, aber sie scheute die Aussichten des nächsten halben Jahres, wenn sich ihr Leib wie ein aufgeblasener Luftballon runden und ihre Mädchenzeit vorbei sein würde.

Schwangerschaft war ein Zustand, in den man allzuleicht geriet. Ein neues Leben ergreift von dir Besitz, als ob du auf die Herrschaft über deinen Körper verzichtet hättest; deine Geruchsempfindlichkeit steigert sich, bis alles unerträglich wird; die Übelkeit, das Sodbrennen, die Zartheit der Brüste. Über Nacht fast verwandelst du dich in ein Gefährt, bist kaum noch ein Mensch. Demgegenüber entwicktelt sich freilich ein Gefühl der Macht, weil du imstande bist, etwas derart Außergewöhnliches zu tun; als gewöhnlich betrachtest du es nur bei anderen Menschen. Doch Kitty hatte nicht gewollt, daß es so bald geschah; eine Periode der Wonne an der Seite von Leonard hatte sie sich ausgemalt, eine Zeit gegenseitiger Liebe.

Sobald sich Dr. Kelly mit der Bestätigung verabschiedet hatte, daß sie „sehr wohl guter Hoffnung zu sein“ scheine, war das Buch, in dem sie gelesen hatte, durch das Zimmer geflogen, hatte ein ungestümer Schmerz von Enttäuschung in ihr getobt. Es war demütigend rechtschaffen, sieben Monate nach der Hochzeit verantwortungsbewußt schwanger geworden zu sein, vorbildlich seine Pflicht erfüllt zu haben, zu spüren, daß du dir schwerwiegende Veränderungen aufgebürdet hast, die nicht deiner Kontrolle unterliegen. Wenn schon, hatte sie in ihrem Zorn gedacht, mit einer Stricknadel könnte ich es abtreiben, und zugleich gewußt, daß sie dazu nicht imstande wäre.

Später hatte sie schuldbewußt das Buch aufgehoben und beim Wegstellen bemerkt, daß der Einband beschädigt war: Tennyson hatte sie gelesen, *Morte d'Arthur*, und war von seiner hypnotischen Schönheit entzückt gewesen. Wenigstens diese Liebe zur Poesie war etwas, was sie mit Leonard gemein hatte, aber er würde wütend werden, wenn er wüßte, daß sie eines seiner Bücher ramponiert hatte. Sie sah noch seine Miene, als der Arzt bestätigt hatte, daß sie in anderen Umständen war, das zufriedene halbe Stirnrunzeln, den gedämpften Stolz. Wo blieb das Entzücken darüber, daß sie ihm geben würde, was er sich am meisten wünschte? Wenn er sich überhaupt geändert hatte, dann war er seitdem höchstens nachlässiger geworden, als ob er wüßte, daß sie jetzt gut und sicher in der Falle saß.

Sie kochte vor Zorn und Frustration. Sie *saß* in der Falle, würde mit diesem neuen Leben trächtig werden und in den Hintergrund abgeschoben sein, wie das ganze leblose Mobiliar. Wie selten er sich ihr jetzt voll Leidenschaft näherte; eine Gattin war schließlich nur ein Teil des Besitzes, und was du besitzt, ist selbstverständlich dein. Sie hatte eine Art Verehrung erwartet; er begegnete ihr mit distanzierter Höflichkeit. Sie lechzte nach seiner Liebe, seiner Berührung. Doch wie konnte sie ihm dies erklären?

Der Kessel auf der heißen Platte begann zu summen, und Kitty erhob sich, holte die kleine Teekanne von ihrem Schrankbrett herunter, spülte sie gut mit siedendem Wasser aus. Dann nahm sie den Kessel vom Kaminvorsprung und brühte ihren Tee. Es war spät, halb zwölf. Annie, das Dienstmädchen, schlief in einem Raum gleich neben der Küche. Sie würde bald fortgehen, um zu heiraten, und Ersatz hatten sie sich noch nicht gesucht. Ich muß in dieser Sache bald etwas tun, nahm sich Kitty vor. Sie würde ihr Glück im St. Bride's versuchen, dem Mädchenwaisenhaus nahe der Stadt.

Leonard war unterwegs. Er hatte gesagt, er wolle Frank Ledwith wegen des Gutes Stratton aufsuchen. Ihr hing das Gut Stratton zum Hals heraus. Es war ja reizend, wenn die Leute Gelegenheit bekamen, Land zu kaufen, aber Leonard hatte deshalb kaum noch einen Augenblick Zeit für sie.

Fast jeden Abend fand irgendeine Zusammenkunft statt, bei der über die Aufteilung des Grundbesitzes verhandelt wurde. Kitty war einmal mit dem Fahrrad dort gewesen, um sich das herrschaftliche Wohnhaus anzusehen, einen quadratischen Kalksteinklotz, von Balustraden flankierte Steinstufen, über die man zur Vordertür gelangte, ein Grundstück mit georgianischen Fenstern, Fensterläden, undichten Dachrinnen und dem Bogen einer schmucken Auffahrt, die zu Torweg und Pförtnerhäuschen führte. Mrs. Mooney und ihre Nachkommenschaft bewohnten dieses Häuschen. Die einzige Person, die sich in dem großen Gebäude selbst aufhielt, war Mrs. Devine, die Haushälterin.

Der junge Stratton befand sich auf dem Heimweg, und die

Verpachtung des Grundbesitzes, einer zweitausend Acre großen Fläche – zu einem Preis von 25 000 Pfund – war bereits beschlossene Sache. Lediglich die Domäne und ein Stück Farmland, groß genug, um sie zu versorgen, wollte er behalten. Die Einzelheiten der Transaktion waren in der Gegend gut bekannt, ebenso die Tatsache, daß der Gutsherr während des Krieges den Rang eines Majors bekleidet hatte, verwundet und wegen Tapferkeit ausgezeichnet worden war.

Mrs. Devine, unterstützt von Mrs. Mooney, hatte vollauf zu tun, das Haus für seine Heimkehr vorzubereiten. Kitty entnahm das all dem Klatsch nach den Sonntagsmessen.

Wie muß einem Menschen zumute sein, fragte sie sich, der in so ein Haus zurückkehrt, den Blick über die Waldungen und ausgedehnten Rasenflächen schweifen läßt und weiß, daß dies alles ihm gehört. Das Haus ähnelte dem, das ihrer Großmutter Ellen als Erbteil zugedacht gewesen war – Lady Ellen Wallace, der Abtrünnigen, die ihren katholischen Hauslehrer geheiratet hatte, und enterbt worden war.

Kitty nahm *The Irish Times* vom Sims der Durchreiche und setzte sich an den Tisch. Sie blätterte in den Seiten, während sie von ihrem Tee nippte. Die Anzeigen interessierten sie.

JB Korsetts mit Seitenfederung – die Korsetts von Rang. Vorbei sind die Tage, als die Figur das Korsett kontrollierte. Nunmehr ist das Korsett so gestaltet, daß es die Figur kontrolliert.

Mit Vorderseitenschnürung von 1 bis 6 Guineen.

Die Skizze einer drallen Dame unter der „Kontrolle“ ihres Korsetts, das sie von der Brust bis zu den Oberschenkeln bedeckte, blickte die Leserin verschämt an.

Kitty prustete verächtlich. Zwecklos, mich jetzt über Korsetts aufzuklären!

Auch für Seife wurde Reklame gemacht.

Wenn Ihr vollkommener Waschtag zu Ende geht, ist es an der Zeit, die Vorzüge Ihrer Seife der Marke Sunlight aufzulisten.

Montag wird gewaschen. Muß Annie erinnern, mehr Seife zu besorgen. Mrs. Mooney kam gewöhnlich, um zu helfen und rumpelte in einer Art rhythmischer Raserei die Sachen das Waschbrett rauf und runter, wobei sie mit Annie non stop die Angelegenheiten der Gemeinde besprach.

Es gab einen Artikel über Zwischenfälle auf dem Lande.

Die stabile Polizeikaserne zu Creggan, die Ostern den Wochenendfeuern widerstand und im Viehtreibgebiet von Kilgarvin liegt (South Westmeath), wurde gestern morgen völlig niedergebrannt.

Plötzlich schlich sich Furcht in Kittys Magengrube. Warum war Leonard so spät unterwegs? Die Zeitung strotzte immer von schrecklichen Geschichten; entsetzliche Unruhe herrschte im Lande; viele Polizisten, Angehörige der *Royal Irish Constabulary*, waren kaltblütig ermordet worden, und die Regierung schickte jetzt Nachschub, Männer, die jüngst in England rekrutiert worden waren, um die RIC zu verstärken. Freischärler hatten in einigen Teilen des Landes Menschen erschossen; Notizzettel, die an ihre Kleidung geheftet waren, besagten, daß es sich bei den Getöteten um Spione gehandelt habe. In Dublin bestand Ausgangssperre; nächtliche Überfälle auf Privathäuser durch Soldaten, die nach Verdächtigen suchten, waren gang und gäbe. In der Stadt Cork gärte es ebenfalls; erst letzten Monat war dort Thomas MacCurtain, der Oberbürgermeister, erschossen worden, vermutlich in einem polizeilichen Vergeltungsakt. Der eigene Pfarrbezirk war soweit ruhig, doch in der Kaserne von Tubbercullen sollen einige Polizisten kürzlich den Dienst quittiert haben.

„Kitty, es gibt Elemente hierzulande, denen die Engländer ganz zu Recht den Fuß in den Nacken setzen", hatte ihr Vater einmal gesagt.

Sie stellte sich sein Gesicht vor, die wirren grauen Augenbrauen, den hohen Nasenrücken, den festen, eigensinnigen Mund, den Ausdruck seiner großen Güte. Bei seinem Tode hatte sie sich körperlich und seelisch verwaist gefühlt. Zwei Jahre lag das zurück; der Leichenzug nach Glasnevin, das Klappern des losbröckelnden Lehms, als der Sarg in die Grube gesenkt wurde. Fahr wohl, Paps, mein Lieber. Der salzige Geschmack von Tränen und Schleim, das Gefühl zu treiben, zu ertrinken. Welche Freude hatte es ihm, dem Lehrer an einer Knabenschule, bereitet, als sie Zweitbeste ihrer Klasse in Carysfort geworden war. Obwohl er sich sehr dafür aussprach, daß Frauen vernünftigen Beschäftigungen nachgehen sollten, hielt er nichts von ihrem Wahlrecht und hatte ihr zehn Jahre vorher untersagt, mit Mary zur Rotunda zu gehen, um Christabel Pankhurst sprechen zu hören. Mit finsteren Blicken hatte er auch jeden jungen Mann weggegrault, der sie besuchen gekommen war. Was er wohl zu Leonard sagen würde?

Kitty hatte ihren Mann im Zug nach Cork kennengelernt. Mary war von ihrer Schule dorthin zur Teilnahme an einer Lehrerkonferenz delegiert worden, und Kitty hatte sie begleitet, sich eine Abwechslung gegönnt, die erste seit dem Tode ihres Vaters. In Kingsbridge hatten sie den Zug erreicht; alles war dort aufregend gewesen: das geschäftige Treiben, das Zischen und Stampfen der Lokomotiven, der Rauchgeruch, selbst das große Schild mit der Aufschrift *Great Southern Railways*. Kitty war wenig gereist, und die Fahrt nach Cork bedeutete ein Erlebnis.

Während sie mit Mary plauderte, wurde ihr bewußt, daß sie der Mann in der gegenüberliegenden Ecke ihres Abteils musterte. Sie sah hin, schaute in zwei dunkle Augen, bemerkte das vergnügte, sanfte Lächeln auf seinen Lippen. Er beteiligte sich an ihrem Gespräch, erzählte ihnen von seiner Schule in Tubbercullen in der Grafschaft Roscommon und beeindruckte Kitty sehr angenehm; sein Lebensalter (Kitty schätzte ihn auf etwa vierundvierzig, womit sie recht hatte) und seine vornehme Erscheinung verliehen ihm ein Fluidum von Klugheit und Weltkenntnis. In Cork lud er die jungen Damen zum Essen ein. Auch kehrte er mit ihnen nach Dublin zurück, und statt von dort sofort nach Tubbercullen weiterzureisen, hielt er sich noch eine Zeitlang in der Stadt auf, um mit Kitty einige Ausflüge zu machen. Dann schrieb er ihr aus Tubbercullen, und wiederholt kam er nach Dublin zurück, wo er ihr den Hof machte. Ende des Sommers heirateten sie schließlich. Er verkörperte eine Mischung zwischen ihrem Vater und dem gefühlvollen, scharfsinnigen Ideal, das ihr als ihr künftiger Mann immer vorgeschwebt hatte. Neben ihm fühlte sie sich äußerst sicher.

Mary aber hatte sich entsetzt gezeigt. „Warum willst du ihn heiraten? Bei ihm wirst du lebendig begraben sein!"

Begraben war der richtige Ausdruck. Tubbercullen erwies sich als der ödeste Winkel der Welt, den Kitty je betreten hatte.

Als sie im August geheiratet hatten, mußten sie unverzüglich nach Tubbercullen aufbrechen, ohne sich Zeit für richtige Flitterwochen gönnen zu können, denn in der folgenden Woche fing die Schule wieder an. Ihre Kusinen und Freundinnen, darunter auch Mary, geleiteten sie zum Abschied nach Kingsbridge. Durch das Fenster des Zuges, der sie westwärts bringen sollte, warf ihnen Kitty ihr kleines Bukett zu. Mary standen die Tränen in den Augen – ein ganz merkwürdiger Anblick. Auch als sich Kitty später an die Szene erinnerte, war sie gerührt wie damals und fühlte einen Klumpen in der Kehle.

Um ihren frischgebackenen Ehemann zu beeindrucken, trat sie ihm den Erlös aus dem Verkauf des Vaterhauses ab. Das Geld aber, daß ihr Lady Ellen, ihre Großmutter, vermacht hatte und das ihr ein Einkommen von fünfzig Pfund pro Jahr sicherte, behielt sie für sich. Bei dieser bescheidenen Rente drängte sich unwillkürlich ein Vergleich mit dem Vermögen auf, das ihre Großmutter um ein Haar geerbt hätte: Ländereien in Sligo und Leitrim, ein großes Landhaus, ein Stadthaus am Ely Place in Dublin – wenn, ja wenn sie nicht „bekehrt" worden wäre! Kitty erinnerte sich noch dunkel an sie: eine kleine Frau in Schwarz mit Hörrohr, die vor sich hinmurmelte: „Gott sei Dank bin ich katholisch, Gott sei Dank bin ich katholisch", und dabei den Rosenkranz durch die Finger gleiten ließ. Wie hatte man es geschafft, daß sie so stolz darauf war, Katholikin zu sein? Kitty glaubte nicht recht daran, daß Protestanten zur Verdammnis verurteilt waren, obwohl man es ihr eingeredet hatte. Sie fand es schwer, sich einen Gott vorzustellen, der weniger anständig als sie selber war.

Während der Zug sie in ihr neues Leben trug, lehnte sie den Kopf gegen Leonards Schulter. Sie roch seine reinliche Wärme und fragte sich stumm, wie es wohl wäre, nachts neben ihm zu liegen, Nacht für Nacht neben ihm zu schlafen, bis einer von ihnen starb. Sie spürte seine Vitalität und dachte ein wenig ängstlich an die Intimitäten, die zwischen ihnen sein würden, daran, was Eheleute zu machen pflegen, wenn sie in ihren Betten allein sind. Geküßt zu werden, sich streicheln zu lassen, müßte schrecklich aufregend sein, aber was den Rest betraf, war sie sich ihrer Gefühle nicht so sicher. Es schien ihr ein bißchen weit zu gehen.

Gegen Abend erreichten sie den Bahnhof von Tubbercullen. Mehrere Meilen waren sie durch eine armselige Landschaft gefahren, hatten Steinwälle gesehen und Häuschen, die dringend umgedeckt werden müßten. Die Sonne ging unter, schmale rosa Streifen erleuchteten den Himmel im Westen.

„Willkommen, gnädige Frau“, grüßte Billy Kelleher, der Stationsvorsteher, nachdem Leonard sie bekannt gemacht hatte, und sie lächelte und gab der kleinen Person in der dunklen Uniform die Hand. Dann näherte sich ein zweiter Mann, um das Gepäck zu holen. Er nickte Leonard zu und tippte sich an die Mütze, wobei er Kitty einen listigen Seitenblick zuwarf.

„Kitty, das ist Tommy O'Brien. Er arbeitet für mich – für uns, besser gesagt.“

„Gratuliere, gnädige Frau; gratuliere, Master Delaney.“ O'Brien zog die Mütze, setzte sie wieder auf und grinste einfältig, während er ihren Koffer aufnahm.

Ein zweirädriger Einspänner wartete draußen vor dem Bahnhofstor. Leonard half ihr hinein und legte ihr die Reisedecke um die Beine. Sie fühlte, wie erleichtert er war, zu Hause zu sein.

Der Wagen fuhr an und rollte eine Landstraße entlang, die direkt am Bahnhof endete. Einen anderen Verkehrsweg schien es nicht zu geben. Tommy kutschierte schweigend. Die Schirmmütze hatte er tief in die Stirn gezogen.

„Das ist ein Privatweg, Kitty. Er führt durch Land, das den Strattons gehört, der großen Grundbesitzerfamilie dieser Gegend.“

Tommy murmelte dem Pferd barsche Ermahnungen zu, und es fiel in Trab.

„Ist es ein umfangreiches Gut?“ fragte Kitty.

„Nun ja, das war es bisher. Jetzt soll das Land aufgeteilt und an mehrere Pächter abgegeben werden. Tatsächlich bin ich einer der Treuhänder.“

„Was bedeutet das?“

„Das heißt, daß ich mit dem Vollzug des Wechsels zu tun habe; das Land wird nämlich in meinem Namen erworben – in meinem und in dem des anderen Treuhänders, Frank Ledwith, den du wahrscheinlich demnächst kennenlernen wirst. Zum Zweck der Übernahme des Grundbesitzes haben wir eine Pächtergenossenschaft gebildet.“

„Du mußt wohl ziemlich stark beschäftigt sein.“

„Ja. Ich hoffe, daß du es nicht allzu langweilig findest.“

Er drückte ihr die Hand und deutete auf einige Schornsteine, die sich in der Ferne über den Baumwipfeln erhoben. „Das ist das Tubbercullen House, in dem die Strattons wohnen. Feines Haus, im ganzen genommen. Allerdings haftet ihm ein alter Aberglaube an. Ich muß dir gelegentlich davon erzählen.“

„Was für ein Aberglaube?“

„Oh, es ist nur ein Pisheog.“

Kitty blickte verständnislos drein.

„Ach ja, ich vergaß, daß du ein Stadtmädchen bist“, sagte Leonard lächelnd. „Pisheog ist abergläubischer Unsinn, der in der Folklore wurzelt. In diesem Fall geht es angeblich um einen Fluch.“

Kitty erschauderte.

Sie wünschte, daß Leonard den Arm um sie lege, um das wachsende Gefühl der Einsamkeit zu vertreiben, aber Tommy beobachtete sie verstohlen aus den Augenwinkeln, und Leonard saß kerzengerade neben ihr.

Schon bald gelangten sie auf die Hauptstraße, wo sie links abbogen; dann näherten sie sich einer Wegkreuzung, die Leonard kurz „das Kreuz“ nannte. Hier wandten sie sich nach rechts und folgten einer Straße, die kaum besser als der Ackerweg der Strattons war. Ein kleines Stück weiter stand eine Baumgruppe am Straßenrand, und dahinter war ein Haus zu sehen. Tommy zügelte das Pferd, das danach im Schritt lief.

„So, da wären wir“, sagte Leonard ruhig. „Wir sind daheim.“

Daheim, das war ein L-förmiges Haus aus behauenen Steinen mit sechs Fenstern, die zu einem hübschen Gehölz zwischen dem Gebäude und der Straße hinaus gingen. Die Stirnseite stand im rechten Winkel zur Straße.

„Wir fahren durch das vordere Tor, Tommy, weil das Haus Mrs. Delaney neu ist."

Tommy stieg ab, um das Tor zu öffnen, und Leonard ergriff die Zügel. Er lenkte den Wagen auf den kiesbedeckten Hof. Obwohl sich die Dämmerung verdichtete, entging es Kitty nicht, daß die Vorderseite einen ungehinderten Ausblick auf die umliegenden Felder bot. Sie sah sich neugierig um, als Leonard ihr beim Aussteigen half.

„Leonard, es ist schön." Sie bemerkte den Ausdruck des Vergnügens auf seinem Gesicht.

„Früher wohnte hier der Hauptverwalter der Strattons, solange sie einen beschäftigten", sagte er.

Er bediente den Klopfer, und eine aufgeregte Annie öffnete. Sie hätte sich beim besten Willen nicht denken können, wer da an der Vordertür sei, erklärte sie.

Kitty stand vor der Schwelle und war gespannt, ob Leonard sie hinübertragen würde, doch ihm schien nichts dergleichen einzufallen. Sie beobachtete Tommy, der Pferd und Wagen wegbrachte, und plötzlich haßte sie ihn und das eisige überlegene Lächeln auf seinen Lippen.

Leonard nahm sie beim Ellenbogen und führte sie in die geflieste Diele, dann weiter in das Wohnzimmer, wo ein Torffeuer im Kamin brannte. Der Raum war gut geschnitten, strahlte aber keine Atmosphäre aus. Auf dem Kaminmantel stand die Fotografie eines Paares, er sitzend, sie stehend, eine schmale, schlichte Frau mit schüchternem Gesichtsausdruck. Es dauerte eine Weile, ehe Kitty ihren Mann erkannte, einen viel jüngeren Leonard, und die Frau, die neben ihm stand, müßte demnach Sheila, seine erste Gattin, sein.

Sie starrte das Bild an. Das Gefühl, ein Eindringling zu sein, überwältigte sie, und ihr kam die Erkenntnis, daß Leonard schon eine ganze Geschichte hinter sich gehabt hatte, als er ihr das erstemal begegnet war. Sie bemerkte, daß auch er verwirrt das Bild ansah, es dann herabnahm und in ein Schubfach das Sekretärs in der Ecke legte. Als er sich umdrehte, wich er ihren Blicken aus.

Das war ihre Ankunft. An diesem Abend ging sie als erste

zu Bett, zog sich aus, von Hemmungen erfüllt, und schlüpfte in ihrem neuen Nachthemd aus Satin nervös zwischen Bezug und Laken. Dies war das Bett, das er mit Sheila geteilt hatte. Hier hatte sie gelacht, mit ihm gesprochen, ihn geliebt, hier war sie gestorben.

Er kam später, hatte im Badezimmer die Sachen abgelegt und schlüpfte eifrig neben sie. Er küßte sie und erfüllte wortlos seine eheliche Pflicht, während sich Kitty, verblüfft und starr auf die Lippen biß, um ihre Schmerzensschreie zu ersticken. Dann wälzte er sich herum und war im Nu eingeschlafen. Sie lag noch lange wach und lauschte seinen Atemzügen.

Am nächsten Tag sammelte sie Sheilas Kleider ein, um sie im Nordzimmer zu verstauen. Doch Sheilas Lieblingsstuhl stand noch im Salon; ihr kleines Schreibpult zierte die Fensternische des Speisezimmers, ihr Füllfederhalter lag griffbereit unter der Platte.

Eine Woche darauf wurde Kitty Hilfslehrer. Sie übernahm das Amt ihrer Vorgängerin Flaherty, die nach Mrs. Mooneys Worten „aus Eifersucht" zurückgetreten war, als sie von Leonards Heirat gehört hatte. Sie selbst trat eine Stelle an, die in der Grafschaft Longford frei geworden war. Kitty wurde mit Pastor McCarthy bekannt, dem Gemeindepfarrer und Manager der Schule, der sich anerkennend über sie äußerte. Nicht viel später traf ein Dokument ein, das sie unterschreiben sollte. Es berechtigte dazu, ihr Gehalt direkt an den Gatten auszuzahlen. Sie unterschrieb, ohne zu überlegen.

Kitty kehrte aus ihren Träumereien in die Gegenwart zurück. Sie leerte die Tasse, wobei sie sich bemühte, die Teeblätter nicht mitzuschlucken. Noch kein Lebenszeichen von Leonard. Vielleicht hatte man ihn irrtümlich für einen Spitzel gehalten oder für einen Polizisten, und er war überfallen worden. Vielleicht war er mit dem Fahrrad verunglückt. Sie konnte die Ungewißheit nicht länger ertragen.

Besorgt nahm sie die Lampe vom Tisch, wanderte in die Diele und dann in das Wohnzimmer. Sie hatte den Raum in einem Elfenbeinton tapezieren lassen; die Gardinen mußten auch noch erneuert werden. Die wollte sie kaufen, wenn sie das nächstemal nach Dublin kam. Sie stellte die Lampe hin, setzte sich für einen Augenblick ans Klavier und suchte einige Notenblätter. Doch das Klavier war noch verstimmt; außerdem würde sie Annie wach machen. Im Kamin glühte noch schwach die Asche. Sie legte ein paar Torffasern nach, um das Feuer zu unterhalten.

Sie betrachtete das Hochzeitsbild, auf dem sie und Leonard zu sehen waren und das jetzt die Kaminfassung schmückte. Da fiel ihr die andere Fotografie ein, die von Leonard und Sheila, die ursprünglich dort gestanden hatte. Was hatte er damit gemacht? Ob sie noch in dem Fach des Sekretärs lag? Sie durchquerte das Zimmer, um nachzuforschen, zog behutsam den Kasten auf, doch er enthielt nichts als Papiere. Dann schob sie den geschwungenen Deckel zurück, der sich leicht bewegen ließ. Das Bild lag mit der Vorderseite nach oben in einer Ecke. Eifersucht durchzuckte sie. Er bewahrte es hier auf, um es sich jederzeit anschauen zu können, wenn er sich an den Sekretär setzte. Mochte er seine erste Frau auch nie mehr erwähnen – er pflegte die Erinnerung.

Zwischen den Papieren fand sie eine zusammengefaltete Landkarte, zog sie heraus und breitete sie aus. Eindeutig erkannte sie die Umrisse eines großen Hauses mit Auffahrt; winzige Bäumchen rundherum markierten die Wälder. Eine rote Grenzlinie umriß das Gebiet. Es war natürlich der Grundbesitz der Strattons. Man sah den Bahnhof und die Landstraße, die dort hinführte. Auch die alte Gutskirche war eingezeichnet, ebenso der kleine Friedhof. Gestrichelte Linien zeigten den Verlauf der Pfade durch die Wälder. An einer Stelle war die rote Grenzlinie unterbrochen; über der Lücke stand, mit grüner Tinte geschrieben ein X; ein zweites grünes X befand sich unweit des Hauses in einem Waldstück.

Warum besaß Leonard eine Karte von dem Grundbesitz anderer Leute? Es mußte etwas mit der Aufteilung des Landes zu tun haben. Wozu aber brauchte er eine Skizze des Herrenhauses? Hatte Leonard nicht gesagt, daß Mr. Stratton die Domäne behalten wolle?

Sie schloß den Sekretär sorgfältig, ergriff die Lampe und

fühlte sich wie eine Diebin, als sie auf Zehenspitzen zur Küche schlich. Im Wohnzimmer surrte die Uhr und schlug zwölf. Es war Mitternacht. Ob sie hinausgehen sollte, überlegte sie. Vielleicht war er verletzt und bedurfte der Hilfe.

Sie stand noch unschlüssig mitten in der Küche, da hörte sie einen Schlüssel im Schloß der Hintertür schnarren. Sie fuhr zusammen, ihr Herz schlug höher. Er war zurück, wohlbehalten. Doch kaum, daß sie ihre Welt in Sicherheit wußte, wogte auch der Ärger wieder hoch.

Leonard machte die Tür hinter sich zu, schloß ab und verriegelte sie. „Noch auf, Kitty? Du solltest im Bett liegen und schlafen."

„Ich hatte Angst um dich. Warum kommst du erst jetzt? Fast jede Nacht kommst du so spät nach Hause."

„Du weißt, auf mir lastet schwere Verantwortung", erwiderte er gereizt. Er legte Hut und Mantel ab und ging kurz in die Diele, um sie aufzuhängen.

„Warum bin ich nie eine davon?" Sie wünschte, die Bemerkung zurücknehmen zu können; bitter und scharf war es ihr herausgerutscht.

Leonard schloß die Dielentür. „Ich möchte wissen, was du noch willst, Kitty. Du hast alles, was sich eine Frau nur erträumen kann, ein behagliches Heim, die Achtung des Gatten, und bald wirst du auch dein Kind haben."

Er hob die Stimme nicht beim Sprechen, aber seine Stimme klang abweisend. Er ging in die Speisekammer und tauchte mit einem Glas Milch wieder auf, trank schnell und stellte das Glas in das Spülbecken. Dann wandte er sich ab, um zu Bett zu gehen.

Kitty rang mit ihrer Wut. „Glaubst du, das füllt mich restlos aus?"

Eine Art Haß regte sich in ihr. Sie war so lange aufgeblieben, hatte auf ihn gewartet, und er trank einfach seine Milch aus, gab ein paar Plattheiten von sich und ging schlafen. Nicht einmal reden würde er noch mit ihr, solange sie nicht zuckersüß war und die Freundlichkeit in Person. „Du liebst mich nicht . . . Ich bin nur deine Gefangene!"

Er prallte zurück und starrte sie zornig an.

„Manchmal dürste ich so vor Lebenshunger, daß ich spüre, ich könnte alles tun, alles sein", fuhr sie fort, „aber das ganze

Leben, das ich habe, ist das Kontingent, das du mir zuteilst. Was für ein Dasein ist das, meinst du wohl?"

„Sprich nicht so laut, Kitty", zischte Leonard und deutete auf die Tür der Mädchenstube.

Kitty senkte die Stimme. „Unterbrich mich nicht, Leonard. Warum mußt du mir vorschreiben, was ich zu tun und zu lassen habe? Kannst du dir nicht ausrechnen, wie langweilig das für mich ist?"

Sie hatte wieder lauter gesprochen; ihr Herz raste vor Empörung. Sie brauchte seine Liebe, aber sie bestand darauf, daß er sie ernst nahm. Ihre Gefühle überwältigten sie. Wenn sie doch kühl bleiben, sich beherrschen könnte!

Es war still geworden. Leonard runzelte mißmutig die Stirn. „Nun, Madam", sagte er schließlich in ernstem Ton, „da du völlig erschöpft zu sein scheinst, möchte ich lediglich bemerken, daß du die Dinge arg verzerrt siehst. Ich will nur zuversichtlich sein, dich das letztemal in dieser Art reden gehört zu haben."

Festen Schritts verließ er den Raum.

Ihr brannten die Tränen in der Kehle. „Er hat kein Wort von dem begriffen, was ich gesagt habe", teilte sie der Teekanne mit und setzte sie im Spülbecken ab. Sie nahm die Lampe hoch, regulierte die Flamme und folgte ihrem Mann. Elektrisches Licht, wie sie es von zu Hause kannte, war viel angenehmer. Sie wünschte, sie könnten sich eine Leitung legen lassen; aber er würde einen derartigen Vorschlag wahrscheinlich als eine ihrem „Zustand" entsprungene Marotte abtun.

Würde es immer so sein? Weil sie gedemütigt worden war, fühlte sie sich im Unrecht. Wenn ein Fünkchen Wahrheit in ihren Worten gesteckt hätte, hätte er ein Einsehen haben müssen.

Später, als sie beide im Bett waren, lauschte sie angespannt in die Dunkelheit. Auch er schlief noch nicht. Er lag stocksteif da und hatte ihr den Rücken zugekehrt.

„Es tut mir leid, Leonard ... Kannst du mir verzeihen?"

„Natürlich verzeihe ich dir, Kitty. Du bist müde. Frauen in deinem Zustand sind oft überreizt. Lege dich künftig rechtzeitig schlafen."

„Ja, gut ... Wir brauchen ein neues Mädchen, da uns Annie jetzt verläßt“, sagte sie. „Ich bin sicher, wir könnten aus dem Mädchenwaisenhaus umgehend jemand bekommen.“

„St. Bride's?“ murmelte Leonard schläfrig. „Warum nicht?“

Wieder trat Stille ein. Seine Atemzüge wurden tiefer. Er war eingeschlafen.

Jaja, Kitty, sagte sie sich, nun weißt du Bescheid. Hübsches Stück Selbstaufgabe, nicht einmal das zieht mehr. Weine nicht, du Närrin. Die Verzweiflung schüttelte sie, doch sie müßte schlafen; am nächsten Tag war Schule.

Kapitel 2

Rund zwölf Meilen von Tubbercullen entfernt, im Schlafsaal des Waisenheims, lag Eileen wach und fand keine Ruhe. Am nächsten Tag wurde sie sechzehn; bald würde die Schwester eine Arbeitsstelle für sie ausfindig machen, und sie würde St. Bride's verlassen, um in die Welt zu ziehen. Wie ihre Freundin Kathleen, die im Vorjahr abgegangen war, ihr aber nicht mehr schrieb. Einer Ewigkeit gleich streckten sich die zurückliegenden sechzehn Jahre in die Vergangenheit, und die Zeit blieb nicht stehen; noch einmal sechzehn Jahre, dann war sie alt. Sie wäre froh, weggehen zu können, auf eigenen Füßen zu stehen. Schließlich standen die Dinge in St. Bride's nicht mehr sehr günstig für sie, seitdem Ruth O'Regan Streit mit ihr hatte. Alle Mädchen schnitten sie, das machte den Aufenthalt im Waisenheim unerträglich, zumal Kathleen fort war. Begonnen hatte alles im Herbst, an einem Montagmorgen, während des Religionsunterrichts für die älteren Mädchen, wie ihn die Schwester jeden Montag ab halb zehn erteilte. Zu dieser Zeit waren Messe und Frühstück beendet, die Kleinkinder abgefüttert und frisch gewindelt. Ein Baby, das man kürzlich eingeliefert hatte, war Eileen anvertraut worden. Das hatte Ruth eifersüchtig gemacht, weil die Wahl nicht auf sie gefallen war. Als ob jemand, der alle Sinne beisammen hatte, ausgerechnet eine wie Ruth auswählen würde.

An jenem Montagmorgen hatte Eileen auf der zweiten Bank gesessen, hinter Alice Shortt und Ruth, und mit einem Ohr dem Gebrabbel von Schwester Rosalie über die Hauptwerke der Barmherzigkeit und die Sieben Todsünden gelauscht. Der Platz neben ihr war leer gewesen, weil die Schwester ihre Nachbarin Kathleen auf einen Botenweg geschickt hatte. Plötzlich merkte Eileen, daß Ruth Süßigkeiten naschte; ihr Unterkiefer bewegte sich leicht, und wenn sie schluckte, bebte ihr Hals. Eileen hatte nichts Süßes mehr gegessen, seitdem Vater Murphy zu ihnen gesprochen und Bonbons verteilt hatte. Damals war es ihr gelungen, zwei zu erwischen, aber das eine, das sie unter ihrem Kopfkissen versteckt hatte, war gestohlen worden.

Sie knuffte Ruth sanft in die Seite. „Gib mal eins her."

„Hau ab!"

Schwester Rosalie richtete den Blick auf Eileen, die sofort eine nachdenkliche Miene aufsetzte. Sie konnte die Schwester ganz gut leiden und wollte keinen Ärger haben. Manchmal studierte sie das Gesicht der Nonne und fragte sich, wie es wohl früher ausgesehen haben mochte, als es noch jung gewesen war und nicht so gedunsen. Ihre Wangen waren ganz mit roten Äderchen besprenkelt, und ihr großer Mund erinnerte Eileen an ein Pferdemaul; denn sie hatte fleischige Lippen und große Schneidezähne.

„Hast du geschwatzt, Eileen Ward?"

„Nein, Schwester."

Die Nonne schürzte die Lippen. „Viel wirst du von hier vielleicht nicht mitnehmen, aber mir wäre der Gedanke angenehm, daß du eine kleine Ahnung von deiner Religion hast. Nun, welches sind die Sieben Todsünden?"

Der Stoff saß bei Eileen ziemlich gut. „Hochmut, Geiz, Wollust, Zorn, Völlerei, Neid, Trägheit des Herzens." Sie leierte es wie aufgezogen herunter.

Ruth meldete sich. Sie hatte ihr Bonbon aufgelutscht. „Was ist Wollust, Schwester?"

Schwester Rosalie sah sie an und seufzte. „Sünden des Fleisches, Ruth O'Regan. Sachen machen, die man mit Männern nicht machen sollte!"

Ein allgemeines hörbares Einatmen folgte, dann Gekicher.

„Ihr habt keinen Grund, so blöde zu grinsen", sagte Schwester Rosalie. „Es war die Art von Sünde, der es die meisten zu verdanken haben, daß sie jetzt hier sind."

Sie wurde rot. Mit dem Mittelfinger der rechten Hand schlug sie den Takt auf dem Pult, kurz und scharf klopfte der kurze, harte Nagel.

„Laßt-euch-nicht-mit-einem-Mann-ein-ehe-ihr-mit-ihm-verheiratet-seid!"

Die Mädchen wechselten Blicke, grienten verstohlen. Das war eine Formel, die man der Schwester mit Sicherheit entlocken konnte, wenn man sie ordentlich stimuliert hatte. Eileen zählte, wie oft es auf der Platte pochte. Sechs Klopfer, stellte sie fest. Manchmal waren es nur fünf. Sie hätte sich ausschütten können vor Lachen, senkte den Kopf und versuchte das Wiehern, das sich Luft verschaffen wollte, zu unterdrücken. Als sie den Blick hob, waren die Augen der Schwester auf sie gerichtet.

„Hinaus, Eileen Ward, und komm mir nicht zurück, bis du gelernt hast, dich zu benehmen."

Eileen erhob sich wütend und ging zur Tür. Diese Ruth da war an allem schuld. Sie warf die Tür ins Schloß, daß es krachte. Die Schwester schickte ihr Alice nach, die sie zurückholte, damit sie die Tür leise schließe.

„Kehre das Laub auf dem Fahrweg zusammen", sagte die Schwester zornig. „Das hilft dir vielleicht, dich abzukühlen."

Später, als Eileen dabei war, das welke Laub zusammenzufegen, kamen Ruth und Alice.

„Deine Mutter war 'ne Hure", erklärte Ruth gesprächig, und Alice grinste erwartungsvoll. „Die Schwester sagt, daß sie eine war."

„Das hat sie nicht getan!" entgegnete Eileen heißspornig.

„Das hat sie wohl getan; sie sagt, sie war eine Prostituierte!"

„Dann muß es eben deine Mutter gewesen sein, von der sie gesprochen hat."

Ruth warf den Kopf zurück. „Meine Eltern waren verheiratet; sie wurden getötet."

Eileen schwang den Besen gegen Ruth. Das Mädchen wich aus, rannte den Weg hinunter und rief Beleidigungen aus. Auch Alice machte sich davon.

Eileen drängte die Tränen zurück. Ob die Schwester das wirklich gesagt hatte, überlegte sie. Sie hätte Ruth umbringen können.

Schwester Rosalie trat heraus, die Perlen des Rosenkranzes klapperten an ihrer Seite. „Ich habe es satt, dich beim Balgen zu erwischen, Eileen. Wenn du hier fertig bist, gehst du in die Küche und meldest Schwester Margaret, ich schicke dich zum Helfen."

„Es ist nicht fair", wandte Eileen ein.

„Wage keine Widerrede!" entgegnete Schwester Rosalie. Die stumpfe Röte kehrte in ihr Gesicht zurück. „Setze deine

Arbeit fort, und dann geh in die Küche, wenn du Mittag etwas zu essen haben willst."

Eileen gehorchte. Es war nicht fair, aber sie gehorchte.

Schwester Margaret war dick und plump. Gewöhnlich hatte sie schmutzige Fingernägel. Sie bohrte in der Nase und rollte das Produkt die Röcke ihrer Nonnentracht runter. Eileen mochte sie. Sie wußte, daß die Nonne ebenfalls Dampf vor Schwester Rosalie hatte und stets danach trachtete, auf die Toilette zu entkommen, wo sie in Ruhe die Zeitung lesen konnte. Sie war zwar stets einige Tage alt, aber das störte Schwester Margaret nicht.

Während Eileen Kartoffeln schälte, überlegte sie, ob an der Geschichte etwas Wahres sein könnte. War ihre Mutter wirklich eine schlechte Frau gewesen? Auf dem Küchenbord prangte eine alte Büchse, die ihr, solange sie zurückdenken konnte, geholfen hatte, sich ein Bild vom Gesicht ihrer Mutter zu machen. „Oatfields Reine Süßigkeiten" stand dort unter einem Frauenporträt, „Mädchenmischung". Es war wichtig, rein zu sein. Schwarze Verzweiflung senkte sich herab. Wenn ihre Mutter schlecht gewesen war, dann war sie selbst eine Sünderin, weil sie sich nach ihr sehnte.

Als Schwester Margaret sagte, sie könne gehen, sah sie nach Ursula. Das Baby war schon wach und schrie. So wechselte sie die Windeln und gab ihr die Flasche, nachdem sie die Milch in heißem Wasser angewärmt hatte. Der Gummipfropfen war porös, und die Milch wurde so reichlich in Ursies Mund gepumpt, daß das Kind manchmal würgte und sabberte. Eileen beobachtete, wie ekstatisch sie beim Füttern die kleinen Zehen verkrampfte. Ein säuerlicher, käsiger Geruch ging von dem Baby aus. Schweißperlen bedeckten die kleine Stirn. Warum schwitzt sie jedesmal, wenn sie gefüttert wird? Wie konnte man sich wegen Milch und einer alten braunen Bierflasche so erhitzen und aufregen.

Später, nach dem Abendessen, das aus Tee und Margarinebrot bestand, spielte Eileen ein Weilchen mit Ursie, legte sie trocken und fütterte sie noch einmal, wusch die Windeln aus, die sie an dem Tag verwendet hatte, dann stahl sie sich in das Klassenzimmer, in dem am Morgen die religiösen Unterweisungen stattgefunden hatten. Lang und schmal war der

Raum, ausgestattet mit mehreren Reihen von Bänken, die auf die nackten Dielen des Fußbodens geschraubt waren. An der hinteren Wand hing ein Bild des Heiligen Herzen Jesu. Es stellte Jesus dar, der den Blick zum Himmel hob und auf sein mit Dornen gespicktes Herz deutete. Eine kleine rote Lampe brannte unter dem Bild, und darunter befand sich der Bücherschrank, der einmal braun gewesen war. In dem roten Dämmerlicht suchte Eileen zwischen den Schulbüchern nach einem Lexikon, das sie aufschlug und in dem sie das gewünschte Stichwort fand: „Prostituierte. Eine Frau, die ihren Körper gegen Bezahlung zum Geschlechtsverkehr anbietet." Sie klappte das Buch zu und stellte es an seinen Platz zurück, dann setzte sie sich auf eine Bank, spürte das kalte Eisenbein an ihrer Wade, und die Worte brannten wie Feuer: „Die ihren Körper gegen Bezahlung zum Geschlechtsverkehr anbietet."

Kathleen hatte ihr von Geschlechtsverkehr erzählt, wie die Männer in einen eindrangen und wie der übelste Typ Frauen sie es für Geld machen ließen. War ihre Mutter so eine gewesen, die einen Mann, überhaupt jeden Mann, wenn er nur zahlte, sein abscheuliches Ding reinstecken ließ? War ihr Vater einer von diesen Dreckskerlen gewesen? So einer wie der alte Mick, der früher die Pferde versorgt hatte und hinter dem Pflug hergegangen war. Sie erinnerte sich an das Aufleuchten seiner wäßrigen Augen, an seine nassen Küsse und daran, wie sie weggerannt war, als er ihr den Rock hochzuheben versucht hatte. Damals war sie zwölf gewesen. Sie hatte sich gescheut, irgend etwas der Schwester zu verraten, aber Mick war dabei überrascht worden, wie er bei einer anderen das gleiche getan hatte, und rausgeflogen. Sie erinnerte sich auch, wie seltsam es sich angefühlt hatte, wenn er mit seiner Hand über ihre gerade erst wachsenden Brüste gefahren war.

Sie ließ den Kopf auf die rauhe Tischplatte mit den eingeritzen Initialen und Daten sinken und wußte, daß es niemanden gab, zu dem sie gehörte oder je gehört hatte. Die Mutter auf der Bonbonbüchse existierte nicht. Vielmehr war sie wahrscheinlich irgendeine grobe und schmutzige Frau gewesen, die sie nicht schnell genug hatte loswerden können, und ihr Vater war vermutlich ein geifernder, häßlicher Mann wie der alte Mick gewesen. War sie selbst nicht jemand, der besser ungeboren geblieben wäre? In dem Schrank hinter der Wandtafel stand eine große Flasche mit Tinte, die dazu gebraucht wurde, die Tintenfässer aufzufüllen. Wenn sie die trank, würde es sie vergiften. Damit wäre die ganze Sache ein für allemal erledigt. Die Tinte war kalt und schmeckte nach Metall. Sie stürzte sie schnell hinter und wartete darauf zu sterben. Wie lange es wohl dauern würde? Die anderen Mädchen zogen sich in den Schlafsaal zurück und würden sie vermissen. Im Magen war ihr kalt und übel. In ihrem Mund haftete ein Geschmack von Kreide.

Sie hörte nicht, wie die Tür geöffnet wurde.

„Jesus, Maria un' Joseph!"

Eileen drehte sich um und sah Kathleen, die eine Hand vor den Mund preßte und sie anstarrte.

„Was hast du gemacht – um Jesses willen?"

Eileen betrachtete die schwärzlichen Spritzer auf ihrer Kleidung. „Geh weg, Kathleen; ich versuche, mich zu vergiften."

Für einen Augenblick war es still.

„Willste aufstehn un' das rausbringen!" Angst war in Kathleens Augen getreten. Sie kniete neben Eileen nieder und prüfte die Flasche. „Du hast alles ausgetrunken . . . Ich hole gleich die Schwester."

„Tu das nicht!"

Eileen spürte, wie sich ihr Magen hob. Dann würgte sie und spie Tinte und ihr Abendessen auf den Fußboden. Zweimal übergab sie sich noch; der saure Geruch des Erbrochenen lag im Raum. Kathleen, die inzwischen zum Kinderzimmer gerannt war, um Lappen zu holen, beseitigte die Unordnung. Ihrer Freundin warf sie ein feuchtes Handtuch zu, und Eileen rieb sich verlegen die Tinte aus dem Gesicht; dann rubbelte sie auf ihrer braunen Schürze, doch die Flecke dort ließen sich nicht entfernen.

„Warum wollteste denn sterben?" erkundigte sich Kathleen, als sie fertig aufgewischt hatte. Tränen standen ihr in den Augen, und sie sah Eileen vorwurfsvoll an.

„Arrah . . . Ich hab so über meine Mutter nachgedacht . . ."

„Wie deine Mutter?"

„Schwester Rosalie sagte, sie war 'ne Prostituierte."

„So was hat sie nie gesagt."
„Na, Ruth O'Regan sagt aber, sie hat."
Kathleen prustete verächtlich. „Was weiß diese dumme Kuh denn überhaupt? Warte man, wenn ich die morgen erwische ... Der trete ich die Kaldaunen zum Hintern raus. Dein Glück, daß ich heute abend im Kinderzimmer Dienst hatte. Wenn dich eine von den anderen gefunden hätte ..."
Eileen brach in Tränen aus. „Oh, Kathleen, ich dachte, daß ich niemand hätte, dabei hatte ich die ganze Zeit doch dich!"
„Klar hast du mich."
„Und so soll es immer bleiben, ja?" fragte Eileen.
„Klar ... Wie fühlst du dich jetzt?"
„Mittelmäßig."
„Na, dann los."
Sie folgte ihrer Freundin durch den Korridor, bemerkte, wie dürr sie war und wie komisch sie beim Laufen die Beine schmiß, wie eine Art seltsames Insekt. Sie wußte, daß Kathleen keinem Menschen die „Kaldaunen zum Hintern" raustreten konnte; sie war zerbrechlich und hatte Mühe, Gleichgewicht zu halten. Ein starker Windstoß würde sie umwerfen.

Wegen der Tintenflecke auf ihren Sachen machte man ihr die Hölle heiß, aber die Schwester entschied schließlich zugunsten der Angeklagten, nachdem Eileen erklärt hatte, sie habe ein Gebet aufschreiben wollen, als ihr plötzlich schlecht geworden sei und sie die Tinte verschüttet habe.
„Und gegen die Tinte in den Tintenfässern hattest du was?"
„Sicher, die waren alle so gut wie leer."

Eileen lauschte auf die Geräusche, die von den Schläfern um sie her ausgingen, die sanften Atemzüge, das gelegentliche Schnarchen, das verrückte Zähneknirschen, das Nuala Dooley hervorbrachte. Kathleen hatte manchmal im Schlaf gesprochen. Wo mochte sie jetzt stecken, und warum schrieb sie nicht? Eileen konnte nicht schlafen. Eine namenlose Unruhe erfüllte sie, und sie gab sich wieder ihren Erinnerungen hin.

Nicht lange nach dem Vorfall mit der Tinte war Kathleen Hals über Kopf, außer sich vor Aufregung, in das Kinderzimmer gestürmt. „Rate, was passiert ist! Schwester hat'n Job für mich."

Eileen stellte die Flasche ab, ließ Ursie „Bäuerchen" machen und versuchte ihr Herz zu beschwichtigen. „Geh nicht weg. Bitte sie, daß du noch eine Weile hierbleiben darfst."

„Oh, Eileen . . . Es is' aufrejend. Außerdem kommste bestimmt selber bald raus."

Eileen betrachtete das Gesicht ihrer Freundin, die langen, blonden Wimpern, die kleine, gerade Nase. „Wo ist es denn?"

„Athlone. Bei einer Zahnarztfamilie. Tür öffnen, saubermachen. Ein Klacks. Wollen Sie bitte im Wartezimmer Platz nehmen, gnädige Frau? Eileen, ich kann dir sagen, das wird großartig sein. Sixpence wöchentlich un' Unterkunft un' freie Kost. Was sagste nun?"

Eileen überschlug es im Kopf. „Nach einem Jahr hast du ein ganzes Pfund. Und mehr. Hast du nicht 'n Bleistift da?"

Kathleen lachte. Dabei entblößte sie ihre keinen, ebenmäßigen Zähne. „Nee, hab ich nich'. Na los, freu dich schon. Ich schreibe gleich, wenn ich angekommen bin."

Eine Woche später war Kathleen von einem Einspänner abgeholt worden. Beim Abschied hatte sie Eileens Geschenk getragen, eine fast neue, rote Baskenmütze, die aus der letzten Kleidersendung der St. Vincent de Paul Society für das Waisenhaus stammte. Sie hatte fröhlich gewinkt, bis der Wagen durch das Tor gefahren war.

Eileen seufzte in der Dunkelheit. Kathleens erster Brief fiel ihr ein. „Entschuldige, daß ich mich nicht eher gemeldet habe", hatte sie in ihren großen, sorgfältigen Zügen geschrieben. „Ich habe main eignes Zimmer hier. Die Familje ist anstänig aber es gibt eine Menge Arbeit. Sonntags habe ich frei. Letzten Sonntag habe ich einen Soladen kennengelernt. Er ist sehr net zu mir. Wir waren im Kihno. Sage es nicht schwester. Schreib bitte bald. Du fehlst mir schrecklich. Tschüß, Kathleen."

Eileen hatte sich die größte Mühe gegeben, sauber zu schreiben.

„Liebe Kathleen,

danke für dainen Brief. Die Schwester sagt ich soll dir sagen mit dem Mann nicht auszugehn. Sie lahs dainen Brief ehe ich ihn kriegte. Sie sagt daine Rechtschreibung ist schlecht. Bitte pas auf dich auf. Ich hoffe, sie nehmen dich nicht zu sehr ran.

Tschüß, Eileen."

Den Brief hatte sie Schwester Rosalie gegeben, die ihn einwerfen sollte. Die Nonne hatte ihn seufzend durchgelesen. „Wäre er an jemand anders gerichtet, würde ich ihn noch einmal abschreiben lassen. Wenn du wieder Post von ihr bekommst, notiere deine Antwort zunächst mit Bleistift und zeige sie mir."

Kathleen hatte jedoch nur noch einen Brief geschickt, in dem sie über Müdigkeit klagte und den Soldaten nicht wieder erwähnte. Eileen schrieb noch einmal, doch Kathleen reagierte nicht. Neulich hatte Eileen Schwester Rosalie gefragt, warum ihre Freundin wohl schweige. Die Schwester hatte sich nur zornig abgewandt.

Der Streit mit Ruth verschärfte sich, als Ruth Ursula mit einer Nadel piekte; sie sagte, sie habe es getan, weil sie es nicht mehr ertragen könne, daß der dreckige, kleine Balg jedesmal zu plärren anfange, wenn sie in seine Nähe komme. Eileen meldete das Vorkommnis der Schwester, die Ruth einen Schlag ins Gesicht versetzte und ihr drohte, sollte sich so etwas wiederholen, rufe sie die Polizei. Ruth lief von einer zur anderen und erzählte allen, daß Eileen sie verpetzt hatte. Seitdem wollte niemand mehr mit ihr sprechen. Aber wenn sie jetzt nur einschlafen könnte, würde sie vielleicht wieder schön von der Erzherzogin träumen.

Außer Ursie und ihrer eingebildeten Mutter auf der Bonbondose war die Erzherzogin die einzige Person, die Eileen ins Herz geschlossen hatte. Ein Bild von ihr, das aus einer alten Zeitung stammte, bewahrte sie zwischen den Seiten eines Schreibheftes auf. In der Zeitung waren einige Kleidungsstücke verpackt gewesen, die die St. Vincent de Paul an das Waisenheim geschickt hatte. Zweimal jährlich trafen solche Kleidersendungen ein, und die Bündel wurden in der Diele auf dem Fußboden abgestellt. Den Mädchen fiel die Aufgabe zu, sie unter Kontrolle der Schwester zu verteilen. Als die letzte Spende angekommen war, hatte Eileen geholfen, die Bündel aufzuschnüren und die Kleidungsstücke zu sortieren. Die alten Zeitungsbogen hatte sie sorgsam zusammengefaltet und überlegt, wo sie für Schwester Margaret versteckt werden könnten. Dabei war ihr das Foto eines jungen, schönen Mädchens aufgefallen. Später hatte sie lange das liebliche Gesicht betrachtet und darüber nachgesonnen, was es so anziehend mache. Es war offen und sanft und seine Schönheit nahezu überwältigend. Es gab keine derartigen Gesichter in St. Bride's.

Doch der Text unter dem Bild hatte ihr einige Schwierigkeiten bereitet. So war sie damit zu Schwester Margaret gegangen, die den Wortlaut langsam vorgelesen hatte: „Die Erzherzogin Tatjana Nikolewna aufgenommen in ..." Die Zeitung war zerrissen, und der Schlußteil des Textes fehlte.

„Wer ist sie?" hatte Eileen ehrfurchtsvoll gefragt. Die einzigen „Erze", von denen sie je gehört hatte, waren Erzengel und Erzbischöfe.

„Sie is' 'ne Ausländerin, da bin ich sicher." Schwester Margaret hatte die Lippen geschürzt und nachdenklich die Stirn gerunzelt. „Vielleicht isses 'ne Ruhsin. Diese ruhsischen Prinzessinnen haben alle ein Erz vor dem Titel."

Eine Prinzessin also war das schöne Mädchen! Eileens Herz hatte gerast.

Abend für Abend nahm sie vor dem Schlafengehen das Bild heraus und sah es sich an. Manchmal träumte sie von ihr. In den Träumen pflegte die Erzherzogin zu lächeln und führte sie zu einem Palast, der mit Gold und Edelsteinen gefüllt war. Auch an diesem Abend grübelte Eileen, wie zauberhaft das Leben dieser Prinzessin sein müsse, dann fielen ihr endlich die Augen zu.

Wochen vergingen. Die Osterglocken blühten auf, und die schrecklichen, scharfen Märzwinde wichen einem milderen, regnerischen Wetter. Eines Sonntags sprach Vater Murphy in der Kapelle von den Überfällen, die auf Polizeikasernen verübt wurden. Er bat die Mädchen, für das Land zu beten; ehrenwerte Christenmenschen, sagte er, die bestrebt waren, ihrer Arbeit nachzugehen, wurden von feigen Halsabschneidern ermordet, und zu ihrer Entschuldigung führten die Mörder an, daß sie es für Irland täten. Als ob diese Verbrechen dem Land irgend etwas einbrächten, außer daß sie seinen guten alten Namen besudelten. Von Schwester Margaret wußte Eileen, daß landauf, landab – vor gar nicht langer Zeit – in einer einzigen Nacht hundertfünfzig Kasernen niedergebrannt worden waren. Doch alles, was außerhalb des Waisenheims geschah, kam ihr unwirklich vor, besonders dann, wenn es sich nicht in unmittelbarer Nähe vollzog. Und Schwester Margaret hatte gesagt, daß aus England neue Polizisten einträfen, die dem Treiben ein Ende setzen würden.

An dem Donnerstag, der den mahnenden Worten Murphys folgte, schickte Schwester Rosalie nach Eileen. Eileen ließ die Kartoffeln, die sie geputzt hatte, in der Spüle liegen, wischte sich die Hände ab und eilte durch den Korridor zum Büro. Dabei überlegte sie fieberhaft, welche Gründe die Schwester haben könnte, sie rufen zu lassen. Eigentlich, fand sie, konnte es nur einen Grund geben. Sie klopfte, trat ein und betrachtete ängstlich die Nonne, die an ihrem Tisch saß, den Federhalter in der Hand, und den Blick geistesabwesend auf einige Zahlen gesenkt hielt. Eileen trippelte hin und her.

„Laß um Himmels willen das Zappeln sein, Eileen, und setze dich."

Eileen überlegte erstaunt, warum das Gesicht der Schwester rot und geschwollen war. Sie mußte geweint haben. Ihre Augen waren entzündet, und sie hatte einen harten Zug um den Mund.

„Ich habe eine Stelle für dich – bei einem Lehrer und seiner Frau."

Eileen starrte Schwester Rosalie an. Das ganze letzte Jahr hatte sie mit diesem Augenblick gerechnet, doch jetzt, da er gekommen war, fühlte sie sich benommen, als ob von einer anderen die Rede wäre. Dann regte sich Angst.

„Er ist der Direktor der Nationalschule in Tubbercullen, und sie unterrichtet ebenfalls", fuhr die Schwester fort. „Sie hat kürzlich ein Kind verloren und braucht dringend Hilfe. Der Name ist Mr. und Mrs. Delaney. Krame also deine Sachen zusammen; Sonnabend schicken sie jemand, der dich abholt."

Das sind ja nur zwei Tage, überlegte Eileen. „Aber ... was wird aus Ursie, Schwester?"

„Für Ursula ist gesorgt."

„Sie ist noch sehr klein, Schwester. Vielleicht sollte ich ein bißchen länger bleiben?"

„Nein. Du bist sechzehn. Wir füttern hier ohnehin schon mehr als genug Esser durch."

Eileen ließ den Kopf hängen.

„Du wirst Kost und Logis haben", teilte ihr die Schwester in freundlicherem Ton mit. „Und sechs Pence die Woche für den Anfang ... Was hast du von dir aus dazu zu sagen? Ein Dankeschön stände wohl außer Frage, nehme ich an."

„Danke, Schwester."

„Ich hoffe, du weißt noch, wie ihr euch zu benehmen habt, besonders, was wir euch über den Umgang mit Männern beigebracht haben."

„Ja, Schwester."

Die Nonne musterte Eileen einen Augenblick lang scharf. Dabei biß sie die Lippen zusammen, wie es ihre Art war, wenn sie noch etwas auf dem Herzen hatte. „Du kannst jetzt gehen, aber halte dich morgen bereit, mich nach St. Jude's zu begleiten, gleich nach dem Mittagessen. Es ist an der Zeit, daß du mit eigenen Augen siehst, worüber wir gesprochen haben."

Eileen kehrte an ihre Arbeit zurück. Sie putzte die Kartoffeln fertig, wischte den Fußboden der Küche, dann ging sie hinaus, um Ursie trockenzulegen und zu füttern. Das Baby strampelte mit den dicken Beinchen, die sich wie Kolben bewegten, und Eileen küßte den kleinen runden Bauch, bevor sie an der Windel die Sicherheitsnadel zudrückte. Die ganze Zeit empfand sie eine stürmische Aufregung, die von Furcht überlagert war.

„Ich will mein Bestes tun, Gott, aber du wirst dich um mich kümmern müssen."

Doch weshalb wollte die Schwester sie zur St. Jude's bringen? Sie wußte, die Nonnen leiteten diesen Betrieb, die einzige Wäscherei in der Stadt, aber sie wußte auch, daß es zugleich ein „Zufluchtsort" für gestrauchelte Mädchen war. Sie halfen beim Waschen und entbanden dort. Viele der Säuglinge landeten später in St. Bride's. Wahrscheinlich war Ursie eine von ihnen, obwohl die Schwester dergleichen natürlich nie angedeutet hatte.

Der nächste Tag war ein Freitag, und halb zwölf wurde

gegessen. Die Kartoffeln waren ausnahmsweise ziemlich mehlig; die der letzten Zeit hatten Eileen an wässerige Seife erinnert. Ein nebelgleicher Dampfschwaden lagerte im Refektorium vor dem Gemälde der heiligen Jungfrau Maria.

Sie hatte in der letzten Nacht kaum geschlafen. Was sollte werden, wenn Mr. und Mrs. Delaney mit ihr nicht zufrieden waren und sie zurückschickten? Nein, das wäre schrecklich. Und warum brachte die Schwester sie zur St. Jude's? Vielleicht wollte sie ihr zeigen, wie ordentlich gewaschen wurde? Alice Shortt kam ebenfalls mit. Auch für sie hatte die Schwester eine Stelle gefunden, bei einem Ladenbesitzer in der Stadt. Gedankenverloren aß Eileen ihren Milchreis und war wütend, als sie merkte, daß sie ihn genußlos verspeist hatte. Gewöhnlich gab es Milchreis nur an Sonntagen.

Nach beendetem Mahl holte sie ihren Mantel aus dem Schlafsaal. Er war ihr zu groß, und in den Taschen klafften Löcher. Sie war noch nicht dazu gekommen, sie zu stopfen, und nahm sich vor, es zu besorgen, sobald sie zurückkehrte. Um Ursie kümmerte sich an diesem Nachmittag eine andere.

Halb zwei verließ die Schwester ihr Büro. Sie trug ihren schwarzen Umhang und winkte die beiden Mädchen zur Haustür hinaus in den wartenden Zweispänner. Ihre Miene erschien Eileen noch düster, aber verweint sah sie nicht mehr aus. Christy, der Mann für alles, der den alten Mick abgelöst hatte, kutschierte zum Tor hinaus auf die Hauptstraße. Ein Auto fuhr vorbei, und das Pferd legte die Ohren an und scheute in den Strängen. Christy zügelte es, bis das Auto außer Hörweite war.

In einer engen Straße auf der anderen Seite der Stadt passierten sie ein Gebäude mit langen, schmalen Fenstern und brauner Haustür. Es stand an einer Ecke, und der Eingang zur Wäscherei, eine große Doppeltür, durch die man in den Hof gelangte, befand sich gleich um die Ecke. Christy stieg ab und ließ für die Schwester das Trittbrett herab. Die Mädchen sprangen nach ihr hinunter und verharrten abwartend, während sie läutete. Es schellte irgendwo im Inneren des Gebäudes. Eine junge Nonne öffnete. Die Schwester sprach gedämpft mit ihr, wobei sie die beiden Mädchen in den Vorraum schob. Sie wurden gebeten, im Wohnzimmer zu warten, und die Schwester schärfte ihnen ein, sich sehr ruhig zu verhalten, bis sie zurückkäme, um sie zu holen.

Das Wohnzimmer roch nach Bohnerwachs und sah nach Andacht aus. Vor dem Fenster hing eine weiße Spitzengardine, die oben, wo das Fenster offen stand, anfing grau zu werden. Eine Statue des Heiligen Herzen zierte die Kamineinfassung.

Die Mädchen blickten sich an; Alice rümpfte die Nase und wandte das Gesicht ab, denn mit Eileen sprach sie noch nicht wieder. Ruth hatte ihr gesagt, es nicht zu tun. So saßen sie schweigend da und rutschten unruhig auf den Stühlen mit den geraden Lehnen hin und her.

Nach wenigen Minuten war Schwester Rosalie wieder bei ihnen. Sie wirkte unentschieden und schien mit sich ins reine kommen zu wollen, als sie die Mädchen bei der Hand nahm und ihnen in die Augen schaute. Die Mädchen wichen scheu zurück. Da setzte die Nonne eine entschlossene Miene auf. „Sie werden es nicht so recht glauben, wenn sie es nicht gesehen haben“, murmelte sie.

Die Mädchen folgten ihr eine Treppe hinauf und einen Korridor entlang zum hinteren Teil des Hauses. Der Geruch von Desinfektionsmitteln schlug ihnen in dem Gang entgegen. Sie hörten, wie jemand stöhnte, dann einen schrillen Aufschrei. Eileens Herz klopfte ungestüm; ihr Nackenhaar sträubte sich. Wurde da jemand gefoltert? Die Schwester öffnete die Tür zu einem Zimmer, in dem zwei Betten standen. Das eine war leer, aber in dem anderen krümmte sich eine junge Frau. Sie griff nach dem Kopfende, am Hals und an den Armen traten die Sehnen wie Drähte hervor. Wieder sammelte sich das Stöhnen in ihrer Kehle und steigerte sich zu einem schrillen Schrei.

Eine Nonne war in dem Raum; sie hatte ihren Schleier zurückgesteckt und die Ärmel aufgekrempelt. Mit zorniger Miene näherte sie sich der offenen Tür. „Kein Ort für sie da“, zischte sie die Schwester an, „überhaupt kein Ort für sie!“

„Besser jetzt als später“, erwiderte Schwester Rosalie ruhig und zog sich in den Korridor zurück, während die Nonne ihnen die Tür vor der Nase zuschlug.

Eileen und Alice standen reglos da. Eileen starrte, von panischem Schreck erfaßt, auf den Türknopf. Das Mädchen in dem Bett war Kathleen gewesen.

In gedämpfter Stimmung fuhren sie zum St. Bride's zurück. Die Schwester saß schweigend im Wagen, die Unterlippe vorgeschoben. Hin und wieder schaute sie ihre Schützlinge an. Eileen erschien alles grau in grau; die Straßen, die Menschen, die Gruppen von Männern an den Ecken, der Eselkarren, der ihnen Platz machte. Wie in einem Traum zog alles an ihr vorüber: die von Wind und Wetter gezeichneten Gesichter unter den Mützenschirmen, die Frauen in ihren Tüchern, die lachenden Kinder, die zerfetzten schmutzigen Überbleibsel der Plakate an einer Wand. In einer Gasse hingen Reste eines Anschlags mit einem Mann, der Sträflingskleidung trug. *Stimmt für Griffiths! Wählt ihn rein, damit er rauskommt!* Daneben wurde auf einem anderen Plakat gefragt: *Warum sind sie gestorben? Gebt die Gefangenen frei, gebt Irland frei!* Die neuen Polizisten waren angekommen. Zwei von ihnen erblickte sie mit Pistolen in den Halftern. Sie waren eigenartig gekleidet, und die Leute gingen ihnen aus dem Weg, als sie den Bürgersteig heruntergeschlendert kamen. Da sie nicht die grünen Uniformen der Polizeitruppe Royal Irish Constabulary trugen, sahen sie überhaupt kaum wie Polizisten aus. Und jener Soldat dort, war er es, der Kathleen geschwängert, den sie in ihrem Brief erwähnt hatte? Der Gaul hob den Schwanz und ließ eine Reihe stark riechender Pferdeäpfel auf die Straße fallen.

Entrückt, wie im Schlaf, erlebte Eileen, was um sie herum geschah, während sie in aller Deutlichkeit das schmerzverzerrte Gesicht ihrer Freundin vor Augen hatte.

Am Abend, nach dem Tee, ließ Schwester Rosalie sie und Alice zu sich rufen. Sie lehnte sich auf ihrem Stuhl zurück. Müde und blaß sah sie aus. „Ich möchte mit euch beiden reden. Was ich euch heute gezeigt habe, ist sehr qualvoll für mich gewesen, und ich will nicht, daß es um nichts und wieder nichts geschehen ist." Sie machte eine Pause und seufzte.

Es drängte Eileen, nach Kathleen zu fragen, doch sie verbiß sich nur schweigend die Tränen.

„Was nützt es denn, unwissend zu bleiben?" fuhr die Schwester fort. „Keine von euch verspürt den Wunsch, St. Jude's noch einmal von innen zu sehen, und es gibt nur einen

Weg, sicherzugehen, daß es nicht doch geschieht.“ Sie blickte die beiden abwechselnd an. „Laßt euch nicht mit einem Mann ein, bevor ihr mit ihm verheiratet seid.“

Diesen Ratschlag begleiteten ihre Fausthiebe auf dem Tisch. „Oh, ihr werdet einige Aufschneider kennenlernen, die euch vorschwärmen, wie sehr sie euch lieben.“ Sie lachte kurz und bitter. „Und das ist die gleiche Art von Liebe, wie sie ein Bulle für eine Färse empfindet, wenn er sie zur Kuh machen will! Haltet sie euch vom Halse. Auf diese Weise erntet ihr ihren Respekt, sie bekommen Lust, euch zu heiraten, und es ergeht euch nicht wie der armen Kathleen.“ Die Schwester senkte den Blick; ihre Stimme war rauh geworden. Sie nahm einen Bleistift in die Hand und legte ihn wieder hin. „Und ihr braucht keinen Augenblick zu glauben, daß einer von diesen noblen Herrn auch nur einen Gedanken an euch in eurer Notlage aufbringen würde. Viel eher würden sie großspurig Witze über euch reißen.“ Sie schüttelte den Kopf und ließ ihn sinken. „So sind nun mal die Männer, egal, wie anders ihr sie euch wünschen mögt, und ihnen willfährig zu sein ist natürlich eine Todsünde, die euch für alle Ewigkeit in die Hölle verbannen könnte. Wollt ihr euer ganzes Leben und eure unsterbliche Seele für die Selbstsucht irgendeines Mannes wegwerfen? Ja? Wollt ihr?“ wiederholte sie, und die Röte schlug ihr ins Gesicht.

„Nein, Schwester“, flüsterten die Mädchen. Eileen ballte die Hände im Schoß.

„Ich hoffe, ich werde keine von euch je in einer Lage vorfinden, wie wir sie heute erlebt haben. Lieber würde ich euch tot sehen als in dieser Verfassung!“ Sie machte wieder eine Pause und atmete tief. „Geht jetzt und schweigt über die Erfahrung, die ihr heute gemacht habt. Das gilt besonders für dich, Alice Shortt.“

„Ich werde nichts sagen, Schwester.“

„Was ist mit Kathleen passiert, Schwester?“ platzte es Eileen heraus. „Wird sie . . . gesund werden?“

„Was soll passiert sein? Sie hat sich von dem Mann verführen lassen, mit dem sie sich getroffen hat . . . Woher soll ich wissen, ob sie gesund wird oder nicht.“

Beim Hinausgehen sah sich Eileen in dem Raum um. Sie bemerkte die zahlreichen Bände der Katholischen Enzyklopädie im Bücherschrank, die Plastik der Jungfrau Maria von Lourdes auf dem Fensterbrett, und sie wußte, daß sie dieses Zimmer nie wieder betreten würde. Sie ging zu der kleinen Kapelle, um ihr Abendgebet zu verrichten. Ihre Kehle schmerzte von den unvergossenen Tränen. Sie dachte an den Mann, der Kathleen das angetan hatte, und sie betete aus ganzem Herzen zu Gott, ihn für immer zu verdammen.

Kapitel 3

Eileen verließ St. Bride's am Sonnabend nach dem Mittagessen. Sie stand an der vertrauten Haustür, ergriff ihr Bündel und ließ einen letzten Blick durch die gebohnerte Diele gleiten. Schwester Rosalie drückte ihren Arm und reichte ihr eine braune Papiertüte, in der sich etwas Weiches befand. „Es ist Kathleens", flüsterte sie. „Sie wollte, daß du sie bekommst."

Eileen schaute in die Tüte und erkannte die rote Baskenmütze, die sie Kathleen geschenkt hatte, als sie fortgegangen war. „Wie geht es ihr, Schwester?" fragte sie bang. Sie hätte längst fragen wollen, aber die Schwester war so ernst gewesen, daß sie sich nicht getraut hatte.

Die Schwester antwortete nicht. Sie öffnete und schloß den Mund, und ihre Augen füllten sich mit Tränen.

Angst beschlich Eileen, saß ihr wie ein harter Klumpen in der Magengrube.

„Sie ist gestorben", sagte die Schwester nach kurzem Zögern sanft, „das Baby ebenfalls."

Eileen starrte der Nonne ins Gesicht, auf die Mundfalten und das Geflecht der dünnen roten Äderchen, die das Weiße ihrer Augen durchzogen. Der Schleier schien zu straff gegen das schlaffe Fleisch ihres Kinns zu drücken.

„Das ist nicht wahr!"

„Überlege dir deine Worte, Eileen", sagte die Schwester streng. „Es ist wahr. Sie ist gestern abend gestorben und wird morgen in aller Stille begraben."

„Ich hatte sie gern", entgegnete Eileen vorwurfsvoll. „Warum haben sie mir nichts davon erzählt?" Die Tränen flossen in heißen Strömen. „Sie war meine Freundin."

„Ich stand gerade im Begriff, es dir zu sagen", erklärte die Schwester eindeutig. „Ich wollte nur nicht, daß es die anderen hören."

„Ich möchte zu ihrer Beerdigung gehen", sagte Eileen.

Schwester Rosalie seufzte. „Das kannst du nicht. Der Mann dort wartet schon. Mr. und Mrs. Delaney rechnen mit dir . . . Aber ich werde einen kleinen Blumengruß von dir auf ihr Grab legen."

Dieser dreckige Kerl, dachte Eileen, der Soldat, dieser Bursche; das sollte er büßen. Sie grub die Zähne in die Unterlippe und ging mit langsamen, schweren Schritten zu dem Zweispänner. Der Kutscher sah sie von der Seite an, öffnete die Tür, nahm ihr das Bündel ab und legte es zu ihr hinein. Sobald sie saß, klappte er das Trittbrett hoch, schloß die Tür, nahm selber Platz und versetzte dem Pferd einen Klaps auf das Hinterteil. Die Fahrt begann.

„Gott segne dich, Eileen", rief ihr die Schwester nach. „Wir werden für dich beten."

Eileen drehte den Kopf nicht. Meilenweit nahm sie nichts wahr, wußte nur, daß Kathleen tot war. Sie tupfte die Tränen mit dem Taschentuch weg, das bald durchnäßt war, und sie rannen ihr kalt und salzig in den Mund. Der Kutscher lehnte sich zu ihr hinüber und legte ihr ein angeschmuddeltes Schnupftuch in den Schoß. Sie schnäuzte sich kräftig und gab es verwirrt zurück. Er steckte es in die Tasche und lächelte matt und rätselhaft. Die Schirmmütze hatte er sich tief über die Augen gezogen; das Haar, das darunter hervorquoll, war schwarz und drahtig. Eileen sah sich die fremden Felder an und begriff, wie allein sie war. Doch so wie Kathleen sollte es ihr nicht ergehen, was immer geschehen mochte. Als der Kutscher sagte, daß er Tommy heiße, und sich nach ihrem Namen erkundigte, setzte sie daher eine strenge Miene auf und erklärte, daß gehe ihn gar nichts an. Er zog die Augenbrauen hoch, blieb aber stumm, bis sie die Kreuzung von Tubbercullen erreichten.

„Das ist das Kreuz dort vor uns. Hier biegen wir ab."

Die Nebenstraße war von Schlaglöchern zerfurcht, und die letzten zweihundert Meter holperte der Wagen auf ein Gehölz zu, hinter dem ein Haus zum Vorschein kam. Dann bog Tommy in eine lange, schmale Allee ein, die links und rechts von Buchen flankiert wurde und zu dem Hof am hinteren Teil des Hauses führte. Auf der einen Seite des Hofs befand sich ein Torfschuppen, der mehrere Stapel enthielt. Einige Räder standen in einer Ecke des Schuppens. Ein Terrier sprang ihnen bellend entgegen.

„Du kannst jetzt absteigen", sagte Tommy. „Dort ist die Hintertür."

Zitternd nahm Eileen ihr Bündel und die rote Mütze hoch, kletterte hinunter und näherte sich der geöffneten Küchentür. Eine große getigerte Katze sonnte sich auf dem Fensterbrett; der Geruch von Sodabrot und ein warmer Schwall schlugen ihr entgegen. Unschlüssig blieb sie in der Tür stehen, und als sich am Herd eine füllige Frau mit Wikkelschürze zu ihr umdrehte, knickste sie unbeholfen. Dabei fühlte sie, wie ihre Hände schweißfeucht wurden.

„Tritt ein", sagte die Frau freundlich. „Du wirst wohl das neue Mädchen von St. Bride's sein?"

Eileen nickte. „Ja, Ma'am."

„Mrs. Delaney ist im Wohnzimmer. Leg den Mantel ab. Ich werde dich zu ihr bringen."

Eileen zog den schweren Mantel aus und hängte ihn an einem Holzpflock auf, neben einem alten Regenmantel und einem zerknautschten Filzhut. Unter der Pflockreihe stand ein Paar große Schaftstiefel. Die Frau mit der Schürze führte Eileen durch eine geflieste Diele in ein geräumiges Wohnzimmer, wo eine Frau am Kamin saß und ein Buch auf dem Schoß hielt. Eileen musterte aufmerksam das Gesicht, das sich ihr zuwandte, die ausdrucksvollen, dunkelblauen Augen, die gerade Nase, die vollen, geschwungenen Lippen. Die Frau ließ den Kopf mit dem üppigen, dunklen Haar gegen die Rückenlehne ihres Sessels sinken. Sie schien mittelgroß zu sein und schlank und hatte offene, vornehme Züge, dergleichen Eileen vorher nur einmal gesehen hatte; auf dem Foto von der Erzherzogin. Sie hob die dunklen Augenbrauen und lächelte Eileen zu, wobei sie ihre kleinen weißen Zähne zeigte.

„Das ist das neue Mädchen von St. Bride's, Ma'am."

„Wie heißt du?" fragte Kitty.

„Eileen Ward, Ma'am." Eileen hielt nervös den Atem an und versuchte wieder zu knicksen.

„Mrs. Mooney wird dir zeigen, was du jetzt zu tun hast, Eileen; ich werde nachher mit dir reden", sagte Kitty.

Am Abend, im Bett dachte Eileen an die Ereignisse des Tages zurück. Ihr Zimmer lag gleich neben der Küche, und vom Fenster aus blickte sie auf das Gehölz, das sie bei der Ankunft gesehen hatte. Ein Bach floß zwischen den Bäumen hin; in der Dunkelheit hörte sie ihn über die Steine plätschern. In ihrem Zimmer gab es einen kleinen Ofen aus Eisen wie ihr Bettgestell, eine Kommode, die grün gestrichen war; eine Garderobe – ebenfalls in Grün gehalten – befand sich hinter einem gemusterten Baumwollvorhang. Ein Spiegel stand auf dem Kaminsims neben einer Skulptur des Jesuskindleins. Man konnte sehen, daß der Kopf der Statue einmal abgebrochen und schlecht wieder angeklebt worden war. Der Fußboden war nackt, aber mit einem schwarzen, glänzenden Mittel gebohnert. Das Haus war größer, als sie erwartet hatte. Es bestand aus fünf Schlafzimmern, einem Bad, Wohn- und Eßzimmer sowie Diele, Küche, Speisekammer und dem Raum, den sie bewohnte.

Etwa zur Teezeit war der Hausherr gekommen und hatte sich nach ihrem Befinden erkundigt. „Großartig, Sir“, hatte Eileen geantwortet und die Fliesen des Fußbodens angestarrt. Er war ziemlich groß und trug einen Schnurrbart. Mrs. Mooney hatte ihm seinen Tee vorgesetzt, dann war er ins Wohnzimmer gegangen, um der Herrin des Hauses Gesellschaft zu leisten, während Mrs. Mooney ihr die Speisekammer gezeigt und sie über ihre Pflichten aufgeklärt hatte.

In der Kammer standen Regale, die bis an die Decke reichten und auf denen verschiedene Service aus Porzellan standen, die Tassen waren reihenweise aufgehängt. Zwei große Keksdosen gab es; die eine enthielt Biskuit, die andere war zur Hälfte mit Keks gefüllt. Sogar eine Kaffeemühle mit einer kleinen Schublade war vorhanden. Drei volle Eimer standen weiter unten in der Ecke. Zwei davon füllte Tommy nach dem Tee mit frischem Wasser aus der Pumpe. Wenn er gemolken hatte, brachte er auch die Milch herein und seihte sie durch ein Musselintuch. Er war sehr wortkarg, aber Eileen merkte, daß er gelegentlich zu ihr hinschaute, wenn er sich unbeobachtet glaubte. Es tat ihr leid, im Wagen grob zu ihm gewesen zu sein; sie hatte keine Angst mehr vor ihm.

In der Küche schenkte sie ihm Tee ein, servierte ihm ein gekochtes Ei und dunkles Brot, das sie mit Butter bestrichen hatte. Während er aß, besorgte sie den Abwasch und stapelte das Geschirr so, wie es ihr Mrs. Mooney erklärt hatte. Dann trocknete sie ab und brachte das Porzellan auf seinen Platz in der Speisekammer zurück.

In der Küche war es ungeheuer warm und roch leicht nach Torfqualm. Über dem Herd, dicht unter der Decke, ruhte auf Rollen ein Holzgestell, dessen Stangen mit Kleidungsstücken und Bettzeug behängt waren. Hemden, Schlafanzüge, Nachthemden, zusammengeschlagene Laken, Kopfkissenbezüge, Handtücher wurden dort aufgehängt. Ein ausgeprägter Ordnungssinn regierte in diesem Haus, das Eileen sogleich ins Herz geschlossen hatte. Hier fühlte sie sich geborgen.

Ehe Mrs. Mooney gegangen war, hatte sie ihr die beste Art gezeigt, Porridge herzustellen, und sie hatte ihr gesagt, wie sie das Mittagessen des nächsten Tages zubereiten solle. Eileen hoffte sehr, daß sie sich alles merken konnte.

Die Missus war auf einen Sprung in die Küche gekommen und hatte ihr einen Riegel Seife, eine Nagelbürste und ein eigenes Handtuch gebracht.

„Von jetzt an wünsche ich dich nur noch mit makellosen Fingernägeln zu sehen, Eileen."

„Ja, gnä' Frau."

Eileen fand nichts dabei, daß am Abend mehrere Männer erschienen, die den Hausherrn sprechen wollten und sich bis nach Mitternacht im Wohnzimmer aufhielten. Sie hörte die Uhr in der Diele um zwölf schlagen. Dann erst verließen die Gäste das Haus, und die leisen Schritte und gedämpften Stimmen verhallten unter ihrem Fenster.

Eileen war nicht die einzige, die wach im Dunkeln ruhte und die Dielenuhr schlagen hörte. Kitty lag schlaflos in ihrem Ehebett. Ein leichter Geruch von Kampfer erfüllte den Raum. Jetzt, nachdem die Männer fortgegangen waren, würde Leonard bald kommen, mit unterdrückten Flüchen durch die Finsternis tappen, bevor er sich neben sie legte. Sie würde vorgeben zu schlafen. Gott sei Dank war das neue Mädchen eingetroffen. Sie wußte zwar nichts, schien jedoch guten Willens zu sein. Wenn sie am nächsten Morgen aufstand, würde wenigstens ein Feuer im Küchenherd brennen. Die arme Mrs. Mooney war mit ihren beiden Haushalten überlastet gewesen. Andererseits hatte sie natürlich ihre Tochter Betty, die ihr daheim zur Hand gehen konnte.

Sie hoffte, daß sich Eileen einarbeitete; sie fühlte sich noch ziemlich erschöpft; die geringste Anstrengung machte ihr zu schaffen. Die arme kleine Magd hatte in ihrem bisherigen Leben offenbar weder Porzellan noch Tischtücher gesehen und hatte nicht die leiseste Ahnung, wie man einen Tisch deckte. Und der Zustand ihrer Fingernägel! Wo sie nicht bis ins Fleisch abgeknabbert waren, starrten sie vor Schmutz. Das schlimmste aber war ihr Körpergeruch. Es war ihr aufgefallen, als sie neben ihr in der Küche gestanden hatte. Wie oft nahmen diese Mädchen in dem Waisenhaus ein Bad? Einmal im Jahr, wie oft es auch nötig wäre. Man würde sich mit ihr darüber unterhalten müssen.

Der nächste Tag war ein Sonntag. Danach wollte sie versuchen, wieder in die Schule zu gehen. Doktor Kelly hatte gemeint, daß sie ausspannen solle, und Leonard hatte etwas von einer Fahrt nach Dublin gemurmelt, aber sie wußte, das hatte er nur getan, um sie aufzumuntern. Er beabsichtigte nicht, es wahr zu machen. Ihr fiel die Perlenkette ein, die sie in Mortons Schaufenster gesehen hatte und die Leonard ihr hatte kaufen wollen – als Hochzeitsgeschenk. Sie hatte nein gesagt, sie wolle die Kette nicht haben. Der Preis war nicht angegeben gewesen, und sie hatte befürchtet, daß er zu hoch wäre. Jetzt wußte sie, daß sie die Kette nie haben würde, obwohl sie sich wünschte, sie zu besitzen, weil sie ihren weißen seidigen Glanz und ihre geschmeidige Schönheit bewunderte. Sie konnte sie nur noch dann bekommen, wenn sie selbst dafür bezahlte. Es tat ihr leid, daß sie ihr Gehalt an Leonard abgetreten hatte. Das kleine Vermögen, das ihr Großmutter Ellen hinterlassen hatte, war das einzige Geld, über das sie verfügte, und es widerstrebte ihr, es anzugreifen.

Sie seufzte in der Dunkelheit. Die Ehe war eine größere Strapaze, als sie es sich je hätte träumen lassen. Unerträglich einsam war sie geworden. Leonard ging in seiner Arbeit auf, lebte für seine Bücher und die Leute, die ihn abends besuchten, und die sie im stillen seine „Patienten" nannte. Halbe Analphabeten waren es, denen er für ihre Verwandten in Amerika Briefe schrieb. In letzter Zeit fanden sich außerdem Gruppen junger Männer ein, mit denen Leonard stundenlang im Wohnzimmer saß. So leise wurde bei diesen Zusammenkünften gesprochen, daß sie nicht hörte, worüber geredet wurde, wenn sie auf dem Weg zum Schlafzimmer an der Tür vorüberkam. Sie wußte, daß sie spielten. Oft schon hatte sie am Morgen die Karten und den geöffneten Spieltisch gesehen. Häufig blieb er auch lange fort, um Frank Ledwith oder den Anwalt Nathaniel Power wegen der Strattonschen Ländereien aufzusuchen, wie er sagte. Seit ihrem Streit in der Küche war er noch kühler als vorher, obwohl er sich bei ihrer Fehlgeburt ganz bestürzt gezeigt hatte. Wahrscheinlich liebte er sie auf seine Weise; er schien nur nicht fähig zu sein, es zu zeigen. Manchmal verlangte es sie, die Arme um ihn zu werfen, und ihm zu sagen, wie sehr sie ihn liebe und brauche, aber sie fürchtete, abgewiesen zu werden. Sie verachtete sich dafür, daß sie ihn brauchte; es war lediglich eine Quittung für Erniedrigungen. Nur wenn Besuch da war, trat der alte Ausdruck wieder in seine Augen; es war, als müsse er sie mit den Augen anderer Menschen sehen, um sie überhaupt zu sehen. Zu allem Unglück fand sie keine Möglichkeit, ihre Lage zu verändern. Sie konnte ihn nicht verlassen; sie wußte nicht, wo sie hingehen sollte (nun ja, Mary würde sie aufnehmen, gestand sie sich ein, aber das hieße zugeben, daß sie gescheitert war). Sie wollte ihn nicht einmal verlassen; sie sehnte sich danach, glücklich verheiratet zu sein. Hätte sie ihr Kind ausgetragen, wäre vielleicht alles anders geworden, aber sie hatte es verloren, und das wurde ihr schwerlich verziehen.

Hinter den scheidenden Besuchern schloß Leonard die Haustür ab. Er trottete ins Wohnzimmer zurück, stellte den Whisky fort, dann schob er den Spieltisch in die Nähe des Kamins, entnahm einem Schubfach seines Sekretärs ein Päckchen Karten und verstreute sie lose über den grünen Friesbezug. Danach kniete er nieder, lehnte sich gegen seinen Sessel und betete, den Kopf in der Beuge eines Arms vergraben. Er betete für Irland, für Kitty, für sich, um Seelenstärke. Er wußte, daß, was er tat, richtig war. Stille beherrschte das Haus. Nur die Uhr in der Diele tickte gleichmäßig. Er löschte die Lampe auf dem Kaminsims und ging leise die Treppe hoch. Die knarrende vorletzte Stufe ließ er aus. Kitty würde schlafen. Eine Woge schuldbewußter Zuneigung überflutete ihn. Sie glich so sehr einem Kind, wenn sie schlief, aber jedesmal, wenn er an sie dachte oder sie berührte, spürte er Sheilas Blick, die ihn geduldig und gequält beobachtete. Er wußte, daß es Unsinn war, doch die Zwangsvorstellung konnte er nicht verscheuchen. Der Gedanke an Kitty erfüllte ihn mit heißem Verlangen, das er widerstrebend unterdrückte. Eine Zeitlang wollte er sie noch in Ruhe lassen, einige Wochen, nahm er sich vor. Schließlich lag die Fehlgeburt erst drei Wochen zurück. Ihm stand jene Nacht so lebhaft vor Augen, als ob es die gestrige gewesen wäre: Kitty, die vor Schmerzen stöhnte, und der Arzt konnte nicht vor Tagesanbruch kommen, der Batzen blutigen Gewebes in seinen Händen vor der Spüle — das ersehnte Kind.

So du ein Mensch bist, taufe ich dich im Namen des Vaters, des Sohnes und des Heiligen Geistes.

Er hatte die tote Leibesfrucht in einen Schuhkarton gelegt und in einem Winkel des Gehölzes begraben, während es gleichmäßig geregnet und Kitty — weiß wie die Wand — oben in ihrem blutdurchtränkten Bett gelegen hatte. Er war in die Stadt gefahren, um eine Matratze zu besorgen, Ersatz für die alte, die er draußen verbrannte.

Kitty sah, wie die Tür aufging, und Leonard ins Zimmer schlich. Zumindest meinte er zu schleichen; er war zu nachlässig, als daß er es ordentlich getan hätte. Unstetes Mondlicht fiel durch einen Spalt zwischen den Gardinen, doch ihre Augen waren an die Finsternis gewöhnt, während er halb blind sein mußte. Er legte die Sachen ab und warf sie über eine Stuhllehne. Sie wartete darauf, daß er über etwas stolperte. Gewöhnlich rannte er gegen den kleinen Samthocker, den sie aus Dublin mitgebracht hatte. Der Arzt hatte ihm eindrucksvoll erklärt, wie wichtig für sie Ruhe war. Deshalb legte er sich im Dunkeln schlafen.

Er zog den Pyjama an, ging zum Fenster und sah — anscheinend in Gedanken versunken — hinaus. Dann ließ er den Vorhang fallen, drehte sich zum Bett um und stolperte über seine Schuhe.

„Muttergottes!"

Kitty bemühte sich vergeblich, ein Lachen zu unterdrükken.

„Ich dachte, du schläfst schon."

„Ich hätte wetten können."

„Wetten?“

„Daß du über etwas stolperst.“ Kitty kicherte. „Manchmal bist du sehr komisch.“

Leonard antwortete nicht. Er kroch auf seinen Platz an ihrer Seite. Fühlte er sich verletzt? Das hatte sie nicht gewollt. Immer gab er den Ton an. Lachte er, lachte sie auch. Wenn sie sich einen Scherz erlaubte, brauchte er noch lange nicht zu lachen. Niemand hatte diese Regeln je aufgestellt, aber in dieser oder jener Form existierten sie überall. Jetzt lag er wie ein verstimmter Kater da, und weil die ganze Sache so spaßig war, mußte sie wieder lachen, in sich hinein zwar, aber ein Schnaufer entwich ihr, und das Bett bebte.

„Was ist so urkomisch?“ wünschte Leonard zu wissen.

„Du bist es“, sagte Kitty, und ein kurzer Lachkrampf folgte.

Dann tat sie etwas, was sie noch nie getan hatte. Sie ließ die Hand über seinen warmen, behaarten Bauch gleiten und spürte, wie er erstarrte. Sie hätte gern mehr von ihm gefühlt, ein wenig erkundet. Es war äußerst aufregend, ihm im Dunkeln den warmen Bauch zu streicheln. Sie hätte ihn gern überall gestreichelt, ihn auch mit den Lippen berührt, ihr Nachthemd ausgezogen, ihre Brüste gegen sein Gesicht gedrückt, aber dann würde er denken, daß er ein loses Frauenzimmer geheiratet habe.

Leonard regte sich unter ihrer liebkosenden Hand. Im nächsten Augenblick lag er auf ihr und riß ihr Nachthemd hoch. „Ist es richtig?“ Seine Stimme klang heiser.

Im Nu war alles vorüber. Gleich danach schlief er ein, mit sich und aller Welt zufrieden. Kitty aber lag bis tief in die Nacht hinein wach da und dachte darüber nach, warum sie mit dem Kopf durch die Wand wollte.

Eileen war schon früh auf den Beinen. Halb sieben hatte der Wecker geklingelt, aber sie war längst wach gewesen. Die Aufregung lag ihr, mit Angst vermischt, schwer im Magen. Auch kreisten ihre Gedanken um Kathleen und die schreckliche Einsamkeit, die sie hinterlassen hatte. Da es ein Sonntag war, zog Eileen ihre besten Kleider an, den blauen Pullover, der ihr ein bißchen zu klein war, und den schwarzen Rock, der zu lang war, doch sie verkürzte ihn, indem sie den Bund umschlug, dann band sie eine Schürze vor, die ihr die Missus gegeben hatte.

Die Küche war warm und das Feuer im Herd noch nicht erloschen. Sie schürte es, entfernte die Asche und legte kleine Stückchen Torf auf die Glut. Sie nahm den Gänseflügel von dem Seitenbord und fegte den Herd ab, prüfte den Porridge und rührte ihn durch. Am Abend hatte sie ihn in der Kasserolle aufgesetzt; jetzt war er fertig. Sie schob den schweren Kessel über die heiße Platte, da hörte sie das Tapsen von Gummistiefeln im Hof und das Klirren eines Eimers. Es war Tommy, der die Milch brachte. Sie war warm und schäumte noch. Der Hund folgte ihm auf den Hof und streckte sich dann im Torfschuppen aus.

Sie ließ Tommy herein. Er stellte die Kanne auf den Tisch der Speisekammer, legte die Jacke ab, wusch sich in der Spüle die Hände und seihte die Milch durch, wie er es am Abend zuvor getan hatte. Sie fühlte sich unsicher, weil sie mit ihm allein war.

Während Tommy frühstückte, ergriff Eileen die Schaufel und eine Zeitung und ging ins Wohnzimmer, wo sie den Kamin ausnahm und ihn anschließend mit Brennmaterial füllte, so daß jederzeit wieder Feuer angezündet werden konnte. Sie räumte die Karten und Gläser weg. Allem Anschein nach hatte der Herr mit seinen Gästen gespielt und ihnen Whisky vorgesetzt. Sie kostete den Rest aus einem der Gläser und spie ihn angewidert auf den Handrücken, den sie an der Schürze abwischte, während sich ihre Lippen zusammenzogen. Das ekelhafte Zeug muß einen ja innerlich verbrennen, dachte sie. Wie konnten die Männer das bloß vertragen.

Das Wohnzimmer hielt sie für wunderbar. Der Kaminsims bestand aus schwarzem, grün geädertem Marmor. Darüber hing ein großer, ovaler Spiegel an der Wand. Sie betrachtete ihr Spiegelbild und ordnete das Haar. Hellblaue, glänzende Augen starrten zurück. Ihr rundes Gesicht war sommersprossig, und ihr rotes Haar kräuselte sich in kurzen Wellen.

Nacheinander warf sie einen Blick aus den beiden Fenstern. Das eine lag auf der Vorderseite, von dem anderen sah sie einen kleinen Garten. Am Ufer folgte eine lange Kolonne Osterglocken dem Lauf des Baches. Der Frühnebel bedeckte noch die Felder.

Auf dem Weg zur Küche schaute Eileen in das Eßzimmer. Es gab dort ein Bufett und einen schweren, runden Tisch mit mehreren Stühlen drumrum. In dem Alkoven neben dem Kamin standen Reihen von Büchern. Eine Durchreiche verband Speisezimmer und Küche, und ein Leinenvorhang mit bestickten Ecken hing davor.

Oben wurde eine Tür geöffnet und wieder geschlossen. Eileen lief rasch in die Küche zurück.

Der Hausherr in seinem Morgenrock trat ein. „Sei so gut, Mrs. Delaney etwas heißes Wasser ins Badezimmer zu bringen."

Aus einem der großen, schwarzen Töpfe, die summend auf dem hinteren Teil des Herdes standen, goß Eileen Wasser in einen Krug, den sie nach oben schleppte. Sie stellte ihn ins Bad, aber als sie hinunterging, kam die Herrin schon aus ihrem Zimmer. Sie trug einen rosa Morgenrock, auf den ein Vogelmuster gestickt war. Das lose Haar fiel frei auf den Rücken. Eileen war starr vor Staunen. Pure Schönheit, stellte sie fest. Die Missus war fast so schön wie die Erzherzogin. Die Vorstellung, was sich diese Frau von dem Herrn bieten lassen mußte, wenn sie zusammen ins Bett gingen, schob Eileen weit von sich. Es war schauderhaft, daran zu denken. Trotzdem musterte sie ihn neugierig, als er ihr in der Diele begegnete.

Fast eine Stunde verging, ehe Kitty herunterkam. Sie trug ein Tweedkostüm und war sorgfältig frisiert.

„Möchten Sie jetzt Ihr Frühstück haben, Ma'am?" fragte Eileen, lief scharlachrot an und trat von einem Bein auf das andere."

„Nein, danke, Eileen. Ich gehe zur Kommunion."

„Sehr wohl, Ma'am."

„Du kannst mit Tommy die Zehn-Uhr-Messe besuchen. Im Schuppen steht ein Damenfahrrad. Das darfst du benutzen – nicht das mit dem Korb, sondern das alte. Ich nehme an, du kannst fahren?"

„So ungefähr. Im St. Bride's hatten wir einen ollen Schlitten zum Üben."

„Verstehe", murmelte Kitty skeptisch. „Also sei vorsichtig."

Halb zehn schob Eileen das Rad zum hinteren Tor, wo Tommy wartete. Sie trat fest auf die Pedale, die vorn lag, und stieß sich mit dem anderen Fuß kräftig von der Erde ab. Sie hoppelte ein paar Meter, bis sie genug Schwung genommen hatte, um wirklich fahren zu können. Das Rad schwankte gefährlich, doch kaum saß sie fest im Sattel, fiel ihr alles nur so zu. Vor Tommy her fuhr sie die Straße entlang, und ihr Selbstvertrauen wuchs ständig. Sie spürte seine Blicke auf dem Rücken und ärgerte sich über die Röte, die vom Hals aufstieg. Die Felder um sie her waren noch naß, aber die Sonne schien hell, und ein heftiger Wind trieb die Wolken über den Himmel.

„Links lang", rief Tommy hinter ihr. Sie näherten sich der Hauptstraße, wo Leute in Gruppen gingen. Einige der Kinder waren barfuß. Ein paar alte Männer winkten Tommy grüßend zu.

Tommy holte auf und fuhr neben ihr. „Wie kommst du so zurecht?"

„Danke, gut."

„Magst die Missus, was?"

Eileen nickte. „Sie is' schrecklich nett."

Tommy schielte sie von der Seite an. „Sieht auch gut aus. Weißt du, daß ihre Großmutter eine adlige Dame war?"

Eileen staunte mit offenem Mund. Sie musterte Tommy, um festzustellen, ob er scherzte; aber er hatte eine ernste Gesprächsmiene aufgesetzt, und sie wandte schnell den Blick ab, als er seine scharfen Augen auf sie richtete.

„Ohne Flax. Ihre Großmutter heiratete einen Lehrer, brannte durch und wurde mit einem Shilling abgespeist."

„Woher willst du das wissen?" fragte Eileen mißtrauisch.

„Das wissen doch alle."

Eileen war sich nicht klar, ob sie ihm glauben konnte oder nicht. „Jedenfalls ist sie die pure Schönheit", sagte sie lebhaft. „Das Ebenbild der Erzherzogin Tatjana."

Eine Weile schwiegen beide.

Dann lachte Tommy. „Das Erz von wem?" erkundigte er sich. Seine Lippen wurden schmal, und die Mundwinkel krümmten sich. Sein Augen glichen Schlitzen.

„Sie is' eine ruhsische Prinzessin", erwiderte Eileen empört. „Ihr Vater is' der König von Ruhsland."

„Im Ernst?" fragte Tommy ungläubig. Er lachte noch. „Ich

dachte, die hätten sie alle umgebracht, die ganze Familie, deine Tatti Jana und alle."

Eileen erbleichte. „Ich glaube dir nicht. Du meinst, sie sind tot?"

„Mausetot. Erschossen." Einen Augenblick später fügte er hinzu. „Trotzdem, wo hast du denn von ihr gehört?"

Eileen antwortete nicht gleich. „Warum?" fragte sie nach einigen Sekunden mit schwacher Stimme.

„Warum was?"

„Warum wurden sie erschossen?"

Tommy lachte verächtlich. „Weil sie keine hohen und mächtigen Herren mehr über sich haben wollten, die sie rumkommandieren – die ihnen sagen, was sie zu tun un' zu lassen ham un' ihnen das Geld abnehm."

Eileen senkte den Blick auf die Lenkstange. „Sie war jung. Sie hat keinem Menschen ein Haar gekrümmt."

Tommy schnaubte höhnisch. „Seit wann hat das je eine Rolle gespielt?"

Etwa drei Minuten später näherten sie sich einem großen, zweiflügeligen schwarzen Tor, durch das man zu einer Allee gelangte. Steinerne Adler hockten finster auf den Pfeilern. Ein Pförtnerhäuschen stand hinter der Einfahrt, und zwei Kinder spielten dort vor der geöffneten Tür mit Kieselsteinen. Sie sprangen hoch und betrachteten scheu den Wagen, der in die Kurve ging.

„Willkommen zu Hause, Master Paul!" rief ein alter Mann dem jugendlichen Insassen des Einspänners zu, der im Torweg für einen Moment anhielt. Der Ankömmling dankte mit erhobener Hand. Eileen betrachtete ihn neugierig. Wie gerade aufgerichtet er in der Kutsche saß, und wie ehrerbietig die vorüberziehenden Männer alle ihre Mütze berührten, während die Frauen scheu lächelten.

„Master Paul Stratton, unser Landjunker", erklärte Tommy säuerlich. „Jüngster Sproß einer langen Linie von Cromwell-Leuten, die sich hier niederließen. Die irische Familie, der das Land vorher gehörte, mußte verschwinden – in die Hölle oder nach Connaught. Der Mann ist gerade aus England zurück. War im Krieg, soll verwundet worden sein, sieht aber ganz heil aus. Anders als viele arme blutige Narren unseres Pfarrbezirks, die auszogen, um für die ‚Freiheit der kleinen Nationen' zu kämpfen." Er lachte bitter auf. „Freiheit – leck mich sonstwo!"

Eileen hatte nicht zugehört. Sie war mit den Gedanken bei der Erzherzogin.

Die Kirche lag nun vor ihnen. Männer standen in Gruppen vor der Tür, unterhielten sich und beäugten die Mädchen. Eine rothaarige Radfahrerin traf ein. „Molly!" rief ihr Tommy zu. „He, Molly!" Sie warf einen Blick über die Schulter, als sie ihr Rad gegen die Wand lehnte, schnitt eine Grimasse unverhohlener Mißachtung und stürmte in die Kirche. Einige der Männer wieherten.

„Rate mal, wer dich nicht mehr leiden kann", spottete einer unter brüllendem Gelächter, und Tommy errötete vor Zorn.

„Diese Hure!" stieß er zwischen den Zähnen hervor.

Eileen stieg ab, führte das Fahrrad am Straßengraben entlang und stellte es neben das von Tommy an die Steinmauer eines Feldes.

„Wirste dich allein nach Hause finden?" murmelte er. „Ich will nachher mit ein paar Jungs noch auf ein Bier."

„Sicher." Eileen nickte. „Das packe ich."

An den tratschenden Männern vorbei ging sie in die Kirche. Ihr war klar, daß sich Tommy inzwischen zu den anderen gesellt hatte und daß Bemerkungen über sie getauscht wurden. Sie zog ihr Tuch enger um den Kopf, bekreuzigte sich vor dem Behälter mit Weihwasser und betrat erleichtert das halbdunkle Innere. Die Kirche war ziemlich klein, der Fußboden mit Platten ausgelegt, die Fenster mit bunten Scheiben verglast. Im hinteren Teil tropften Kerzen vor einem Standbild der Heiligen Jungfrau; der Geruch von geschmolzenem Wachs und verbranntem Docht erfüllte die Luft. An der letzten Bankreihe kniete Eileen nieder, da bemerkte sie, daß sich die Frauen alle auf der anderen Seite aufhielten, und sie wechselte nervös den Platz. Die Messe hatte noch nicht begonnen, aber die Frauenseite war fast voll besetzt. Nur die Männer schien es draußen noch zu halten.

Sie wünschte, daß sie einen Penny hätte, um eine Kerze anzünden zu können – zwei Kerzen, eine für Kathleen, eine für die Erzherzogin. War sie wirklich getötet worden oder hatte Tommy die Geschichte nur erfunden? Sie wischte mit dem Handrücken die hervorsickernden Tränen fort. „Alle, die ich gern habe, sterben“, flüsterte sie vor sich hin. Sie betete für beide, bat den lieben Gott, sich Kathleens anzunehmen und die Erzherzogin zu behüten, ob sie lebte oder nicht.

Auch die Männerseite der Kirche füllte sich schließlich. Der Geistliche im Meßgewand trat ein, gefolgt von dem Ministranten. Vor dem Altar sank der Pfarrer in die Knie und intonierte: „Introibo ad altare Dei.“

„Ad Deum qui laetificat juventutum meum“, erklang es im Sprechgesang aus dem Munde des Ministranten, der elf Jahre alt sein mochte und dessen Gesicht glänzte. Störrisch aufragende Haarbüschel krönten seinen Kopf.

Nach der Kommunion näherte sich die Messe rasch ihrem Ende. Eileen blickte sich um und stellte fest, daß Tommys Augen auf sie gerichtet waren. Er stand mit anderen Männern im hinteren Teil der Kirche und zwinkerte ihr zu. Verwirrt schaute sie weg, aber als sie ins Freie trat, war er nirgends zu sehen. Da fiel ihr ein, daß er noch Bier trinken wollte, und das erinnerte sie daran, worüber die Männer nach den Worten von Schwester Rosalie in Kneipen sprachen. „Schmutzig“, murmelte sie.

Sie stieg aufs Rad und fuhr nach Hause. Am Kreuz begegnete sie ihrer Herrschaft, die kerzengerade aufgerichtet in dem Einspänner saß und zur nächsten Messe unterwegs war.

„Die Hintertür ist unverschlossen, Eileen“, rief ihr der Herr zu, und die Herrin lächelte sie an. Eileen spürte, wie es ihr das Herz ein wenig wärmte. Sie fuhr schneller, und als sie ankam, wurde ihr bewußt, daß sie das Haus für sich allein hatte.

Etwa zwanzig Minuten später traf auch Tommy ein. Sie arbeitete in der Küche und hörte sein Fahrrad klappern. Die Tür stand offen, die Sonne beschien den Hof. Ein verlockender Bratenduft begann vom Ofen aufzusteigen. Sie hatte die Kartoffeln gewaschen und war dabei, sie zu schälen, da füllte plötzlich Tommy den Türrahmen aus. Seine Stiefel waren auf Hochglanz gewichst, sein Haar quoll lockig unter der Mütze hervor. Einen Augenblick zögerte er. Dann setzte er die Mütze ab und trat ein.

„Laß das die Missus lieber nicht sehen“, sagte er und deutete zu der Katze hin, die neben dem Ofen schlief. „Sie kann Katzen nicht leiden. Möchte sie nicht im Haus haben.“

Eileen warf mit einer Kartoffelschale nach der Katze, die sich aufrichtete und sie anblinzelte, wobei sie ein Ohr seitwärts drehte.

„Scher dich raus!“ befahl Eileen.

Die Katze kniff die Augen zu und streckte sich behaglich hin.

„Himmel!“ murrte Eileen und griff zum Besen.

Da kriegte die Katze plötzlich Angst. Ihr Blick verriet, daß sie zwar die Drohung, jedoch nicht deren Anlaß begriffen hatte, und sie jagte hinaus.

Tommy lachte. „Das arme, alte Ding versteht die Welt nicht mehr. Solange Missus Sheila lebte – Gott sei ihr gnädig –, wurde sie immer reingelassen; aber den Feger kennt sie inzwischen gut genug; ihr Hinterteil hat nicht nur einmal damit Bekanntschaft gemacht, seitdem die neue Missus da ist.“

Eileen stellte den Besen weg. „Wie meinst du das – die neue Missus?“

Tommy schaufelte die Kartoffelschalen zusammen und warf sie ins Feuer. „Na, weil doch die Missus Ehefrau Nummer zwei ist. Die erste ist vor rund zwei Jahren gestorben, nach ihrer Niederkunft. Hast du das nicht gewußt?“

„Woher soll ich das wissen, frage ich dich“, sagte Eileen. „Wann hat die Missus geheiratet?“

„Das ist noch gar nicht lange her. Letzten August, scheint mir.“

„Sie is' zu jung für ihn“, bemerkte Eileen nach kurzem Schweigen.

Tommy trat näher und stellte sich neben sie an die Spüle. „Un' sie hat auch ein Babby verlorn!“

„Ich weiß“, sagte Eileen. „Schwester Rosalie hat es mir erzählt.“

„Seitdem isse unpäßlich.“ Er senkte die Stimme. „Der Herr hat nicht viel Glück bei seinen Versuchen, einen Sohn un' Erben zu zeugen.“

Eileen schälte wütend weiter. Er stand zu dicht neben ihr. Die Röte stieg ihr ins Gesicht, und je mehr sie sich anstrengte, es zu verhindern, desto dunkler verfärbte sie sich. „Ich dachte, du hättest gesagt, daß du auf ein Bier gehen wolltest.“

„Wollte ich, sicher . . . Dann kam mir die Idee, daß du mir dafür ein kleines Küßchen schenken könntest." Er legte ihr eine Hand ins Kreuz und ließ sie abwärts gleiten.

Sie spürte seinen warmen Atem am Ohr, wich erschrocken zur Seite aus und hob das Messer. „Rühr mich nicht an! Laß mich in Ruhe!"

Tommy prallte zurück. „Du scheinst dich ja mächtig stark zu fühlen, das muß ich schon sagen." Er schritt zur Tür, blieb auf der Schwelle stehen und sprach über die Schulter. „Was glaubst du, wer dich vor den neuen Bullen beschützen soll, die demnächst komm' wer'n? Das würde ich gerne von dir erfahrn. Du meinst wohl, die reißen vor deinem Messerchen aus?"

Eileen sah ihn unsicher an. „Ich weiß nicht, wovon du redest. Von denen gibt's doch keinen einzigen hier bei uns."

„Die können jeden Tag kommen, Mädel", sagte er im Brustton der Überzeugung. „In Redchurch sind sie bereits, und das is' gleich der Nachbarbezirk. Zwei der alten Bullen haben se dort nämlich letzte Woche totgeschossen."

Eileen dachte daran, wie sich Schwester Margaret über die Mordfälle geäußert hatte, von denen die Zeitungen berichteten. „Niederträchtig", sagte sie. „Niederträchtig ist das."

Tommy lachte kurz auf. „Niederträchtig – jawoll! Unsere Männer vom Mountjoy-Gefängnis im Hungerstreik; unsere Leute – Zivilisten auf der Straße – neulich in Mulltown Mallbay niedergemäht, weil sie wagten, ihre Entlassung zu feiern; unser Land vollgestopft mit fremden Truppen, obwohl unsere eigenen Sinn-Féin-Kandidaten bei der letzten Wahl das Rennen großartig wieder gemacht haben; unser Dáil in Dublin, unsere gewählten Volksvertreter, gezwungen, heimlich zusammenzutreten, während irische Verräter in der Uniform der Polizeitruppe RIC fortfahren, dieses Land für den Feind zu halten. Niederträchtig ist nicht das richtige Wort, Mädel. Die Zeit der Reden ist vorbei."

Er stapfte über den Hof, und Eileen beobachtete ihn durch das Fenster, bis er hinter dem Torschuppen verschwunden war.

Kapitel 4

Es war kurz vor zwölf, als Leonard und Kitty von der Messe zurückkehrten. Eileen hörte, wie Punch freudig kläffte. Sie spähte durch die Tür und sah, daß die Kutsche am Hoftor hielt und die Missus ausstieg. Hastig lief sie umher, um sich zu überzeugen, daß alles an seinem Platz stand. Im Speisezimmer hatte sie den Tisch gedeckt und hoffte, es richtig gemacht zu haben.

Kitty stellte erleichtert fest, daß die Kartoffeln gekocht und abgegossen waren und mit dem Fleisch zusammen in der unteren Röhre warm gehalten wurden. Sie streifte die Handschuhe ab und stach die Kartoffeln mit dem Messer an. „Gutes Mädchen. Hast du die Soße zubereitet?"

„Nein, Ma'am", erwiderte Eileen nervös. „Ich hatte Angst, es falsch zu machen."

„Ist nicht schlimm, ich werde mich gleich selbst darum kümmern", sagte Kitty, indem sie die Nadeln aus ihrem Hut zog und ihn absetzte. „Wie steht's mit dem Kaffee? Hast du ihn gemahlen? Ehe ich losfuhr, hatte ich einige Bohnen in die Mühle getan."

„Nein, Ma'am."

„Hast du die Sahne geschlagen?"

„Nein, Ma'am."

Kitty stöhnte. „Na, dann komm und hole es nach."

Sie führte Eileen in die Speisekammer und zeigte ihr, wie der Schneebesen zu handhaben war. „Laß sie aber nicht zu steif werden."

Sie mahlte den Kaffee, während Eileen zusah und anschließend in die Küche eilte, um nach der Orangenspeise zu schauen, die seit einiger Zeit schon dampfte. Sie hörte, wie Kitty erleichtert seufzte. Warum war die Missus so in Eile?

„Ich gehe nach oben, mich umziehen, Eileen. Mache im Eßzimmer Feuer und lege noch ein Gedeck auf. Wir haben einen Gast zu Tisch."

Als Kitty ihr Zimmer betrat, sah sie, daß das Bett gemacht und alles sorgfältig zusammengelegt und aufgeräumt war.

Wenigstens ist das Mädchen nicht arbeitsscheu, dachte sie. Welch ein Segen, wieder jemanden zu haben und nicht auf die arme Mrs. Mooney angewiesen zu sein. Sie legte den Hut weg, schüttelte das Haar über die Schultern und bürstete es kräftig. Was sollte sie anziehen? Sie öffnete den Kleiderschrank, die Tür quietschte, der Geruch von Kampfer schlug ihr entgegen. Schade, daß es für das elfenbeinfarbene Crêpe de Chine nicht warm genug war. Es war ihr Lieblingskleid und das teuerste, das sie hatte. So wählte sie schließlich ein altrosa Wollkleid mit kleinen Biesen im Oberteil und prüfte ihre Figur vor dem Spiegel.

Ja, sie hatte zu stark abgenommen. Um die Taille war sie immer schlank gewesen, aber ihr Busen und ihre Hüften schrumpften jetzt förmlich. Einige Frauen trugen gepolsterte Korsetts. Mr. Stratton würde sie für eine Vogelscheuche halten. Sie freute sich, daß sie ihm ihre Aufwartung gemacht hatten, obwohl sie von dem Augenblick an, als er eingeladen worden war, keine ruhige Sekunde mehr gehabt hatte; das Mittagessen bereitete ihr ständig Kopfzerbrechen.

„Ich möchte bei Mr. Stratton vorsprechen", hatte Leonard auf dem Heimweg gesagt. Ich habe mir gedacht, wir könnten ihn zum Essen einladen. Ich würde gern die Übergabe seiner Besitzungen mit ihm erörtern."

Kitty war in Gedanken das Menü für die Mittagsmahlzeit durchgegangen. Warum mußte er sie immer überrumpeln?

„Glaubst du, daß er kommt? Übrigens wird er das Essen wohl ‚luncheon' nennen."

„In diesem Teil der Welt heißt es ‚dinner', Kitty." Er lächelte sie an, sanft und spöttisch. „Und zum Dinner werde ich ihn bitten, obwohl ich ihm sagen will, zu welcher Stunde wir ihn erwarten."

Und so hatten sie das Steintor mit den Adlern passiert, hatten kurz angehalten, um mit Mrs. Mooney, die in der Tür des Pförtnerhäuschens aufgetaucht war, ein paar Worte zu wechseln.

„Sind Sie es, Master Delaney? Morjen, Ma'am. Ich hoffe, die neue Jungsche stellt sich geschickt an."

„Ja, das hoffe ich auch", hatte Kitty gesagt. „Wenn wir zu Hause sind, wird es sich zeigen."

„Wie geht's, wie steht's?" hatte Leonard gefragt.

„Blendend, Gott sei Dank."

Nach der letzten Biegung waren sie direkt auf das Herrenhaus zugefahren, und sie hatte interessiert hingeschaut, hatte unterhalb des Lecks in der Dachrinne den Fleck auf dem Gemäuer bemerkt und festgestellt, daß die Fensterrahmen dringend gestrichen werden müßten. Alles in allem aber war es ein imposantes Gebäude, klassisch, schön. Noch nie hatte sie es so dicht vor sich gesehen, und seine Größe hatte sie beeindruckt, obwohl die Macht der Bewohner nur einen Abglanz vergangener Herrlichkeit darstellte.

Eine Haushälterin in mittleren Jahren, Mrs. Devine, hatte die Tür geöffnet, Kitty grüßend zugewinkt, dann Leonard hereingebeten. Wenige Minuten später war er zurückgekehrt, an der Seite eines großen, jungen Mannes in Tweedsachen, mit lässigen Bewegungen und von einer höflichen Selbstsicherheit, die alles um ihn her verblassen ließ.

Kitty hatte seinen kühlen, abschätzenden Blick gespürt, seine Überraschung, die plötzliche Erleuchtung, das stürmische Klopfen ihres Herzens.

„Das ist Kitty, meine Frau", hatte Leonard gesagt.

„Ich bin entzückt, Sie kennenzulernen, Mrs. Delaney." Er hatte die hingestreckte Hand ergriffen. „Ich habe viel Angenehmes über Sie gehört; der ganze Pfarrbezirk scheint sich noch immer darüber auszulassen, welch schöne Frau Master Delaney geheiratet hat."

Er hatte es mit der gepflegten Aussprache seiner Klasse gesagt und sie mit seinen stolzen Augen abschätzend angeschaut, und sie hatte sich gezwungen, seinen Blick zu erwidern, ihn auf seinen Nasenrücken gerichtet.

„Sie überwältigen mich, Mr. Stratton."

Sie hatte die Bemerkung nur leicht hingeworfen, aber es war die lautere Wahrheit gewesen; sie hatte die Armmuskeln angespannt, damit ihre Hände nicht zitterten, und dabei entrückt und doch mit eigentümlicher Klarheit das feine Bogenmuster auf seiner seidenen Krawatte wahrgenommen und das eigenartige Schmuckstück am Ende seiner Uhrkette – ein Gebilde mit Flügeln. War er im Royal Armoured Corps gewesen? Dann hatte ihn Leonard zum Essen eingeladen. „Es wird uns Gelegenheit geben, alles durchzusprechen."

„Das ist sehr freundlich von Ihnen, aber ich möchte nicht

aufdringlich erscheinen", und wieder hatte er Kitty angeschaut.

„Sie wären uns sehr willkommen, Mr. Stratton."

Dann hatte er sie angelächelt. „In diesem Fall wäre es mir ein Vergnügen."

Und nun sollte dieser sonderbare, selbstbewußte Mann in einer Stunde bei ihnen zum Mittagessen eintreffen, und das neue Hausmädchen würde nicht die geringste Ahnung vom Servieren haben. Kitty klemmte Großmutter Ellens Perlenohrringe an und wechselte in die Glacépumps über, die sie als Teil ihrer Aussteuer gekauft, aber nie getragen hatte. Dann eilte sie nach unten, um Eileen einen Schnellkurs im Servieren zu erteilen. Sie war ehrlich erfreut, einen Gast zu Tisch zu haben.

Mr. Stratton verspätete sich um fünf Minuten, kostbare fünf Minuten, die es Kitty gestatteten, die Tafel zu überprüfen und ein paar Blumen ins Eßzimmer zu stellen. Hoch zu Pferde ritt er durchs Vordertor. Kitty beobachtete ihn flüchtig vom Speisezimmer aus. Woher, fragte sie sich, nehmen diese Leute nur ihre Arroganz? Sie war allgegenwärtig, in jeder Bewegung, der anmutigen Selbstsicherheit, die sie bewunderte und zugleich haßte. Nun, sie sollte er nicht zum Gegenstand seiner gönnerhaften Überheblichkeit machen!

Eileen öffnete die Dielentür und führte den Besucher ins Wohnzimmer. Kitty hörte, wie ihn Leonard begrüßte – allzu überschwenglich, fand sie, übertrieben zuvorkommend: „Setzen Sie sich nieder. Sie werden doch einen Tropfen Whisky nicht ausschlagen?" Sie ging in die Diele, durch die Eileen glitt – rot wie eine Tomate. Das Mädchen könnte den ganzen Bezirk beleuchten, dachte Kitty, verärgert über ihre linkischen Bewegungen.

Als sie sich überzeugt hatte, daß Fleisch, Soße, Kartoffeln und Karotten in den richtigen Schüsseln lagen, bereit, aufgetragen zu werden, wechselte sie zum Wohnzimmer über. Sie wußte, daß Leonard es lieber gesehen hätte, wenn sie ferngeblieben wäre, um ungestört und ernsthaft reden zu können, doch sie hatte den Verdacht, daß es sich im Grunde lediglich um eine Übung in Wichtigtuerei handelte. Schließlich waren Geldangelegenheiten wohl eine Sache des Anwalts.

Mr. Stratton erhob sich, als Kitty die Tür öffnete. Ihr gefiel es, daß der Raum warm und hell war. Es roch kräftig nach Whisky und frisch nach den Narzissen und Osterglokken in den beiden Vasen. Sie gab dem Gast die Hand, entschlossen, locker zu bleiben.

„Ich freue mich, daß Sie kommen konnten, Mr. Stratton. Alles ist jetzt fertig. Wenn es Ihnen recht ist, können wir also ins Speisezimmer gehen."

Beim Servieren stellte sich Eileen geschickter an, als sie erwartet hatte. Sie verriet Intelligenz und Einfühlungsvermögen und servierte, ohne etwas zu verschütten, obwohl die Röte in ihrem Gesicht mit jeder Handlung dunkler wurde. Die Fingernägel hatte sie gesäubert, wie Kitty erleichtert feststellte, aber noch immer haftete ihr dieser leicht fade Geruch an, den man spürte, wenn sie einem nahe kam. O Gott, dachte Kitty, ich werde sie wohl selber abschrubben müssen.

Mr. Stratton schien das Mahl zu munden, denn er ließ sich nachgeben. Leonard zerlegte das Fleisch mit Sachkenntnis. Er war ein guter Gastgeber, wenngleich etwas zu redselig. Der Besucher hörte ihm höflich zu, aber Kitty zog seine Blicke auf sich, wenn er sich unbeobachtet fühlte. Sie nahm alles lebhaft wahr: seine Selbstsicherheit, die unbekümmerte Eleganz seiner Gesten und vor allem seine eigentümliche Distanziertheit. Und Leonard speiste unentwegt, plauderte mit halbvollem Mund darüber, wie Grund und Boden verpachtet werden sollten, schilderte die Bildung der Pächtergenossenschaft, sprach von der Anzahl der Familien, die eine Parzelle erwerben wollten. Die meisten würden sich mit einem Teil des Gutsbesitzes begnügen, aber daneben gab es ein beachtenswertes Stück Land, das früher gemeinsam genutzt worden war und gleichfalls parzelliert werden sollte.

„Sie haben sich eine Menge Arbeit aufgeladen, Mr. Delaney", sagte der Besucher, „alle diese gründlichen Überlegungen, die vielen Gesuche!"

„Es ist eine große Verantwortung", gab Leonard zu, „aber die Arbeit macht mir nichts aus. Sie verspricht sehr interessant zu werden, zumal ich meine Kenntnisse auf dem Gebiet des Landrechts zu erweitern gedenke."

„Und was werden Sie tun, Mrs. Delaney, wenn Ihr Gatte so arg beschäftigt ist?"

„Ich werde ganz schön in Schwung gehalten“, erwiderte Kitty. „Ich gebe Unterricht. Dann ist der Haushalt zu führen. Außerdem lese ich viel.“

„Kitty begeistert sich für Lyrik“, warf Leonard ein. „Sie kennt mehr als ich.“ Er lächelte sie nachsichtig an.

„Das ist überhaupt nicht wahr“, protestierte Kitty lachend und fühlte, wie es ihr warm ins Gesicht stieg.

Mr. Stratton legte Messer und Gabel nieder.

„Möchten Sie noch etwas haben?“ fragte ihn Kitty.

„Es ist noch eine Menge da“, sagte Leonard mit Nachdruck.

Kitty betete im stillen, daß er auf die Bemerkung, die er so spaßig fand, verzichtete. Wenn er zum Zugreifen auffordern wollte, ermunterte er gern mit der Anekdote von dem Gast, der davon in Kenntnis gesetzt wurde, daß außer ihm und dem Hund nun niemand mehr Appetit verspüre. Die Worte lagen ihm auf der Zunge, wie sie aus dem Zucken seiner Mundwinkel schließen konnte, aber er überlegte es sich offenbar anders.

„Nein, danke, ich kann beim besten Willen nicht mehr, aber es hat ganz vorzüglich geschmeckt.“

Kitty läutete nach Eileen, die die Teller abräumte, dann entschuldigte sie sich und folgte dem Mädchen in die Küche. Die Orangenspeise wurde über einem Topf mit siedendem Wasser warm gehalten. Sie ging in die Speisekammer, um die Schlagsahne zu holen, und keuchte bestürzt auf. Da türmte sie sich bizarr, viel zu lange geschlagen. Verflixt, sie war verdorben.

„Die Sahne ist hin, Eileen.“

„Oh, Ma'am, es tut mir ja so leid. Ich wollte nur noch ein bißchen draufhaun, da ist sie ganz steif geworden.“ Ihr traten die Tränen in die Augen.

„Na, es ist halb so schlimm“, sagte Kitty schnell. „Alles übrige hast du sehr gut gemacht, aber scharre doch um Gottes willen nicht so mit den Füßen. Du kannst jetzt den Nachtisch auftragen.“

„Ja, Ma'am.“

Kitty war zufrieden mit dem Dessert. „Ich bitte um Nachsicht wegen der Sahne, Mr. Stratton. Ich habe ein neues Mädchen, und sie hat zu lange geschlagen.“

Ihr Gast schmunzelte sie an. „Es ist eine köstliche Speise, Mrs. Delaney."

Leonard goß ein wenig Milch über seine Portion und häufte einen Klacks Sahne darauf. Mr. Stratton folgte seinem Beispiel. Während sie in der Küche gewesen war, hatten die Männer angefangen, über die neuen Polizisten zu sprechen, die England schickte und die man ihrer Uniformen wegen die „Schwarzbraunen" nannte. Kitty gewahrte die steile Falte zwischen Leonards Augen und sah, daß die Knöchel seiner Hand, die den Löffel umklammerte, weiß wurden.

„Von den Burschen ist noch keiner hier, aber ich schätze, wir können sie jetzt jeden Tag erwarten", murmelte Mr. Stratton, ohne zu bedenken, daß er damit den Unmut seines Gastgebers vergrößerte. Leonard gab ein Geräusch von sich, als ob er dem Ersticken nahe wäre, und Stratton wandte den Blick von ihm zu Kitty, wobei sich kleine Fältchen um seine enger werdenden Augen kräuselten.

Er wechselte das Thema und löste zwanglos die Spannung, die Kitty steif und starr dasitzen ließ. „Erst im Lazarett habe ich begriffen, was mir die alte Heimat bedeutete, Mrs. Delaney. Ich kann Ihnen gar nicht sagen, wie wohltuend es ist, wieder zu Hause zu sein."

„Aber ... Sie verkaufen doch Ihr Gut!"

„Ja, natürlich, es lasten schwere Hypotheken drauf. Ich behalte das Haus und etwa zweihundertfünfzig Acre, nachdem alles abgeschlossen ist. Ich habe die Absicht, das Land so intensiv wie möglich zu bewirtschaften."

„Ich bin sicher, das werden Sie mit größtem Erfolg tun", bemerkte Kitty höflich. Sie hatte ihre Nachspeise aufgegessen und überlegte, worüber sie noch sprechen könnten. „Ich habe gehört, daß Sie im Krieg waren, Mr. Stratton. Es muß ein schreckliches Erlebnis gewesen sein." Natürlich war es „schrecklich", schalt sie sich aus; stelle keine so törichten Fragen, Kitty!

Stratton sah sie einen Augenblick lang kühl an. „Ja. Ich war in Flandern."

Sie schwiegen eine Weile.

„Zu den schlimmsten Dingen", fuhr Stratton dann fort, „zählte das Gefühl der Unwirklichkeit. Es war ganz übel."

„Nun", sagte Leonard, „ein Krieg mag übel sein, aber was wollen Sie machen, wenn Ihr Land überfallen wird und anschließend besetzt bleibt, vielleicht für Jahrhunderte? Der Aggressor läßt Ihnen vielleicht gar keine andere Wahl, als sich zu wehren, und ist trotzdem ehrlich erstaunt, ja sogar beleidigt, daß Sie zurückschlagen. Es ist entweder ein völliges Versagen der Vorstellungskraft oder ein Ausdruck des tiefsten Zynismus."

Mr. Stratton schluckte den letzten Bissen hinter. „Ich verstehe, was Sie meinen. Doch was kommt heraus, wenn Unrecht durch größeres Unrecht geahndet wird? Ehe ich nach Frankreich ging, glaubte ich einen großen Teil der Propaganda, die gemacht wurde, aber aus dem Schützengraben sahen sich die Dinge anders an. Ich könnte nie wieder jemanden umbringen."

Eileen trat ein, um die Dessertschalen und den Rest der Nachspeise abzuräumen, und Kitty ging in die Küche, um Kaffee zu kochen. Sie kredenzte ihn im Wohnzimmer. Dann zog sie sich widerstrebend zurück. Sie hätte sich lieber weiter mit Mr. Stratton unterhalten, aber sie wußte, daß Leonard mit dem Gast allein sein wollte, wenn sie Geschäftliches besprachen. Oben rückte sie vor dem Spiegel des Kleiderschranks zerfahren an ihrem Haar. Dabei fiel ihr auf, wie ihre Augen glänzten. Maßlose Enttäuschung erfüllte sie, und sie fühlte einen ohnmächtigen Zorn in sich aufsteigen.

Ein Mann müßte man sein, dachte sie grollend, in den Augen der Leute etwas darstellen! Wir Frauen haben uns damit zu begnügen, unser Haar zu ordnen und zu überlegen, ob wir es ihnen in allem recht machen, und immer lastet auf uns das Gewicht des ganzen Systems, der Zivilisation, als deren Schöpfer sie sich betrachten. Wie Diener oder Kinder behandeln sie uns. Ich werde unterdrückt und muß mich fügen. Leonard erzählt mir nichts von allem, was er tut. Sie setzte sich auf den Bettrand, nagte am Daumennagel und versuchte, ihre rasende Wut zu artikulieren, aber das gelang ihr nicht; denn trotz aller Anstrengungen konnte sie den Schwerpunkt ihrer Frustration nicht genau bestimmen. Da gab es so viele Dinge, und doch, so meinte sie, sollte es möglich sein, sie auf ein identifizierbares zentrales Problem zu reduzieren. Sie hielt sich für eine vernünftige Person, aber sie fürchtete die Etiketts, die Männer jammernden Frauen anheften. Jedesmal, wenn sie sich bemühte, mit Leonard über ihre Innenwelt zu sprechen, war sie in einer Art zurechtgewiesen worden, daß sie sich gemaßregelt fühlte. Und natürlich hatte sie nur indirekt auf solche Aspekte ihrer Beziehungen angespielt, die sie unglücklich machten, wie zum Beispiel seine offenkundige Gleichgültigkeit ihr und ihrer Einsamkeit gegenüber. Es war ausgeschlossen für sie, über dergleichen Angelegenheiten direkt zu sprechen. Wenn er nicht aus eigenem Antrieb darauf kam, welchen Sinn hatte es dann, darüber zu reden? Und so hielt sie ihm nichts entgegen, wenn er behauptete, gegen ihre Hysterie oder wie immer er es nannte machtlos zu sein. Dabei war das, was er unternehmen könnte, so einfach, daß es in der ganzen Welt keine Frau gab, die es nicht sofort verstanden hätte. Mit einem unverhofften Kuß, einer unerwarteten Berührung, einem Zeichen seiner Zuneigung hätte er ihre Leidenszeit ein für allemal beendet. Und in gewisser Weise war es sogar demütigend für sie, daß es sich so verhielt. Doch einen Menschen zu drängen, solche Dinge zu tun, widerstrebte ihr, denn wenn er sie täte, weil er dazu aufgefordert wurde, waren sie bedeutungslos. Und so würde sie weiterhin am Rande seines Daseins leben, als guter Geist, der ihn mit einer Reihe von Dienstleistungen versah, einschließlich einem zusätzlichen Einkommen, und sich mit den Brosamen begnügen, die gelegentlich von der Tafel seines sehr aktiven Lebens abfielen.

Während sich Kitty ihren Träumereien hingab, kam Vater McCarthy, der Gemeindepriester, auf seinem Fahrrad die Nebenstraße herunter. Ihm war sehr warm; sein dicker schwarzer Anzug nahm die bisweilen durchbrechenden Sonnenstrahlen auf, und sein Stehkragen scheuerte. Das war das größte Übel eines kurzen Halses. Man brauchte nur zu schwitzen, schon machte einem das verdammte Ding zu schaffen. Kitty hörte das nahende Surren der Reifen, das bald verstummte. Sie trat ans Fenster, von wo aus sie das Vordertor im Blickfeld hatte, und sah den Priester, der abstieg, das Rad vorwärtsschob und nachdenklich Mr. Strattons Pferd betrachtete, das an dem Gitter angebunden war.

Für einen Moment glich er einem Menschen, der seine Absichten noch einmal überprüft, aber dann setzte er seinen Weg zum Hintertor fort.

Kitty eilte hinab in die Küche, wo Tommy gerade sein Mahl beendet hatte und Eileen die Schüsseln in die Speisekammer stellte. Wenige Sekunden später stand der untersetzte, rotgesichtige Geistliche in der offenen Tür.

„Gott segne alle hier."

„Treten Sie ein, Vater", sagte Kitty, in gewisser Weise froh über den Besuch. Sie schüttelte ihm die Hand. „Das ist Eileen, unser neues Mädchen", fügte sie hinzu, als sie bemerkte, daß er flüchtig zu ihr hinschaute.

Eileen wäre am liebsten in die Wand gekrochen.

„Ja also, wie gefällt es dir hier, Eileen?"

„Besten Dank, Vater", erwiderte Eileen und warf Kitty einen nervösen Blick zu.

Tommy stand auf, rieb sich den Mund mit dem Handrükken ab und ging zur Tür.

„Tag, Tommy", sagte der Priester, und Tommy grunzte etwas, lächelte unbeholfen und wich hinaus. Eileen nahm seinen Teller und seine Tasse vom Tisch und stellte sie in die Spüle. Dann wischte sie die Wachstuchdecke ab.

„Ich habe einen Job für dich, Eileen", sagte Kitty. „Ich möchte, daß du zum Haus der Mrs. Murray gehst – wo die Straße ansteigt, ist es das erste auf der rechten Seite – und mir ein Dutzend Eier holst. Das Geld liegt in der Speisekammer auf der Platte. Du kannst mein Rad nehmen, weil es einen Korb hat."

„Ja, Ma'am", sagte Eileen unsicher und überlegte, wo die Straße ansteigen sollte.

„Du fährst dort entlang", erklärte Vater McCarthy freundlich und deutete in die Richtung, „nicht zum Kreuz hin. Es ist das erste Haus, an das du kommst."

Eileen ging in ihr Zimmer, um den Mantel zu holen.

„Ich glaube, der Hausherr hat Besuch", sagte der Gemeindepfarrer, nachdem Eileen die Küche verlassen hatte. „War es Mr. Strattons Pferd, das ich gesehen habe?"

„Das ist richtig", erwiderte Kitty. „Er ist zum Mittagessen gekommen. Setzen Sie sich doch bitte, Vater."

Der Priester ließ sich auf dem Stuhl nieder, den Tommy

verlassen hatte, und legte den Ellenbogen auf den Tisch. „Und was mag er wohl wollen?“

„Oh, es geht um die Verpachtung von Grund und Boden“, antwortete Kitty, indem sie den aufwallenden Ärger unterdrückte. „Möchten Sie hineingehen und ihn sprechen?“

„Aber nein. Ich will warten, bis er weg ist.“

Eileen kam zurück. Sie hatte den Mantel angezogen und die rote Mütze aufgesetzt, trat in die Speisekammer und steckte das Eiergeld ein. „Ich fahre los, Ma'am.“

„Ist gut, Mädchen. Sag ihr, wer dich schickt, dann wird sie dir die frischesten geben.“

Eileen stapfte über den Hof, holte Kittys Rad aus dem Schuppen und führte es auf die Straße.

„Recht ehrenwerter, armer Teufel, der Herr Stratton“, setzte Vater McCarthy nach kurzem Schweigen die Unterhaltung fort. „Gott steh ihm bei, obwohl er ein Protestant ist und der Verdammnis anheimfallen wird.“

„Ich finde ihn charmant.“

„Tatsächlich? Ich nehme an, er hat einer schönen, jungen Frau wie dir einige Komplimente gemacht?“

„Er war höflich zu mir, Vater“, sagte Kitty etwas steif. „Wenn Sie das meinen.“

„Trotzdem, Männer seines Schlages können einer Frau schon den Kopf verdrehen. Ich habe es nur allzu oft erlebt. Das macht die Dreieinigkeitserziehung, weißt du.“ Er schmunzelte. „Aber du bist ja eine viel zu gute Katholikin, als daß so etwas für dich in Frage käme.“

Kitty fühlte, wie sie errötete. Wütend darüber trat sie an den Herd und setzte den kleineren der beiden Kessel direkt auf die heiße Platte. „Möchten Sie eine Tasse Tee haben, Vater?“

Der Priester lehnte sich zurück und murmelte seinen Dank durch die Zähne.

Sie nahm das Kännchen, spülte es mit siedendem Wasser aus und gab aus dem Schubfach der Dose, die auf dem Vorsprung stand, einige Löffelvoll hinein.

„Wie kommst du so zurecht, Kitty?“ erkundigte sich der Priester, als Kitty den Tee aufbrühte.

„Fein, danke, Vater.“

„Laß dich nicht unterkriegen von dem Schmerz über das

verlorene Baby. Es war Gottes Wille, und dem müssen wir uns alle beugen. Ich hoffe, es dauert nicht lange, bis wir hören, daß ein weiterer kleiner Delaney unterwegs ist."

Kitty antwortete nicht. Es tat ihr jetzt leid, daß er gekommen war, und sie ärgerte der Preis, den sie für ein wenig Gesellschaft zahlen mußte. Sie holte ein Stück Biskuit aus der Speisekammer, schnitt ein paar Scheiben ab und setzte sie dem Priester vor.

„Da gibt es einen Mann, der unter allen Umständen Vater werden möchte", fuhr der Gemeindepfarrer fort. „Eine große Familie ist es, was ihm vorschwebt." Er senkte die Stimme und neigte sich zu ihr hin. „Eine gute Ehefrau verweigert sich ihrem Gatten niemals, weißt du, es sei denn, er verfolgt unmoralische oder unnatürliche Praktiken; aber so etwas gibt es in dieser Gemeinde nicht."

„Aber ich verweigere mich ihm doch nicht", entgegnete Kitty entschieden. „Wenn er Ihnen das erzählt hat, ist es unwahr und unfair." Ihre Stimme zitterte. Sie umgaben einen von allen Seiten, diese Männer, und verlangten, forderten, daß man ihren Interessen dienstbar war.

„Ruhig, Mädchen, reg dich nicht auf. Dein Gatte erzählt mir herzlich wenig. Ich erreiche es mit Mühe und Not, daß er seiner österlichen Pflicht genügt." Er biß ein Stück von einer der Kuchenscheiben ab und spülte mit einem Schluck Tee nach.

Das Geräusch, das die Wohnzimmertür machte, als sie geöffnet wurde, und Stimmen aus der Diele ersparten Kitty eine weitere Analyse ihrer Eheangelegenheiten. Sie entschuldigte sich und ging hinaus, um den Gast zu verabschieden.

„Ich danke Ihnen für das äußerst schmackhafte Mahl, Mrs. Delaney", sagte Stratton und setzte nach kurzem Zögern hinzu: „Ich habe einen jungen Verwandten, der demnächst kommt und bei mir bleibt, solange sich seine Pflegeeltern in Indien aufhalten. Er ist erst sieben, muß aber weiterhin etwas für seine Bildung tun. Ich überlege die ganze Zeit schon, Mrs. Delaney, ob es Ihnen möglich wäre, ihm wenigstens einmal in der Woche Privatunterricht zu erteilen. Als sein Vormund bin ich bestrebt, dafür zu sorgen, daß seine Weiterbildung nicht leidet." Er legte eine Pause ein und sah

Leonard an. „Was das Honorar angeht – ich bin sicher, daß Ihr Gatte einen angemessenen Vorschlag machen wird."

Kitty wurde rot. „Ich wäre entzückt, Mr. Stratton." Sie streifte Leonard mit einem Blick, aber sein Gesicht schien Zustimmung auszudrücken. „Lassen Sie mich wissen, wann er kommt, und wir werden etwas vereinbaren."

„Danke." Er gab Kitty und Leonard die Hand und schritt die Vordertreppe hinab.

Kaum war die Tür geschlossen worden, da tauchte Vater McCarthy in der Diele auf. „Wollte dich bei deinem Gespräch mit Mr. Stratton nicht stören, Lennie, aber ich dachte mir, du würdest gern die Neuigkeiten hören."

Leonard trat zurück und bat den Priester ins Wohnzimmer. Kitty folgte. „Was für Neuigkeiten?"

Der Priester wandte sich an sie beide. „Diese neuen Polizisten, die sogenannten Schwarzbraunen. Eine Kompanie davon ist in die Kaserne von Tubbercullen eingerückt."

„Wann?" fragte Leonard abrupt.

Der Priester blickte ihn ruhig an. „Heute. Vor wenigen Minuten, könnte man sagen. Ich eilte her, um es euch mitzuteilen, sobald ich es erfahren hatte. Als erste Maßnahme scheinen sie im Pfarrbezirk sämtliche Gewehre einsammeln zu wollen, und ab zehn Uhr abends soll Ausgangssperre sein."

Kitty sah zu Leonard hin. Er wirkte fast aufgeregt. Vater McCarthy schenkte er einen Whisky ein.

Der Priester akzeptierte den Drink und schüttelte kummervoll den Kopf. „Man kann sich in seinem eigenen Lande nicht mehr frei bewegen", murmelte er.

„Wo haben Sie alle diese Informationen her?" fragte Leonard.

„Je nun", antwortete der Priester mit verschmitztem Lächeln, „in der Gemeinde geschieht kaum etwas, wovon ich nichts erfahre. Warnplakate zur Einhaltung der Ausgangssperre haben sie schon angebracht. Ich hoffe nur vor Gott, man möge sie nicht in Kraft setzen, bevor die Leute Zeit haben, sie zur Kenntnis zu nehmen."

Ja", sagte Leonard mit einem tiefen Atemzug, „in allen Ortschaften, in denen sie liegen, haben sie die Ausgangssperre bereits verhängt, und was die Gewehre betrifft – das war zu erwarten." Er wandte sich Kitty zu. „Sorge von jetzt an dafür, daß die Fenster geschlossen und verriegelt sind, ehe es finster wird, und laß in der Küche immer die Jalousien herunter, besonders wenn du bei Dunkelheit allein im Haus bist."

„Du gehst doch heute abend nicht etwa fort?" fragte sie argwöhnisch. Sie war erschrocken und ein bißchen verängstigt.

Leonard machte ein gereiztes Gesicht. „Eine längst getroffene Verabredung", sagte er kurzweg. „Es wird nicht lange dauern. Denk daran, jederzeit, wenn sie kommen und ich nicht da bin, gib ihnen alles, was sie wollen, und sage ihnen, was sie wissen möchten. Wir haben nichts zu verbergen!"

Kitty sah Vater McCarthy an, aber er runzelte nur schweigend die Stirn. Sie entschuldigte sich und verließ das Zimmer.

In der Küche war Eileen dabei, ihren Mantel auszuziehen. Sie sah blaß und mitgenommen aus.

„Hast du die Eier bekommen?" fragte Kitty.

„Sie sind in der Speisekammer, Ma'am." Eileen hängte ihren Mantel neben der Tür auf. „Da sind ein paar Schwarzbraune auf Beinen, Ma'am. Zweie steckten in den Büschen, als ich zurückfuhr." Ein rascher, furchtsamer Atemzug folgte. „Sie denken, ich habe sie nicht gesehen."

Kitty sagte ihr, daß sie an diesem Tag nicht noch einmal hinausgehen sollte. Wenige Minuten später verabschiedete sich Vater McCarthy, und sobald er fort war, nahm Leonard Hut und Mantel. Kitty erzählte ihm Eileens Geschichte und bat ihn, das Haus nicht zu verlassen.

„Es ist schon in Ordnung, Kitty. Ich bin Direktor der Schule und am Ort ein angesehener Mann. Sie werden mich nicht belästigen. Abgesehen davon gedenke ich nicht, mich mein Leben lang einschüchtern zu lassen."

„Zum Tee bist du zurück?"

„Ich kann mich verspäten, aber wenn, mach dir keine Sorgen, sondern geh zu Bett." Er klemmte seine Fahrradspangen oberhalb der hohen schwarzen Schuhe an die Hosenbeine und betrachtete verärgert die Flecke an seinen Händen. Eileen hatte die Schuhe den Abend zuvor eingekremt und gründlich gewichst, aber versäumt, vorher die Schnürsenkel zu entfernen. Er wusch sich in der Spüle, dann ging er zum Torfschuppen, um sein Fahrrad zu holen.

Was mache ich, wenn sie ihn töten? fragte sich Kitty und verdrängte die stille Antwort, daß ihr Leben dann von einer schweren Last befreit wäre. Praktischere, herkömmliche Gefühle behaupteten sich. Wenn sie ihn umbringen, habe ich niemanden mehr.

Sie wandte sich an Eileen. „Ich werde im Wohnzimmer ein Weilchen lesen. Mr. Delaney wird zum Abendessen nicht zurück sein. Du solltest dich also ein bißchen hinlegen. Ich bin sicher, daß du müde bist.“ Sie fand, daß das Mädchen erschöpft aussah.

Eileen schlug scheu die Augen auf. „Danke, Ma'am.“ Sie blieb jedoch stehen und fingerte nervös an dem Gürtel ihres Rocks herum. Dann platzte es heraus: „Darf ich Sie etwas fragen, Ma'am? Ich dachte, Sie hätten vielleicht gehört . . .“

„Was gehört, Eileen?“

„Von der Erzherzogin, Ma'am . . . Tatjana . . . sie ist eine Ruhsin.“

Eileen war wieder scharlachrot geworden, und Kitty versuchte stirnrunzelnd den Sinn ihrer Worte zu erfassen. „Wer, Eileen?“

„Sie is' die Erzherzogin Tatjana, Ma'am. Tommy meint, sie wurde umgebracht.“ Mit wachsender Verwirrung starrte sie Kitty an. „Eine Minute, Ma'am“, sagte sie dann, stürzte in ihr Zimmer und tauchte mit einem zerfetzten, vergilbten Zeitungsausschnitt wieder auf.

Kitty begutachtete verwundert den Schatz, der ihr gereicht wurde, betrachtete das Foto und las den Text leise vor: „Die Erzherzogin Tatjana Nikolewna, aufgenommen am . . .“ Sie blickte ihre Hausgehilfin an. „Eine der Zarentöchter, glaub ich, Eileen.“ Sie gab das brüchige Stück Papier zurück. „Warum interessierst du dich für sie?“

„Ich wollte bloß wissen, Ma'am . . . Tommy sagt, sie is' tot.“

„Das stimmt. Der Zar und seine ganze Familie wurden erschossen – ermordet, irgendwo in Sibirien.“

Eileen senkte den Blick auf das Bild, dann faltete sie den Ausschnitt behutsam zusammen und steckte ihn in die Tasche. Den Kopf hielt sie gebeugt.

„Oh . . . Und Eileen . . . Du könntest heute abend baden. Hol dir die Zinkwanne aus dem Schuppen und fülle sie in deinem Zimmer. Ich werde dir deine eigenen Handtücher hinlegen. Die kannst du behalten. Laß den Kopf nicht hängen, Eileen", fügte Kitty hinzu, von plötzlichem Mitleid ergriffen. „Ich bin sicher, du hast Sehnsucht nach deinen Freunden, aber wir sind nun so eine Art Familie für dich, und du wirst uns besser kennenlernen." Sie drückte die Hand sanft gegen die feuchte Wange.

Eileen schluckte geräuschvoll und zog sich in ihr Zimmer zurück. Als die Tür geschlossen war, warf sie sich auf ihr Bett und weinte um die Erzherzogin, um Kathleen, um die kleine Ursie, um alles, was sie geliebt und verloren hatte.

Kapitel 5

Sanfte Schauer im April, Glöckchen hell im Mai,
Sie holn den Sommer schnell herbei,

summte Kitty vor sich hin, als sie zwei Tage später zur Schule radelte.

Doch kehrn auch die Stunden mit meinem Donal zurück?
Der Tag voller Glück,
Es war letzten Mai, ein Tag wie ein Traum,
Und Schönres gibt es kaum,
Als was Donal schwor, er könne mich leiden
Und wolle nie mehr von mir scheiden.

Es war eine Übersetzung aus dem Irischen, und ihr gefiel der irische Text, um so mehr, als die englische Fassung die Melancholie des Originals nicht zum Ausdruck brachte.

Leonard hatte Einwände erhoben, als sie so bald nach der Fehlgeburt wieder arbeiten wollte, aber sie wußte, daß er überlastet war und insgeheim froh über die Aussicht, sie in die Schule zurückkehren zu sehen. Er war eine halbe Stunde vor ihr losgefahren, um Feuer zu machen. Die beiden Klassenräume waren mit je einem Kamin ausgestattet. Das Brennmaterial – ein paar Batzen Torf pro Kopf – wurde von den Kindern mitgebracht und draußen in einem überdachten Winkel gestapelt.

Wenn die barfüßigen Schüler morgens ankamen, warfen sie ihre tägliche Torfspende auf den Haufen. Einige von ihnen besaßen Schuhe, doch die wurden nur sonntags getragen. Ihre Bücher verwahrten sie in Sacktuchtaschen, und dicke Scheiben selbstgebackenen Brotes, die mit Bratenfett oder Marmelade bestrichen waren, bildeten das Mittagessen. Die Familien waren groß, die Farmen klein und die Kinder zäh, an Feldarbeit gewöhnt. Wenn sie Kartoffeln einlegten oder zu anderen Verrichtungen herangezogen wurden, die einen kurzfristigen intensiven Einsatz erforderten, war dies ein normaler Entschuldigungsgrund, dem Unterricht fernzubleiben. Prinzipiell aber betrachteten sie es als Privileg, die Schule besuchen zu dürfen. Sie waren schüchtern und zeigten ein gutes Benehmen. Einige zeichneten sich durch glänzende Leistungen aus und hatten einen unersättlichen Bildungshunger. Johnny Devlin, ein Schüler der sechsten Klasse, erreichte Vielversprechendes, obwohl er täglich vor Schulbeginn die Kühe melken und die Milch in die Molkerei schaffen und nach Unterrichtsschluß den größten Teil der Farmarbeit verrichten mußte, weil er den Vater verloren hatte. Er war ein Anwärter auf ein Stipendium, und Leonard förderte ihn so tatkräftig, wie es seine Zeit erlaubte.

„Er hat sehr gute Anlagen, Kitty. Mit einem bißchen Politur kann er alles erreichen."

„Und wo soll er die Politur hernehmen?" hatte sie gefragt.

„Nun, wenn er das Stipendium erhält, geht er auf ein Internat, und dann liegt es an ihm, ein zweites für die Universität zu erlangen."

„In der Oberschule polieren sie ihn nicht", hatte sie gesagt. „Sie verspotten ihn höchstens wegen seiner Tölpelhaftigkeit und Armut."

„Er braucht das Stipendium, Kitty. Der Spott wird ihn nur anspornen, sich noch stärker zu bemühen."

Vielleicht hatte Leonard recht. Er war darauf bedacht, den Erfolg des Vorjahrs zu wiederholen. Da hatte ein Junge ein Stipendium bekommen, und Leonard konnte stolz darauf sein. Es war einer der Gründe, weshalb ihm die Leute voll Hochachtung begegneten. Er förderte das Vertrauen in die Pädagogik, die er vertrat, und zeigte, welche Möglichkeiten sie eröffnete.

Damals war die Schule von Tubbercullen etwa fünfzehn Jahre alt, und Leonard nicht nur ihr erster Direktor, sondern zugleich ihr erster Lehrer. Kitty unterrichtete die beiden Vorschulklassen, außerdem die erste und die zweite Klasse, alle in einem großen Raum, während Leonard die dritte, vierte, fünfte und sechste in seinem eigenen Klassenzimmer auf der anderen Seite des Korridors betreute. Der Stundenplan umfaßte Englisch, Mathematik, Geschichte (außer moderner irischer Geschichte), Geographie, Religion; die Mädchen hatten daneben noch Handarbeit. Ohne die gute Disziplin der Schüler wäre es unmöglich gewesen, mehrere Klassen unterschiedlicher Altersstufen in einem Raum zu unterrichten. Kitty griff selten zum Lineal. Fehlverhalten kam so gut wie nie vor, aber für liederliche Niederschrift oder unerledigte Hausarbeit teilte sie hin und wieder einen Klaps aus. Leonard verwahrte im Schrank seines Klassenzimmers einen Rohrstock, den er manchmal bei den Jungen gebrauchte. Die Mädchen bestrafte er, indem er sie vor die Tür stellte oder – in seltenen Fällen – nach Hause schickte. Kitty erinnerte sich, wie sie an ihrem ersten Unterrichtstag Leonard hatte fragen wollen, wo sie bestimmte Schreibhefte finden könnte, und vor seinem Klassenzimmer ein Mädchen antraf, das dort mit einem Ausdruck höchster Aufmerksamkeit am Boden kauerte. Durch die geschlossene Tür war seine Stimme zu hören gewesen.

„Bei Mellifont Abbey unterzeichneten sie einen Vertrag, mit dem sie auf alle Ländereien und Titel verzichteten, außer auf jene, die ihnen der englische Souverän zuerkennen könnte."

Es war die Geschichte, wie die Grafen The O'Neill und The O'Donnell die Flucht ergriffen und die eigene, alteingesessene Aristokratie geschlagen wurde. Die Siedlung der Tieflandschotten in Ulster folgte. Man verjagte die Menschen von ihrem Land, um neuen Siedlern Platz zu machen.

Das Mädchen war aufgesprungen und hatte den Rücken scheu gegen die Wand gedrückt.

„Was machst du hier?"

„Ich höre dem Geschichtsunterricht zu, Ma'am."

„Warum wurdest du rausgeschickt?"

„Mein Lehrbuch ist runtergefallen, Ma'am."

Das war Leonard, wie er leibte und lebte – unerbittlich.

Kitty schob das Rad durch das Schultor und stellte es im Schuppen an seinem Platz ab. Die meisten Kinder waren schon da und hatten sich auf dem Hof versammelt, doch einige Mädchen drängten sich in einer Ecke des Schuppens um Madge O'Reilly, einem Mädchen der vierten Klasse mit rostbraunem Haar. Ihr Gesicht war schmerzverzerrt, aber sie betrachtete mit stoischer Gelassenheit die Stecknadel, die sie sich tief in die Ferse getreten hatte.

„Morjen, Ma'am", grüßte eines der Mädchen. „Da steckt 'ne Nadel in Madges Fuß!"

Kitty untersuchte die Wunde. „Siehst du die Amsel dort

über dem Tor?“ fragte sie Madge. Das Mädchen hob den Kopf, um hinzuschauen, und Kitty entfernte flink den schmerzenden Eindringling. Dabei fiel ihr die dicke Hornhaut auf, die sich an der Ferse des Mädchens gebildet hatte. Madge hatte wohlgeformte Füße, klein und mit hohem Spann. Noch nie hatte sie ein Paar Schuhe besessen. In letzter Zeit hatte sie viel Unterricht versäumt, weil ihre Mutter an Scharlach erkrankt gewesen war und die Familie eine Quarantäne über sich verhängt hatte.

„Wie geht es deiner Mutter, Madge?“

„Ihr geht’s wieder prima. Danke, Ma’am.“

Sie wandte die scheuen, grünen Augen ab und sagte, daß sie überhaupt keine Schmerzen habe.

„Versuche, heute so wenig wie möglich mit der Hacke aufzutreten.“

Madge nickte, erstaunt über all die Aufregung.

Im Korridor bemerkte Kitty drei lange Lattenkisten, die dort aufgestapelt waren. Sie wollte den Deckel der obersten hochheben, aber er war angenagelt. Leonard kam aus seinem Klassenzimmer, um die Kinder hereinzurufen, und überraschte sie dabei, wie sie die Kisten untersuchte.

„Eier. Ich habe dem Eiermann gestattet, sie von hier abzuholen.“

„In Kisten?“

„Sie müssen gut verpackt sein bei unseren schlechten Straßen. Die Leute bringen sie her, er holt sie ab.“

Leonard war leichenblaß und sah müde aus. Er hatte Tränensäcke; und die strahlenförmig auslaufenden Krähenfüße erinnerten sie an Sonnenplissee. Der Raubbau am Schlaf war nicht spurlos an ihm vorübergegangen. Letzte Nacht war er erst um drei ins Bett gekommen. Sie hatte unruhig geschlafen, mit Unterbrechungen, auf ihn gewartet, um ihm von den Männern zu erzählen, die sein geliebtes Gewehr geholt hatten. Sie waren kurz nach Mitternacht gekommen, hatten an die Küchentür geklopft. Im Bett hatte sie das Hämmern gehört. Da eilte sie hinab, und Eileen stand schon dort im Mantel und hielt einen Schürhaken in der Hand. Kitty sagte ihr, ihn wegzulegen. Dann öffnete sie. Zwei Männer, die schwarze Strümpfe mit Augenlöchern über die Köpfe gezogen hatten, stürmten ins Haus.

„Wir sind gekommen, um Master Delaneys Gewehr mitzunehmen“, erklärte einer von ihnen unumwunden.

Kitty wußte, daß Leonard die Schrotflinte in dem Schrank unter der Treppe aufbewahrte.

„Tja, die können Sie nicht haben“, sagte Eileen, „wer immer Sie sind.“

„Schon gut, Eileen. Ich hole sie.“

Die beiden Männer folgten ihr in die Diele, ergriffen das Gewehr und die Patronen und verschwanden, ohne die Tür zu schließen. Der kalte Wind wehte in die Küche. Wo ist Leonard? dachte sie; o Gott, geleite ihn sicher nach Hause. Dann ging sie wieder nach oben, von Haß erfüllt für einen Mann, der seine Frau so sich selbst überlassen konnte. Sie saß aufrecht im Bett, die brennende Lampe neben sich, und fuhr bei jedem Geräusch zusammen, bis der Schlaf sie übermannte.

Als Leonard endlich kam, war sie hinreichend wach, um ihm erzählen zu können, was geschehen war.

„Du hast richtig gehandelt, Kitty.“

Und jetzt rief sie sich alles ins Gedächtnis und hatte das sichere Gefühl, daß die Männer keine Schwarzbraunen gewesen waren. Der Wortführer hatte mit irischem Akzent gesprochen.

Im Verlaufe des Vormittags stellte sich heraus, daß in der Nacht nicht nur ihr Haus besucht worden war. Jeder Besitzer eines Gewehrs hatte die gleiche Erfahrung gemacht. Einige Kinder flüsterten sich zu, daß die Braunen gekommen seien. Sie waren leicht ablenkbar. Sogar der Handarbeitsklasse mangelte es an der sonst üblichen hingebungsvollen Konzentration. Um elf, als die Kinder zur Pause hinausliefen, steckte Leonard den Kopf in ihr Klassenzimmer und bat sie, einen Blick auf seine Schüler zu werfen, weil er für ein Stündchen weggehen müsse. Er habe ihnen Aufgaben erteilt, sagte er, und Johnny Devlin sei verantwortlich.

„Wo willst du hin?“

„Ach, nur für einen Sprung nach draußen, Kitty.“

Leonard war noch nicht lange fort, da sprach der Kurat vor, Vater Horan, der eine Katechismusinspektion durchführen wollte. Er war erst kürzlich in den Pfarrbezirk gekommen und nahm sich selber ziemlich wichtig. Kitty wußte nicht, wie er und Vater McCarthy miteinander auskommen wollten; zwei unterschiedlichere Charaktere konnte sie sich nicht vorstellen. Der Kurat sagte, es seien die oberen Klassen, die ihn interessierten, und Kitty mußte ihm erklären, daß Leonard für einen Moment weggegangen war. Er begleitete sie in das Klassenzimmer ihres Mannes.

Die Schüler standen auf, leierten herunter: „Guten Morgen, Vater Horan", und der junge Priester lächelte still und sprach sie mit sanfter, salbungsvoller Stimme an. Kitty verließ ihn und ging zu ihren eigenen Schülern.

Als sie in Leonards Zimmer zurückkehrte, war Madge O'Reilly aufgestanden.

„Was ist mit Unbefleckter Empfängnis gemeint?" wollte der Kurat wissen. Er hatte die Frage aus dem Katechismus in seiner Hand vorgelesen.

Madge antwortete eilfertig. „Dank eines einzigartigen Gnadenerweises, der ihr durch das Wesen ihres Göttlichen Sohnes zuteil wurde, blieb die gesegnete Jungfrau Maria von der Schuld der Erbsünde bewahrt, und dieses Privileg wird ihre Unbefleckte Empfängnis genannt."

„Gutes Mädchen."

Madge setzte sich triumphierend hin, und ihr Fuß mit der verletzten Verse ruhte voll auf dem staubigen Boden.

Vater Horan inspizierte auch kurz Kittys Klassen, unterhielt sich, lächelte den Kindern onkelhaft zu und stellte mit sanfter Stimme Fragen. Kitty fühlte sich in seiner Gegenwart unbehaglich, was sie damit erklärte, daß er es vermied, sie beim Sprechen direkt anzusehen.

In der Mittagspause war Leonard mehr mit sich selbst beschäftigt als je zuvor. Er schwieg sich darüber aus, wohin er gegangen war, mampfte zerstreut seine Sandwiches und sah dabei Hefte durch. Kitty, die in seinem Klassenzimmer am Kamin saß, beobachtete ihn heimlich und nahm sich vor, gleichgültig zu sein. Sie tat so, als ob sie Stunden vorbereitete, und sagte sich, daß es großartig wäre, wenn sie lernen könnte, auf ihn zu verzichten. Wenn sie ihn nicht brauchte, würde der Schmerz vergehen. Also mußte sie es so einrichten, daß sie ohne ihn auskam.

Sie legte Torf nach und dachte an Mr. Stratton. Seit er bei ihnen gewesen war, hatte sie sich sein Gesicht häufig in Erinnerung gerufen. Wann würde sie Näheres über die Privatstunden für seinen kleinen Vetter erfahren? Und was er wohl von Leonard hielt – und von ihr?

„Kitty, woran denkst du?" Leonard sah zu ihr hin. Seine Miene war sonderbar, und ihr Herz pochte. „Ach, ich überlege gerade, wann ich von Mr. Stratton etwas über den Unterricht für seinen kleinen Vetter hören werde."

„Glaubst du, daß du die Zeit dazu hast?"

„Natürlich habe ich die. Jedenfalls könnte ich wohl schlecht absagen."

Leonard beugte sich wieder über den Stapel Hefte. „Ham", brummte er.

Kitty kämpfte gegen den Frust an, der sie zu übermannen drohte. „Was hast du gemacht, Leonard – vorhin und letzte Nacht?" Sie bemerkte, wie er unwillig das Gesicht verzog.

„Nichts, worüber du dir den Kopf zerbrechen mußt, Kitty. Einige Gemeindeangelegenheiten." Er sah für einen Augenblick auf, dann widmete er sich wieder seiner Arbeit.

Kitty stellte fest, daß sich sein Haar lichtete und das Grau an den Schläfen glanzlos war. Nach einer Weile stand sie auf und zog sich still in ihren Klassenraum zurück, wo sie sich an den Tisch setzte und sekundenlang die Platte anstarrte, ehe sie zu Federhalter und Papier griff.

„Liebe Mary", schrieb sie, „ich würde gern wissen, ob du für mich einen Termin mit einem Gynäkologen vereinbaren könntest. Ich hatte eine Fehlgeburt und müßte mich untersuchen lassen. Wäre es möglich, daß ich ein paar Tage bei dir bliebe? Jeder Zeitpunkt in den nächsten Wochen wäre mir recht. Sei gegrüßt. Kitty."

Sie wollte den Brief gleich nach dem Unterricht einwerfen, bevor sie es sich anders überlegte. Es war genau die richtige Entschuldigung für eine Reise.

Leonard würde wahrscheinlich zornig werden, aber mochte er sich ärgern; sie brauchte ihm nur zu sagen, daß sie einen Gynäkologen konsultieren wolle, schon würde er sich beruhigen. Sie hätte die Möglichkeit, Mary wiederzusehen, einzukaufen, vielleicht sogar ins Kino zu gehen, und da sie sich noch so angeschlagen fühlte und von ihrer Periode jede

Spur fehlte, würde sie auch einen Arzt besuchen, obwohl sie vor der Aussicht, untersucht zu werden, zurückschreckte.

Marys Antwort traf am Montag darauf ein.

„Meine liebe Kitty,
es tut mir schrecklich leid, daß Du so ein Mißgeschick hattest. Warum hast Du mir nicht früher davon geschrieben? Ich wäre zu Dir gefahren. Doch ich bin entzückt, daß Du in die Stadt kommen willst. Für Montag, den 3. Mai, habe ich Dir zu 11.30 Uhr einen Termin bei Dr. Richardson, Fitzwilliam Street, besorgt. Mutti sagt, er sei gut, aber teuer.
Ich erwarte Dich am Sonnabend und werde Dich von Kingsbridge abholen. Der Zug kommt halb zwei an.
Grüße Leonard bestens von mir.
Sei selbst gegrüßt
Mary."

Leonard schien erfreut zu sein, als ihm Kitty mitteilte, daß sie nach Dublin fahren wolle, um einen Arzt zu Rate zu ziehen.

„Ich glaube, das ist eine sehr vernünftige Idee, Kitty – nach allem, was geschehen ist."

Er möchte bloß, daß ich wieder schwanger werde, dachte sie sauer. Noch hatte er es nicht für nötig befunden, ihr zu erzählen, wo er an dem Vormittag, als der Kurat die Schule besucht hatte, und in der Nacht vorher gewesen war.

So fuhr Kitty am 1. Mai 1920 zum Bahnhof, um den Zug nach Dublin zu nehmen und sich in ein Abteil der ersten Klasse zu setzen. Leonard war an diesem Morgen fröhlich gestimmt. Er ließ sich aus über den blühenden Weißdorn, die Kätzchen, die Rückkehr der Bienen zu den Hecken, und Kitty bemerkte während der Fahrt auf dem Landweg, daß die Birken und Akazien neue Blätter trugen. Ihre schlanken Stämme und Äste glänzten silbrig in der Sonne. Eine Zeitlang sah sie die gewaltigen Schornsteine des Herrenhauses emporragen, und sie dachte an Mr. Stratton und seine kalten, blauen Augen.

Sie erreichten rechtzeitig den Bahnhof, um Billy Kelleher den Zug anhalten zu lassen, so daß Kitty mitfahren konnte. Tubbercullen war eine Bedarfshaltestelle. Als die Lokomotive zischte und der Zug bereits rollte, flog die Tür von Kittys Abteil auf. Ein atemloser Mr. Stratton schleuderte seine Reisetasche hinein, sprang hinterher und blickte sie reumütig an.

„Mrs. Delaney!“ Er keuchte vor offensichtlichem Erstaunen. „Entschuldigen Sie, daß ich so hereinplatze. Ich habe mich im letzten Moment entschlossen . . . Um ein Haar hätte ich ihn verpaßt.“

Den Entschluß oder den letzten Moment? dachte Kitty und ermahnte sich, nicht töricht zu sein.

„Ist es Ihnen recht, wenn ich das Fenster schließe?“ fragte er und zog schon an dem Lederriemen.

Kitty roch den öligen Qualm. „Durchaus. Bitte!“ sagte sie und hoffte, daß ihr keine Rußflocken auf den Hut geflogen waren. Sie hatte ihr Gleichgewicht verloren, als er plötzlich aufgetaucht war. Sie hatte gehofft, für den größten Teil der Reise allein im Abteil zu sein, denn sie liebte es, mit dem Rücken in Fahrtrichtung zu sitzen, beim stampfenden Rhythmus der Lokomotive die vorüberziehende Landschaft zu betrachten und stundenlang ihren Gedanken nachzuhängen. Doch nun war er da, und sie würde sich unterhalten müssen. Sie kramte in der Reisetasche und fand die Kante, die sie für ein Tablettdeckchen häkelte und für den Fall eingepackt hatte, daß es ihr langweilig werden sollte. Wenn er versuchte, sie in ein Gespräch zu verwickeln, würde es ihre Hemmungen dämpfen. Sie stellte zufrieden fest, daß auch Mr. Stratton nicht recht zu wissen schien, wie er sich verhalten sollte. Sie häkelte ein Weilchen, dann schaute sie auf und sah, daß er sie musterte.

„Es geht Ihnen so schnell von der Hand. Ist es schwierig?“

„Überhaupt nicht“, antwortete sie befangen. „Das hat mir meine Großmutter beigebracht.“

Einen Moment schwiegen sie.

„Was war sie für eine Frau – Ihre Großmutter?“

„Oh – alt, ziemlich autokratisch.“ Kitty lächelte bei der Erinnerung. „Und eine große Freundin alles Schönen.“

Er nickte. „Die Wallaces waren samt und sonders Kunstliebhaber.“

Sie starrte ihn an. Die kalten Augen erwiderten ihren Blick.

„Woher wissen Sie, daß meine Großmutter eine Wallace war, Mr. Stratton?“ fragte sie errötend.

Er lächelte, und sein Gesicht belebte sich, strahlte plötzlich Humor und Charme aus. „Nun, ich weiß, daß eine Ihrer Großmütter die Lady Ellen Wallace war.“

„Aber woher wissen Sie es?“

„Meine liebe Mrs. Delaney, es kann Ihnen unmöglich entgangen sein, welches lebhafte Interesse das sensationshungrige Tubbercullen für Sie bekundet. Mrs. Devine hält mich auf dem laufenden.“

„Wie könnte sie meine Vorfahren kennen?“

Stratton zog eine Augenbraue hoch. „Sie kriegen alles über Sie heraus. Das schaffen sie immer.“

„Dann wäre ich ja richtig hier, falls es in meiner Familiengeschichte einen dunklen Fleck geben sollte“, scherzte Kitty und bemühte sich, ihre Unsicherheit zu verbergen.

Stratton entgegnete nichts. Sie hob den Blick von ihrer Häkelarbeit und bemerkte, daß sein Lächeln einem Ausdruck von Schmerz gewichen war, doch im nächsten Moment taxierte er sie wieder belustigt.

„Vielleicht interessiert es Sie zu erfahren, daß wir weitläufig miteinander verwandt sind“, sagte er nach einer Weile, „Cousin und Cousine zweiten Grades, wenn mich nicht alles täuscht. Verstehen Sie, Lady Ellen war die Cousine ersten Grades meines Vaters.“

Kitty ließ die Masche fallen und nahm sie mit dem Haken der Häkelnadel wieder auf. „Wann haben Sie das erfahren, Mr. Stratton?“ fragte sie und wurde rot.

„An dem Sonntag, an dem ich bei Ihnen zum Essen eingeladen war. Als ich nach Hause kam, hat mir Mrs. Devine von Ihnen erzählt. Eigentlich war ich gar nicht sehr überrascht. Ich glaubte schon eine gewisse Ähnlichkeit mit anderen Mitgliedern unserer Familie entdeckt zu haben.“

„Ich verstehe“, murmelte Kitty. Sie hielt den Kopf über die Häkelarbeit gesenkt, damit er nicht sah, wie dunkel die Röte ihres Gesichts geworden war. „Ich nehme an, es ist Ihnen auch bekannt, daß Großmutter Ellen enterbt wurde?“

„Ja. Die englische Seite der Familie besitzt jetzt alles.“

Kitty sah ihre Großmutter vor sich, eine zierliche, autokratische Person, den Rosenkranz in der Tasche. „Du hast Wallace-Hände, Kitty“, hatte sie oft bewundernd geflüstert, als sie nach ihrem Gehirnschlag an den Rollstuhl gefesselt war, kaum fähig, sich zu bewegen, aber geistig klar wie eh und je. Fünf Jahre nach dem Schlaganfall war sie gestorben und hatte Kitty den größten Teil ihres persönlichen Eigentums vermacht: Porzellan, Tischtücher und Schmuck, ebenso ihr kleines Kapital. Eine reiche Erbin hätte sie sein können, wäre sie nicht zum Katholizismus übergetreten, um ihren Großvater zu heiraten, der ein Haudegen gewesen sein soll, wie man erzählte.

Als der Zug in Kilcock einfuhr, herrschte dort ein tumultartiges Treiben. Soldaten oder besser gesagt jene neuen Rekruten, die Schwarzbraunen, bevölkerten den Bahnsteig. Es war das erstemal, daß Kitty sie zu Gesicht bekam, und sie betrachtete sie neugierig und abfällig. Obwohl sie sich erst seit rund zwei Monaten im Lande aufhielten, war ihr Ruf bereits denkbar schlecht. Am 28. April, also wenige Tage zuvor, hatten betrunkene Schwarzbraune in Limerick Zivilisten zusammengeschlagen und Fensterscheiben zertrümmert. Sie galten als Polizisten, Verstärkungen für die hart bedrängten Leute von der RIC, aber sie glichen mehr einer militärischen Formation. Die meisten waren in Khaki gekleidet und hatten schwarze Koppel mit Halftern umgeschnallt und trugen grüne Mützen; einige hatten grüne Hosen an wie die Angehörigen der RIC.

Bald war es klar, daß sie den Zug durchsuchen wollten. Die Tür des Abteils wurde aufgerissen, und zwei junge „Braune“ traten ein.

Stratton blickte in die schwankende Krabinermündung, bevor er sie zur Decke hochrichtete. „Wirklich“, sagte er lässig, „seid vorsichtig mit dem Ding. So ist es recht.“

Der dürre Mann mit der mißtrauischen Miene ließ von ihm ab und wandte sich Kitty zu, die ihn so streng anblickte, wie sie es bei ihrem Herzklopfen vermochte. Er untersuchte die Gepäcknetze und schaute unter die Sitze. „Nichts“, sagte er zu seinem Kameraden. Ohne sich zu entschuldigen, gingen sie hinaus. Als der Zug anfuhr, bemerkte Kitty eine Gruppe, die einen Mann fortzerrte. An einen Braunen war er mit Handschellen gekettet; ein anderer hatte die Bajonettspitze gegen seinen Rücken gerichtet. Aus einer Schnittwunde über den Augen blutete er.

„Ziemlich rauhe Gesellen, scheint mir, Mrs. Delaney", sagte Stratton. „Wir machen schlimme Zeiten durch. Neulich sind einige Männer bei Nacht und Nebel in mein Haus eingedrungen und haben alle Feuerwaffen mitgenommen, sogar die alten Luntenschloßpistolen."

„Leonards Gewehr haben sie auch geholt", bemerkte Kitty und erinnerte sich der Nacht, als sie gekommen waren, der Ängste, die sie durchgestanden hatte. Sie ließ den Blick nach draußen schweifen, über den Kanal und das grüne Farmland entlang der Bahnlinie, und dachte an die Steinwälle von Tubbercullen.

„Haben Sie sich meine Bitte hinsichtlich des Privatunterrichts für meinen kleinen Neffen einmal durch den Kopf gehen lassen?" fragte Stratton nach einer Weile ziemlich zaghaft.

„Ja. Ich würde ihn gern übernehmen."

„Er trifft heute aus England ein. Ich hole ihn am Abend ab. Wir werden das Wochenende in Dublin verbringen. Vielleicht könnten Sie uns am Montag beim Mittagessen Gesellschaft leisten und ihn kennenlernen?"

„Das wäre mir angenehm", gab Kitty zur Antwort.

„Gut. Sagen wir um eins im Jammet's?"

Kitty strahlte. Mit Mr. Stratton und seinem kleinen Neffen zum Mittagessen im Jammet's! „Ich freue mich darauf, Mr. Stratton – oder vielleicht sollte ich Major Stratton zu Ihnen sagen?"

„Ich wünsche mir, daß Sie mich Paul nennen", antwortete er. „Schließlich sind wir Cousin und Cousine."

Kitty wandte sich verwirrt ab und gab vor, die Handarbeit auf dem Boden ihrer Reisetasche verstauen zu müssen. Als sie zu ihm hinsah, trafen sich ihre Blicke. Seine Pupillen waren hungrig und tiefschwarz. Er erhob sich, um das Gepäck aus dem Netz zu befördern, setzte seinen Tweedhut auf, und der Zug fuhr langsam, ruckend und zuckend, in Kingsbridge ein.

Kingsbridge! Lärm, knirschende Räder, die Pfiffe der Gepäckträger, zischender Dampf, Qualm, Rußflocken und Reklame für Bovril, Neaves Food and Powers Whisky.

Stratton geleitete Kitty zum Damenwartesaal erster Klasse, wo sie sich trennten. Er lüftete den Tweed und schritt davon.

Atemlos kam Mary in den Wartesaal gestürzt und preßte beim Laufen ihren Hut gegen den Kopf. Sie ergriff Kittys Hände. „Es tut mir leid, daß ich mich verspätet habe. Es ist wunderbar, dich wiederzusehen. Ich finde, du hast schrecklich abgenommen."

„Oh, Mary, du bist ein Trost für wunde Augen!"

Marys Hut rutschte über ein Ohr, und sie griff zu, suchte die Nadeln und steckte sie fest. Sie beugte den Nacken, um im Spiegel über dem kleinen Kamin ihre Frisur zu kontrollieren. „Ich glaube, ich lasse mir einen Bubikopf schneiden."

Kitty lachte. „Tu das – und komm nach Tubbercullen; dann haben die Leute dort etwas, worüber es zu reden lohnt."

Mary bestand darauf, Kittys Tasche tragen zu dürfen, und nach wenigen Minuten stiegen die beiden Frauen in die Straßenbahn, die zur Sackville Street fuhr.

„Wer war auf dem Bahnhof der Mann, der sich von dir verabschiedete, als ich kam?"

„Das war Mr. Stratton", antwortete Kitty, „ein Nachbar. Wir haben zusammen im Zug gesessen." Sie wollte hinzufügen, daß sie am Montag mit ihm zu Mittag speisen würde, überlegte es sich jedoch anders; Mary hätte es falsch verstehen können.

Es war herrlich, wieder in Dublin zu sein, vorbeizufahren an den großen Toren der Brauerei, der grünen Kuppel der Four Courts, dem Franziskanerkloster, der Ha'penny Bridge, die sich über den Fluß Liffey spannte.

In der Nähe des Denkmals für Daniel O'Connel stiegen sie aus. Auf der anderen Straßenseite war Halpenny, wo Leonard ihren Ehering gekauft hatte: ein Stück weiter überragte der Pillar die Dächer, und Nelson blickte von seiner irischen Säule herab südwärts über eine Stadt, die er nie kennengelernt hatte. Doch es lag eine Spannung in der Luft, die es nicht gegeben hatte, als sie fortgefahren war.

Soldaten schlenderten vorbei, hielten das Gewehr auf der Brust bereit, Paare verstummten und machten einen Bogen um die Patrouillen.

„Du solltest wirklich öfter herkommen", meinte Mary. „Es ist fast so, als ob du von der Erdoberfläche verschwunden wärst."

Kitty drückte ihrer Freundin warm den Arm. „Das werde ich tun. Tatsächlich, das werde ich, von jetzt an – sooft es geht." Sie sah Mary in das schmale Gesicht mit dem vertrauten Gesprenkel der Sommersprossen und schwelgte im Gefühl ihrer Freundschaft.

„Dort ist die Straßenbahn nach Dalkey!" Die Tram hielt an der Endstelle, und der Fahrer trug seinen Sitz an das andere Ende. Mary setzte die Tasche in dem Hohlraum unter der Treppe ab. „Unten oder oben?"

„Oben", sagte Kitty. „Ich möchte etwas sehen."

„Die Sache mit deinem Kind tut mir schrecklich leid", sagte Mary, als die Bahn geklingelt hatte und sich die Räder klirrend und scheppernd in Bewegung setzten. „Aber warum hast du mich nicht eher benachrichtigt? Für ein Wochenende oder so wäre ich zu dir gekommen."

„Ich war zu erschöpft zum Schreiben; außerdem hättest du dich in meiner Gesellschaft nicht wohl gefühlt."

„Wie hat es Leonard aufgenommen?"

Kitty zuckte die Schultern. „Er war untröstlich, als es passierte. Jetzt ist er drüber weg." Sie sah zum Trinity College hinaus, zu der Gruppe von Studenten, die sich hinter dem Tor unterhielten, und zu dem Pförtner in blauer Livree und mit Reitmütze. „Ich fühlte mich so schuldig." Die Tränen sammelten sich in ihren Augen und quollen über. „Als ob ich es umgebracht hätte. Ich habe mit niemandem darüber reden können." Mit einer Ecke ihres Taschentuchs tupfte sie sich das Gesicht ab.

„Entschuldige, daß ich das Thema angeschnitten habe", sagte Mary flüsternd.

„Nein, nein, ich muß mich aussprechen. Bei uns gibt es keine Frauen, denen ich mein Herz ausschütten kann."

„Wie ist es passiert?" erkundigte sich Mary. „Bist du gestürzt oder so?"

Kitty seufzte. „Wie es passiert ist, weiß ich auch nicht. Im Grunde bin ich ein gesunder Mensch. An dem Tag war ich wie üblich in die Schule und zurück gefahren. Nach dem Abendessen hatte ich Streit mit Leonard, kochte vor Wut und ging zeitig zu Bett. Ich versuchte zu lesen, konnte mich aber nicht konzentrieren. So zog ich mich wieder an und streifte draußen durch die Dunkelheit. Leonard war an diesem Abend nicht zu Hause. Ich lief, bis ich sehr müde war. Fast wünschte ich, daß er vor mir zurück wäre und sich meinetwegen Gedanken machte." Sie wandte das Gesicht ihrer Freundin zu. „Weißt du, Mary, das Schlimmste an der Ehe ist, daß du gezwungenermaßen berechenbar bist; nichts kannst du mehr nach eigenem Ermessen tun. Jedenfalls nahm ich mir vor, Leonard ein Weilchen im Ungewissen zu lassen." Sie lächelte mißbilligend über sich selber. „Als ich nach Hause kam, war er noch nicht da. Ich setzte mich ins Wohnzimmer, bis ich seine Schritte zu hören glaubte. Dann rannte ich so schnell ich konnte die Treppe hoch. Vom Absatz aus hörte ich, wie er in der Küche rumorte, und weil ich dachte, daß er gleich zu Bett geht, tat ich etwas sehr Kindisches ..." Sie machte eine Pause und blickte Mary vielsagend an. „Ich stieg in den Kleiderschrank und schloß die Tür. Ich wartete und wartete in diesem Schrank für – ich weiß nicht, wie lange. Mir wurde leicht übel, und ich fror jämmerlich. Endlich kam er. Ich hörte, wie er sich hinlegte. Er rief nicht nach mir, er suchte mich nicht, er ging einfach zu Bett, nahm sein Buch und blätterte die Seiten um. Es war gegen Mitternacht. Ich betete, daß er einschläft, damit ich raus konnte, aber das Rascheln des Papiers beim Umblättern dauerte an. Schließlich war ich zum Umfallen müde, und ich kann dir nicht sagen, wie lächerlich ich mir vorkam. Zum Schluß mußte ich natürlich aufgeben. Er sah schweigend zu mir hoch. Ich zog mich im Badezimmer aus. Dann ging ich zu Bett. Er sagte noch immer kein Wort, sondern las ruhig weiter."

„Wahrscheinlich hat er die ganze Zeit gewußt, daß du im Schrank stecktest."

„Ich weiß nicht. Jedenfalls kroch ich scheu wie eine Schlange unter die Decke. Ich hatte alle Selbstachtung verloren. Irgendwann in der Nacht wachte ich vor Schmerzen auf. Sie waren sehr heftig, aber nach dem Versteckspiel im Schrank brachte ich es nicht fertig, Leonard zu wecken. Ich ertrug es, solange ich konnte, doch als ich etwas Klebriges fühlte, wußte ich, daß es ernst war. Ich versuchte aufzustehen, todunglücklich über all die Verwirrung, die ich stiftete, aber die Beine knickten mir ein. Da wurde Leonard wach, zündete die Lampe an und rannte hinaus. Er rief laut nach Tommy, der den Arzt holen sollte. Mit heißer Milch und Whisky kam er zurück, stammelte etwas, betete wohl. Er war nicht mehr er selbst. Alles wirkte so fremd, als ob es einer anderen Frau passierte. Ich erinnere mich, daß er Tee machte. „Du mußt das trinken, Kitty", sagte er immer wieder, aber als der Arzt eintraf, glaubte ich zu schwimmen. Natürlich war inzwischen alles vorüber, und Leonard begrub das Baby. Ich habe es überhaupt nicht gesehen."

Die Fahrt nach Dalkey dauerte fast eine Stunde. Sie kamen durch Ballsbridge, durch Blackrock, fuhren dann nach Kingstown, vorbei an dem Pavilion Gardens mit dem Drehkreuz am Eingang und dem Verbotsschild „Hunde nicht zugelassen". Fahrgäste stiegen ein und aus, und an den Kreuzungen ratterte die Straßenbahn und wurde hin- und hergeschleudert. Radfahrer überquerten die Schienen. Einer blieb stecken und hatte Mühe, sich zu befreien, um nicht unter die Räder zu kommen.

Manchmal stieg der würzige Geruch frischen Pferdemists vom Pflaster auf. Kräftige, in ihren Geschirren glänzende Gäule zogen Rollwagen, die nur langsam vorankamen. Droschken, Motorräder mit Beiwagen fuhren vorbei. So mancher der Passagiere war unterwegs zu dem Boot nach Holyhead. Autos überholten die übrigen Fahrzeuge, ließen den beißenden Gestank der Abgase zurück.

Mary wohnte bei ihrer Mutter in einem vornehmen Haus mit Terrasse, abbröckelndem Außenputz und verwildertem Garten. Ihr Vater, ein Arzt, war vor acht Jahren gestorben. Darauf waren seine Witwe und Tochter aus dem imposanteren Haus und seiner Praxis in Ballsbridge nach Dalkey umgezogen. Er war ein schwerer Trinker gewesen und hatte einen Haufen Schulden hinterlassen. Um auszuhelfen, hatte sich Mary entschieden, Lehrerin zu werden, und war zum Carysfort College zugelassen worden, wohin ihr Kitty zwei Jahre später folgte.

Mrs. Lindsay umarmte Kitty warmherzig. „Mein armes, liebes Kind, du bist völlig heruntergekommen."

Sie führte Kitty ins Speisezimmer, wo der Teetisch gedeckt war. Kitty gab ihr ihren Mantel und sah vergnügt zu dem vertrauten Hausgarten hinaus, in dem auf von Unkraut überwucherten Blumenbeeten einige Tulpen ums Überleben kämpften und eine riesige Weide ein abgeschiedenes Fleckchen den Blicken der Nachbarn entzog.

Sie liebte diesen ungepflegten Garten. Nach dem Tode ihres Vaters hatte sie dort so manchen Sommernachmittag verbracht, in dem hohen Gras gelegen, geträumt, Heupferde und Käfer beobachtet, während Mary, einen Strohhut auf dem Gesicht, neben ihr gedöst hatte.

Kapitel 6

Eileen beschloß, sich in die Arbeit zu stürzen, die Abwesenheit der Missus zu nutzen, sie mit einem großen Frühjahrsputz zu überraschen. In der Küche wollte sie die Wände waschen, das Wachstuch abnehmen, die Tische scheuern, Schränke und Schubfächer säubern, das Silber polieren und überhaupt alles tun, wozu sie Zeit fand.

Sie entwickelte Selbstvertrauen, war mit ihrer Stellung zufrieden und entschlossen, zu bleiben. In ihrem ganzen bisherigen Leben hatte sie keinen Menschen wie die Missus gefunden – eine wirkliche Dame, sagte sie sich, freundlich und schön. Gern dachte sie daran zurück, wie ihr Kitty über die Wange gefahren war.

Sobald Leonard und Kitty zur Bahn aufgebrochen waren, ging sie an die Arbeit, rückte Tische und Stühle auf den Hof. Sie wußte, daß bei einem Nachbarn in Kürze eine Messe gelesen werden sollte und daß danach ihre Herrschaft an der Reihe war, so daß es nicht schaden konnte, wenn es im Hause vor Sauberkeit blitzte. Sie krempelte die Ärmel hoch, bändigte ihr Kraushaar, indem sie ein altes Tuch um den Kopf schlang, und füllte einen Eimer mit heißem Wasser aus dem Topf auf dem Herd. Dann griff sie zu Scheuerbürste und Soda und fing in einer Ecke der Küche zu schrubben an.

„Großer Gott!" Tommy stand in der Tür. Seine Gummistiefel waren erdverkrustet. Seit seinem Annäherungsversuch hatten sie kaum ein Wort miteinander gewechselt, aber in der Zwischenzeit hatte sie viel über ihn nachgedacht.

„Keinen Schritt ins Haus mit diesen Stiefeln", rief sie ihm von ihrem Stuhl herab zu. Schmutzspritzer bedeckten ihre Hände und Unterarme. Der nasse Fleck an der Wand machte bei einem Vergleich mit dem Rest des Anstrichs deutlich, wie glanzlos und dunkel die Farbe unter dem Einfluß des Rauchs geworden war.

„Du hast ja die Sprache wiedergefunden", stellte Tommy säuerlich fest. „Du bringst dich hier förmlich um. Kann ich dir dabei behilflich sein?"

„Scheuere den Tisch da draußen und die Stühle auch, wenn es dir nichts ausmacht."

Als Leonard vom Bahnhof zurückkehrte, überraschten ihn die Schäkerworte, die zwischen Küche und Hof hin- und herflogen, und der Anblick seines Arbeitsmannes, der den Tisch schrubbte. „Hast du denn nichts zu tun?" fragte er zornig; Tommy fuhr zusammen und setzte eine betroffene Miene auf. Wenn das keine Arbeit war – was dann?

Leonard zog sich mit der Zeitung ins Wohnzimmer zurück, und Eileen schuftete an diesem Vormittag wie noch nie. Schmutz setzte sich unter den Fingernägeln fest, und beim Zurückstreichen der Locken verschmierte sie das Gesicht.

Um die Mittagszeit dröhnten schwere Schritte vom Hof her. Im ersten Augenblick dachte sie, daß Tommy heranstapfte. Dann erkannte sie, daß es das Geräusch vieler Stiefel war. Auch hörte sie, wie Punch wütend bellte. Das Kläffen ging in Jaulen über; die typischen stoßweisen Ausrufe eines Menschen, der einen Hund tritt, begleiteten das Gewinsel; irgend jemand lachte schadenfroh. Soldaten in grünen oder khakifarbenen Uniformen und mit schwarzem Lederzeug verdunkelten die Tür.

Die Braunen! dachte Eileen und kämpfte gegen das aufwallende Entsetzen an. Sie wrang den Scheuerlappen aus. „Was wollen Sie?"

„Wir suchen Mr. Delaney."

Der Mann, der mit fremd klingendem Akzent sprach, war etwa dreißig Jahre alt, dunkelhaarig und hatte Augen, die Eileen an braune Steine erinnerten. Seine Begleiter warteten keine Entgegnung ab. Einige drangen in die Diele vor, andere liefen polternd die Treppe hoch. Die Wohnzimmertür öffnete sich, und Leonard – in Hausschuhen, die Zeitung unterm Arm – trat heraus.

Der Braune, der Eileen angesprochen hatte, fragte ihn: „Delaney?"

„Leonard Delaney ist mein Name. Und wer sind Sie?"

„Ich bin Captain Ackerley. Gehen Sie nach draußen."

„In meinem Haus erteile ich die Befehle", sagte Leonard ruhig.

Die Geräusche, die von oben kamen, verrieten, daß dort Möbelstücke über den Fußboden geschoben wurden.

Bald kehrten die Leute zurück. „Nichts, Sir."

Leonard stand in der Diele den bewaffneten „Polizisten" gegenüber, die Lesebrille auf dem Nasenrücken, das Bild eines aufgestörten Pädagogen. Er empfand keine Furcht. Seit jeher war er bestrebt gewesen, sich einen einfachen Grundsatz zueigen zu machen: „Von der Pflicht gibt es keine Abstriche." In seinen Augen ging es weniger ums Überleben, als darum, das Leben sinnvoll zu gestalten, und was den Menschen Pflicht war, das galt es bis ans Ende zu erfüllen.

„Wir suchen Gewehre, Mr. Delaney. Unseres Wissens haben Sie eins."

Leonard schnaufte verächtlich. „Ich hatte eine Schrotflinte. Einige Ihrer Leute haben sie mir vor rund zwei Wochen weggenommen."

Die Männer sahen ihren Captain an.

„In zivilisierten Ländern", fuhr Leonard mit sanfter Stimme fort, „ist es üblich, um Erlaubnis zu bitten, ehe man eintritt, oder sogar einen Hausdurchsuchungsbefehl vorzulegen, bevor das Eigentum durchstöbert wird. Wenn Ihre Leute irgendwelchen Schaden angerichtet haben, werde ich die Angelegenheit auf höchster Ebene verfolgen, verlassen Sie sich drauf."

„Dies ist kein zivilisiertes Land", entgegnete Captain Ackerley zornig. „Ihr Gewehr wurde von keinem meiner Leute weggenommen. Also werden es die Shinner geholt haben. Vielleicht sind Sie selbst ein Shinner, Mr. Delaney?"

„Ich bin Lehrer", erwiderte Leonard, „und meine Vermutung, wer das Gewehr requiriert haben könnte, müssen Sie entschuldigen. Schließlich sind die Leute, wer immer sie waren, hier eingebrochen und haben es gestohlen – ganz so, wie heute Sie dazu bereit gewesen wären."

In der Küche bildete mittlerweile Eileen das Zentrum der Aufmerksamkeit.

„Wie ist das mit der Flinte gewesen, Schätzchen?" erkundigte sich einer der Männer.

„Mitten in der Nacht sind zwei dieser Helden gekommen, die haben es geholt", antwortete Eileen barsch. Ihre Stimme schwoll an und klang fast verzweifelt. „Und jetzt raus mit euch Dreckskerlen. Ich will endlich fertig werden."

„Von mir kannst du auch etwas Arbeit bekommen", sagte

der grobgesichtige, brutal aussehende Braune, der ihr Zimmer durchsucht hatte und gerade wieder aufgetaucht war. Er umschlang ihre Taille, drückte dann mit der anderen Hand ihre Brust zusammen.

„Hau ab!" schrie Eileen und trat wild um sich.

„Gib Küßchen!" Er ergriff sie im Nacken und drehte ihr Gesicht nach oben.

„Briggs!"

Der Mann ließ Eileen los und nahm Haltung an. Der Captain war aus der Diele getreten, und im nächsten Augenblick zogen die „Polizisten" ab.

Eileen lief in ihr Zimmer, schob die Matratze zurück, die über dem Fußboden hing, bückte sich nach der verstreut umherliegenden Wäsche und setzte sich auf den Bettrand. Ihr Gesicht brannte wie Feuer. Das dreckige Schwein. Dieser schmutzige, freche Kerl. Sie fand es unerträglich, wenn Männer sie anrührten. Sie verstand nicht, wie jemand sich so etwas bieten lassen konnte. Überall wollten sie einen betatschen, dich gebrauchen, in den Dreck ziehen.

Sie wusch sich die Hände und das heiße Gesicht. Dann machte sie ihr Bett, räumte das Zimmer auf und dankte Gott, daß die Missus in Dublin war. Wäre sie zu Hause gewesen, hätte er vielleicht versucht, sich auch an ihr zu vergreifen.

Als sie die Küche betrat, saß dort Leonard auf einem Stuhl, den er vom Hof hereingeholt hatte. Müde, fast angegriffen sah er aus. „Ich fürchte, daß sie oben eine heillose Unordnung angerichtet haben", sagte er und bemerkte, daß Eileens Gesicht gerötet war. „Geht es dir gut?"

„Großartig, Sir. Wilde Schweine, die Burschen, Sir."

„Ja", murmelte Leonard hart, halb zu sich selbst, „wilde Schweine, das stimmt."

Später tauchte Tommy wieder auf.

„Ah, der große Held, der mich vor den Braunen schützen wollte", sagte Eileen und kehrte ihm den Rücken zu.

„Ach komm, Eileen. Sicher, bis sie abrückten, habe ich mich nicht blicken lassen."

„Und was hast du gemacht? Bist weggerannt und hast dich versteckt, nehme ich an?"

„Das habe ich nicht gemacht – wenn du es genau wissen willst. Ich bin geblieben, wo ich war, auf der Weide unten.

Hinter der Hecke hab ich gesessen, bis se weg warn. Ich bin doch nicht lebensmüde."

Eileen nickte ihm spöttisch zu. Sie war dabei, die Bestecke zu putzen, die sie auf dem Tisch ausgebreitet hatte.

„Da wird ein kleines Tänzchen hingelegt heute abend", sagte Tommy nach einer Weile. „Bei Lynch drüben. Peggy heiratet nächste Woche. Hab schon überlegt, ob du interessiert wärst."

Eileen rieb kräftiger drauflos.

„Willst du nicht mitkommen?" Ein Hauch von Ungehaltenheit schwang in seiner Stimme mit. Er ließ seine Mütze zwischen den Händen kreisen.

„Ich kenne keine Peggy. Ich kenne niemand dort."

„Un' das wird sich nie ändern, wenn du nicht hingehst und dich bekannt machst."

Eileen blickte scheu zu ihm auf. „Also gut, aber ich bin keine große Tänzerin."

„Un' ich kein großer Tänzer. Sieh also zu, daß du bis achte fertig bist." Er setzte die Mütze auf und ging über den Hof zur Allee.

Als Eileen ihr Arbeitspensum beendet hatte und für Leonard das Abendessen zubereitete, dachte sie unentwegt an das bevorstehende Vergnügen und daran, daß sie ihren Herrn fragen müßte, ob sie hingehen dürfe.

Nachdem Leonard gegessen und sich die letzte Tasse Tee eingeschenkt hatte, trug sie ihm die Sache umständlich vor: „Was ich Sie fragen wollte, Sir ... Ob es richtig wäre ... Tommy hat mich gebeten, mit ihm heute abend tanzen zu gehen."

„Was?"

„Er hat mich zu einem Tanz eingeladen", sagte Eileen kleinlaut.

„Wo steckt der Schuft?" brüllte Leonard.

„Ach, um Gottes willen, Sir, ärgern Sie sich nicht." Eileen war den Tränen nahe; ihre Stimme wurde dünn.

Leonard beruhigte sich. In letzter Zeit war er nur noch ein Nervenbündel. Aber er würde mit Tommy reden müssen. „Nun, wenn du wirklich hingehen möchtest ... Ich spreche mit Tommy, sorge dafür, daß er sich um dich kümmert."

Auf dem Hof klapperte ein Eimer. Tommy brachte die Milch.

Leonard ging hinaus und schloß die Küchentür hinter sich. „Was höre ich da? Du willst mit Eileen zu einem Tanz gehen?"

Tommy erschrak und setzte den Eimer ab. „Zu Peggy Lynch. Ich dachte, es würde Eileen gefallen. Sie hat bisher verdammt wenig Spaß in ihrem Leben gehabt", fügte er teilnahmsvoll hinzu.

„Sie ist ein unschuldiges, junges Mädchen", sagte Leonard. „Also keine Pausen zur Bewunderung des Mondscheins! Habe ich mich deutlich ausgedrückt?"

Tommy setzte eine beleidigte Miene auf. „Ich hab das Mädchen gern, Master Delaney. Sie hat 'ne Menge Grips."

„Schon gut. Tommy", sagte Leonard ungeduldig. „Sei um zehn zu Hause – denk an die Ausgangssperre! Und geh zeitig schlafen. Ich möchte, daß du morgen frisch bist."

„Aye, Master."

Viertel vor acht brachen Tommy und Eileen auf. Eileen hatte ihre besten Sachen angezogen, den schwarzen Rock und den blauen Pullover. Ihren Mantel hatte Tommy mit seinem eigenen zusammen auf die Lenkstange gelegt, weil der Abend mild war.

Eileen, die hinter Tommy fuhr, fühlte sich so glücklich, daß ihr das Herz aus der Brust zu springen drohte. Sie bemerkte, daß ihr Schutzherr seinen Sonntagsanzug trug und die Hosenbeine mit Fahrradspangen sorgfältig geklammert hatte. Seine schwarzen Stiefel waren frisch geputzt. Drahtige Strähnen kringelten sich unter seiner Mütze hervor. Sie dachte an ihr eigenes Haar und daran, wie kräftig sie es gebürstet hatte, aber es stand noch immer in feuerroten Spiralen vom Kopf ab. Nach dem Waschen war es vollends wuschelig geworden.

Am Kreuz hörte sie die fröhliche Stimme eines Mädchens, das irgendeinem etwas zurief. Ein Pferd kam an den Wall seiner Weide galoppiert und beobachtete, wie sie vorüberradelten. In der Ferne stieß jemand laut eine Frage aus; Hundegekläff folgte. Dann wurde es still. Nur das Geflüster der Reifen war zu hören. Die Lynchs bewohnten ein langgestrecktes, strohgedecktes Häuschen. Tommy öffnete die Tür und steckte den Kopf hinein. „Gott segne euch alle miteinander."

„Komm rein, komm rein!" rief eine weibliche Stimme, und Tommy schob Eileen vor sich her in die Küche. Zahlreiche Leute waren versammelt.

Eine junge Frau stürzte auf Tommy zu und schüttelte ihm die Hand. „Herzlich willkommen, Tommy." Ihr heiterer Blick wanderte zu Eileen weiter. „Wer ist das?"

„Eileen Ward, unser neues Mädchen. Eileen, das ist Peggy."

„Herzlich willkommen, Eileen. Tritt ein und trink eine Tasse Tee." Sie senkte die Stimme und sagte boshaft: „Für dich ist ein Tropfen von was Schärferem da, Tommy."

Ein junger Mann kam zu ihnen und reichte Tommy eine weiße Emailletasse.

Tommy nahm einen kräftigen Schluck. „Langes Leben, Jimmy", wünschte er und schmatzte mit den Lippen, „langes Leben euch beiden."

Peggy stellte Eileen vor und führte sie dann an den Teetisch.

Eileen trank schweigend, von lähmender Befangenheit ergriffen. Peggys Mutter erkundigte sich nach ihrer Herrschaft und fragte, wie ihr die Arbeit gefalle. Eileen antwortete einsilbig. Ihr Gesicht glänzte vor Aufregung, doch sie schaute sich in der Küche um, der dritten privaten, die sie kennenlernte, und verglich sie mit der ihres Herrn. Fliesen bedeckten den Fußboden, die Wände waren geweißt, eine Decke gab es nicht. Zwischen den Sparren sah man die Innenseite des Strohdachs. Ein Torffeuer brannte in dem offenen Herd, über dem an einem schwenkbaren Arm ein großer, schwarzer Kessel hing. Die ganze Küche erinnerte sie stark an die der Mrs. Murray, von der die Missus ihre Eier bezog. In einer Ecke stand das Butterfaß, hölzerne Butterstempel lagen daneben auf dem Fensterbrett. Dicht beim Feuer saß ein alter Mann mit einer Fiedel. Nach wenigen einleitenden Streichen fiedelte er munter drauflos. Im Nu war die Mitte des Fußbodens freigegeben, und Jimmy führte die strahlende Peggy zur Eröffnung des Tanzes. Die jungen Leute schlossen sich ihnen an, die Männer bildeten eine Reihe, die Mädchen standen ihnen gegenüber, bewegten sich rückwärts und vorwärts zu den Klängen der Musik.

Tommy nickte Eileen zu, gestikulierte lebhaft, und schließlich folgte sie ihm, froh, Peggys Mutter entronnen zu sein, die sie nach St. Bride's ausgefragt und zwischendurch immer wieder „Herrgott, steh uns bei!" gemurmelt hatte. Eileen stellte sich zuerst ungeschickt an, entkrampfte sich aber, als sie begriff, daß sich die Schritte einfach wiederholten. Doch dann wurden anspruchsvollere Folgen eingeführt, und sie verhaspelte sich, als sie sah, daß Tommy ein viel besserer Tänzer war, als er ihr weisgemacht hatte. Jemand ergriff sie am Ellenbogen und wirbelte sie herum, und dann kam der nächste Mann und wieder ein anderer, bis sich alles um sie her drehte und sie lachend nach Atem rang. Als die Musik aufhörte, schwärmten die Männer zurück und hielten dem Gastgeber die emaillierte Blechtasse hin, damit er nachschenken konnte.

„Guter Tropfen Selbstgebrannter das, Dan", bemerkte einer anerkennend, und Dan, der Vater der künftigen Braut, nickte gewichtig und meinte, gewiß doch, den habe ja auch sein Vetter aus Tipperary geschickt, wo inmitten der Hügel ein Destillierapparat stand.

Es entging Eileen nicht, daß die Männer ein rothaariges Mädchen, das nach ihnen gekommen war, förmlich mit Blikken verschlangen, daß auch Tommy häufiger zu ihr hinsah, daß sie auffällig die Hüften schwang und die Männer aus den Augenwinkeln beobachtete. Sie bemerkte, daß Tommy sie beim Arm nahm, etwas zu ihr sagte, daß sie keß den Kopf zurückwarf und sich abwandte. Es war dasselbe Mädchen, das Tommy an dem ersten Sonntag vor der Kirche in Tubbercullen angesprochen hatte.

Einige Männer bildeten einen Kreis und erörterten mit gedämpfter Stimme die letzten Meldungen des *Irish Independent:* Entlassung der Hungerstreikenden von Mountjoy; die politischen Gefangenen von Wormwood Shrubbs setzen ihren Hungerstreik fort, Überfall auf die Polizeikaserne von Rush in der Grafschaft Dublin. Die älteren Frauen gruppierten sich um das Feuer, plauderten und wollten sich ausschütten vor Lachen, doch dann wurden auch sie ernst und sprachen über die letzten Ereignisse im Lande.

Kurz nach halb zehn wurde laut an die Tür gepocht, der Riegel angehoben, und ein großer, vierschrötiger Mann in der dunkelgrünen Uniform der königlichen irischen Polizeitruppe trat ein.

„Der Sergeant!“ rief jemand laut. Augenblicklich verstummten die Gespräche und die Musik; die Augen waren auf den Eindringling gerichtet.

„Seid ihr alle verrückt geworden?“ fragte er. „Vergeßt ihr, daß es eine Polizeistunde gibt?“ Er blickte Peggys Mutter an, die aufgestanden und zur Tür gekommen war. „Um Gottes willen, Mary, schick die Leute nach Hause. Diese neuen Burschen draußen warten bloß darauf, daß es zehn schlägt und sie ihren Spaß haben können.“

„Scheißbraune!“ brummte einer. Die Gäste sahen zu der Uhr auf dem Kaminsims, berieten sich kurz, mit gedämpfter Stimme, und zerstreuten sich.

Eileen holte den Mantel, und Tommy griff nach ihrer Hand. „Los, komm.“

Der Sergeant nickte ihm zu. „Gute Nacht, Tommy.“

Tommy erwiderte nichts, aber als sie im Hof waren, räusperte er sich und spuckte aus.

Eileen drehte sich um und vergewisserte sich, daß ihnen der Polizist nachschaute. „Warum machst du das? Er hat es gesehen.“

„Soll er“, murmelte Tommy, „soll er doch.“ Er klemmte die Fahrradspangen an. Dann entschuldigte er sich. „Die Natur meldet sich“, sagte er.

Eileen wartete draußen, vor dem Tor, hielt ihr Rad an der Lenkstange, aber erst als wieherndes Gelächter erscholl, bemerkte sie die Männer, die im Schatten standen. Sie traten näher heran und beobachteten die scheidenden Gäste. Es waren einige der Braunen, die am Vormittag das Haus durchsucht hatten.

Einer redete auf die Rothaarige ein, als sie durch das Tor kam. Eileen hörte sie kichern. Eileen wich zurück, wünschte, in den Boden zu versinken, aber einer näherte sich ihr, erkannte sie und grinste breit.

„Ist das nicht die kleine Dirn aus dem Haus des Lehrers!“ Er legte ihr einen Arm um die Taille. „Onkel Dick wird dich nach Hause bringen.“ Es war der Mann, der sie geküßt hatte.

Sie schaute sich erschrocken um, fühlte, wie er seine Hüfte gegen ihre drückte, und merkte, daß er nach warmem Schweiß und Bier roch. Erleichtert sah sie Tommy aus den Büschen kommen. „Laß mich los!" zischte sie.

Tommy nahm sein Fahrrad, ging zur Straßenmitte und sagte: „Komm, Eileen!" Den Braunen beachtete er nicht. Als sie losfuhren, lachten die Soldaten wieder, wobei das Wort „Knast" fiel.

Sie spürte, wie Tommy neben ihr erstarrte. „Nimm keine Notiz", flüsterte sie. „Es sind drei, und sie haben Gewehre."

Tommy entgegnete nichts.

„Hast du was?" fragte sie eine Weile später.

„Ich denke an den Tag, an dem ich diesen Bastard im Visier habe", sagte Tommy.

Eileen hörte, wie er durch die Nase schnaufte. „Was soll das heißen?"

„Daß er mir eines Tages vor die Flinte laufen wird, Mädel, das soll es heißen." Er schwieg einen Augenblick. „Hat das Mädchen da, die Molly O'Neill, mit ihnen geredet?" fragte er dann.

„Die Rothaarige?"

„Ja."

„Einer hat sie angesprochen."

„Der ist es egal, wer es ihr besorgt", murmelte er wütend.

Als Eileen an diesem Abend zu Bett ging, kreisten ihre Gedanken um den Tanz, um Tommy und um seine Bemerkung über das Visier — wie immer er es gemeint hatte. Jedenfalls nimmt er den Mund ziemlich voll, sagte sie sich; er könnte keiner Fliege etwas antun. Und wo wollte er ein Gewehr hernehmen? Sie stellte sich vor, wie er sich auf der Weide hinter der Hecke versteckt hatte, damit ihn die Braunen nicht sahen, und mußte lachen. Nach ihrer Rückkehr hatte er sie im Torfschuppen sanft auf die Lippen geküßt. Es ging ihr durch und durch, wenn sie daran dachte. Sie nahm den kleinen Spiegel von dem Tisch neben ihrem Bett und betrachtete prüfend ihr Gesicht. Sie war nicht hübsch, das wußte sie. Sie hatte eine Himmelfahrtsnase und Wulstlippen. Ihr Hals war glatt, er hatte nur zwei Falten. Sie knöpfte das Nachthemd auf und entblößte die Grube ihres Busens. Dann zog sie den Ausschnitt zur Seite, bis die eine Brust heraussprang, nackt und weich, von einem Geflecht blauer Äderchen durchzogen. Wieder befragte sie den Spiegel. Sie stellte sich vor, die Brust mit Tommys Augen zu sehen. Die Warze richtete sich bei der Untersuchung wie eine Himbeere auf. Es müßte schön sein, wenn Tommy sie streicheln würde, vielleicht sogar mit dem Mund ... Großer Gott, es wäre Sünde! Solche Gedanken sollten ihr fremd sein. Sie erzeugten ein komisches Kribbeln zwischen den Beinen. Heilige Maria, vergib mir, betete sie in plötzlichem Schreck, was immer geschieht, laß mich diese Sünde nie begehen! Sie stellte den Spiegel auf den Tisch zurück, knöpfte das Nachthemd zu und wollte das Licht löschen, als von draußen an die Fensterscheibe geklopft wurde. Sie schämte sich, weil die Vorhänge nicht ganz zugezogen waren, so daß ein Beobachter durch den freien Spalt in der Mitte alles gesehen haben mußte. Es konnte nur Tommy sein. Schmutziger Kerl, ihr nachzuspionieren! Sie machte das Licht aus, ging zum Fenster und zog die Vorhänge zurück, um ihm gehörig die Meinung zu sagen, aber als sich ihre Augen an die Dunkelheit gewöhnt hatten, starrte sie in das grinsende Gesicht eines Braunen, der ihr Kußhände zuwarf.

„Heiliger Jesus!" entfuhr es ihr. Sie zog die Vorhänge vor und wich bis zur Wand zurück, ohne zu bedenken, daß die Lampe nicht brannte und sie nicht zu sehen war. Dann fielen ihr die guten dicken Eisenstäbe ein, und sie war dankbar für dieses Gitter. Wäre das Fenster unvergittert gewesen, hätte er es hochschieben und in ihr Zimmer eindringen können. Er klopfte noch mehrmals gegen die Scheibe. Ob sie zu ihrem Herrn laufen sollte? Aber wie wollte sie ihm erklären, daß ein Brauner vor ihrem Fenster lauerte? Sie wartete, stand steif an der Wand, bis sie Schritte hörte, die sich entfernten. Schließlich kehrte sie in ihr Bett zurück, aber sie schlief sehr unruhig.

Kapitel 7

Montagmorgen wachte Kitty zeitig auf. Sie lag reglos da, beobachtete, wie sich die Vorhänge bauschten und sanft bewegten. Das Fenster war oben und unten geöffnet, der Raum von Morgenfrische erfüllt. Licht schimmerte durch das Muster der Vorhänge: welkende Rosen mit Knospen, rankendes Grün. Im Garten zwitscherten Vögel.

Sie fühlte sich ausgesprochen wohl und träge. Das Zimmer war hübsch eingerichtet: Renoir-Reproduktionen an weißen Wänden, glänzende Messingkugeln auf dem eisernen Bettgestell, eine weiße Tagesdecke mit Fransen, der Fußboden gebeizt, zum Teil mit einem abgetretenen Perser bedeckt. Auf einem Tisch nahe beim Bett standen Waschbecken und Wasserkrug aus Porzellan. Nicht nötig, jetzt aufzustehen, sagte sie sich, ich könnte ewig dösen. Mary hatte Unterricht, war wahrscheinlich schon zur Schule aufgebrochen. Dann fiel ihr ein, daß sie für Montag einen Termin bei Dr. Richardson hatte und daß sie mit Mr. Stratton und seinem kleinen Neffen im Jammet's zu Mittag speisen würde. Vielleicht sollte sie sich aus diesem Anlaß einen neuen Hut kaufen? Sie hatte nur einen mitgenommen, und den kannte er von der Fahrt her. Doch was tat's? Sie setzte sich auf und prüfte sich in dem hohen Spiegel in der Ecke: eine blasse, schlanke Frau mit einem dunklen Tuch über den Schultern, blaue Augen, tiefe Schatten darunter. Sie kniff sich in die Wangen und sah zu, wie die Röte erschien und wieder verschwand. Sie müßte etwas besorgen, ein bißchen Rouge auftragen.

Nach einigen Minuten klopfte Mrs. Lindsay an und trat mit einem Tablett ein, das sie auf Kittys Knie setzte.

„Mrs. Lindsay, Sie verwöhnen mich."

„Höchste Zeit, daß es jemand tut! Daß mir kein Bissen übrig bleibt!"

„Dafür werde ich bestimmt sorgen. Vielen, herzlichen Dank." Kitty betrachtete das pochierte Ei und die Toastscheiben und gestand sich ein, daß sie einen Riesenhunger hatte. „Wie Sie wissen, gehe ich nachher zu Doktor Richardson“, fügte sie hinzu, während ihr Mrs. Lindsay im Rücken die Kissen zurechtrückte.

„Ja, Mary hat es mir gesagt. Ich finde das sehr vernünftig.“

Kitty kleidete sich apart. Sie trug ihr elfenbeinfarbenes Leinenkostüm, das beste, das sie hatte, und verabschiedete sich in der Diele.

„Wann wirst du zurück sein?“ fragte Mrs. Lindsay freundlich, und Kitty spürte ihr Mitgefühl. Es war ja auch wirklich eine Tortur, der sie sich da unterziehen wollte.

„Oh, gegen vier. Ich will mir die Geschäfte ansehen.“

„Was wird mit dem Mittagessen?“

„Das besorge ich in der Stadt.“

„Vergiß es aber nicht!“

„Na, dann tschüs!“ Am Tor drehte sich Kitty noch einmal um und winkte ihrer Gastgeberin zu, die den Gruß erwiderte, bevor sie die Tür schloß. Wenige Minuten später stieg sie in die Straßenbahn nach Dublin.

Das Wochenende war himmlisch gewesen, ganz wie in alten Zeiten, unbeschwert, sorgenfrei. Sonnabend und Sonntag hatte sie mit Mary ausgedehnte Spaziergänge unternommen. Am Strand waren sie zwischen Booten und zum Trocknen aufgehängten Fischnetzen umhergeschlendert, hatten sich am Panorama der Killiney Bay erfreut, am Anblick der Kinder, die im Sand spielten. Es war eine andere Welt als das abgeschiedene Tubbercullen, weit entfernt von den verhärmt aussehenden Leuten, für die man schon etwas darstellte, wenn man ein Paar Schuhe und einen bescheidenen Bildungsgrad besaß. Ob Leonard sie vermisse, fragte sie sich, ob sich ihre Beziehungen jemals verbessern würden. Sie erinnerte sich an seine Miene auf dem Bahnhof, als er sie beim Abschied lange angesehen – einen Ausdruck von Zärtlichkeit oder Erleichterung in den Augen, sie wußte es nicht – und ihr eine Fünf-Pfund-Note in die Hand gedrückt hatte: „Kauf dir ein kleines Schmuckstück.“ Etwas in ihr sehnte sich nach ihm, drängte sie, ihn zu umarmen, sich an seiner Kraft zu erbauen. Die andere Hälfte mißtraute ihm, fürchtete, abermals abgewiesen zu werden. Wenn sie ihn nur dazu bewegen könnte, Tubbercullen zu verlassen, nach Dublin zu kommen! Doch sie wußte, daß das nie geschehen würde. Er hatte sich am Ort instituiert, kannte jedes Gemeindemitglied und empfand ein beinah feudales Verantwortungsgefühl für sie. Leonard und nicht Mr. Stratton hatte die Stelle eines Junkers eingenommen. Und natürlich würde er auch ungern das Haus aufgeben, das er mit Sheila geteilt hatte. Wie viele ihrer Sorgen und Nöte hatte sie Sheila zu verdanken? Leonard erwähnte seine erste Frau kaum, aber Kitty fühlte, daß sie allgegenwärtig war.

Am Merrion Square stieg sie aus und ging zur Fitzwilliam Street, wo Dr. Richardson seine Praxis hatte. Die großen georgianischen Terrassen beeindruckten sie mehr denn je. Sie sah eine Hausangestellte mit weißer Haube und Schürze; das Mädchen öffnete einem Besucher die schwere Haustür, die im Schmuck eines frischen Bleifarbenanstrichs glänzte. Die Leute hier waren gut gekleidet. Ein gepanzertes Fahrzeug rollte aus Richtung Merrion Street heran und bog in die Lower Mount Street ein. Kitty blieb stehen, um hinterherzuschauen, was außer ihr niemand tat. So manches war anders geworden.

Eine Frau in Schwesterntracht machte ihr auf, als sie bei Dr. Richardson geläutet hatte, und führte sie zu einem geräumigen Wartezimmer, von wo aus man einen Blick auf den langen, schmalen Garten und die Rückseite anderer georgianischer Häuser hatte, stumpfer, rostbrauner Backsteingebäude, fünf Stockwerke hoch, das Kellergeschoß mitgerechnet. Kitty mußte an das Vaterhaus ihrer Großmutter in Ely Place denken. Sie hatte sich schon oft gefragt, wie einem zumute sein müßte, wenn man unter solchen Umständen aufwachsen, in einer so riesigen Wohnung leben würde, fernab von all den anklagenden Barfüßlern auf dem Lande, den Besiegten und Enteigneten.

Das Wartezimmer war geschmackvoll antik ausgestattet: ein mit Goldbronze verzierter Kaminsims, ein großer Tisch, Nußbaum, darauf Zeitungen und Zeitschriften, ordentlich gestapelt, ein Sortiment verschiedenartiger Sessel, ein mit blaßgrünem Damast bezogenes Chaiselongue, das den unangenehmen Geruch von Karbolsäure, der in der Luft lag, nicht zu dämpfen vermochte. Kitty war nicht allein. Am Tisch saß eine junge Hochschwangere auf einem Stuhl mit gerader Rückenlehne. Sie hob den Blick von dem Magazin, ein mitfühlendes Lächeln huschte über ihr Gesicht, während sie den Nagel ihres rechten Mittelfingers pausenlos gegen den Daumennagel rieb. Auch Kitty war nervös, kein Wunder angesichts dieser Untersuchung durch einen Mann, aber was sie begonnen hatte, wollte sie zu Ende führen. Sie blätterte *The Irish Times* durch. In Bandon hatten sie einen Polizisten auf dem Weg zur Messe verwundet; in Limerick war es erneut zu Unruhen gekommen; die unmittelbare Gefahr eines Eisenbahnerstreiks war vorerst gebannt (das Jahresgehalt eines Angestellten betrug hier 250 Pfund, lächerlich wenig, nach Aussagen der Gewerkschaft das niedrigste in Europa überhaupt); wieder eine Reklame für Fitu-Korsetts: „Britisch durch und durch, an lebenden Modellen geformt, komplett mit Korsettstäbchen versehen"; und ein wiederhergestellter ehemaliger Invalide schilderte die Segnungen des Kräftigungsmittels Phospherine, bezeugte, es habe „seinem nervlichen Organismus die Fülle an Lebenskraft geschenkt, deren er sich jetzt erfreue". Bravo, gratuliere, dachte Kitty, vielleicht wäre es das Richtige für mich.

Mit Interesse las sie einen kurzen Artikel über eine Zwanzigjährige mit Namen Mollie Steimer, die in Amerika zu fünfzehn Jahren Haft verurteilt worden war. „Eine frühere Anschuldigung, die gegen sie erhoben wurde, lautete auf Verteilung von Flugblättern gegen das Wehrdienstgesetz. Später predigte sie auf der New-Yorker Ostseite Anarchie." In dem Artikel hieß es weiter, dies sei ein schreckliches Urteil für ein politisches Vergehen, das Strafmaß scheine „unglaublich für ein junges Mädchen". Kitty fühlte Unbehagen und Bewunderung. Wohin führte all der Mut, und was hatte Mollie Steimer bewogen, so aktiv zu werden? Kitty verglich das Handeln dieses Mädchens mit dem Aufbegehren eines Meeresbewohners, der die ganze See herausfordern wollte.

Der Arzt war ein Mann in mittleren Jahren, ernst und liebenswürdig, aber leicht blasiert, was Kitty abstoßend fand. Er forderte sie auf, Platz zu nehmen, und erkundigte sich nach der Fehlgeburt. Dann deutete er auf eine Behandlungsbank, die hinter einer spanischen Wand aus Chinaseide stand. „Nun, dann wollen wir Sie uns einmal anschauen. Schlüpfen Sie aus Ihrer Unterwäsche und geben Sie Bescheid, wenn Sie fertig sind."

Kitty lief scharlachrot an, trat hinter den Schirm und befolgte die Anweisungen. Sie wünschte, daß sie mit Würde etwas anderes tun könnte, als zu gehorchen. Jetzt fortzulaufen wäre kindisch. Der Mann war ein Professioneller, gewöhnt, an jedem Tag seines Lebens Frauen zu untersuchen. Aber ich bin nicht gewöhnt, untersucht zu werden, dachte sie zornig. Mochte er noch so professionell sein, selbst wenn er wollte, könnte er nie verstehen, wie traumatisch diese Erfahrung für sie war, wie verletzend und erniedrigend zugleich. Er maßte sich eine gottähnliche Stellung an, bildete sich etwas darauf ein, die Geheimnisse der Fortpflanzung zu kennen und hatte nie einen Preis dafür zu zahlen.

Kitty legte sich auf die Bank, wie er verlangte. Er bedeckte ihren Leib mit einem Tuch und sondierte zwischen ihren Beinen, führte ein Instrument in die Gebärmutter ein. Es fühlte sich kalt an, schmerzte jedoch nicht. Dann sagte er ihr, daß sie sich ankleiden könne, und wusch sich in einem Becken neben dem Fenster die Hände.

„Innerlich scheint alles in Ordnung zu sein, Mrs. Delaney, aber Sie sind stark anämisch. Ich werde Ihnen ein Eisenpräparat verschreiben und rate zu vier Unzen roher Kalbsleber täglich."

Kitty verzog angewidert das Gesicht, und als sie die Strümpfe festgemacht hatte, trat sie hinter dem Schirm hervor. Er stellte das Rezept aus, führte mit kühlen weißen Fingern die Feder.

„Zweimal einen Teelöffel voll täglich", verordnete er, indem er ihr den Schein reichte, „und keine ehelichen Beziehungen – wenigstens drei Monate nichts. Bis Sie völlig genesen sind, können Sie nicht das Risiko eingehen, wieder schwanger zu werden."

„Ja, Herr Doktor", sagte Kitty leise und lief in den Maitag hinaus. Der Himmel war bedeckt. Sie bebte vor Erleichterung. Und dafür eine Guinee! dachte sie.

In Tubbercullen unterrichtete Leonard Mathematik. Die

Spannung, die ihn beherrschte, teilte sich den Schülern mit und bedrückte sie. Auf dem Tisch lag eine aufgerollte Landkarte, die er studierte, während sich die Kinder mit den gestellten Problemen befaßten. Kittys Klassen schrieben Aufsätze. Kein Flüstern war in der Schule zu hören. Die Stimmung des Lehrers wollte respektiert sein.

Als Eileen in der Küche arbeitete, dachte sie darüber nach, warum sich Tommy den ganzen Tag nicht blicken ließ. Vielleicht hatte ihn der Herr auf einen Botengang geschickt. Später kam Patch Murray im Auftrag seiner Großmutter vorbei und brachte einige Eier. Am Vortag hatte ihr Eileen den üblichen Sonntagsbesuch abgestattet, aber es waren nicht genügend Eier dagewesen.

„Heute morgen gelegt", erklärte Patch stolz, indem er Eileen den Korb reichte.

Er hatte mausähnliches Haar und war leicht zu einem Grinsen zu bewegen. Eileen schätzte ihn auf achtzehn. Gewöhnlich war er ihr gegenüber sehr zurückhaltend, aber an diesem Tag wirkte er aufgeregt.

„Is' die Gnädige wohl noch in Dublin?"

„Ja."

„Wird sie bald nach Hause kommen?"

„Sie wird morgen nach Hause kommen", äffte Eileen ungehalten, „und sei nicht so neugierig!"

Patch grinste. „Frag sie mal, wie das so in Dublin ist. Laß mich hören, was sie sagt."

„Willst du was Bestimmtes wissen?"

„Etwas über die Braunen und Soldaten, ob's dort eine Menge gibt." Seine Miene war hart und entschlossen geworden.

„Ist es nicht schlimm genug, daß wir welche hier haben? Willst du dir auch noch über die in Dublin den Kopf zerbrechen?"

Als Patch gegangen war, überlegte Eileen, was da in der Luft liegen mochte. Ob sich ein Gewitter zusammenzog? Sie schaute zum Himmel auf; die Wolken sahen nicht danach aus. Trotzdem empfand sie eine sonderbare Erregung. Wahrscheinlich, weil die Missus am nächsten Tag zurückkam. Eileen war gespannt, was sie zu ihrem Großreinemachen sagen würde.

In der Kaserne von Tubbercullen ließ Captain Ackerley von einem oberen Fenster aus den Blick über das Land schweifen. Angesichts der Dinge, die andernorts geschahen, hatte er die Kaserne mit Stacheldraht umzäunen lassen; Sandsäcke türmten sich hinter dem Zaun. Am Tor stand ein Posten und kratzte sich verstohlen den Hintern. Dann sah er schuldbewußt zu dem Fenster hoch. Hoffentlich hatte der Captain seinen Disziplinverstoß nicht bemerkt. Der Posten wußte, daß der Hauptmann von Zeit zu Zeit an dieses Fenster trat, und er wollte den Eindruck erwecken, recht wachsam zu sein. Eine heftige Begierde umnebelte seinen Verstand. Die Dienstmagd des Lehrers ... Neckisches Weibchen das ... O ja! Und wie sie sich am Abend die Titten befummelt hatte! Wenn er durch das Fenster gekonnt hätte! Jesses, er hätte es ihr richtig besorgt! O ja – die ganze Nacht! Ein Stöhnen stieg in seiner Kehle auf und erstarb dort. Gott, aber er würde sie noch kriegen. Darin waren sie sich alle gleich, diese kleinen Nutten – hart wie Messing, dabei lechzten sie danach.

Captain Ackerley interessierte sich nicht für den Posten, der am Tor seinen Dienst tat. Er suchte mit seinem Feldstecher das Dorf und die Wiesen dahinter ab. Daß es am Ort keine Zwischenfälle gab, stimmte ihn zufrieden; er führte es darauf zurück, daß er mit seinen Leuten angekommen war. Der einzige einheimische irische Polizist in der Kaserne war jetzt Sergeant O'Connor. Die anderen Feiglinge hatten ihren Abschied genommen.

In vielerlei Hinsicht war Frankreich leichter gewesen. In einem richtigen Krieg wußte man, woran man war; in den Schützengräben war er schnell vom Mannschaftsstand aufgestiegen. Doch die gegenwärtige Form der Feindseligkeiten erbitterte ihn. Die Mordbanden der IRA verübten ihre Anschläge und entkamen ungestraft. Nun, daß würde sich ändern. Er wartete voll Ungeduld auf den Munitionstransport, der in der Nacht eintreffen sollte. Danach konnte er sich sicherer fühlen. Den hinterhältigen Iren war nicht über den Weg zu trauen. Er dachte an den Lehrer und an sein Haus, das sie Samstag durchsucht hatten. Der Bursche schien harmlos zu sein, aber er mißtraute ihm. In keinem der visitierten Häuser waren Waffen gefunden worden, obwohl sie nicht grundlos damit gerechnet hatten, mehrere Schrotflinten aufzustöbern. Schrotflinten gegen Karabiner, eine disziplinierte Truppe gegen den Mob. Er wollte es ihnen zeigen – sobald die Munition eingetroffen war.

Eine Stunde blieb bis zur Verabredung. Kitty war froh, noch Zeit für ein paar Einkäufe zu haben. In der Price's Medical Hall, Grafton Street, löste sie das Rezept ein. Dann schaute sie sich in der Buchhandlung nebenan um und erstand ein kleines Buch, das sie Leonard mitbringen wollte, ein Exemplar von Omar Khayyam *Ruba'iyat.* Die Frauen um sich her betrachtete sie genau. So stellte sie fest, daß die Röcke kürzer wurden und daß sich einige ihr Haar stutzen ließen. Sie fand, es sehe schrecklich aus.

Im Kaufhaus Switzers ging sie zur Hutabteilung und probierte mehrere Kreationen auf, ehe sie meinte, das Richtige gefunden zu haben. Es war ein elfenbeinfarbener Panama mit einem blaßrosa Band oberhalb der Krempe. Im ersten Augenblick schreckte sie vor dem Preis zurück – zwei Pfund, neunzehn Shilling, elf Pence! Doch dann sagte sie sich, daß sie Geld sparen würde, wenn sie auf die widerliche Diät, die ihr Dr. Richardson empfohlen hatte, verzichtete.

„Ich nehme ihn und werde ihn gleich tragen."

„Ja, Madam."

Die Verkäuferin packte das alte schwarze Stück in eine Hutschachtel, schrieb den Kassenzettel aus und legte ihn mit Leonards Fünfer zusammen in einen Messingbehälter, der an dem Draht über ihren Köpfen klirrend zum Kassierer abfuhr. Bald kam er zurück und enthielt das Wechselgeld, das in die Quittung gewickelt war. Zwei Pfund, neunzehn Shilling elf für einen Hut! Sie würde es Leonard nicht sagen, obwohl sie sich wahrhaftig schon lange nichts mehr geleistet hatte.

Es war fast um eins, als sie in die Nassau Street einbog, an dem Eckgeschäft von Yeates & Son vorbei an den Schaufenstern voller Brillengestelle und dem Schild „Rennglas- und Brillenfabrikanten". Vor dem Juweliergeschäft Morton verweilte sie, um zu sehen, ob die Perlenkette noch auslag, aber natürlich war sie nicht mehr da. Versonnen ging sie zum Jammet's weiter.

Dicke Läufer, Tische mit Damastdecken und Silberbestekken, erlesene Speisen und Weine, gut gekleidete Gäste. Jammet's war das erste Restaurant am Platz, und wie behauptet wurde, zählte es zu den besten Gaststätten Europas. Kitty stand unentschlossen in der Tür, während der Oberkellner auf sie zueilte.

„Madam?"

Jemand erhob sich und winkte; es war Paul Stratton, und sie gab ihm zu verstehen, daß sie ihn bemerkt hatte.

„Wenn Madam mir bitte folgen wollen", murmelte der Ober. Er führte sie an einen Tisch vor der gobelingeschmückten Wand, wo ihr Gastgeber stand und sie mit einem kleinen Jungen erwartete.

„Mrs. Delaney, das ist mein Neffe Jeremy. Jeremy, das ist Mrs. Delaney, die für einige Zeit deine Lehrerin sein wird."

„Sehr angenehm", sagte das Kind würdevoll.

„Freut mich, dich kennenzulernen, Jeremy. Ich habe schon viel von dir gehört."

Als sie sich gesetzt hatten und die Speisekarten gebracht waren, musterte Kitty den Jungen, der aufmerksam und stirnrunzelnd das vorwiegend französisch abgefaßte Angebot studierte. Er trug einen leichten Tweedanzug mit Knickerbockers und war engelhaft schön.

„Was werden Sie unterrichten?" erkundigte er sich, wobei er sie unter seinen dunkelbraunen Wimpern hervor aufgeweckt ansah. „Ich bin ganz gut im Lesen und Schreiben und solchen Sachen, aber ich mag kein Latein!"

„In Latein bin ich selbst keine Leuchte", gestand Kitty. „Wir werden uns also mit Lesen und Schreiben befassen, auch mit Arithmetik. Und wie steht es mit Poesie?"

„Ja . . . Ich nehme nicht an, daß wir Poesie weglassen könnten, nicht wahr?" fragte Jeremy mit seiner gepflegten englischen Aussprache.

Paul Stratton lachte. „Er wird Sie allmählich überreden, alles wegzulassen, eins nach dem anderen."

Kitty lächelte das liebenswerte Kind an. Seine feinen Gesichtszüge fielen ihr auf, die blauen Augen, das blonde Haar und seine Art, aufrecht zu sitzen und sie unter seinen ungewöhnlich dunklen Wimpern hervor anzuschauen. Tubbercullen war ein öder Ort für ein lebensprühendes Kind wie ihn. Irgendwie wirkte es sonderbar, daß er hergekommen war, etwas stimmte da nicht. Sie fragte sich, was hinter seinem plötzlichen Besuch stecken mochte.

Stratton lehnte sich zurück. „Ich muß sagen, Kit ... Mrs. Delaney, Sie sehen wunderbar wohl aus, wenn ich es so formulieren darf. Der Hut steht Ihnen fabelhaft."

„Danke, Mr. Stratton." Sie konnte ihm nicht gut erklären, daß ihre Farbe noch von der Aufregung herrührte, die sie bei dem Gynäkologen durchgemacht hatte.

„Möchten Sie nicht Paul zu mir sagen?"

„Gut." Kitty lachte.

„Und darf ich Sie Kitty nennen?"

„Natürlich."

Paul bestellte. Kitty bat ihn, für sie zu wählen, und so kam es, daß sie Hummer Thermidor speiste. Auch ein Glas Weißwein akzeptierte sie entgegen ihrer Gewohnheit. Jeremy suchte sich Hühnchen mit Pommes frites aus. Er besuchte eine Privatschule in London und wollte nächsten September zu einem Pensionat überwechseln.

„Was meinst du so dazu, Jeremy?"

Das Kind blickte sie an, schüttelte jedoch den Kopf.

„Welches ist dein Lieblingsfach?" fragte sie nach einer Weile.

„Geschichte."

„Mit welchen Zeitabschnitten hast du dich beschäftigt?"

„Nun", sagte der Junge zwischen zwei Bissen, „kürzlich habe ich etwas über Jeanne d'Arc erfahren. Es gefällt mir nicht, daß sie verbrannt wurde. Sie war nicht einmal schlecht."

„Damals wurden viele Frauen verbrannt, weil die Menschen sie für Hexen hielten", erklärte Kitty.

„Hat man auch Männer verbrannt?"

„Ja, aber nur wenige."

„Warum?"

„Ich nehme an, weil man glaubte, daß nur Frauen Hexen sein konnten."

„Aber viele Männer waren schlecht, nicht wahr?"

„Ja."

„Warum konnten sie also keine Hexen sein?"
Kitty sah hilfesuchend Paul an.
„Wenn sie eine Frau als Hexe bezeichneten, diente das nur als Vorwand, Jeremy", erklärte Paul, „ganz so, wie man sagt, daß etwas Gift ist, damit man es nicht zu essen braucht."
„Aber das habe ich nur einmal gemacht!"
„Dennoch – du wußtest, daß es nicht wahr war. Trotzdem hast du geschwindelt, um dein Ziel zu erreichen. Der entscheidende Punkt war, daß man einer Frau etwas antun wollte. Also sagte man, sie sei eine Hexe. Das war der Entschuldigungsgrund."
Sie schwiegen eine Weile, während Jeremy die Informationen verdaute. Seine Augen waren weit und hellwach. „Ich bin froh, daß es so etwas heute nicht mehr gibt", sagte er mit einem Seufzer der Erleichterung.
Paul lächelte verloren. „Das Wahlrecht wird die Frauen in die Lage versetzen, jede Hexenjagd zu verhindern, gleichgültig in welcher Erscheinungsform sie auftritt."
Als er zu Ende gesprochen hatte, wurde Nachtisch gebracht: Walnuß-Schokoladeneis und Biskuitdessert. Die Hexen waren vergessen. Jeremy ließ es sich schmecken.
„Demnach sind Sie für das Frauenstimmrecht, Paul?" fragte sie. Viele der jüngeren Leute befürworteten es, wie sie wußte, hauptsächlich wegen der Leistungen, die Frauen in den Kriegsjahren vollbracht hatten. Sie hatte dieses Thema seit jeher interessant gefunden, nur ihre Ansichten vor der Heirat lieber verschwiegen, und jetzt konnte sie gleich gar nicht mehr darüber reden, doch sie tröstete sich damit, daß der Kampf ohnehin gewonnen wurde.
„Man muß einfach, wenn man an Gerechtigkeit glaubt", entgegnete Paul und richtete den Blick seiner kalten Augen auf sie.
„Sie meinen also nicht, daß es nur eine Marotte der Zeit ist, eine ‚Bewegung', die später wieder verschwindet?"
„Nein – vorausgesetzt, daß sich die Frauen als kompetent erweisen und keine Politik verfolgen, die den Männern gefährlich wird."
Kitty ließ einen Löffel Eiskrem auf der Zunge zergehen und schluckte genüßlich, während sie über seine Antwort nachdachte. „Verstehen Sie die Standpunkte der Frauen, Paul?"

„Nein. Sie verstecken sich – ihr wahres Selbst – vor uns!"

Ein Lächeln umspielte seine Lippen. Er neckt mich, dachte Kitty. „Vielleicht kennen die Frauen ihr wahres Selbst gar nicht, wie Sie es nennen, und die Männer ebensowenig das ihre?"

„Selbsterkenntnis wäre letzten Endes Anarchie, Kitty. Die Gesellschaft wird sie denen, die sich nicht verteidigen können, keinesfalls zugestehen. Macht ist das Ziel der Politik. Wo sich Vernunft beugen läßt, wird sie unterjocht, wo nicht – zerstört. Männer verstehen etwas von Gewalt, wie Sie sehen. Sie wissen, daß sie ihnen zur Verfügung steht, wenn sie sich bedroht fühlen." Er hielt inne und zeichnete mit dem Zeigefinger Phantasiegebilde auf die Tischdecke. „Den Frauen ist das vermutlich ebenfalls bekannt. Ich denke, daß es ihr Leben ganz unmöglich macht."

Kitty war so erstaunt, daß sie nicht antworten konnte. Die übliche männliche Einstellung wurde hier angeprangert, aber die Anklage stammte aus dem Munde eines Mannes! Leonards Standpunkt zu den Problemen der Frauen war unzweideutig: Zerschlage die Opposition, gib unweibliche Haltungen der Lächerlichkeit preis; du kannst ja dann nett zu der besiegten Rebellin sein, nachdem sie vor deiner Klugheit kapituliert hat. Das war ein Rezept, um Nachsicht zu üben und sich gleichzeitig überlegen zu fühlen. Doch diese Verdrängung war nur angetan, die Wurzel des Übels zu verschleiern; die Ursache des Debakels, all die Fragen, der Ärger, die Verzweiflung, würden sich stets von neuem hartnäkkig zu Wort melden, während die traditionellen Antworten, durch ständige Wiederholung abgegriffen, ihre Überzeugungskraft verloren.

„Warum tun Sie das?" platzte es aus ihr heraus. „Warum erniedrigen sie die Frauen und machen ihnen das Leben zur Hölle?"

Sie spürte, wie ihr das Blut heiß ins Gesicht schoß, das jetzt knallrot sein mußte. Paul hob den Blick und schaute ihr in die Augen. Sein Blick war scharf und drang in die Tiefe. Er traf sie ungewappnet. Sie sah verwirrt weg.

„Die Frauen? Meine liebe Kitty, das gilt für alles, was verwundbar ist. Sie tun es, weil sie es können!"

Der Kaffee kam. Jeremy sagte, er würde gern noch ein Eis

haben, und Paul forderte Kitty auf, seinem Beispiel zu folgen, aber sie lehnte ab. Sie schenkte Kaffee ein. Er trank seinen schwarz, sie bevorzugte ihren mit Sahne und zwei Stück Zucker. Es war die faszinierendste Unterhaltung, die sie je geführt hatte. Sie wünschte sich, endlos mit ihm zu plaudern.

„Sie glauben also nicht, daß Männer und Frauen ihrem Wesen nach unterschiedlich sind?“ sagte sie später so beiläufig wie möglich. Sie lehnte sich zu Jeremy hinüber und rückte seine Serviette zurecht, die auf den Fußboden zu rutschen drohte. „Schmeckt es dir?“ fragte sie den Jungen, der sich Schokolade um den Mund geschmiert hatte.

„Jam!“

„Vielleicht nicht allzu unterschiedlich, aber wir sind dazu erzogen, uns gegenseitig zu blenden. Frauen begegnen dem logischen Denken der Männer mit Intuition und Emotion, was weitgehend darauf zurückzuführen ist, daß es ihnen an Informationen fehlt und sie von der Macht ausgeschlossen sind. Männer verstehen diese Reaktionsweise nicht.“

„Aber wenn die Männer die Frauen nicht verstehen, dann muß man doch umgekehrt auch sagen können, daß die Frauen die Männer nicht verstehen?“

„Männer brauchen die Frauen nicht zu verstehen. Andererseits ist es erforderlich, daß die Frauen die Männer verstehen!“

„Weshalb?“

„Um zu überleben!“

Sie schwiegen. Jeremy sah sie über die Reste seiner Eisportion hinweg an und runzelte die Stirn.

„Nun, können Sie mir sagen, was Frauen an Männern unbegreiflich ist?“ Sie versuchte zu lachen. „Darüber habe ich weiß Gott lange genug nachgegrübelt!“

„Frauen tun sich schwer damit, die Antriebskräfte der Männer in Betracht zu ziehen, geschweige denn, ihnen Rechnung zu tragen. Männer streben zum Beispiel nach Vorherrschaft, danach, in der Gesellschaft eine Position zu etablieren, mitzunehmen, was ihnen das Leben nur bieten kann. Ebensowenig verstehen sie, wie dranghaft ein Mann eine Frau begehrt oder wie unpersönlich das für ihn ist!“

Kitty fühlte sich leicht vor den Kopf gestoßen. „Ich glaube, der letzte Punkt Ihrer Analyse wird den Frauen oft genug deutlich vor Augen geführt", sagte sie wehmütig. Da war sie wieder, die schreckliche Wahrheit. Man konnte sein Herz vor Gram verzehren, und sie würden nicht einmal zur Kenntnis nehmen, daß eine konkrete Frau existierte. War Paul auch von dieser Art? Sie nahm sich vor, auf der Hut zu sein. Männern war anscheinend nicht zu trauen. Liebe sie, und sie gebrauchen dich; heirate sie, und sie besitzen dich so weit, daß sie dich völlig ignorieren können. Denn für sie ist alles unpersönlich! Die magnetische Anziehungskraft, die Paul ausübte, blieb jedoch bestehen. Er war anders, redete sie sich ein. Was er gesagt hatte, stellte eine Verallgemeinerung dar, mehr nicht. Zeit, das Thema zu wechseln.

„Wann fahren Sie nach Tubbercullen zurück, Paul?"

„Heute nachmittag. Doktor Kelly nimmt uns mit. Ich bin sicher, er hätte noch Platz für einen weiteren Passagier."

„Ich habe meiner Freundin Mary versprochen, bis morgen zu bleiben."

Sie brauchte Zeit, um nachzudenken, und die Aussicht auf eine zweite lange Reise in Gesellschaft dieses beunruhigenden Mannes wäre zuviel für sie.

Jeremy kratzte seine Schale aus und seufzte zufrieden.

„Was willst du einmal werden, wenn du groß bist?" fragte Kitty, als sie ihm den Mund abwischte.

Der Junge zuckte gleichgültig die Schultern. „Ein hohes Tier mit einem Wagen."

Paul und Kitty lachten herzhaft.

Kapitel 8

Um neun versammelten sich die Leute in der Schule. Leonard hatte sie gebeten, pünktlich zu erscheinen, damit er sie hinreichend instruieren konnte und sie zu Hause keinen Verdacht erregten; ihre Angehörigen sollten glauben, sie wären in die Kneipe gegangen oder hätten einen Nachbarn aufgesucht.

Schweigend öffneten sie die Lattenkisten, die Kitty im Korridor gesehen hatte. Sie enthielten Eierhandgranaten, Patronen, Pistolen, Schrot. Leonards Gruppe war zehn Mann stark. Tommy gehörte ebenso dazu wie Jimmy Casey, dessen Hochzeitstag vor der Tür stand, und Patch Murray, der Enkel der Eierfrau, oder Johnny Mooney, Strattons Pförtner. Die anderen kamen aus verschiedenen Teilen des Pfarrbezirks. Sie waren alle vereidigt, kampfentschlossen und hatten alle Angst. Als die Dunkelheit hereinbrach, wurden die in Wachstuch geschlagenen Gewehre aus dem Torfschober geholt. Jeder kannte seine Waffe, sei es Schrotflinte, Pistole oder Gewehr. Monatelang hatten sie heimlich mit Stöcken geübt. Die Gewehre hatte ihnen wenige Wochen zuvor das Hauptquartier geschickt, das später den Befehl erließ, sämtliche Handfeuerwaffen zu requirieren, um den Braunen zuvorzukommen. Jimmy Caseys Aufgebot hatte den Befehl ausgeführt und die Ausbeute mit den Gewehren zusammen unter dem Torf versteckt.

Als regionaler Nachrichtenoffizier hatte Leonard das Dubliner Hauptquartier über die Entwicklungen in seinem Gebiet auf dem laufenden zu halten, über das Eintreffen von Geschützen und Verstärkungen sowie deren Stück- oder Kopfzahl zu berichten. Befehlsgewalt im Feld jedoch besaß er nicht. Sollten lokale Kampfmaßnahmen ins Auge gefaßt werden, so lauteten seine Informationen, würde Dublin einen Offizier schicken, der das Kommando übernahm. Als ihm Sergeant O'Connor, ein alter Bekannter, nach einer Messe vertraulich mitgeteilt hatte, daß am Montag der übernächsten Woche ein Waffentransport eintreffen sollte, hatte Leonard dies nicht nach Dublin gemeldet. Hätte er es getan, wäre er vermutlich angewiesen worden, nichts zu unternehmen, sondern weiterhin zu observieren und zu berichten, bis die Kaserne in einem Handstreich gestürmt wurde, um die Braunen unschädlich zu machen und die Munition zu erbeuten. Dies jedoch wäre nicht in Leonards Sinne gewesen. Wenn der Transport die Kaserne erreichte, wäre jeder spätere Angriff mit schweren Verlusten für seine Leute verbunden. Dublin, fühlte er, neigte übermäßig dazu, die Befehlsgewalt zu zentralisieren; einige Entscheidungen sollten nach seiner Meinung auf lokaler Ebene getroffen werden. Wäre er ganz ehrlich vor sich selbst gewesen, hätte er freilich zugeben müssen, daß es ihm widerstrebte, das Kommando und somit den „Ruhm" an einen anderen abzutreten. Ein erfolgreich gelegter Hinterhalt würde das Vertrauen in seine Person stärken und das Waffenarsenal der Gruppe bereichern. Über seine Informationsquelle bewahrte er Stillschweigen. Tommy und die anderen kannten den Sergeanten nicht so gut wie er.

Die Schule ließ Leonard völlig verdunkeln. Die Türen wurden geschlossen und verriegelt; jeder tastete sich schweigend zu dem fensterlosen Boden hoch, wo eine Sturmlaterne ausreichend Licht spendete, damit die Männer ihre Waffen überprüfen konnten. Wochen zuvor hatte er Tommy befohlen, auf dem Boden Lampen anzuzünden, und war selbst um das Schulgebäude herumgestolpert, hatte nach Spalten im Dach gesucht, jedoch keine gefunden.

Da der Transport um ein Uhr nachts in der Kaserne erwartet wurde, rechnete Leonard damit, daß der Lastwagen gegen zwölf Uhr dreißig die Mauer des Gutes passieren würde. Ein Teil der Mauer war eingestürzt, und hinter der Lücke erstreckte sich ein dichter Wald, den sie gründlich durchforscht hatten. Da es keinen Wildhüter mehr gab, hatte er seine Gruppe dort ungestört ausbilden können; abgesehen von einer Füchsin und ein paar Wildkatzen war ihm nie ein Lebewesen über den Weg gelaufen. Auf der anderen Seite der Straße, der Gutsmauer gegenüber, zog sich eine Hecke hin, und dahinter lag offenes Land. Leonard meinte, ein günstiges Schlachtfeld gewählt zu haben. Die Mauer würde seine Leute schützen, während die Hecke kaum Deckung bot und überdies den Gegner an der Flucht hinderte.

Tommy lief während der Wartezeit nervös auf dem Boden hin und her. Die übrigen Männer saßen ruhig da; Leonard schien es so, daß einige beteten. Er schaute zu Patch hin, sah den unnatürlichen Glanz in seinen Augen und fand, daß er für das Unternehmen zu jung sei. Doch er schob die Bedenken beiseite. Er brauchte jede Hilfe, die er bekommen konnte, und Patch war ein guter Patriot, hatte hohe Ideale und das Zeug zu einem tüchtigen Soldaten.

Plötzlich brach Tommy die Stille. „Um Christi willen, Master Delaney", flüsterte er, „wenn nur wir es nicht sind, die in einen Hinterhalt geraten."

„Daran habe ich auch schon gedacht", entgegnete Leonard leise, doch mit fester Stimme, „aber da der Transport strikt geheim bleiben soll, wird es heute nacht keine Patrouillen auf der Straße geben." Ob er dessen ganz sicher sein konnte, wußte er freilich selbst nicht.

In Abständen von zwei Minuten verließen die Männer die Schule. Lautlos glitten sie durch das Dunkel, orientierten sich an Stechginsterbüschen und Steinwällen, bis sie auf der Hauptstraße waren. Dann liefen sie die Mauer der Domäne entlang, und als sie die Einsturzstelle erreichten, betraten sie das Gutsgelände. Hinter der Mauer atmeten sie freier, setzten sich unter Lorbeersträucher, nahmen die feuchten Gerüche der Erde wahr und vermieden alle Gedanken daran, daß sie sterblich waren. Die meisten von ihnen hatten Leonards Rat befolgt, zwölf Stunden gefastet und saubere Unterwäsche angezogen.

Die Minuten schleppten sich dahin; jede einzelne kam ihnen endlos vor. Einer versuchte zu rauchen, aber seine Zigarette wurde rasch ausgedrückt. Sie hörten, wie Tommy zischend fluchte, verständigten sich flüsternd und verstummten wieder. Die geringsten Geräusche um sie her erschienen ihnen übermäßig laut und schreckten sie auf. Wie ausgestorben lag die Straße vor ihnen. Nur der warme Atem der sechs Färsen von Pat Doherty und Jimmy Casey durchdrang die Nachtluft, während die Tiere träge und zufrieden wiederkäuten. Leonard wartete auf das Heulen von Motoren und fragte sich, ob es denkbar wäre, daß der Nachschub mit Pferdefuhrwerken herangeschafft wurde. Doch diese Möglichkeit verwarf er wieder. Stunden verstrichen. Verkrampft und voll Unbehagen saßen die Männer da. Viele waren hungrig. Ungeduld hatte der Nervosität Platz gemacht. Sie hatten den Vorteil des Überraschungsmoments auf ihrer Seite. Es gab keinen Grund, daran zu zweifeln, daß sie alle Gegner töten würden. Die Beute wollten sie zu dem Brunnen in der Nähe des Herrenhauses bringen. Er wurde nicht mehr benutzt, und niemand würde dort suchen. Leonard hatte nach geeigneten Schlupflöchern Ausschau gehalten und sich für die alten verfallenen Bauernhäuser interessiert, eine Hinterlassenschaft von Hungersnöten. Ein Mann konnte sich mit seiner Munition jeweils in dem Raum unter der Herdplatte verbergen. Was mochte aus den ehemaligen Bewohnern der jetzigen Ruinen geworden sein? Darüber hatte sich Leonard schon oft den Kopf zerbrochen. Waren sie verhungert? Hatte man ihnen das Dach über dem Kopf zerstört, weil sie keinen Pachtzins bezahlen konnten? Wie viele waren mit dem Leben davongekommen und in der Neuen Welt von Bord eines schwimmenden Sarges ans Ufer gekrochen? Hungersnöte besonderer Art, dachte er bitter; wie kann es Hunger geben in einem Land, das Lebensmittel exportiert? Doch die Lebensmittel waren für Englands Märkte bestimmt, während die Menschen in der Heimat starben, die Lippen grün verschmiert, weil sie Gras gegessen hatten. Zweimal hintereinander war die Kartoffelernte katastrophal gewesen, und wenn die Iren die lebensnotwendigen Kartoffeln nicht haben, um leben zu können, dann müssen die Iren sterben.

Zehn nach zwölf drang aus der Ferne Motorengeräusch ans Ohr.

Leonard erstarrte und spürte sein Herz schlagen. „Los, Jungs, laßt den Baum kippen, Stellung beziehen!"

Der Baum, den er meinte, stand in der Lücke und war knapp über der Wurzel fast völlig durchgesägt worden. Stricke, die im Unterholz an behelfsmäßigen Pflöcken befestigt waren, hielten ihn aufrecht. Tommy schnitt die Stricke geschickt mit seinem frisch geschliffenen Taschenmesser durch. Der Baum schwankte, dann stürzte er berstend und krachend in die Richtung, in die er gestoßen wurde: quer über die Straße, ein Stück entfernt von den Rindern, deren

Hirten hinter der Mauer in Stellung gingen. Das Brüllen der Motoren schwoll an; Scheinwerfer zerrissen die Finsternis. Ein Lastwagen bog um die Ecke, leuchtete dabei eine Färse an und bremste quietschend. Leonard krümmte den Zeigefinger am Abzug seines Gewehrs. Ein ohrenbeträubender Knall folgte, und hinter der zersplitterten Windschutzscheibe sackte der Fahrer auf das Steuerrad. Der Beifahrer sprang herab, kroch um den Kühler herum und eröffnete aufs Geratewohl das Feuer über die Straße. Die Scheinwerfer des zweiten Fahrzeugs flackerten, da die Wasserzuführung zum Karbid unterbrochen wurde.

„Schnell!"

Tommy zog eine Handgranate ab und schleuderte sie, als der Fahrer den Rückwärtsgang einlegte und das Getriebe schrecklich knirschte. Mit einem grellen Blitz detonierte die Granate. Eine zweite Explosion folgte, eine Feuersäule schoß auf. Der Wagen stand in hellen Flammen und rollte der Hecke zu, die er unter dem knatternden Getöse der hochgehenden Munition in Brand setzte. Zwei Schwarzbraune feuerten noch hinter dem ersten Fahrzeug hervor. Sie hatten herausgefunden, aus welcher Richtung der Überfall erfolgte, und schossen jetzt mit besserem Erfolg. Ihre Kugeln klatschten gegen die Mauer, sprengten Breschen heraus. Scharfkantige Kalksteinfetzen schwirrten den Männen um die Ohren. Leonard sah, wie Patch Murray aufzuckte, die Waffe fallen ließ, sich langsam danach bückte.

„Patch, bist du verletzt?"

„Nicht der Rede wert, Master Delaney."

Fast im gleichen Augenblick fühlte Tommy einen Schlag gegen seinen Oberschenkel. Jesses, dachte er verblüfft, es hat mich erwischt. Er spürte das hervorschießende warme Blut und den sengenden Schmerz, der ihm Tränen in die Augen trieb.

„Runter mit dir, um Gottes willen!" Leonard stieß ihn in Deckung.

Jimmy Casey griff nach einer Granate.

„Vorsichtig!" zischte Leonard. „Wirf sie über den Wagen weg. Wir wollen sie töten, ohne den auch noch in Brand zu setzen."

Jimmy zog und warf. Ein Verzweiflungsschrei ertönte. Sie

hörten die dumpfe Detonation. Dann war Ruhe. Nur die Flammen prasselten. Nach wenigen Minuten verließ Leonard die Deckung und näherte sich dem Lastwagen. Er empfand ein wildes, unbekanntes Frohlocken, als er daran ging, sich die andere Seite des Fahrzeugs anzusehen.

Ein abgerissenes Bein mit Stiefel und Unterhose lag am Grasrand, zwei Yard von dem Rumpf entfernt. Der Tote hatte den Mund aufgerissen und starrte in den Himmel. Das Blut der zweiten Leiche sickerte in dunklen Flecken durch die Uniform. Leonard merkte, wie sich sein Magen hob. Die Jubelstimmung war einem Gefühl der Ohnmacht und des Abscheus gewichen. Gott strafe ihr blutiges Imperium! dachte er und übergab sich in den Graben.

Der Laster hatte nur wenig Munition geladen. Nahezu die gesamte Lieferung war auf dem zweiten Fahrzeug gewesen, das noch hell brannte. Die Männer nahmen an sich, was sie fanden: vier Kästen mit Gewehren, die Pistolen der Toten, einige Ladestreifen. Johnny Mooney und sieben andere machten sich zu dem alten Brunnen auf.

„Tommy ist schwerverletzt“, sagte Patch mit brüchiger Stimme.

„Zünde auch den ersten Wagen an, Patch. Dann lauf so schnell du kannst nach Hause. Ich werde mich um Tommy kümmern.“ Leonard streifte die Krawatte über den Kopf, um das Bein des Verwundeten abzubinden. Das Blut kam stoßweise angeschossen, und der schaudernde Tommy versuchte es mit den Händen zu stoppen. Leonard schob einen Stock zwischen Bein und Krawatte und drehte ihn, bis die Aderpresse fest saß und die Blutung nachließ.

„Stütze dich auf mich, Tommy. Wir müssen unverzüglich verschwinden.“ Schwankend entfernten sich die beiden, so schnell sie vermochten. Leonard betete um Regen.

Es konnte höchstens eine halbe Stunde dauern, bis eine Patrouille aus der Kaserne eintraf, um nach der Ursache des Feuers zu forschen. Regen würde die Hunde beirren – falls sie welche einsetzen sollten – und die Blutspuren tilgen.

Eileen erwachte von Geräuschen in der Küche. Sie erstarrte, als die Tür ihres Zimmers geöffnet wurde.

„Eileen“, flüsterte Leonard.

Sie zündete die Lampe an. Dann sah sie Tommy, der von Leonard gestützt wurde, seine blutigen Sachen. „Heiliges Herz Gottes", murmelte sie und sprang aus dem Bett. „Ist es schlimm, Sir?"

„Sie werden gleich über die ganze Gemeinde herfallen", sagte Leonard, „und uns suchen. Ein sauberes Laken, schnell!"

Sie rannte in die Küche, um eins zu holen, und Leonard legte Tommy auf ihr Bett, nahm die Schere vom Kaminsims, schnitt den Saum ein und riß lange Streifen ab. Dann trennte er Tommys Hosenbein ab und verband die Wunde. Tommys Augen waren halb geschlossen. Er bat um Wasser, und Eileen holte einen Becher voll aus der Speisekammer, hielt ihn an seine Lippen; er schlürfte gierig.

„Die Kugel muß entfernt werden", flüsterte ihr Leonard zu, „aber wir können das jetzt nicht machen. Gib ihm Wasser, soviel er will. Ich bin gleich zurück."

Eileen schob Tommy ihre Kissen unter den Kopf und ließ den Tränen freien Lauf. „Ich hab doch gewußt, daß du was vorhattest, Tommy O'Brien", flüsterte sie. „Nu' biste losgezogen un' hast dich umgebracht."

„Noch bin ich nicht tot, Mädel", erwiderte Tommy, ohne die Augen zu öffnen. „Hör zu, Eileen", fügte er hinzu, hob mühsam den Kopf und sah sie an, „verstecke alles, wo Blut dran klebt. Du mußt so tun, als ob nichts passiert wäre, sonst sind wir alle erledigt!"

„Wo willst du dich verstecken?"

Tommy machte eine matte Bewegung.

Leonard kam zurück, mit Schlafanzug und Morgenrock bekleidet. Er hielt ein Bündel blutbefleckter Kleidungsstücke in der Hand. „Wickle ihn jetzt in eine Decke, Eileen." Er zog den Vorhang von Eileens Garderobe beiseite und betastete die Täfelung dahinter. Es klickte, und Eileen wurde erstaunt Zeuge, wie sich die Wand öffnete und eine tiefe Nische freigab. „Das hat ein Mann angelegt, der früher hier gewohnt hat. Außer Tommy und mir weiß es niemand."

Er war Tommy behilflich, in das Kabuff zu klettern. Eileen legte dem Verwundeten ein Kissen unter den Kopf, und Tommy stöhnte, als Leonard seine Beine anwinkelte, damit er hineinpaßte.

„Er wird dort drin sterben, Sir", sagte Eileen besorgt.

„Er wird schneller sterben, wenn ihn die Braunen erwischen", entgegnete Leonard grimmig.

Eileen zog die Bettdecke ab. „Legen Sie die auch rein, Sir. Es ist Blut dran."

Leonard wechselte noch rasch ein paar Worte mit Tommy. Dann schloß er die Tür, und keine Fuge, kein Spalt war zu sehen. „Lösch das Licht und leg dich schlafen. Du weißt von nichts."

Leonard verließ das Zimmer, und Eileen machte ihr Bett, pustete die Lampe aus und legte sich hin. Ihr Herz wummerte in der Finsternis. Sie war sich bewußt, daß Tommy in ihrer Nähe lag, kraftlos und schmerzgeplagt.

Lange bevor sie Stimmen hörte, wußte sie, daß sie kamen. Im Gehölz knackte Reisig, dann raschelte es vor ihrem Fenster. Sie war sich sicher, daß sie nur die Vorhänge aufzuziehen brauchte, um dem Braunen ins Gesicht zu sehen. Furcht schnürte ihr die Brust zu, wie ein Strick, der immer enger gezogen wurde, bis sie kaum noch atmen konnte. Dann hämmerte es gegen die Tür. Laute Stimmen mit dem komischen fremden Akzent erschollen, die ruhigere des Herrn mischte sich ein. Schritte dröhnten in der Küche, der Speisekammer, der Diele, näherten sich ihrem Zimmer. Ihr Herz war wie ein eingekeilter Stein. Sie versuchte zu beten. Die Tür wurde aufgerissen, und dort stand er, der Mann, den sie wie den leibhaftigen Teufel fürchtete und haßte. Er richtete das Licht seiner Stablampe auf ihr Bett, in ihr Gesicht, unter das Bett, in den Kleiderschrank, ließ es rund durch das Zimmer kreisen. Er schlug die Bettdecke zurück, zog den Vorhang beiseite, riß ihre wenigen Sachen von den Holzpflöcken herunter. Während er arbeitete, schaute er immer wieder zu ihr hin, leuchtete ihr ins Gesicht und lachte wiehernd. „Bildhübsch, wir beide, was? Neckisches Früchtchen! Rate mal, was Onkel Dick neulich abend durchs Fenster gesehen hat!"

Er stieß ein Lachen aus, das ihr durch und durch ging. Dann klopfte er mit den Knöcheln die Wände ab: Rat-tattat . . .

O Muttergottes, betete Eileen. Er kam der Garderobe immer näher. Bald würde er die Wandtäfelung untersuchen, und das wäre Tommys Ende. Sie würden ihn abführen und erschießen. Um ihn abzulenken, richtete sie sich auf, ließ die Beine zur Hälfte über den Bettrand baumeln.

„Ich sterbe fast vor Angst. Was ist bloß in euch gefahren?“ Ihre Stimme kam ihr heiser und unnatürlich vor. Er leuchtete wieder zu ihr hin, ließ das Licht aufwärts gleiten. Sie versuchte ihn kokett anzusehen, doch die Furcht überwältigte sie, und sie starrte zu Boden. Dann hörte sie, wie er die Tür schloß.

„Du hast mich ganz verrückt gemacht, aber ich wußte, daß du scharf drauf warst“, und ehe sie es sich versah, hatte er die Hose ausgezogen, die Bettdecke fortgeschleudert und sich auf sie gestürzt.

„Jesses, was für ein Paar!“ Er saugte an ihren Brüsten, lag wie ein Felsblock auf ihr, daß sie kaum atmen konnte, und drückte mit den Beinen ihre Schenkel auseinander.

Die Zeit stand still. Eileen wollte schreien, doch kein Laut kam heraus, wollte ihn fortschieben, aber er war zu stark und zu schwer. Schweißgeruch stach ihr in die Nase. Das Gewicht seines Körpers hielt sie nieder, sie spürte, wie gierig, wie grob er war. Ihre Brüste schmerzten von seinen Bissen, der Schweiß, der ihm übers Gesicht lief, tropfte in ihr Haar. Ihr Unterleib brannte wie Feuer, wand sich im Schmerz zerfetzter Haut. Sie wußte nicht, wie ihr geschah, empfand Kummer, Empörung und wollte doch nicht glauben, was vorging.

„Jesses“, stöhnte er, als er sich Minuten später die Hose zuknöpfte, „hättest den alten Onkel Dick beinah umgebracht. Will dir was sagen“, fuhr er flüsternd fort, „weil ich der erste war, wie ich sehe, komm ich ab un’ an mal wieder, un’ dann wird richtig geschraubt.“ Er versetzte ihr einen Schlag aufs Hinterteil. „Das nächste Mal gefällt es dir besser.“

Eileen hob ein Laken auf, bedeckte sich, verhüllte ihr Gesicht.

Die Tür wurde geöffnet. Jemand staunte geräuschvoll und kicherte verständnisinnig. „Hast also gefunden, was du suchtest, Feldwebel!“ Bewunderung schwang in der Stimme mit, dann ein Flüstern, ihn auch ranlassen, doch der Sarge lehnte ab, weil er das kleine Vögelchen erst mal für sich haben wolle.

„Bin ganz verrückt danach", sagte er, und Eileen lag in Blut und Samen da, litt pochende Schmerzen und wußte, daß von ihr die Rede war, mußte erfahren, daß dies die Art von Männern war, über Frauen zu sprechen. Dann zogen sie ab. Im Hof wurden Befehle geschrien. Schritte entfernten sich. Dann heulten Motoren auf.

Stille kehrte wieder ein. Eileen bemühte sich, nicht mehr zu zittern. Sie rieb sich an dem Bettuch ab.

Leonard betrat das Zimmer, eine Kerze in der Hand, und fuhr erschrocken zurück. „O Gott!" sagte er mit gedämpfter Stimme und legte ihr eine Decke um. „Du armes Mädchen ... Wir werden ihn uns kaufen ... So kommt er nicht davon."

„Ich hab ihn angestiftet, Sir", flüsterte Eileen.

„Was?" Er starrte ungläubig.

„Er hat die Wand abgeklopft. Ich dachte, vielleicht lenkst du ihn ab. Ich wußte ja nicht ... Ich dachte doch nicht ..." Ihre Zähne schlugen aufeinander.

Ein schwaches Stöhnen kam aus dem Kabuff. Leonard entriegelte die verborgene Tür, die sich öffnete. Tommy lag zusammengerollt zwischen den befleckten Sachen, wie sie ihn verlassen hatten, aschfahl im Gesicht. Es roch muffig, salzig, nach Blut.

„Wir holen ihn lieber heraus", sagte Leonard. „Kannst du mit zufassen?"

Eileen stand auf, in das Laken gehüllt, um ihren Mantel zu holen, und als sie ihn zugeknöpft hatte, ließ sie das Bettuch fallen.

Tommy war sehr schwach, aber sie schafften es, ihn in die Scheune zu bringen und dann auf den Boden hinauf, wo ihm Eileen ein Lager herrichtete. Seine Unterkunft über dem Stall hatten die Braunen schon durchstöbert.

„Danke, Eileen", sagte Leonard. „Jetzt werde ich mich um ihn kümmern."

„Soll ich nicht Mrs. Finnerty holen, Sir?"

„Nein, die Sache muß geheimgehalten werden – um unser aller willen."

„Aber sie würde nicht darüber sprechen."

„Ich gehe kein Risiko ein.“

„Mrs. Murray sagt, sie kann alles heilen“, beharrte Eileen störrisch.

Leonard starrte sie wütend an.

„Na gut“, murmelte sie und drehte sich um.

Eileen humpelte zum Haus zurück. Sie glaubte zu wissen, daß sie sich selbst zerstört hatte. Der Master würde sie fortschicken, weil sie unrein war, kein Mensch würde sie mehr haben wollen, denn sie kannte jetzt ein Geheimnis der Männer, das schlimmer war, als sie es sich hatte träumen lassen. Aber was hätte sie tun sollen? Sie hätte nicht ruhig daliegen und zusehen können, wie der Braune Tommy entdeckte. Natürlich hatte sie nicht geahnt, daß der Sergeant so weit gehen, daß er ihr das antun würde. Dann dachte sie, wie sehr sie Tommy liebte, und von einer Tränenflut geblendet beugte sie sich vor und zurück. Vielleicht würde er sowieso sterben, doch selbst wenn er durchkam, konnte er niemals wieder wie früher zu ihr sein. Er mußte wissen, was passiert war, mußte alles gehört haben.

Sie sah zum Nachthimmel auf. „O Gott – warum hast du das geschehen lassen? Warum konntest du dich nicht ein bißchen um mich kümmern? Wo alles in deiner Macht steht un' ich nichts habe. Warum hast du diesen Kerl an mich rangelassen und erlaubt, daß er mich ruiniert? Du bist eben auch bloß ein Mann, genau wie alle, un' ich bedeute dir nichts.“ Sie schmiegte sich mit der feuchten Wange gegen die Hintertür und grub die Fingernägel in eine Farbblase. „Es war das einzige, was ich hatte, un' du hast gestattet, daß er es mir nimmt. Jetzt bin ich so schlimm dran un' hab solche Angst.“

Unter Schmerzen hinkte sie in ihr Zimmer, schloß die Tür und schrubbte sich fast die Haut vom Körper; dann holte sie frisches Bettzeug. Es sollte sich nie wiederholen, und wenn Gott selber sterbend im Kabuff läge. Und den Braunen wollte sie töten, sobald sich Gelegenheit dazu bot. Es war nur fair. Er hatte ihr das Leben genommen, und eines Tages würde sie ihm das seine nehmen.

Kapitel 9

Am Dienstag, den 4. Mai, reiste Kitty nach Hause. Unterwegs rief sie sich die Ereignisse des Wochenendes in Erinnerung, besonders all das, was mit Paul Stratton und ihrer ungewöhnlichen Unterhaltung zusammenhing. Als der Zug durch die Ebene von Kildare ratterte, bemerkte sie kaum die Pferde, die dort abgerichtet wurden. So war sie in Gedanken versunken. Wie ganz sie selber sie sich in seiner Gesellschaft gefühlt hatte, wie aufgelebt! War es ihr bei Leonard jemals so ergangen, ehe er sie geheiratet, zu einem Stück seines Haushalts gemacht hatte? So darf ich nicht denken, sagte sie sich; immerhin liebe ich ihn, und ich bin seine Frau. Doch irgendwie ließ sich seine alte Anziehungskraft nicht so leicht wiederherstellen. Sie trug ihren neuen Hut, obwohl sie wußte, daß er sich in Tubbercullen deplaziert ausnehmen würde. Sie war gespannt, welchen Eindruck er auf Leonard machte. Mary hatte sie gebeten, wiederzukommen und in Dalkey zu bleiben, sooft es sich einrichten ließ, und selbst versprochen, sie Ende Juli für ein paar Tage in Tubbercullen zu besuchen. Von Paul hatte sie Mary nichts erzählt, ihn lediglich am Rande erwähnt. Auch das gemeinsame Mittagessen im Jammet's hatte sie ihr verschwiegen. Jetzt fragte sie sich, warum sie es ihr vorenthalten hatte, und spürte ein leichtes Schuldgefühl.

Den fruchtbaren Landstrich hatten sie bald hinter sich gelassen. Der Zug fuhr an Ginsterbüschen und Steinwällen vorbei, an schilfbewachsenen Sümpfen und kleinen, strohgedeckten Häuschen. Es war ein schöner, frischer Tag. Der Wind trieb die Wolken vor sich her, und rasch wechselnde Schatten überquerten die Felder. Die veränderlichen Lichtmuster und das gleichtönige Rattern der Räder auf dem Schienenstrang versetzten Kitty in einen Zustand schläfriger Stille, so daß sie für eine Weile ihre persönlichen Probleme vergaß und sich zufrieden fühlte.

Als sie sich der Bahnstation von Tubbercullen näherten,

war ihre Ruhe freilich wieder dahin. Sie befürchtete, daß der Zug durchfahren könnte, obwohl sie dem Schaffner bei der Fahrscheinkontrolle nachdrücklich erklärt hatte, daß sie in Tubbercullen aussteigen müsse. In der letzten Kurve drückte sie die Nase gegen die Fenterscheibe. Zu ihrer Erleichterung bemerkte sie, daß einige Passagiere auf dem Bahnsteig standen und daß Billy Kelleher dem Zugführer signalisierte. Doch abgeholt wurde sie nicht. Leonard war nicht gekommen, und auch Tommy konnte sie nirgends sehen. Sie ging bis ans Ende des Bahnsteigs, hielt nach einer zweirädrigen Kutsche Ausschau, doch der Feldweg lag verlassen vor ihr. Da fühlte sie sich im Stich gelassen, wußte jedoch, daß es absurd war.

Als sie umkehrte, kam ihr der Bahnhofsvorsteher entgegen. „Master Delaney hat Nachricht gegeben, daß er verhindert ist, Ma'am, und ob es Ihnen etwas ausmachen würde, mit dem Rad zu fahren."

Kitty sah den freundlichen Mann an und bemühte sich, nicht zu zeigen, wie ungehalten und enttäuscht sie war. „Ich hab doch keins!"

„Dort steht ein altes Damenfahrrad, das Sie sich ausleihen könnten, Ma'am! Ich kümmere mich um ihre Reisetasche, bis der Master sie abholen läßt."

„Danke, Billy. Das wäre nett."

Kitty kochte vor Wut, als sie auf dem alten Rad den Feldweg entlangfuhr. Warum war er nicht gekommen? Ob das Pferd lahmte? Aber er hätte doch auch ein Rad nehmen oder Tommy schicken können! Sie fühlte sich verhöhnt auf dem alten, verrosteten Fahrrad, am Rande der Welt, mit einem Hut, der fast drei Pfund gekostet hatte! Doch vielleicht war etwas Ernstliches passiert? Sie grundlos sitzenzulassen war nicht Leonards Art. Verpflichtungen nahm er pedantisch genau. Deshalb hatte sie ja so fest damit gerechnet, daß er sie abholen würde. Vielleicht war er krank geworden? Oder Tommy? Sie trat kräftig in die Pedalen, Angst zerstreute den Ärger. Als sie an die Stelle kam, wo der Feldweg dicht an das Haus Stratton heranführte und wo die hohen Schornsteine über den Baumkronen zu sehen waren, ließ sie die Krempe los, um einigen Schlaglöchern auszuweichen. Da fegte ihr der Wind den Hut vom Kopf, riß dabei die Nadeln heraus, und ihr Haar fiel lose auf den Rücken. Sie haschte nach dem Hut, das Rad geriet ins Schleudern, der Saum ihres Rocks verfing sich in den Speichen, und sie schlug lang hin. Ihr schwanden sie Sinne, dann setzte der Schmerz ein. In Wellen durchdrang er ihren Kopf und nahm ihr die Fähigkeit zu denken.

„Kitty, können Sie mich hören?“ Jemand rieb ihr die Hände.

„Ist sie tot, Onkel?“ fragte ein Kind im Plauderton.

Die Stimmen kamen ihr bekannt vor, aber sie konnte sie niemandem zuordnen.

„Nein“, erwiderte ein Mann. „Sie hat eine leichte Gehirnerschütterung, denke ich.“

Sie schlug die Augen auf und sah in ein Gesicht – in Pauls, der sich prüfend über sie beugte. Ihr Kopf ruhte in seinem Schoß. Vorübergehend war der Schock stärker als der Schmerz. Sie hatte ein Gefühl in den Augen, als ob sie herausspringen wollten.

„Versuchen Sie nicht zu sprechen. Nicken Sie einfach, wenn Sie wissen, wer ich bin.“

Sie nickte.

„Erinnern Sie sich an Jeremy?“

Wieder nickte sie. Bei der leichten Bewegung schien der Schädel zu bersten.

„Jeremy, lauf zum Haus zurück und melde Grimes, daß er anspannen soll. Erzähle ihm, was geschehen ist.“

„Ja, Onkel“, sagte Jeremy und rannte los.

„Wir streiften durch den Wald, als wir Sie schreien hörten, Kitty. Sie werden sich bald besser fühlen.“

Sie wollte sich bedanken und merkte, daß sie nicht sprechen konnte; sie zeigte auf ihre Kehle.

„Ich weiß“, sagte Paul. „Entspannen Sie sich einfach und halten Sie die Augen geschlossen.“

Kitty kämpfte gegen ihre Stummheit an und brachte es fertig zu flüstern: „Mein Hut?“

Stratton lachte leise vor sich in. „Der ist in Sicherheit. Ich habe ihn hier.“

Kitty lächelte zu ihm auf und stellte fest, daß seine Augen sanft und humorvoll blickten. Er ist heute ein anderer, dachte sie, die arrogante Maske ist gefallen.

Bald konnte sie wieder normal sprechen und setzte sich hin. „Es geht mir schon viel besser, Paul. Ich danke Ihnen dafür, daß Sie so freundlich sind." Sie versuchte ihr Haar einigermaßen zu ordnen. Der Rocksaum war zerrissen und hing als Fetzen herab. „Ich fürchte, ich sehe schrecklich aus."

„Im Gegenteil, Sie sehen prächtig aus!"

Kitty hob forschend den Blick und wandte ihn schnell ab, als er dem seinen begegnete. Sie saß still da und ergab sich dem Reiz seiner Nähe, der stärker als alles andere war, sogar als die dumpfen, hämmernden Kopfschmerzen. Dann steckte sie den Hut fest, strich sich die Sachen glatt, und als Grimes mit der Kutsche nahte, befand sie sich in leidlich guter Verfassung. „Dort sind sie!" verkündete Jeremy mit hoher Stimme.

Die Männer halfen Kitty hinauf, und Grimes wurde angewiesen, das Fahrrad zum Bahnhof zu schaffen. „Ich bringe Mrs. Delaney", erklärte Paul.

„Kann ich auch mitkommen, Onkel?"

„Heute nicht. Hilf Mrs. Devine."

Jeremy verzog das Gesicht. „Ich würde lieber zum See gehen, angeln."

Paul zuckte zusammen. „Nein!" entgegnete er scharf. „Lauf auf dem kürzesten Weg nach Hause!"

Eine Zeitlang fuhren sie schweigend. In der Nähe des Kreuzes sagte Paul: „Letzte Nacht hat sich an der Straße etwas Schreckliches abgespielt. Zwei Polizeiwagen sind in einen Hinterhalt geraten. Die Männer wurden massakriert." Er wandte Kitty das Gesicht zu und blickte ihr direkt in die Augen.

„O Gott!" hauchte sie. „Wer hat das getan?"

„Die IRA natürlich. Sie hat ihre Leute auch in unserer Gemeinde, wissen Sie."

„Ja, freilich", flüsterte Kitty. Ein Gefühl, bedroht zu sein, beschlich sie plötzlich. „Die Leute, die Leonards Gewehr geholt haben. Wurde jemand gefangengenommen?"

„Nur einer, ein junger Bursche mit Namen Patch Murray, verwundet und unweit seines Hauses in einem Graben entdeckt, nachdem sie seiner Großmutter ein paar Fingernägel ausgerissen hatten, weil sie ihnen nicht sagen konnte, wo er sich aufhielt." Paul biß zornig die Lippen zusammen. „Sie sind schon ein Grobzeug, diese Schwarzbraunen, Kitty. Auch Sträflinge auf Hafturlaub sind darunter. Sie und Ihr Mann sollten streng darauf achten, daß das Haus gesichert ist, besonders in der Nacht.“

Doch Kitty dachte an Patch, an sein ernstes Gesicht, sein scheues Lächeln. Als sie ihn das letzte Mal sah, hatte er ein Suppenhühnchen gebracht. „Da muß ein Irrtum vorliegen“, krächzte sie. „Patch Murray könnte keiner Fliege etwas zuleide tun! Und wie schrecklich, einer alten Frau ...“ sie brach in Tränen aus.

Paul ergriff ihre Hand und hielt sie einen Augenblick fest. „Verzeihen Sie, Kitty. Ich hatte halb und halb erwartet, daß Sie es schon wüßten. Es war töricht von mir.“

Er setzte sie vor dem Tor ab und geleitete sie zur Tür. „Darf ich wegen der Privatstunden für Jeremy vorsprechen, wenn es Ihnen wieder besser geht?“

„Natürlich.“ Kitty lächelte und kämpfte verbissen gegen die Übelkeit und die wahnsinnigen Kopfschmerzen an. „Kommen Sie doch am Samstag, und bringen Sie Jeremy mit.“ Sie wartete, bis er die Pforte hinter sich geschlossen hatte, dann lief sie um das Haus herum auf den Hof, und Punch, die ihr heimkehrendes Frauchen freudig kläffend begrüßte, riß sie fast um vor Aufregung. Die Küchentür stand offen, es duftete nach Bäckerei. Eileen mit der Bänderschürze hantierte am Herd und schaute erfreut auf.

„Willkommen zu Hause, Ma'am.“ Dann wurde ihre Stimme plötzlich schrill. „Aber Sie sind ja verletzt! Oh! Was ist passiert, Ma'am?“

Kitty schlug die Hand vor den Mund. Ihr Magen hob sich. Sie rannte zur Spüle. „Es tut mir schrecklich leid, Eileen“, sagte sie, als sie den Atem wiedergefunden hatte und die Bescherung sah.

„Das macht doch nichts, Ma'am. Ich bringe es gleich in Ordnung.“ Das Mädchen war bleich, Furcht sprach aus ihren Augen. „Was ist denn bloß passiert, Ma'am?“

Kitty sank auf den nächsten Stuhl. „Ich bin vom Rad gestürzt, kopfüber, es war wie ein Schlag.“

„Oh, Gott sei Dank, Ma'am“, sagte Eileen erleichtert. „Ich dachte schon, es waren die Braunen.“ Tränen liefen ihr über das aschfahle Gesicht.

„Sei nicht kindisch“, schimpfte Kitty gereizt. „Warum sollten sie mich belästigen?“

Eileen wischte sich mit dem Schürzensaum die Augen.

„Ist etwas geschehen?“ fragte Kitty beunruhigt. Eileen benahm sich so merkwürdig. „Wo ist Mr. Delaney?“

„Dem Master geht es gut, Ma’am, aber er wird in der Schule aufgehalten. Er kommt, so bald, wie er kann.“

„Warum hat mich dann Tommy nicht abgeholt?“

Eileen wich ihrem Blick aus. „Er ist nicht mehr hier, Ma’am“, sagte sie klanglos. Die Warnung, den Mund zu halten, hallte ihr noch in den Ohren.

„Was soll das heißen – ist nicht mehr hier?“

„Da ist Sonntag Bescheid gekommen. Sein Onkel liegt im Sterben. Der alte Junggeselle, der in Ost-Galway drüben eine Farm hat. Na ja, Ma’am, die soll der Tommy nun kriegen.“

Kitty musterte Eileen, die errötete. „Es ist das erste Mal, daß ich von diesem Onkel höre. Ich glaube kein Wort. Und wer soll jetzt melken und die Farmarbeit verrichten?“

„Dinny Mooney will helfen, Ma’am.“

Kitty winkte ab. „Ich muß mich hinlegen, Eileen. Der Kopf tut mir so weh.“

Oben setzte Kitty den Hut ab, zog den zerrissenen Rock aus und ging im Hemd zu Bett. Die Kissen linderten ihre Kopfschmerzen ein wenig, und die Stille tat wohl. Die einzigen Geräusche waren das Plätschern des Baches und das Rauschen des Windes in den Bäumen. Dann fuhr ein Pferdewagen die Straße entlang. Wie angenehm, wieder zu Hause zu sein; es war der einzige Ort, wo man sich nachmittags in der Unterwäsche hinlegen konnte. Allmählich schlief sie ein und wurde von dem logikfreien Strudel eines Traums mitgerissen. Leonard und Paul trugen einen Zweikampf im Tauziehen aus, und sie und Eileen schauten zu.

Als sie aufwachte, saß Leonard auf dem Bettrand. Er war blaß, lächelte abgespannt und kam ihr gealtert vor, aber das lag vielleicht daran, daß sie ihn einige Tage nicht gesehen hatte. Draußen war es noch hell, später Abend, das Licht der untergehenden Sonne färbte die Wände golden. Er beugte sich herab, küßte sie, und Kitty bemerkte, daß er sich eine Strähne ihres üppigen Haars um die Hand gewunden hatte.

„Mein armer Liebling", flüsterte er. „Es war ein schlimmer Sturz. Wie fühlst du dich?"

„Viel besser."

Er küßte sie wieder. „Du siehst so schön aus, wenn du schläfst. Und dein wundervolles Haar . . ."

Das Blut summte in ihren Ohren. Es war lange her, daß Leonard so mit ihr gesprochen. Er war weit weg. Sie fühlte sich zerbrechlich, aber von ihm beschützt. Sicher. „Halt mich fest."

Er schlang die Arme um ihre Schultern und zog sie an sich, doch die Art, wie er es tat, wirkte unbeteiligt. Das verwirrte sie. Stürmische Zärtlichkeitsbekundungen waren nicht seine starke Seite. Sie zog sich gegen die Kissen zurück. Ihr Kopf begann wieder zu schmerzen. „Eileen sagt mir, daß uns Tommy verlassen hat. Ist das wahr?"

„Fürchte, ja", antwortete Leonard mit fester Stimme. „Er erhielt Nachricht, daß sein alter Onkel im Sterben liegt und ihn noch einmal sehen möchte. Anscheinend kann er die Farm des alten Knaben erben."

„Wäre das der Fall", sagte Kitty, „hätte er bei seinem Onkel gelebt und die Farm für ihn betrieben."

„Ja – wenn sie sich vor ein paar Jahren nicht in die Haare gekriegt hätten. Wir werden schon . . . Wie ist es dir in Dublin ergangen?" fragte er unvermittelt. „Hast du schöne Tage gehabt?"

Sie wußte, warum er das Thema wechselte. Er wollte wissen, was der Arzt gesagt hatte, wann sie wieder schwanger werden durfte. Der alte Zorn regte sich in ihr. Das einzige, was sie brauchte, konnte oder wollte er ihr nicht geben, erwartete aber ganz selbstverständlich, daß sie ihm jeden Wunsch erfüllte, selbst um den Preis ihres Lebens. Und sie haßte ihn, weil er spröde war. Sollte er sich doch geradeheraus nach dem Rat des Arztes erkundigen. Immer diese verdammte Zimperlichkeit. Auch Frauen waren Menschen von Fleisch und Blut. „Es war eine herrliche Zeit. Mary ist in großer Form. Ende Juli kommt sie uns besuchen."

Leonard nickte, zeigte sich mäßig erfreut über diese Mitteilung. Sie stellte fest, daß er spitz aussah. Scharfe Falten durchfurchten seine Wangen. Sein Mund war hart; der Schnurrbart sträubte sich unter den wohlgeformten Nasenflügeln. Sein warmer Atem roch kräftig. Wie sie ihn lieben würde, wenn er es zuließe! Wahrscheinlich ahnte er nicht einmal, daß er sie zu unterwerfen suchte, doch er tat es. Paul Stratton kam ihr in den Sinn, wie ruhig er sie akzeptiert hatte. „Gestern habe ich in Jammet's Restaurant zu Mittag gegessen", fuhr sie fort und beobachtete ihn, „mit Paul Stratton!"

Er zog die Augenbrauen hoch. „Mit Stratton? Hast du ihn in Dublin getroffen?"

„Nein, im Zug. Er wollte Jeremy abholen, seinen kleinen Neffen, und hat mich gebeten, mit ihnen zu speisen, so daß ich den Jungen kennenlernen konnte. Ein goldiges Kind."

„Na, da scheint es dir ja recht gut ergangen zu sein", bemerkte Leonard und fügte mit offenkundig gemachtem Gleichmut hinzu: „Hast du auch diesen Arzt aufgesucht?"

„Ja. Ich habe Anämie, aber sonst ist alles in Ordnung. Ein ekelhaftes Stärkungsmittel hat er mir verschrieben."

„Du solltest es nehmen, wenn es deine Wangen wieder rosa färbt."

„Der Doktor rät uns auch, für weitere drei Monate keine – ehelichen Beziehungen zu haben." Sie hatte es sehr sanft gesagt, um anzudeuten, daß sie auf Verkehr nicht ganz verzichten brauchten. Sie spürte, wie sehr er sich danach sehnte, doch er bemühte sich, seine Enttäuschung zu verbergen, nickte, tätschelte ihr die Hand und erhob sich. „Ja – ich muß gehen."

Wieder fühlte sich Kitty verschmäht. Wenn er jetzt nicht zu ihr kam, dann wollte er nicht mit ihr zusammen sein, nicht einmal an diesem ersten Abend, wo sie wieder zu Hause war! „Leonard, warum hast du mich geheiratet?"

„Leonard blickte zu ihr hinab und ließ beleidigt die Mundwinkel fallen. „Du kennst die Antwort, Kitty. Ich weiß nicht, warum du darauf herumreitest."

„Ich reite nicht darauf herum, und ich kenne die Antwort nicht", entgegnete Kitty mit zornig gehobener Stimme. „Du vernachlässigst mich. Ich bin für dich Luft. Das ertrage ich nicht länger."

Er schürzte die Lippen. „Du verreist über das Wochenende, machst dir schöne Tage und sprichst von Vernachlässigung. Das Schlimme an dir ist, Kitty, daß dir nie etwas recht zu machen ist. Man kann sich anstrengen, wie man will – nie ist es genug! Ereignisse von großer Tragweite geschehen in diesem Lande, bedeutsame Ereignisse, aber du denkst nur an dich!"

„Bedeutsame Ereignisse!" wiederholte Kitty erbost. „Was für bedeutsame Ereignisse? Alles, womit sich dieses Land brüsten kann, ist leeres Gerede und Selbstmitleid – und Mord wie das Massaker letzte Nacht, für das Patch Murray sterben muß. Und seiner Großmutter haben sie die Fingernägel ausgerissen! Wären diese bedeutsamen Ereignisse nicht geschehen, hätte sie ihre Nägel noch, und ihren Enkel auch!"

Sie hielt inne. Seine Mimik erschreckte sie. Ihr Kiefer vibrierte unter dem Schlag, der sie traf, und frische Schmerzen verstärkten das Hämmern in ihrem Kopf.

Leonard knurrte wild und stürzte hinaus.

Kitty lag reglos da. Sie starrte zur Decke hoch, während die Schatten länger wurden und die Dämmerung herabsank. Eileen klopfte, fragte an, ob sie das Abendessen bringen könne. „Nein, danke", antwortete Kitty und hörte, wie sich die Schritte des Mädchens treppab entfernten.

Leonard kam in dieser Nacht nicht nach oben. Er schlief im Wohnzimmer auf der Couch. Am nächsten Morgen verließ er zeitig das Haus.

Kitty verzichtete nach innerer Zwiesprache, ob sie aufstehen solle oder nicht, aufs Frühstück und fuhr wie sonst zur Schule. Sie hatte einen blauen Fleck, der von Leonards Schlag herrührte, und als Folge des Sturzes eine Beule davongetragen.

Ihre Schüler sahen sie neugierig an. Da es sich herumgesprochen hatte, daß sie arg auf den Kopf gefallen war, zeigten sie überwiegend Mitgefühl und verhielten sich ruhig. Während der Mittagspause saß Kitty allein vor ihrem Pult und nagte an einem Sandwich, als sie über sich plötzlich ein Geräusch vernahm. Sie hätte schwören können, daß sich auf dem Boden etwas bewegte. War es möglich, daß sie Ratten hatten? Sie mußte es Leonard melden, doch das konnte warten.

Sie dachte den ganzen Tag über ihn nach, sah wieder sein wutverzerrtes Gesicht, die Hand, die er zum Schlag erhoben hatte, und begann sich einzugestehen, daß sie ihn kaum kannte. Aus irgendeinem Grunde war er außer sich geraten, als sie den Hinterhalt erwähnt hatte. Warum? Sie wußte, daß er an den Ereignissen im Lande lebhaft Anteil nahm, daß er höchst patriotische und idealistische Ziele verfolgte. Das erklärte jedoch nicht, weshalb er sie geschlagen hatte. Vielleicht empörte ihn der Übergriff, er schämte sich dafür, und sie hatte zufällig den unrechten Zeitpunkt gewählt? Vielleicht machte es ihn so betroffen, daß sie Patch gefangen hatten, einen seiner ehemaligen Schüler? Vielleicht ging es ihm auch nahe, was sie Mrs. Murray angetan hatten? Sie konnte ja selbst kaum fassen, daß Menschen dazu fähig waren, solche Grausamkeiten zu begehen.

Eins stand jedenfalls fest. Ihr Wesen war mit dem von Leonard unvereinbar. Dieser Tatsache blickte sie kühl ins Auge, ohne einen Ausweg zu sehen. Die einzige Linie, die sie verfolgen konnte, ohne das Gesicht zu verlieren, war zu kapitulieren, und das eben fiel ihr furchtbar schwer.

Kapitel 10

Als Kitty noch im Zug gesessen hatte, hatte Leonard den Kindern einen halben Tag schulfrei gegeben und war in die Stadt gefahren, um für Tommy einen Arzt zu besorgen. Es war riskant, den Verwundeten in der Scheune liegen zu lassen. Die Braunen konnten sie jederzeit erneut durchsuchen. Andererseits scheute sich Leonard, ihn fortzubringen, bevor der Arzt ihn gesehen und das Geschoß entfernt hatte. Er hatte die Wunde so gut wie möglich gereinigt und verbunden, aber Tommy fieberte und war durch den Blutverlust stark geschwächt.

Auf dem Weg zum Arzt kam Leonard an den Wracks der ausgebrannten Fahrzeuge vorbei und setzte das Pferd in flotteren Trab. Eine gedämpfte Stimmung herrschte in der Stadt. Leonard begegnete einigen Bekannten, die ihn grüßten und denen er mit erhobener Hand dankte, doch erst vor der Tür Dr. Kellys hielt er an.

Die Haushälterin öffnete. „Sind Sie es, Master Delaney?" Sie lächelte und entblößte zwei Zähne, die in einem Winkel von fünfundvierzig Grad vorstanden. „Nehmen Sie bitte einen Augenblick im Wartezimmer Platz. Der Herr Doktor macht gerade einen Hausbesuch."

Leonard setzte sich in den alten Ledersessel und ließ den Blick durch das Zimmer schweifen: derselbe Stapel geografischer Hefte wie beim letzten Mal, dieselbe Schusterpalme, die im Fenster vor sich hinwelkte, und an der Wand, von einem Rahmen eingefaßt, der ausgestickte Spruch:

Ehre den Arzt. Da du seiner bedarfst, hat der Höchste ihn geschaffen.

Er trommelte mit den Fingerspitzen ungeduldig auf die Armlehne, erhob sich, trat ans Fenster, warf durch die schwere Spitzengardine einen Blick auf die Straße und setzte sich wieder. Endlich hörte er Schritte vom Hausflur her. Dann füllte der Arzt den Türrahmen aus.

„Ah – Leonard! Kommst du bitte mit ins Sprechzimmer?"

Er war groß, stark ergraut und trug einen Gesichtsausdruck ständiger Konzentration zur Schau, als wäre das Leben ein noch ungelöstes Rätsel. Dieser Arzt hatte Kitty nach ihrer Fehlgeburt behandelt und zu einem früheren Zeitpunkt den Totenschein für Sheila ausgestellt. Die Praxis – bei weitem die größere der beiden ärztlichen Praxen der Stadt – hatte er von seinem Vater übernommen, der vor Jahren gestorben war.

Er deutete auf einen Stuhl. „Leonard, was kann ich für dich tun?"

Leonard blieb stehen und blickte dem Arzt fest in die Augen. „Ich brauche deine Hilfe, Dan, und ich brauche sie jetzt!"

Der Arzt ordnete einige Notizzettel, während Leonard seine Geschichte erzählte: Tommy verwundet, viel Blut verloren, das neue Hausmädchen von Schwarzbraunen vergewaltigt. Den Hinterhalt ließ er unerwähnt.

Der Arzt saugte Luft durch die Zähne und murmelte halb im Selbstgespräch: „Die Regierung scheint es darauf angelegt zu haben, das Land unter allen Umständen gegen sich aufzubringen. Sogar die englische Presse steht auf unserer Seite, aber die Regierung stellt sich taub." Er zuckte die Schultern. „Ich setze mich jetzt ans Steuer, um mir Tommy anzusehen – und Eileen ebenfalls; vielleicht kann ich ihr irgendwie helfen. Da ich verpflichtet bin, jede Schußverletzung, die ich behandle, zu melden, werde ich bei Befragung angeben, daß du mich geholt hast, damit ich mich um das arme Mädchen kümmere. Folge mir in größerem Abstand."

„Gott segne dich, Dan", sagte Leonard, und die Erleichterung schwang in seiner Stimme. „Ohne Männer wie dich wäre jede Anstrengung umsonst."

Der Arzt sah Leonard abweisend an und ergriff seine Tasche. „Darüber mußt du dir im klaren sein: Ich will von keinen ‚Anstrengungen' etwas hören. Behalte das also für dich!" Nach einer kurzen Pause fügte er hinzu: „Ich vermute, Kitty ist wohlauf?"

Leonard nickte. „Sie war in Dublin, kommt heute zurück."

„Hoffentlich ist sie vorsichtig. Weißt du, es stand damals auf Messers Schneide. Trotzdem, sie ist jung und wird es schon schaffen, aber schwanger werden darf sie zur Zeit nicht. Leider wußte ich nicht, daß sie in Dublin war. Ich bin zum Wochenende selbst dort gewesen und gestern zurückgekommen. Im meinem Auto hätte sie noch Platz gefunden."

Sie verließen das Sprechzimmer, und er nahm seinen Mantel von der Flurgarderobe. „Bridie, ich muß noch einmal fort."

Mrs. Rooney kam aus der Küche. Ihre Hände waren mit Mehl bedeckt. „Werden Sie zum Mittagessen zurück sein?"

Doch die Haustür hatte sich bereits hinter den beiden Männern geschlossen.

Dr. Kelly setzte sich in seinen Wagen und Leonard in den Einspänner. Er verfluchte das Auto, dem er folgte, weil er durch die aufgewirbelte Staubwolke fahren mußte und durch die Schwärme der Fliegen, die von dem Pferdemist und den Kuhfladen hochstiegen. Würde er je den Tag anbrechen sehen, da sie die Straßen regelmäßig reinigten? Er war bestrebt, eine angemessene Geschwindigkeit einzuhalten; zugleich beschäftigten ihn viele bange Fragen. Wie konnte er Tommy aus der Scheune in Sicherheit bringen, und wo sollte er ihn versteckt halten, bis er genesen war? Die Braunen suchten nach „Rebellen" und durchkämmten immer wieder die Gemeinde. Jimmy Casey und Paddy Reilly befanden sich auf der Flucht. Sie waren in der Nacht nicht rechtzeitig nach Hause zurückgekehrt, so daß sie kein Alibi besaßen. Er wollte nur hoffen, daß es ihnen gelungen war, die Gewehre und die Munition zu dem alten Brunnen zu bringen. Die arme Peggy würde fast wahnsinnig werden. Sie hätte Sonnabend heiraten sollen; nun mußte die Hochzeit verschoben werden. Und Patch – Patch in Gefangenschaft! Ja, und die Zeit reichte nicht, um Kitty vom Bahnhof abzuholen, aber er hatte Dinny Mooney gebeten, Billy Kelleher eine Nachricht zu überbringen. Wie er wußte, hatte Billy ein Damenfahrrad, mit dem Kitty nach Hause fahren konnte.

Der Hinterhalt war keineswegs ein voller Erfolg gewesen. Er mußte es sich eingestehen, und es tat weh. Sie hatten den falschen Lastwagen zerstört – Tommy, der Esel, aber wenigstens würden die Braunen nicht genug Munition haben, jedenfalls nicht, bis die nächste Sendung eintraf; auf diesen

Tag würde er seine Leute noch vorbereiten müssen. Und Tommy stellte im Hauptbuch der Sache jetzt keinen Aktivposten mehr dar, er erschien auf der Sollseite. Am schlimmsten aber war die Sache mit Patch. Man durfte gar nicht daran denken. Eine Katastrophe, daß sie den Jungen gefangen hatten. Er mußte doch gemerkt haben, daß er verletzt war, und hatte seine Pflicht vernachlässigt. Statt sich verwundet zu melden, war er wie ein lahmer Hund nach Hause geschlichen, den Braunen in die Arme. Jetzt würden sie die Geschichte aus ihm herauspressen und eine großangelegte Säuberungsaktion in die Wege leiten. Alle würden den Braunen in die Hände fallen, wenn sie sich nicht rechtzeitig absetzten. Warum hatte der törichte Junge nicht gesagt, daß er verwundet war? Gott, und die alte Frau, seine Großmutter! Ihr die Fingernägel rauszureißen! Er würde ihr seine Aufwartung machen müssen. Natürlich war sie nicht in der Lage gewesen, ihnen irgend etwas zu sagen, aber beim Abrücken hatten sie Patch gefunden. Zumindest hatte es Dinny so dargestellt. Doch Leonard machte sich weniger um Patch Gedanken; vor allem waren es Reflexionen über die eigene Person. Seine Einheit hatte es an der erforderlichen Disziplin fehlen lassen, für Dublin ein Grund mehr, seine Führungsqualitäten in Frage zu stellen. Ein Segen nur, daß Kitty außerhalb gewesen war und von allem nichts wußte. So sollte es auch bleiben, wünschte er sich. Wenn sie nichts wußte, war ihre Sicherheit weniger bedroht – vorausgesetzt natürlich, daß das Beispiel der alten Frau eine Ausnahme blieb, daß die Folterung Unschuldiger zur Entlarvung der Schuldigen eine einmalige Entgleisung war und nicht Bestandteil ihrer Politik wurde.

Der Arzt hatte seinen Wagen auf dem Hof abgestellt. Leonard fuhr weiter bis zu der Stelle, wo die Allee eine Kurve machte und von der Straße her nicht einzusehen war. Er warf die Zügel um einen Zaunpfahl und eilte zur Scheune. Es roch nach Hafer, Gerste und den großen Holzkästen, vor allem aber durchdringend nach einem Desinfektionsmittel. Er hörte das Gemurmel gedämpfter Stimmen und stieg die Leiter zum Boden hinauf. Dr. Kelly beugte sich über Tommy, während Eileen aus einer Emailleschüssel blutiges Wasser in einen Eimer goß. Tommy war aschgrau, ohne Bewußtsein und schauderte. Dutzende Abdrücke bedeckten das abgesägte Ende eines Besenstiels, in das Tommy seine Zähne geschlagen hatte und das jetzt unter seinem halboffenen Mund in einer kleinen Lache Speichel lag. Der Arzt hatte ihn mit Zupflinnen und Mullbinden frisch verbunden und knüpfte die letzten Knoten.

Er sah Leonard an. „Chloroform habe ich nicht zu verwenden gewagt – nicht bei dem hohen Blutverlust, den er erlitten hat, und bei meiner begrenzten Sachkenntnis in Anästhesie."

„Ob er es schafft?"

Leonard sah nicht, wie Eileen zusammenzuckte, aber er spürte es. Als er zu ihr aufschaute, war ihr Gesicht fahl.

„Also – das Geschoß ist ja nun raus. Die Wunde war entzündet – selbstverständlich. Ich habe sie gereinigt und desinfiziert, so daß er wahrscheinlich wieder auf die Beine kommt. Allerdings braucht er noch viel Ruhe, aber solange er hier liegt, ist er eine Gefahr für alle."

„Ich weiß . . . Ich werde ihn gleich wegbringen – wenn du das für richtig hältst?"

Der Arzt schnaufte. „Wundbrand oder Galgen? Du hast die Wahl!" Er packte seine Instrumente ein und wandte sich an Eileen, die den Eimer forttragen wollte. „Könnte ich mal mit dir reden, Eileen – dort unten wäre es recht."

Er folgte ihr die Leiter hinab, und sie drehte sich zu ihm um. Den Henkel des Eimers hielt sie fest umklammert.

„Wie ich höre . . . wurdest du letzte Nacht verletzt."

Eileen verfärbte sich. „Schon gut", sagte sie barsch. Warum mußte der Master zum Arzt laufen und austratschen, was ihr passiert war? Es ging ihn nichts an.

„Wäre es dir recht, wenn ich dir helfe?" fragte er sanft. „Du hättest dich selbst untersuchen sollen, aber wenn du willst, kann ich das für dich tun. Es ist sehr wichtig, hörst du."

Er hatte sich bemüht, den letzten Satz in verbindlichem Ton auszusprechen. Gott allein wußte, wie arg das Mädchen zugerichtet war, von den anderen Möglichkeiten ganz zu schweigen. Sie hätte eine gründliche Spülung vornehmen sollen.

Eileen lehnte sich zornig auf. „Ich lasse mich von keinem Mann begucken. Lieber würde ich sterben."

Der Arzt hob beide Hände wie ein Priester und ließ sie wieder herabsinken. „Du mußt doch einsehen, daß die Gefahr einer Schwangerschaft besteht – sogar einer Erkrankung!"

„Wollen Sie mich in Frieden lassen", zischte sie, „und sich um Ihre Angelegenheiten kümmern." Sie rannte aus der Scheune.

Ja, dachte der Arzt, der leicht aus der Fassung geraten war, wenn sie es nicht will, kann man nichts machen.

Trotzdem war es wunderbar, welche Charakterstärke diese junge Frau bewies. Er hatte das schon oft festgestellt: Kratze ein wenig an der Oberfläche, und du stößt auf eine unversöhnliche Lebenshaltung, auf eine Kraft und Beharrlichkeit, die du nie erwartet hättest. Aber es wäre schlimm, wenn sie schwanger sein sollte, dachte er.

Als der Arzt abgefahren war, schirrte Leonard das Pferd ab und spannte es vor den alten Wagen, den er rasch aus der Remise gezogen hatte und den er alljährlich benutzte, um Torf und Heu einzufahren. „Ich brauche Torf", sagte er zu Eileen. „Bring mir, soviel du kannst. Nimm die Schubkarre."

Während Eileen davoneilte, um seine Anweisung zu befolgen, errichtete er aus Teebüchsen und der Egge auf dem Wagen ein Gestell. Das grobe Eisengeflecht konnte ein Bajonett zwar nicht aufhalten, wohl aber den Stich ablenken. Leonard plante, Tommy unter die Egge zu legen, ihn mit Torfbatzen zuzudecken und in Sicherheit zu bringen. Als er fertig war, stieg er auf den Boden, um den bewußtlosen Tommy herabzuholen. Er bemühte sich, ihm nicht weh zu tun und ihn nicht fallen zu lassen und schwitzte vor Anstrengung. Eileen holte Decken. Sie hüllten den Verwundeten ein und legten ihn in den „Käfig". Er stöhnte und blinzelte.

„Ich bring dich zur Schule", flüsterte ihm Leonard ins Ohr. „Lauf zu Dinny Mooney", sagte er, an Eileen gewandt. „Bestelle ihm, daß er sofort kommen soll."

Zwanzig Minuten später rollte der Pferdewagen, von Dinny gelenkt, die Straße entlang.

Dinny war schnell gekommen. Der Master hatte ihm erklärt, daß er den Torf in die Schule schaffen solle, weil die

Vorräte knapp wurden und die Vormittage noch kalt waren. Er freute sich auf das Trinkgeld, das er bekommen würde – ein dickes, hoffte er, da er vorher schon einmal zu Diensten gestanden und dem Stationsvorsteher eine Nachricht überbracht hatte.

Aus der Ferne, von der Hauptstraße her, schlug das Geräusch eines starken Motors an sein Ohr. Dinny hörte, daß der Wagen am Kreuz langsamer fuhr, und hielt den Atem an, als das Brummen anschwoll und das Fahrzeug hinter ihm herkam. Es war ein Lastwagen, mit neuen Bullen besetzt. Er überholte ihn und bremste scharf. Zwei Schwarzbraune sprangen herab. Sie näherten sich dem Wagen, und Dinny zügelte das Pferd.

„Wo soll's denn hingehen, mein Sohn?"

„Liefere grade Torf an, Sir."

Der Braune stieß sein Bajonett in die Ladung. Einige Batzen fielen herunter.

„Und wo?"

„Schule, Sir", antwortete Dinny, ganz Biederkeit vom Scheitel bis zur Sohle. Er bückte sich, um die herabgefallenen Batzen aufzuheben, und spürte einen Fußtritt im Hintern. Als er vornüber aufs Gesicht stürzte, erscholl brüllendes Gelächter. Teile eines trockenen Kuhfladens blieben an seinen Lippen haften, drangen ihm in den Mund. In einer Staub- und Abgaswolke preschte der Laster davon, und Dinny rappelte sich hoch, spuckte aus und setzte die Fahrt fort, wutentbrannt und verstört.

Kurz vor der Schule holte ihn Leonard mit dem Fahrrad ein. Er war blaß und aufgeregt, und was ihm Dinny erzählte, wußte er bereits. Er hatte den Lastwagen vorüberrollen und anhalten sehen, inbrünstig gebetet und vor Freude beinah geweint, als er bald weitergefahren war. Hatte er ein Recht, Dinny solcher Gefahr auszusetzen? Was wäre geschehen, wenn die Braunen die Fuhre näher untersucht hätte? Möglicherweise hätten sie Dinny und Tommy auf der Stelle erschossen. Ich habe ein Recht dazu, überschrie er trotzig sein Schuldgefühl, ein gottgegebenes Recht. Für Irland müssen wir alles tun, was in unserer Macht steht. Er gab Dinny einen Florin und entließ ihn.

„Ich werde Ihnen beim Abladen helfen."

„Jetzt nicht – komm in einer Stunde wieder her."

Er beobachtete den Jungen, der querfeldein stapfte, über die Steinwälle setzte, und fuhr zur Rückseite der Schule, wo der Wagen von der Straße aus nicht zu sehen war. Hinter ihm bot eine Hecke des angrenzenden Feldes einen gewissen Schutz. Er lud Torf ab, bis er an Tommy herankam. Dann befreite er ihn so sanft wie möglich. Tommy, der halberstickt unter der Fuhre gelegen hatte, schwitzte am ganzen Körper.

Es kostete Leonard große Anstrengungen, ihn auf den Boden zu schleppen. Dort versorgte er ihn mit Trinkwasser und holte einen Eimer, den er zur Hälfte mit Torfmull füllte und der durch zwei kurze Bretter abzudecken war. Tommy hatte inzwischen das Bewußtsein wiedererlangt und erkannte seine Umgebung.

„Ich bringe dir nachher etwas zu essen."

„Danke", flüsterte Tommy. „Lassen Sie das Licht hier?" Er legte sich um. Nur sein kreideweißes Gesicht schaute unter den Decken und Säcken hervor.

Als Leonard aus dem Schulgebäude kam, war Dinny schon dabei, den restlichen Batzen abzuladen. Mit vereinten Kräften hoben sie die schwere, verrostete Egge herab und deckten sie mit einem Torfhaufen zu.

„Wozu machen Sie das mit der Egge, Master Delaney?" erkundigte sich Dinny erstaunt, und Leonard antwortete, es gebe gute Gründe dafür, aber er solle nicht soviel fragen. Sei das etwa kein Schutz gegen die Witterung?

Dinny zog verdutzt die Stirn kraus. „Das wohl, Sir, sicher doch . . ."

Leonard schloß die Schule ab und stieg aufs Fahrrad. Er war nervös und erschöpft, begegnete aber niemand außer zwei alten Frauen, die ihn ehrerbietig grüßten. Dinny folgte mit dem Fuhrwerk und zügelte das Pferd, das seinen Stall witterte. Er fühlte sich sehr zufrieden, denn der Master hatte ihm soeben eröffnet, daß er für Tommy einspringen solle, solange der abwesend sei; er habe fortgehen müssen, um einen kranken Onkel zu besuchen. Dinny fand, es gebe eine Menge ungereimtes Zeug an diesem Tage.

Als Leonard an seinen Streit mit Kitty zurückdachte, erinnerte er sich nicht, was ihn ausgelöst hatte. Es war ein Vorfall, der ihn mit Scham und Bedauern erfüllte. Er fühlte sich so elend, daß er alles gern ungeschehen gemacht und sie eingeweiht – ihr gesagt hätte, was gespielt wurde, um ihr Verständnis für die Sache zu wecken, der er sich verschrieben hatte.

Eileen hatte ihm bei seinem Eintreffen erzählt, daß die Missus schwer vom Fahrrad gestürzt und gleich zu Bett gegangen war.

Er ging zu ihr, und sie schlief; ihr loses Haar umrahmte ihr Gesicht. Gewöhnlich flocht sie es, ehe sie sich hinlegte. Sie sah hilflos aus, glich eher einem Kind als einer Frau, wie sie den Arm mit dem unglaublich schmalen Handgelenk auf das Kissen gestreckt hatte. Er ließ eine Strähne sanft durch die Finger gleiten, spürte die feine Struktur und fühlte, daß er sie liebte und beschützen wollte. Sie war so schön im Schlaf. Nur wenn sie schlief, empfand er, daß sie ganz ihm gehörte. Doch dann erwachte sie, und die Dinge nahmen ihren Lauf. Ihr eigensinniges, starrköpfiges Wesen zerrte an seinen Nerven und trieb ihn dazu, das Unvorstellbare zu tun, sie zu schlagen; ihn, der in seinem ganzen bisherigen Leben noch keine Frau geschlagen hatte und stets die Männer verachtete, die sich dazu hinreißen ließen. Sie hatte ihn bis zur Weißglut gereizt, seine Autorität untergraben, und das konnte er nicht dulden. Warum sah sie nicht ein, daß es ohne Autorität im Haus keine solide Grundlage für ihre Ehe gab? Als Frau war sie leicht verwundbar, relativ schwach, und daher gebot es die Vernunft, daß sie ihm gehorchte, im Vertrauen zu ihm auf ihren eigenen Willen verzichtete, damit er sie liebe und beschütze. Zugleich empfand er eine seltsame Erregung bei der Vorstellung, ihren Willen zu brechen, doch darüber dachte er nicht weiter nach. Es war ein Fehler dieses verdammten Dubliner Arztes gewesen, ihnen das Recht auf ein intimes Eheleben abzusprechen. War es möglich, daß sie sich so nach ihm sehnte, wie er sich nach ihr? Es verlangte ihn nach ihr, verlangte ihn immer nach ihr. Mit seiner Sexualität lag er in ständiger Fehde; sie war etwas, was er fürchtete und zu unterdrücken suchte, aber was er dem Körper versagte, das plagte seinen Geist; die Fantasie gaukelte ihm ausgefallene erotische Szenen vor, deren er sich schämte.

Und dann war da Tommy, ein weiterer Mühlstein am Hals. Er hatte zur Schule zurückfahren müssen, um ihm etwas zu essen zu bringen. Daß sie sich vernachlässigt fühlte, während er sich um einen verwundeten Kameraden kümmerte, machte ihn rasend – was unvernünftig war, weil sie von allem nichts wußte. Jedenfalls hätte er sie nicht schlagen dürfen. Wie zart sich ihr Backenknochen angefühlt, wie sich der Schock, auch die Angst in ihren Augen gespiegelt – und vor allem, daß sie keinen Laut von sich gegeben hatte! Die Erinnerungen quälten ihn. Er brachte eine Notiz aufs Papier: „Vergib mir, es kommt nie wieder vor", aber er zerknüllte den Zettel und warf ihn ins Feuer. Meine Güte, es gab so viele Probleme, da brauchte er sich nicht noch wegen Kitty das Leben schwerzumachen; sie war seine Frau und sollte zu ihm halten. Zwei Zeilen eines Gedichts aus dem Lesebuch für die sechste Klasse kamen ihm in den Sinn:

Grün war das Ufer des Shannon, und Sheila so nah,
Einen glücklicheren Jüngling ich in Irland nie sah . . .

Es waren holprige Verse, aber der Inhalt stimmte vielleicht. Sheila wäre mit ihm durch dick und dünn gegangen.

Kitty spielte niemals auf den Vorfall an. Sie wurde so ruhig, daß Eileen etwas argwöhnte. Vor allem mit Leonard sprach Kitty kaum noch, weniger aus verletztem Stolz als darum, weil sie nichts zu sagen wußte. Allerdings erwähnte sie ihm gegenüber, daß es in der Schule wohl Ratten geben müsse, und Leonard schaute betroffen drein, als sie erklärte, auf dem Boden verdächtige Geräusche gehört zu haben. Er versprach, der Sache auf den Grund zu gehen. Das Exemplar von Omar Khayyams *Ruba'iyat*, das sie in Dublin für ihn gekauft hatte, behielt sie nun selbst. Sie hätte es ihm jetzt unmöglich schenken können.

Am 7. Mai meldete der *Irish Independent*, Lord Chamberlain habe am Vortag im Oberhaus gesagt, die Garnison von Schloß Dublin würde jede erforderliche Hilfe erhalten, während die Forderung des irischen Volkes nach Selbstbestimmung seitens der Regierung nicht erfüllt werden könnte. Lord Asquith äußerte während dieser Debatte, in Irland existiere ein vollkommenes Terror- und Mordsystem, ohne daß jemand dafür zur Verantwortung gezogen oder bestraft werde. Kitty dachte daran, wie sich die Schwarzbraunen aufgeführt hatten, und meinte, der edle Lord solle doch klarstellen, welches Terrorsystem er im Auge habe.

Eines Abends, als Leonard nicht anwesend war, kamen die Braunen, durchsuchten das Haus und die Außengebäude, fanden jedoch nichts. Einer von ihnen warf Eileen lüsterne Blicke zu; das Mädchen erbleichte und setzte eine entschlossene Miene auf. Er erkundigte sich, was aus dem Mann geworden sei, der früher bei ihnen gearbeitet habe, und Kitty sagte, er sei zu seinem Onkel gezogen, auf dessen Farm in der Grafschaft Galway.

Die Antwort löste Heiterkeit aus. „Welcher Teil von Galway soll das denn sein?"

Kitty erwiderte, das wisse sie nicht.

„Und Ihr Mann? Wo der ist, wissen Sie?"

Sie glaube, er sei zum Haus von Ledwith gegangen, sagte Kitty. Wie ihr Leonard später erzählte, hatten sie ihn dort gefunden, und Ledwith hätte sich den Mund fusselig geredet, um ihnen zu erklären, welche Bewandtnis es mit den Karten habe, über denen sie saßen. Es war Kittys erste Konfrontation mit den neuen Polizisten, und die rücksichtslose Entschlossenheit, die sie an den Tag gelegt hatten, zeigte ihr, daß es noch andere Arten von Dünkel gab als diejenigen, die ihr seit jeher vertraut waren.

Kapitel 11

Jeden Morgen machte Eileen für Tommy ein Eßpaket fertig und legte es unter den umgestülpten Eimer bei der Hintertür, wie es der Herr angewiesen hatte. Es fiel ihr schwer, etwas hinter dem Rücken der Missus zu tun, aber Tommy sollte leben, und der Master meinte, für die Sicherheit der Missus sei es besser, wenn sie nicht wisse, was gespielt werde. Neulich hatte er ihr zugeflüstert, Tommy sei auf dem Wege der Genesung. Erfreut vergrößerte sie die Rationen.

Etliche Wochen waren seit der Nacht vergangen, in der sie den Hinterhalt gelegt hatten, und den Braunen hatte sie seit damals nur einmal gesehen – kürzlich erst, als er mit seinen Kameraden gekommen war. Großer Gott, wie sie ihn haßte, wie widerlich es gewesen war, als er sie zum Pißpott erniedrigt und seinen Kumpanen zugezwinkert und zugegrinst hatte. Es schien einen Mann glücklich zu machen, wenn er eine Frau in den Schmutz ziehen konnte. Sie überlegte, warum dies so sei. Doch es gab nur eins, was schlimmer war, als solche Erniedrigungen zu erleiden: sich damit abzufinden.

Mr. Stratton kam nun regelmäßig. Er brachte Jeremy, den Mr. Grimes später abholte. Eileen wußte nicht, was sie von Mr. Grimes halten sollte. Er sah sie selten an, aber wenn, hatte sie das komische Gefühl, daß er gleich loslachen werde. Manchmal überraschte sie den Stallburschen dabei, wie er interessiert und erwartungsvoll zu ihr hinschielte, oder er hatte sogar einen Ausdruck im Gesicht, als ob er halb vernarrt wäre. Doch im nächsten Augenblick stierte er mit starrer Miene höflich an ihr vorbei. Er hatte braune Augen, andere als der Sergeant, keine kalten Steinaugen. Es lag Freundlichkeit darin.

Eileen hielt Mr. Stratton für einen großen Gentleman. Ihr fiel auf, wie er die Missus anschaute, wenn er dachte, sie sehe es nicht. Dann guckte er wie ein krankes Kalb, und wenn sie es bemerkte, war sie klug genug, es nicht zu zeigen.

Eileen beobachtete sie gern beim Unterrichten. Dann war sie wieder ganz wie früher, ging aus sich heraus und lachte viel. Ja, und der Stepke war für Eileen ein großes Rätsel – allzu höflich. Weil er sehr feine Manieren hatte, ihr herzlich dankte, wenn sie ihm Milch und Kuchen brachte, entwikkelte sie eine Schwäche für ihn und freute sich auf seine Besuche. Manchmal sprach er von dem Pferd, das ihm Mr. Stratton gekauft hatte, und von den Fortschritten, die er im Reiten machte. Eines Tages fehlte ihm ein Schneidezahn, und Eileen hörte, wie die Missus fragte, ob er ihn wohl für die Zahnfee aufhebe.

Da brach das Kind in Tränen aus. „Das kann ich nicht. Ich habe ihn verloren."

Eileen wunderte es, daß er wie ein Baby für nichts und wieder nichts weinen konnte.

Dann kam der Sonnabend, an dem Mr. Stratton mitteilte, daß Jeremy die Masern habe, und die Missus in seine Kutsche stieg und ihn begleitete, um den Kranken zu besuchen. Eileen schaute ihnen von einem Fenster im oberen Stockwerk nach, bis sie hinter den Bäumen verschwunden waren.

Mrs. Mooney stand vor der Tür des Pförtnerhauses und beobachtete neugierig, wie Kitty an Mr. Strattons Seite durch das Tor fuhr. Kitty nickte ihr freundlich zu. Da wurde ihr plötzlich bewußt, daß sich die Kunde von ihrem Besuch nun rasch verbreiten werde. Ja und? Es war allgemein bekannt, daß sie Jeremy Unterricht erteilte. Was wäre da natürlicher, als zu ihm zu kommen, wenn er krank war. Doch vielleicht hätte sie Eileen mitnehmen sollen? Sie haßte den Klatsch, aber die Einsamkeit machte sie halb verrückt, und die Aussicht, für einige Minuten mit Paul allein zu sein, stellte eine Versuchung dar, der sie nicht widerstehen konnte.

Als sie das letztemal durch dieses Tor gefahren war – gleich nach Pauls Rückkehr aus London – hatte sie neben Leonard gesessen. Sie erinnerte sich gut an den starken Eindruck, den Paul auf sie gemacht hatte. Damals war er ihr gleich bekannt vorgekommen, obwohl sie ihn noch nie gesehen hatte. Wie war das zu erklären?

Und jetzt sehnte sie sich nach den Wochenenden, obwohl er sich nie lange aufhielt, nachdem er ihr Jeremy anvertraut hatte. So hatten sie seit ihrem Sturz vom Fahrrad kaum mehr als ein paar Dutzend Worte gewechselt.

Doch in aller Stille war ihre Zuneigung zu Paul immer stärker geworden. Zu ihrer eigenen Rechtfertigung sagte sie sich, daß das, was sie fühlte, vergehen würde; aber nichts dergleichen geschah. In ihrem Unterbewußtsein lauerte die Sehnsucht, selbst wenn sie betete, davon befreit zu werden. Manchmal ließ sie der Fantasie auch freien Lauf und stellte sich vor, daß es nicht Leonard war, sondern er, der dicht neben ihr im Bett lag. Dann geriet ihr Blut in Wallung, sie verging fast, bis ihr Schuldgefühl die Oberhand gewann.

Warum sie so schlecht sei, fragte sie sich. Wie konnte sie dies für jemand empfinden, der nicht ihr Mann war? Sie dachte daran zu beichten und malte sich aus, wie schockiert Vater McCarthy das Gesicht verziehen würde. Was sollte er ihr entgegnen, außer daß der Teufel seine Hand im Spiel habe? Er konnte ihr nichts sagen, was sie nicht schon selber wußte.

Doch wie vom Teufel bedroht fühlte sie sich nicht, eher wie zu neuem Leben erweckt, als hätte sie bisher in Halbschlaf gelegen und wäre wach geworden, so daß sie vor Freude am liebsten tanzen würde. Wenn Paul in ihrer Nähe war, erhielt alles einen Sinn, war es vollkommen und vollendet.

Wie oft kamen ihr Skrupel, appelierte sie an ihr innerstes Ich, sich von ihm zu lösen, und für ein, zwei Tage gelang es ihr auch, jeden Gedanken an ihn im Keim zu ersticken, aber Sonnabend war alles wieder beim alten. In seiner Gegenwart beherrschte sie ihr Gesicht und ihre Bewegungen, hütete sie sich, durch einen Blick oder eine Geste zu verraten, was in ihr vorging, und sie merkte, daß sie sich erfolgreich bemühte, und nun saß sie an seiner Seite, plauderte zwanglos über Jeremy, über dies und jenes, als hätte sie nie stundenlang leidenschaftlich über ihn nachgegrübelt.

„Jeremy hat noch Fieber", erklärte Paul, „aber der gute Onkel Doktor sagt mir, es werde ihm bald besser gehen. Das kleine Kerlchen wird einfach entzückt sein, Sie zu sehen, Kitty."

Kitty machte sich um Jeremy Sorgen. Mußte denn alles, was ihr etwas bedeutete, mußte jeder, der ihr lieb und teuer war, schwach und zerbrechlich sein? Andererseits erkrankten Kinder überall in der Welt an Masern und überstanden sie – wie sie selbst, im Alter von fünf Jahren. Ihr Vater hatte sie gesund gepflegt. Unendlich lange schien das zurückzuliegen. Bald würde Jeremy wieder Stunden nehmen können. Der Unterricht schien ihm Spaß zu machen, und das gefiel ihr, aber die strengen Gepflogenheiten an der Schule, die er in England besucht hatte, erschreckten sie.

„Möchten Sie meine Muskeln sehen?“ hatte er sie eines Tages gefragt. „Ich bin der stärkste Mann in meiner Klasse.“ Er hatte den Hemdsärmel aufgekrempelt und die Hand zur Faust geballt, so daß sich am Oberarm eine leichte Schwellung bildete. In einer plötzlichen, unerwarteten Anwandlung von mütterlicher Zärtlichkeit hatte Kitty eine Regung gespürt, die kindliche Wölbung zu küssen, jedoch nur bewundernd laut und tief eingeatmet. Und Jeremy hatte von Alice erzählt, der Schwester seines Freundes Jenkin, die sehr hübsch sei und die er heiraten wolle. „Es gibt da leider ein Problem.“

„Und das wäre, Jeremy?“

„Ja, sehen Sie . . .“ Er hatte die Hände gehoben und die Innenflächen nach oben gedreht. „Sie ist acht, und ich bin erst sieben. Wenn ich erwachsen bin, wird sie also immer noch älter sein, schätze ich.“

Das mache überhaupt nichts aus, hatte Kitty gesagt, und da war er sehr glücklich gewesen.

Seine jüngste Eröffnung aber hatte sie mit Sorge erfüllt. Er würde gern fliegen lernen, hatte er ihr mitgeteilt und gefragt, ob er mit aufgespanntem Regenschirm aus dem Fenster springen könne.

„Nein! Und laß dir ja nicht einfallen, es jemals zu versuchen. Du wärst auf der Stelle tot!“

Gegenwärtig beschränkte er seine Experimente jedoch anscheinend darauf, ein Handtuch um die Schultern zu ziehen und vom Bett zu springen. So ein Kind wollte sie auch einmal haben, o Gott, grad so einen Jungen wie ihn. Doch sie mußte Paul warnen. „Wissen Sie, Paul, Jeremy hat mich gefragt, ob er fliegen kann, wenn er mit dem Schirm zum Fenster rausspringt. Sie müssen auf ihn achtgeben!“

Als sie zu ihm hinsah, bemerkte sie, daß er nachdenklich

und zärtlich vor sich hinschaute. „Gut, ich werde auf ihn aufpassen. Dem Kerlchen fehlt noch der Verstand."

Durch das Portal gelangten sie in eine Diele, die mit Platten ausgelegt war und in der ein riesiger Kamin aus Feldsteinen stand. Exquisite Verzierungen schmückten die Decke. Auf der rechten Seite blickte Kitty durch eine offene Tür in eine Bibliothek, deren Wände von oben bis unten mit Reihen ledergebundener Bücher bedeckt waren. Sie wurde nach links geführt, in eine zweite, kreisförmig angelegte Diele mit großen schwarzen und weißen Fliesen, einer breiten, geschwungenen Marmortreppe und mehreren Gemälden. Hoch oben drang durch die Fenster einer Kuppel eine Flut von Sonnenlicht, das ein Kronleuchter auf die weißen Wände und die vergoldeten Rahmen der Porträts warf. Verflochtenes Goldlaub schmückte das schwarze Geländer, das zu dem runden Treppenabsatz hinaufführte.

Als Kitty die Stufen hochstieg, verglich sie die eindrucksvolle Eleganz dieses Hauses mit dem bescheidenen Komfort ihrer eigenen. Seine Schönheit faszinierte sie, war wie Musik und Lyrik, voll ausdrucksstarker Anmut. Es war eine andere Welt, die in schroffem Gegensatz stand zu den elenden Bauernhäuschen draußen, den barfüßigen Menschen, ihrer harten Knochenarbeit, der drückenden Armut, den Kasernen voll bewaffneter Polizei, die aufgerufen war, die Sklavenbevölkerung niederzuhalten. Eine Insel des Wohlstands in einem Meer des Jammers. Nicht, daß die Strattons noch mächtige Großgrundbesitzer waren, jetzt, da das Land weggegeben wurde, aber Kitty fand es unheimlich, daß ein Palast wie dieser überhaupt errichtet worden war, auf geraubtem Land, fernab vom Pale, fern von London. Ein Zeugnis übersteigerten Selbstvertrauens, eines triumphalen, durch keinerlei Reflexion oder Vorausschau eingeschränkten Stolzes.

„Nun, Kitty, was halten Sie von meinem Haus?" fragte Paul endlich mit einem besonderen Nachdruck auf „meinem".

„Schön – mehr als schön. Es ist ein Hort des Friedens."

„Das klingt ja, als ob es eine Kirche wäre, Kitty. Soll ich darin der Küster sein? Oder wäre es nicht richtig zu sagen, daß es ein Mausoleum ist und ich der Verwalter bin?"

Sie hatten den runden Treppenabsatz mit seinen glänzenden Mahagonitüren erreicht. Er nahm sie beim Ellbogen und führte sie durch einen Korridor.

„Natürlich fühle ich mich nicht wie in einem Mausoleum", protestierte sie, da sie spürte, daß sich das Gespräch in eine falsche Richtung bewegte. „Ein Mausoleum ist ein Grab, und zwischen friedlich und tot sein klafft ein himmelweiter Unterschied!"

Sie schwiegen. Er starrte sie an. Seine Augen waren schrecklich, als ob er ein Gespenst gesehen hätte. An einem Fenster blieb er stehen.

Kitty schaute hinaus, erblickte die Remise, die Stallungen und Grimes, der über das Kopfsteinpflaster schritt. Sie tadelte sich. „Es war nicht böse gemeint — Paul." Sie sprach seinen Namen wie die anderen Wörter aus, aber er hallte in ihrem Mund nach, als widerstrebte es ihr, ihn über die Lippen gleiten zu lassen.

„Ja, tot sein", sagte er gepreßt und fügte nach einer Pause hinzu: „Manchmal kommen mir solche Gedanken, wissen Sie. Wie die Dinge hierzulande laufen . . ."

Sie machte ein bestürztes Gesicht.

„Es ist auch meine Heimat", fuhr er wie zu seiner Rechtfertigung fort. „Hier bin ich aufgewachsen. Hier gehöre ich her. An der Front träumte ich davon, zu Hause zu sein. Wie oft bin ich durch das Tor gegangen, nur um eine Ruine zu sehen, ein häßliches angeschwärztes Etwas . . ." Er seufzte. „Jetzt erhalten sie das Land zurück, Kitty. Das läßt mich hoffen, daß alte Rechnungen beglichen sind."

„Paul!" rief sie entgeistert aus. „Niemand mißgönnt Ihnen etwas. Sie sind in der Gemeinde beliebt, man achtet Sie."

Er drehte sich lächelnd zu ihr um. Seine Augen blickten wieder rätselhaft kalt. „Na ja", sagte er, „dann wollen wir mal lieber zu unserem kleinen Patienten gehen, ehe er uns suchen kommt."

Jeremy saß halb aufrecht in seinem Bett. Das in Zwielicht gehüllte geräumige Zimmer war so groß wie Kittys Wohn- und Eßzimmer zusammen. Ein alter Teppich mit Pflanzenornamenten bedeckte den Fußboden. In einer Ecke stand ein Schaukelpferd. Daneben waren auf einer niedrigen

Kommode Zinnsoldaten mit Kanonen und eine Holzburg aufgestellt. In dem einen der beiden Alkoven stand ein schwerer alter Kleiderschrank, in dem andern Jeremys Bett. Torf glühte in dem weiß gestrichenen Kamin, und darüber hing ein Bild mit kleinen Tieren in Jacken und Hosen, eine Szene von Beatrix Potter. Es gab auch anderen Wandschmuck, darunter ein gerahmtes Tuch mit einem Spruch, von Kinderhand gestickt: „Lasset die Kindlein zu mir kommen."

„Kitty!" rief Jeremy entzückt aus und warf die Arme so hoch, wie es die mit einer Schnur am Nachthemd befestigten Handschuhe gestatteten.

Sie setzte sich auf den Bettrand und küßte ihn. Seine Wange war heiß, mit einer Menge flacher roter Fleckchen übersät. „Wie geht es dir, Jeremy?"

„Mir geht es gut. Lesen Sie mir eine Geschichte vor?"

„Natürlich." Sie betrachtete die Bücher auf dem Tisch neben dem Bett. „Was möchtest du gern hören?"

Er richtete sich auf, konnte den Arm aber nicht weit genug ausstrecken. Da machte Kitty seine Hände frei. Er wählte ein Buch aus und gab es ihr. Dann wollte er sich im Gesicht kratzen. Doch Kitty verhinderte es. „Das darfst du nicht. Sonst muß ich dich wieder in deine Handschuhe stecken!"

Es war ein Buch über Robin Hood.

„Onkel hat mir daraus vorgelesen", erklärte Jeremy. „Wir sind an der Stelle, wo Robin auf der Brücke Little John trifft."

„Es ist nicht hell genug, Kitty", murmelte Paul hinter ihr. „Sie werden sich die Augen verderben."

„Sie scheinen sich Ihre nicht verdorben zu haben", sagte sie, „und der arme Jeremy ist so eingeschnürt. Es ist das Wenigste, was ich für ihn tun kann." Sie wandte sich wieder dem fiebernden Jungen zu. „Ich hoffe, Sie werden Ihren Orangensaft trinken, junger Mann."

„Jede Menge. Jede Menge. Mir ist so heiß."

„Morgen wirst du dich besser fühlen – oder übermorgen."

Kitty schlug das Buch auf und begann zu lesen. Jeremys Augen weiteten sich bei jeder waghalsigen Tat der Geächteten. Paul saß mit undurchdringlicher Miene da und beobachtete sie eine Weile. Dann erhob er sich, erklärte flüsternd, daß er bei Mrs. Devine Tee bestellen wolle, und ging hinaus. Bald fielen Jeremy die Augen zu. Kitty dachte, er sei eingeschlafen, und schloß das Buch, aber er öffnete die Augen sofort wieder und sah sie vorwurfsvoll an. Da las sie ernüchtert weiter, bis Jeremy endlich tiefer atmete, sein Mund sich öffnete und seine kleine Hand von der Brust rutschte.

Sie stellte das Buch an seinen Platz zurück, deckte den Kranken zu und streifte ihm die Fäustlinge über. Sie bemerkte die Lücke in seinem Mund, wo er den Milchzahl verloren hatte, und die erste zarte Spitze des nachrückenden zweiten Zahns. Das verlieh ihm eine verwegene Note, die nicht so recht zu seinem Engelsgesicht paßte. Sie legte ihm sanft eine Hand auf die Stirn, spürte die Hitze und wußte, daß es mindestens noch ein oder zwei Tage dauern würde, ehe eine Besserung eintrat.

Sie hörte ein Geräusch hinter sich, und als sie sich umdrehte, stand Paul in der Tür. „Er wird jetzt ein Weilchen schlafen, Kitty. Im Salon wartet der Tee."

Sie verließ das Zimmer und blinzelte gegen das Licht im Korridor.

Auf dem Weg ins Parterre öffnete Paul die Türen zu einigen Schlafzimmern. Kitty sah vierpfostige Betten und antike Möbel. In den meisten Räumen roch es muffig.

„Hier hat der Vizekönig von Irland geschlafen", sagte Paul vor einem großen Gemach im Vorderhaus. „Das war noch zu Lebzeiten meines Großvaters. Damals war alles besser, glaube ich."

Kitty stellte verwundert fest, daß sich seine Miene verfinsterte. „Woran ist Ihr Großvater gestorben?" fragte sie.

„Er hielt sich Hunde, Kitty, und eines Tages ging er in einem neuen Mantel zu ihnen. Da töteten sie ihn."

Er sagte es, ohne die Stimme zu heben, aber sie hörte die innere Spannung heraus. „Was für ein schrecklicher Tod!"

„Allerdings! Nun, ich bin sicher, Sie haben von dem Fluch gehört, der auf dem Geschlecht der Strattons lastet?"

„Das ist doch nur ein Pisheog!"

Er blickte sie mit spöttischen Augen an. „Tatsächlich?"

„Fauler Zauber — selbstverständlich. Sie glauben sicher nicht daran?"

„Glauben? Für ihren Glauben sind Freunde und Nationen in den Tod gelaufen. Ich setze auf Realitäten. Wer kann sagen, ob die Frau, die hinter der Sache steckt, eine Hellseherin war – oder einfach schlau genug, um im voraus zu wissen, daß mein Großvater eines Tages eine elementare Vorsichtsmaßregel außer acht lassen und mein Vater die Herrschaft über sich verlieren mußte. Beide starben eines gewaltsamen Todes. So sind die Realitäten. Eines Glaubens bedarf es nicht!"

Sie fröstelte plötzlich. Der Frieden, den sie zu spüren gemeint hatte, war in Wirklichkeit nichts anderes als ihre erwartungsvolle Neugier gewesen.

Er schloß die Schlafzimmertür und brachte Kitty in den Salon hinab.

Der Salon lag auf der Südseite, im hinteren Teil des Hauses. Von dort sah man den tiefliegenden Rasen und die efeubedeckte Backsteinmauer des Obstgartens.

Es war ein riesiger, sehr hoher Raum mit französischen Fenstern, die viel Licht hereinließen, und verblaßten Vorhängen aus Golddamast, die sich in schweren, mit Quasten behangenen Falten bauschten. Über dem marmornen Kamin hing ein großer goldgerahmter Spiegel, der fast bis zur Decke reichte und mit einem zweiten an der gegenüberliegenden Wand in Wechselwirkung stand, so daß Kitty, als sie die Zimmermitte betrat, von zwei langen Reihen sich nach hinten zu verjüngender Spiegelbilder angeschaut wurde. Zahlreiche Porträts hingen an den Wänden: Damen in weitgeschwungenen Reifröcken aus Satin und Samt, Männer, die, zurückgelehnt, in der lässig-nachdenklichen Haltung posierten, die Paul so häufig nachahmte. Es gab Miniaturen und Kupferstiche, neben dem Kamin einen Seidenschirm mit einem Schwan, der auf einem See voller Wasserlilien schwamm, und zwischen den beiden hohen Kegeln des Simses waren mehrere silber- oder ledergerahmte Sepiafotos aufgestellt. Das größte davon – eine Schwarzweißaufnahme in schwerem Silberrahmen war das Bildnis einer jungen Reiterin, die, den Arm um den Nacken ihres Pferdes gelegt, distanziert und gewichtig in die Kamera blickte und dem kleinen Jeremy auffallend ähnlich sah.

Eine bequeme Polstergarnitur stand nahe am Feuer, während sich zierlichere Stühle und Chaiselongues an der Peripherie des Raums befanden. Auf dem Tisch beim Kamin luden ein silbernes Teetablett, ein Teller mit Makronen und ein zweiter mit winzigen Sandwiches, durch weiße Papierdeckchen untersetzt, lockend zum Verweilen ein.

Paul bot Kitty einen Sessel an, und Mrs. Devine eilte herbei, um beiden Tee einzuschenken. Kitty überraschte die Haushälterin bei einem verstohlenen, abschätzenden Blick und fragte sich errötend, ob sich die Frau ein Urteil über sie bilden wollte.

„Danke, Ellie", sagte Paul, und Mrs. Devine zog sich zurück und schloß die Tür.

Nun saß Kitty mit Paul allein in dem Raum, war befangen und erlebte alles wie im Traum. Sie nahm sich ein Gurkensandwich, musterte unauffällig den Mann, der ihr so nah war, und wieder stachen ihr der kleine silberne Anhänger an seiner Uhrkette, seine gediegene, teure Garderobe und seine kräftigen Schultern in die Augen. Er trug weder Ring noch Krawattennadel. Der Silberanhänger, der sich mit seinen Flügeln so sonderbar ausnahm, bildete den einzigen Schmuck.

„Wissen Sie, Kitty", sagte er nach einer Weile und führte sich ein Sandwich zu Gemüte, „es dürfte nicht jenseits der Grenzen des Möglichen liegen, in diesem Gebiet irgendeinen Industriezweig aufzubauen. Die Menschen hier arbeiten so hart und verdienen so wenig — dafür sorgt die Geldpolitik der Regierung, die bestrebt ist, die Lebensmittelpreise niedrig zu halten. Dabei bin ich sicher, daß sich dies durch einige Initiative ändern ließe. Ich meine nicht die Lebensmittelpolitik — die ist Bestandteil der Gesamtstrategie des Empire —, ich denke mehr an taktische Schritte."

Kitty wußte nicht so recht, wovon er sprach.

„Da ist zum Beispiel der Shannon", erklärte er. „Elektrizität ist die wichtigste Energiequelle der Zukunft. Wenn man diesen Fluß bändigt, liefert er mehr Strom, als nötig wäre, um den gesamten Energiebedarf der Britischen Inseln zu decken. Nebenbei könnte man Sümpfe trockenlegen, in urbaren Boden verwandeln, Irland zu Britanniens Schutzschild gegen Hungersnöte machen."

Kitty richtete sich auf. „In Sachen Hungersnot ist Britannien ein schlechter Lehrmeister."

„Genau. Zu der Großen Irischen Hungersnot wäre es niemals gekommen, wenn man dieses Land entwickelt hätte, statt es auszuplündern."

„Irland kann England nicht ernähren, Paul."

„Gegenwärtig nicht – und selbst wenn es das könnte, wäre es schwerlich dazu bereit."

„Sehr wahr." Kitty hatte begriffen, daß Pauls Ansichten über Irland nicht denen entsprachen, die ihr beigebracht worden waren. „Das Volk wird kaum jenen ihre Schandtaten verzeihen, die vergessen haben, daß sie von ihnen begangen wurden." Sie hielt errötend inne. „Und Sie glauben, daß Sie jemanden finden, der sich für Ihre Pläne erwärmt?"

„Ich muß einfach. Es ist eine Überlebensfrage. Ich möchte weiterhin hierbleiben." Sein Blick wanderte zu den Fotos auf dem Kaminsims und verweilte dort. „Woanders könnte ich nicht leben."

Welche Qualitäten hat er? überlegte sie. Er schmiedete Pläne, kraftvoll und melancholisch, und natürlich hielt er viel von sich. Als einen Durchschnittsmenschen könnte er sich niemals sehen. Laut fragte sie: „Wollen Sie mir sagen, Paul, daß Ihre Sorge um dieses Land lediglich Ihrem Eigennutz entspringt?"

Paul zog eine Augenbraue hoch. „Weitgehend", bekannte er mit der mattesten Andeutung eines Lächelns. „Schließlich muß ich an die Zukunft meiner Familie denken – für den Fall, daß ich eines Tages häuslich werden sollte."

„Aha!" erwiderte Kitty, nachdem sie die Augen abgewandt und versucht hatte, die aufkommende Eifersucht zu unterdrücken. „Sie denken also daran zu heiraten. Wissen Sie schon, wen?"

Sie hatte leichthin gefragt, sich angestrengt, die freundliche Miene zu bewahren, und er lachte. „Um die Wahrheit zu sagen, Kitty, ich würde einen sehr mäßigen Freier abgeben. Gefühle um ihrer selbst willen verabscheue ich. Wahrscheinlich würde ich durchbrennen."

„Fürchten Sie die Liebe?" fragte sie leise.

„Nur wenn sie an Forderungen geknüpft ist", erwiderte er

nach kurzem Überlegen. „Eine Leidenschaft, der ich im gleichen Atemzug entrinnen kann – ja, das wäre aufregend!“

Kitty fragte sich, ob er mit ihr spielte, aber sein Gesicht war wieder völlig ernst geworden. „Sie wollen also geliebt und gleichzeitig verachtet sein. Diesem Wunsch wohnt ein Widerspruch inne.“

„Das Leben steckt voller Widersprüche!“ Er lächelte schelmisch. Sanft fragte er: „Und wie ist es bei Ihnen, Kitty? Was verlangen Sie von der Liebe?“

„Kontakt.“

„Ist das alles?“

„Nein“, murmelte sie errötend, „aber dafür würde ich etwas geben.“ Sie lehnte sich zurück und ließ den Blick umherschweifen. Durch das Fenster sah sie Krähen, die auf die Bäume zuschwebten, und hörte ihr rauhes Krächzen. Die Uhr in der Diele schlug halb fünf. Sie fühlte sich als Teil ihrer Umgebung, eingebettet in zeitlosen Frieden, als wäre sie dazu bestimmt, unter der reich verzierten Zimmerdecke zu leben, inmitten der Porträts, die sie von den Wänden herab anschauten, der Wärme des Kamins, des Lichts, das durch die hohen Fenster drang, in Gesellschaft eines nachdenklichen Gefährten, der die langen Beine gekreuzt ausgestreckt hielt und ins Feuer starrte. Es war vollendet – dieser Mann und die Schönheit um ihn her.

Paul ergriff den Teller mit den Makronen und hielt ihn ihr hin. „Langen Sie zu, Kitty. Makronen halten sich nicht, wie Sie wissen, und Jeremy mag zunächst keine Süßigkeiten.“

Kitty besann sich und nahm noch eine.

„Da wir von Liebe sprechen . . .“ Paul griff den Faden mit leiser Stimme auf. „Vielleicht ist es in Wirklichkeit eine Illusion, eine Projektion, die dazu dient, geheime Bedürfnisse zu befriedigen?“

„Vielleicht“, räumte Kitty ein, „aber warum sollte in diesem Fall der eine Mensch stärkere Gefühle auslösen als ein anderer?“

„Ach, das weiß ich auch nicht. Oder doch – solange man eine Person nicht richtig kennt, kann man sie sich so vorstellen, wie man sie gerne hätte. Das ist vielleicht das ganze Geheimnis.“

„Aber es gibt beständige Liebe“, wandte Kitty ein. „Oftmals

dauert sie ein Leben lang, auch nachdem sich die Menschen so gut kennen, daß keine Überraschungen mehr zu erwarten sind."

„Ja", murmelte er ernst. „Doch meinen Sie nicht, daß es ungesund ist, wenn zwei Menschen sozusagen ineinander aufgehen?"

Kitty spürte ihr Herz – wie Paukenschläge. Was versucht er ihr einzureden? „Wenn es so ist, muß es natürlich sein", erklärte sie und zog die Stirn in Falten, „etwas, dem wir uns nicht widersetzen sollten."

Paul öffnete die Lippen, zögerte jedoch, ehe er sagte: „Sie sind ja eine richtige Philosophin, Kitty."

Sie stand auf. Ihr Gesicht glühte. „Ich muß gehen. Danke für den Tee und die Unterhaltung, Paul."

Er erhob sich. „Das gibt es nur in Irland, daß eine schöne Frau einem Mann für die Unterhaltung dankt. Ich bin es, der zu danken hat, und ich bedanke mich!"

Er ergriff ihre Hand und führte sie an die Lippen. Sie sah den dunklen Hunger in seinen Augen, spürte, wie gebieterisch ihr Körper darauf reagierte, und stand ruhig vor ihm, bemüht, sich durch keine Regung zu verraten.

Paul geleitete sie zur Kutsche, und Grimes fuhr in flottem Trab die Allee hinunter. Als sie zurückschaute, stand Paul noch dort und sah ihr nach.

Auf der Hauptstraße begegneten sie Vater Horan, dem neuen Kurat. Er hob die Hand zum Gruß, als ob er sie segnen wollte, blickte von Kitty zu Grimes und zurück. Er flößte Kitty das Gefühl ein, klein und nichtig zu sein, wie jeder Priester, nur in ganz besonderem Maße. Dann kehrten ihre Gedanken zu Paul zurück. Sie wünschte, daß sie den Mut aufgebracht hätte, ihn nach dem Mädchen auf dem Foto und nach Jeremys Eltern zu fragen. Ein Verdacht regte sich in ihr. Sie wußte, daß es unwürdig war, darüber nachzusinnen, aber sie tat es, ehe sie die Grübeleien von sich schob.

Kapitel 12

Eine junge Frau, die Leonard nie zuvor gesehen hatte, überbrachte ihm am Sonntagmorgen eine Meldung vom Brigadekommandeur. Sie drückte ihm den Brief in die Hand, als er inmitten einer Menschenmenge auf das Tor der Kirche zuschritt. Er wollte den Umschlag öffnen, überlegte es sich jedoch anders und steckte ihn ein. Als er mit Kitty nach Hause fuhr, fragte er sich, ob sie etwas bemerkt habe. Doch sie schien gegen alles zu sein, ihre eigenen Gedanken ausgenommen. Sie war neuerdings sonderbaren Stimmungen unterworfen, bald in sich gekehrt, bald trällerte sie fröhlich vor sich hin. Doch sie forderte ihn nicht mehr heraus. Offenbar hatte sie sich damit abgefunden, seine Frau zu sein.

In der Küche wechselte er die Schuhe. Eileen hatte das Mittagessen aufgesetzt. Es roch verlockend aus der Röhre. Kitty war zum Umkleiden nach oben gegangen. Er latschte ins Wohnzimmer, schlug die Zeitung auf. Dann zog er den Brief hervor und öffnete den Umschlag mit dem kleinen Finger.

Sie werden aus der exekutiven Abteilung in die regionale Verwaltung versetzt. Künftig wird die fliegende Kolonne alle taktischen Entscheidungen treffen und in die Tat umsetzen. Übermitteln Sie jede nützliche Information. Das Opfer von neulich muß in Sicherheit gebracht werden — unternehmen Sie nichts, bis Sie nähere Anweisung erhalten. Dieses Schriftstück verbrennen Sie umgehend. KM

Leonard las die Mitteilung ein zweites Mal. Da der Kamin erkaltet war, ging er zum Küchenherd und warf sie hinein. Er sah zu, wie sich das Papier rasch in schwarze Asche verwandelte. So! Er sollte auf den Schrotthaufen geworfen werden! Kieran Moore, den Verfasser des Schreibens, hatte er nur einmal gesehen, aber an dem arroganten Verhalten des jungen Mannes sofort Anstoß genommen. Dublin hatte ihn als Brigadekommandeur für das Gebiet eingesetzt, und er war dabei, die fliegende Kolonne aufzubauen, eine Einheit, die aus Freiwilligen der Gegend bestand und sich ständig in

Bewegung befand, so daß die Männer an einer Stelle zuschlagen, danach untertauchen und sich anderenorts neu gruppieren konnten, um den nächsten Überfall vorzunehmen. In mehreren Landesteilen wurde diese Taktik sehr erfolgreich angewendet. Leonard räumte Moore ein, über große organisatorische Fähigkeiten zu verfügen, nahm ihm aber übel, daß er grob und anmaßend auftrat und jede Kinderstube vermissen ließ.

Eileen klopfte an. Sie steckte ihren roten Wuschelkopf zur Tür herein. „Das Essen ist fertig, Sir."

Kitty erwartete ihn im Speisezimmer am Tisch. Draußen nieselte es. Melancholische Regentröpfchen glitten die Fensterscheiben hinab. Sie hatte Kölnisch Wasser genommen. Er bemerkte den leicht süßlichen Duft, als er sich setzte. Eileen brachte die Suppe, und Kitty teilte sie aus. Er sah, wie sich in ihrer Bluse die Brüste bewegten, fing einen Blick von ihr auf und schenkte ihr ein Lächeln, das sie zögernd, beinah überrascht erwiderte. Sie hat sich herausgemacht, dachte er. Ihre Wangen waren gerötet. Wann konnten sie ihre ehelichen Beziehungen wieder aufnehmen? Es war die Hölle, mit einer schönen Frau verheiratet zu sein und sie nicht anrühren zu dürfen! Am Abend vielleicht?

Eileen schien sich von dem schrecklichen Erlebnis erholt zu haben. Sie verrichtete ihre Arbeit, als ob nichts gewesen wäre. Geistige Trägheit war ohne Zweifel ein wirksames Anästhetikum.

Er würzte seine Suppe reichlich mit Salz und Pfeffer und löffelte genießerisch. Eileen hatte sich zu einer recht guten kleinen Köchin entwickelt. „Ich wollte dir eigentlich einen Verdauungsspaziergang vorschlagen, Kitty, aber nun ist es leider zu naß dafür."

Kitty schluckte. „Der Regen macht mir überhaupt nichts aus."

„Schön. Dann werden wir gehen. Wir können ja den großen Schirm mitnehmen."

Eileen stapfte herein, räumte die Suppenteller ab und trug sie in die Küche.

Er berührte Kitty an der Hand, spürte, wie sie reagierte, sah ihre Augen unter den Wimpern aufblitzen. Sie wahrte

Distanz, seitdem sie nicht mehr stritt, und war unberechenbar, im Vergleich zu früher irgendwie eine stärkere Persönlichkeit. Das verunsicherte ihn ein wenig; sie erschien ihm rätselhaft. Die Aussicht, mit ihr, dieser halbfremden Frau, ins Bett zu gehen, erregte ihn stärker als jede andere Betrachtung, die er seit ihrer Hochzeit über sie angstellt hatte. Er wollte sie beeindrucken, das alte, ins Wanken geratene Gleichgewicht der Kräfte wieder herstellen.

Nach dem Essen zog Kitty den Regenmantel an, streifte die Gummigaloschen über und band sich ein Tuch um den Kopf. Leonard setzte den Hut auf, schlüpfte in den Mantel und nahm seinen schwarzen Schirm von dem Kleiderhaken in der Diele. Draußen verschwammen die Gegenstände hinter einem grauen Schleier. Der Geruch von Erde und Dung erfüllte die Luft.

„Nun, Madam – welche Richtung wählen Sie?"

Kitty überlegte, welchen Weg Leonard nicht einschlagen würde, wenn er die Initiative ergriffen hätte. „Nehmen wir den alten Heckenpfad?" Er bot ihr seinen Arm, und sie sah sich mit seinen Augen, als begehrenswerte, junge Frau, der er den Hof machte. Das fand sie großartig. Die qualvollen Monate lagen wie ein Alptraum hinter ihr. Leonard verehrte sie und zog sie körperlich an.

Der alte Heckenpfad war ein schmaler, aufgeweichter Feldweg, der sich an Steinwällen, Weißdorn- und Brombeerbüschen vorbei durch zahllose Felder schlängelte, zu mehreren Häuschen und schließlich auf die Hauptstraße führte.

In einiger Entfernung wohnte Mrs. Finnerty. Regen tropfte von ihrem Strohdach. Die Tür stand halb offen. Kitty bemerkte die alte Frau, die sie aus dem Zwielicht ihrer Küche heraus beobachtete. Sie kannte sie von Ansehen und wußte, in welchem Ruf sie stand, vor allem bei Mrs. Mooney, die gern über sie redete, wenn sie bei ihnen die Wäsche besorgte. Sie sei die Gemeindehebamme, hatte sie erzählt, Medizinfrau und anderes mehr, könne wahrsagen, aus der Hand und aus Teeblättern lesen und sei nach ihrer Meinung so alt wie der liebe Gott selbst.

Da der Weg sehr schlammig wurde, beschlossen die beiden, den Spaziergang zu beenden. Sie kehrten um, und

Mrs. Finnerty, die vor ihrem Häuschen die Hühner fütterte, hob den Kopf, als sie sich näherten.

Leonard nickte ihr zu. „Einen guten Tag, Mrs. Finnerty."

„Ihnen auch", erwiderte sie, kam an die Gartenpforte und fixierte Kitty mit ihren eingesunkenen, schwarzen Augen.

Kitty stellte fest, daß die Frau kein einziges Mal zwinkerte, sie unverwandt anstarrte – wohlwollend, nicht mißgünstig, und interessiert wie ein Meister, der ein neues Werkzeug betrachtet.

„Kommen Sie auf ein Täßchen Tee herein?" Sie sprach krächzend, schnaufend und ließ den Blick nicht von Kittys Gesicht.

„Wir haben gerade gegessen." Leonard lachte gezwungen. „Wir möchten uns die Beine vertreten, nicht schon wieder etwas zu uns nehmen." Er sah Kitty an. „Kennst du Mrs. Finnerty?"

Die alte Frau ergriff Kittys ausgestreckte Hand, hielt sie mit ihren knochigen Fingern prüfend fest, drehte sie dann um und untersuchte die Innenfläche eingehend.

Kitty wollte zurückweichen. Sie fühlte sich bloßgestellt, machtlos.

„So." Mrs. Finnerty musterte die Handlinien. „Soll es also sein?" Sie senkte die Stimme und flüsterte Kitty ins Ohr: „Sie werden durch Feuer gehen und aus der Asche auferstehen!"

Kitty zitterte. Sie hätte sich gern verabschiedet, fand dafür aber keinen Vorwand.

„Nun, dann wollen wir mal", sagte Leonard scherzhaft, von oben herab, „ehe es stärker zu regnen anfängt."

Mrs. Finnerty richtete den Blick auf ihn. „Sie würden gut daran tun, vorsichtiger zu sein, Master Delaney!"

„Vorsichtig?" Er lachte schroff. „Warum?"

„Weil das Eis unter Ihren Füßen so dünn ist, Master Delaney." Sie hustete, nickte und drehte sich zu ihren Hühnern um.

Zu Hause nahm Eileen in der Küche ihr Mittagessen ein. Sie fühlte sich erschöpft. Drei Monate lang hatte sie sich nicht geschont, fünfzehn Stunden am Tage geschuftet, fest entschlossen, der Herrschaft zu gefallen, sich unentbehrlich zu machen. Nun, es war ihr gelungen. Die Missus kümmerte sich kaum noch um das Kochen oder den Haushalt. Wenn sie nicht unterrichtete, verbrachte sie ihre Zeit damit zu lesen oder aus dem Fenster zu schauen. Mit dem Master sprach sie seit ihrer Rückkehr aus Dublin nur selten. Eileen überlegte immer wieder, was an jenem Abend, als er zu ihr hinaufgegangen war, zwischen ihnen vorgefallen sein mochte. Am nächsten Tag hatte sie schrecklich ausgesehen, das ganze Gesicht geschwollen und verquollen – durch den Sturz, hatte sie gesagt; aber so schlimm war es vorher nicht gewesen. Heute jedenfalls, dachte Eileen, sind sie endlich wieder in großer Form, wie ein echtes Liebespaar zu einem Spaziergang aufgebrochen.

Bei diesem Gedanken hätte sie heulen können. Das Bewußtsein ihrer Einsamkeit überwältigte sie fast. Tommy würde nicht zurückkehren – der Master hatte es ihr mitgeteilt –, weil es gefährlich für ihn wäre. Er müsse fliehen, sich verstecken. Vielleicht würde sie ihn niemals wiedersehen. Sie vermißte ihn, sie sehnte sich nach ihm, seinem Lachen, seiner Art, ihr zuzublinzeln, dem Gefühl, das er ihr gab: einen Menschen zu haben.

Von Zeit zu Zeit schlichen abends Braune um das Haus, ohne daß der Master es immer zu bemerken schien. Sie hörte Reisig im Gehölz knacken, manchmal auch Geflüster oder unterdrücktes Hüsteln und hin und wieder das gefürchtete Kratzen an der Scheibe, die ihr Peiniger hochzuschieben suchte. Doch sie hielt das Fenster stets geschlossen und die Vorhänge zugezogen. Ihn dort draußen zu wissen, war widerlich und wäre ohne die dicken Gitterstäbe unerträglich gewesen. Trotz dieses Schutzes aber zehrte die Spannung an ihren Kräften. Sie verspürte keinen Appetit mehr. Morgens war ihr übel, mitunter mußte sie sich übergeben. Sie hätte sich gern das Herz erleichtert, jemandem erzählt, was geschehen war und noch geschah. Doch wem? Der Master schied von vornherein aus. Was sollte er denn denken? Und einer Dame wie der Missus konnte sie sich gleich gar nicht anvertrauen. Da würde sie vor Scham vergehen. Ja, und vor Vater McCarthy oder Vater Horan wäre es ihr äußerst peinlich. Es gab eben Dinge, die sich nur mit einer Frau besprechen ließen.

Punch, die Hündin, die immer als „der Hund“ bezeichnet wurde, lag draußen vor der Tür, hatte den Kopf zwischen die Vorderpfoten gelegt und wartete auf ihr Fressen. Eileen kratzte die Speisereste von ihrem Teller in den Futternapf, tat weitere Abfälle und einige Kartoffeln dazu und brachte den Mischmasch dem Hund, der sie mit einem freudigen „Wuff!“ und ungestümem Schwanzwedeln begrüßte und es sich geräuschvoll schmecken ließ. Da kam erbärmlich mauzend die Katze um die Ecke gelaufen, und Eileen holte ihr einige Bröckchen und eine Untertasse Milch. Danach wusch sie ab und stellte das Geschirr fort. Dabei entdeckte sie, daß nur noch zwei Eier im Körbchen lagen. Sie seufzte innerlich, denn nun mußte sie zu Mrs. Murray fahren – und hatte gehofft, sich ein bißchen ausruhen zu können; ihr taten schon die Beine weh.

Sie holte das Rad aus dem Torfschuppen, das alte, das sie stets benutzen durfte, überzeugte sich, daß sie das Eiergeld eingesteckt hatte, und fuhr los.

Es nieselte noch. Kleine Spritzer trieben ihr ins Gesicht. Zischend glitten die Reifen durch Pfützen und aufgeweichte Kuhfladen. Die Schutzbleche konnten nicht verhindern, daß ihr Rock schmutzig wurde. Es triefte von den Bäumen, kalte Tropfen landeten zwischen ihrem Kopf und dem hochgeschlagenen Mantelkragen und liefen ihr den Nacken hinab. Wo ihr Kraushaar unter dem alten Tuch hervorschaute, wurde es feucht und kräuselte sich noch stärker.

Die Tür von Mrs. Murrays Häuschen war geschlossen, aber als Eileen den schlammigen Vorhof durchquerte, zeigte sich die alte Frau am Fenster und öffnete. Eine ihrer Hände war verbunden.

„Ich dachte, es kommt vielleicht einer von diesen Halunken daher“, sagte sie, indem sie Eileen in die Küche zog. Es war unaufgeräumt und kalt. Kartoffelschalen lagen in einem Kasserolledeckel auf dem Tisch, daneben türmten sich schmutzige Teller und Tassen. Eileen machte sich Vorwürfe, weil sie seit der nächtlichen Razzia der Braunen nur zweimal hergekommen war.

Mrs. Murray bemerkte ihre Unzufriedenheit. „Ich kann nicht viel machen, solange meine Hand nicht besser ist“, rechtfertigte sie sich. „Wirst du dir die Eier selber holen?“

Sie war aschfahl im Gesicht und glich kaum noch der warmherzigen, gastfreundlichen Frau, die sie gewesen war, bevor man Patch abgeführt hatte.

„Hören Sie, Mrs. Murray", sagte Eileen, „warum setzen Sie sich nicht hin? Ich will Ihnen eine Tasse Tee brühen."

Die Frau gehorchte teilnahmslos und sank auf den Schaukelstuhl neben dem Herd.

Eileen ging mit dem Fischkorb zu dem Torfschober hinaus, leerte das Ofenloch und machte Feuer an. Dann räumte sie auf, fegte den Fußboden und brachte den Abfall fort. Sie füllte den Wasserkessel und hängte ihn über den zwischen Kleinholz und Torfbatzen emporzüngelnden Flammen an den Kran. Mit einem Teil des heißen Wassers wusch sie ab. Während sie arbeitete, wanderten ihre Blicke zu einem Stück Pappe, das sie vom Fußboden aufgehoben und vor sich hin gegen die Wand gelehnt hatte. Langsam las sie den Text, der darauf stand.

Erheb, o Irland, stolz dein Haupt,
Denn auch dein Tag bricht endlich an,
Ein Tag, der lange währen wird in einer Woche von Jahrhunderten.
Die sieben Todsünden zahl deinen Feinden heim
Und vergiß sie nie.
Doch sollst du Großmut dir aus deinen Taten schöpfen
Und ihnen gnädig sein,
Wenn wie durch Geißelschläge sie aus deinem Land vertrieben und erniedrigt sind,
Und ausgelöscht ihr Name.

Sie spürte den Trotz und die Zuversicht, die aus den Zeilen sprachen, ohne daß sie jedes Wort voll verstanden hätte. Sie sah zu Mrs. Murray hin, die sich sanft wiegte und ins Feuer starrte.

Dann schaute sie sich nach Lebensmitteln um, fand aber nichts als einige Kartoffeln in einem Sack neben der Tür. Doch war die Dose auf dem Sims mit Tee gefüllt, und auf der Anrichte stand eine Schüssel frische Milch. Gemolken wurde also. Sie wusch ein paar Kartoffeln und legte sie ins Feuer. „Wie behelfen Sie sich überhaupt, Mrs. Murray?" erkundigte sie sich, während sie Milch in einen Krug kippte und die Teekanne heiß ausspülte.

„Der junge Neddy Dwyer kommt rüber, die Kuh melken. Gott segne ihn. Un' die Hühner füttern tut er auch."

„Er sollte zum Laden laufen und Brot einkaufen, damit Sie nicht verhungern. Es ist kein Krümel mehr im Haus."

„Was tut's? In dieser verrückten Welt ist ein Toter gar nicht so übel dran. Mir meinen einzigen Enkel zu nehmen und mir vorher die Hand zu ruinieren, weil ich nicht sage, wo sie ihn finden können. Woher sollte ich wissen, daß er blutend in einem Graben lag?" Ihre Augen füllten sich mit Tränen. „Dort haben sie den armen Jungen dann gefunden. Und die denken, die olle Peggy Murray erzählt ihnen von ihrem kleinen Patch, wenn sie sie in Stücke schneiden. Jetzt sitzt er in Mountjoy oben ..." Ihre Stimme versagte. Sie schluchzte.

Auch Eileen weinte. Sie legte der alten Frau ihren starken Arm um die schwachen Schultern. „Sie werden ihm schon einen Arzt besorgen und am Ende doch laufen lassen. Er ist ja noch so jung."

Eileen ging in den Stall, um nach Eiern zu suchen. Die Hühner stritten sich um die Krtoffelschalen, die sie verfütterte. Sie drehten die Köpfe und starrten sie mit ihren wilden, leeren Augen an.

Ich hasse Hennen, dachte sie, die sehen alle bekloppt aus; Gott sei Dank hält die Missus keine.

Sie sammelte die Eier ein, von denen einige noch warm waren, und trug sie ins Haus. „Ich nehme drei Dutzend", sagte sei zu Mrs. Murray, zählte sechsunddreißig Stück ab und legte das Geld auf den Tisch. Dann stach sie die Kartoffeln an, zog sie aus dem Feuer, schälte sie, fand einen Teller und Salz, servierte die dampfenden Kartoffeln mit Rührei und bat Mrs. Murray, alles aufzuessen.

An der Tür fiel ihr die verletzte Hand der Frau ein. „Hat sich wer um Sie gekümmert, Mrs. Murray? Vielleicht sollten Sie zum Doktor gehen?"

„Ja, Mrs. Finnerty ist hier gewesen. Und welchen besseren Doktor könnte sich einer wünschen? Sie hat mir was auf die Finger gestrichen. Davon haben die Schmerzen nachgelassen."

„So, ich muß nun los", sagte Eileen, „aber ich werde versuchen, später wiederzukommen und ihnen Brot zu bringen."

„Du bist ein herzensgutes Mädchen“, erklärte Mrs. Murray ernst, mit fester Stimme, die gar nicht mehr weinerlich oder klagend klang. „Gott vergelt's dir.“

Eileen wandte verlegen den Blick ab und bemerkte die Pappe, die sie vom Fußboden aufgehoben hatte. Schnell wechselte sie das Thema. „Übrigens, was ist das für ein Gedicht?“

Mrs. Murray schaute in die Richtung, in die Eileen zeigte. „Das ist kein Gedicht, Kindchen. Es ist eine Prophezeiung des Heiligen Malachias. Hat der arme Patch den Spruch doch eigenhändig abgeschrieben. In der Nacht, als sie kamen, hing er an der Wand. Sonst hätten sie mich vielleicht in Ruhe gelassen.“

Eileen stellte die Tasche mit den Eiern behutsam in den Fahrradkorb und trat die Heimfahrt an. Es sprühte jetzt weniger. Sie dachte darüber nach, was Mrs. Murray über ihre Hand und über Mrs. Finnerty gesagt hatte. Vielleicht sollte sie selbst einmal zu Mrs. Finnerty gehen, um feststellen zu lassen, ob ihr etwas fehlte. Sie könnte behaupten, wegen einer anderen Sache gekommen zu sein – zum Beispiel wegen der Warze am Daumen – und ihr später, wenn sie ihr vertraute, alles erzählen.

In der Ferne brummte ein Motor, und ehe Eileen ein Auto sah, wußte sie, was es war. Sie zitterte, ihre Knie wurden weich wie Gelee, und sie mußte absteigen, um nicht zu stürzen und die Eier zu zerbrechen.

O Gott, bitte laß es nicht ihn sein!

Doch er war es.

Die nassen Reifen quietschten, und der Schlamm spritzte unter den Rädern hervor, als der Lastwagen stoppte. Eileen versuchte unbekümmert zu tun, weiterzugehen, aber ihre Kehle war trocken, die Beine wurden ihr schwer. Im nächsten Moment stand er grinsend neben ihr, und seine Bierfahne, die sie gut kannte und so abstoßend fand, ekelte sie an. Ohne sich umzudrehen, wußte sie, daß die Männer auf dem Lastwagen gleichfalls grinsten, weil sie sich ausmalten, was er getan hatte.

„Holla, holla, holla! Ich freß'n Besen, wenn das nicht meine kleine, scharfe Biene ist. Was hast du denn in deinem Körbchen?“

„Eier." Ihr Gesicht brannte; sie hatte das Gefühl, gewürgt zu werden.
Er öffnete die alte leinene Einkaufstasche, holte ein Ei heraus, ließ es fallen und wühlte tiefer in der Tasche. Sie hörte, wie einige Schalen knackten.
„Du schläftst wie ein Ratz in letzter Zeit? Hörst du mich nicht mehr am Fenster?"
Sie starrte zu Boden und antwortete nicht. Wenn sie ein Mann wäre, würde sie ihm den Schädel einschlagen, ihn töten ...
Er senkte die Stimme. „Was hältst du von heute abend? Habe oft an dich gedacht."
Sie schüttelte den Kopf und wollte weitergehen, aber er hatte die Lenkstange gepackt.
„Beim ersten Mal ist es nicht halb so schön wie beim zweiten." Er kicherte vielsagend. „Wir beide könnten wirklich gute Kumpel sein."
„Lassen Sie mein Rad los", zischte sie. Ihr Haß war jetzt größer als ihre Angst. „Mit so einem brutalen Kerl will ich nichts zu tun haben. Und sehen Sie, was Sie mit den Eiern meiner Missus gemacht haben. Verschwinden Sie, lassen Sie mich in Ruhe!"
Der Sergeant lachte wiehernd auf. „Bißchen spät, die feine Dame zu spielen!" Er griff ihr unters Kinn und zwang sie, zu ihm aufzusehen. „Ich nehme an, du weißt nicht, wo Tommy steckt, der Holzkopf, der bei euch gearbeitet hat? Wir würden uns gern mit ihm unterhalten."
Eileen schlug seine Hand weg. „Er ist nach Dublin gegangen. Den finden Sie nie!" Sie sammelte Speichel und spie aus. Die Spucke landete auf seiner Schulter.
Da drehte er ihr den Arm nach hinten und beugte sich über sie. „Du miese, kleine Fotze, du!"
Sie wußte, er dachte an die Männer, die vom Lastwagen zuschauten. Seine Augen verengten sich. Er hielt ihre Hand fest, griff nach ihrem Unterkiefer und drückte so derb zu, daß es schmerzte. „Wir werden jeden Scheißwinkel durchsuchen, dann werden wir ja sehen, wer nach Dublin gegangen ist."
Bei dieser Drohung fuhr ihr der Schreck in die Glieder. Natürlich würden sie ihn finden, wenn sie die Gemeinde sy-

stematisch durchkämmten. Sie raffte ihren letzten Mut zusammen und blickte zu ihm auf. „Wenn Sie so schmutzige Tricks anwenden, brauchen Sie nie wieder zu mir zu kommen."

Er ließ sie los und lachte höhnisch. „Willst du mich bestechen?" Er gab ihr einen Klaps auf das Hinterteil. „Also dann bis heute abend!"

Er drehte sich um, sprang mit einem leichten Satz ins Fahrzeug, und hämmisches Männerlachen schlug an ihr Ohr, als sich der Lastwagen entfernte.

Das letzte Stück des Weges legte Eileen zu Fuß zurück. Sie wußte, daß sie den Master warnen müßte, aber schamhaft schweigen würde. Und waren ihm nicht sowieso die Hände gebunden? Er wurde beobachtet. Die nächtlichen Besuche bewiesen es. Er könnte Tommy erst im Dunkeln fortbringen, und dann würde er gegen die Ausgangssperre verstoßen und ihnen in die Arme laufen. Es gab jedoch die Möglichkeit, etwas anderes zu unternehmen. Eine schreckliche Idee war ihr gekommen, als sie und der Braune vor dem Lastwagen mit den lachenden Männern gestanden hatten. Eine ganz logische Lösung schien es zu sein. Die Frage war nur: Wo das Zeug hernehmen, und was sollte werden, wenn es nicht wirkte?

Sie servierte den Tee im Wohnzimmer. Es roch nach Torf und Rosen. Sie lasen beide, er wie gewöhnlich in seinem Sessel, und sie lag ausgestreckt auf der Couch. Ihr loses Haar bedeckte die Kissen, ihr Gesicht war gerötet. Die Knöpfe ihrer Bluse saßen schief, als wäre sie hastig wieder zugeknöpft worden. Das paßte gar nicht zu ihrer Missus, und der Master verschwand fast völlig hinter der Zeitung. Er muß „bei" ihr gewesen sein, dachte Eileen entsetzt, verurteilte den Herrn und empfand Mitgefühl für die Herrin. Sie setzte das Tablett ab, zog sich wortlos zurück, nahm ihren Mantel und lief durch die Felder zu Mrs. Finnerty.

Die Frau saß am Herd und rührte in einem dreifüßigen schwarzen Topf. „Komm herein, Eileen", rief sie, ohne sich umzudrehen.

Eileen trat zaghaft ein. Sie wußte nicht, was sie sagen sollte, dachte daran, eine Entschuldigung zu murmeln und wieder nach Hause zu laufen. In der Küche roch es nach Torfqualm und etwas anderem, Unbekanntem, leicht Scharfem. „Woher wußten Sie, daß ich es war?“

Mrs. Finnerty verzog das Gesicht langsam zu einem Lächeln und entblößte ihre schwärzlichen Zähne. „Komm hierher, Mädchen, und setze dich.“

Eileen schloß die untere Hälfte der geteilten Tür und ging zum Herd. Ein Geflecht von Falten durchzog das alte Gesicht. Es waren so viele, daß Eileen meinte, mehr würden schwerlich Platz finden. Sie betrachtete das vorspringende Kinn und die Augen, die mit höchster Konzentration auf sie gerichtet waren. Sie fühlte sich von den Blicken ausgeforscht und abgewogen, aber je länger sie in jene Augen zurückschaute, desto rascher schwand ihr Unbehagen, und sie erzählte Mrs. Finnerty alles, sogar die abscheuliche Schande, die ihr der Braune angetan hatte. Ein Anfall wilden Schluchzens schüttelte sie, doch die alte Frau regte sich kaum, und als sich Eileen ausgeweint hatte, berichtete sie, daß sie ihm auf der Straße begegnet war und daß er sie am Abend besuchen wollte.

„Und was möchtest du tun?“ Mrs. Finnerty starrte ins Feuer. Ihre Augen waren ausdruckslos. Sie rührte den Inhalt des Topfes mit einem Stock um. „Vielleicht würdest du gern von hier fortgehen?“

Eileen spürte, wie der Ärger in ihr hochstieg. Sie sollte fortgehen – sie! Sie, die nichts verbrochen hatte! Wo blieb da die Gerechtigkeit? „Ich will ihn umbringen!“

Mrs. Finnerty verzog keine Miene, verriet weder Schreck noch Beifall, aber sie nickte vor sich hin und sah zu, wie das Feuer brannte.

Eileen erwartete irgendeine Reaktion, und als keine erfolgte, brachte sie zögernd ihr zweites Anliegen vor und fragte, was ihr fehle.

„Kannst du denn das neue Leben nicht in dir spüren, Mädchen?“ entgegnete Mrs. Finnerty streng.

„Sie meinen . . .“ Eileen erstarrte. „Was soll ich machen, wenn ich ein Kind erwarte?“ flüsterte sie nach kurzem Schweigen.

„Es gibt viele Möglichkeiten, auch diese Sache ist anzupakken.“ Die alte Stimme klang plötzlich sanft, fast mitfühlend.

„Sie meinen ... Aber das wäre Sünde – eine Todsünde!"

Diesmal lachte Mrs. Finnerty auf. „Nach der Religion der Männer, Mädchen! Glaubst du, der wirkliche Gott ist auf dich angewiesen, damit das Leben weitergeht – daß es keine andere Gebärmutter in der Welt gibt?"

„Ich habe Angst!"

„Du mußt dich bald entscheiden. Je länger du zögerst, desto größer das Risiko. Nur laß es deine eigene Entscheidung sein. Nach der Religion der Männer weiß man es nicht und es ist gleichgültig, wozu du verurteilt wärst."

„Ich will – es mir überlegen", erklärte Eileen nachdenklich, während sie sich dem Bann der alten Frau an ihrer Seite zu entziehen suchte. „Aber was ist mit dem Mann? Was soll ich machen, wenn er heute abend kommt?" Sie vergrub das Gesicht in den Händen. „Ich glaube, ich werde wahnsinnig!"

Mrs. Finnerty sah sie an. „Wahnsinnig? Nun mal langsam, Mädchen. Mit diesem Knirps von Mann kann man doch fertig werden!"

Eileen blickte ihr in die eingesunkenen Augen, spürte, wie die Furcht von ihr wich, und fühlte sich wieder stark. Sie wußte, daß sie tun konnte, was getan werden mußte.

Die Frau erhob sich, holte etwas aus einem Schubfach des Schranks, eine Art Pulver, das sie in die abgerissene Spitze einer braunen Papiertüte schüttete. „Verrühre es mit ein bißchen Flüssigkeit", sagte sie, indem sie es Eileen überreichte, „und gib es ihm zu trinken."

„Was ist es?"

„Es ist aus Fingerhut gemacht. Gib acht, daß es nicht in unrechte Hände gerät – und koste nicht davon, es könnte dein Tod sein!"

Eileen steckte das kleine Knäuel in die Tasche und kehrte durch die nassen Felder schnell nach Hause zurück.

Kapitel 13

Leonard und Kitty kehrten schweigend nach Hause zurück. Jeder grübelte für sich darüber nach, was Mrs. Finnerty gesagt hatte.

Ein Parasit, dachte Leonard, sie ernährt sich vom Aberglauben. Wie er wußte, hatte er sich in ihrer Gegenwart nie ganz ungezwungen gefühlt. Trotzdem, als Kitty ihre Fehlgeburt gehabt und Dr. Kelly unerreichbar gewesen war, hatte er mit dem Gedanken gespielt, sich an sie zu wenden. Wenn ärztliche Kunst nicht zur Verfügung steht, besinnt man sich auf den Schamanen. Aber diese Schamanin verfügte über zu viel Macht in der Gemeinde. Jetzt war er froh, damals nicht schwach geworden zu sein. Ohne Zweifel, sie verstand etwas von Kräutern, doch hier ging es ums Prinzip. Der Mensch mußte der Wissenschaft treu bleiben, auf den Verstand bauen, nicht auf den Aberglauben von Frauen. Was hatte sie gemeint mit dem dünnen Eis unter seinen Füßen? Hatte sie ihn zum Narren gehalten, oder wußte sie um seine Aktivitäten bei den Freiwilligen? Hatte einer der Leute geplaudert? Vielleicht war sie beim Kräutersammeln im Wald der übenden Truppe begegnet? Man sollte alle Möglichkeiten erwägen, aber keiner der Männer würde den Mund aufmachen – höchstens Patch natürlich; daß der ausgepackt hatte ... Es war etwas, womit man rechnen mußte. Doch in diesem Fall hätten ihn die Braunen schon geholt. Er verachtete die Alte zu sehr, als daß er ihre „Warnung“ ernst genommen hätte. Sie konnte einfach alles gemeint haben, und sehr wahrscheinlich war sie halb senil.

Zu Hause wartete im Wohnzimmer ein warmer Kamin. Es war zwar Sommer, der Tag aber kühl und das Feuer willkommen. Eileen trafen sie nicht an. Das Mädchen war entweder in ihrem Zimmer oder fortgegangen. Leonard hoffte, daß keine Besucher kommen würden. Kitty streckte sich mit einem Buch über Ludwig XIV. auf der Couch aus. Die Biographie hatte sie aus der Stadtbibliothek geliehen. Sie wirkte in sich gekehrt und war bildschön. Leonard fand stille Frauen seit jeher anziehend. Er schlug seine Zeitung auf und beobachtete sie über den Rand hinweg. Die Begierde plagte ihn. So lange noch bis zur Schlafenszeit! Wortlos ging er zu ihr, nahm ihr das Buch aus der Hand, legte es auf den Fußboden und zog ihre Haarnadeln heraus. Die langen Korkzieherlocken fielen lose aufs Kissen. Kitty blickte ihn mit geweiteten Augen an, regte sich aber nicht, als er ihre Bluse aufknöpfte, sie nach hinten streifte, den Ansatz ihrer weichen, weißen Brüste entblößte. Er zupfte an dem Mieder, bis die eine mitsamt ihrer frech aufgerichteten rosa Warze freigelegt war. Stöhnend drückte er die Lippen darauf, ließ die Hand unter ihrem Rock aufwärts gleiten und zog ihren Schlüpfer zu den Knöcheln herab. Dann knöpfte er seine Hose auf und drang begierig in sie ein, spürte den Widerstand ihres Körpers, ihr Schmerzgekeuche und war am Ziel seiner Wünsche angelangt. Mit rasender Ekstase und Erleichterung explodierte seine Lebenskraft. Kitty, stellte er später fest, war stark gerötet und hatte glänzende Augenringe.

Und woran hatte Kitty vorher gedacht? Unter dem Vorwand zu lesen hatte sie über die Worte der Alten nachgesonnen, daß sie durch Feuer gehen und aus der Asche auferstehen werde. Nun, die Alternative hierzu war nicht minder schrecklich, ein zahmes, blutleeres Leben zu führen, ohne sich selbst oder den Partner richtig zu erfassen. Und wem stand es an zu sagen, was recht und was unrecht war? Den Heiligen, denen es an jeglicher Erfahrung mangelte? Den Priestern, die die Tür zur Wirklichkeit zugeschlagen hatten, damit sie den Leuten predigen konnten, wie es auf der Welt zuzugehen hatte? War ihr Leben verurteilt, zur langweiligen Routine zu entarten, zu einem Teufelskreis von Schule und Heim, Heim und Schule, Kinderproblemen und abermals Kinderproblemen – bis ihre Adern dereinst erkalteten und ihre Seele unter dem Gewicht ihrer Hohlheit zusammenbrach? Selbstverständlich waren die Menschen berufen, sich gegenseitig zu erforschen, den Partner zu erschließen, den magnetischen Partner, den man brauchte. Ich brauche ihn, sagte sie sich, ich möchte ihn berühren, mit ihm reden, ihn kennenlernen, doch dachte sie dabei nicht an Leonard, der Zeitung lesend vor dem Kamin saß. Nicht, daß sie ihn nicht geliebt hätte! Sie tat es, schmerzlich und in der Gewißheit, daß es sinnlos war. Seine Gefühlswelt blieb ihr verschlossen. Es war, als ob sie mit einer Maschine verheiratet wäre, einem Roboter, der sie auf seine Weise liebte und, da er kein Mensch war, keine Möglichkeit hatte, ihr seine Gefühle mitzuteilen, sie ihr begreiflich und zugänglich zu machen. An diesem Tag hatte er sich für kurze Zeit angestrengt, kommunikativ und liebenswert zu sein, aber das war es eben: Er hatte sich angestrengt. Doch sie konnte gewiß Anspruch auf mehr erheben, hatte sicherlich etwas zu bieten — und wenn es nur ihre vielgepriesene Schönheit wäre —, um etwas in ihm zu bewegen, seine Bewunderung zu erregen, sein Interesse an ihrem inneren Sein zu wecken, das die Ebbe- und Flutzeiten ihres Lebens bestimmte. Sie versuchte sich vorzustellen, sie wäre ein Mann, der seine Tage mit einem so anders gearteten Partner wie einer Frau verbrachte und kein anderes Interesse für sie bekundete als sie zur Erledigung seiner ritualisierten sexuellen Geschäfte heranzuziehen! Führten die Männer nur ein halbes Leben? Nun, sie kannte einen, der anders war. Sie sah Pauls Gesichtszüge vor sich, die Augen, die sie in ihren Bann zogen, seine lockeren, gewandten Umgangsformen, seine Gesten, seine eigentümliche Empfindsamkeit. O Gott, dachte sie, ich weiß, ich sollte so nicht fühlen, aber ich kann nicht anders! Dann überlegte sie, ob sie wirklich nicht anders konnte, und ihr kamen Zweifel, ob sie ganz ehrlich zu sich war. Doch sie spürte die blinde Macht der Liebessehnsucht, und es war ihr gleich. Sah je ich eine Schöne, die ich begehrte und nahm, so war es nur ein Traum von dir. Es lockte sie, den Widerstand aufzugeben. Sie durfte nicht kapitulieren und wünschte es zu tun, und so glitt sie im Rausch der Phantasie auf ihre Hingabe zu und war bereit zu fliehen.

Während ihr diese Überlegungen durch den Kopf gingen, wanderten ihre Blicke über die Seiten, ohne daß sie vom Schicksal des Sonnenkönigs viel erfaßte — nur, daß sein protestierender und schreiender Vater gewaltsam in die Hochzeitskammer gebracht werden mußte.

Und dann war Leonard herübergekommen und hatte ihr das Buch aus der Hand genommen. Es geschah so unerwartet und sie fühlte sich ohnehin so matt, daß sie seine unverblümte, wortlose Sinnlichkeit atemlos hinnahm. Ihre weiße

Brust erregte sie fast so sehr wie ihn. Seine Begierde strömte zu ihr über; sie stellte sich vor, daß nicht Leonard, sondern Paul Stratton neben ihr kniete, ihre Brüste streichelte. Dadurch entstand eine Spannung, die sie anwiderte, denn es war Verrat. Doch dann erreichte Leonard den „Höhepunkt", zu früh für sie, wie üblich, verlor sich in der Befriedigung seiner eigenen Bedürfnisse, und der Augenblick innerer Konflikte war vorüber.

Als sie hörte, wie Eileen durch die Diele schritt, sorgte sie hastig dafür, daß es halbwegs anständig aussah. Der Schlüpfer wurde unter ein Kissen gestopft, Leonard tauchte mit erstaunlichem Eifer hinter der Zeitung unter, trotzdem entging ihr nicht, daß ihr Eileen einen vielsagenden Blick zuwarf und vorwurfsvoll in die Richtung des Sessels schaute.

Sobald das Mädchen das Zimmer verlassen hatte, ordnete sie die Kleider und begann das Haar aufzustecken. Die Nadeln lagen unter dem Tablett, auf dem Tisch, wo sie Leonard hingelegt hatte. Nachdem sie sich notdürfig zurechtgemacht hatte, ging sie zum Obergeschoß hinauf, um das Werk zu vollenden. Danach kehrte sie unverzüglich zurück, schenkte schweigend Tee ein und sah scheu zu ihm hin. Am Anfang ihrer Ehe hatte sie es nicht fertiggebracht, mit ihm über die körperliche Seite ihrer Beziehungen zu sprechen, und später hatte seine selbstgefällige, blasierte Art sie vor den Kopf gestoßen. Auch jetzt schien er sehr mit sich zufrieden zu sein. Sie unterdrückte den Zorn, der aufsteigen wollte, und bemerkte, daß er tatsächlich zu seiner Lektüre zurückgekehrt war. Da tat auch sie das, was sie vorher getan hatte. Sie dachte an Paul, rief sich die Ereignisse des vorangegangenen Tages ins Gedächtnis und erinnerte sich, was er über den „Stratton-Fluch" gesagt hatte. War es denkbar, daß er wirklich daran glaubte?

„Leonard!"

„Hammn?"

„Erzähle mir die Geschichte von dem Fluch. Paul Stratton sprach gestern darüber, als ich Jeremy besuchte."

Leonard sah sie über die Zeitung hinweg an. „Ja? Was hat er gesagt?"

„Er hat den Fluch nur erwähnt. Für die Familie ist dadurch viel Unheil heraufbeschworen worden – oder so ähnlich."

„In dieser Familie mußte einfach alles schiefgehen. Es ist unnötig, das Unglück an einem alten Pisheog aufzuziehen."

„Wie meinst du das?"

„Nun ja, zunächst waren sie Siedler, aber ihr Landanspruch gründete sich auf Expropriation, und unrecht Gut gedeihet schlecht."

Kitty zog die Beine an. „Erzähle mir trotzdem, was es mit dem Fluch für eine Bewandtnis hat." Sie hatte einen Schmeichelton angeschlagen, der nie seine Wirkung verfehlte, bei ihrem Vater gewirkt hatte, bei Leonard wirkte. Sie verachtete sich jedesmal, wenn sie zu dieser List griff.

Doch Leonard blickte sie nachsichtig an, legte die Zeitung fort. „Wenn ich mich nicht täusche", sagte er und konzentrierte sich für einen Augenblick auf den Mittelpunkt des Zimmers, „war es Mrs. Finnertys Großmutter, die das Geschlecht der Strattons verflucht haben soll. Sie hieß Margaret Farrelly und hatte einen Sohn und zwei Töchter, war verwitwet und offenbar ebenso darin bewandert, aus Teeblättern zu lesen wie heute ihre Enkelin. Die Strattons hatten damals einen Verwalter mit Namen Hamish McGregor."

„Ja." Kitty nickte. „Das hier war sein Haus, nicht wahr?"

„Stimmt, und dieser Mann war für seine Brutalität berüchtigt."

„Alle Zinseintreiber sind es", warf Kitty ein. „Papa sagte immer, wenn Irland je die Unabhängigkeit erringt, werden sie die Herrschaft übernehmen."

„Rede nicht solchen Unsinn, Kitty." Sie schwiegen, bis Leonard seine gute Laune wiedergefunden hatte und sich eine Pfeife anzündete. „Die Geschichte geht so", fuhr er fort. „Eines Tages arbeitete Margaret Farrelly auf dem Feld, als Hamish McGregor – der tolle Hamish, wie ihn die Leute nannten – mit Master Stratton und dessen Freunden vorbeiritt. Der Gutsbesitzer hatte die Männer aus London mitgebracht. In jenen Tagen war der Junker selten zu Hause, verstehst du, Kitty – sofern man den Sitz Tubbercullen überhaupt als sein Zuhause bezeichnen kann, da er wahrscheinlich weitere Häuser in Dublin und London besaß. Der tolle Hamish blieb am Ort, um das Gut zu verwalten, und das tat er zur vollen Zufriedenheit – wenigstens seines Arbeitgebers. Der Zins wurde nahezu immer pünktlich gezahlt, denn wenn ein

Pächter säumig war – bedingt durch Krankheit, eine Mißernte oder was immer, deckte ihm Hamish das Dach über dem Kopf ab und setzte den Unglücklichen und seine Familie auf die Straße." Leonard machte eine Pause und zog an der Pfeife, wobei er paffende Geräusche hervorbrachte. „Erschwerend für die Pächter kam hinzu, daß Hamish jeden beliebigen Zins erheben konnte. Er brauchte die Höhe der Summe lediglich im Pachtverzeichnis auszuweisen. Der Mehrbetrag wanderte in seine Tasche. Die meisten Gutsverwalter verfuhren damals so."

Kitty kannte dieses traurige Kapitel der irischen Geschichte, aber um Leonard zu ermutern, schüttelte sie den Kopf und stieß entrüstet die Luft durch die Nase aus. „Verkommenes Schwein", murmelte sie und versuchte sich den Verwalter in ihrem Wohnzimmer vorzustellen.

„Na, jedenfalls", fuhr Leonard fort, „an jenem bewußten Tag war Herr Stratton ausnahmsweise mal zu Hause. Er hatte beschlossen, seine Ländereien zu inspizieren und seine Freunde zu belustigen, indem er ihnen vorführte, wie wunderlich die Einheimischen waren. McGregor zügelte sein Pferd und rief Mrs. Farrelly an, die zu ihm kam, um Rede und Antwort zu stehen. Da fiel dem Verwalter ein, daß sie einen Sohn hatte. Warum er ihr nicht bei der Feldarbeit helfe, wollte er wissen. Sie war eine sehr einfältige Frau und erwiderte törichterweise: ‚Der Bursche? Das ist der größte Nichtsnutz, den eine arme Mutter je durchgepäppelt hat. Als ob es dem einfällt, einen Finger krummzumachen'. So oder ähnlich muß sie gesprochen haben."

Kitty fand es amüsant, wie Leonard versuchte, Mrs. Finnertys Großmutter zu imitieren. Sie sollte ihn öfter veranlassen, Geschichten zu erzählen.

Leonard sah, daß sie sich freute, und das schien ihn anzuspornen. „Hol mir den Schuft her! befahl Master Stratton, und sein Verwalter ritt davon und kehrte mit dem jungen Mann zurück. Inzwischen hatten einige Herren der Gruppe den Wunsch geäußert, einmal einen Paddy, also einen Iren, hängen zu sehen. Als McGregor den Jungen brachte, wurde er daher angewiesen, ihn aufzuknüpfen, weil er eine Plage für seine Mutter sei. Und so geschah es. Der Verwalter besorgte einen Strick, und mit Hilfe der anwesenden Männer hängte er den unglücklichen Burschen an einer Buche auf. Der Baum ist längst gefällt, Kitty, aber der Stumpf soll sich in der Nähe von Mrs. Finnertys Haus befinden. Und die ganze Zeit weinte die arme Mutter und schrie und flehte auf Knien um Gnade, und ihre beiden Töchter, die Kartoffeln gelesen hatten, standen wie versteinert da. Die Leute hörten den Tumult, eilten herbei und wurden Zeuge, wie die Mutter unter der baumelnden Leiche ihres Sohnes kniete, einen seltsamen irischen Singsang anstimmte und mit ausgestreckter Hand auf Squire Stratton deutete. Die Überlieferung will es, daß die Laute das Blut in den Adern erstarren ließ. Ein Wunder gewesen wäre es nicht, meine ich, denn sie verfluchte Master Stratton und seine Nachkommenschaft bis ins letzte Glied." Leonard zog die Augenbrauen hoch. „Aber natürlich hört man Geschichten dieser Art im ganzen Land. Sie existieren in verschiedenen Varianten, und man darf ihren Wahrheitsgehalt nicht überbewerten. Die Hinrichtungsszene ist vielleicht authentisch, aber die Mutter, das arme Geschöpf, war hilflos, außerstande, sich für das Unrecht zu rächen. Daran konnte alles Kreischen und Schwadronieren auf irisch oder englisch nichts ändern."

Kitty schwieg. Nach einer Weile sagte sie: „Er hat mir erzählt, sein Großvater und sein Vater seien auf schreckliche Weise umgekommen?"

Leonard gähnte. „Ja, das habe ich auch gehört. Der Großvater wurde von seinen Hunden getötet, aber so ist es schon manchem armen Narren ergangen, und was den Vater betrifft – das muß ein Unfall gewesen sein. Er war meistens betrunken."

„Was ist passiert?"

„Das weiß niemand genau. Er ritt aus und war verschwunden. Das Pferd kam ohne ihn zurück. Einige Einheimische meinen, die Feen hätten ihn geholt. Wahrscheinlich ist er in ein Sumpfloch gefallen." Er stand auf. „Ich muß einmal nachsehen, ob Dinny mit dem Melken begonnen hat." Die Tür schloß sich hinter ihm.

Kitty warf Torf in die Flammen, ließ sich auf der Couch nach hinten rollen und starrte nachdenklich zur Decke hoch.

Kapitel 14

Am Abend ging Eileen mechanisch ihren Pflichten nach. Jedes Wort, das Mrs. Finnerty gesagt hatte, brannte in ihrem Gedächtnis. Sie war jetzt entschlossen zu handeln, ohne das Gefühl zu haben, eine Sünde zu begehen oder Unrecht zu tun; nur zu scheitern fürchtete sie. Hatte sie nun der alten Frau diese Lösung vorgeschlagen, oder war es umgekehrt gewesen?

Was ihr ernsthaft Sorgen bereitete, war die Aussicht, tatsächlich schwanger zu sein. Es würde viele Probleme heraufbeschwören. Doch abtreiben? Was konnte das Kind dafür? Aber wenn sie ein Baby bekam, war ihr Leben ruiniert. Man würde sie entlassen, und niemand würde ihr wieder eine Stelle anbieten.

Ihr Haß für diesen Braunen war abgrundtief; er festigte ihre Entschlossenheit, ihn umzubringen. Sie hätte dieses schreckliche Vorhaben nicht in die rechten Worte kleiden können. Die Tat war einfach nötig, damit sie ihre Würde bewahrte und ihr Leben sauber blieb. Bis ans Ende ihrer Tage wäre sie ein Nichts. Sie hatte keinem Menschen etwas zuleide getan; sie verdiente es nicht, diesen Weg zu gehen, auf den er sie so grausam gestoßen hatte, aber sie würde keine Affekthandlung begehen, sondern ähnlich empfinden, als wenn sie einem Hühnchen den Hals umdrehte, falls man dies von ihr verlangte. Sie befühlte das kleine Päckchen in ihrer Tasche und staunte darüber, daß sie so ruhig war. Der Gedanke streifte sie, die alte Frau könne ihr ein Schnippchen geschlagen, statt eines tötlich wirkenden Gifts ein harmloses Abführmittel gegeben haben, doch diese Zweifel zerstreuten sich schnell; sie war bald absolut sicher, den Tod in der Tasche zu tragen. Diese kalte Gewißheit spürte sie im Grunde ihres Herzens.

Leonard besuchte Tommy an diesem Abend. Sonntags wurde es immer schwieriger, ihm unauffällig etwas zu essen zu bringen. Die Braunen schickten häufiger Patrouillen aus.

Wochentags war es einfach. Da nahm er die Verpflegung morgens zur Schule mit und versteckte sie im Schrank. Trotzdem begrüßte er es, daß Tommy demnächst an einen anderen Ort gebracht werden sollte. Er hoffte nur, daß Kieran Moore über die Bewegungen des Feindes genau informiert war.

Es ging Tommy besser, aber er war geschwächt – durch die erzwungene Bewegungsarmut nicht minder als durch die Wunde und den Blutverlust. Er brannte stets darauf Neues zu erfahren, und las sämtliche Zeitungen, die ihm Leonard gab – was er nie getan hätte, wenn er nicht eingesperrt gewesen wäre. Er hatte eine kleine Laterne, aber Leonard riet ihm ab, sie nachts zu benutzen, damit kein verräterischer Lichtschimmer durch eine Ritze im Ziegeldach nach draußen drang. Leonard bemerkte, wie sich seine Miene aufhellte, als er erwähnte, daß ihm Kieran Moore eine Mitteilung geschickt hatte. „Du wirst demnächst behaglich in einem richtigen Bett liegen!"

„Ich träume von nichts anderem mehr als von Tageslicht und sauberen Laken", erklärte Tommy.

„Du wirst eine große Menge zu sehen kriegen. Man wird dich bald hierhin, bald dorthin verlegen, so daß du jeweils nur wenige Tage unter demselben Dach verbringst."

Leonard kam bei Anbruch der Dunkelheit zu Hause an. Er schloß den Hund ein, öffnete die Hintertür und stieß auf Eileen, die in der Küche bügelte.

Als er eintrat, setzt sie die Plätte ab und ging in die Speisekammer, um Milch und Vollkornkeks zu holen.

„So spät noch bei der Arbeit, Eileen? Kann das nicht bis morgen warten?"

„In der Frühe ist das Feuer zu schwach, Sir, und ich will die Betten beziehen."

Leonard verspeiste seine Keks und spülte mit Milch nach. „Übrigens, Eileen, ich hoffe, du hast Mrs. Delaney nicht erzählt, was hier passiert ist, als sie in Dublin war? Wir wollen ihr keine Angst machen, weißt du."

„Nein, Sir, ich habe nie darüber gesprochen."

„Bist ein gutes Mädchen, Eileen. Ich wußte, daß man dir vertrauen kann. Und auch über Tommy kein Wort – außer daß er auf die Farm seines Onkels gezogen ist. Verstehst du?"

„Natürlich, Sir."

Leonard legte einen Florin auf den Tisch. „Eine Kleinigkeit für deine Sparbüchse."

„Oh, danke, Sir."

„Gute Nacht, Eileen."

„Gute Nacht, Sir."

Leonard trottete nach oben und stellte fest, daß Kitty schon schlief. Das enttäuschte ihn. Er war nicht besonders leise beim Ausziehen, aber als die Geräusche, die er machte, ihre Wirkung verfehlten, gab er auf. Er trat ans Fenster und spähte hinaus. Wie er wußte, kamen die Braunen oft im Dunkeln vorbei. Deshalb war er neuerdings stets bemüht, mit Beginn der Sperrzeit zu Hause zu sein.

Er machte sich Gedanken über Pątch. Wie mochte es ihm ergehen? Wenigstens lebte er noch; das war ein Glück. Wenn sie ihn nicht gefunden hätten, wäre er im Graben vielleicht verblutet. Bis jetzt schien er den Mund gehalten zu haben. Das Hauptquartier hatte seine Spione in Mountjoy. Allem Anschein nach war er ohne Erfolg verhört worden. Leonard wußte jedoch, daß er dem Jungen niemals hätte gestatten dürfen, an dem Unternehmen teilzunehmen. Mit achtzehn war man für den aktiven Kampf zu jung, und in diesem Alter hatte man zu viel Ideale, als daß man die erforderliche Vorsicht walten ließ.

In der Küche arbeitete Eileen noch immer. Unter dem Bügeleisen glätteten sich die Bettlaken. Sie hatte gehört, wie der Master durch die Diele getapst war, die Tür verriegelt hatte, oben auf die quietschende letzte Stufe getreten war. Sie war in die Diele gegangen, hatte gelauscht, das Licht über den Treppenabsatz huschen sehen, dann den Schein, der aus dem Schlafzimmer auf die Wand fiel, bis die Tür geschlossen wurde und es dunkel war.

Sie arbeitete, und die Spannung legte sich auf den Magen. Manchmal blickte sie nervös zum Fenster hin, froh, daß das Rollo heruntergelassen war.

Als die Bezüge und Laken gebügelt und zusammengelegt waren, bildeten sie einen hübschen Stapel. Am nächsten Tag konnten die Betten frisch bezogen werden. Sie stellte die

Plätte zum Abkühlen auf den Vorsprung und schob den Porridge für das Frühstück nach hinten. Dann drosselte sie das Feuer.

Sie lauschte. Oben war es völlig still. Sie öffnete die Tür zur Diele, wartete einen Moment, und als sie nichts hörte, zog sie die Schuhe aus. Auf Zehen betrat sie das Eßzimmer, in das von der Durchreiche her Licht drang.

Sie hatte sich davon überzeugt, daß die Türen des Büfetts unverschlossen waren. Die geschnitzten Eichenholzgesichter des Reliefs schauten ihrem verwerflichen Tun mißbilligend zu. Ihr Herz klopfte so laut, daß sie fürchtete, es könnte oben zu hören sein.

Sie holte den Whisky heraus, hielt ihn gegen das Licht, überzeugte sich, daß die Flasche voll und ungeöffnet war. Es widerstrebte ihr, sie anzubrechen, doch eine zweite war nicht vorhanden. So ging sie damit in die Küche, nahm einen Korkenzieher zur Hand, eine Steinguttasse und einen Löffel und zog sich in ihr Zimmer zurück. Sie stellte den Stuhl vor die Tür. Dann setzte sie sich unter dem Fenster auf den Fußboden und zündete die Kerze an.

Zuerst zog sie Mrs. Finnertys Päckchen aus der Tasche und schüttete das Pulver in die Tasse. Danach mühte sie sich mit dem Korken ab, bis er – stark beschädigt – endlich herauskam. Schließlich füllte sie die Tasse mit Whisky und rührte sorgfältig um. Nachdem dies getan war, blies sie die Kerze aus, kleidete sich um, stellte die Tasse auf den Nachttisch, setzte sich auf den Bettrand und wartete.

Die Uhr in der Halle verkündete Mitternacht. „Ding-dong-deron ... Bong ... Bong ...“ Zwölf Schläge. Sie zählte jeden mit, wollte, daß er käme und sie die Sache hinter sich bringen könnte. Wie sollte sie dem Master erklären, warum die Flasche geöffnet war? Sie wünschte sich nach St. Bride's zurück. Kathleen müßte wieder neben ihr schlafen und Nuala Dooley – zwei Betten weiter – mit den Zähnen knirschen. Sie hatte sie dafür gehaßt; jetzt wäre es Musik in ihren Ohren, denn es würde bedeuten, daß sie sicher war und alles nur ein böser Traum.

Im Zimmer stank es nach Whisky. Was sollte sie machen, wenn er nicht kam? Sie konnte die Tasse nicht einfach auskippen, dazu war das Zeug zu gefährlich.

Doch dann klopfte es an die Scheibe.

Alles erstarrte in diesem Augenblick, als wäre die Zeit zu Eis geworden und hätte Eileen in sich eingeschlossen. Das Klopfen wiederholte sich gebieterisch. Sie zwang sich, die Vorhänge aufzuziehen.

Er grinste wie gewöhnlich und wirkte ziemlich betrunken. Soweit sie feststellen konnte, war er allein. Mit zitternden Fingern entriegelte sie das Fenster, und er schob es hoch. Der Alkoholgeruch seines Atems war stärker als der im Zimmer. Er schlug klatschend gegen die Gitterstäbe. „Komm, Schatzi, mach die verdammte Tür auf. Ich bin kein Zauberkünstler wie der verdammte Houdini." Er rülpste.

Eine Wolke von Zwiebel- und Alkoholgeruch hüllte Eileen ein. Sie legte den Zeigefinger auf die Lippen. „Sei nicht so laut", zischte sie.

„Vor deinem Herrn sind wir sicher. Der hat selber was vor. Öffne die verdammte Tür."

„Das geht nicht", log Eileen, „der Master hat den Schlüssel."

„Du neckische, kleine Hündin . . . Ich werde sie verdammt schnell aufbrechen."

„Dann hole ich den Herrn", warnte ihn Eileen und fühlte, wie ihr der Schweiß aus allen Poren brach.

„Und ich lege den Scheißkerl um. Dann machst du wenigstens, was man dir sagt – du und diese seine Puppe auch."

Eileen überlegte, welche Wahl sie hatte. Die Sache lief nicht nach Plan ab. Er war betrunken wie ein Stinktier und zu allem fähig. Die Herrin wäre nicht sicher vor ihm, und den Herrn würde er töten. Es gab nichts, was ihn aufhalten könnte. „Warte", flüsterte sie. Ihre Stimme schwankte. „Ich komme raus zu dir. Un' hier hab ich noch was für dich. Einen kleinen Tropfen Whisky." Sie ergriff die Tasse und reichte sie ihm durch die Stäbe.

Er roch daran, sah zu ihr hoch. „Wo's die Flasche?"

„Die ist leer", sagte Eileen verzweifelt. „Das ist alles, was übrig ist."

Er nippte. Dann stürzte er den Rest in zwei Schlucken hinter. „Kommst du also raus?" fragte er grinsend. „Oder muß ich reinkommen, um dich zu holen?"

„Ich komme, ich komme", murmelte sie, zog den Mantel

über das Nachthemd und wischte die Angsttränen weg.

Auf dem Hof torkelte er ihr in der Finsternis entgegen. Wie lange das Zeug braucht, um zu wirken, dachte sie; halb und halb hatte sie erwartet, ihn vor ihrem Fenster zusammenbrechen zu sehen. Doch die Dosis schien seinen Zustand überhaupt nicht verschlimmert zu haben. Nun mußte sie ihn gewähren lassen. Sie war nicht so stark, daß sie ihn mit bloßen Händen hätte umbringen können. An das Tranchiermesser in der Speisekammer dachte sie und daran, wo sie zustechen sollte, aber wenn er nicht auf der Stelle tot war, würde er das Messer gegen sie gebrauchen.

Plötzlich klapperte es laut. Er war über einen umgekippten Eimer gestolpert. Der eingesperrte Punch kläffte und scharrte an der Tür des Außengebäudes. Der Mann stürzte sich fluchend auf Eileen und drückte sie gegen die Wand. Er öffnete seinen Hosenschlitz, zog ihr Nachthemd bis zur Taille hoch und versuchte in sie einzudringen, doch seinem Organismus war an diesem Tag zu übel mitgespielt worden. „Scheißgerstensaft", murmelte er und gab auf. „Ich nehm dich eben nächste Nacht, und werde dir den Arsch abschrauben."

Er schwankte zum Tor hin, und Eileen floh in die Küche und verschloß die Tür.

Leonard erschien, mit dem Morgenrock bekleidet, eine Kerze in der Hand. „Ist alles in Ordnung?" Sein Blick wanderte von ihrem Gesicht zu dem Schlüssel in ihrer Hand hin.

„Ich habe bloß nachgesehen, ob abgeschlossen ist", erklärte sie mit unsteter Stimme, „weil Punch so laut bellte."

„Natürlich ist abgeschlossen. Das habe ich eigenhändig besorgt. Hast du draußen jemand gehört?"

„Ich weiß nicht ..." Eileen brach in Tränen aus.

Leonard nahm ihr den Schlüssel aus der Hand und wunderte sich, wie einfältig sie war. Um sich zu vergewissern, ob die Tür verschlossen war, hätte sie nur den Riegel anzuheben brauchen. „Leg dich wieder hin", sagte er nicht unfreundlich. „Du hast keinen Grund, dich zu ängstigen. In deinem Bett bist du sicher." Er ging nach oben und stellte enttäuscht fest, daß Kitty noch schlief.

Der Sergeant fand den Weg in die Kaserne zurück und suchte sein Feldbett auf. Ich bin voll wie eine Haubitze, sagte er sich. Er lag da und sank in einen tiefen Schlaf, aus dem er nach wenigen Minuten schwitzend und bestürzt erwachte. Sein Herz hämmerte, eine unerklärliche Angst überkam ihn. Dann legte sich die Panik, und er schlief wieder ein. Kurze Zeit später fuhr er erschrocken hoch, sein Herz dröhnte. Und dann sah er den riesigen Mann in Schwarz, der sich über ihn beugte. Es war ein Mann mit glühenden Augen, die ihn spöttisch und allwissend anblickten. Da schrie er entsetzt auf. Der Mann verschwand, und die nackten weißen Wände rückten aufeinander zu, drückten ihn zusammen, bis er glaubte, daß sein Brustkorb platzen müsse. Einige seiner Kameraden gingen zu ihm. Er versuchte zu sprechen, um Hilfe zu bitten, aber sie trieben durch die Luft ab. „Laß ihn seinen Rausch ausschlafen", hörte er undeutlich, „Sarge is' sternhagelvoll", und widerhallendes Gelächter.

Die Wände bogen sich nach außen, blähten sich auf wie ein Ballon, aber der Druck, in der Brust blieb. Er erwartete, daß die Wände bersten würden, doch nur ein Loch tat sich auf. Gestalten kamen herein und wurden durch das Loch nach draußen gesaugt. Er war nicht einfach betrunken. Etwas Gräßliches geschah. Er war in der Hölle. Wieder drangen die Wände auf ihn ein. Es mußte der Schnaps gewesen sein – sie hatte etwas hineingetan – die Hündin – hatte den Drink vergiftet; er starb . . .

„Es war der Drink!" brüllte er und schlug um sich, damit ihn die Wände nicht zerquetschten.

„Da hast du verdammt recht, Sam!" Irgendwer lachte. „Er sieht weiße Mäuse!"

Der Mann in Schwarz war wieder da. Der Sergeant zeigte auf ihn, aber kein Wort drang ihm über die Lippen.

„Also was soll das alles heißen?" fragte jemand. Es war die Stimme des Captain, doch der war zu einem Zweig zusammengeschrumpft und nickte dem großen Mann in Schwarz zu.

Für einen Augenblick fand der Sergeant die Sprache wieder. „Die Hündin!" rief er aus. „Es war die Hündin!"

„Um Gottes willen, ernüchtern Sie sich, Mann", sagte der Zwerg und wurde durch das Loch gesaugt. Der große Mann in Schwarz saß am Fußende des Bettes und lachte. Er hatte keine Zähne, nur eine lange vorschnellende Zunge wie eine Schlange. Der Sergeant warf wilde Blicke um sich. Er war allein mit dem Mann. Ein Schrei wollte aufsteigen und blieb in der Brust stecken. Es schmerzte furchtbar und drohte das Herz zu sprengen. Er wollte sein Herz umfassen, damit es nicht platzte, aber er konnte es nicht in die Hände nehmen. Der große Mann lächelte sein schreckliches Lächeln und wartete.

Kapitel 15

Kitty fuhr mit dem Rad zu Jeremy. Die Masern hatte er überstanden, aber er war noch nicht völlig der alte, ermüdete rasch und wurde leicht ungeduldig.

Mrs. Devine öffnete, nachdem Kitty geläutet hatte. Sie führte die Besucherin zur Bücherei. „Mrs. Delaney ist hier, Sir."

Paul erhob sich, als Kitty eintrat. Sie sah, wie seine Augen erfreut aufblitzten, bevor er sich wieder ganz mit der üblichen undurchdringlichen Miene maskierte. Sie war ihm nicht gleichgültig, das bildete sie sich nicht nur ein, so erfinderisch war sie nicht. Doch wie sollte sie seine Gefühle interpretieren? Es wäre gefährlich, Vermutungen anzustellen, die sich auf eigene Rechnungen stützten.

Sie reichte Mrs. Devine eine Keksdose, die mit Gebäck für Jeremy gefüllt war. „Ich dachte, die Plätzchen könnten ihm gefallen."

Die Haushälterin hob den Deckel an. „Ich bin sicher, daß er sich darüber freuen wird, Madam." Sie entfernte sich, und ihre Schritte hallten auf den Fliesen nach.

„Jeremy macht gerade ein Nickerchen", sagte Paul. „Kommen Sie, wir gehen in den Garten."

Er öffnete den Schiebeteil des großen Fensters und die beiden Türen darunter, und sie traten auf die Terrasse an der Seite des Hauses hinaus. Steinstufen, von Balustraden gesäumt, führten in den tiefer gelegenen Garten, und oben flankierten zwei große Urnen wie Wachtposten die Treppe.

Sie passierten eine schlecht verschnittene Ligusterhecke, ein dichtes Gebüsch, beschritten eine Lorbeerpromenade, die sich in ziemlich schlimmem Zustand befand, gingen an einigen verwitterten Steinnympfen vorbei und hatten den Waldrand erreicht. Ganz in der Nähe verlief der Weg zum Bahnhof.

„An dem Tag, als Sie vom Fahrrad stürzten, Kitty, spazierten Jeremy und ich hundert Meter von hier umher. Wir hörten Sie kreischen."

„Ich habe in meinem Leben noch nie gekreischt", wandte Kitty ein.

„Im Gegenteil, einen gewaltigen gellenden Schrei stießen Sie aus, wie Mrs. Devine sagen würde."

Kitty protestierte lachend. „Das klingt ja richtig würdelos."

Paul sah sie ernst an. „Ach nein, Sie sind die Würde in Person, meine Kitty." Dann fuhr er fort: „Es gibt etwas, was ich Ihnen zeigen möchte – ein Stückchen weiter."

Kitty folgte schweigend. Was könnte er ihr zeigen wollen? Einem anderen Mann hätte sie vielleicht unlautere Motive unterstellt, aber in diesem Fall war sie überglücklich. „Meine Kitty", hatte er gesagt. „Meine Kitty!"

Sie drangen in den Wald vor. Reisig knackte unter ihren Füßen. Ein Kaninchen verschwand im Unterholz; hell leuchtete die weiße Blume. Es raschelte und rauschte überall und roch nach Harz.

Kitty drehte sich um. Die Lorbeerpromenade war nicht mehr zu sehen. „Wo sind wir?" fragte sie.

„Nicht weit. Wir sind fast parallel zum Haus gelaufen." Er blickte sie forschend an. „Rechts von Ihnen befindet sich ein Brunnen, der nicht mehr genutzt wird."

Kitty schaute hin und sah nur einen Reisighaufen.

Paul stieß ihn mit dem Fuß zur Seite und entblößte einen schweren Holzdeckel, der die Brunnenöffnung verschloß. „Sind Sie schon einmal hier gewesen, Kitty?"

Kitty wunderte sich, warum er sie so scharf musterte. „Nein – natürlich nicht", antwortete sie.

„In diesem Fall werden Sie nicht wissen, daß dieser Brunnen als Arsenal dient?"

Kitty runzelte die Stirn. „Was in aller Welt denken Sie von mir, Paul – daß ich eine Revolution vorbereite?"

„Wie?"

Es war das erste Mal, daß sie ihn völlig sprachlos sah. „Ich fürchte, ich kann Ihnen nicht folgen, Paul", fuhr sie fort. „Hatten Sie angenommen, daß ich etwas von diesem Waffenlager wußte?"

„Nein – natürlich nicht. Ich wollte mich nur vergewissern. Jedoch habe ich Veranlassung zu glauben, daß Ihr Mann davon weiß – daß er es sogar angelegt hat."

Kitty fixierte ihn zornig. Sollte das ein Scherz sein? Doch sein Blick war ernst und seine Miene hart.

„Es ist natürlich ein Waffenlager von Terroristen", fügte er hinzu.

Kitty lehnte sich gegen einen Stamm zurück. „Und Leonard hat es angelegt?" sagte sie halb zu sich selbst. So manches ergab allmählich einen Sinn. Daß Leonard selten zu Hause war, daß er aus der Rolle gefallen war, als sie den Hinterhalt verurteilt hatte, daß er spätabends noch Besuch empfing . . . Leonard steckte bis zu den Ohren in der Sache drin. Und sie hatte ihm jedes Wort geglaubt, alle Erklärungen ohne zu fragen hingenommen. Alle! Wie mit einem Kind war er mit ihr umgesprungen. Sie hatte ihm vertraut, doch er hatte sie getäuscht. „Was gedenken Sie zu tun?" flüsterte sie.

„Ich weiß es nicht. Ich würde die Sache der Polizei melden – wenn wir eine Polizeibehörde hätten. Wie die Dinge liegen, würde ich diesem Pöbel, der sich als Gesetzeshüter aufspielt, nicht einmal den Kaiser anzeigen, geschweige denn Ihren Gatten."

„Er hat es mir nie erzählt – nie ein Wort. Aber ich hätte es wissen müssen. Ich bin so ein Dummkopf!" Die Wut trieb ihr Tränen in die Augen. Sie liefen ihr über die Wangen, und sie wischte sie mit dem Handrücken fort.

Da berührte er sie an der Schulter, sah zu ihr herab.

„Warum küssen Sie mich nicht?" fragte sie zornig. „Ich weiß, daß Sie es wollen."

Er bettete ihren Kopf behutsam zwischen seine Hände und küßte sie stürmisch und fordernd. Die Knie wurden ihr weich. Neugierig ließ sie ihrer Leidenschaft freien Lauf, prallte aber zurück, als er mit der Zunge ihren Mund abzutasten begann. Er ließ sie sofort los. Glühend vor Scham und Erregung stand sie vor ihm.

„Von dem Mann erwartet man, daß er sich entschuldigt", sagte er sanft, „aber ich bin nicht der Mann." Er ergriff ihre Hand. „Ich liebe dich, meine Kitty, und ich glaube, du liebst mich auch."

Kitty antwortete nicht. Sie wandte das Gesicht ab und versuchte ihm die Hand zu entziehen, doch er hielt sie fest.

„Ich hätte das nicht sagen sollen, Paul", meinte sie leise. „Ich weiß nicht, was über mich gekommen ist."

„Kitty . . . Du kannst nicht wollen, daß dies alles ist – für immer?" flüsterte er. „Du bist ein Teil von mir, meine schöne irische Rose."

„In den Wäldern von Tubbercullen mag ich vielleicht deine schöne irische Rose sein", entgegnete Kitty leicht säuerlich. „Aber was wäre ich in Mayfair?"

Er sah sie eine Weile schweigend an, ließ ihre Hand los. „Ich verstehe", sagte er ernst. „Bei deiner nächsten Einladung, dich zu küssen, werde ich daran denken."

Sie richtete den Blick zu ihm hoch, und sie platzten beide los.

„Komm, trinken wir eine Tasse Tee", sagte Paul. „Jeremy wird inzwischen auf sein."

„Was soll damit werden?" fragte sie, indem sie auf den Brunnen zeigte.

„Mach dir deswegen keine Sorgen. Der wird morgen leer sein. Ich habe es einigen Freunden gesagt, die guten Grund haben, diese Art von Landesverrat zu fürchten."

„Unionisten?"

„Ja, Kitty. Auch wir Protestanten haben eine Tradition. Sie unterscheidet sich von eurer, ist aber genauso gewichtig, genauso irisch."

Auf einem ehemaligen Reitweg gingen sie zum Haus zurück. Kitty sah Wasser durch die Bäume schimmern, und nach einigen Schritten erblickte sie einen kleinen, schattigen See mit Binsen und Wasserlilien, eine einsame Stätte. Das Bootshaus am gegenüberliegenden Ufer war halb verfallen.

„Ist es ein künstlich angelegter See?" fragte sie.

Paul zögerte mit der Antwort. „Ja", sagte er dann einfach, nahm ihren Arm und steuerte sie fort.

Als sie zurückkehrten, war Jeremy tatsächlich aufgestanden. Er kam im Schlafanzug die Treppe herab und stürzte Kitty entgegen.

„Du wirst dich erkälten", sagte sie streng. „Willst du dir noch einmal die Masern holen?"

„Die kann ich nicht wieder kriegen. Onkel hat es mir erklärt. Wenn mich die Erreger angreifen, habe ich Abwehrkräfte."

„Nun gut, aber eine Lungenentzündung könntest du dir trotzdem zuziehen."

„Er braucht einen Morgenrock", sagte Paul und ging nach oben, wo sich das wollene Kleidungsstück befand. Er hüllte den Jungen ein und setzte ihn auf seine Knie. Jeremy schlang dem Onkel beide Arme um den Hals und kuschelte sich an seine Schulter. Als Mrs. Devine den Tee brachte, schaute sie mit einem besonderen Gesichtsausdruck von Paul zu Kitty und von ihr zu Jeremy.

Sie lehnt mich ab, konstatierte Kitty. Was sie wohl denken würde, wenn sie die Episode im Wald beobachtet hätte? Sie errötete und wich den Blicken der Haushälterin aus. Doch es gefiel ihr, daß einige der Plätzchen, die sie mitgebracht hatte, zum Tee gereicht wurden. Jeremy verspeiste eins und bat um ein zweites.

„Haben Sie die selbst gebacken, Kitty?" fragte Paul. „Sie sind sehr gut."

„Ja", log Kitty. Sie waren Eileens Werk, aber sie schmeckten vorzüglich.

Sie bemerkte, daß er zu dem großen Bild hinsah und es nachdenklich betrachtete. Er reichte ihr den Teller mit dem Gebäck, und sie nahm sich ein Plätzchen.

„Was ist das für ein Foto, Paul?"

Er schien zu erschrecken. „Welches Foto?"

„Das auf dem Kaminsims – mit dem breiten Rahmen."

„Das ist meine Schwester. Die Aufnahme wurde vor vielen Jahren gemacht." Seine Stimme klang ausdruckslos.

„Und der Herr mit dem Backenbart? Ist das Ihr Vater?"

„Nein."

„Ich wußte nicht, daß Sie eine Schwester haben."

Paul lächelte höflich, entgegnete aber nichts. Kitty fühlte sich brüskiert und war verletzt. Sie erhob sich, um zu gehen.

Paul setzte Jeremy in den Sessel. „Ich bringe Kitty hinaus. Bleib solange dort."

Jeremy verabschiedete sich. „Wiedersehen, Kitty. Kommen Sie morgen wieder?"

„Wenn ich kann."

In der Diele sagte Paul: „Ist es recht, daß ich Grimes anspannen lasse? Er könnte auch das Fahrrad mitnehmen."

„Auf keinen Fall", antwortete Kitty. „Die Bewegung tut mir

gut.“ An der Tür drehte sie sich um und fand wieder den Ausdruck nackter Betroffenheit in seinen Augen.

„Du bist ihr sogar sehr ähnlich“, flüsterte er. „Andere Haarfarbe – aber dein Mienenspiel, deine Gestik, deine Anmut . . .“

„Magst deine Schwester? Wirklich?“

„Sie ist natürlich Jeremys Mutter“, sagte er seltsam gepreßt und beobachtete aufmerksam ihr Gesicht.

Kitty verriet ihm nicht, wie überrascht sie war. Instinktiv fühlte sie, daß sie ihn auf immer verlieren würde, wenn sie den geringsten Schock zeigte. Sie nickte und wartete darauf, daß er weitersprach.

„Als wir sehr jung waren, hatten wir einen Hauslehrer. Sie verliebten sich. Sie hat ihn geliebt – sehr geliebt.“

Kitty lächelte. „Und Jeremy ist prächtig geraten.“

„Ja.“ Sie sah ihm an, daß er wieder gelöst war. „Wenn dein Mann diese wahnsinnige Tätigkeit fortsetzt, kann er dich noch großer Gefahr aussetzen, Kitty“, sagte er in verändertem Ton. „Denk daran, daß ich da bin und tun werde, was ich kann.“

„Danke, Paul.“

In einem Strudel von Gefühlen fuhr sie nach Hause.

Bevor Eileen die Flasche ins Büfett zurückbrachte, backte sie einen Obstkuchen, dem sie ein wenig Whisky zusetzte. Der Master war auf die letzte Nacht nicht wieder zu sprechen gekommen, und sie hoffte, daß er nichts merken würde.

Jeder Nerv zitterte. Mrs. Mooney kam, um bei der Wäsche zu helfen, und fragte sie, ob es ihr gut gehe, und sie sagte, ja, sie sei nur etwas erschöpft, und Mrs. Mooney flüsterte ihr zu, sich von Mrs. Delaney nicht so einspannen zu lassen, denn schließlich habe sie ja auch bloß zwei Hände.

Ihr stand die ganze Zeit vor Augen, wie sie dem Braunen den Wisky mit Mrs. Finnertys Pulver gegeben hatte. Ob das Zeug gewirkt hatte oder ob er in der Nacht wieder auftauchte – nüchtern? Und wenn es gewirkt hatte – würde sie dann verhaftet werden? Ach, sollten die Braunen sie doch festnehmen, sollten sie! Sie war froh, es getan zu haben; jetzt fühlte sie sich wieder als Mensch, nicht wie ein Wesen, das alles stillschweigend hinnimmt. Es drängte sie, zu Mrs. Finnerty zu laufen, ihr zu berichten. Nun, sie würde später gehen.

Ja, und wie stand es mit dem anderen Problem, mit der Angst, daß sie von diesem Braunen ein Kind erwartete? Auch darum würde sie sich kümmern müssen. Bei dem Gedanken an das Baby fühlte sie den gleichen Haß, wie wenn sie an seinen Vater dachte. Das Kind hatte keinen Anspruch auf ihren Körper, kein Recht darauf, über sie zu verfügen, sie zu mißbrauchen und zu zerstören, damit es leben könne.

Die Priester sagten, daß Abtreibung eine Todsünde sei. Vielleicht stimmte das. Doch wie verhielt es sich damit, daß man sich an ihr versündigt hatte? Freilich war es ja zugleich auch ihr Kind, was die Sache nur schlimmer machte. Es bedeutete, daß sich die Folgen des schrecklichen Unrechts, das man ihr angetan hatte, verewigen würden. Sie konnte das Kind nicht austragen, sie wollte es einfach nicht. Den Priestern gingen die Worte so leicht über die Lippen. Sie hatten gut reden, und dann – wie geringschätzig sie von den Frauen sprachen, als ob die überhaupt keine Menschen wären. Sie erinnerte sich, was Mrs. Finnerty über die Religion der Männer gesagt hatte, und das traf genau den Kern der Sache. Wirklich, man könnte glauben, daß eine Frau so etwas wie ein Hündchen wäre, zufrieden mit jedem Happen, der ihm zugeworfen wurde. Von den Frauen erwartete man, es den Männern recht zu machen, während die Männer tun konnten, was ihnen beliebte. Sie hatte dem Braunen nachgegeben, um ihn abzulenken, und jetzt war ihr Leben verpatzt, und Tommy würde sie nur noch verabscheuen. Das kam dabei heraus, wenn man es den Männern recht machte!

Trotz allem aber mußte sie viel an Tommy denken. Wenn der ganze Schlamassel vorbei war, würde er sie vielleicht eines Tages besuchen, wieder mit ihr lachen und scherzen, sie sogar küssen; vorher aber mußte sie das Kind loswerden. Nicht einmal Gott der Allmächtige hätte Seiner Mutter zugemutet, Ihn gegen ihren Willen in die Welt zu setzen. Von ihr aber erwartete man, daß sie nach den Worten handelte: Dein Wille geschehe . . . Natürlich war es möglich, daß sich die Priester auch das nur ausgedacht hatten.

Leonard kam in die Küche und half Eileen die schwere Wäscheleine herabzulassen. „Wo ist Mrs. Delaney?“

„Mit dem Rad zu Master Jeremy gefahren."
„Ist er denn noch krank?"
„Weiß nicht, Sir. Ich nehme es an."
Leonard zog die Wäscheleine an ihren Platz zurück und wickelte den Strick um den Haken in der Wand. „Eileen, du hast nicht eine Flasche Whisky aus dem Büfett geöffnet?"
Eileen wurde rot. „Ich habe ein paar Tropfen in den Kuchen getan, Sir."
Leonard betrachtete das ernste, rote Gesicht von ihr. Sein Schnurrbart sträubte sich. „Das war guter Whisky, Eileen — viel zu gut für Obstkuchen."
„Es war aber nur die eine Flasche da, Sir."
„Eben darum geht es. Ohne zu fragen hättest du dich nicht daran vergreifen dürfen." Er schlug mit der flachen Hand auf den Tisch.
Eileen fuhr zusammen und schien dem Weinen nahe zu sein.
Frauen! dachte Leonard. Eine kippt Fünfzehnjährigen in den Kuchen, die andere ist nie da, wenn sie gebraucht wird. Er wollte die Kontrollarbeiten seiner fünften und sechsten Klasse von Kitty durchsehen lassen. Immer scharwenzelt sie um dieses Kind herum. Zeit, daß sie ein eigenes hat.

Als Kitty zurückkam, ging sie in das Eßzimmer, wo Leonard die Hefte in Stapeln auf den Tisch gelegt hatte.
„Du hast dir reichlich Zeit gelassen", sagte er gereizt.
„Allerdings!"
Er sah sie scharf an. „Was soll das heißen?"
„Es soll heißen, daß ich mir reichlich Zeit gelassen habe", erwiderte Kitty ruhig. „Ich wußte nicht, daß du Schwierigkeiten mit der englischen Sprache hast."
Leonard machte den Mund auf und schloß ihn wieder. „Schlage gefälligst einen anderen Ton an, wenn du mit mir sprichst", sagte er rechthaberisch, ganz Schulmeister. „So etwas lasse ich mir nicht bieten."
„Ganz offen, Leonard, es ist mir gleichgültig, ob du dir so etwas bieten läßt oder nicht; aber wenn du mich noch einmal ohrfeigst, zeige ich es an."
Es lag ihr auf der Zunge, hinzuzufügen: Und dein Waffenlager in Paul Strattons Wäldern ebenfalls, aber sie besann

sich eines Besseren. Dieser Mann war unberechenbar. Er hatte sie belogen, sie hinters Licht geführt. Genausogut war er fähig, Paul umzubringen. Einer Gefahr ausgesetzt hatte er ihn schon mit seinem Arsenal.

Leonard saß kerzengerade da. Sein Gesicht war gerötet, und er starrte sie an. „Was sagst du da?"

„Du hast mich sehr wohl verstanden, Leonard."

„Ich habe nicht die Absicht, dich zu schlagen, Kitty", sagte er steif, offensichtlich bemüht, sich zu zügeln, „aber ich möchte dich darauf aufmerksam machen, daß die Gesetze des Königs in diesem Landesteil ihre Gültigkeit verloren haben. Bei wem, glaubst du denn, könntest du mich anzeigen?"

„Sei nicht so unverschämt", sagte Kitty kalt. „Du würdest dich also hinter Mördern verstecken – hinter Feiglingen, die auf ihre Opfer lauern." Sie gestikulierte heftig. „Die Freiheit Irlands ist keinen Pfifferling wert, wenn sie durch Lügen und Betrug errungen werden muß – durch den Verlust von Unschuldigen wie Patch Murray – und die Fingernägel seiner Großmutter – durch den Preis, den andere Menschen für deine Borniertheit zu zahlen haben!"

Er sprang auf und durchschritt das Zimmer, schnürte sich die Schuhe in der Küche zu und warf krachend die Tür hinter sich zu, als er das Haus verließ.

Eileen hielt den Atem an. Sie hatte die erregten Stimmen aus dem Eßzimmer gehört und betrachtete das Tablett, auf das sie das Geschirr stellte. Offenbar würde nur die Missus zu Hause sein. Da Kitty die Treppe hochging und nicht wieder herunterkam, folgte sie ihr schließlich und klopfte an. „Möchten Sie jetzt Ihren Tee haben, Ma'am?"

Kitty saß auf dem Bettrand und korrigierte zerstreut die eigenen Klassenarbeiten. Ihre Gedanken schweiften zu Leonard ab, zu der Szene, die sie gehabt hatten, kreisten um den Zorn, der in ihr kochte, und um Paul, vor allem um Paul. Sie erlebte noch einmal, wie er sie geküßt, ihr Gesicht zwischen die Hände genommen, wie seine Augen geblitzt hatten, als sie unverhofft bei ihm eingetreten war. Als Eileen klopfte, zuckte sie zusammen. „Nein, danke, Eileen, ich habe keinen Hunger. Ich werde mir später ein Sandwich machen."

Eileen zog sich zurück, und Kitty träumte weiter.

Wäre es so furchtbar schlimm, mit Paul zusammen zu

sein, einmal nur ihm ganz zu gehören? Der Gedanke daran nahm ihr den Atem. Wenige Minuten in all den Jahren ihres langen Lebens – wenige Minuten lang zu kosten, wonach sich ihr ganzes Wesen sehnte. Ihn zu besitzen – ein einziges Mal – würde ihr für immer genügen. Damit könnte sie sich ewig begnügen.

Warum jedoch, warum, warum fühlte sie so, wie sie es tat? Es war fast unerträglich. Als Kind hatte sie einmal mit einem Magnet gespielt, eine Stecknadel danebengelegt, die in bestimmtem Abstand ruhig blieb, näher herangerückt aber zu zittern begann und schwankte, bevor sie kapitulierte, sich der Anziehungskraft ergab. Ja, er war der Magnet und sie die Nadel. Sie wehrte sich, ehe sie unterlag, sträubte sich, bis ihr Widerstand erlahmte. Mehr konnte niemand von ihr erwarten.

Eileen band die Schürze ab und überquerte die Felder zu Mrs. Finnerty. Die alte Frau war dabei, Steingutgeschirr in einer schadhaften Emailleschüssel zu spülen. Eileen spürte den Blick der scharfen Augen und versuchte ihm auszuweichen.

„So! Es ist also vollbracht?"

„Ja", flüsterte Eileen.

„Ich glaube aber nicht, daß er schon hin ist. Morgen vielleicht."

Eileen ließ sich auf einen Stuhl sinken. „Ich habe ihn ermordet", hauchte sie.

Die Miene der Frau war undurchdringlich. „Du hast den Gegner kaltgemacht. Das tun sie alle. Nur nennen sie es Notwehr oder Krieg. Aber ich denke, heute nacht werden sie wieder zu euch kommen."

„Sie sind wie eine Hundemeute", murmelte Eileen, „oder wie ein Wolfsrudel."

„Tollwütige Hunde", sagte Mrs. Finnerty und fixierte Eileen von der Seite. Sie ging zum Schrank, um ein Fläschchen aus einem Schubfach zu holen. „Ich hab da so ein Zeug für dich gemacht. Falls du es haben willst . . ."

Eileen griff wortlos zu.

Leonard verbrachte den größten Teil des Abends bei Frank

Ledwith. Sie arbeiteten Karten des Gutes Stratton durch, und von jeder Parzelle, die an einen Pächter vergeben werden sollte, fertigten sie kleinere, mehr ins Detail gehende Karten an.

Ledwith war ein Mensch, der aus dem Rahmen fiel, einerseits Quaker und insofern quasi bessergestellt, andererseits jedoch ein verhältnismäßig kleiner Farmer, der nur etwa hundertfünfzig Acres besaß, eine bescheidene Fläche, verglichen mit den Tausenden, die den Strattons einst gehört hatten. Doch selbst eine Farm von diesem Ausmaß galt etwas in den Augen der Ortsansässigen, um so mehr, als Ledwith uneingeschränkter Eigentümer war.

Er war ein stämmiger, redegewandter Fünfundvierziger und hatte sich auf Leonards Betreiben hin bereit gefunden, bei der Aufteilung des Grundbesitzes als zweiter Treuhänder zu fungieren. Man kannte seine kompromißlose Ehrlichkeit und schätzte ihn deswegen hoch.

Die Karten anzufertigen stellte eine zeitraubende Tätigkeit dar, weil Leonard oder Frank Ledwith bei allen Pächtern vorsprechen mußten, um von jedem die Zustimmung zu der Karte und seinem Anteil einzuholen; manchmal bedeutete es, daß sie mehrere Karten neu zu zeichnen hatten, ehe sich zwei rivalisierende Bewerber darüber einig wurden, wer von ihnen ein Stück Bach oder Graben an der Grenze zwischen zwei Parzellen haben sollte. Ein Berg von Meßtischblättern und Zeichnungen türmte sich neben Federn und Flaschen mit Tusche. Power, der Anwalt, hatte gesagt, daß es eine Arbeit für einen Landmesser wäre, aber es fehlte an Geld, um einen zu bemühen. Die Leute würden es ohnedies schwer genug finden, die Kredite zurückzuzahlen, und sie erwarteten von Leonard, daß er ihre Interessen wahrnahm. Auch war Eile geboten; denn die Bank hatte das Geld für den Landerwerb zur Verfügung gestellt, und Zinsen wurden fällig.

Ledwith verschnürte einen Stapel Karten. „Fast die Hälfte. Morgen bringe ich diesen Packen zu Power. Er hat die Urkunden fertig.“ Er trat ans Bufett, zog den Stöpsel aus der Flasche und schenkte zwei Whisky ein. „Sehr zum Wohl, Delaney.“

Leonard nippte dankbar von der feurigen Flüssigkeit. Ihm war schlecht, wenn er daran dachte, was sich zu Hause abgespielt hatte. Kitty hielt ihm seine Träume vor, seine Mühen um das Land, sie klagte ihn deswegen an! Wie sollte er mit ihr umspringen? Was war in sie gefahren, was hatte sie zu einem so eigensinnigen Weibsbild gemacht? Sie sah zuviel von dem Burschen Stratton und dem Knaben Jeremy, jedenfalls mehr als von ihm. Sie war nicht mehr süß und gefügig wie früher. Er würde einen härteren Kurs steuern müssen; so wie zur Zeit ging es nicht weiter. Nur ein paar Klassenarbeiten hätte sie für ihn korrigieren brauchen! Er war müde und abgespannt, kein Wunder bei all der Arbeit. Da war es sicher nur recht und billig, ein wenig Hilfe von ihr zu erwarten.

Er verscheuchte den erniedrigenden Gedanken, das Haus als Besiegter verlassen zu haben, eine Vorstellung, die ihn mit schmerzlicher Enttäuschung erfüllte. In einer Pose seiner Überlegenheit hätte er fortgehen müssen. Die Achtung seiner Autorität galt es wiederherzustellen. Er würde eindeutig zu bestimmen haben, doch noch nie hatte es ihm in dieser Hinsicht so an Zuversicht gefehlt wie jetzt.

Er leerte sein Glas. „Ich möchte mich verabschieden, Frank."

„Tu das. Du siehst sehr angegriffen aus. Der Rest kann ein, zwei Tage warten. Wenn du dich beeilst, bist du vor der Sperrzeit zu Hause."

Leonard fühlte sich erleichtert, als er hörte, wie die Haustür hinter ihm zuklappte. Er hätte sich an diesem Abend mit Ledwith über nichts richtig unterhalten können, und er war froh, daß ihm diese Anstrengung erspart blieb.

Er hatte vor, lange fortzubleiben – ungeachtet der Sperrzeit. Kitty mußte bestraft werden für das, was sie getan hatte, und eine unerklärliche Unruhe war in ihm.

Der Tag ging zu Ende. Tau benetzte die Felder. Die üblichen Geräusche eines Sommerabends waren zu hören, aber diesmal lag eine erwartungsvolle Spannung über der Erde, den Hecken und Steinwällen. In der Ferne ließ sich eine einsame Ralle vernehmen, neben ihm huschte raschelnd ein Fasan durch das hohe Gras der Wiese. Die Fledermäuse würden bald zu flattern beginnen. Er klemmte die Fahrradspangen an und fuhr los. Die Schule war sein Ziel. Tommy müßte inzwischen abgeholt worden sein. Es konnte nicht schaden, sich davon zu überzeugen.

Nach einigen Minuten bemerkte er die Glut am Himmel. Es brannte. Flammen schossen empor, schwarze Rauchwolken begleiteten sie. Als er näher kam, sah er, daß es die Schule war, hörte er das Bersten des Holzes, roch er den Qualm. Er stieg ab. Laute Rufe, dann Motorengeheul übertönten das Prasseln des Feuers.

Er warf das Fahrrad in den Graben, überquerte den Steinwall und lief geduckt neben der Straße her, bis er die Schule fast erreicht hatte. Zwei Lastwagen versperrten die Fahrbahn und warfen lange dunkle Schatten. Von dort schlug rauhes Gelächter an sein Ohr. Er verbarg sich, während die Autos vorüberdonnerten. Ihm war, als ob in dem zweiten Fahrzeug jemand geschlagen wurde, und er glaubte, flüchtig Tommys weißes Gesicht gesehen zu haben.

Sengende Hitze verbreiteten die lodernden Flammen. Funkenregen und Teile des brennenden Dachstuhls gingen vor ihm nieder. Welche Chancen immer Tommy jetzt haben mochte – sie wären gleich null gewesen, wenn sie ihn nicht entdeckt und festgenommen hätten. Doch ansonsten war das Unglück vollständig. Die Feuersbrunst drohte von der Schule auf seine ganze Welt überzuspringen. Es war Dublin nicht gelungen, Tommy rechtzeitig herauszuholen. Nun würde er reden.

Keine einzige Tür in der Nähe der Brandstätte öffnete sich. Leonard nahm sein Rad und folgte den Lastwagen. Die mächtigen Scheinwerfer fraßen sich durch die Dunkelheit. Motorengeräusche beherrschten die Nacht. Sie fuhren in Richtung von Leonards Haus.

Eileen hantierte in der Küche. Sie hörte das Brüllen der nahenden Lastwagen, das Kreischen der Bremsen beim plötzlichen Halt. Dann war es still. Sie wußte, daß Kitty die Treppe heruntergekommen und ins Speisezimmer gegangen war. So machte sie die Durchreiche auf und flüsterte: „Die Braunen sind da, Ma'am."

„Ich weiß. Öffne die Tür, sobald sie klopfen." Ihre Kehle war wie zugeschnürt. Leonard hatte ihr gesagt, sie hätten nichts zu befürchten, weil nichts zu verbergen. Lügner! Wahrscheinlich wollten sie ihn holen. Sie hoffte, ein sechster

Sinn möge ihn warnen, damit er die Nacht über bei Frank Ledwith bliebe.

Sie stießen mit einem Gewehrkolben gegen die Tür.

Eileen fummelte an dem Riegel herum. Ihre Hände zitterten und versagten ihr den Dienst. Waren sie ihretwegen gekommen? Hatte der Sergeant ausgepackt? Man würde sie abführen. Und was geschah dann?

Doch sie wurde beiseitegeschoben, als sie die Tür endlich geöffnet hatte. Sie waren zu dritt, unter ihnen der Captain, der sie bei der ersten Hausdurchsuchung geführt hatte.

„Wo's Delaney?"

„Der Herr ist unterwegs."

„Verstößt gegen die Polizeistunde? Wo?"

„Keine Ahnung."

Die Männer drangen in die Diele vor. Ihre Stiefel stampften auf den Fliesen. Sie rissen alles aus dem Schrank unter der Treppe heraus: Büchsen mit Schuhcreme, Bürsten, Schirme, alte Regenmäntel.

Kitty zeigte sich in der Speisezimmertür.

„Wo's Ihr Mann?"

Die Leute stürmten an ihr vorbei, um den Raum zu durchsuchen. Einer fand den Whisky und steckte die Flasche in den Waffenrock. Zwei Schmuckstücke flogen vom Kaminsims herunter.

„Gatte abwesend, konspiriert, ja?" brüllte der Captain.

Kitty bemühte sich, ruhig zu sprechen. Sie war zornig, aber sie hatte auch Angst. Sie war gewöhnt, daß ihr Männer höflich begegneten, doch hier galten keine zivilen Umgangsformen. Hier herrschte brutale Gewalt. Ihre Meinung, ihre Würde zählte nicht. Man war bereit, sie wie eine Fliege zu zerquetschen. „Was meinen Sie?" Ihre Stimme bebte verräterisch.

„Ich meine konspirieren – gegen seinen König integrieren un' konspirieren! Ich spreche von Verrat – 'ochverrat!"

„Das ist doch absurd!" Diesmal war ihre Stimme fest, und die Verachtung für diese brutalen Männer und ihre hemmungslose Schikane schwang darin mit.

„Sie begeben sich am besten nach draußen, Mrs. Delaney", sagte der Captain, als die Durchsuchung beendet war. „Wir brennen das 'aus nieder."

„Sie können Wohnhäuser nicht einfach niederbrennen", protestierte Kitty. Es kam ihr unwirklich vor, daß Dinge, von denen sie bislang nur in den Zeitungen gelesen hatte, jetzt ihr widerfahren sollten. Später erinnerte sie sich, daß ihre ersten Gedanken dem Schmuck ihrer Großmutter und ihrem neuen Hut galten.

„Können wir nicht?"

Kitty hörte Schritte auf dem Hof und das Klappern von Blechbehältern. „Man darf wohl erwarten, daß Sie sich wie Polizisten aufführen, nicht wie Anarchisten . . ." Ihre Stimme erstarb. Sollte sie versuchen, ihn zu beschwichtigen, etwas Schmeichelhaftes sagen? Die Verzweiflung und das Gefühl, ohnmächtig zu sein, lähmten sie.

Der Captain lachte. Es war ein grimmiges, verächtliches Schnauben, und seine Augen flackerten. „Wir machen dieses Land zu einer 'ölle für die Rebellen."

Er hatte einen unentschlossenen Mund, wie Kitty bemerkte, schadhafte Zähne, machte nicht den Eindruck, als ob er völlig erbarmungslos sein könnte. „Ich bleibe hier", verkündete sie, bestrebt, ihn umzustimmen. „Ich habe einige sehr einflußreiche Freunde, wissen Sie, Captain, und Sie haben nicht die geringste Aussicht, nach dieser Greueltat ungestraft auszugehen."

Die anderen Männer kamen die Treppe herab und gaben durch Handzeichen zu verstehen, daß sie nichts gefunden hatten. Der Captain drängte sich an Kitty vorbei, befahl, die Frauen hinauszubringen, und Kitty fühlte, wie sie umklammert, angehoben und durch die Diele auf den Hof geschoben wurde. Ein anderer packte Eileen am Handgelenk. Sie wehrte sich mit einem Fußtritt, und er versetzte ihr einen Schlag ins Gesicht. Da gab sie den Widerstand auf. Mochte er glauben, daß er sie gebändigt hatte. Was sonst sollte sie tun? Die Missus befand sich in der Gewalt eines großen Braunen, der sie mühelos wie eine Puppe festhielt. Zwei weitere Männer waren mit Benzinkanistern ins Haus gegangen, hatten sie ausgekippt und leer zurückgebracht. Der Captain schaute schweigend zu.

Plötzlich kam ein warnendes, haßerfülltes Knurren aus der Finsternis. Die Leute sahen sich unschlüssig um; der Captain knöpfte die Pistolentasche auf. Ein schwarzer Körper löste sich von den Schatten. Zähne blitzten, ein Schmerzensschrei folgte, dann ein Schuß, aber Punch war bereits wieder in der Dunkelheit verschwunden. Eileen beobachtete es wie im Fieber. Gewöhnlich schloß der Herr den Hund vor dem Schlafengehen ein, doch an diesem Abend war er nicht nach Hause gekommen.

Der Captain befühlte seinen Oberschenkel. Die Hose war zerfetzt, Blut sickerte durch das Gewebe.

Wie tollwütige Hunde, hatte Mrs. Finnerty gesagt, und jetzt war der Captain gebissen worden ... Die Worte purzelten über die Lippen, ehe sie gedanklich formuliert waren: „Oh, Captain! Sie sollten sich sofort behandeln lassen. Sonst müssen Sie sterben. Dieser Hund hat die Tollwut. Der Biß vergiftet Sie wie den Sergeant, den er neulich gebissen hat!"

Captain Ackerley schaute sich unsicher im Kreise um. Seine Männern blickten ihn an; er hatte Angst. Vielleicht war der Hund – oder die Hündin, um genau zu sein, tatsächlich tollwütig? Der Sergeant hatte einen schrecklichen Tod gehabt und vor dem Sterben geschrien, die Hündin sei es gewesen. Sie hatten gemeint, daß er von einem Mädchen phantasiere, aber jetzt sah es so aus, als ob ... Kalter Schweiß brach dem Hauptmann aus. Alles – bloß keine Tollwut! Jeder Tod – nur das nicht!

„O Sir", fuhr Eileen fort, „hatte sie heute morgen nicht Schaum vor der Schnauze, und ist der Master nicht rumgelaufen, um sie zu suchen und die Leute zu warnen?"

Der Captain wandte sich Kitty zu. „Ist das wahr?"

Kitty nickte und hielt den Atem an. Wieder knurrte es in der Dunkelheit. „Kommen Sie herein, Captain, schnell!" sagte sie.

Einer der Männer gab einen Schuß ab, dann stürzten sie alle zu der offenen Haustür, die Kitty hinter ihnen schloß – und eilig wieder öffnete, weil sie von Benzingestank attakkiert wurden. Sie wies Eileen an, sämtliche Fenster aufzureißen, und einige Männer begleiteten das Mädchen, um zu helfen. Wenn sich die Schwaden an der restlichen Glut im Kamin entzündeten, flogen sie alle in die Luft. Sie war gespannt, ob die Leute auf Eileens Trick hereinfallen würden, betete, daß sie es taten. Der Captain untersuchte seine Wunde. In dem blutenden Fleisch waren die Abdrücke der

Zähne deutlich zu sehen. Sein Gesicht war aschgrau. Was sollte er machen? Ein Bajonett ins Feuer legen, die Wunde ausbrennen?

„Ich kenne eine alte Frau", sagte Eileen, als sie zurückkam, „sie wohnt dort drüben zwischen den Feldern, die für alles ein Heilmittel hat – sogar dafür!" Sie stand vor dem Captain, der auf einem Stuhl saß, und sagte leise: „Rühren Sie das Haus nicht an, Sir, und ich hole die Frau her."

Und Kitty zeigte sich der veränderten Lage gewachsen. „Wenn du hinausgehst, begibst du dich in schreckliche Gefahr, Eileen, und wir haben keine Garantie, daß Mrs. Finnerty auch kommt."

„Wer's diese Mrs. Finnerty?" erkundigte sich der Captain mit gedämpfter Stimme. „Hat sie wirklich ein Mittel gegen Tollwut?"

„Falls ich Ihnen helfe, Captain, bleibt mein Haus ungeschoren?" fragte Kitty so streng, wie sie konnte. Ihre Miene war fest, aber ihr Herz schlug schnell.

„'olt doch die alte 'enne 'er!" forderte der Captain laut. „Ihr 'aus kümmert mich einen Dreck." Er sah zu Kitty auf und senkte die Stimme. „Ihr 'aus bleibt ungeschoren."

Kitty nickte Eileen zu. „Gut, Eileen. Nimm die große schwarze Schlehdornrute mit. Sei sehr vorsichtig."

Der Captain wandte sich an seine Männer, die unschlüssig vor dem Herd standen. „Geht mit – und knallt den Köter ab!"

Eileen drehte sich in der Tür um. „Ah nein, Sir. Der Hund kennt mich und läßt mich bestimmt durch, aber wenn die ihm unter die Augen kommen – stürzt er sich vielleicht auf sie."

Der Captain schürzte die Lippen und bemerkte erleichterte Gesichter. „Mach schnell dann, Mädchen."

Eileen rannte über den Hof. „Hier, Punch, hier!" flüsterte sie gebieterisch, und Punch kam hinter dem Torfschuppen hervorgesprungen, ganz Freundschaft und Begeisterung. Sie packte die Hündin im Genick. „Pst, du großer Tollpatsch! Willst du vielleicht erschossen werden?" Sie zog sie hinter den Schuppen zurück in Deckung. „Komm her, Punch, komm her! befahl sie und schlug sich anfeuernd auf die Schenkel. „Wir laufen jetzt zu Mrs. Finnerty rüber."

Punch folgte ihr hocherfreut, mit heraushängender Zunge und schwanzwedelnd.

Mrs. Finnerty stand am Herd, in ihr schwarzes Umhängetuch gehüllt. Sie drehte sich zu Eileen um. Ihre Augen blickten verschlagen und humorvoll. „Du kannst das Biest in den Schuppen sperren", sagte sie, als Eileen ihre Geschichte erzählen wollte. „Für den Moment ist sie dort sicher, aber morgen werden sie nach ihr suchen."

Eileen lockte Punch in den Behelfsschuppen, klappte die Tür zu, rollte etliche Steine davor, stellte ein altes Butterfaß und einen Eimer dagegen, damit sie geschlossen blieb. „Platz, Punch, schlaf jetzt um Gottes willen."

Die Hündin jaulte und winselte zum Herzerweichen.

Wenige Minuten später machte sich Eileen auf den Rückweg, und Mrs. Finnerty folgte ihr auf den Fersen. Die Küchentür stand offen, und die Braunen waren im Hof, den sie sorgfältig absuchten, die Gewehre schußbereit. Eileen wäre fast aus der Haut gefahren, als sie einen Lauf auf sich gerichtet sah.

Der Mann, dem die Waffe gehörte, blickte von ihr zu Mrs. Finnerty hin. „Dachte, es wäre die Bestie. Euer Glück, daß ich nicht abgedrückt habe."

„Ach was, marsch aus dem Weg", sagte Eileen, die mutig war, da sie Mrs. Finnerty hinter sich wußte. „Wenn ich Punch wäre, hätte ich dich bestimmt schon aufgefressen."

Der Captain war sehr blaß und saß noch auf demselben Stuhl. Er betupfte die Wunde mit einem Taschentuch und verwendete ein Desinfektionsmittel, das Kitty in einer Schale neben ihn gestellt hatte. „Tritt näher, Mutter", sagte er, wobei er die alte Frau anblickte. Kitty und Eileen konnten ihm die Angst vom Gesicht ablesen. Seine Stimme klang matt, und er wandte brüsk den Blick ab.

Mrs. Finnerty beugte sich über das verletzte Bein, betrachtete die Wunde und das blutige Wasser in der Schale. „Das wird wieder gut!"

„Es 'eißt, der 'und wäre tollwütig, Mutter", murmelte der Captain.

„Ja." Mrs. Finnerty kramte in ihren Rocktaschen und förderte ein Fläschchen zutage, das eine bernsteinfarbene Flüssigkeit enthielt. „Morgens und abends ein Schlückchen davon. Dann wirst du die Hundswut nicht kriegen.“

Der Captain nahm die Flasche, zwischen Zweifel und Hoffnung hin- und hergerissen, entkorkte sie schließlich, schnüffelte daran und nahm einen Schluck. Er verzog das Gesicht.

Mrs. Finnerty beobachtete ihn mit undurchdringlicher Miene, ergriff dann seine Hand und drehte sie um. Der Captain wollte sie zurückziehen, aber die Alte hielt sie fest und studierte die Innenfläche. Danach richtete sie sich auf und zog sich das Tuch um den Kopf. „'s wäre besser für dich, in deine Heimat zurückzukehren, Junge.“

„Warum sagst du das?“ wollte der Captain wissen, suchte in der Tasche nach einer Münze und hielt ihr eine halbe Krone hin.

Mrs. Finnerty übersah das Geldstück. „Weil hier dein Grab ist!“

Eileen begleitete sie auf dem Weg durch die Felder. „Was haben Sie in die Flasche gefüllt?“

Mrs. Finnerty kicherte. „Wo denkst du hin! Es schadet ihm kein bißchen.“ Sie drehte sich zu Eileen um. „Meintest wohl, ich wollte ihn vergiften?“

Eileen blieb stumm. Mrs. Finnerty hatte richtig vermutet.

„Ach nein, Mädchen“, sagte die Alte nach einer Weile, „eine Giftmischerin bin ich nun wirklich nicht.“

Als sie angelangt waren, hörte Punch ihre Schritte und begann zu bellen. Eileen wies sie barsch zurecht, und das Kläffen ging in Gewinsel über.

„Laß sie hier“, riet ihr Mrs. Finnerty. „Ich werde ihr einen Beruhigungstropfen geben. 's war sehr geistesgegenwärtig von dir zu sagen, daß der Hund die Tollwut hat.“

„Haben Sie selbst mich nicht heute morgen auf die Idee gebracht?“

Mrs. Finnerty kicherte wieder. „Es gibt Leute, die zuhören, und andere, die's nicht tun. Und wie steht's mit dir, Mädchen? Du hast das Zeug nicht eingenommen, das ich dir gegeben hab?“

„Woher wissen Sie das?“ fragte Eileen. „Ich hatte einfach Angst davor.“

„Zögere nicht mehr lange. Wenn du es nicht nehmen willst, laß es verschwinden – aber vorsichtig, hörst du. Du möchtest doch keine Kuh deines Herrn vorzeitig zum Kalben bringen."

Sie hörten Rufe in der Ferne und mehrere Schüsse.

Mrs. Finnerty hob den Kopf. Ihre Miene war unergründlich. „Tommy O'Brien ist entkommen", flüsterte sie.

Kapitel 16

Leonard sah, daß die Lastwagen vor dem Tor stoppten. Er verkroch sich hinter der Hecke und wartete, bis die Scheinwerfer erloschen. Jetzt war auch er auf der Flucht. Selbst wenn Tommy den Mund hielt, reichte es aus, daß sie ihn in der Schule gefunden hatten. Dublin hatte ihn im Stich gelassen. Konnte man sich nicht damit begnügen, seine Machtstellung in Tubbercullen zu untergraben? Indem man versäumt hatte, Tommy wie geplant herauszuholen, war ihm auch noch der Boden unter den Füßen weggezogen worden. Vorsätzlich? Dublin schien Patriotismus mit Opferbereitschaft gleichzusetzen. Die schienen zu glauben, sie könnten sich alles erlauben.

Türen wurden zugeschlagen. Über die rückwärtige Bordwand des zweiten Wagens sprang ein Brauner herab. Leonard kauerte hinter dem Weißdorn, bemüht, unsichtbar zu bleiben. Es waren noch Leute in dem Auto. Er hörte Stöhnen und gezischelte Drohungen. Tommy mußte dort sein. Er erwog ein Ablenkungsmanöver, um den letzten Braunen zum Absitzen zu bewegen. Doch damit würde er nur die anderen aus dem Haus locken. An Kitty und Eileen dachte er und sagte sich, daß sie sicher seien. In der Regel töteten oder vergewaltigten die Braunen Frauen nicht. Auch die Erfahrung, die Eileen gemacht hatte, war nach ihrer eigenen Darstellung zu einem gewissen Grade selbstverschuldet, und Kitty würde den nötigen Abstand zu wahren wissen. Außerdem war er unbewaffnet; er hätte ihnen ohnehin nicht helfen können.

Wuchtige Schritte näherten sich; der Kies knirschte unter Stiefelsohlen.

„'arry, – bring das restliche Benzin her!"

Leonard erstarrte, als der Mann von dem Laster herab antwortete und mit einem Kanister in jeder Hand herunterkletterte. Er kroch durch die Büsche, beobachtete nicht die Kratzer, die er sich zuzog, und verharrte am vorderen Tor, wo er durch das Gitter blickte. Im Speisezimmer brannte Licht. Er erkannte Captain Ackerley, sah Kitty, die auf ihn einredete;

daß der Hauptmann dabei war, erleichterte ihn. Der Mann war rachsüchtig, aber kein Sadist. Blechbehälter klapperten. Hinter der Haustür wurde etwas ausgeschüttet. Benzin!

Er überlegte, ob ein Einsatz lohnen würde. Er liebte dieses Haus, hatte jahrelang geknausert, um es sich leisten zu können. Doch wie konnte er sie daran hindern, Feuer zu legen? Selbst wenn er sich aufgab, würde es wahrscheinlich nichts nutzen. Und dann war da Tommy, um den er sich kümmern mußte.

Wieder hörte er Schritte. Ein weiterer Kanister wurde aus dem Auto gezogen. Der Braune kletterte hinauf. Mehrmals klatschte es dumpf. „Das wird dich beruhigen, Paddy", knurrte er, sprang herab, ergriff den Kanister und ging zum Haus zurück.

Leonard kroch hinauf, spähte über Bord. In einer Ecke lag eine Gestalt, eingeschnürt wie ein Sonntagsbraten. Sonst schien das Fahrzeug leer zu sein.

Die Gestalt stöhnte und regte sich.

„Kannst du mich hören, Tommy?" flüsterte Leonard.

Ein zweites Stöhnen erklang, lauter als das erste. Leonard tastete nach dem Taschenmesser, vergewisserte sich, daß hinter ihm die Luft rein war, und glitt über die Rückwand. Er arbeitete schnell, schnitt die Handfesseln durch und Tommy griff sich hastig an den Mund, um das schmutzige Taschentuch herauszuziehen, das man zu einer Kugel zusammengerollt und ihm zwischen die Zähne geschoben hatte.

Tommy spuckte. „Jesus ... Dachte, ich muß ersticken. Ganz voll Rotz."

Sobald Tommy frei war, zog Leonard die Jacke aus, hängte sie um einen Kleidersack, der auf dem Boden lag und den er in die Ecke schob. Beide sprangen ab. Tommy brach unten zusammen.

„Ich bin schwach wie ein Kind", klagte er, indem er sich hochrappelte.

„Bist du schlimm verletzt?"

„Ich fühle mich, als ob sie mir sämtliche Knochen gebrochen hätten."

Leonard half Tommy, sich zum Graben und über den Steinwall aufs Feld zu schleppen. „Unser Ziel ist der Gutswald. Du kannst dich dort erst einmal in dem alten Brunnen verstecken", sagte Leonard keuchend. „Ich werde die Jungs zusammentrommeln. Wenn die Braunen zurückfahren, veranstalten wir für sie eine Überraschungsparty."

Sie krochen weiter, bis die Lastwagen außer Sicht waren. Dann liefen sie, atemlos und stolpernd. Leonard stützte Tommy, der pausenlos über seinen Zustand fluchte.

„Mach nicht so einen Krach!" flüsterte Leonard wütend. „Willst du eine Kugel in den Rücken haben?" Er wußte, sie würden getroffen werden, ehe sie den Schuß hörten. Immer wieder drehte er sich um, erwartete in der Dunkelheit grelle Flammen emporzüngeln zu sehen, den Beweis dafür, daß sein Haus brannte. Doch es blieb finster und still. Ein Hund bellte, ein Gewehrschuß krachte, und beide warfen sich instinktiv ins Gras. Sie warteten mit klopfenden Herzen. Der Nachtwind trug den Klang von Stimmen heran. Dann war wieder Ruhe. Leonard fühlte sich versucht, Tommy liegen zu lassen und zurückzulaufen, um zu erkunden, was los war. Hatten die Braunen völlig den Verstand verloren und die Frauen erschossen? Es wäre nötig geworden, falls sie sie vergewaltigt hätten, aber bei Gott, das müßten sie büßen. Doch vielleicht hatte Punch gebellt, und sie hatten auf sie geschossen? Wenn er jetzt umkehrte, würde er kaum das Haus erreichen, ehe sie entdeckten, daß Tommy geflohen war, und er wäre ein leichtes Opfer. An die Schule dachte Leonard nicht, aber die Gedanken überstürzten sich in dieser Lage, und er sah sehr deutlich die Todesgefahr, in der sie sich beide befanden.

Sie näherten sich dem Wald von dem Feldweg her, der zum Bahnhof führte. Die eingestürzte Stelle der Mauer, wo sie im Hinterhalt gelegen hatten, war ausgebessert worden.

Sie empfanden Erleichterung, als sie sich im Schutz der Bäume befanden. Der Boden war lehmig und weich. Ringsum raschelte es leise, aber wenn Zweige unter ihnen knackten, hallte es laut wie Gewehrfeuer in den Ohren.

Sie legten eine Ruhepause ein. Tommy lehnte sich schnaufend an einen Baum, und Leonard versuchte ihren Standort zu bestimmen. Er kannte zwar den Weg zu dem alten Brunnen wie seine Westentasche, aber aus einer anderen Richtung. Es war stockfinster, und sie konnten sich leicht verirren.

Was sollte jetzt aus Kitty werden? Das Haus brannte –

oder würde bald brennen, die Schule war zerstört, er auf der Flucht – für den Rest seines Lebens? Sie müßte zu ihrer Freundin Mary nach Dublin fahren und bleiben, bis die Lage geklärt war, das Mädchen sich auf eigene Faust durchschlagen.

Tommy atmete etwas ruhiger. Leonard dachte daran, eine weitere Nachricht zu senden – nach Dublin, nicht an Kieran Moore – damit der Verletzte in Sicherheit gebracht wurde.

Sie drangen weiter vor. Leonard streckte einen Arm aus, um gegen keinen Stamm zu prallen, und bemühte sich, nicht über die Wurzeln zu stolpern. Es war kein Vergnügen, sich durch die Finsternis zu tasten, und Tommy wurde immer schwerer. Würde er sterben? Vielleicht wäre es das beste ... Wo zum Teufel war der Brunnen? Sie blieben stehen, lauschten angestrengt, ob sie verfolgt wurden, taumelten weiter.

Für kurze Zeit trat der Mond hinter den Wolken hervor, und Leonard sah auf der rechten Seite eine kleine Lichtung mit einer auffälligen Eiche. Jetzt wußte er, wo sie waren. Die Lichtung erstreckte sich südlich von dem Brunnen. Sie waren einige hundert Meter abgekommen, liefen am Rand der Lichtung entlang und erreichten nach wenigen Minuten den Reisighaufen, der von Kitty und Paul inspiziert worden war. Als Leonard die Zweige weggeschoben und den Deckel angehoben hatte, griff er ins Leere.

Im ersten Augenblick wollte er nicht glauben, daß die Waffen verschwunden waren. Er stieg in den Schacht, fühlte den hölzernen Boden unter den Füßen, fuhr tastend über die feuchten Wände und fand kein einziges Gewehr, keine Patrone, keine Granate. Hatte der Feind das Versteck entdeckt, oder waren Waffen und Munition von der fliegenden Kolonne fortgeschafft worden? Jedenfalls wäre es für Tommy hier zu unsicher. Leonard hockte sich hin und lauschte in die Nacht. Es gab kein Anzeichen dafür, daß sie verfolgt wurden. Keine aufgeregten Stimmen waren zu hören, keine Zweige knackten, keine Stablampen blitzten auf. Doch es war nur eine Frage der Zeit, bis die Braunen kamen. Die einzige Aussicht, einen Schlupfwinkel für den geschwächten Kameraden zu finden, bot das Haus Stratton selbst.

„Tommy ... Es ist jemand hier gewesen. Wir müssen das Haus aufsuchen."

Tommy erwiderte nichts. Leonard legte einen Arm um ihn, half ihm auf die Beine, und sie schleppten sich der kiesbedeckten Auffahrt zu. Am Waldrand setzte er Tommy ab und ging allein weiter.

Vor Leonards Haus waren die Schwarzbraunen ihrem Hauptmann behilflich, ins Auto zu klettern. Sie bewegten sich vorsichtig, mit schußbereiten Gewehren für den Fall, daß die Hündin auftauchen sollte. Das reglose Bündel in der Ecke des einen Lastwagens täuschte sie nicht lange. Einer der Männer versetzte dem Kleidersack einen Tritt und begriff, daß sie zum Narren gehalten worden waren.

Leonard stürmte keuchend die steinerne Freitreppe hinauf und zerrte an der Klingel. Er hörte, wie es drinnen läutete, und gleich darauf die nervöse Stimme von Mrs. Devine: „Es ist der Schulmeister – Mr. Delaney."

Die Tür wurde geöffnet.

„Master Delaney – sind Sie es wirklich? Ich dachte . . ." Sie hielt inne, bemerkte stirnrunzelnd das beschmutzte, zerrissene Hemd, den Ausdruck der Verzweiflung in seinem Gesicht. „Ich dachte, zu so später Stunde können das nur Soldaten sein."

„Ist Mr. Stratton zu Hause?"

Paul erschien schon in der Halle. „Was kann ich für Sie tun, Delaney?" Er entließ Mrs. Devine mit einem Kopfnikken. Sie zog sich widerstrebend zurück und drehte sich vor der Ecke des Dienstbotenaufgangs neugierig um.

Paul führte Leonard in die Bücherei und schloß die Tür. Seine Miene verriet Sorge und Abwehr zugleich.

„Ich habe einen Verletzten draußen", erklärte Leonard. „Wenn sie ihn kriegen, ist er so gut wie tot." Er starrte niedergeschlagen in das kalte Gesicht vor ihm. Warum zum Teufel sollte Paul Stratton seinen Kopf hinhalten? Er hätte nicht herkommen dürfen.

„Und was erwarten Sie von mir?" Die Stimme klang beherrscht und teilnahmslos.

„Ich möchte, daß Sie ihn verstecken. In ein, zwei Tagen wird er geholt. Dafür werde ich sorgen."

„Ich verstehe."

„Verdammt, Mann“, fuhr Leonard verzweifelt fort, „auch Sie sind Ire!“

„Stimmt, aber im Unterschied zu Ihnen normal.“

Eine Weile schwiegen sie. Die Gegensätze zwischen ihnen waren spürbar. Der Grundbesitzer in seinem Herrenhaus, umgeben von dem Wohlstand seiner Klasse, starrte den Lehrer an; eine Kluft trennte sie. Wird er den Vorfall melden? fragte sich Leonard. Falls er es täte, würde man ihn erschießen.

„Wo ist er?“

„Im Wald. Nahe beim Haus.“

Paul schritt zur Haustür und öffnete sie behutsam. Als ihm Leonard in die Nacht hinaus folgte, hatte er das bestimmte Gefühl, beobachtet zu werden. Er ließ den Blick durch die erhellte Diele schweifen, aber nur die Ahnen Strattons starrten ihn zynisch distanziert an. Paul machte hinter ihm die Tür zu.

Tommy lag zusammengekrümmt an der Stelle, wo ihn Leonard verlassen hatte. Paul fühlte seinen Puls, der unregelmäßig ging, und der Körper schien sehr kalt zu sein. „Warten Sie hier. Ich hole eine Decke.“

Leonard kniete neben Tommy nieder. War Paul Stratton wirklich nach einer Decke gegangen, oder wollte er die Braunen rufen. Er konnte auch seinen Stallburschen schikken; bis zur Kaserne war es nicht allzu weit. Es war töricht, sich auf ihn zu verlassen, dachte Leonard, aber er war so verzweifelt gewesen, und Stratton mußte wissen, wie die IRA mit Verrätern verfuhr. Er und seine Klasse bildeten so schon hinreichend eine Zielscheibe der Kritik.

Er tastete Tommy ab. Ob sich die Wunde am Oberschenkel wieder geöffnet hatte? Warum hatte der Mann das Bewußtsein verloren? Er stellte fest, daß das Haar verklebt war. Es war zu finster, als daß er seinen Augen hätte trauen können, aber was an seinen Händen haftete, schien eindeutig Blut zu sein.

Paul kam mit einer dicken Pferdedecke zurück. Sie hüllten Tommy ein und trugen ihn in den hinteren Teil des Hauses, wo Paul auf die schmale Kellertreppe deutete. Die Tür unten klemmte, Paul stemmte sich mit der Schulter dagegen, und sie drehte sich quietschend in den Angeln.

„Etwas dürftig, fürchte ich, wenngleich er es wahrscheinlich nicht besser verdient hat. Jedenfalls können wir ihn im Augenblick nicht woanders unterbringen, ohne gesehen zu werden. Meine Leute möchte ich in Ihre Wahnsinnstaten nicht hineinziehen. Ich will es ihm jetzt bequem machen. Es wäre besser, wenn Sie das Feld räumten."

Leonard sah sich um und spürte den Schatten des großen Hauses auf sich. „Gott segne Sie, Mr. Stratton. Ich habe gewußt, daß Sie ein guter Mensch sind."

Paul lächelte dünn. „Auch ich fühle mich zu einer gewissen Loyalität verpflichtet, Delaney. Meine Familie ist seit über zweihundert Jahren hier ansässig."

„Natürlich. Dann muß ich mal nachschauen, wie mein Haus beschaffen ist."

„Ihr Haus? Ist mit Ihrem Haus etwas passiert?"

„Sie waren vorhin dabei, es anzubrennen. Die Schule hatten sie schon am Abend zerstört."

„Und Kit . . . Ihre Frau?"

„Das möchte ich gerade herausfinden. Sie hat in Dublin Freunde, bei denen sie bleiben kann." Er wollte Strattons Hand ergreifen, aber der hielt mit der einen das brennende Streichholz, und die andere hatte er in die Tasche gesteckt.

Leonard kroch durch den Wald zur Hauptstraße, überquerte sie und erreichte die schützenden Steinwälle. Er lief zum Kreuz. Die Muskeln der Oberschenkel schmerzten vom vielen Ducken. Kein Brand loderte in der Nacht, keine orangefarbene Wolke stieg von seinem Haus auf. Es war still. Er lauschte, reckte den Hals, um festzustellen, ob die Lastwagen noch auf der Fahrbahn standen, doch er sah und hörte nichts. Offenbar waren die Braunen abgezogen, aber das wäre zu gut, um wahr zu sein. Irgend etwas kam ihm sehr verdächtig vor. Sie könnten sich im Haus aufhalten, auf ihn warten. Daß Tommy verschwunden war, hatten sie sicher inzwischen entdeckt.

Die Zeit schien zu schleichen. Fast glaubte er zu spüren, wie die Uhr in seiner Westentasche mit winzigen Schritten die Sekunden abtickte. Er wußte, daß Stunden vergangen waren, seitdem er Tommy befreit hatte. Die Morgendämmerung konnte nicht mehr fern sein. In der Nähe bellte Bran,

Mrs. Caseys Schäferhund. Das Kläffen erinnerte ihn an Punch, nach der er momentan nicht die geringste Sehnsucht empfand. Trotzdem – war sie getötet worden?

Er kroch weiter. Am Ende des Feldes stand der Wall, der Mrs. Caseys Land von seinem trennte und in den ein steinerner Zauntritt eingelassen war. Dort kauerte er sich hin und spannte die Sinne an, um festzustellen, ob sich etwas regte oder bewegte. Er hörte nur das rhythmische Mahlen seiner beiden Kühe, die nebenan wiederkäuten. Er stand auf, stieg über den Zauntritt auf die andere Seite und spürte einen Schlag gegen die Schulter, als ob ihn der Hieb einer Riesenfaust getroffen hätte. Er kippte nach hinten um, fiel mit dem Kopf gegen den Wall, fühlte sich fallen, tiefer und tiefer, trudelte auf einen schwarzen Strudel zu, der ihn völlig zu verschlingen, seinen Willen und sein Bewußtsein aufzulösen drohte.

Eine Stimme schlug an sein Ohr – langsam und aus großer Ferne. „Hab den Schweinehund erwischt!"

Dann ergab er sich der Dunkelheit.

Captain Davis, der frisch aus Dublin eingetroffen war, sah zu, wie die Männer den Bewußtlosen fesselten, und grübelte über die Wechselhaftigkeit des Lebens. Nach Frostbeulen, Wundbrand, Tod und Verderben in Flandern hatte es ihn in die irische Hauptstadt verschlagen, was ihm wie eine göttliche Fügung erschien. Er bezog ein konfortables Quartier und stand einem interessanten Feind gegenüber: Dieser Collins schien sein Geschäft zu verstehen; er hatte den Vorgänger von Davis getötet und seinen Dienstbereich zersetzt; ihn zur Strecke zu bringen, mußte ein Vergnügen sein. Doch jetzt hatte sich dieser Dummkopf Ackerley von einer tollwütigen Hündin beißen lassen und war mit dem Krankenwagen eilends nach Dublin gebracht worden. Ganze fünfzehn Minuten war Davis in der Kaserne gewesen, als er erfuhr, daß der Gefangene geflohen war. So hatten sie nun den einen verloren und waren eines anderen dafür habhaft geworden.

„Er ist aus dieser Richtung gekommen. Wem gehört der Wald?"

„Dem Gutsbesitzer Stratton, Sir."

„Tatsächlich – doch nicht Paul Stratton?"

„Das ist richtig, Sir."

Er kannte Stratton – nicht gerade gut, aber immerhin als einen Kameraden, der wie er selbst die Hölle überlebt hatte, und nun trafen sie sich hier am Rande des Empire wieder. Doch der Krieg hatte schon merkwürdige Zufälle herbeigeführt. Davis konnte es kaum erwarten, sich mit einem netten Menschen zu unterhalten, der über einen anständigen Weinkeller verfügen mußte und nicht wußte, mit wem er ihn plündern sollte. Trübselige Bauern bevölkerten die Gegend. „Bringen Sie den Gefangenen in das Fahrzeug und zeigen Sie mir den Weg zu Strattons Haus. Lassen Sie die Männer den Wald durchsuchen. Der andere Mick muß sich dort irgendwo versteckt halten."

In dem muffigen Keller richtete Paul für Tommy ein Strohlager her. Er hatte an der Wand eine alte Tür entdeckt, sie von Spinnen befreit, sich in die eigenen Stallungen geschlichen, Stroh und einen Kerzenstummel beschafft, die Tür auf den Fußboden gelegt, das Stroh daraufgepackt, den langen Docht angezündet, und als sich das Rauchspirälchen in die Luft schraubte, überlagerte der scharfe Geruch vorübergehend den feuchten Modergestank. Er hatte diesen Keller seit Jahren nicht gesehen, Schmutz und Schimmel bedeckten den Fußboden, und die Gespinste an den Wänden zeugten von einer prosperierenden Spinnenpopulation. Ein ungesundes Notquartier alles in allem, eines für einen kurzen Aufenthalt.

Tommy hielt die Augen geschlossen. Sein Gesicht war von Qualen und Strapazen gezeichnet, mit Dreck und geronnenem Blut besudelt, das Haar über dem rechten Ohr mit einer rostroten Kruste verklebt, die Jacke blutbefleckt, besonders der eine Ärmel, als ob er sich damit über den Kopf gefahren wäre. Behutsam knöpfte Paul die Jacke auf, fand aber keine weiteren Verletzungen.

„Kannst du mich hören, Tommy?" flüsterte er.

Die Augenlider bewegten sich.

„Hast du Schmerzen?"

Tommy sah ihn an, ohne ihn zu erkennen. „Kalt", sagte er matt und wurde wieder bewußtlos.

Als Leonard gefangen war, hatten Captain Davis und seine

Leute nach Tommy gefahndet, in der Nachbarschaft jedes Haus durchsucht, waren, wenn notwendig, gewaltsam eingedrungen, hatten einen Mann erschossen, der fortgelaufen war, und alles hatte zu nichts geführt. Captain Davis vermutete, daß es im Wald einen Unterschlupf gab. Delaney würde am Ende alles erzählen. Dafür würde die Kanaille in Dublin schon sorgen. Die wird schließlich mit jedem fertig, dachte er angewidert.

Am ärgsten wurmte ihn das Gefühl, an der Nase herumgeführt worden zu sein, aber auch die Geschichte von der tollwütigen Hündin verdroß ihn. Gab es diese Bestie nun wirklich, und wenn ja, wo war sie? Sie hatten sehr sorgfältig nach ihr gesucht. Verantwortungsbewußte Menschen, wie zum Beispiel die alte Frau Finnerty, hatten ihre Hunde eingesperrt. Auch bei ihr war man gewesen und hatte gesehen, daß sie einen Straßenköter in ihrem Schuppen hielt. Schmutzig weiß sei er, hatten die Männer berichtet, und ziemlich scharf. Allzu lange hatten sie sich bei dem Tier jedoch nicht aufgehalten – denn sie hatten sich ja sämtliche Hunde der Gegend vorknöpfen wollen und außerdem war der Hund, der Captain Acherley gebissen hatte, schwarz gewesen.

Davis dachte an den Sergeant und daran, daß er, wie erzählt wurde, Halluzinationen gehabt und gebrüllt hatte, bevor der Tod eingetreten war. Der Mann war offenbar ein regulärer Säufer gewesen, aber ein guter Soldat. Was hatte sich also zugetragen? Die Männer sagten, Delaneys Hausmädchen sei „scheißscharf“, der Sergeant hätte bis an seine Eier dringesteckt, und Delaneys Hündin habe Ackerley gebissen. Hatte sie auch den Sergeant gebissen? Das hätte Spuren hinterlassen müssen, aber niemand hatte ihn daraufhin untersucht.

Die ganze nächtliche Aktion war ein Schlag ins Wasser gewesen, abgesehen davon, daß sie Delaney geschnappt hatten. Den anderen Terroristen würden sie ebenfalls finden. Hätten ihn auf dem Schulboden lassen müssen, überlegte Davis, wie wir's in Flandern gemacht haben, wo wir die Deutschen in ihren Schützenlöchern ausgeräuchert haben.

In Frankreich hatte er einen Mann sterben sehen, der von einem tollwütigen Hund gebissen worden war. Der Kranke hatte den Anblick von Wasser nicht ertragen können, obwohl er vor Durst fast wahnsinnig geworden wäre. Keiner sagte, daß es dem Sergeant so ergangen war, und bei dem Franzmann hatte es länger gedauert, bis er gestorben war. Na ja, die Leber des Sergeant konnte in keiner guten Verfassung gewesen sein . . .

Auf ihrem Weg zu den Wäldern ratterten die Lastwagen an der Gutsmauer entlang. Das Tor war geschlossen, und ein Mann mußte absteigen, um es zu öffnen. Es war vier Uhr morgens, das Haus lag in völliger Finsternis da. Der Captain verdächtigte Ex-Major Stratton nicht, ein Komplize der Rebellen zu sein. Im Gegenteil, seine Biographie sprach für ihn. Im Krieg war er wie Davis selbst ausgezeichnet worden, aber ein Mensch konnte eben nicht überall zugleich sein. Dies war Feindesland, und auf einem so ausgedehnten Grundstück sah man höchstens, was sich direkt vor der Nase abspielte. Anzunehmen, daß sich der Flüchtling im Wald versteckt hielt. Wenn es hell wurde, mußten die Leute noch einmal suchen.

Er ging die Steinstufen hoch und läutete. Nachdem er ein zweites Mal – gebieterisch – an der Glocke gezogen hatte, näherte sich drinnen ein Lichtschein der Tür, und Stratton öffnete persönlich. Er trug einen gesteppten Morgenrock und hielt eine Lampe in der Hand.

„Major Stratton – im August siebzehn hatten wir in Paris miteinander das Vergnügen. Davis – Captain Charles Davis, viertes irisches Garderegiment."

Paul starrte ihn an. „Natürlich!" Sein Gesicht entspannte sich; er lächelte. „Sie haben auf Ponsobys Grauschimmel gesetzt und fünfhundert Pfund verloren."

Der Captain schnaufte. „Wenn ich nicht irre, ist das verflixte Vieh immer noch mit dabei."

Paul lachte kurz auf. „Wußte nicht, daß Sie bei uns sind, Captain. Ich dachte, dieser Ackerley wäre hier zuständig. Bißchen früh, einen Menschen aus den Federn zu holen."

„Das ist eine lange Geschichte", sagte der Captain. „Dem Ackerley ist ein Gefangener entlaufen, und er selbst wurde von einem tollwütigen Hund gebissen – zumindest erzählt man das. Man hat ihn nach Dublin ins Lazarett geschickt. Tut mir leid, Sie so zeitig zu belästigen, aber ich habe das ziemlich sichere Gefühl, daß der Bursche in Ihren Wäldern untergetaucht ist."

Paul zog die Augenbrauen hoch. „Ja, Captain, ich kann nur für mich selber geradestehen, nicht für meine Wälder. Die einzigen Anwesenden hier sind Mrs. Devine, die Haushälterin, und mein kleiner Neffe, der sich von den Masern erholt, und den ich nicht stören möchte. Mein Stallbursche schläft über den Ställen. Ah, da ist ja Mrs. Devine", fügte er hinzu, als eine dralle Person in wollenem Morgenrock durch die Diele geschritten kam. Dünne, graue Zöpfe standen wie Pumpenschwengel hinter ihren Ohren ab. Sie trug eine Kerze in einem grünen Halter und sah wie ein weibliches Gegenstück zu Rip Van Winkle aus.

„Kann ich Ihnen eine Erfrischung anbieten, Captain? Etwas Wein vielleicht. – Mrs. Devine, würden Sie sich darum kümmern. In der Bücherei."

Mrs. Devine gackerte leise vor sich hin, und Paul führte den Gast in die Bücherei.

Sie verabschiedeten sich im Hellen. Draußen hatten die Männer inzwischen noch einmal erfolglos die Wälder durchkämmt. Erschöpft hockten sie im Halbschlaf auf den Lastwagen.

Sie fuhren mit ihrem Captain davon. Kies spritzte unter den Reifen hervor.

Sobald sie außer Sicht waren, ging Paul in den Keller. Das Strohlager, auf das er Tommy gebettet hatte, war leer.

Kapitel 17

Eileen balancierte das Tablett aus, bevor sie die Treppe hochstieg. Seit zwei Tagen war der Master verschwunden. Mr. Ledwith hatte gesagt, jawohl, er habe jenen Abend bei ihm zugebracht, sei jedoch etwa Viertel vor zehn nach Hause aufgebrochen. Als sich die Braunen zurückgezogen hatten, war die Missus die ganze Nacht aufgeblieben und hatte gewartet, war zwischendurch immer wieder zum Tor gegangen, hatte nach links und nach rechts Ausschau gehalten, obwohl sie damit gegen die Ausgangssperre verstoßen und riskiert hatte, erschossen zu werden.

Am Morgen war die Missus zur Schule gefahren und in einer schrecklichen Verfassung zurückgekehrt. Die Schule war zerstört, bis auf die Grundfesten niedergebrannt. Dann wurde bekannt, daß sie den Master festgenommen hatten. Bald darauf war Mr. Stratton gekommen. Er hatte gesagt, als er die Neuigkeiten vernommen habe, sei er sofort zur Kaserne geeilt, habe dort aber nur erfahren, daß Mr. Delaney während der Sperrzeit verletzt und in das Militärhospital Portobello eingeliefert worden sei.

Die Missus hatte Stunden im Sessel ihres Mannes zugebracht, den Kopf gestützt und eine Zeitlang Mr. Stratton zugehört. Danach war sie ruhiger gewesen und hatte ihrer Freundin telegrafiert, daß sie auf Besuch kommen werde. Heute, dachte Eileen, wird sie den Zug nach Dublin nehmen.

Als sie eintrat, war Kitty schon aufgestanden. Sie saß vor dem Spiegel der Frisierkommode und bürstete ihr Haar, das unter den striegelnden Borsten knisterte.

Eileen setzte das Tablett ab. „Soll ich Ihnen einige Schnitten für die Reise machen, Ma'am?"

„Nein, danke, Eileen."

Eine halbe Stunde später fuhr Paul mit dem Einspänner vor. Er half Kitty beim Einsteigen und stellte ihren Koffer hinein. Dann brachen sie auf. Eileen schaute der Kutsche nach, bis sie nicht mehr zu sehen war, und trug das Tablett in die Küche hinunter. Da das Frühstück nicht angerührt war, aß sie es selbst. Bis die Missus wiederkam, würde sie für das Haus verantwortlich sein. Der junge Dinny Mooney sollte die Kühe melken und überhaupt alle Außenarbeiten verrichten.

Unterwegs wechselten Paul und Kitty kaum ein Wort. Er griff nach ihrer Hand. Sie spürte die Kraft und die Wärme durch den Handschuh hindurch und machte sich frei, wobei sie an ihre letzte Fahrt zum Bahnhof dachte. Damals hatte Leonard gutgelaunt neben ihr gesessen. Egoistisch, egoistisch, egoistisch! schalt sie sich. Du hättest ihm das Leben leichter machen, hättest seine Klassenarbeiten korrigieren können. Was immer er getan hat, hat er für Irland getan. Sieh dir an, welchen Preis er zahlen muß!

Doch mit der letzten Objektivität, die ihr verblieben war, sagte sie sich, daß es sich anders verhielt. Leonard hatte es ebensosehr für sich selbst wie für Irland getan und sich über die Kosten niemals Gedanken gemacht. Sie kannte nun die Einzelheiten jener Nacht. Paul hatte ihr erzählt, wie sich Leonard mit Tommy zu ihm geschleppt hatte, wie sie den Verletzten im Keller versteckt hatten, aus dem er Stunden später verschwunden war. Da er sich nicht in der Gewalt der Braunen befand, lag es auf der Hand, daß ihn die Freiwilligen fortgebracht hatten.

„Es muß hier vor Shinnern wimmeln", hatte er gesagt. „Aber woher konnten sie wissen, daß er im Keller lag?"

Sie hatte Eileen erzählt, daß Tommy wahrscheinlich gerettet sei, und das Lächeln bemerkt, das rasch unterdrückt wurde.

Captain Ackerley war offenbar nach Tubbercullen zurückgekehrt. Die Ärzte in der Hauptstadt hatten keine Anzeichen von Tollwut festgestellt, und Captain Davis, der in der Nacht, als Leonard verschwunden war, mit Paul Wein getrunken hatte, war wieder auf seinen alten Posten versetzt worden. Paul sollte bei ihm vorsprechen, und der Captain hatte ihm zugesagt, über Leonards Verbleib Erkundigungen einzuziehen. Kitty und Paul jedoch verabredeten sich nicht. Sie wollte so lange wie nötig bei Mary bleiben.

„Teile mir telegrafisch mit, wann du nach Hause kommst", sagte Paul, als er sie in den Zug geleitete, „und gib auf dich acht, Kitty. Dublin ist heutzutage ein gefährliches Pflaster. Und versuche, dir um Leonard keine Sorgen zu machen. Wir werden ihn freikriegen."

In Portobello wurde Leonard frisch verbunden. Bei jedem Verbandswechsel hatte er das Gefühl, daß ihm das Fleisch von der Schulter gerissen wurde.

Der Sanitäter blickte in das graue Gesicht und seufzte. „Nehmen Sie es nicht so schwer", sagte er leise. „Vermutlich werden Sie morgen abtransportiert."

„Und wohin?"

Der Mann schaute Leonard kurz in die Augen. „Kilmainham – aber vorher bringt man Sie zum Verhör ins Schloß."

So – das war es also! Würde er im Kilmainham sterben wie zahlreiche andere vor ihm? Er stellte sich die kalte Kalksteinfestung vor, in der Parnell gesessen hatte, wo 1916 Märtyrerblut geflossen war und jetzt viele Todeskandidaten auf die Urteilsvollstreckung warteten. Bis zum Tag der Hinrichtung heißt es leiden, dachte Leonard und tröstete sich: Man wußte ja nie ... Vielleicht gelang es ihm zu fliehen, ehe sie ihm die Augen verbinden und an die Wand stellen konnten. In Portobello hatte er gehört, daß sich Patch Murray mit Fluchtplänen getragen, sie jedoch wieder verworfen hatte. Patch war noch schwach. Sie hatten ihn in die Mangel genommen, ohne ihn mürbe zu kriegen. Das Herz schlug Leonard höher vor Dankbarkeit für den Jungen, seinen ehemaligen Schüler. Wenn ihm alle Söhne Irlands nacheiferten, wäre ihre Sache so gut wie gewonnen.

Sie holten ihn am nächsten Morgen ab. Er trug noch die blutbefleckte Kleidung wie zum Zeitpunkt der Verhaftung. Man fesselte ihn an einen Polizeibeamten, und als er abgeführt wurde, brachten Mitgefangene Hochrufe auf ein freies Irland aus. „Eire got bragh!" riefen sie aus rauhen Kehlen.

Das gepanzerte Fahrzeug bog in die Dame Street ein. Er hatte flüchtige Eindrücke von Bürgersteigen, laufenden Menschen, hörte Autohupen, das Getöse des Verkehrs. Dann fuhren sie unter einem Torbogen hindurch zum unteren Hof des Dublin Castle. Er dachte an den Sommertag, als er um Kitty gefreit hatte und mit ihr am Schloß vorbeigebummelt war. Nur einen flüchtigen Blick hatten sie damals hinübergeworfen. Die Einsamkeit überwältigte ihn plötzlich so heftig, wie er es nie für möglich gehalten hätte.

Man führte ihn eine schmale Treppe hinab in einen Raum mit Steinfußboden, einem Tisch, zwei Stühlen, einem eisernen Kamin, in dem ein Kohlenfeuer brannte. Ein kleines vergittertes Fenster befand sich oben in der Wand. Leonard setzte sich auf den Stuhl, der ihm durch eine Handbewegung zugewiesen wurde, hörte, wie sich der Schlüssel im Schloß drehte, und wartete.

Kitty kehrte ins Stadtzentrum zurück, um die Straßenbahn nach Dalkey zu nehmen. Sie war in Portobello gewesen, wo man ihr gesagt hatte, ihr Gatte sei von der Kaserne nach Kilmainham verlegt worden. Auch dort war sie gewesen, und man hatte ihr unfreundlich mitgeteilt, in der Anstalt gebe es keinen Häftling dieses Namens.

Mary hatte sie begleiten wollen, aber sie litt an Bronchitis und hatte Temperatur. Schon am Tage vorher war sie wacklig auf den Beinen gewesen, als sie sich in Kingsbridge getroffen hatten.

Kitty fühlte sich schrecklich müde. Ihr Herz lag wie ein schwerer Klumpen in der Brust. Der Optimismus, den sie bei der Abreise verspürt hatte, war wie fortgeblasen. Sie wußte, daß Paul inzwischen eingetroffen sein mußte, aber der Gedanke an ihn erleichterte sie nicht. Es war alles so hoffnungslos. Leonard steckte in Schwierigkeiten. Sie machte sich Vorwürfe, weil sie bei ihrem letzten Gespräch Streit mit ihm vom Zaun gebrochen hatte.

Eine völlig veränderte Atmosphäre herrschte in der Stadt. Es gärte, die Spannung war spürbar. Gepanzerte Fahrzeuge und Polizisten überall. Sie beobachtete, wie Männer angehalten und visitiert wurden. Die Behörden suchten Michael Collins, der den Geheimdienst so erfolgreich unterwandert hatte. Er schien einen Schutzpatron zu haben. Detektive aus dem Schloß wurden auf offener Straße erschossen, aber die Attentäter entkamen unversehrt. Immer mehr Angehörige der Königlichen Irischen Polizei quittierten den Dienst und mußten durch die ins Land strömenden Schwarzbraunen ersetzt werden.

Bei der O'Connell Bridge schlenderte Kitty zur Endstelle der Straßenbahn nach Dalkey, als ein Mann, der am anderen Ende der Brücke die Straße überquerte, ihre Aufmerksamkeit erregte. Er bewegte sich wie Paul, und von hinten sah er auch so aus. Impulsiv begann sie zu rennen, machte einen Bogen um die Straßenbahn und Radfaher. „Paul!"

Er wandte zerstreut den Kopf, dann drehte er sich jäh um. „Kitty!" Er ergriff ihre Hände.

Kitty glich einer Schiffbrüchigen, die einen rettenden Hafen suchte. Dem besorgten Ausdruck seiner Augen war sie nicht gewachsen. Sie brach in Tränen aus.

Er legte schützend einen Arm um sie, und sie gewahrte die neugierigen Blicke der Passanten.

„Kitty, Liebling ... Kopf hoch, ich werde dich das nicht auf eigene Faust ausfechten lassen", flüsterte er ihr ins Ohr. „Ich bin im Gresham abgestiegen. Du kommst gerade recht zum Mittagessen." Er nahm behutsam ihren Arm und zog sie fort. Sie behauptete zwar, keinen Hunger zu haben, doch er ignorierte ihre Proteste. „Kein Aber, Kitty. Es ist genau das, was du zum Aufmuntern brauchst. Danach können wir alles besprechen."

Paul hatte eine kleine Suite genommen. Sie bestand aus Schlaf- und angrenzendem Wohnzimmer. Er führte sie hinauf und ließ sie allein. Sie machte sich frisch, wusch das Gesicht und bemühte sich vergeblich, die roten Flecke um die Augen zu entfernen. Sie setzte den Hut ab und steckte das Haar zu einem hübschen Knoten auf. Dann saß sie teilnahmslos im Wohnzimmer, nahm die Zeitung vom Tisch, *The Irish Times*, und legte sie wieder hin. Sie fühlte sich ausgelaugt und war nervös.

Wenn jemand gesehen hat, wie er mich hinaufgebracht hat, bin ich kompromittiert, dachte sie. Doch sie war zu müde und verzweifelt, als daß sie sich wegen Bagatellen ernsthaft Gedanken gemacht hätte. Das Zimmer bot ihr Zuflucht vor der selbstzerstörerischen Hatz dort draußen.

Bald klopfte Paul an. „Wollen wir jetzt hinuntergehen?"

Kitty stand auf, hob unsicher den Hut, ließ ihn sinken und weinte wieder.

„Wir können auch hier essen, Kitty", sagte er sanft. „Ich werde etwas heraufbringen lassen."

Wenig später kam das Menü auf einem Servierwagen. Der Kellner deckte den Tisch, ordnete vorsorglich das Porzellan und die Bestecke, und Kitty schaute zum Fenster hinaus. Es hatte zu regnen angefangen. Über den Schaufenstern wurden die Markisen eingezogen, Menschen hetzten die Bürgersteige entlang, die aufgespannten Schirme glichen Riesenpilzen. Nicht weit her mit diesem Sommertag, dachte sie.

Sie drehte sich zu Paul um, der vor der Tür stand und dem Kellner zusah. Die rechte Hand hatte er in die Tasche gesteckt. Sein markantes Kinn beeindruckte sie, seine entspannte und doch arrogante Haltung, seine starken Schultern. Kraft und Vornehmheit strahlte er aus und natürliche Anmut. Seine Schönheit bestach sie unwillkürlich. *Vergleich ich dich mit einem Sommertag – du bist gemäßigter und schöner.*

Der Kellner erhielt sein Trinkgeld und verließ den Raum.

„Komm, Kitty. Die Suppe wird kalt." Er rückte einen Stuhl für sie zurecht.

Leonard versuchte den Mann auf der anderen Seite des Tisches einzuschätzen, während sich der Untersuchungsbeamte in die mitgebrachte Akte vertiefte. Er war ein stämmiger Schwarzbrauner mit herrischen, harten blauen Augen.

„Sie sind Leonard Delaney?"

„Ja." Zu leugnen hätte keinen Sinn; sie wußten ohnehin Bescheid.

„Sie sind Mitglied der Sinn Féin."

„Nein."

„Nun kommen Sie, Delaney. Sie sind ein bekannter Aktivist. Sie haben den Hinterhalt beim Gutshaus Stratton organisiert."

„Nein."

„Sehen Sie . . ." Die Stimme klang verständnisvoll. „Sie sind verwundet. Ein paar Informationen, das ist alles, was wir brauchen. Danach sind Sie entlassen." Er zog eine Schachtel Gold Flake aus der Tasche und machte sie auf. „Zigarette?"

„Nein, danke."

Er zündete sich eine an und atmete tief ein. „Mit den Wunden ist es so", fuhr er fort, „daß sie ernst sein können. Man kann daran sterben. Geben Sie mir die Namen der Freiwilligen in Ihrem Ort."

„Ich kenne keine."

Der „Polizist" stieß den Rauch durch die Nase aus und starrte Leonard in die Augen.

Auf dem Schloßhof herrschte ein geschäftiges Treiben. Leonard hörte Getrappel auf dem Kopfsteinpflaster, das Brummen laufender Motoren, das Klappern von Gewehren. Er versuchte sein Gedächtnis auszuschalten, doch das gelang ihm nicht. Die Angst, sich durch ein unbedachtes Wort oder eine Geste zu verraten, versetzte ihn in Spannung wie eine niedergedrückte Sprungfeder.

Nicht antworten, nahm er sich vor, ihnen nichts sagen. Denke an etwas anderes, beiß dich daran fest. Einige Verszeilen wären ideal. Jedoch nur dieses gräßliche Gefasel fiel ihm ein:

Grün war das Ufer des Shannon, und Sheila so nah,
Einen glücklicheren Jüngling ich in Irland nie sah . . .

Sein Gegenüber schüttelte den Kopf. „Sie kennen also die Namen Ihrer eigenen Brigademitglieder nicht. Ein schwaches Gedächtnis, das muß ich schon sagen – sehr schwach. Ja, da muß man doch etwas tun!" Er lehnte sich lässig über den Tisch und bohrte Leonard seine glimmende Zigarette in den Handrücken.

Leonard schrie auf, schnellte hoch und riß den Arm zurück. Das Verlangen, die Brandwunde mit dem Mund zu kühlen, unterdrücke er.

„Sie hatten einen Mann auf dem Boden Ihrer Schule versteckt. Sie haben ihm zur Flucht verholfen."

„Ich wohne nicht in der Schule", zischte Leonard. „Wer immer sich dort oben versteckt haben mag, hat das ohne mein Wissen getan."

„Tatsächlich. Sie sind der Direktor. Soll ich etwa glauben, daß Sie nicht wissen, was in Ihrer eigenen Schule passiert?"

„Es war unter dem Dach, Mann! Wie oft steigt man da schon hoch; ich bin nie oben gewesen. Können Sie sich dafür verbürgen, was auf Ihrem Boden geschieht?"

Der stämmige Mann nickte, als ob er Leonard beipflichte.

Dann schlug er ihm so kräftig gegen die wunde Schulter, daß es den Getroffenen beinah vom Stuhl geworfen hätte. Leonard empfand Höllenpein und Übelkeit, und der Brechreiz vergrößerte sich, als der Schmerz nachließ. Er brachte einen Schwapp gelbliche Gallenflüssigkeit hoch, und plötzlich begriff er mit eigentümlicher Klarheit, warum sie ihm den ganzen Tag nichts zu essen gegeben hatten.

„Ich denke, daß sich mein eigener Arbeitsmann dort nicht versteckt hält, das könnte ich garantieren. Sagen Sie mir, wo er jetzt ist."

„Fragen Sie ihn doch", stieß Leonard durch die zusammengebissenen Zähne hervor.

Der Braune trat an den Kamin. „Hören Sie, Delaney, ich versuche nur, Ihnen Ihr Los zu erleichtern. Was wir bis jetzt gegen Sie vorbringen können, reicht bereits aus, um Sie standrechtlich erschießen zu lassen." Die Stimme klang freundlicher, fast fürsorglich. „Kommen Sie zum Feuer, Mann. Sie zittern ja vor Kälte."

Leonard erhob sich langsam und stellte sich auf der anderen Seite des Kamins hin. Die Hitze strahlte ihm gegen die Beine.

„Holen Sie Ihren Stuhl."

„Ich möchte lieber stehen."

Ein Schlag gegen das Brustbein ließ ihn rückwärts taumeln. Er schmeckte Blut. In der Schulter hatte er ein Gefühl, als ob sie ausgerenkt wäre. Er richtete sich auf und lehnte sich an die Wand.

„Ein paar Worte noch", fuhr der andere sanft fort, „und Sie können zu Ihrer Familie nach Hause zurückkehren. Haben Sie Kinder?"

„Nein."

„Ich will es Ihnen noch leichter machen. Ein einziges Wort nur, den Namen des Verstecks. Dann sind Sie frei."

Die aufgeplatzte Wunde brannte wie Feuer. Schändlich, Schmerzen zu empfinden. Leonard kannte sich kaum wieder in dem Menschen, der da röchelnd um Selbstbeherrschung rang. Kontrolle ist leicht, solange sich alles deinem Willen beugt. Er suchte nach einem Gedanken, an den er sich klammern konnte. Gott steh mir bei . . . Zeilen aus dem Epos „Paradise Lost" fielen ihm ein:

Was in mir finster ist, erleuchte,
Was niedrig ist, laß sich erhöhn . . .

Ein Knie des Braunen traf ihn im Schritt. Er krümmte sich und stürzte schwer zu Boden.

„Das ist nur ein Vorgeschmack. Wenn ich mit Ihnen fertig bin, können Sie nie mehr Vater werden – nicht einmal, wenn Sie zu Ihrer Frau zurückgeschickt werden – was allerdings zweifelhaft ist."

Ein Schlag in den Magen ließ ihn nach Luft ringen, dann trocken würgen.

„Namen, Delaney. Die Namen der Aktivisten Ihres Wohngebiets."

„Ich bin Lehrer", hauchte Leonard, „ein einfacher Lehrer."

„Ist das nicht nett! Ein Lehrer! Ein gebildeter Mensch! Jemand, auf den man sich verlassen kann, der bereit ist, König und Vaterland zu verteiligen. Hab ich nicht recht?" Er zog Leonard hoch und stemmte ihn gegen die Wand. „Hab ich nicht recht, frag ich?"

„Er ist nicht mein König", sagte Leonard. Die Übelkeit überwältigte ihn. Denk nicht an die Qualen. Ein anderes Gedicht. Wie zum Teufel heißt es in der Elegie von Gray? Die kannte er doch so gut . . .

Kann aus der Urne auferstehen,
Aus einer Büste frischer Atem wehen . . .

Ein neuer Schlag, diesmal ins Gesicht. Er knackte. Irrsinnige Schmerzen im Nasenrücken, die zum Hinterkopf ausstrahlten.

Kann Lobgesang erweichen einen Stein . . .

Er spürte, wie ihm dickes, warmes Blut durch die Nase rann, hatte einen häßlichen Salzgeschmack im Mund, kriegte kaum Luft.

Des Todes kaltem Ohr ein Schmeichler sein . . .

Kitty nahm ein Glas Wein an. Er war kühl, durststillend, hatte ein angenehmes Bukett und milderte die Depression.

Paul schenkte nach, tat ihr Hühnchen und Salat auf, und sie stocherte darin herum. „Beruhige dich bitte, Kitty. Morgen gehe ich zu Davis ins Schloß. Heute nachmittag ist er unterwegs. Sonst wäre ich jetzt dort."

Kitty blickte ihn an. „Ich weiß nicht, wie ich dir danken soll, Paul."

„Er füllte ihr Glas zum dritten Mal.

„Es wird etwas reichlich. Ich bin es nicht gewöhnt."

„Nur drei Glas für jeden, Kitty, aber wenn du es nicht möchtest, laß es ruhig stehen."

Sie trank jedoch, weil sie fühlte, daß jetzt, da er hier war, alles in Ordnung kommen würde, und sie wollte es genießen, mit ihm allein zu sein. Es war richtig, bei ihm zu sitzen. So sollte es sein. Sie tat, als spürte sie die wachsende Erregung nicht.

Nach dem Essen tranken sie auf dem Sofa Kaffee, knabberten Keks und sprachen über den nächsten Tag. Kitty wollte noch einmal zum Gefängnis Kilmainham gehen; Paul würde von Davis erfahren, welche Register er ziehen mußte, um zu erwirken, daß Leonard entlassen wurde.

„Sie haben nicht gar so viel gegen ihn vorzubringen, Kitty. Er hat einem Feind der Krone Unterschlupf gewährt. Das ist alles, was sie ihm anlasten können. Wenn sich jemand für ihn verwendet, stehen die Chancen zehn zu eins, daß sie ihn laufen lassen."

Kitty seufzte.

„Ein Glück nur, daß nicht sie es waren, die das Waffenlager in dem Brunnen entdeckt haben."

Sie schwiegen. Er schaute ihr in die Augen, und sie erinnerte sich lebhaft an den Nachmittag, als ihr Paul das Versteck im Wald gezeigt hatte.

Ihr schwindelte leicht. Das machte der Wein. Paul setzte seine Tasse auf den Tisch und griff nach ihrer Hand. Sie entzog sie ihm nicht, fühlte sich wie elektrisiert, aber geborgen im Zauber seiner Nähe. Einer plötzlichen Regung folgend kuschelte sie sich an ihn, schlang ihm die Arme um den Hals und schmiegte sich mit der Wange gegen seine.

Paul stöhnte. „Kitty, meine Liebste, weißt du, was du tust?"

Doch das Blut rauschte in ihren Adern. In einem übermächtigen Gefühlsausbruch drückte sie ihn fester an sich.

„Du darfst nicht glauben, daß ich die Situation ausnutzen möchte . . . Ki . . ."

Er verstummte, als sie dem inneren Aufruhr nachgab und ihn mit warmen, geöffneten Lippen küßte.

Er nahm sie in die Arme und wechselte zum Schlafzimmer hinüber. Die Tür schloß er mit dem Fuß hinter sich.

Seltsam sachlich stellte Leonard fest, daß der Folterknecht großporige Nasenflügel hatte und daß einige Talgdrüsen mit schwarzen Mitessern verstopft waren.

„Ich bin hier, um Informationen aus Ihnen herauszuholen, Delaney, und ich werde sie bekommen. Den Zeitpunkt bestimmen Sie."

Leonard hörte, wie der Schürhaken knirschend in die Glut geschoben wurde, wie er gegen den Kaminrost klapperte. Er blinzelte. Die Augen weiter zu öffnen, fiel ihm schwer, weil sein Gesicht geschwollen war. Der Mann zog das Schüreisen aus dem Feuer und prüfte es. Die Spitze glühte rot.

„Ich hatte gehofft, ohne dieses Ding auszukommen, Delaney. Man erzielt damit bemerkenswerte Ergebnisse, aber es hinterläßt Narben."

Leonard kniff die Augen zu, spürte die Hitze auf der rechten Gesichtshälfte. Es zischte leise und roch nach verbranntem Fleisch. Dolchstichen gleich bohrte sich der Schmerz vom Ohrläppchen aus ins Gehirn. Der Gestank angesenkter Haare lag in der Luft.

„Sagen Sie mir, wo er sich aufhält, Delaney. Welchen Sinn hat es, ein toter Held zu sein?"

Des Todes kaltem Ohr ein Schmeichler sein!

Die Worte hatten ihre Bedeutung verloren. Sie waren nur noch etwas, woran er sich festhalten konnte.

„Haben Sie jemals überlegt, was es heißt, auf die Donnerkiste zu müssen, nachdem ich Ihnen dieses Ding in den Hintern gerammt habe, Herr Lehrer? Sie werden sich für den Rest Ihres Lebens mit Zeitungspapier ausstopfen müssen."

Leonard dachte nicht mehr an Poesie. Er stürzte sich auf seinen Peiniger, schlug ihm das Schüreisen aus der Hand und versetzte ihm einen Seitenhieb, der das Gesicht streifte. Wahnsinnge Schmerzen durchwühlten die Schulter. Er krümmte sich. Seine Nebennieren schütteten Adrenalin aus. Er bückte sich nach dem Eisen, aber ein glänzender Stiefel hielt es am Boden fest. Ein Fußtritt traf ihn gegen die Brust und schleuderte ihn zur Wand hin.

Er war betäubt, wurde ergriffen, auf einen Stuhl gezerrt

und daran festgebunden. Hatte der Braune die Soldaten gerufen, oder waren sie von dem Lärm angelockt worden?

Der Braune schob das Eisen ins Feuer und tupfte sich mit einem Taschtuch die scharlachrot glänzende Nase ab. Leonard fühlte sich elend, litt Höllenqualen, aber es bereitete ihm Genugtuung, den anderen blutig geschlagen zu haben. Er schöpfte wieder Mut.

„Ich bin Ihrem Typ schon öfter begegnet, Delaney, und mit ihm fertig geworden. Das Schlimme ist bloß, daß meine Vorgesetzten so überempfindlich hinsichtlich des Zustandes eines Verräters sind, wenn er dem Henker zugeführt wird. Es gibt da eine bessere Methode. – Wache!" brüllte er und richtete den Blick auf Leonard. „Führen Sie den Gefangenen Patrick Murray vor, von seinen Freunden und Bekannten Patch genannt. Gegen Ihre eigenen Schmerzen mögen Sie immun sein, Delaney. Nun wollen wir mal sehen, wie standhaft Sie sind, wenn einer Ihrer Leute geröstet wird."

Mary richtete sich im Bett hoch und nippte Kakao. Sie sah wesentlich besser aus, fühlte sich auch entsprechend. Kitty saß auf dem Bettrand, drehte Fransen der Decke zu straffen Spiralen, flocht Zöpfchen wie Miniaturausgaben von Pferdeschwänzen auf einem Gymkhana beim Geschicklichkeitswettbewerb der Reiter. Sie löste die Flechten, kämmte die Fransen mit den Fingern durch und fing von vorn an. Jezebel, Marys Katze, schlief zusammengerollt neben ihr. Sie sprachen über Leonard.

„Er kommt frei, Kitty, da bin ich sicher, zumal sich jetzt im Schloß jemand für ihn einsetzen will." Mary hustete krampfhaft und keuchend.

Kitty nahm ihr die Tasse ab und hielt sie, bis der Anfall vorbei war.

„Sooft es mich überkommt, denke ich, daß ich statt Lungen schwefelgefüllte Blasebälge habe."

Kitty starrte mißbilligend Jezebel an. „Kein Wunder, daß du Bronchitis hast, wenn du das Biest auf deiner Decke schlafen läßt."

Mary lachte schnippisch und kraulte die Katze unterm Kinn. „Jezebel ist kein Biest. Sie ist fett, egoistisch, ein Herumtreiber, aber kein Bazillenträger. Stimmt's, Miezeken?"

Die Katze vibrierte, erstickte fast beim Schnurren, grub die gespreizten Krallen ekstatisch ins Bettzeug.

Buh! dachte Kitty, die keine Katzen mochte, weil sie anmaßend und schmeichlerisch-sinnlich waren. Sie erhob sich, zog die Bettdecke straff und schüttelte die geflochtenen Fransen aus.

„Untersteh dich, mich zu verlassen, Kitty Delaney. Ich hab mich den ganzen Tag höllisch gelangweilt. Setz dich hin und erzähle mir alles von deinem Mr. Stratton!"

Kitty betrachtete ihre Hände und merkte, wie ihr die Röte ins Gesicht stieg. „Ich hab dir doch schon gesagt, er ist unser Großgrundbesitzer – oder war es, ehe er sich von seinen Ländereien trennte."

„Ist er verheiratet?"

„Nein."

„Dir nutzt so ein akzeptabler Junggeselle wenig, Kit. Du solltest uns bekanntmachen!"

Kitty war sich bewußt, daß Mary sie scharf beobachtete. Sie vermied es, ihr in die Augen zu sehen. „Er würde dir gefallen, Mary . . ." Sie hielt jäh inne, die Worte blieben ihr in der Kehle stecken.

„Kitty, was ist?"

Sie setzte sich brüsk hin und drehte ihrer Freundin den Rücken zu, weil sie gegen die Tränen nicht länger ankam. „Wenn du es unbedingt wissen mußt . . . Die Wahrheit ist, daß ich ihn rasend liebe. Und heute habe ich das Undenkbare getan . . ." Sie wandte Mary die feuchten roten Augen zu, dann vergrub sie das Gesicht in den Händen. „Ich habe mich ihm hingegeben!"

Mary starrte sie erschrocken an. „Das kann doch nicht dein Ernst sein", sagte sie leise.

Kitty schluchzte.

„Sicher meinst du nicht – bis zur letzten Konsequenz?"

Kitty nickte. „Ich liebe ihn seit einer Ewigkeit", flüsterte sie durch Tränen, „seitdem ich ihn bei meiner letzten Fahrt nach Dublin im Zug getroffen habe."

„Den großen Herrn, der fortging, als ich ankam, einer von den oberen Zehntausend?" fragte Mary gepreßt.

Dann schwiegen sie. Nur Kittys Schluchzen unterbrach die Stille.

„Du richtest dich zugrunde, Kit", sagte Mary nach einer Weile sanft. „Ich denke, er ist ein Saukerl, wenn er die Verfassung, in der du heute warst, dafür ausgenutzt hat." Sie hustete wieder krampfhaft und hielt die Hand vor den Mund.

Und dann erzählte Kitty der Freundin die Geschichte ihrer Beziehungen zu Paul Stratton gegen den Hintergrund ihres Lebens in Tubbercullen. „Ich liebe ihn nicht einfach, Mary. Ich verzehre mich nach ihm! Aber ich hatte nie gedacht, daß ich das tun würde, was heute geschehen ist." Sie zog den Kopf zwischen die Schultern. „Es macht die ganze Sache noch viel schlimmer." Sie winkte verzweifelt ab.

Mary streichelte Jezebel. Sie sah Kitty schockiert und besorgt an. „Und was ist mit Leonard?"

„Ich weiß es einfach nicht. Meine Gefühle für ihn liegen auf einer völlig anderen Ebene."

Mary legte sich um. „Kitty, ich will ganz offen sein. Dieser Paul Stratton empfindet fast mit Sicherheit nicht die mächtigen Emotionen für dich wie du für ihn."

„Wie kannst du so etwas sagen?" fragte Kitty abwehrend. „Du kennst ihn doch nicht einmal." Was Mary erwidern würde, wußte sie im voraus. Die Ansichten einer Frauenrechtlerin waren ihr kein Geheimnis.

„Weil er ein Mann ist!"

Kitty schnaufte entrüstet. „Um Gottes willen — Mary!"

Mary lachte krächzend. „Ich will ja nicht behaupten, daß er nichts für dich übrig hat, Kit. Er erkennt nur nicht, wie ernst das ist, was er getan hat." Sie betrachtete grüblerisch Kittys unbewegliche Miene. „Während du Liebe empfindest — während du dich nach Paul Stratton verzehrst, ist er möglicherweise lediglich darauf aus, dich zu gebrauchen."

Kitty schürzte die Lippen und unterdrückte den Zorn, der in ihr aufstieg. Ihr mißfielen Marys Anschauungen über die Beziehungen zwischen Mann und Frau, diese unerträglich düstere Darstellung der Welt. „Paul ist überhaupt nicht so, das steht fest", sagte sie kalt.

Mary hob die Hände zum Zeichen, daß sie sich ergab. „Vergib mir, Kit. Wenigstens so lange, wie du dir sicher bist."

Kitty senkte die Stimme. „Ach Gott, ich weiß selber nicht, worüber ich mir sicher bin", sagte sie mit einer Gebärde, die

Ratlosigkeit ausdrückte. „Die eine Hälfte von mir schwebt in Hochstimmung, die andere kommt sich schäbig vor. Verachtest du mich, Mary?"

Mary seufzte. „Ich habe Angst um dich, das ist alles. Ich hoffe, du weißt, was du tust."

„Ich kann nicht anders", erwiderte Kitty verbissen. „Ich liebe Leonard – oder versuche es zumindest. Ich bin außer mir, weil ich mir solche Sorgen um ihn mache, aber in seiner Gegenwart fühle ich mich unscheinbar, während ich bei Paul merke, daß ich wirklich existiere und weiß, wozu ich da bin. Er gibt mir Dimensionen, er gibt mir Leben."

Mary schüttelte den Kopf und sagte leise: „Das kann dir niemand geben, Kitty. Damit wurdest du geboren."

Kapitel 18

Paul beeilte sich, pünktlich zu der Verabredung mit Captain Davis in Schloß Dublin zu sein. Er kam etwas zu früh an und betrachtete eine Weile das Treiben auf dem Schloßhof. Dann wandte er sich ab und suchte den Tagesraum auf.

Dort mußte er einen Augenblick warten, ehe er die Treppe hinauf und durch reinliche Gänge zu einer braunen Tür geführt wurde, die sich nach innen öffnete und ein geräumiges Zimmer freigab. Darin standen zwei Schreibtische, und an den Wänden hingen Landkarten. Hinter einem der Tische saß Captain Davis, ein anderer Offizier stand neben ihm. Sie besprachen die Lage anhand der Karte, die vor ihnen ausgebreitet war.

Als Paul eintrat, stand der Captain auf. „Major Stratton!" Er stellte den Gast seinem Kameraden vor, der Paul ehrerbietig die Hand schüttelte. „Mein ehemaliger Vorgesetzter in Flandern. Einer unserer Helden, wissen Sie. Träger des Military Cross."

„Aus Flandern heimgekehrt zu sein ist mehr wert, Captain", entgegnete Paul kurz angebunden.

Davis führte Paul auf den Korridor hinaus. „Es tut mir leid, daß ich Sie gestern nicht empfangen konnte. Ich bin für ein paar Tage außerhalb gewesen." Er lachte gezwungen. „Habe mich verlobt, um es genau zu sagen."

„Herzlichen Glückwunsch!" Paul gratulierte höflich. „Eine Bekannte von mir?"

„Lucy ffrench-Wilton. Frisch aus Indien zurück."

Paul schüttelte den Kopf. „Glaube nicht, das Vergnügen gehabt zu haben."

„Sie hat Ihre Schwester dort kennengelernt."

Sie schwiegen eine Weile.

„Tatsächlich?"

„Ja ..." Davis schickte sich an, ausführlich zu berichten, aber Pauls Miene war eisig: „Ja, zu der Angelegenheit dieses Burschen Delaney ... Tatsache ist, daß er gestern aus der Kaserne Portobello hierher verlegt wurde." Er zögerte. „Der

Geheimdienst ist an ihm interessiert, hat ihn ein bißchen in die Mache genommen."

„Wie meinen Sie das – in die Mache genommen? Ich dachte, so etwas hätten nur die Hunnen getan."

Davis zuckte die Schultern. „Ich fürchte, wir haben da nie eine ganz saubere Weste gehabt. Sie setzten Winters auf ihn an. Das ist ein ziemlich harter Bursche."

„Wie schwer ist er verletzt?"

„Gebrochenes Nasenbein und so – grün und blau." Er senkte die Stimme. „Und Brandwunden."

Paul richtete sich auf. „Brandwunden? Wurden ihm hier beigebracht? Hier? Womit wurde er gefoltert?"

„Schürhaken", sagte Davis angewidert. „Kann Winters nicht melden. Er ist nicht reguläre Armee. Die machen, was sie wollen."

„Wo ist Delaney jetzt?"

„Er ist noch bei uns. Der Arzt hat ihn betreut. Er hat ausgepackt, wissen Sie, um einen jungen Burschen zu retten, aber den hat Winters erschossen, gleich nachdem Delaney gestanden hatte. Er war verwundet gewesen – Lungenschuß – und auf dem Wege der Genesung. Sie hätten ihn sonst aufgehängt. Nun hat der Geheimdienst Delaney in der Hand. Entweder hängt er ihn, oder die Terroristen werden das besorgen. Man will ihn offenbar zwingen, als eine Art Doppelagent zu arbeiten. Also wird man ihn entlassen."

„Kann ich ihn jetzt sehen?" fragte Paul.

„Ist zu bezweifeln. Sie kennen den Kerl wohl gut oder wie verhält sich das?"

„Er ist ein Freund von mir."

„Davon haben wir beide mehr als genug verloren. Es tut mir leid, aber er war ein Verräter."

„Und was soll ich der Frau des Mannes sagen?" fragte Paul. „Daß ihr Gatte in Schloß Dublin von Angehörigen der britischen Streitkräfte mit einem glühenden Schürhaken gefoltert wurde, daß es ihnen jedoch leid tut?"

„Ist sie hübsch?"

„Mensch, was hat das damit zu tun?"

„Es wird Ihnen schon etwas einfallen", sagte Davis nach einer Weile. „Im Grunde genommen hat es der Mann nicht besser verdient."

„Großer Gott!" Paul protestierte. „Wollen Sie andeuten, daß es für dieses Vorgehen eine Rechtfertigung gibt?"

Davis schniefte. „Ich kann nichts dafür, wissen Sie, und wenn Sie mich fragen – ich denke, daß Sie die ganze Geschichte zu persönlich nehmen."

„Ach was, zum Teufel!" entgegnete Paul. „Sehen Sie denn nicht, wo das alles hinführt? Wir bringen die Menschen systematisch gegen uns auf. Der Verlust Irlands wird damit unvermeidlich."

Davis zuckte die Schultern. „Die Menschen? Die sind uns sowieso nie grün gewesen." Er gestikulierte zum Fenster und zum Hof hin. „Was glauben Sie wohl, wozu diese Einrichtung existiert? Gewalt war seit jeher das einzige Mittel, das hier verstanden wurde. Eine ziemlich verräterische Sippschaft, wenn Sie es richtig bedenken."

„Ja. Wahrscheinlich ist es unverzeihlich, daß sie sich dagegen wehren, aller Güter beraubt zu werden."

Paul hatte seine Kaltblütigkeit zurückgewonnen, und Davis fixierte ihn scharf. „Tatsache, Major", sagte er stirnrunzelnd. „Sie beginnen schon selber wie ein Shinner zu reden." Er glättete sein dunkles Haar. „Da ist ja Winters, höchstpersönlich." Er zeigte auf einen vierschrötigen Schwarzbraunen, der über das Kopfsteinpflaster geschritten kam.

Paul verfolgte den Mann mit seinen Blicken, sah, wie er grüßte, einen Offizier ansprach, hörte ihn laut und vertraulich lachen. „Ich werde ihn herausfordern", sagte Paul abrupt. „Wo ist er untergebracht? Schießen kann er, nehme ich an?"

„Schießen?" Davies lachte trocken. „Er ist ein Meisterschütze!"

„Gut! Sind Sie bereit, mein Sekundant zu sein?"

Davis starrte seinen früheren Vorgesetzten lange und prüfend an; in seinen Mundwinkeln erstarb das matte Lächeln. „Sie können ihn unmöglich herausfordern. Mein lieber Mann, sind Sie ganz und gar von Sinnen?"

„Entweder ich duelliere mich, oder ich schieße ihn kaltblütig ab."

„Er ist aber nicht mal ein Gentleman", murmelte Davis befremdet. „Außerdem macht so was heute keiner mehr."

„Ich glaube, ich könnte ihn auspeitschen lassen!"

„Nun mal langsam. Sie werden noch im Gefängnis landen."

„Wer weiß. Vielleicht wird man mich dann mit glühenden Schürhaken bearbeiten."

Davis blieb stumm. Doch schließlich sagte er: „Sehen Sie, was Ihrem Freund zugestoßen ist, tut mir schrecklich leid, aber so furchtbar es ist – es gibt keinen Grund, deswegen völlig aus dem Häuschen zu geraten. Immerhin ist der Bursche ein subversives Element. Sie werden einfach in eine scheußliche Klemme geraten und mit den Shinnern in einen Topf geworfen werden. Man wird Sie ächten."

„Wollen Sie nun mein Sekundant sein oder nicht?" fragte Paul.

Davis seufzte gequält. „Wenn Sie es ernst meinen, bin ich natürlich dazu bereit, aber ich kann Ihnen versichern, Winters ist als Schütze nicht von Pappe. Ich zweifle nicht im geringsten daran, daß er ein besserer Schütze ist als Sie – falls Sie gegen diese Formulierung nichts einzuwenden haben."

Pauls Gesicht drückte nur unbeteiligte Kälte aus.

Kitty beschloß, selbst zum Schloß Dublin zu gehen, bevor sie Kilmainham einen zweiten Besuch abstattete. Wenn sie irgendwo etwas über Leonard erfahren konnte, dann sicher dort. Sie war einverstanden gewesen, sich mit Paul zu treffen, hielt es nun jedoch für besser, eine Nachricht zu hinterlassen und ihm mitzuteilen, daß sie verhindert sei. Sie sehnte sich nach ihm und fürchtete ihn zugleich. Ob sich sein Verhalten ihr gegenüber seit der letzten Begegnung geändert hatte? Welche Klüfte würden sich jetzt zwischen ihnen auftun? Was sie selbst anging, so hing sie keinen Erinnerungen nach. Sie verabscheute sich, weil sie es getan hatte, während Leonard in Gefahr gewesen war.

Am College Green verließ sie die Straßenbahn und warf einen Blick auf die Uhr des Trinity College. Es war Mittag. Bewußt erlebte sie das pulsierende Großstadtleben um sich her. Ein Rollwagen, der von einem massigen Brauereipferd gezogen wurde, fuhr Guinness aus, war mit aufgestapelten Holzfässern beladen, auf denen „Extra Stout" gedruckt stand und darunter „Arthur Guinness Son & Company Limited". Eine vorbeiratternde Straßenbahn machte für Bovril

Reklame; einige Fahrgäste schauten nachdenklich zu ihr hinaus.

Polizei- und Militärstreifen patrouillierten durch die Straßen, doch es blieb ruhig.

Stacheldraht, von hölzernen Wachtürmen überragt, sicherten die Tore des Schlosses. Sandsäcke waren aufgeschichtet. Am unteren Tor mit der Mars-Statue ging sie unschlüssig vorüber. Sie war sich nicht sicher, welchen Eingang sie benutzen sollte, wandte sich aber lieber dem oberen Tor zu. Der Posten, der daneben stand, flößte ihr Unbehagen ein. Sie fühlte sich fremd wie in dem Kloster, das sie vor einiger Zeit besichtigt hatte. Der Posten betrachtete sie neugierig, einfältig grinsend. So kühl wie möglich bat sie darum, Captain Davis sprechen zu dürfen. Das anzügliche Lächeln verschwand aus dem Gesicht des Postens. Ob Captain Davis sie erwarte, fragte er.

„Vielleicht sind Sie so gut, ihm zu melden, daß Mrs. Delaney, eine Freundin von Major Stratton, gern ein paar Worte mit ihm wechseln würde."

„Kann nicht sagen, ob der Captain da ist, Ma'am, aber wenn Sie durch diese Tür dort drüben gehen wird man Ihnen helfen können."

Kitty betrat den Schloßhof mit dem schönen georgianischen Gebäuden im Hintergrund und sah sich um. Am Torweg parkte ein gepanzertes Fahrzeug; Männer in Uniform eilten zielstrebig hin und her; die Luft war spannungsgeladen. Es roch nach Unterdrückung, dem Prinzip Macht geht vor Recht.

Im Tagesraum erkundigte sie sich bei dem Sergeant am Schalter, wo Captain Davis zu finden sei. Wieder wurde sie gründlich gemustert, aber sie revanchierte sich – mit einem gebieterischen Blick.

„Nehmen Sie bitte Platz, Ma'am. Ich werde ihm mitteilen, daß Sie hier sind."

Kitty setzte sich auf den Rand der langen braunen Holzbank an der Wand. Sie betätschelte den Hinterkopf, um sich zu vergewissern, daß sich keine Strähne gelöst hatte. Ihre Umgebung machte sie nervös. Die ganze Institution der Macht gab sich den Anschein, als ob sie gottgewollt sei. Ihr fiel ein, was Mary am Abend zuvor gesagt hatte. Warum sie so wenig in Frage stelle außer den Dingen, die sie direkt selbst beträfen. Bis auf die historischen Streitfragen zwischen England und Irland hatte sie das System an sich stets für indiskutabel gehalten, als ob es von einem sachlich urteilenden, unabhängigen Schiedsrichter geschaffen worden wäre. Das war jedoch gar nicht der Fall. Vielmehr handelte es sich um das Ergebnis einer auf Macht gestützten Eigensucht und Anmaßung, nicht um ein göttliches Mandat. Es brauchte keineswegs so zu sein, wie es war!

Sie tun es, weil sie es können, hatte Paul gesagt. Im Schloß hier war es die britische Verwaltung. Doch würden die Freiwilligen, sollten sie triumphieren, etwa besser sein? Hatten sie nicht jetzt schon im Namen der Vaterlandsliebe abscheuliche Verbrechen begangen? Es hatte ganz einfach mit Männern und Macht zu tun, und wenn man die Sache objektiv sah, mußte man zugeben, daß die Frauen ebenfalls keine Unschuldsengel waren. Zwischen den Gockeln kämpften sie um eigene Positionen, bereit, jeden Grundsatz gutzuheißen, der nicht einer der ihrigen war. Und so konsolidierte sich das ganze grausame, schändliche Gefüge. Hatte sich Leonard in einem gleichen Netz verfangen, wie er es – Gelegenheit hierzu vorausgesetzt – selbst gesponnen hätte?

„Mrs. Delaney?"

Die Stimme riß sie aus ihren Grübeleien. Sie schrak zusammen und blickte zu einem Offizier auf, der durch die Tür hinter dem Schalter des Feldwebels vom Dienst eingetreten war. Sein Gesicht drückte Unbehagen aus.

„Captain Davis?"

Er nickte. „Würden Sie mir zum Zimmer des Offiziers vom Dienst folgen? Er ist gerade zu Tisch."

Was bedrückt ihn, fragte sich Kitty und stand auf. Er hielt die innere Tür für sie geöffnet.

Das Zimmer des diensthabenden Offiziers war ein kleines Büro, das zum Hof hin lag. Die Dielen waren gescheuert. Vergilbende Karten hingen an den Wänden. Ein großer Schreibtisch mit grünem Saffian und ein kleiner Bücherschrank, Mahagoni, mit verglaster Tür gehörten zum Mobiliar.

Captain Davis bot ihr einen Stuhl an. Dann stand er nervös neben dem Schreibtisch, drehte einen Bleistift zwischen den Fingern und blickte sie abschätzend an. „Was kann ich für Sie tun, Mrs. Delaney? Wie ich höre, kennen Sie Major Stratton?“

„Er ist ein Freund von – uns. Ich versuche in Erfahrung zu bringen, wo mein Mann festgehalten wird. Wenn ich nicht irre, ist Major Stratton heute morgen bei Ihnen gewesen, aber ich mußte einfach selber kommen.“

„Ja. Major Stratton hat mich bereits aufgesucht.“ Er lehnte sich vor und sah Kitty groß an, die eine unwillkürlich aufwallende Unruhe zu bewältigen suchte. Sie fühlte sich wie ein Patient, dem ein durch die Diagnose verunsicherter Arzt gegenübersteht. „Ihr Gatte ist hier, Mrs. Delaney.“ Er hob eine Hand, um nicht unterbrochen zu werden. „Er wird später am Tage ins Gefängnis Kilmainham verlegt.“

„Aber ich dachte, daß er entlassen wird. Man hat ihn doch grundlos verhaftet. Er hat die Ausgangssperre nicht eingehalten, sich sonst aber nichts zuschulden kommen lassen.“ Ihre Stimme bebte. Sie spürte, wie sie rot wurde.

Der Captain musterte sie zweifelnd. War es möglich, daß sie wirklich nicht wußte, daß ihr Mann mit den Shinnern unter einer Decke steckte und daß man in seiner Schule einen Terroristen gefunden hatte? „Ein Verstoß gegen die Ausgangssperre ist eine ernste Sache. Jedenfalls liegt es nicht in meiner Macht, ihn zu entlassen. Ich kann höchstens versuchen, die Entscheidung zu beeinflussen, und das werde ich tun. Ganz ehrlich, ich glaube nicht, daß Ihr Gatte noch sehr lange festgehalten wird. Das ist jedoch meine persönliche Meinung, nicht etwa eine Garantie.“ Er machte eine Pause, und sein Blick verhärtete sich. „Es gibt da aber noch etwas anderes, worüber wir uns unterhalten sollten. Die Angelegenheit betrifft Major Stratton.“

Kitty erstarrte. „Was ist mit Major Stratton?“

„Fakt ist, daß er jemanden zum Duell gefordert hat, Mrs. Delaney, einen erstklassigen Schützen. Von diesem Wahnsinnskurs muß er abgebracht werden.“

Das Blut wich aus ihrem Gesicht. Sie legte die Hände in den Schoß und starrte den Offizier an. „Warum hat er diesen Mann herausgefordert, Captain?“ fragte sie flüsternd.

„Daß weiß ich wirklich nicht. Offen gesagt, er scheint mir ein Gerechtigkeitsfanatiker zu sein, der etwas sühnen möchte, aber er kann nicht gewinnen, Mrs. Delaney, wissen Sie – nicht bei einem Gegner wie Winters."

„Und weshalb glauben Sie, daß ich in der Lage bin, ihn zu beeinflussen?" erkundigte sie sich mit ruhiger Stimme. Was wußte der Captain von ihren Beziehungen zu Paul?

„Eine Dame ist an den Ehrenkodex der Herren nicht gebunden, Mrs. Delaney. Sie dürfen die Konstabler informieren. Ich darf es nicht. Aber sagen Sie ihm nicht, wo Sie die Auskunft herhaben. Sonst gibt es noch ein zweites Duell. Erzählen Sie ihm, einer von uns, jemand mit nördlichem Akzent, habe Sie angesprochen. Wir wissen, daß er Verbindung zu den Unionisten unterhält. Es kann nicht schaden, wenn er erfährt, daß wir im Bilde sind."

„Wann soll dieses – dieses Duell stattfinden?"

„Morgen früh, sechs Uhr, Wellington-Denkmal im Phönixpark."

„Haben Sie eine Ahnung, wo sich Major Stratton jetzt aufhält?"

„Vermutlich ist er ins Hotel zurückgekehrt."

Kitty stand auf. „Kann ich meinen Mann sehen, Captain?"

„Nein. Nicht hier. Dauerbefehl. Tut mir leid. Sie werden ihn im Kilmainham besuchen dürfen, meine ich." Sollen die doch überlegen, wie sie mit der Sache fertig werden, dachte er. Die Frau würde hysterisch werden. Mögen die es ausbaden, die es verdient haben.

Kitty verließ das Schloß in größter Eile, mit Schritten, deren Länge nur durch ihre Röcke begrenzt wurde. Sie lief durch die Dame Street, über den College Green, bog dann an der Westmoreland Street nach links ab. Vor der Bank of Irland trat ihr eine barfüßige Bettlerin entgegen, und sie gab der Frau ein Sixpencestück.

„Gott segne Sie, Missus. Ich werde für Sie beten."

Der Fluß war jetzt flach, eine Folge der Ebbe. Das Wasser sah grün aus und roch übel. Jemand hatte einmal gesagt, der Geruch des Liffey zähle zu den Sehenswürdigkeiten von Dublin. Es war ein warmer Tag, der Himmel bedeckt. Wenn doch alles nur ein böser Traum wäre, Leonard zu Hause, Paul in Sicherheit auf seinem Herrensitz und Krieg und Leid weit weg.

Sie passierte die vier schweren Bronzeengel, die bei der Statue O'Connells vor sich hindösten. Sie mußte Paul stoppen. Himmel, sie mußte ihn stoppen. Einen Menschen zum Duell fordern! Einen erstklassigen Schützen! Und warum? Ja. Warum? O Gott, hatte jemand sie zusammen im Gresham gesehen? Paul war im Schloß gewesen, um mit Captain Davis über Leonard zu reden, und anschließend hatte er von einem Mann Genugtuung verlangt. Wer hatte ihn beleidigt? Was war geschehen?

Am Pillar überquerte sie die Sackville Street und betrat die Hotelhalle, fragte nach Major Stratton, der sie nicht lange warten ließ.

Unter dem Kronleuchter kam er auf sie zu, lichtüberflutet. Alles andere versank im Schatten. Schweigsam ergriff er ihre Hand.

„Paul, es ist mir nicht möglich, zum Essen zu bleiben. Wollen wir ein wenig durch die Straße bummeln? Ich muß mit dir sprechen."

Er zog eine Augenbraue hoch und nickte. Seine Miene war reglos. Er atmete Kälte aus wie bei ihrer ersten Begegnung, als sie Leonard zum Haus Tubbercullen begleitet hatte und Paul vorgestellt worden war.

„Ist es wahr, daß du jemand zum Duell gefordert hast?" fragte sie unvermittelt und sah, daß er ärgerlich die Stirn runzelte. „Paul, soweit darf es nicht kommen. Hörst du. Du könntest getötet werden – verhaftet. Du wirst einen Skandal auslösen."

Er erbleichte. „Wer hat dir das gesagt?"

„Ich war im Schloß. Ich mußte selbst etwas unternehmen."

„Und Davis hat es dir erzählt?"

„Nein." Sie zauderte. „Er hatte einen nördlichen Akzent."

„Verdammt. Dieses Land ist voll von Geheimagenten und Spionen. Du wurdest auf die Gewehre deines Mannes aufmerksam gemacht, die ich an die Unionisten weitergeleitet habe."

„Die Gewehre sind mir gleichgültig. Du bist es nicht. Du darfst dieses absurde Duell nicht austragen. Bitte", fuhr sie verzweifelt fort und war sich selbst zuwider. „Für mich?"

„Kitty, du weißt nicht, wovon du sprichst."

„Behandle mich nicht wie ein kleines Kind, Paul. Du hast

mir einmal gesagt, daß du nie wieder einen Menschen töten würdest. Nie, hast du gesagt, was immer auch geschehen möge."

„Das war etwas anderes. Es ist Mannespflicht, für die Ehre einzutreten."

„Wieso? Erzähle mir, was geschehen ist!"

„Nein! Das verbietet sich."

Kitty hob das Kinn und wandte den Blick ab. „Nun gut. Es tut mir leid, daß ich gekommen bin."

„Kitty", sagte er sanft, „ich denke, daß Leonard schon bald entlassen wird. Wenigstens hat Davis so etwas angedeutet. Ihr solltet dann beide nach Hause fahren. Um mich mach dir keine Sorgen. Mir passiert schon nichts."

Sie zog ihren Arm zurück. „Dann leb wohl, Paul." Sie war den Tränen nahe und wandte sich rasch ab, hoffte, daß er hinterherkommen würde, wollte sich umdrehen und sehen, ob er noch dort stand, doch sie tat es nicht.

Als ihr klar wurde, daß er nicht gefolgt war, schritt sie langsamer aus und überlegte, was sie tun sollte. Widersprüchliche Gefühle bewegten sie. Weil sie gekränkt war, dachte sie: Mag er zum Teufel gehen, aber sie liebte ihn, sie bangte um ihn; dagegen verblaßte die verletzte Eitelkeit. Sie fragte sich, welche Möglichkeiten sie hatte, und erkannte, daß es sehr wenig waren.

In einem Papierwarengeschäft kaufte sie Schreibpapier und Umschläge. Dann ging sie zu Bewley's Café in der Westmoreland Street und bestellte Kaffee. Sie zog den Schreibblock aus der braunen Papiertüte und legte ihn auf den Tisch. Die Tinte an der Feder ihres Füllers, eines Geschenks von Leonard, das sie in der Handtasche bei sich trug, war eingetrocknet, und sie bewegte den Saughebel mit einem Fingernagel, um ein Tröpfchen herauszupressen, aber ein großer Tropfen löste sich und landete auf ihrem Rock.

„Verflixt!" murmelte sie. „Nicht mal der verdammte Federhalter will mir gefällig sein."

Nach mehreren Fehlstarts kam doch noch ein Brief zustande. Sie hatte ihn sauber in Blockschrift abgefaßt.

SEHR GEEHRTER HERR,

MORGEN FRÜH UM 6.00 SOLL AM WELLINGTON-MONUMENT IM PHÖNIXPARK EIN DUELL

STATTFINDEN, WAS ICH IHNEN HIERDURCH ZUR KENNTNIS BRINGE, DAMIT DER ZWEIKAMPF VEREITELT WIRD UND TODESOPFER ODER VERLETZUNGEN VERHINDERT WERDEN.

Sie setzte das Datum unter die Mitteilung, faltete das Blatt und schob es ohne Unterschrift in einen Briefumschlag. Nachdem sie für ihren Kaffee bezahlt hatte, suchte sie die Polizeistation in der Nähe des Trinity College auf und überreichte das Schreiben dem Feldwebel vom Dienst. Es war an den Polizeichef gerichtet und trug den Vermerk „Eilt".

Paul würde ihr natürlich nie verzeihen, aber sein Leben war ihr wichtiger.

Eine Woche verstrich.

Eileen fuhr zu Mrs. Murray, diesmal nicht, um Eier zu holen, sondern um sich nach ihrem Befinden zu erkundigen und ihr Gesellschaft zu leisten. Es war komisch so allein im Haus, und mitunter fürchtete sie sich sehr. Einmal dachte sie, der Braune sei zurückgekehrt, sein Geist spuke draußen vor dem Fenster herum; aber dann stellte sich heraus, daß es Captain Ackerley und seine Leute waren. Sie kamen herein und sahen sich um, richteten jedoch keinen Schaden an. Eileen brachte den Mut auf, ihn zu fragen, was sein Bein mache, und er knurrte nur. Da erzählte sie ihm, daß der Hund, der ihn gebissen hatte, verendet sei.

In der letzten Zeit hatte sie Mrs. Murray häufig aufgesucht. Die Wunden der alten Frau waren verheilt. Stummel von Narbengewebe bedeckten die Finger dort, wo einst die Nägel gesessen hatten und nie wieder richtig nachwachsen würden. Eine Woche zuvor war Nachricht eingegangen, daß Patch im Gefängnis Mountjoy sei. Die Neuigkeit hatte sie wieder hoffnungsfroh gemacht und veranlaßt, ihm ein Päckchen mit Eiern, Teegebäck und Butter zu schicken.

Um so entsetzter war Eileen jetzt, als sie eintraf und sah, daß viele Leute das Häuschen bevölkerten, Mrs. Murray vor dem Feuer saß und sprachlos in die Flammen starrte, während ihr die Tränen über die Wangen liefen.

„Was ist denn los?" fragte sie Nellie Robinson, die Haushälterin des Priesters.

Auch Nellies Gesicht war vom Weinen gerötet. „Über den

armen Patch sind sie hergefallen, Kindchen, und haben ihn ermordet. Gott sei ihm gnädig. Und ganze achtzehn Jährchen war der gute Junge alt – und ein so lieber Kerl, wie ihn sich einer wünschen kann."

Eileen blickte sie ungläubig an. „Vor einer Woche war er doch gesund. Hat sie nicht selber einen Zettel bekommen?"

„Wer weiß denn schon, wann der geschrieben wurde? Heute morgen ist ein Brauner von der Kaserne hier gewesen und hat einen Brief gebracht. In dem steht, daß Patch an seiner Verwundung gestorben ist, aber wie die Leute erzählen, sieht die Sache anders aus. Erschossen haben sie ihn. Den Kopf soll es ihm abgerissen haben. Warum denn wird der Leichnam sonst zurückgehalten? Sie wollen den armen Jungen nicht hergeben, damit er zu Hause ein anständiges Begräbnis kriegen könnte."

„Und die Beerdigung?" fragte Eileen. „Wo soll denn die Beerdigung sein?"

„Beerdigung? In angelöschtem Kalk haben sie ihn schon verscharrt", zischte ihr Nellie ins Ohr.

Eileen ging zu der alten Frau hinüber, ergriff ihre Hand und drückte sie, doch Mrs. Murray reagierte nicht darauf. Sie summte leise vor sich hin, und als Eileen den Kopf senkte, hörte sie, daß es die Weise eines alten Wiegenliedes war, die sich mit Lobesworten darüber verband, was für ein hübsches Goldkind sie gehabt habe, wie liebenswert es gewesen sei, o Gott, o Gott, wie makellos, ihr kleines Enkelchen, ihr Herzenskind, wie groß, wie gut zu seiner Oma, doch wie das einer Ratte hätten sie sein Leben ausgelöscht ...

Eileen blieb bis zum Abend bei ihr, und als die meisten Gäste gegangen waren, legte sie der müden alten Frau die Arme um die Schultern und wiegte sie sanft. Ein ungezügeltes, krampfhaftes Schluchzen schüttelte sie da, und in vergeblichem Protest gegen das Unrecht, das man ihr und ihrer Familie angetan hatte, schlug sie mit ihren knochigen Fäusten auf den Stuhl ein.

Rund fünf Meilen von Tubbercullen entfernt saß Tommy in einem großen Unterstand, wo er mit Kieran Moore, dem Führer der fliegenden Kolonne, Pläne für einen Überfall auf die Kaserne schmiedete. Seine Kopfwunde war verheilt, hatte jedoch eine lange, krumme Narbe hinterlassen. Er fühlte sich fast so fit wie früher. Die Braunen durchstreiften noch die Gegend, wie er wußte, und fahndeten nach ihm. Jedes Haus, in dem er sich aufgehalten hatte, war durchsucht worden. Anscheinend hatte Patch vor seinem Ende gesungen. Von dem Unterstand, ihrer jüngsten Errungenschaft, aber wußte er ebensowenig etwas wie Master Delaney. Hier waren sie sicher, bis ihnen die Braunen nicht mehr gefährlich werden konnten, und das würde sehr bald schon der Fall sein.

Es hatte zahlreiche Verhaftungen gegeben, doch der Kern der Bewegung war untergetaucht, seitdem – eine Woche lag das zurück – bekannt geworden war, daß Patch gesungen hatte. Tagsüber hausten die Männer in den Unterständen, die – abseits der Straßen – nachts entstanden. Ein Gerücht besagte, daß die Braunen in der letzten Zeit auch Mr. Stratton suchten, der nach Dublin gefahren war, wo sie ihn wahrscheinlich verhaften würden. Patch hatte nicht wissen können, daß der Gutsbesitzer so hilfsbereit gewesen war, aber vielleicht hatten die Hunde der Verfolger zum Herrenhaus geführt, obwohl man im Wald reichlich Pfeffer ausgestreut hatte, um die Spur zu verwischen. Ohne die Hilfe von Mr. Stratton, Mrs. Devine und Joe Grimes, der zwar Engländer, aber ein anständiger Kerl war, hätten sie Tommy niemals in Sicherheit bringen können. In verschiedenen Pfarrbezirken hatte er jeweils nach wenigen Tagen das Quartier gewechselt und so keinen seiner Wirtsleute richtig kennengelernt.

Das mit dem Master war ein Jammer. Er war gleichfalls schikaniert worden, hatte Tommy gehört, doch auf ihn war Verlaß. Er würde den Mund halten. Nicht singen wie Patch. Gebildete Leute taten so was nicht. Außerdem war Patch zu jung. Von ihm hätte man nichts anderes erwarten können.

In der Kaserne Feuer zu legen dürfte so schwierig nicht sein, und mit der Besatzung würden sie fertig werden. Von den ehemaligen Konstablern war nur noch einer übrig: Sergeant O'Connor; ansonsten setzte sich die „Polizei" jetzt aus dem Schweinehund Ackerley und sechs Männern zusammen. Ursprünglich waren es sieben gewesen. Einer war elend abgekratzt. Zum Totlachen!

Viele der Kasernen der anderen Landesteile existierten

nicht mehr. Namen wie Tracey, Breen, O'Malley waren in aller Munde. Nach sieben Jahrhunderten englischer Tyrannei wurde den Eindringlingen endlich der Marsch geblasen. Die alten Polizisten der Constabulary distanzierten sich scharenweise, und die „Irish Republican Army", wie die Freiwilligen vom Volk neuerdings genannt wurden, stellte eine schlagkräftige Organisation dar. Das ganze System der öffentlichen Verwaltung glitt den Briten aus den Händen. Mit ihren Beschwerden gingen die Menschen vor die Gerichte der IRA. Am North Wall weigerten sich die Dubliner Hafenarbeiter, Munitionstransporter zu entladen. Jesus, es ist gut, das alles zu erleben. Jetzt gab es kein Zurück mehr.

In der Erdbehausung roch es muffig. Es war stickig, und Tommy sehnte sich nach der frischen Außenluft. Wenn er an draußen dachte, dachte er auch an Molly Dwyer, die für ihn jetzt unerreichbar war. Außerdem hieß es, daß sie mit einem Braunen gehe. Die Vorstellung machte ihn fast wahnsinnig. Dann wechselten seine Betrachtungen zu Eileen über. Er erinnerte sich verschwommen, was in jener Nacht nach dem Überfall geschehen war. Ihm lag noch das Grunzen jenseits der dünnen Trennwand in den Ohren, und er hatte sich geschworen, es dem Kerl heimzuzahlen, sobald er genau wußte, wer es war. Ein paar Kugeln zwischen die Beine würden den Bullen in einen Ochsen verwandeln. Er mußte Eileen fragen, wer es getan hatte. Abscheulich genug, daß sie sich überhaupt mit einem von denen eingelassen hatte. Soweit er sich erinnerte, hatte sie sich nicht mal richtig gewehrt, und was das bedeutete, lag klar auf der Hand. Bei ihrer Herkunft! Vom Wind war ihr diese Schwäche nicht angeweht worden.

Daß ihn die Gedanken an damals zugleich erregten, stand auf einem anderen Blatt. Wie sollte sie gegen ihn etwas einzuwenden haben, wenn sie einen Braunen nicht abgewiesen hatte? Er saß zu lange in diesem verdammten Erdloch fest.

Eileen lief nach Hause. Miss Robinson war, vom Kurat begleitet, zu Mrs. Murray zurückgekehrt und hatte erklärt, in dieser Nacht bei der Witwe schlafen zu wollen.

Es dunkelte bereits. Eileen führte das Rad, bereit zu fliehen, wenn sich in den Büschen oder im Gehölz etwas regte. Alle ihre Sinne waren angespannt. Die Einsamkeit bedrückte sie. Patch hatte sie so in Erinnerung behalten, wie er bei ihrer letzten Begegnung gewesen war, als er die Eier gebracht und sich für Dublin interessiert hatte. Wenigstens Tommy befand sich in Sicherheit, wurde erzählt. Ob er noch manchmal an sie dachte?

Sie holte den Hausschlüssel aus dem Versteck im Schuppen und schloß auf. Ein letzter Rest Glut glomm noch im Herd. Sie schürte behutsam, legte einige Torffasern, dann größere Stücke nach. Als die Flammen loderten und das Wasser im Kessel siedete, machte sie sich Tee und aß einen dicken Runken Brot mit Marmelade.

Das Herz stand ihr vor Schreck fast still, als draußen an dem Türknopf gerüttelt wurde. Sie pustete die Lampe aus und tastete nach dem Schürhaken. Zwar hörte es zu klappern auf, doch dafür wurde an das schmale Fenster neben der Tür geklopft. Sie fühlte sich hilflos und verlassen. Das halbe Land wußte, daß außer ihr niemand im Hause war. Sie brauchte einen Hund. Wenn sie nur Punch hätte, aber Punch war noch bei Mrs. Finnerty und sah immer noch lächerlich aus mit dem getünchten Fell.

„Eileen, laß mich rein, um Christi willen!"

Sie erkannte die Stimme, die das geraunt hatte, fummelte erfreut mit dem Schlüssel, und Tommy trat in die Küche, machte rasch die Tür hinter sich zu und schloß ab. Er wirkte wuchtig in der Finsternis. Ein unangenehmer fader Geruch haftete ihm an, doch ihr Herz jubilierte.

„Es is' keiner da. Den Master haben sie weggeschleppt, und die Missus ist fortgefahren und sucht ihn."

„Ich weiß."

Eileen öffnete die Herdtür, um sich Feuer für die Lampe zu nehmen. Ein rötlicher Schein erhellte die Küche, und Tommy schleuderte die Eisentür ins Schloß. „Willst du die Braunen anlocken?"

„'schuldige."

„Haste einen Bissen zu essen?"

„Ich hab Brot un' Butter und 'n bißchen Tee im Topp." Sie wollte eine Tasse holen und tappte durch die Dunkelheit, als er sie plötzlich umarmte.

„Haste 'n Küßchen für 'n alten Soldaten übrig?"

Eileen wandte ihm das Gesicht zu und schlang ihm die Arme um den Hals. „O Gott, Tommy O'Brien, ich hab mir solche Sorgen gemacht", stammelte sie, als er sie wieder atmen ließ.

„Keine Angst, ich bin gesund und munter."

Er versuchte sie noch einmal zu küssen, aber sie wich lachend aus.

„Ach, komm doch", sagte er mit schwerer Zunge, ließ die Hand über eine, dann über die andere ihrer Brüste gleiten.

Sie stieß ihm den Ellbogen scharf in die Seite und trat zurück.

„Da könnte man sich schon reinkuscheln, Eileen."

„So darfst du nicht reden", sagte sie vorwurfsvoll.

Er riß sie an sich. „Und warum nicht? Willst du behaupten, du magst es nicht?" Er hielt ihre Taille umschlungen, ließ die andere Hand tätschelnd und streichelnd abwärts gleiten und drückte ihr die feuchten Lippen auf die Stirn.

„Laß mich los!" forderte Eileen zornig. „Du solltest etwas mehr Anstand haben."

„Anstand – ach ja? Du hast deinen bei diesem Abschaum verloren – und wenn ich dir ein bißchen den Hof mache . . ."

„Wie meinst du das?"

Tommy machte eine Bewegung zu ihrem Zimmer hin. „Du hast ihn weggeworfen, das sag ich, dort drin, auf dem Rücken, und er grunzte über dir."

Eileen erstarrte. Wieder bewegte er die Hände, und sie leistete ihm keinen Widerstand, weil sich ihr Herz zusammenkrampfte. Dann, als der Schmerz nachließ, erhob sie die Hand und schlug ihn mit aller Kraft ins Gesicht. Tommy wankte, und Eileen lief in ihr Zimmer und schloß ab.

Er hämmerte gegen die Tür und versuchte sie zu öffnen. „Der Braune, Eileen . . . Welcher war es?"

Sie antwortete nicht.

„Sag es mir, Eileen."

„Er ist tot!" schrie sie plötzlich durchs Schlüsselloch. „Ich habe ihn umgebracht!"

„Umgebracht – gewiß doch", murmelte Tommy vor sich hin, indem er die Küche verließ. Er stolperte über die Katze, die in der Finsternis um seine Beine schmeichelte, versetzte ihr einen Tritt und verspürte Genugtuung, als sie einige Fuß entfernt landete und ein überraschtes „Njarp“ ausstieß.

Auf dem Weg zu den Feldern überquerte er die Allee. Dabei bemerkte er etwas Dunkles, das sich im Schatten bewegte. Jemand beobachtete das Haus und hatte ihn herauskommen sehen.

Er legte sich hinter die Hecke, regte sich nicht, dann kroch er zu einer Lücke, von wo aus er die Straße überblikken konnte. Zu seinem Erstaunen war es Vater Horan, der Kurat, der dort herumgeschlichen war. Der junge Priester schritt jetzt flink und verstohlen auf das Tor zu.

Eileen lag lange wach im Bett. Sie lauschte dem Ticken der Uhr und den Geräuschen, die aus dem Gehölz kamen. Der Bach floß plätschernd über die Steine, und ein Lüftchen säuselte in den Bäumen. Auf dem Kaminsims konnte sie die Umrisse der Jesusfigur erkennen. Sie glaubte ihre Stimme noch in den Ohren hallen zu hören: „Er ist tot! Ich habe ihn umgebracht!“

Von Tommy war sie enttäuscht, bitter enttäuscht, und sie fürchtete sich. In jener Nacht hatte der Braune vor ihrem Fenster gestanden, mit ihr gesprochen, und sie hatte ihm den vergifteten Whisky gegeben. Ob sein Geist jetzt draußen durch die Schatten schlich? Den lieben, den guten Tommy hatte sie sich nur eingebildet. Er war empört darüber, was der Braune mit ihr gemacht hatte, aber weniger, weil er es verabscheute, als darum, weil er genau das gleiche machen wollte. Wie idiotisch von ihr, anzunehmen, daß er und sie . . . daß er sie lieben könnte . . . wenigstens ein bißchen. Doch nun war er für sie gestorben. Der wirkliche Tommy glich nicht dem Mann, den sie sich wünschte.

Warum mußte ihr alles danebengehen? Sie hatte sich so bemüht, alles richtig zu machen, aber gerade das war vielleicht falsch gewesen. Und die schrecklichen Dinge, die sie getan hatte! Was sollte Jesus auf dem Kaminsims dort denken? Er sah auf den Grund ihrer Seele, die schwarz wie die Nacht war. Wenn sie starb, würde sie in die Hölle kommen, zu den Teufeln mit ihren glühenden Spießen, von denen der Priester in St. Bride's erzählt hatte. Sie stöhnte unter der schweren Last ihrer Sünden. Gemordet hatte sie, sich dem Braunen hingegeben, in demselben Bett, in dem sie jetzt lag. Und wenn sie wirklich ein Kind unter dem Herzen trug und es abtrieb, wäre das eine weitere Todsünde und käme auch noch zu dem Sündenberg hinzu.

Sie erinnerte sich, daß Mrs. Finnerty sie ermahnt hatte, ja vorsichtig mit dem Fläschchen umzugehen, weil das Zeug den Kälbchen gefährlich werden könnte. Sie aber sollte es schlucken. Für sie war es gut. Und wenn es ihr die Eingeweide zerriß.

Vielleicht würde sie zur Beichte gehen – zu Vater McCarthy, nicht zu dem jungen Priester, der immer Geselligkeit predigte. Sie konnte das Wort schon nicht mehr hören. Doch letzten Endes war es jetzt gleichgültig, ob sie ein Kind bekam oder nicht – wo Tommy für sie keine Rolle mehr spielte. Und das Kind konnte schließlich nichts dafür ...

Ja, vielleicht mußte sie alle Schmerzen ertragen und das Gerede der Leute, die mit Fingern auf sie zeigten und sie ihre Freveltaten büßen ließen.

Sie stieg aus dem Bett, legte sich flach auf den Fußboden, das Gesicht nach unten, und betete um Vergebung. Ihre Tränen benetzten die Ritzen zwischen den Dielen; Staub klebte an ihren Lippen. Sie lag lange dort, wie ihr schien. Dann erhob sie sich, nahm Mrs. Finnertys Fläschchen aus dem Schubfach und schüttete den Inhalt in den Ausguß.

Kapitel 19

Die Kaserne der RIC stand an einem Ende Tubbercullens, gleich neben der Kneipe. Diese Nähe war Danny O'Byrne, dem Gastwirt, seit jeher ein Dorn im Auge. Besonders zornig wurde er, wenn er sein Los mit dem von Vetter Dessie verglich. Sein Cousin unterhielt eine Bierstube in Tralee, und dort blieben die Gäste bis nach Mitternacht, ohne daß die Bullen einschritten.

Die Kaserne bot einen bedrückenden Anblick. Man hätte dort kaum die Unterkunft der örtlichen Polizeitruppe vermutet. Das zweistöckige Bauwerk ähnelte eher einer finsteren, belagerten Zitadelle. Ursprünglich war es ein Kornspeicher gewesen. Es stand mitten im Hof, der von Sandsäcken und einem hohen Stacheldrahtzaun umgrenzt wurde. Die Fenster waren unlängst entfernt und durch Stahlklappen mit Schießscharten ersetzt worden.

Hinter einer stand Captain Ackerley und betrachtete prüfend die Straße. Nach seiner Ansicht konnte man den Ort schwerlich als Dorf bezeichnen, zumindest nicht, wenn man englische Maßstäbe anlegte, da er nur aus wenigen Gebäuden bestand: der Kaserne, zwei Häuschen, einem Laden, der mit der Post vereint war, einer kleinen Apotheke, dem Pfarrhaus und der Kirche – am Ende der Straße.

Alles war still. Einige Leute näherten sich der Apotheke. An diesem Tag praktizierte dort Dr. Kelly. Sein Auto war jedoch nirgends zu sehen. Es war ja noch zeitig.

Der Captain trat an eine andere Schießscharte und musterte die Kneipe. Das Fenster des Obergeschosses lag ihm fast genau gegenüber. Er glaubte zu bemerken, daß sich dort etwas bewegte. Die Vorhänge bauschten sich, obwohl es windstill und das Fenster geschlossen war. Eine Weile schaute er hinüber. Vermutlich war O'Byrnes Frau gerade aufgestanden, um für ihren Mann, diesen Säufer, das Frühstück herzurichten.

Der Captain lächelte grimmig. Ja, seit jener Nacht, als sie die Schule niedergebrannt hatten, war wohltuende Ruhe in die Gemeinde eingekehrt. Er fühlte sich noch leicht verstimmt, wenn er an den Hundebiß und seinen Abstecher zum Militärhospital dachte, und es fuchste ihn, daß es Captain Davis nicht gelungen war, den entflohenen Shinner wieder einzufangen, doch immerhin hatten sie Delaney kaltgestellt, und ohne ihren Bandenchef glichen die Terroristen einer Herde verirrter Schafe. Aus Dublin waren wichtige Informationen eingegangen. Anscheinend hatte sich entweder Delaney oder Murray, dieser Balg, kooperativ gezeigt. Jedenfalls hatte der Captain unverzüglich gehandelt, aber die meisten der Vögel waren ausgeflogen, und der verdächtige Major Stratton hielt sich in Dublin auf – doch auf den würden sie warten. Unbegreiflich, wohin der Feind verschwunden war. Er hatte die ganze Gemeinde durchkämmen lassen. Die Kerle mußten den Ort verlassen haben.

Wenige Minuten später saß der Captain in dem kleinen Speisesaal unten beim Tee, als er plötzlich ein Gebrüll vernahm.

„Heilige Scheiße!“ Briggs stürmte herein. Sergeant O'Connor folgte ihm. „Sie sind auf dem Scheißdach!“ kreischte Briggs. „Die verdammten Shinner decken die Schieferplatten ab!“

Er rannte zum Obergeschoß hoch, kletterte auf einen Stuhl, um einen Blick auf den Boden zu werfen, und hörte eindeutig das Geräusch berstenden Schiefers. „Sie müssen vom Dach der Kneipe aus rübergekommen sein!“ mutmaßte er, dachte an den Schornstein und war froh, daß er befohlen hatte, ihn einzuzementieren.

Er ließ die Schießscharten besetzen, und ein Kugelhagel pfiff zum Nachbarhaus hinüber. Die Scheibe des Fensters, das der Captain inspiziert hatte, zersprang sofort. Lange Glassplitter fielen herab, andere blieben schief im Kitt stekken. Als die Vorhänge zerfetzt waren, sah der Captain, daß die Shinner aus Matratzen und einem Kleiderschrank eine Barrikade errichtet hatten. Dann klatschten Geschosse gegen die Stahlklappen. Der Gegner erwiderte das Feuer.

Captain Ackerley und zwei seiner Leute stiegen auf den Boden, wo helles Tageslicht durch das größer werdende Loch im Dach fiel, und gaben eine Salve ab. Schieferstücke und Holzsplitter regneten in rascher Folge herab. Unsicher balancierten sie auf den Balken. Briggs verlor das Gleichgewicht, brach mit einem Fuß durch den dünnen Boden unter sich und landete rittlings auf dem kantigen Holz. Er schrie fürchterlich und fluchte wütend. Sie hörten, wie über ihnen ein Körper stürzte und zum Dachrand rollte. Dann wurde wieder Schiefer zerschlagen, und der Geruch des Benzins, das plötzlich in Massen durch das klaffende Loch floß und die Kleidung der beiden Männer durchtränkte, erfüllte die Luft. Captain Ackerley versuchte die Klapptür zu erreichen. Die Angst schnürte ihm die Kehle zu, denn er wußte, was kommen würde, aber in dem Zwielicht konnte er sich nicht schnell genug über die Balken vorarbeiten. Er sah nicht die Granate, die dem Benzin folgte, die ihn und Briggs tötete und den Boden in ein Flammenmeer verwandelte. Die Kaserne brannte fast den ganzen Vormittag, aber ehe das Feuer das Erdgeschoß erreichte, ergab sich der Rest der Truppe. Der letzte Mann, der das Gebäude verließ, war Sergeant O'Connor. Auf ihn hatte Tommy draußen gewartet. Er jagte ihm eine Kugel durch den Kopf. Die übrigen wurden gleichfalls erschossen.

Am nächsten Tag berichtete *The Irish Times* von dem Überfall auf die Tubbercullener Kaserne. Auf derselben Seite befand sich ein kurzer Artikel unter der Überschrift „Duell im Park vereitelt“:

> *Nunmehr ist klar, daß ein Duell, das zwischen Major Paul Stratton aus Haus Tubbercullen, Tubbercullen, Grafschaft Roscommon, und Captain John Winters von Schloß Dublin vereinbart war, von der Polizei vereitelt wurde. Das Duell hatte vor zehn Tagen im Phönixpark stattfinden sollen.*
>
> *Während Captain Winters jeden Kommentar ablehnte, verlautet, Major Stratton habe sich dahingehend geäußert, daß die gegenwärtig praktizierten Vernehmungsmethoden die Regierung und den Namen Großbritanniens in Verruf brächten.*
>
> *Man vermutet, daß ein unter dem Irland-Gesetz verhafteter Freund des Majors von Captain Winters verhört worden war. Sowohl Major Stratton, dem für seine Tapferkeit in Flandern das Military Cross verliehen und der*

vor einigen Monaten aus dem Militärdienst entlassen wurde, als auch Captain Winters haben eine Verpflichtung unterschrieben, für ein Jahr Frieden zu halten.

Kitty, die sich vergeblich bemüht hatte, Leonard im Gefängnis Kilmainham zu besuchen, las den Artikel mit gemischten Gefühlen. Paul lebte und war gesund, das beruhigte sie. Doch die Gründe, die für das Duell genannt wurden, erschreckten sie. Offensichtlich war Leonard der Mann, den Winters „verhört" hatte. Leonard war verletzt worden, und das hatte Paul derart empört, daß er bereit war, sein Leben aufs Spiel zu setzen. Bei näherer Überlegung schien das allerdings kaum glaubhaft zu sein. Was bedeutete ihm denn Leonard? Oder waren die Mißhandlungen derart entsetzlich, daß sie Paul an die Ehre gingen? Nachdem er die Frau verführt hatte, könnte er sich ihrem Gatten gegenüber verpflichtet fühlen. Diesen beunruhigenden Gedanken schob sie beiseite.

Dafür machte sie sich große Sorgen um Leonard. Wie schlimm hatten sie ihn zugerichtet? Würde Paul Genugtuung fordern, wenn sein Zustand nicht sehr ernst wäre? Und warum wollte man ihr nicht einen einzigen Besuch gestatten? Es gehe ihm recht gut, das war alles, was man ihr gesagt hatte.

Dann dieser Bericht über die Zerstörung der Kaserne von Tubbercullen. War ihr Haus noch sicher? Sie hatte Eileen zu lange sich selbst überlassen. Und wer, grübelte sie bekümmert, konnte den armen Sergeant O'Connor getötet haben? Er hatte nie jemandem etwas zuleide getan. Sein ganzes Verbrechen bestand darin, daß er aus Eigensinn nicht dem Beispiel seiner Kameraden gefolgt war und wie sie den Dienst quittiert hatte.

Der Artikel über das Duell löste eine Art journalistischen Sturm aus. Die englische Presse griff die Geschichte unter verschiedenen Schlagzeilen auf. *Held von Flandern verteidigt britische Ehre*, lautete eine der Überschriften. *Beendet die Folterung von Gefangenen*, forderte der *Manchester Guardian*, während die Londoner *Times* nüchtern meldete: *Vernehmung eines Gefangenen provoziert Duell.*

Im Unterhaus wurde die Frage aufgeworfen, was die Regierung zu tun gedenke, um die systematische Mißhandlung von Gefangenen in Irland zu beenden. Der Premierminister tat in seiner auf Beschwichtigung abzielenden Erwiderung jegliches Gerede von Mißhandlungen als schändliche Verleumdung ab und erinnerte die ehrenwerten Abgeordneten daran, daß Irlands Schwierigkeiten hausgemachter Art seien, daß die loyalen Bürger dieses Landes um ihr Leben fürchten müßten; aber – führte er aus – wer Verrat begeht und Gewalttätigkeiten verübt, der erntet, anders kann es nicht sein, die Mißbilligung der Gesellschaft und muß die unnachsichtige Durchsetzung des Rechts in Kauf nehmen.

Während im Parlament Wortgefechte ausgetragen wurden, argwöhnte Kitty Schlimmes und belagerte Kilmainham. Mary war mitgegangen. Sie sagten dem diensthabenden Soldaten, daß sie das Gefängnis erst verlassen würden, wenn sie Leonard Delaney gesehen hätten.

Ein junger Leutnant kam, zu ihnen. Nachdem sich Kitty ausgewiesen und, einem Hinweis von Mary folgend, angedeutet hatte, daß die britische Presse sich um ein Interview mit ihr bemühe, erwiderte er ruhig, ihr Mann sei in guter Verfassung, seine Entlassung stehe unmittelbar bevor. Er werde ihr telegrafieren, sobald der Termin bestätigt sei.

So kehrte Kitty mit Mary unverrichteterdinge nach Dalkey zurück und wartete ab. Von Paul hörte sie nichts, und sie versuchte nicht, mit ihm in Verbindung zu treten. Sie wußte, daß er sie verdächtigte, die Polizei informiert zu haben. Wahrscheinlich hatte sie sämtliche Brücken zu ihm zerstört. Sie mußte lernen, ohne ihn auszukommen. Welchen Sinn sollte es haben, sich das Herz schwerzumachen? Er war unerreichbar wie eine Fata Morgana in der Wüste, der man bis zum Tode nachrannte. Wer wußte schon, was er für sie empfunden hatte? Männer waren in der Liebe so oberflächlich. Sie fühlte sich wie eine Motte, die in einer gleichgültigen Flamme verbrannte. Nun, er war nicht gleichgültig gewesen, würde es aber wahrscheinlich werden. Geh weg, Paul Stratton! Gib mir meine Selbstachtung zurück und geh!

Doch so leicht war er nicht aus dem Gedächtnis zu verdrängen. Er lauerte in jedem zweiten Gedanken. Es war, als ob er sich eines wichtigen Elements ihres Wesens bemächtigt hätte. Sie würde erst wieder ganz sie selbst sein, wenn es uneingeschränkt ihr gehörte. Manchmal vergingen Stunden, in denen sie den Kampf um die verlorenen Positionen zu gewinnen glaubte. Dann sah sie auf der Straße einen Mann, der sie mit einer Drehung des Kopfes, mit einer kleinen Handbewegung an ihn erinnerte, und sofort war er ihr so lebhaft gegenwärtig, daß sie meinte, ihn anfassen zu können, und eine verzehrende Sehnsucht, die schreckliche, lähmende Liebe begleiteten die Vorstellung.

Als sie eines Tages durch die Clarendon Street ging, hatte sie den Einfall, die Kirche aufzusuchen. Sie kniete in der letzten Reihe nieder, hob den Blick zu der bunten Fensterscheibe mit der Himmelskönigin und betete zu dem großen Gott, dem Beweger des Universums, sie von der Leidenschaft zu erlösen und ihr die Sünde zu vergeben. Es roch nach Bohnerwachs und Weihrauch. Leute gingen leise vorüber und verlängerten die Schlange, die sich vor dem Beichtstuhl gebildet hatte. Sie gesellte sich zu den drei Frauen und dem einen Mann, hörte, wie das Fensterchen drinnen mit dem Holzschieber verschlossen und wie in der Finsternis geflüstert wurde.

Sie mußte sich aussprechen. Ob es der Priester verstehen würde? *Kannst du nicht dienlich sein einem leidend Gemüt – entreißen der Erinnerung die verwurzelte Gram?*

Doch in dem Beichtstuhl wurde nicht mit Shakespeare gesprochen. Dort saß ein Mann, ein Fremder, dem sie reuig ihr Innerstes offenbaren mußte. Sie versuchte sich auf ihre Sünden zu konzentrieren, die Beklemmung abzulegen, die sie bei der Beichte stets empfand, und die Verstimmung, die sie begleitete; doch es gelang ihr nicht. Sie wußte, sie würde sich abgestoßen fühlen und vor Verwirrung kaum ein Wort hervorbringen. Zwischen ihr und dem Priester würde es in dieser erzwungenen Intimität keinerlei Sympathie geben. Er konnte diese Krise in ihrem Leben nur so interpretieren, wie es ihm sein eigenes, andersgeartetes Verständnisvermögen gestattete, und das war geprägt von seinen Erfahrungen im Umgang mit Frauen und seiner Sexualität. Er war ein zölibatärer Mann und folglich nicht fähig, die Triebkräfte, die sie heimsuchten und sich ihrer bemächtigt hatten, zu beurteilen oder zu verstehen, ebensowenig, wie sie imstande war, die

Anmaßung und Taktlosigkeit seiner Gegenwart zu verzeihen.

Wer hielt wen zum Narren? Fand sie sich wirklich bereit, sich der unsauberen Neugier eines fremden Mannes preiszugeben, sich seiner gönnerhaften Kritik, seiner grundsätzlichen Feindschaft zu beugen und sich dabei einzureden, daß dies alles etwas anderes als eine einzige Beleidigung sei?

Als die Reihe an sie kam, die Tür des Beichtstuhls geöffnet wurde und der heraustretende Büßer sie ihr erwartungsvoll anbot, erhob sie sich und schritt hinaus in die Sonne.

„Verlaß mich nicht, Gott! Es mag unrecht sein, aber dem kann ich mich nicht beugen!"

An diesem Nachmittag war Kitty in ihrem Zimmer oben, als die Türglocke läutete. Sie hörte die vertraute, geliebte Stimme und Marys Gemurmel. Ihr Herz setzte einen Schlag aus. Sie lief zum Spiegel und prüfte sich.

Die Tür war angelehnt und Mary kam ruhig herein. „Er", flüsterte sie, „dein Mr. Stratton!"

Kitty brachte schnell ihre Frisur in Ordnung, benetzte einen Finger, strich die Augenbrauen zurecht. Dann kniff sie sich in die Wangen und ging hinunter. Ihre Freude vermischte sich mit Furcht. Warum war er hier?

Er stand am Fenster des Salons und schaute in den ungepflegten Garten hinaus. Als sie eintrat, drehte er sich um. Kitty gab ihm die Hand, die er flüchtig drückte, wobei er mit automatischer Höflichkeit den Kopf neigte.

„Das ist ja eine Überraschung, Paul . . ." Sie verstummte, da sie den Ausdruck seiner Augen sah. „Ich erwarte gute Nachrichten über Leonard", fügte sei lahm hinzu.

„Ja. Das will ich glauben. Warum mußtest du die Polizei über meine Angelegenheiten informieren, Kitty?"

Ihr Mut sank. Sie erwiderte den Blick der kalten Augen und bezwang den Instinkt, besänftigend oder einschmeichelnd zu reden oder sich sonst irgendwie verächtlich zu machen. „Um ein Leben zu retten."

„Mein Leben ist meine Sache. Wieso hältst du dich für berechtigt, dich da einzumischen? Weißt du überhaupt, was du getan hast – weißt du, wie du mich gedemütigt, öffentlich gedemütigt hast?"

„Das bedaure ich, Paul." Es war nur ein Flüstern.

„Ich bin von dir enttäuscht, Kitty. Ich hatte mehr Mut und mehr Takt erwartet. Anscheinend habe ich mich in dir getäuscht."

Ihr war kalt und elend zumute. Sprach so Paul zu ihr, derselbe Paul, der sie unsagbar zärtlich und leidenschaftlich in den Armen gehalten hatte? Was hatte sie angerichtet? Aber sah er denn ihre Gründe nicht? Es fiel ihr schwer zu glauben, daß alles Wirklichkeit war – dieser Kommandoton, diese unversöhnliche Härte von einem Mann, für den sie ihr Seelenheil hergegeben hätte. „Paul ..." Sie stockte, wollte es ihm erklären und sah ein, daß es zwecklos war. Er war hier, um seinem Ärger Luft zu machen. Ihre Motive, ihre Auffassungen zählten nicht. O Gott, hatte sie ihn verloren? Sie ergriff seine Hand und legte sie sich mit der Innenseite an die Wange.

Er zog sie zurück. „Ich mußte mich überzeugen, ob tatsächlich du dahintersteckest. Ich wollte wissen, ob du den geringsten Schimmer hast, was deine Eigenmächtigkeit bedeutet. Ich sehe, daß es so ist. Ich wünsche dir einen guten Tag, Kitty." Er drehte sich um und schritt zur Tür.

Kitty blieb wie angewurzelt stehen, starr vor Schreck und widersprüchlichen Gefühlen. Sie hörte das Schloß der Haustür klicken. Die eine Hälfte von ihr drängte sich, ihm nachzulaufen, die andere verharrte empört.

War es denn so entsetzlich, was sie getan hatte? Daß es ihn ärgern würde, hatte sie gewußt, hatte sich sogar gesagt, daß er ihr nie verzeihen würde, aber ihr war nicht klar gewesen, wie genau sie die Situation eingeschätzt hatte. Insgeheim hatte sie stets gehofft, daß nichts in der Welt sie ernsthaft entzweien könnte, daß er vergessen und vergeben und begreifen würde, wie überspitzt er reagiert hatte, wenn sein Zorn erst einmal verflogen war.

Doch die Sache lag nun einige Zeit zurück, und er kochte noch immer vor Wut, er siedete. Warum? Einer von ihnen mußte etwas mißverstanden haben, einer etwas richtigstellen, wahrscheinlich sie.

Am nächsten Tag schrieb sie ihm einen Brief.

Mein lieber Paul,

ich habe lange über Deine Worte nachgedacht. Es tut mir

aufrichtig leid, Dich so erbost zu haben. Ich habe nur Dein Bestes gewollt.

Ich hatte solche Angst um Dich. Ich fühlte, daß ich nicht untätig zusehen konnte, wie Du Dich einer Gefahr aussetzt. Daß Du es als unverzeihliche Einmischung werten würdest, ahnte ich nicht.

Ich möchte Dich bitten, den ganzen Vorfall zu verzeihen. Du mußt wissen, daß ich eine Bedrohung für Dich nicht stillschweigend und mit dem Fanatismus eines Gentleman hinnehmen kann, und ebenso mußt Du wissen – obwohl ich es noch nie so deutlich gesagt habe –, wie sehr ich Dich liebe.

Kitty.

Sie wartete. Die Tage gingen dahin. Es kam keine Antwort. Aus der Ferne konnte sie spüren, daß der Bruch endgültig war.

Das Telegramm traf endlich ein.

IHR MANN WIRD MORGEN ENTLASSEN STOP KILMAINHAM ZEHN UHR

Es war genau eine Woche seit dem Tag, an dem Paul aus ihrem Leben geschieden war.

Für die Heimreise wurde fleißig gepackt und sorgfältig zusammengelegt: Kleider, Röcke, ihr Sommerkostüm, Blusen, das zweite Korsett, Unterwäsche, Schuhe. Die Hüte wanderten in die Hutschachtel. Kitty inspizierte das Zimmer. Bis auf das Nachthemd, das sie noch tragen wollte, und ihre persönlichen Toilettenartikel war alles verstaut. Doch da war ja außerdem der Nähkasten aus Weidengeflecht, ein Geburtstagsgeschenk von Mary, mit der Häkelarbeit, die seit langem ruhte.

Am nächsten Tag würde sie also mit Leonard nach Tubbercullen fahren, den Zug von Kingsbridge nehmen.

Sie war müde, eine bleierne Schwere lastete in den Gliedern. Sie konnte die Erinnerung nicht abschütteln, an Paul Stratton, der gekommen war, um ihr weh zu tun, der ihren Brief nicht beantwortet hatte, der ihr Blut in den Venen frostig erstarren ließe, würde es nicht sehnsüchtig und leidenschaftlich wallen.

Nie wieder die alten Beziehungen zu ihm haben zu können ... Der Gedanke war unerträglich. Sie hatte geschrieben, sich selbst erniedrigt, sich entschuldigt, ihm ihre Liebe gestanden. Mehr konnte sie nicht tun, wenn sie sich einen Rest von Würde bewahren wollte. Jetzt war es an ihm, den nächsten Schritt zu tun, aber ihm lag nichts mehr daran.

Sie hob das Nähkästchen auf, um es gleichfalls einzupakken, und es entglitt ihren Händen. Garn, Steck- und Nähnadeln fielen durcheinander auf den Fußboden. Kniend ging sie daran, die Sachen aufzulesen, als sie plötzlich weinen mußte. Das Schluchzen ging in ein unkontrollierbares, schauderndes Krächzen über, dem nicht Lungen und Luftröhre Nahrung zu geben schienen. Aus dem innersten Zentrum schienen die Laute zu kommen, aus dem geschundenen, verstoßenen Herzen. Sie hockte sich hin, schlang die Arme um den Körper, schwankte hin und her unter der Wucht des Gefühlsausbruchs, des Schmerzes über den Verlust, der Verzweiflung und war sich der Wehklage, die den Raum erfüllte, nur halb bewußt.

Die Tür ging auf, und Mary schaute besorgt herein.

„Geh weg", heulte Kitty sie an.

Mary schloß die Tür, setzte sich auf die oberste Stufe der Treppe und lauschte dem Gejammer, das pausenlos aus Kittys Zimmer drang. Ihre Mutter stieg beunruhigt die halbe Treppe hoch. Ein paar graue Strähnen hatten sich vor Aufregung gelöst. Mary legte einen Finger an die Lippen, und sie zog sich zurück. Das Hausmädchen kam aus der Küche gelaufen und wurde wieder hineingeschickt.

Als das Geschrei verebbte und nur noch gewöhnliches Schluchzen und Schnüffeln zu hören waren, trat Mary ein und schloß die Tür. Kitty saß jetzt auf dem Bettrand, umständlich bemüht, einen Strang Häkelgarn aufzuwickeln. Mary setzte sich neben sie und schwieg eine Weile, während sich Kitty die Augen rieb und die Frisur ordnete.

„Du darfst dir so etwas nie wieder bieten lassen", sagte Mary.

„Ich weiß, Mary", entgegnete Kitty und vermied es, sie anzusehen. „Ich glaube nicht, daß es mir vorher je passiert ist. Was du von mir denken mußt."

„Ich könnte diese arrogante Kreatur an den Daumen aufhängen", erklärte Mary bissig und enblößte die leicht vorstehenden Schneidezähne.

Kitty schüttelte den Kopf. „Es ist ja nicht allein sein Besuch. Ich habe ihm geschrieben, das hätte ich nicht tun sollen, und er hat nicht geantwortet. Mary, nicht nur die Tat wiegt schwerer als Worte, sondern auch das Schweigen."

Mary betrachtete das nachdenkliche Gesicht ihrer Freundin, die Tränen in den Augen, die Streifen, die vom Weinen herrührten. Sie war zornig und fühlte sich ohnmächtig. „Arroganz hypnotisiert die Leute. Einer macht etwas falsch. Du reagierst entsprechend. Man ist beleidigt, und am Ende wird dir verärgert weisgemacht, daß du es warst, die den ersten Fehler begangen hat. Er ist so aufgeblasen, daß er nicht mal zu dir fair sein kann, Kitty. Du mußt ihn laufen lassen."

Kitty seufzte zittrig. „Du verstehst nicht", flüsterte sie. „Er ist großartig – schön ... Ich kenne keinen anderen Mann wie ihn."

„Wann hast du ihn dir denn angeschaut?" fragte Mary unwillig. „Mach die Augen auf, Kitty, und laß ihn laufen. Er hat gewaltige Mängel."

„Wie die Kröte", wisperte Kitty, „mit dem Juwel im Kopf. Auf den Juwel habe ich es abgesehen." Sie wischte sich die Augen behutsam mit dem Taschentuch. „Was Paul betrifft, magst du sogar recht haben, aber das zu wissen genügt mir nicht, ich muß es auch fühlen. Er ist wie Opiumtinktur. Ich kann ohne ihn nicht sein. Ich bin süchtig. Seine persönlichen Qualitäten oder der Mangel daran sind also belanglos." Ein tiefer Atemzug folgte. „Ich schäme mich, so viel gegeben zu haben. Was ich fühlte, dachte ich, müßte auf Gegenseitigkeit stoßen. Jetzt kann ich gar nichts mehr glauben."

„Natürlich kannst du das nicht. Es ist ein ziemlich verdrehtes Individuum, mit dem du da zu tun hast."

Kitty erhob sich, kippte etwas Wasser in das Porzellanbekken, drückte den Schwamm aus und tupfte sich das Gesicht ab. Sie fühlte sich ausgelaugt. Ihre Augen brannten. Allmählich stieg Groll in ihr hoch. „Ich wünschte, daß du weniger predigen würdest, Mary. Ich kann nicht so stark sein wie du."

Sie schwiegen. Nur das leise Plätschern des Wassers unterbrach die Stille.

„Es tut mir leid, Kit", sagte Mary nach einer Weile. „Ich

bin nicht gefühllos. Ich bemühe mich nur, die Dinge klar zu sehen."

„Ja, du scheinst ohne Beziehungen auszukommen. Ich nicht."

Mary stand auf und trat ans Fenster. Kitty wußte, daß sie beleidigt war, und wollte sich zerknirscht entschuldigen, als Mary mit Nachdruck sagte: „Ich bin ganz menschlich, Kitty, weißt du, aber ich durchschaue die Männer, was immer du davon halten magst. Ich erkenne ihre beschränkte und selbstsüchtige Lebensauffassung. Sieh dir ihre Literatur an, wie klischeehaft sie die Frauen darstellen. Welche Verlogenheit und Ignoranz liegt in diesem Klischee, das sie zu einem gesellschaftlich akzeptablen Dogma erhoben haben. Und schau dir an, was das bei den Frauen angerichtet hat! Versteh mich nicht falsch, auch ich würde Herz und Seele hergeben, aber ich fürchte, daß sie mein Verlangen nach Gegenseitigkeit einfach ausnutzen würden."

„Was sehen wir dann also in den Männern?" fragte Kitty. „Schließlich hat man uns eingetrichtert, daß wir von ihnen abhängig sind." Sie dachte daran, daß sie zur Beichte hatte gehen wollen, und fügte hinzu: „Ja, sogar, daß sie uns die Tür zu Gott öffnen können."

„Die Tür zu Gott", wiederholte Mary. Ihre Augen blitzten. „In der Tat! Schau dir doch die Kirche an. Mit eklatanten Vorurteilen, manchmal mit offenem Haß erhebt sie ihre Stimme gegen die Frauen, und diese, von Schuldgefühlen geplagt, weil man ihnen sagt, wie schlecht sie seien, von Schuldgefühlen getrieben auch, weil sie es nicht ganz glauben können, fallen auf leere Versprechungen herein, untermauern den Monolith sogar noch, denn wenn sie ihre Fraulichkeit über Bord werfen, können schließlich auch sie in den Himmel kommen."

Kitty starrte sie bestürzt an. „Du bist bitter, Mary, bitter, bitter!"

„Ja, ich bin bitter, weil ich recht habe."

Kitty wandte den Blick ab, trocknete sich sorgfältig die Hände und sah in den Spiegel, während sie das Haar ordnete. Selbst Mary war ihr jetzt fremd geworden. Sie polarisierte alles, malte schwarzweiß, unterteilte die Welt in Felder nach dem Muster eines Schachbretts; doch einen so geharnischten Zornausbruch hatte Kitty nicht erwartet. Sie wußte nicht, was sie sagen sollte.

Mary durchquerte das Zimmer und stellte sich neben sie. „Noch einmal zu Paul. Hast du an die Möglichkeit gedacht, daß er in Schwierigkeiten stecken – der Verzweiflung nahe sein könnte? Ein Duell mit einem Meisterschützen wäre ihm dann als Ausweg erschienen. Ist er vielleicht stark verschuldet oder so, hat er unüberwindliche Probleme?"

Kitty antwortete nicht. Was wußte sie von Paul Strattons Privatleben? Sie versuchte sich mit der Aussicht aufzuheitern, daß Leonard entlassen wurde, aber nicht einmal dieser Gedanke fand die volle emotionale Resonanz, die er verdient hätte. „Macht es dir etwas aus, wenn ich zu Bett gehe? Mir brummt der Schädel."

Mary lief die Treppe hinunter und sagte ihrer Mutter, daß Kitty an Kopfschmerzen leide und sich hingelegt habe.

„Das arme, liebe Mädchen!" rief Mrs. Lindsay kopfschüttelnd aus. „Diese unglückselige Sache mit ihrem Mann ist zuviel für sie gewesen."

Kapitel 20

Am folgenden Morgen fand sich Kitty pünklich in Kilmainham ein. Die Erwartungsfreude, mit Furcht vermischt, legte sich auf den Magen. Es war ein schöner, sonniger Vormittag, der für spätere Stunden eine beachtliche Hitze versprach. Von Mary und Mrs. Lindsay hatte sie sich verabschiedet. Beide hatten sich erboten, sie zu begleiten, aber Mary konnte es sich schwerlich leisten, in der Schule noch einen Tag zu fehlen, und Mrs. Lindsay verspürte im Grund keine Lust, Kilmainham von außen zu sehen, geschweige denn hineinzugehen. Außerdem handelte es sich um eine rein persönliche Angelegenheit, Leonard war ihr Mann, und auf Anwesende legte sie bei ihrer Zusammenführung wirklich keinen Wert. Sie bat den Droschkenkutscher zu warten und ging unter dem Kalksteinbogen mit dem Relief zusammengeringelter Schlangen hindurch.

Ein Soldat führte Leonard in den schmucklosen Warteraum. Man händigte ihm sehr förmlich ein Päckchen aus und ließ ihn den Empfang bescheinigen; als es aufgeschnürt war, fielen seine Brieftasche, seine silberne Taschenuhr, die dazugehörige Kette und sein Füllfederhalter auf den Tisch — die Utensilien eines Halbtoten. Kitty erkannte ihn kaum wieder, wie er so vor ihr stand. Seine Seele schien sich in einen fernen Winkel des Körpers verkrochen und den Rest sich selbst überlassen zu haben.

Er war hager, beinah ausgemergelt. Den Kopf, den er stets hoch getragen hatte, hielt er gesenkt, so daß Kitty der schüttere Scheitel auffiel. Sein rechter Arm ruhte in einer Schlinge. Die Schultern, einst Gegenstand ihrer Bewunderung, schienen erschlafft zu sein.

Doch am stärksten erschreckte sie sein Gesicht, aus dem der herrische Ausdruck gewichen und das von Furchen erlittener Qual und Schmach geprägt war.

Sie griff behutsam nach seinem heilen Arm und küßte ihn auf die Wange. Er tätschelte ihr die Hand, sein Blick traf kurz ihren, und er sah schnell weg.

„Draußen wartet eine Droschke. In einer Stunde fährt der Zug von Kingsbridge ab. Ich dachte, du würdest gleich nach Hause wollen."

„Ja. Nett von dir, daß du gekommen bist, Kitty."

Er sprach sanft, und sie erstickte fast an dem Mitleid, das er erweckte. Die unverwüstliche Kraft, früher das zentrale, hervorstechende Merkmal seiner Persönlichkeit, war verschwunden. Er wirkte schwach, kläglich, war das Gegenteil des Leonard, den sie kannte. Sie zwinkerte, um die Tränen zurückzuhalten, und führte ihn in die Sonne hinaus.

Es kam ihr wie eine Ewigkeit vor, als sie ihm endlich in ein Abteil erster Klasse des Zuges geholfen und sich neben ihn gesetzt hatte. Zwei elegant gekleidete Damen ihnen gegenüber betrachteten Leonard mit unverhohlenem Mißfallen, und es erschreckte Kitty, wie zerknittert und schmutzig seine Sachen waren. Beim ersten Halt stiegen die beiden ins Nachbarabteil um.

Leonard schaute zu der rasch vorüberziehenden Landschaft hinaus, zu den lichten Feldern und fetten Rindern.

„Hast du Schmerzen, Leonard?"

Er schüttelte den Kopf.

„Was ist mit deinem Ohr passiert?"

„Nichts."

„Wie fühlst du dich? Du bist so dünn geworden."

Er sah sie an. Es war der geduldige Blick eines Geschlagenen, ein niederschmetternder Blick. „Kitty, mein Schatz, wie ich mich fühle, ist völlig unwichtig."

„Natürlich ist es wichtig, wie du dich fühlst." Sie dämpfte die Stimme. „Ist es wahr, daß sie dich gefoltert haben? Den Zeitungsmeldungen zufolge wurden Häftlinge gefoltert." Die letzten Worte stieß sie laut, leidenschaftlich, entrüstet hervor.

„Ich bin ein Verräter, Kitty. Du kannst es ruhig wissen. Ich habe ihnen alles gesagt. Mit mir hätten sie machen können, was sie wollten, ich hätte es ertragen, aber als sie über den armen Patch herfielen . . . Und kaum war ich fertig, da jagte ihm Winters ein Dumdumgeschoß durch den Kopf." Leonards Stimme war fast ausdruckslos. „Er sagte, er könnte nicht zulassen, daß ich mich mit meinen Brandwunden vor

Gericht präsentiere und unsere Haftanstalten in Verruf bringe. So ließen sie mich laufen, damit ich für sie spioniere und Lügen über Patch verbreite. Wenn ich es nicht mache, schwärzen sie mich bei der IRA an. So ist das, Kitty, der Lehrer hat seinen Schüler dem Henker ausgeliefert."

„Du hast getan, was du konntest", behauptete Kitty weinend.

Leonard seufzte. „Ich war nicht der standhafte Turm, als der ich galt. Ich hätte nicht nachgeben dürfen. Wie mich Patch angesehen hat! Heute begreife ich, daß sie nicht genug Material gegen ihn hatten, um ihn hinrichten zu können. An der schlimmsten Folter hätte ich Winters nicht hindern dürfen. Dann wäre Patch noch am Leben – vielleicht sogar frei; verstümmelt, aber frei!"

„Warum bildet ihr Männer euch immer ein, keinen Anspruch auf Menschlichkeit zu haben?" fragte Kitty durch ihre Tränen. „Warum tut ihr immer so, als ob ihr jemand wäret, der ihr gar nicht seid? Und hinterher vergeht ihr fast vor Kummer, wenn sich herausstellt, daß ihr nicht allmächtig seid – daß ihr nicht Gott seid!"

Sie erwartete eine zornige Entgegnung, aber Leonard musterte sie nur sanftmütig und abschätzend, doch die Apathie war aus seinen Augen gewichen. „Du bist jung, Kitty, schön und geistvoll. Du hast es nicht verdient, mit einem Mann wie mir verheiratet zu sein. Ich habe viel darüber nachgedacht. Ich bin dir dankbar, daß du so lange bei mir ausgeharrt hast, und wenn du weiterhin bleiben möchtest . . . Ich werde versuchen, es dir recht zu machen."

Sie schlang die Arme um seinen Hals und weinte und weinte, während er ihr die Hände liebkoste und die Tränen fortwischte.

Das erste, was Kitty bemerkte, als der Zug in Tubbercullen einlief, war das Rosenmeer auf Billy Kellehers Blumenbeet. Der Zug zuckelte in den Halt, und da stand Eileen, mit gespannter Miene, die sich aufhellte, sobald sie Kitty erblickte.

Sie hat einen Bauch angesetzt, dachte Kitty, als sie die füllige Taille sah. Das Mädchen stürzte herbei, um zu helfen. „Ich nehme das Gepäck, Ma'am", rief sie bereitwillig und –

zögernder –: „Stützen Sie sich auf mich, Sir", an Leonard gewandt, der ihr beim Aussteigen den Ellbogen hinhielt.

Billy Kelleher eilte zu ihnen, drückte Leonard gewichtig die Hand und flüsterte: „Gott segne Sie, Master Delaney. Wir haben gehört, wie es war, wie Sie widerstanden haben."

Leonard wurde noch eine Nuance bleicher.

„Die Kutsche steht bereit, Ma'am", verkündete Eileen. „Dinny Mooney hat für mich gefahren. Ich bat ihn in der Minute, als Ihr Telegramm eintraf."

Der Stationsvorsteher nickte ihnen noch einmal zu und trat zur Seite, blies die Pfeife und schwenkte seine grüne Flagge.

Als sie den Bahnhof verließen, stürmte ihnen Dinny entgegen und begrüßte Leonard, wobei er verlegen an den Schirm seiner Mütze tippte. „Is' ja schrecklich schön, Sie wieder bei uns zu haben, Master Delaney", stammelte er errötend, schwang sich eilfertig auf den Sitz und ließ Eileen mit der schweren Tasche die Nachhut bilden.

Wenige Augenblicke später trottete das Pferd den Feldweg entlang. Bald erreichten sie die Stelle, wo Kitty – vor so vielen Monaten nun schon – vom Fahrrad gestürzt war. Sie erblickte die hohen Schornsteine über den Bäumen. Um sich zu beruhigen, griff sie nach Leonards Hand und umklammerte sie fest. Er erwiderte den Druck; seine Miene signalisierte Entzücken. Ob er von Pauls Duell gehört hat? überlegte sie, unterließ es allerdings, seinen Namen in den Mund zu nehmen. Es wäre ihr unerträglich gewesen.

Zu Hause angekommen, rannte Eileen zum Ofen, um nach dem Huhn zu schauen. Die Brust war leicht angebrannt, die Röstkartoffeln etwas lederartig geraten. „Das Essen ist fertig", meldete sie.

Kitty trat an die Durchreiche und sah, daß der Tisch im Speisezimmer mit dem besten Silberbesteck gedeckt und mit Rosen geschmückt war. Da Leonard aber kein Interesse bekundete, sagte sie: „Wir werden später essen, Eileen. Mr. Delaney ist jetzt müde und möchte sich gern ein bißchen hinlegen; aber du bediene dich schon immer."

In der Diele waren die Fliesen poliert. Das ganze Haus blitzte vor Sauberkeit. Leonard stieg als erster die Treppe hoch. Die vorletzte Stufe knarrte. Da blieb er stehen und murmelte: „Das hatte ich schon ganz vergessen." Er sah sich um, als wenn er ein Fremder wäre, ging ins Schlafzimmer, legte sich aufs Bett, machte die Augen zu und schwieg. Er war blaß und erschöpft, die letzte jugendliche Spannkraft für immer dahin.

Kitty schloß die Tür und setzte sich an die Frisierkommode. Auch ihr kam das Zimmer irgendwie fremd vor. Fast fühlte sie sich als Eindringling. Es erschien ihr alt, abgeschmackt, steril. Sie verglich sich mit einer fürwitzigen Fliege, die in ein Netz geraten war. Sie würde nicht verschlungen werden, aber bis ans Lebensende in den sich verengenden Maschen schmachten. Die meisten Möbel werde ich auswechseln, nahm sie sich vor, die Öde verbannen. Sie sah zum Fenster hinaus in die sonnige Abgeschiedenheit, die sie gleichfalls bedrückte.

Dann zog sie sich aus, behielt nur das Hemd an, entfernte die Nadeln aus der Frisur, und schüttelte das lose Haar zurück und bürstete es kräftig. Da sah sie im Spiegel, daß Leonard die Augen aufgemacht hatte und sie beobachtete. Ihr war, als ob ein Fremder zuschaute. Dieser gebrechliche Mann auf dem Bett glich kaum noch ihrem Gatten, den sie abgeführt hatten. Wo war seine Energie, sein diktatorischer Stolz geblieben?

„Komm zu mir", sagte er weich.

Kitty legte die Bürste hin und setzte sich auf den Bettrand. Er liebkoste ihre Arme, ließ die Finger über ihre Schultern und Brüste gleiten. „Küß mich, Kitty."

Sie beugte sich hinab und küßte seine Lippen. Sie tat es aus Mitleid und weil er sie gebeten hatte, spürte aber zu ihrem Erstaunen, daß er wieder die alte körperliche Anziehungskraft ausübte, als ihre Lippen verschmolzen und sie seinen warmen Atem in der Nase spürte. Warum ist das so mit dem Atem? fragte sie sich. Er schien etwas über den Mann auszusagen, war ihr vertraut.

„Soll ich zu dir kommen?"

„Wenn du möchtest."

Er stand auf, schlurfte ins Badezimmer, aus dem das Plätschern von Wasser zu hören war. Als er zurückkam, hatte er seinen alten Morgenrock übergeworfen. Er legte sich neben sie und berührte sie tastend, sanft. Er war schwach, und sie half ihm, führte ihn zu dem ersten zärtlichen Zusammensein ihrer Ehe, war aber eher mütterliche Trösterin, weniger Geliebte und merkte ein bißchen wehmütig, daß er mehr von dem Wunsch getrieben wurde, sich bestätigt zu finden, als ihr etwas zu sagen. Sie dachte daran, wie sie das letztemal in den Armen eines Mannes gelegen hatte, und errötete vor Scham. Dann regte sich der Trotz: Gott, es ist mein Körper. Doch die Scham blieb.

Warum mußte alles so kompliziert sein? Warum mußte sie kompliziert sein? Andere Frauen schienen sich mit dem zu begnügen, was sie hatten. Wieso konnte sie sich nie abfinden? Andere Frauen lebten ehrbar, hielten sich an die Regeln, nahmen ihre Frustration hin, die Mühsal, die endlose Selbstaufopferung. Oder nicht? Taten sie es wirklich? Vielleicht kochten sie innerlich genauso, konnten es nur besser verbergen? Vielleicht boten sie insgeheim alle Energie auf, um sich selbst zu unterdrücken – weil sie Angst hatten, weil sie dazu erzogen waren, Regeln hochzuhalten, die sie nicht aufgestellt hatten? Weil der Verstoß so hart bestraft wurde, daß sie kein Risiko einzugehen wagten.

Und warum förderte die Kirche diese Zustände, obwohl sie vorgab, Frauen und Männer in Wert und Würde auf eine Stufe zu stellen? Die Kirche bildete eine treibende Kraft in dem Bestreben, die Frauen zu benachteiligen, einzuschüchtern, zu erniedrigen. Sicherlich hatte Mary in mancher Hinsicht recht – trotz allem, aber auch sie beantwortete nicht die Frage nach dem Warum.

Weil sie es können, hatte Paul gesagt.

O Gott, hüte und beschütze ihn, betete sie inbrünstig, denn einen wie ihn werde ich nie wieder finden.

Leonard war eingeschlafen, und Kitty stand auf, zog sich an und ging in die Küche hinunter. Eileen saß am Herd, fuhr jedoch schuldbewußt hoch, als sie eintrat.

„Schon gut, Eileen, du hast Anspruch darauf, dich auch mal auszuruhen."

Eileen setzte sich wieder und schabte nervös an den Fingernägeln. „Möchten Sie jetzt essen, Ma'am?"

Kitty schaute umher und konstatierte, daß das Huhn noch in der Röhre stand. Sie versuchte ihren Unmut zu verbergen. „Ist das Huhn etwa noch dort drin?"

„Ja, Ma'am, ich habe es warm gehalten."

Kitty ergriff zornig einen Topflappen, zog den ausgedörrten Braten heraus und stellte ihn auf den Tisch. „Die Kartoffeln kannst du auch wegwerfen."

Eileen probierte mit einer Gabel und gab zu, daß man sich daran die Zähne ausbeißen konnte. „Es tut mir leid, Ma'am."

„Macht nichts." Kitty seufzte. Sie hatte jetzt großen Hunger. „Brüh mir eine Kanne Tee auf und laß hören, wie du zurechtgekommen bist, während wir fort waren."

Dinny habe die Kühe versorgt und gemolken, erklärte Eileen. „Jetzt is' die Wiese soweit, daß sie gemäht werden muß, Ma'am", fügte sie neunmalklug hinzu. Dann sprach sie über Patch und seine untröstliche Großmutter. Kitty nahm sich vor, Mrs. Murray sobald wie möglich zu besuchen. Sie erinnerte sich daran, was ihr Leonard im Zug erzählt hatte, aber wie furchtbar es wirklich war, wurde ihr erst jetzt richtig bewußt. Die ganze Welt um sie her schien zu zerfallen. Sie trank ihren Tee und erkundigte sich nach der Kaserne.

„Sie wurden alle erschossen, die Schwarzbraunen, Ma'am", sagte Eileen grimmig.

„Ich dachte, sie hätten sich ergeben."

„Spielte keine Rolle, Ma'am."

„Das ist eine Greueltat", erklärte Kitty, aber der Ärger wallte in ihr hoch, wenn sie daran dachte, was sie mit Leonard, mit Patch gemacht hatten. „Haben sie einen Vergeltungsschlag unternommen?"

„Soweit ist alles ruhig geblieben, falls Sie das meinen, Ma'am."

„So. Sonst gibt es nichts Neues, Eileen?"

„Nein, Ma'am, höchstens . . ." Sie stutzte und sprach mit veränderter Stimme weiter: „Tommy ist hier gewesen."

Dieser Kerl, dachte Kitty. „Den weiten Weg von Galway? Was hat er gewollt?"

„Ach, nichts, Ma'am."

Kitty stellte interessiert fest, daß Eileen ihrem Blick auswich und offensichtlich Unbehagen verspürte. „Ich hoffe, er hat dich nicht belästigt, Eileen. Ich nehme nicht an, daß du viel von Männern verstehst, aber wenn sie einmal ein Auge auf ein Mädchen geworfen haben, können sie – nun, sehr zudringlich werden. Du mußt streng zu ihnen sein, weißt du."

„Ach nein, Ma'am . . . Es ist nichts gewesen. Er kam – kam nur mal so vorbei."

„Verstehe. Und was macht die Landwirtschaft im östlichen Galway?"

Eileen antwortete nicht.

„Es hat dort nie so eine Farm gegeben. Stimmt's, Eileen?"

„Ich weiß nicht, Ma'am . . . Der Master sagte . . ."

„Tommy ist auf der Flucht", bemerkte Kitty mit Nachdruck. „Ist das nicht die Wahrheit?"

„Ich glaube schon, Ma'am."

Sie schwiegen. Wie leicht ich mich täuschen lasse, dachte Kitty – von Leonard, von Eileen, von Paul.

„Geht es dem Master gut, Ma'am?" fragte Eileen mit plötzlichem Ungestüm. „Er sieht schrecklich mitgenommen aus. Die Leute sagen, er wurde – von den Braunen zusammengeschlagen – und daß Mr. Stratton sich mit dem schießen wollte, der das gemacht hat."

„Er ist sehr ruhebedürftig, aber er wird wieder auf die Beine kommen. Würdest du mal eben das Rad nehmen und zur Post rüberfahren und Mrs. Gaffrey bitten, Dr. Kelly anzurufen. Er möchte bitte herkommen."

„Bin schon unterwegs, Ma'am."

Leonard bestand darauf, zum Abendessen aufzustehen. Er kam in seinem Morgenrock herunter, trank vor dem Kamin im Wohnzimmer Tee und aß Sandwiches. Da Eileen noch außer Haus war, hatte Kitty einige mit hartgekochtem Ei belegt und wenige andere mit dem bißchen Fleisch, das vom Huhn zu retten gewesen war. Kitty erzählte, daß Tommy Eileen aufgesucht hatte. „Gut, gut", sagte er zerstreut und versank wieder in Schweigen.

Nach dem Essen nahm er ein Buch zur Hand, und Kitty wickelte ihm eine Reisedecke um die Beine. Sie holte eine Waschschüssel voll heißem Wasser aus der Küche, brachte ein Desinfektionsmittel, eine frische Binde und einige saubere Handtücher. Leonard gestattete ihr, den Verband abzunehmen. Die Wunde schien gut zu heilen; rosa Narbengewebe hatte sich nahe der Achselhöhle gebildet. Er zuckte zusammen, als sie es mit der Lösung betupfte.

„Wie bist du zu dieser Wunde gekommen, Leonard?"

„Sie haben auf mich geschossen – in der Nacht, als ich verhaftet wurde. Kitty, das weißt du doch."

„Warum hat man dich verhaftet?"

Er antwortete nicht, aber sie ließ nicht locker. Paul hatte es ihr erzählt. Jetzt wollte sie es aus dem Munde von Leonard hören. „Leonard – ich möchte, daß du mir die Wahrheit sagst. Du hast es mit den Freiwilligen gehalten, das ist bekannt."

Er seufzte und sah ins Feuer. „Du hast natürlich recht, Kitty. Ich hätte dich von Anfang an einweihen sollen, aber ich wollte dich nicht hineinziehen. Sie haben auf mich geschossen, weil sie mich verdächtigten, Tommy befreit zu haben. Er hatte sich auf dem Boden der Schule versteckt und war dort gefangen worden." Leonard erzählte von seinen Verbindungen zur IRA, von den Ereignissen in der Nacht der Festnahme, und der Bericht gipfelte in seinem Martyrium auf Schloß Dublin.

Als Kitty ihren Mann frisch verbunden hatte, mußte er sich auf die Couch legen, und sie stopfte ihm einige Kissen unter den Kopf. Dann setzte sie sich auf den Fußboden und las aus *The Poetical Works of John Keats* vor: „Ode an eine Nachtigall", wo das Buch aufgeschlagen war.

Danach schien Leonard eingeschlafen zu sein. Er hatte die Augen geschlossen, atmete aber noch sehr flach. Mit der Fingerspitze zeichnete sie gedankenverloren das Muster des Teppichs nach. Was nun? Die Schule zerstört, Paul nur ein Traum, Leonard in sich gekehrt. Klösterliche Abgeschiedenheit war offenbar ihr Los. O Paul, warum mußte ich dir bloß begegnen!

„Ich gäbe etwas darum, wenn ich deine Gedanken erraten könnte."

Sie fuhr zusammen. „Ich dachte, du schläfst."

„Nein. Ich habe nur alles aufgenommen: den Frieden, die Bequemlichkeit, deine Schönheit und Güte."

„Ich bin nicht gut", widersprach Kitty, „ich bin eine ganz schlechte Person."

Leonard unterdrückte ein Lachen und schnaufte. „Liebe Kitty – wie schaut sie denn aus, deine Schlechtigkeit? Wollen einmal sehen . . . Du schmollst manchmal, hast aber selten eigene Wünsche, erwartest wenig für dich selbst, erstrebst meistens etwas Schönes. Nun, das sind Eigenschaften, die ich wohl nicht aufweisen kann. Du bist nahezu vollkommen. Wie könntest du dich charakterlich noch verbessern, wenn du nicht ein paar kleine Schwächen hättest?"

„Kleine Schwächen!" sagte Kitty zornig, blickte ihn an, Tränen traten ihr in die Augen, und das Herz war ihr schwer. „Sei nicht albern!"

Er ergriff ihre Hand und murmelte: *„Wenn deine Liebste sich erzürnt, erfasse ihre weiche Hand. Laß sie nur rasen, weide dich am Anblick ihrer unvergleichlich schönen Augen . . ."*

Kitty wandte sich ab, hin- und hergerissen zwischen Verärgerung und der Rührung, die er hervorgerufen hatte. Wie konnte sie es ihm jemals sagen? Und wäre es recht, ihm auch noch diese Schmerzen zuzumuten? Wem nutzte es, wenn sie sich offenbarte? Es würde sein Elend nur vollkommen machen.

„Willst du hier bleiben, Kitty?" fragte Leonard nach einer Weile. „Ich könnte dir wahrscheinlich eine Lehrerstelle in Dublin besorgen, falls du das vorziehen solltest. Viel hält uns hier nicht mehr – ohne Schule und nach allem, was passiert ist."

Kitty erschrak. „Aber dir gefällt es hier. Du magst die Menschen, und die Schule wird wieder aufgebaut, und wir haben genug Geld, um uns eine Zeitlang über Wasser zu halten."

Warum sage ich nicht: Ja, ja, ja, bitte fort, ein neues Leben anfangen? Zehn Monate früher hätte sie genau so reagiert, aber jetzt machte sie Ausflüchte, nicht um seinetwillen, sondern weil es unerträglich wäre, von Paul Stratton so weit entfernt zu leben. Was immer auch geschehen mochte – sie mußte in seiner Nähe sein, selbst wenn er nie wieder mit ihr sprach.

„Gut – wir könnten Urlaub machen. Wir haben keine Flitterwochen gehabt. Wohin würdest du gern verreisen?"

Die Vorstellung, mit Leonard allein zu sein, in irgendeinem stillen Hotel an der See, erfüllte Kitty mit Angst. Die Perioden, wo sie sich nichts zu sagen hatten, würden länger werden, und er würde sich allzusehr um sie bemühen. Nein. Vielleicht war es für sie zu spät. Einst hatte sie sich weiter nichts gewünscht, als daß er mit ihr sprechen würde, so zu sein, wie er neuerdings war, doch jetzt fiel er ihr zur Last. An irgendeinem Punkt ihrer Wegstrecke hatten sie sich entfremdet.

„Na ja, wir können darüber nachdenken“, antwortete sie ausweichend, „aber ehe es dir nicht viel besser geht, wäre es ein Unding, zu verreisen. Habe ich dir schon gesagt, daß ich Dr. Kelly gebeten habe, herzukommen?“

Er klopfte ihr die Hand und sah sie besorgt an, weil er spürte, daß sie seinen Annäherungsversuch zurückgewiesen hatte. „Ja, das hast du schon erwähnt. Kitty, weißt du, daß ich dich liebe?“

Sie krümmte sich innerlich. „Das erwarte ich nicht anders von dir“, scherzte sie und wußte, daß sie sich bei dieser Lüge eigentlich bekreuzigen müßte. „Ich werde ein bißchen Milch für dich holen“, sagte sie und stand auf. „Es wird Zeit, daß du ins Bett kommst.“

Kapitel 21

Eine Woche verstrich. Am Sonnabend erschien Jeremy nicht zum Unterricht. Sie hatte ihn kaum zu erwarten gewagt, aber die Hoffnung doch nicht ganz begraben.

Am Sonntag bestand Leonard darauf, die Messe zu besuchen, und unterwegs begegneten sie Paul, der aus der entgegengesetzten Richtung von der kleinen protestantischen Kirche zurückkehrte. Leonard hob die Hand, und Paul erwiderte den Gruß mit einem höflichen Kopfnicken. Kitty nickte er nur kalt zu. Dafür rief Jeremy, der bei ihm in der Kutsche saß, erfreut aus: „Hello, Kitty!" Und Kitty gab sich die größte Mühe zu lächeln. Dann waren sie vorüber, und Jeremy winkte ihnen lebhaft nach.

Während der Messe kniete und stand sie inmitten der Kirchengemeinde, nahm kaum den leiernden Singsang des Kuraten wahr, auch nicht die Blicke, die ihr, vor allem aber Leonard auf der Männerseite galten. Sie war nicht fähig zu beten. Nach der Messe sprach sie mit mehreren Leuten in der Vorhalle, Einheimischen, die ihr und Leonard die Hand schüttelten – ihm besonders lange, voll Anteilnahme.

„Willkommen daheim, Master Delaney."

„Willkommen daheim, Missus."

„Sie sehen gut aus, Ma'am" und so weiter, freundliche und neugierige Bemerkungen von Menschen, die sich für Leonards Zustand interessierten und die Zerstörung der Schule beklagten. Er drückte warme, lederartige Hände, und einige waren sichtlich betroffen darüber, wie sehr er sich verändert hatte. Sogar die alten Frauen mit ihren langen schwarzen Mänteln und randlosen, schwarzen Hüten warteten am Tor, um ihm die Hand zu geben.

Kitty entdeckte Mrs. Devine am Rand der Gruppe. Sie wartete dort auf Grimes, der sie mit dem Einspänner zurückbringen wollte. Kitty entschuldigte sich, ging zu der Haushälterin und reichte ihr die Hand.

„Sie haben in der letzten Zeit viel durchgemacht, Mrs. Delaney", sagte Mrs. Devine, wobei sie den Blick zu Leonard hingleiten ließ. „Ich hoffe, daß die Unannehmlichkeiten für Sie nun vorbei sind."

Kitty dankte und erkundigte sich nach Jeremy. „Ich weiß ja nicht, ob er völlig genesen ist. Ich frage wegen der Stunden . . ." Sie gab sich Mühe, dies unbekümmert zu sagen, doch es entging ihr nicht, daß Mrs. Devine sie mit ihren runden Augen forschend musterte.

„Na ja, es kommt mir eigentlich nicht zu, darüber zu sprechen, Ma'am, aber bekanntlich wird Miss Sarah, Master Pauls Schwester, aus Indien zurück erwartet. Sie soll den Unterricht fortsetzen", fügte sie mit einem Ausdruck von Unbehagen hinzu.

„Oh. Ich verstehe."

„Natürlich trifft sie erst in etwa zwei Wochen ein, Ma'am, und ich kann nicht sagen, was Mr. Stratton bis dahin zu tun beabsichtigt."

„Danke, Mrs. Devine. Ich war nur am Überlegen . . ."

Grimes brachte die Kutsche zum Stehen. Das Trittbrett wurde herabgelassen, und die Haushälterin stieg ein, wobei die Federn quietschten.

Auf dem Heimweg wurde Kitty das Gefühl nicht los, der Dienerschaft gleichgestellt zu sein, nachdem der Steg, der die Kluft zwischen Paul und ihr überbrückt hatte, von ihr eigenmächtig entfernt worden war. Sie sah, wie Grimes weit vor ihnen zur Einfahrt des Hauses Tubbercullen abbog und die beleibte Mrs. Devine wuchtig hinter ihm thronte. Alles in ihr strebte dieser Einfahrt, diesem Haus zu.

„Du bist ziemlich abwesend", stellte Leonard fest.

„Ja?"

„Ist alles in Ordnung?"

„Doch – natürlich. Ich bin nur ein bißchen müde."

Eine Woche verging. Der Sonnabend kam, aber kein Zeichen von Jeremy, kein Wort von Paul. Warum setzte er sich nicht mit ihr in Verbindung, ließ es sie nicht wissen, wenn kein Unterricht mehr stattfinden sollte? Sie verabscheute seine Arroganz, wurde zwischen Zorn und Verzweiflung hin- und hergerissen. Wieder war Sonntag. Mrs. Devine kam nicht zur Messe, und auf der Straße konnte sie Pauls Kutsche nicht sehen. Es regnete viel. Sie versuchte zu lesen, erfaßte jedoch den Sinn der Wörter nicht. Leonard saß da und döste. Nach dem Mittagessen sprach Frank Ledwith vor, und Kitty zog sich in die Küche zurück. Eileen war mit dem Fahrrad zu Mrs. Murray unterwegs. Wenigstens gingen ihnen die Eier nie aus. Wenn sie an die alte Frau dachte, hatte sie ein schlechtes Gewissen. Sie wußte, daß sie Mrs. Murray hätte besuchen müssen, aber wie ihr ins Gesicht sehen, nachdem Patch zum Denunzianten abgestempelt war – für Informationen, die man aus Leonard herausgepreßt hatte? Der sprach nun nicht mehr davon, daß den Leuten die Wahrheit zu sagen sei.

Pauls Blicke verfolgten sie. Sein Hochmut, sein kaltes, kurzes Kopfnicken! Für sie! Er war so ungerecht; Mary hatte schon darauf hingewiesen. Kitty hob die heiße Herdplatte an, legte Torf nach. Dann saß sie am Feuer und biß sich auf die Daumennägel. Mit einem schuldigen Schauer dachte sie daran zurück, wie sich sein Körper angefühlt hatte. Er hatte sie herumgekriegt – nun ja, nicht er vielleicht, sondern irgendein praktikables Prinzip, dem sie gefolgt waren. Reduzierten sich ihre Gefühle wirklich nur auf sexuelle Besessenheit? Sie durchlebte noch einmal den Nachmittag im Gresham. Vorsichtig, scheu kehrte sie in der Erinnerung zu jeder Einzelheit zurück. Alles, was zwischen ihnen gewesen war, wurde wieder Gegenwart, gipfelte in seinem markerschütternden Schrei, der ihr wild pochendes Blut stocken ließ – ein schrecklicher Sehnsuchts-, ein unerträglicher Lustschrei. Und nach allem, was zwischen ihnen gewesen war, konnte er sie so behandeln, wie er es tat! *Du bist grausamer, du, den wir lieben, als Haß, Hunger oder Tod!*

Es drängte sie, das Rad zu nehmen und zu ihm zu fahren, aber das wollte sie nicht, ebensowenig gegen den Schmerz ankämpfen. Sie hatte ihn verdient und würde es durchstehen. Irgendwie! Und wenn es mit dem Kopf durch die Wand wäre.

Lange brauchte sie jedoch nicht mehr auf Nachricht zu warten. In der Frühe des nächsten Tages kam Grimes mit einer Botschaft. Sie lag noch im Bett, und Eileen brachte sie hoch.

„Jeremy braucht Sie."

Eine Notiz nur, auf Büttenpapier; sie wußte, wer sie geschrieben hatte.

„Teile Grimes mit, er soll warten", sagte sie zu Eileen, sprang aus dem Bett und fuhr in die Sachen. Die Haare steckte sie einfach auf.

Leonard saß im Speisezimmer über den Karten, die Ledwith dagelassen hatte.

„Jeremy muß krank sein", erklärte sie von der Tür aus, „ich werde gebeten, zu ihm zu fahren."

Wenige Augenblicke später saß sie neben Grimes. Sie schielte den vierschrötigen ehemaligen Feldwebel an und versuchte in seiner Miene zu lesen. War Jeremy wirklich krank? Im Einspänner neulich hatte er ziemlich gesund ausgesehen. Wie stürmisch er gewinkt, wie erfreut er gerufen hatte. Sie scheute sich, den Stallburschen zu fragen für den Fall, nur für den Fall, daß Paul lediglich einen Vorwand gesucht hatte, um sie zu veranlassen, zu ihm zu kommen. Der Mann an ihrer Seite schaute jedoch finster, fast traurig drein und gab dem Pferd die Peitsche. Ihre Blicke trafen sich.

„Es ist Diphtherie", sagte er und wischte sich mit dem Handrücken über das nasse Gesicht.

Mrs. Devine führte sie direkt ins Kinderzimmer. Jeremy lag auf dem Rücken. Er sah schrecklich aus. Sein Gesicht war gerötet, und er rang gierig nach Atem. Die zarten kleinen Hände ruhten auf der Decke. Die Augen hatte er geschlossen.

Paul saß am Bett und betrachtete ihn starr. Als Kitty eintrat, hob er nur flüchtig den Kopf, dann widmete er sich wieder ganz der aufopferungsvollen Wache, als könnte er kraft seines Willens und seiner Vitalität dem zerbrechlichen Kind das Atmen erleichtern.

„Das arme Jungchen hat nach Ihnen gefragt", sagte Mrs. Devine. „Er war zeitig wach. ‚Wo ist Kitty?' wollte er wissen." Die Tränen liefen ihr unaufhaltsam über das Gesicht. „Doktor Kelly ist gerade wieder abgefahren. Mit dem Zeug dort" – sie zeigte auf eine Flasche, die eine purpurrote Paste enthielt – „pinselt er dem Kind den Rachen aus. Der arme kleine Liebling haßt es und schreit, bloß – richtig schreien kann er ja nicht. Gott, ist das furchtbar, Ma'am. Es bricht mir das Herz."

Kitty trat ans Bett und stand neben Paul. Sie streichelte dem Kind die Hand. Jeremy öffnete die Augen, die glasig waren und sie nur verschwommen wahrzunehmen schienen, aber er lächelte, wollte etwas sagen, brachte jedoch nur ein rauhes Krächzen hervor. Er hustete gequält.

„Ruhig, Herzchen, ruhig“, flüsterte Kitty unter Tränen, „versuch nicht zu sprechen.“ Sie sah Paul an. Er erwiderte ihren Blick nicht; nahm keine Notiz von ihrer Anwesenheit. „Wann hat es angefangen?“ fragte sie Mrs. Devine.

„Vorgestern. Er erwachte mit Fieber und klagte über Halsschmerzen. Da ließ ich Doktor Kelly kommen. Er meint, es wäre Diphtherie – obwohl, wo er sich die geholt haben soll, Ma'am – ich könnte es nicht sagen. Master Paul hat kein Auge zugemacht und keinen Happen zu sich genommen. Er sitzt die ganze Zeit am Krankenbett.“ Sie putzte sich umständlich die Nase. Kitty sah die Angst in ihren Augen. „Ich bin froh, daß Sie gekommen sind, Ma'am. Vielleicht bringen Sie ihn dazu, sich für ein Weilchen hinzulegen.“

Kitty drehte sich zu Paul um und berührte ihn an der Schulter. „Ich bleibe bei ihm. Legen Sie sich hin. Schlafen Sie ein bißchen.“

Er bewegte sich nicht, hob den Blick nicht. Dann fragte er: „Wissen Sie, daß es ansteckend ist, Kitty?“

„Ich bleibe“, sagte Kitty. „Ich habe keine Kinder. Bitte essen Sie etwas, Paul. Bitte ruhen Sie sich aus – ein Weilchen.“

„Wenn er stirbt, ist dafür noch Zeit genug.“

Kitty sah ihn genau an. Seine Schultern waren gekrümmt; seine Verzweiflung erfüllte den Raum. Das Kind würgte, rang röchelnd nach Atem.

Mrs. Devine schüttete Wasser in eine Schüssel. „Wollen Sie mir helfen, ihn abzureiben – Ma'am, um das Fieber runterzutreiben?“

Kitty nickte, dachte an die Zeit, als ihr Vater mit Lungenentzündung gelegen und die Schwester gegen das Fieber angekämpft hatte. Sie tauchte einen Finger ins Wasser und sagte: „Das können wir aber nicht nehmen; es ist zu kalt!“

„Es soll doch die Temperatur senken, Ma'am!“

„Mit kaltem Wasser geht es nicht. Holen Sie lieber warmes.“

Die Haushälterin eilte davon. Kitty schaute zu Jeremy

hinab. Sie wünschte, Pauls Hand zu berühren, wagte es jedoch nicht.

Als Mrs. Devine das warme Wasser brachte, breitete Kitty mehrere Handtücher hin, legte Jeremy darauf und zog sein schweißgetränktes Nachthemd aus. Das Kind wimmerte und öffnete die Augen.

„Ist schon gut, Liebling", flüsterte ihm Kitty ins Ohr. „Ich will nur das alte Fieber fortjagen, damit du dich besser fühlst. Es ist schönes, warmes Wasser."

Sie drückte das überflüssige Wasser aus dem vollgesaugten Schwamm und betupfte Jeremy am ganzen Körper, wieder und wieder rieb sie ihn mit warmem Wasser ab, bis die Zähne des Kranken aufeinanderschlugen. Dann frottierten sie ihn, zogen ihm ein frisches Nachthemd an und steckten ihn ins Bett. Nach wenigen Minuten war die Temperatur spürbar gesunken, und er schlief ruhig.

Mrs. Devine legte dem Jungen eine Hand auf die Stirn, befühlte die Wangen. „Gott sei Dank hat er es jetzt leichter. Wollen Sie sich nicht ein bißchen niederlegen, Master Paul?"

Paul erhob sich. „Gut. Wecken Sie mich sofort, wenn irgendeine Änderung eintritt." Er warf Kitty einen Blick zu und verließ das Zimmer, ohne sich umzusehen.

Dr. Kelly schaute am Abend noch einmal herein. Während er Jeremy den Rachen auspinselte, wehrte sich das Kind. Mrs. Devine weinte. Die Temperatur war wieder gestiegen. Jeremy wurde mit dem Schwamm abgerieben, bis das Fieber sank. Sie behandelten ihn noch, da kam Paul zurück und nahm seinen Platz am Bett ein. Wie durchsichtig seine Haut wird, dachte Kitty, wenn er mit dem Arzt sprach, schienen seine Augen zu flehen.

„Das Fieber nimmt seinen Lauf", sagte Dr. Kelly. „Sie wissen, daß er im Krankenhaus liegen sollte."

„Unter fremden Menschen?" fragte Paul barsch. „Morgen kommt die Schwester. Kann in einem Krankenhaus mehr für ihn getan werden, als wir hier für ihn tun?"

„Ja." Der Arzt zog die Schultern hoch. „Ständige Kontrolle."

Beim Abschied empfahl er Kitty. „Sie sollten nach Hause gehen. Das ist eine gefährliche Krankheit."

„Ich bleibe über Nacht", entgegnete sie. „Wären Sie so freundlich, Leonard Bescheid zu sagen?"

Der Arzt nickte. „Sie hätten eine gute Schwester abgegeben, Kitty."

„Nein", widersprach Kitty. „gewiß nicht, aber Jeremy ist ein ganz besonderes Kind." Sie folgte ihm auf den Treppenabsatz hinaus und ergriff seinen Arm. „Wird er durchkommen?"

Der Arzt sah sie starr an. Dann schüttelte er den Kopf.

Am nächsten Morgen traf die Krankenschwester ein. Dr. Kelly brachte sie, und sie machte sich unverzüglich ans Werk, organisierte forsch die Pflege, wechselte die Wäsche, obwohl das Bett frisch bezogen war, maß die Temperatur, rieb Jeremy gründlich, routinemäßig mit dem Schwamm ab. Der Junge hatte hohes Fieber und phantasierte. Wenn er die Schwester sah, weinte er, rang in kurzen Schluchzern nach Atem. Kitty versuchte ihn zu beschwichtigen, erklärte, wer sie war und daß sie ihm helfen wolle.

Paul hielt den Blick starr auf den kleinen Patienten gerichtet. Seinen Posten neben dem Kopfende hatte er aufgegeben, als die Schwester gekommen war. In ihrer gestärkten weißen Schürze rauschte sie geschäftig auf ihn zu und forderte ihn unverblümt auf, das Zimmer zu verlassen. Kitty sah, wie sie unsicher wurde, als ihr Blick dem seinen begegnete.

„Sie vergessen sich", sagte er kalt. Danach hielt sich die Schwester zurück, und er setzte sich an den Kamin.

Kitty kam sich überflüssig vor. Die Schwester gab ihr durch Blicke zu verstehen, daß sie ihr im Wege stehe, und machte keinen Hehl daraus, daß sie gehen solle. Jeremy schlief die meiste Zeit oder war ohne Bewußtsein. Kitty entschied sich schließlich dafür, nach Hause zu fahren. Sie bat Mrs. Devine, Grimes zu schicken, falls sie gebraucht werde. Dann sagte sie Paul auf Wiedersehen. Wie zu einer Fremden blickte er zu ihr auf. Sie hätte ihn so gern umarmt, ihm ihre Kraft gegeben. Warum bedeutete ihm ihre Liebe nichts mehr?

Grimes brachte sie mit dem Einspänner. Unterwegs war er schweigsam, half ihr aber zuvorkommend beim Aussteigen und begleitete sie zur Hintertür. Eileen schob schnell ihre

Flickarbeit beiseite, und Kitty bemerkte, wie die Augen des Stallburschen aufleuchteten. Er blieb zögernd an der Schwelle stehen, und da Kitty spürte, daß er gern bei Eileen bleiben würde, forderte sie sie auf, ihm eine Tasse Tee vorzusetzen. Er war ein netter Mann und brauchte in dieser schweren Zeit Gesellschaft und ein wenig Behaglichkeit. Dann betrat sie die Diele. Dort traf sie Leonard, der die Stimmen gehört hatte. Er zog sie ins Wohnzimmer, und sie erzählte ihm alles, was geschehen war.

Er sah sie besorgt an. „Und du bist wohlauf?"

„Ich bin natürlich wohlauf."

„Du gehst dort nicht wieder hin", sagte Leonard. „Ich verbiete es kategorisch."

„Ich muß – wenn er mich braucht", entgegnete sie ruhig.

„Kitty, Kitty ... Er hat seine eigenen Leute. Du bist der Ansteckungsgefahr ausgesetzt." Er winkte hilflos ab und schüttelte den Kopf.

Wie kann ich zu Hause bleiben? dachte sie. Ich muß jetzt bei Paul sein, der so frostig zu mir ist.

Leonard seufzte. „Du hast dieses Kind ins Herz geschlossen, Kitty. Du bist ein beachtliches Risiko eingegangen." Er wandte sich ab.

Am nächsten Morgen radelte Kitty zeitig zum Haus Tubbercullen zurück. Vor dem Kreuz erblickte sie eine gebeugte Frau mit schwarzem Umhängetuch und rissigen Schuhen: Mrs. Finnerty. Die Alte hob gebieterich die knorrige Hand, und Kitty stopte.

„Was macht der Junge?"

„Er ist sehr krank, Mrs. Finnerty. Sie müssen davon gehört haben."

„Ja."

Kitty vermied es, sie anzusehen. „Doktor Kelly meint, daß er sterben wird", fügte sie hinzu, den Tränen nahe.

„Ich habe solche Fälle oft gepflegt", murmelte Mrs. Finnerty. „Der Tod kommt mit der Krankheit geritten, besonders zu den kleinen Kindern. Er grapscht nach den Herzen, wissen Sie."

Kitty nickte und bemühte sich, die Tränen zurückzuhalten.

„Und eine Krankheit ganz anderer Art hat ja auch Ihr armes Herz ergriffen."

Kitty traute ihren Ohren nicht. Sie warf der Frau einen flüchtigen Blick zu. Die alten Augen waren wäßrig.

„Er ist nicht für Sie gemacht, Missus. Es ist schmerzhaft zu lieben, was man nicht haben kann, aber es wird Ihnen eine gute Lehre sein."

„Ich weiß nicht, wovon Sie reden, Mrs. Finnerty", flüsterte Kitty.

„O doch, ich denke, Sie verstehen mich, und falls es Ihnen ein Trost ist: Eines Tages werden Sie so alt sein, daß nur noch die Erinnerung geblieben ist, nur die Erinnerung." Sie seufzte. „Es ist eine große Last", setzte sie müde hinzu. „Ich bin froh, daß ich sie bald ablegen kann."

Dem Kranken ging es schlechter. Gegen sechs kam Dr. Kelly und fragte Paul noch einmal, ob er das Kind nicht ins Krankenhaus schicken wolle. Paul lehnte ab. Der Arzt hielt sich ein wenig auf, pinselte dem Jungen den Rachen aus und überwachte die Behandlung mit dem Schwamm, die von der Schwester mit geübter Gründlichkeit durchgeführt wurde.

Kitty blieb bis in die Nacht hinein. Sie saß am Fußende des Bettes. Die Schwester hatte sich für ein paar Stunden zurückgezogen, um etwas zu ruhen. Unter den Wimpern hervor beobachtete sie Paul, während sie so tat, als ob sie lese. Er war stumm, in Gedanken versunken.

Nach Mitternacht fiel es Jeremy sichtlich schwerer zu atmen. Er kämpfte förmlich um Luft. Der Arzt wurde jeden Augenblick zurückerwartet, und Kitty betete, daß er bald kommen möge.

Mrs. Devine trat ein, sah sich das Kind an und legte sich die Hand aufs Herz. „Lassen Sie mich Mrs. Finnerty holen", bat sie.

„Tun Sie, was Sie wollen", sagte Paul in seiner Qual. Er nahm den Jungen aus dem Bett, wanderte mit ihm durchs Zimmer, den Mund an seinen Kopf gedrückt, und murmelte sanft – was, das konnte Kitty nicht verstehen, aber es mußten liebe Worte sein.

Die Schwester erschien. Mrs. Devine hatte sie geholt. „Es ist die diphtherische Membrane", sagte sie leise, professionell zu Kitty. „Sie schiebt sich quer durch die Kehle und schneidet die Luft ab.“

„Können Sie nichts dagegen tun?“ fragte Kitty.

„Er braucht einen Luftröhrenschnitt. Ich weiß nicht, wie man so was macht. Er gehört ins Krankenhaus.“ Sie sah bekümmert aus.

Nach einer kleinen Weile kam Mrs. Devine mit Mrs. Finnerty zurück. Draußen nieselte es offenbar; ein unangenehmer Geruch feuchter Wolle ging von dem alten schwarzen Tuch aus.

Die Frau zog ein langes, schmales Messer und ein Stück Bambus hervor. Sie pustete durch das Rohr. „Legen Sie das Kind auf das Bett.“

Das abgehackte Krächzen des Jungen hatte fast aufgehört. Sein Gesicht war blau angelaufen. Mrs. Finnerty suchte mit kundigem Griff die Stelle an der Kehle, wo sie ins Fleisch stechen mußte. Blut floß aufs Kissen. Paul stöhnte gequält.

Es fiepte schwach, als Luft durch den Schlitz gesaugt wurde. Mrs. Finnerty hielt die Messerspitze in der Luftröhre und schob geschickt das Rohr hinein. Pfeifend strömte der Atem aus. Die bläuliche Verfärbung ging zurück. Paul setzte sich taumelnd hin, und Kittys Herz klopfte nicht mehr ganz so stürmisch. Die Schwester bewegte die Lippen, sagte jedoch nichts. Sie bedeckte die Wunde mit einem sauberen Taschentuch.

Mrs. Finnerty preßte ein Ohr auf die Brust des Kranken und lauschte angestrengt. Als sie sich aufrichtete, schien das letzte Blut aus ihrem Gesicht gewichen zu sein, ihre faltigen Lippen waren hart zusammengekniffen.

Dr. Kelly traf fünf Minuten später ein. Er wirkte erschöpft, starrte auf das Rohr, das aus der Kehle des Patienten herausragte, blickte zornig die Schwester an, dann Mrs. Finnerty, dann wieder die Schwester. Er nahm ein Stethoskop und hörte die Herztöne ab. Danach befestigte er das Rohr sicher am Hals. Seine Miene war sehr ernst. „Sie haben Ihre Sache gut gemacht, Mrs. Finnerty“, sagte er mit unverhohlener Mißbilligung. „Nun können Sie gehen.“

Die alte Frau verließ den Raum, und der lästige Geruch der feuchten Kleidung verflüchtigte sich.

„Er war dabei zu ersticken, Doktor", erklärte die Schwester zu ihrer Verteidigung.

Dr. Kelly würdigte sie keines Blickes. „Diesmal hat sie ihm das Leben gerettet", sagte er zu Paul, „aber sein Herz ist geschädigt. Die nächsten Stunden werden kritisch sein."

Paul sah den Arzt kalt an. Kitty glaubte zu spüren, daß er sich in seine eisige innere Festung zurückgezogen hatte.

Der Arzt seufzte und wandte sich wieder Jeremy zu, der hastig atmete. Seine Brust hob und senkte sich. An der Halsschlagader war der Puls zu sehen. Dr. Kelly setzte sich neben ihn. Müdigkeit und Kummer hatten tiefe Spuren um seine Augen und seinen Mund hinterlassen. Paul legte sich eine Hand des Kindes ans Gesicht.

Als die Morgendämmerung nahte, zuckte Jeremy zusammen und wurde steif. Er atmete schwächer, flach, rang nicht mehr gierig nach Luft. Der Arzt und die Schwester sahen sich vielsagend, resignierend an. Jeremy schlug die Augen auf, lächelte Paul zu, sah Kitty an, versuchte zu sprechen und versagte. Einmal atmete er noch ein und sanft wieder aus. Ein Schauer schüttelte ihn, er richtete den Blick auf einen bestimmten Punkt. Jeder erwartete reglos, gespannt den nächsten Atemzug, der ausblieb.

Der Arzt setzte dem Jungen das Stethoskop auf die Brust, gab sich durch eine Handbewegung geschlagen, zog das Bambusrohr heraus und drückte dem Toten mit dem Daumen behutsam die Augen zu. „Mr. Stratton, ich kann Ihnen nicht sagen, wie leid es mir tut."

Mrs. Devine weinte leidenschaftlich und warf sich die Schürze über den Kopf. Kitty war zumute, als ob in ihrer Brust ein Ballon zu platzen drohte. Sie betrachtete das kleine Gesicht, das nun frei von Schmerz und Fieber war. In einer Ecke des Zimmers stand das Schaukelpferd, auf dem Tisch lagen *Robin Hood* und die anderen Bücher, aus denen sie vorgelesen hatten. Alles war öde und trostlos.

Wo bist Du nun, Gott? dachte sie, ahnst Du im geringsten, wie sehr ich Dich hasse?

Kein Muskel regte sich in Pauls Gesicht. „Bitte, gehen Sie

jetzt“, sagte er mit fremder, aber ruhiger Stimme. Er sah Kitty an, und seine Miene veränderte sich nicht. „Alle.“

Mrs. Devine zog sich die Schürze vom Kopf. „Möchten Sie Miss Sarah ein Telegramm schicken?“ fragte sie flüsternd.

„Sie wird bald kommen“, sagte Paul. „Die Beerdigung findet nicht statt, bevor sie hier ist.“

„Sie hatte keine Gelegenheit, sich von ihrem Kind zu verabschieden.“ Mrs. Devine schluchzte.

Paul wies zur Tür. Die Haushälterin ging kopfschüttelnd hinaus und betupfte das Gesicht mit der Schürze.

In der Diele setzte sich Kitty für einen Moment. Sie betrachtete die Ahnengalerie, die reservierten, arroganten Gesichter der Strattons. Auch sie hatten den Tod gefunden.

Wenn sie nur bei ihm bleiben könnte. Doch er war unnahbar geworden. Sie fror, fühlte sich ausgelaugt und merkte, daß sie am ganzen Leib zitterte.

„Kommen Sie, Kitty“, sagte der Arzt leise, „ich werde Sie zu Hause absetzen.“

Sie erhob sich und sah ihn an. „Hätte es Jeremy überstanden, wenn er im Krankenhaus gewesen wäre?“ Die Frage hatte sie die ganze Nacht beschäftigt. War Paul mitschuldig am Tod des Jungen, weil er sich geweigert hatte, ihn einweisen zu lassen?

„Ohne Zweifel hätte er ins Krankenhaus gehört“, antwortete der Arzt ernst. „Zumindest wäre er dort vor den Übergriffen des alten Weibsbilds sicher gewesen. Er hätte ständig die medizinische Betreuung genossen, die erforderlich gewesen wäre.“

„Aber er hätte solche Angst gehabt“, wandte Kitty ein.

Der Arzt streifte den Mantel über und zuckte die Schultern. Er verzog grimmig das lange Gesicht. „Manchmal hasse ich meinen Beruf und seine abscheuliche Begrenztheit“, erklärte er gequält, „aber der Tag wird kommen, Kitty, denken Sie an meine Worte, wenn wir diese und andere Krankheiten endgültig beherrschen können.“

Mrs. Finnerty saß draußen auf der Treppe. Sie hatte die Hände in den Schoß gelegt, starrte zum Wald hinüber, und als die Haustür geöffnet wurde, hob sie den Blick. „Die alte Margaret Farrelly hat also wieder zugeschlagen, um ihren Sohn zu rächen“, sagte sie.

Ein Schauer kroch Kitty den Rücken hoch. „Wie meinen Sie das, Mrs. Finnerty?“

„Margaret Farrelly – meine Großmutter, die den Fluch verhängt hat.“

Kitty hoffte, daß Paul nicht in Hörweite war.

„Sie sollten jetzt nach Hause gehen, Mrs. Finnerty“, sagte der Arzt. „Für einen Tag reichen Ihre Eigenmächtigkeiten.“

Die Alte warf ihm einen scharfen, durchbohrenden Blick zu und verzog höhnisch das Gesicht.

„Ich weiß, Sie haben Ihr Mögliches getan“, fügte er einlenkend hinzu, „aber den Jungen konnte niemand mehr retten – jedenfalls nicht in diesem Stadium.“

„Und das Sterben geht weiter“, fuhr Mrs. Finnerty fort, wobei sie unverwandt den Arzt ansah. „Meine Großmutter war nicht die Frau, verhaßten Menschen gnädig zu sein, Doktor Kelly. Jede Generation hat sie verflucht, das ganze Geschlecht, bis ins letzte Glied.“ Sie krümmte die knorrigen Finger, hustete schmerzhaft und fuhr fort: „Und ich habe mein Leben im Schatten ihres Fluchs und seines großen Unrechts verbracht.“

„Quatsch – Aberglaube!“ sagte Dr. Kelly voll Unbehagen.

„Ja.“ Mrs. Finnerty schnaufte. „So nennen sie alles, was sie nicht verstehen.“ Sie humpelte zum Wald davon.

Im Wagen wandte sich Kitty dem Arzt zu. „Was halten Sie von ihr? Meinen Sie, daß an der Sache mit dem Fluch etwas dran ist?“ Ihre Hände zitterten. Sie versuchte dagegen anzukämpfen und grub die Finger in die Reisedecke, die ihr Dr. Kelly über die Knie gebreitet hatte.

„Um Ihnen die volle Wahrheit zu sagen, Kitty, diese Hexe versetzt mich in Angst und Schrecken. Ich weigere mich, an die Macht von Flüchen oder sonstigen Blödsinn zu glauben, obwohl hierzulande Dinge passiert sind, die sich verstandesmäßig nicht erklären lassen. Aber das ist wahrscheinlich in jedem Land so.“

Während sie die Straße entlang fuhren, sah Kitty, daß es

dämmerte und Nebel aus dem Gras aufstieg. Ihr Mund war trocken. Die Augen brannten. Sie war völlig erschöpft, sehnte sich nach ihrem Bett, danach, die Decke über den Kopf zu ziehen.

„Kitty", sagte Dr. Kelly nach einer Weile, „kennen Sie Molly O'Neill?"

„Wer ist das?"

„Ein Mädchen, Nachbarin der Donlons."

Kitty dachte an Annie Donlon, ihre ehemalige Hausgehilfin, die jetzt verheiratet und mit ihrem Gatten auf der Flucht war.

„Diese Molly war eine Zeitlang mit Ihrem Arbeitsmann befreundet", fuhr der Arzt fort. „Als sie gestern abend vom Dorf nach Hause ging, wurde sie überfallen und in ein Feld gezerrt, wo man ihr die Haare abgeschnitten hat."

„Wer macht denn so etwas?" fragte Kitty entsetzt.

„Einige unserer wackeren Jungs, nehme ich an. Ich vermute, daß sie sich mit einem der Braunen abgegeben hat. Sie steht unter Schock. Wie der Buschfunk behauptet, ist der neue Mann aus Dublin zu allem fähig."

„Welcher neue Mann aus Dublin?"

„Das wollen weder Sie noch will ich es wissen, Kitty." Er schwieg eine Weile. Dann fügte er hinzu: „Leonard ist ebenfalls arg mitgenommen, wissen Sie, Kitty. Er muß dringend ausspannen. Könnten Sie nicht beide verreisen – Urlaub machen?"

„Da ist Jeremys Begräbnis", sagte Kitty leise.

„Nun ja – danach. Paul Strattons Schwester ist von Indien unterwegs. Sie kann täglich eintreffen. Er wird also nicht allein sein."

„Ja, das habe ich auch gehört."

Dr. Kelly stoppte den Wagen vor dem Tor. Kitty öffnete den Schlag und stieg aus, wunderte sich, was das Summen in ihrem Kopf zu bedeuten hatte und warum die Stimme des Arztes wie aus weiter Ferne an ihr Ohr gedrungen war. Dann, als sie die Wagentür zuwarf, knickten ihr die Beine ein.

Auf der Couch im Wohnzimmer kam sie zu sich. Leonard und Dr. Kelly tanzten vor ihren Augen und beruhigten sich nur allmählich. Jemand fühlte ihren Puls.

„Hat sie sich infiziert?“ fragte Leonard. Seine Stimme klang piepsig, erregt.

„Nein“, antwortete der Arzt zögernd und setzte überzeugt hinzu: „Es ist die Erschöpfung.“

„Hello, Kitty.“ Leonard wandte sich ihr zu. „Du hast es mal wieder übertrieben. Du mußt dich schlafen legen und eine Woche lang das Bett hüten.“

„Ja, gut.“ Sie stellte gleichmütig fest, daß ihn ihre bereitwillige Zustimmung sichtlich überraschte.

„Traure nicht zu sehr um Jeremy“, flüsterte Leonard. „Er ist jetzt bei Gott.“

Sie nickte. Was ist das für ein Gott, dachte sie und schloß die Augen. Die heißen Tränen quollen unter den gesenkten Wimpern hervor.

Kitty schlief. Nur im Traum ließ sich das Leben noch ertragen. Wenn Eileen das Essen brachte, wachte sie auf, danach schlief sie weiter. Sie träumte von Jeremy: Jeremy kommt zum Unterricht – Jeremy beim Schreiben über sein Heft gebeugt – Jeremy auf der Suche nach seinem verlorenen Zahn, den er der Zahnfee überlassen möchte – Jeremy springt die letzten vier Stufen der Treppe hinab, er werde bald fliegen können, sagt er zu ihr . . . Auch Paul erschien ihr in den Träumen, berührte ihre Hand; welch stilles Entzücken, mit ihm allein zu sein. Glückselig erwachte sie, fand sich in der trostlosen Wirklichkeit wieder und entfloh in die heile Welt des nächsten Traums.

Eines frühen Nachmittags betrat Leonard das Zimmer. Er hatte seinen besten Anzug an. Kitty saß aufrecht im Bett; Eileen hatte ihr soeben etwas zu essen gebracht. „Willst du ausgehen?“ fragte sie.

„Nein.“ Er zauderte. „Ich bin gerade zurück – von der Beerdigung.“ Er blickte ihr in das betroffene Gesicht. „Es ist in Ordnung, Kitty. Du bist krank, alle wissen es. Ich habe Paul Stratton gesagt, daß du beim besten Willen nicht kommen konntest. Seine Schwester ist jetzt zu Hause, gestern abend angekommen.“

Kitty setzte das Tablett auf den Fußboden und stieg aus dem Bett. „Ich bleibe nicht länger liegen, Leonard“, sagte sie tonlos. Sie hatte es versäumt, Paul zu sehen, hatte das Begräbnis verschlafen, sich in eine Scheinwelt geflüchtet, Phantomen nachgehangen, während der kleine Sarg in die Erde gesenkt worden war. Es gab keine Flucht aus der Wirklichkeit. Die einzige Möglichkeit, Tatsachen erträglich zu machen, war, ihnen ins Auge zu sehen. Der Schmerz forderte sein Recht, dem konnte sie nicht entrinnen.

Sie zog sich rasch an, riß die ersten besten Kleidungsstücke aus dem Schrank, die sie zu fassen bekam: einen dunkelgrauen Rock, eine graue Bluse.

Eileen trat ein, um das Tablett zu holen. „Aaa . . . Sollten Sie nicht im Bett sein, Ma'am?"

„Viel eher aufstehen hätte ich sollen." Sie eilte die Treppe hinab und traf Leonard beim Mittagessen in der Küche an. „Ich besuche Jeremys Grab."

Er sah sie bittend an, wie oft schon, seitdem er aus Dublin zurück war. „Du wirst dich nur aufregen, Kitty. Warte noch einen Tag oder zwei." Er betrachtete ihr Gesicht, seufzte, legte Messer und Gabel hin. „Ich werde dich fahren."

„Ich wäre lieber allein, Leonard, wenn es dir recht ist."

Leonard stöhnte resignierend und beobachtete sie, während sie die Schere suchte.

„Hast du daran gedacht, Blumen mitzunehmen?"

„Nein . . ."

„Ich will ihm ein paar Rosen bringen."

Wenige Augenblicke später hörte er ihre Schritte wieder auf dem Hof. Durch die offene Küchentür sah er zu, wie sie zum Torfschuppen lief, hinter Eileens Fahrrad ihr eigenes hervorzog und den Rosenstrauß in den Weidenkorb legte. Ihre Schulterhaltung verriet ihm, daß sie die Tränen zurückhielt.

Vor dem Friedhof der Strattons stellte Kitty das Rad am Tor ab, nahm behutsam die Rosen aus dem Korb und stieg über den Zauntritt. Sie suchte ein frisches Grab und fand es nahe der verfallenen Kapelle, einen kleinen, unlängst aufgeworfenen Hügel mit einem Kranz und einigen Schnittblumen. Daneben kniete eine schwarz gekleidete, junge Frau im niedergetretenen Gras. Sie war allein. Kitty sah nur den Rücken und die Kinnpartie, wußte aber sofort, wer es war, und zog sich in den Schatten einer Eibe zurück. Sie wünschte, daß sie nicht gekommen wäre.

Gewiß, sie hatte den kleinen Jeremy sehr lieb gehabt, doch hier, wo der stille, ergreifende Schmerz der jungen Mutter alles um sie her beherrschte, war sie ein Eindringling. Die Frau hatte die rechte Hand auf die schwarze Erde gelegt und verharrte unbeweglich wie in stummer Zwiesprache. Sie trug einen Hut mit Halbschleier, und in der Sonne wirkte die Trauerkleidung besonders düster. Einmal griff sie sich ins Gesicht, dann kniete sie wieder reglos und versunken da, in einer starren Haltung, die von unerfüllten Hoffnungen und Verzweiflung kündete. Der Anblick schnürte Kitty die Kehle zu, die Tränen flossen ihr ungehindert übers Gesicht, und sie wagte nicht die Hand zu heben, um sich die Augen zu wischen – aus Furcht, die Andacht zu stören. Trotz aller Entschlossenheit jedoch konnte sie es nicht verhindern, daß sie plötzlich von einem krampfhaften Schluchzen geschüttelt wurde und sich verriet.

Da sah sich die Frau um, suchte in den Schatten unter der Eibe und erhob sich gewandt. Sie schritt auf Kitty zu, die nun ihr Gesicht erkannte. Es war nicht mehr ganz so jung wie auf dem Foto im Haus Tubbercullen, aber obwohl jetzt hohläugig und bleich, nicht minder reserviert und ernst als dort, Jeremys älteres Ebenbild mit den gleichen Zügen. Pauls Haarfarbe hatte sie, doch ihre Miene verriet, daß sie seelisch gebrochen war.

Seltsam, wie diese Frau Paul in klarerem Licht erscheinen ließ und Kitty half, ihn aus anderer Sicht zu sehen.

Sie musterte Kitty schweigend. Dann hielt sie ihr die Hand hin. „Sie müssen Kitty sein. Sie sind sehr gut zu Jeremy gewesen?“

Kitty ergriff ihre Hand, von Tränen geblendet. „Er war ein wunderbarer kleiner Junge“, flüsterte sie und erstickte fast.

Die Frau setzte ihre höflichen, kummerschweren Betrachtungen fort, dann wurde ihr Blick fest, und sie nickte, als ob sie einer unsichtbaren Person eine geheime Botschaft zukommen ließe. Sie ging zum Zauntritt, wollte ihn überschreiten und strauchelte. Kitty eilte hinzu und half ihr, ergriff sie sanft am Arm.

„Stützen Sie sich auf", flüsterte sie. „Darf ich Sie zum Haus bringen?"

Die junge Frau schüttelte den Kopf, schaute Kitty kurz in die Augen. „Kein Wunder, daß er Sie so schrecklich liebt", sagte sie weich und wandte sich ab.

Kapitel 22

Am Abend lenkte Kitty beim Tee das Gespräch auf die Strattons. Dabei bemühte sie sich, keine allzu interessierte Miene zu machen und mit keiner Regung in der Stimme zu verraten, daß es ihr fast die Kehle zuschnürte. Sie konnte nicht sagen, wie weit Leonard über die Familie informiert war, ob er Jeremys Mutter kannte, ob er überhaupt mehr als die alte Geschichte von dem Fluch wußte.

Den ganzen Tag war ihr die junge Frau auf dem Friedhof nicht aus dem Sinn gegangen. Immer hatte sie an die Augen denken müssen, die vom Weinen gerötet waren, an die vom Salz gereizte grünlich-blaue Regenbogenhaut, das leichte Stirnrunzeln, das auch Jeremy so oft gezeigt hatte, das Kinn, das genau wie Pauls geformt war. Am stärksten hatte sie die Ausstrahlung völliger Hoffnungslosigkeit beeindruckt, als ob der Wille der Frau gelähmt wäre.

„Ich habe heute Paul Strattons Schwester getroffen, als ich Jeremys Grab aufsuchte."

„Oh. Hast du mit ihr gesprochen?"

„Ja. Es scheint ihr ungeheuer nahezugehen, obwohl sie gefaßt war, wie du schon sagtest."

Leonard kaute, spülte mit Tee nach. „Es ist eine traurige Heimkehr gewesen – direkt zur Beerdigung, nach dem langen Weg von Indien, und einen schönen Urlaub wird sie auch nicht vor sich haben."

„Urlaub?" wiederholte Kitty, bestrich sich eine Scheibe Schwarzbrot mit Butter und reichlich Erdbeermarmelade. „Verstehe. Sie ist also nur gekommen, um Urlaub zu machen?"

Leonard schielte sie über den Brillenrand hinweg an. „Ja, das vermute ich – es sei denn, daß sie verwitwet ist oder einen anderen Grund hat zu bleiben."

„Ich weiß sehr wenig von ihr", murmelte Kitty, „ich habe nicht einmal gewußt, daß sie verheiratet war."

„O ja. Vor etwa sieben Jahren hat sie geheiratet – in London. Mrs. Devine hat es mir seinerzeit erzählt. Irgendeinen

Major – eine zweifelhafte Geschichte. Sie hat mir einen Zeitungsausschnitt gezeigt. Darauf waren Miss Sarah Stratton und dieser Major zu sehen – wer immer er gewesen sein mag. Er hat sie zu seinem Standort in Indien mitgenommen."

„Erinnerst du dich an sie aus der Zeit vor ihrer Ehe?"

„Dunkel. Einmal ist sie mit ihrem Bruder bei uns gewesen, und Sheila hat ihnen Tee vorgesetzt. Sie hat sich stark verändert, ist sichtlich gealtert. Schuld daran ist wahrscheinlich das Klima in Indien. Frauen macht es besonders zu schaffen. Die Hitze muß entsetzlich sein!"

„Ja, das glaube ich auch", pflichtete ihm Kitty bei. Wieder fiel ihr die Frau in Schwarz ein, die Geste der Verzweiflung, die Bemerkung am Schluß ihrer Begegnung: „Kein Wunder, daß er Sie so schrecklich liebt." Wer liebte sie so schrecklich? Hatte sie Jeremy gemeint? Sicher hatte sie Jeremy gemeint. Aber sie hatte in der Gegenwart gesprochen, und Jeremy war tot.

Am nächsten Tag war Kitty im Hof und versorgte die Wikken, die sich am Stamm eines alten Apfelbaums emporrankten, als das Tor quietschte und Vater McCarthy mit dem Fahrrad auftauchte. Er wirkte nervös, grüßte in aller Eile und erkundigte sich nach Leonard.

„Er kann nicht weit sein", sagte Kitty. „Ich werde Eileen bitten, ihn zu holen."

„Ich fürchte, ich habe schlimme Nachrichten über Haus Tubbercullen mitgebracht", erklärte der Priester kopfschüttelnd.

Kitty spürte, wie sich ihr Herz verkrampfte. Sie lehnte sich gegen den knorrigen Stamm. In der Küche klapperte Eileen mit den Töpfen. Die Katze sonnte sich auf einem warmen Plätzchen neben dem Schuppen. Vom Bach her drang Gemurmel herüber.

Der Priester zog ein Taschentuch hervor und wischte sich die Stirn.

Kitty wartete ab. Sie wagte nicht zu sprechen.

„Dieses arme Geschöpf – die Schwester ..." Er seufzte.

„Was ist mit ihr? Wie geht es Paul Stratton?"

Der Priester sah sie stirnrunzelnd an. „Ihm geht es gut –

verhältnismäßig, den Umständen entsprechend, aber seine Schwester scheint verschwunden zu sein. Sie hat ihr Bett nicht angerührt. Heute morgen haben sie die Wälder nach ihr abgesucht.“ Er dämpfte die Stimme. „Und jetzt sind sie dabei, den See zu dränieren.“

Ein Wust von Gedanken schoß Kitty durch den Kopf. Hatte sie gegen die Ausgangssperre verstoßen? Es wäre möglich, daß sie nichts davon gewußt, daß man sie nicht gewarnt hatte. Sie könnte einen nächtlichen Spaziergang unternommen haben und einigen Braunen über den Weg gelaufen sein. Die würden allerdings kaum auf sie geschossen haben, höchstens, wenn sie sie für einen Mann gehalten hätten ...

Leonard erschien auf der Bildfläche. Er werde gleich zur Verfügung stehen, sagte er, und als Kitty erklärte, mitfahren zu wollen, hatte er nichts dagegen einzuwenden. Sie riefen Eileen zu, daß sie für eine Weile unterwegs sein würden, holten ihre Räder aus dem Torfschuppen und begleiteten Vater McCarthy nach Haus Tubbercullen. Mit Paul zu sprechen war ihr freilich nicht vergönnt. Sie gewahrte ihn zwar, als sie ankamen. Er begleitete die Tragbahre mit seiner toten Schwester ins Haus. Doch dann schloß sich die Tür für die Besucher und die Welt. Vater McCarthy klopfte, aber niemand öffnete.

Sie standen im Begriff umzukehren, da näherten sich Dinny Mooney und Jimmy O'Gorman vom Stallhof her. Sie hatten die Bahre getragen und das Haus durch die Küchentür verlassen. Beide sahen ziemlich mitgenommen aus.

„Mein Gott, Vater ... Master Delaney ... Das ist ein schwerer Tag für dieses Haus.“

„Armes Ding“, flüsterte Kitty. „Was kann ihr zugestoßen sein?“

Die jungen Männer sahen sich an. „Na ja — was vorher schon zwei anderen zugestoßen war.“

„Wie ist das zu verstehen?“ erkundigte sich der Priester.

„Sie können sich selbst überzeugen, Vater. Als die Schleusentore geöffnet wurden, ist das Wasser sehr schnell abgeflossen, und die arme Miss Sarah hat auf dem Grund des Sees im Schlamm gelegen.“ Dinny schlug ein Kreuz und senkte die Stimme zu einem Flüstern: „Und dann sind da noch zwei Skelette bei ihr im Schlamm gewesen, und beide waren in Ketten gelegt ..."

Düstere Wochen folgten. Sie sehnte sich nach Paul, wollte ihn sehen, mit ihm reden, fühlte, daß sie ohne Kontakt zu ihm nicht leben, nicht atmen konnte. Nach dem Begräbnis seiner Schwester hatte sie erfolglos versucht, ihn anzusprechen. Er hatte sie keines Blickes gewürdigt, hatte nicht auf ihre Kondolenz gewartet. Unmittelbar nach der Beerdigung war Grimes mit ihm und Mrs. Devine abgefahren.

Auch die beiden Skelette wurden beigesetzt. Der Gemeindepfarrer und der Kanonikus hielten einen kurzen Gedenkgottesdienst ab. Niemand konnte die Toten identifizieren, aber es fehlte nicht an Spekulationen. Fest stand jedoch nur, daß sie jahrelang im See gelegen hatten. Eine Untersuchung zur Ermittlung der Todesursache wurde nicht durchgeführt. Schreckliche Dinge seien in der Vergangenheit geschehen, sagten die Leute und bekreuzigten sich. Gott allein schien zu wissen, wessen sterbliche Überreste es waren.

Und Kitty, die nach jenem schicksalsschweren Vormittag einmal mit Leonard ihre Aufwartung hatte machen wollen, war abgewiesen worden. Mr. Stratton empfange keinen Besuch, hatte es geheißen. So wartete Kitty weiter und hoffte vergeblich, daß sich Paul melden würde. Er hatte von Liebe gesprochen. Was bedeutete dieses Wort den Männern? War es möglich, daß Männer und Frauen unterschiedliche Dinge darunter verstanden?

Oder hatte er sie um Leonards willen aus seinem Leben verbannt? Die Frage zehrte an den Nerven. Leonard war verletzt, geschlagen, und sie war seine Frau. War das endgültig alles, was sie sein konnte – die Frau eines anderen? Sie zu begehren war vertretbar vielleicht unter normalen Umständen, aber außerhalb der Spielregeln bei einem geschundenen Mann. Unbeschreiblich demütigend die Vorstellung, daß nicht ihr Verhältnis zu Paul zählte, sondern seine Beziehung zu ihrem Mann, so locker sie auch gestaltet sein mochte. Der Kummer allein hätte ihn nicht bewogen, so zu handeln, wie er es tat. Wenn er sie liebte, hätte er den Kontakt trotz seiner Trauer nicht abgebrochen. Oder gab es andere, unlösbare

Probleme? War die Erwägung Marys, daß er stark verschuldet sein könnte, vielleicht nicht ganz aus der Luft gegriffen? Er hatte sich von seinem Grundbesitz getrennt; das bedeutete jedoch nicht unbedingt, daß er über genügend Mittel verfügte, um sämtlichen Verpflichtungen nachzukommen.

Schließlich verfaßte sie einen Brief an Mary und lud sie ein, sie zu besuchen.

„Es wäre sehr schön, wenn Du es einrichten könntest“, schrieb sie. „Leonard ist weiterhin auf dem Wege der Besserung, aber Pauls Schwester und sein kleiner Neffe sind vor kurzem gestorben. Hier ist jetzt alles so trostlos.“

Am nächsten Tag fuhr sie mit dem Rad zum Postamt in Tubbercullen und gab den Brief auf.

Als sie zurückkehrte, erblickte sie einen Reiter ... Im ersten Augenblick erwog sie die Möglichkeit, zu wenden und ins Dorf zurückzufahren, aber dann dachte sie: Da verhilft mir das Schicksal zu einer Begegnung, die ich herbeigesehnt habe, und ich überlege, ob ich fliehe. Also stieg sie ab und wartete, bis er näher gekommen war. Ihr Herz kopfte zum Zerspringen.

Er trug eine Tweedjacke und tippte sich zum Gruß an den Mützenschirm.

„Paul“, sagte Kitty, für sie selbst unerwartet laut, „darf ich dich einen Moment sprechen?“

Er zügelte Thunder und sah hochnäsig zu ihr herab. Der bekannte Zug um seinen Mund, sein prüfender Blick. Verwirrt genoß sie seine Schönheit.

Das Pferd rollte die Augen, blickte sie an und schnaubte durch die bebenden Nüstern.

„Bist du gesund, Paul?“

„Selbstverständlich bin ich gesund, Kitty. Wie geht es Leonard?“

„Dem geht es jetzt ganz gut. Ich habe mir deinetwegen Gedanken gemacht. Ich wollte dir sagen, wie entsetzlich leid mir Jeremy tut und – und deine Schwester. Ich konnte nicht zu seiner Beerdigung kommen, weil ich krank war, aber mit ihr habe ich hinterher auf dem Friedhof gesprochen.“

„Danke, Kitty,“ entgegnete er. „Ich hoffe, du bist nun wieder ganz gesund“, fügte er hinzu, offensichtlich bestrebt, seinen Weg fortzusetzen.

„Ja ... Schau her, Paul ... Ich weiß nicht, wie ich es ausdrücken soll. Du mußt mir verzeihen, die Sache erwähnt zu haben, falls ich etwas mißverstehe, aber ich habe da ein bißchen Geld, das ich überhaupt nicht brauche – etwa fünfzehnhundert Pfund. Ich würde es dir gern leihen, wenn du Verwendung dafür haben solltest. Du könntest es mir bei passender Gelegenheit zurückgeben."

Sie spürte, daß ihr die Röte ins Gesicht stieg und sich vertiefte, bis es wie Feuer brannte.

Paul war bestürzt, dann abweisend zornig. „Ich danke dir für dein Angebot, Kitty, aber ich bin eigentlich zahlungsfähig."

Sie schwiegen. Thunder drehte den glänzenden Hals, kaute auf dem Trensengebiß herum und klapperte ungeduldig mit dem Eisen. Kitty wäre am liebsten im Erdboden versunken.

„Du tätest gut daran, alles zu vergessen, was zwischen uns gewesen ist", sagte Paul schließlich leise. „Teile mir schriftlich mit, was ich dir für Jeremys Privatstunden schulde."

Sie kämpfte gegen die Tränen an. „Du schuldest mir nichts. Das weißt du nur zu gut, glaube ich." Sie wandte das Gesicht ab, um nicht sein Mitleid zu erregen. Der Wind fächelte ihr einige Haare auf die Stirn. In der Ferne sah sie verschwommen ein Fahrrad.

Paul lehnte sich über den Pferdenacken und sagte ruhig: „Es gibt vieles, Kitty, was du von mir nicht weißt, und dein Mann braucht dich sehr." Er berührte wieder den Mützenschirm, drückte Thunder die Knie in die Seiten, und das Pferd galoppierte gleichmäßig trappelnd davon.

Kitty stand fassungslos da, unfähig, sich zu rühren. Sie wollte aufsteigen, aber die Beine versagten ihr den Dienst. Mein Mann braucht mich! Natürlich! Ich muß von dem gebraucht werden, der den größeren Bedarf hat! Ich selber kenne ja keine Bedürfnisse, und selbst wenn, fallen sie nicht ins Gewicht. Wie großzügig, mich an Leonard zurückzureichen, weil er mich braucht.

Doch der Schmerz war ihrer Kontrolle entglitten, und nachdem sie lange – eine Ewigkeit, wie ihr schien – am Straßenrand gestanden hatte, schob sie das Rad nach Hause.

Eileen kniete in der Küche. Sie hatte den Fußboden gewischt und rieb ihn mit einem alten Handtuch trocken, als Kitty eintrat und wieder einmal feststellte, wie stark das Mädchen geworden war. Am Hungertuch nagt sie offensichtlich nicht, dachte sie säuerlich. Eileen richtete sich auf und machte eine reflektorische Handbewegung zum Kreuz hin.

„Geht es dir gut, Eileen?“ fragte Kitty, plötzlich zweifelnd. Sie hatte diese Geste bei schwangeren Frauen beobachtet, wenn sie Torf stachen oder Kartoffeln lasen. Das würde erklären, weshalb ihre Taille verschwunden war. Doch wer würde so etwas tun? Könnte es Tommy, dieser Kerl, gewesen sein? „Bist du sicher, daß es dir gut geht, Eileen?“ erkundigte sie sich noch einmal, aber freundlicher.

„Ja, Ma'am.“

„Du kannst dich aussprechen. Wenn du etwas auf dem Herzen hast, mußt du es mir sagen.“

„Das weiß ich, Ma'am.“

Nun ja, die Zeit wird es zeigen, dachte Kitty erschöpft. Vielleicht täusche ich mich. Sie betrat die Speisekammer und legte das Brot und die übrigen Lebensmittel, die sie eingekauft hatte, in den Schrank. O Paul, mein Herzallerliebster, wie konntest du mir so weh tun! Ich mußte der Polizei melden, daß ihr vorhattet, euch zu duellieren. Bestrafst du mich dafür?

Am Abend lag Eileen reuig auf dem Fußboden. Die Missus hatte etwas gemerkt. Ganz sicher hatte sie das. Das Mädchen errötete in der Finsternis. Was sollte sie von ihr denken. Doch jetzt war es zu spät, noch etwas dagegen zu machen, und sie wollte auch nicht. Sie wollte ihr Versprechen halten und dem schrecklichen Kind das Leben schenken, weil sie das seines Vaters genommen hatte.

„O mein Gott, ich bereue von Herzen,
Mich an Dir versündigt zu haben,
Und verabscheue meine Sünden mehr als anderes Übel,
Weil sie Dir mißfallen, mein Gott,
Der Du in Deiner unendlichen Güte
All meine Liebe verdienst,
Und gelobe bei Deiner Heiligen Huld,
Mich nie mehr an Dir zu versündigen
Und mein Leben zu bessern. Amen.“

Abend für Abend sprach sie ihr Reuegebet, das Gesicht auf den Boden gedrückt, in einer Haltung, die seit einiger Zeit sehr unbequem war. Das Kind strampelte, pulste wie winzige Herzschläge. Eine Qual, das Balg des Braunen im Bauch zu tragen. Oft war ihr übel, und alles roch widerlich, sogar das Kölnisch Wasser, das die Missus benutzte. Es wirkte zu scharf, zu aufdringlich.

Eins blieb noch zu tun, um mit Gott Frieden zu schließen. Sie mußte zur Beichte gehen, Vater McCarthy erzählen, was geschehen war. Doch es sollte der Gemeindepfarrer sein, auf keinen Fall der Kurat, denn vor dem fürchtete sie sich.

Sie legte sich ins Bett und dachte an die Predigt, die der Kurat vor wenigen Wochen gehalten hatte. Eines Abends, hatte er gesagt, sei er spät von einem hinterbliebenen Gemeindemitglied heimgekehrt, dem er Trost zugesprochen habe, und gesehen, wie ein Mann aus dem Haus einer alleinstehenden jungen Frau gekommen sei. Jemandem Gesellschaft leisten sei eine Todsünde, hatte er gesagt, und dürfe in der Gemeinde nicht geduldet werden. Eileen hatte lange darüber nachgedacht, wer diese Frau gewesen sein könnte.

Vielleicht würde Vater McCarthy den Namen vom Altar herab gekanntgeben? Doch die Geistlichen waren natürlich verpflichtet, das Beichtgeheimnis zu wahren. Also würde er wohl schweigen. Jedenfalls, wenn alles vorüber war, wollte sie fortgehen, so weit wie möglich, und mit einem Mann bis ans Lebensende nie wieder etwas zu tun haben.

Plötzlich regte sich etwas in der Nacht. Schatten huschten über die Zimmerdecke. Irgendwo in der Ferne flackerte es lichterloh. Eileen sprang aus dem Bett, zog die Vorhänge auf, konnte aber nichts erkennen, weil die Bäume im Weg waren. Sie lief zur Hintertür, trat ins Freie und sah die Flammen zum Nachthimmel emporzüngeln. Der Heuschober der Mooneys brannte, dahinter die von Lynchs, Caseys, Reillys. Sie hatten zu früh gehofft, von den Braunen künftig in Ruhe gelassen zu werden.

Leonard erschien im Morgenrock, dann Kitty. Sie hörten die Motoren der Lastwagen, die näher kamen.

„Sie werden gleich hier sein“, sagte Leonard.

Doch sie fuhren vorbei. Scheinwerfer zerrissen die Dunkelheit.

Sobald es hell wurde, zog sich Eileen an und verließ das Haus. Still holte sie ihr Fahrrad aus dem Schuppen und brach zu Mrs. Murray auf. Man konnte nicht wissen, was geschehen war, sollten die Braunen sie noch einmal aufgesucht haben.

Als sie die Straßenbiegung erreicht hatte, wußte sie, daß sie das Schlimmste befürchten mußte. Das Dach war abgebrannt, von den einstigen Heuschobern nur angeschwärzte Giebel und rauchende Aschehaufen übrig geblieben. Sie legte ihr Fahrrad am Tor hin und rannte auf den Wirtschaftshof, der mit blutbeschmierten Federn und toten Hühnern übersät war.

„Mrs. Murray!“ rief sie.

Es gab keine Antwort. Um Himmels willen, hatten sie die Frau in ihren vier Wänden verbrannt? Durch die Trümmer bahnte sich Eileen einen Weg in die Küche, vorbei an schwelenden Dachstrohklumpen, an der angekohlten Anrichte, zu der Bank neben dem Herd. Der Rauch würgte sie, als sie die Überreste der Vorhänge entfernte. Das Vorratsfach der Bank war leer. Hustend wich sie zur Tür zurück. Vielleicht war Mrs. Murray zu Kavanaghs gegangen? Sie wohnten rund eine Meile die Straße hinunter. Eileen sah noch im Hühnerstall nach, und dort lag sie. Ihre beste Legehenne, die ebenfalls getötet war, hielt sie in den Händen. Eileen drückte ihr die gebrochenen Augen zu und versuchte den Leichnam auf einen Sack zu wälzen, aber er war zu steif. Da deckte sie die Tote mit dem grobgewebten Tuch zu und wischte sich die Tränen fort. Ihre schmutzige Hand hinterließ lange rußige Spuren auf dem Gesicht. Zwei Hühner, die überlebt hatten, glotzten sie mit ihren bernsteinfarbenen Augen dümmlich an.

Bei den meisten Nachbarn war dasselbe geschehen. Die Braunen hatten das Heu verbrannt, das Strohdach angesteckt, die Tiere getötet. Weitere Menschenopfer waren nicht zu beklagen. Man hatte die Leute vor dem Überfall gewarnt, und sie waren mit ihrem Bettzeug in die Rathmullach-Wälder geflohen, etwa vier Meilen von der Straße entfernt. Mrs. Murray aber hatte nicht mit den anderen gehen wollen, obwohl ihr Mrs. Kavanagh einen ihrer Söhne zur Hilfe geschickt hatte.

Zu später Stunde kam Tommy herum. Kitty saß mit Leonard im Wohnzimmer vor dem verglimmenden Torffeuer, das sie angezündet hatte, weil der Abend kühl war, da hörte sie es an der Fensterscheibe kratzen. Ihr Herz raste, aber als Leonard die Vorhänge aufzog, erblickte er Tommy, der blaß war. Er schrak zusammen und bat Kitty, ihn einzulassen.

Widerstrebend öffnete sie die Vordertür. „Was willst du, Tommy?"

Tommy glitt an ihr vorbei, ohne auf eine Aufforderung zu warten, ohne sich die Mühe zu machen, die Mütze abzusetzen. „Schon gut, Missus. Ich muß ihn persönlich sprechen."

Kitty fühlte sich, als ob sie einen Schlag ins Gesicht erhalten hätte. Die Arroganz, die er neuerdings an den Tag legte, ärgerte sie.

Leonard kam in die Diele heraus. „Na, Tommy, was gibt's?"

„Wir sollen einen Vergeltungsschlag führen, Master Delaney. Rache für letzte Nacht. Wir haben Befehl, Haus Tubbercullen niederzubrennen."

Leonard starrte ihn an. Kitty hielt sich die Hand vor den Mund.

„Verstehe", sagte Leonard. „Befehl von wem?"

„Von Captain Moore. Es ist jetzt offizielle Politik. Ein Herrenhaus für jede Hütte." Tommy hob triumphierend die Stimme. „Dann ist Schluß mit den nächtlichen Überfällen. Die Häuser ihrer Spezis, der Unionisten, werden alle in Rauch und Flammen stehn!"

„Aber sicher doch nicht das von Mr. Stratton? Sind sie ganz und gar verrückt geworden?"

„Ja, darum bin ich hier, um es Ihnen zu sagen", entgegnete Tommy etwas leiser. „Schließlich verdanke ich ihm einiges."

„Es ist reiner Vandalismus!" rief Kitty aus. Sie wandte sich an Leonard. „Hirnloser, verwerflicher Vandalismus. Soweit darf es nicht kommen!"

„Hast du versucht, etwas dagegen zu unternehmen?" fragte Leonard Tommy.

„Klar, aber dieser Bursche aus Dublin würde seine alte Oma erschießen, wenn es ihm befohlen wäre."

„O Gott!" rief Kitty aus. „Wir müssen Paul warnen."

Tommy richtete den Blick seiner listigen, lebhaften Augen auf sie. „Da müssen Sie sich aber beeilen, Ma'am. Die Aktion ist für morgen früh um drei vorgesehen."

„Ich weiß etwas Besseres. Wenn du zurückgehst, werde ich dich begleiten, Tommy."

„Was gedenkst du zu tun?" fragte Kitty.

„Die Jungs daran erinnern, was wir Stratton zu verdanken haben." Er blickte sie an, um zu sehen, ob sie ihm zustimmte. Dann ging er in die Küche und nahm seinen alten Gabardinemantel von seinem Holzpflock neben der Tür, stülpte sich einen Hut über die Ohren und gab Tommy, der ihm auf den Fersen gefolgt war, einen Wink, vorauszugehen. Dann zog er leise die Tür hinter sich zu.

Eine Weile blieb Kitty in der finsteren Küche stehen. Eileen schlief nebenan. Im Herd glomm noch Feuer. Wie, wenn Leonard bei diesem Mann aus Dublin keinen Erfolg hatte? Paul mußte auf jeden Fall gewarnt werden. Sie ergriff ihren alten Regenmantel und trat hinaus.

Es war kühl. Sie durchschritt den Hof und beugte sich über die Hecke, überzeugte sich, daß die Straße leer war, ehe sie zu den Feldern hinüberlief. In der Nähe des Bachs erkannte sie die Umrisse der Kühe; sie hörte das rhythmische Kaugeräusch, als sie die Richtung zum Haus Tubbercullen einschlug.

Kapitel 23

Mit aller Autorität, die er aufbieten konnte, betrat Leonard die Erdhöhle. Es war unangenehm schwül. Der Geruch ungewaschener Männerkörper lag in der Luft. Die Wände waren holzverschalt. Lampenlicht fiel auf einen roh gezimmerten Tisch, der mit Zeitungen, Karten, Tassen, Tellern und einer großen Aluminiumteekanne bedeckt war. Wie eine Glucke thronte diese Kanne inmitten des Durcheinanders. Mehrstökkige Schlafpritschen erhoben sich an einer Wand. Daneben stand eine Kiste, die Gewehre und Munition enthielt.

Auf einer umgestülpten Teebüchse saß ein Mann, der seine Waffe ölte: Kieran Moore, der Abgesandte aus Dublin, Brigadekommandeur. Er hob den Blick, als Tommy eintrat, gefolgt von Leonard.

Tommy flüsterte aufgeregt mit ihm, und Leonard hörte, daß sein Name fiel.

„Du hättest ihn nicht herführen dürfen, du alter Esel!" wetterte Moore los. „Man hätte dich verfolgen können."

„Ich wollte wegen Haus Tubbercullen mit Ihnen sprechen", sagte Leonard ruhig.

„Was schert mich das lausige Haus Tubbercullen?" Moore zog seine dichten schwarzen Augenbrauen zusammen, so daß sie fast zu einer lückenlosen Wulstlinie verschmolzen. „Und was fällt Ihnen überhaupt ein, unangemeldet hier reinzuplatzen?"

Leonard bezwang seinen Zorn. „Dieses Haus darf nicht gebrandschatzt werden", sagte er streng.

Moore legte das Gewehr hin und stand auf. Er war mittelgroß und jung, sehr jung in Leonards Augen, etwa siebenundzwanzig, aber man sah ihm an, daß er gewöhnt war zu befehlen, Entscheidungen zu treffen, seinen eigenen Vorteil wahrzunehmen. „Scheren Sie sich zum Teufel, Delaney, verschwinden Sie! Sie haben es nicht verstanden, die Leute zusammenzuhalten, solange Sie Gelegenheit dazu hatten. Erzählen Sie mir doch nicht, was ich zu tun und zu lassen habe!"

Leonard schaute sich noch einmal um. Einige Männer saßen abseits im Schatten. Einen erkannte er, obwohl er den Kopf gesenkt hatte. „Johnny Devlin", sagte er, „es ist nur ein paar Wochen hin bis zur Prüfung für das Stipendium."

Sein bester Schüler hüstelte verlegen und blickte ihn an. „Ich habe mich entschlossen, damit noch ein Jahr zu warten, Master Delaney."

„Verstehe", sagte Leonard. „Und heute nacht willst du mithelfen, das Haus von Mr. Stratton zu zerstören?"

Johnny trat von einem Fuß auf den anderen.

„Solche Blutegel wie er haben das Land sieben Jahrhunderte lang ausgesaugt", warf Moore ein, worauf Leonard gelassen entgegnete: „Dieser besondere Blutsauger hat seine Besitzungen zu einem fairen Preis an die Pächtergenossenschaft abgetreten, hat geschwiegen, als er unsere Gewehre auf seinem Grundstück fand, hat unter Lebensgefahr Tommy versteckt und gepflegt. Ist das der Dank für diese Handlungsweise? Und was glauben Sie wohl, wie unsere Gemeindemitglieder auf solche Ausschreitungen reagieren werden?"

„Ich habe Befehl", murmelte Moore. „Ein Herrenhaus brennt für jede Hütte."

Leonard blickte ihm scharf in die Augen. „Versuchen Sie nicht, mir einzureden, daß Sie keinen Spielraum haben, Captain. Viele der Einheimischen sind Stratton wohlgesinnt. Das Haus niederzubrennen, wenn man weiß, daß die Leute die Aktion billigen, ist eine Sache, aber wenn Sie das Volk vor den Kopf stoßen und mit Schande besudeln, dann ist es eine andere. Ohne seine Zustimmung erreicht die Bewegung nichts. Das wissen Sie sehr gut."

Moore sah seine Männer der Reihe nach an. Sie schwiegen.

„Sie sind ein vernünftiger Mensch, Captain Moore", fuhr Leonard fort, „und Initiative im Feld ist bekanntlich die wichtigste Tugend eines Soldaten. Der Kampf um Irland ist bald vorüber. Dann werden initiativreiche Leute die Macht übernehmen. Jungen Leuten, die Führungsqualitäten wie Weitblick und Mut aufzuweisen haben, werden hohe Positionen offenstehen."

„Mein Gott, Delaney", sagte Moore lachend, „versuchen Sie mich breitzuschlagen?"

„Haben sie jeden christlichen Grundsatz und den gesunden Menschenverstand über Bord geworfen, als Sie diese Uniform anzogen?“ fragte Leonard zornig und deutete auf den befleckten Trenchcoat, den Moore trug. „Im Namen des Patriotismus den letzten Sinn für Gerechtigkeit und jeden einfachen Anstand verloren? Einem Mann, der sich als unser Freund gezeigt hat, der kürzlich von tragischen Verlusten betroffen wurde, wollen Sie das Dach über dem Kopf anzünden? Wozu? Um irgendeine unsinnige Rechnung zu begleichen?“

Moore entgegnete nichts. Er reinigte emsig das Gewehrschloß.

Leonard blickte von einem zum andern. Eindringlich starrte er Johnny Devlin an. „Ich kenne die Menschen dieser Gegend“, sagte er, „und Sie sind an den unrechten Ort gekommen, falls Sie unterwürfige Köter erwarten, die zu jeder heimtückischen Schandtat bereit wären.“

„Ja, und hat sich Mr. Stratton nicht sogar duelliert“, platzte Johnny Devlin heraus, „weil der Master hier mißhandelt wurde!“

Leonard glaubte die Geschichte nicht, obwohl sie ihm wiederholt zu Ohren gekommen war, aber er hielt sich zurück. Er wußte, daß die Männer auf seiner Seite standen.

Alle schwiegen.

„Nun gut“, sagte Moore schließlich, nachdem er die Gesichter studiert hatte, „Sie haben Ihre Ansicht dargelegt, Delaney; es ist sogar möglich, daß Sie nicht ganz unrecht haben. Ich werde die Sache an Dublin weitergeben. Meine Leute werden die Nacht für ihre Ausbildung nutzen.“

Leonard atmete auf. Er spürte, daß die Männer erleichtert waren.

„Christliche Grundsätze kann ich mir nicht leisten, Delaney. Wer auch seine zweite Wange hinhält, kriegt einen Tritt in den Arsch. Loyalität weiß ich aber zu schätzen.“

Tommy ließ Leonard hinaus. Die Nachtluft war frisch. „Bei Gott, aufs Quasseln verstehen Sie sich, Master Delaney“, sagte Tommy bewundernd, „alles, was recht ist. Im Moment hat Stratton nichts zu befürchten. Bis Antwort aus Dublin kommt, vergehen ein paar Tage – wenn sie sich überhaupt rühren.“ Er verschwand, und Leonard tauchte in den Büschen unter, machte sich auf den Heimweg.

Mit zerkratztem Gesicht und zerrissenem Saum trat Kitty aus dem Wald. Die Wunden brannten, winzige Blutstropfen sickerten hervor. Sie betrachtete das große dunkle Haus vor sich. In der Bibliothek brannte Licht, auch im Obergeschoß war ein Zimmer erleuchtet. Sie konnte sich denken, daß sie ziemlich ramponiert aussah: zerzaust, zerschrammt, mit steckengebliebenen Zweigen im aufgelösten Haar. War sie rechtzeitig gekommen? Es gab kein Anzeichen dafür, daß die IRA schon da war, keine Stimmen, keine Gestalten im Schatten der Bäume. Sie überquerte die Auffahrt, lief die Freitreppe hoch, zog heftig an der Klingel.

Mrs. Devine öffnete und starrte Kitty verdutzt an. „Mrs. Delaney!" Ihre Stimme klang besorgt und vorwurfsvoll.

„Ich muß Mr. Stratton sprechen!"

„Tut mir leid, Ma'am, er sagte, er möchte nicht gestört werden."

Kitty ging an der Haushälterin vorbei. „Entschuldigen Sie, es ist dringend." Sie rannte zur Bibliothek und riß die Tür auf.

Zwei Lampen erhellten den Raum, eine vom Kaminsims her, die andere beschien das Buch, über das gebeugt er am Tisch saß. Das Licht malte ihm glänzende Fäden ins Haar. Es war ganz still, die Atmosphäre war so absolut privat, daß Kitty unwillkürlich zurücktrat.

Sogleich stand Mrs. Devine neben ihr und flüsterte ihr ins Ohr: „Übermitteln Sie Ihre Botschaft mir, Ma'am!"

„Sie kommen, um Feuer zu legen", erwiderte Kitty leise.

Paul hob den Kopf. „Ich habe Ihnen gesagt, daß ich nicht gestört zu sein wünsche, Mrs. Devine."

„Es tut mir leid, Sir. Hier ist Mrs. Delaney, die Sie vor einer geplanten Brandstiftung warnen möchte."

Kitty lehnte sich gegen den polierten Mahagonipfosten, fühlte seinen Blick über sich hinweggleiten, seine Kälte.

„Also, Kitty, wie ist das?" fragte er.

„Die IRA hat vor, heute nacht das Haus abzubrennen", erklärte sie mit versagender Stimme.

Paul zog schweigend die Uhr, Kitty bemerkte wieder das seltsame kleine Gebilde am Ende der Kette, und steckte sie ruhig in die Taschen zurück. „Wann dürfen wir mit dem Besuch rechnen?"

„Morgen früh um drei."

„Ich verstehe." Er seufzte.

Glaubte er ihr nicht? Sie suchte seinen Blick, aber der war nach innen gerichtet. „Glauben Sie mir nicht?" rief Kitty aus. „Tommy war bei uns und hat es erzählt. Leonard ist hingegangen. Er will sie bewegen, ihre Ansicht zu ändern. Sie müssen etwas unternehmen!"

„Was soll ich denn machen?"

„Hilfe holen – versuchen, sie aufzuhalten!"

„Männer mit Gewehren und moralischen Grundsätzen? Die können nur durch mehr Männer, mehr Gewehre und gewichtigere Grundsätze aufgehalten werden! Kitty, gehen Sie nach Hause."

Sie betrachtete starr das Bild, das sich ihr bot: das unerschütterliche Aristokratengesicht, das Lampenlicht, die Bücher – alt, in Leder gebunden, Reihe an Reihe, ein trügerisches Bild des Friedens. Jetzt meinte sie zu wissen, daß sie ihn nicht kannte.

Er vertiefte sich wieder in den Band, der aufgeschlagen vor ihm lag, vermutlich eine Bibel, mit einem Deckblatt, das Listen von Namen enthielt: den Stammbaum der Familie. Sie war entlassen.

Als Mrs. Devine die Tür zur Bibliothek geschlossen hatte, sagte sie freundlich, fast ängstlich, die Augen dunkel und aufgerissen: „Darf ich Ihnen eine Tasse Tee anbieten, Ma'am? Es war gefährlich, während der Ausgangssperre herzukommen. Und das Gesicht haben Sie sich zerschunden. Wollen Sie die Wunden nicht auswaschen?"

„Nein, danke, Mrs. Devine", antwortete Kitty, der das Mitleid der Frau zuwider war. „Es sind nur Kratzer. Ich möchte lieber gehen. Vielleicht hat mein Mann etwas erreicht."

„Ich hoffe es, Ma'am", sagte Mrs. Devine händeringend und senkte die Stimme: „Die Sache ist so schrecklich, daß man gar nicht daran denken mag. Und Master Paul ist nicht mehr der alte, seit der kleine Jeremy tot ist und die arme Miss Sarah ... Er lebt jetzt viel in der Vergangenheit, wissen Sie, aber wenn etwas passiert, verläßt er das Haus. Es sind schon schlimme Zeiten, die wir jetzt durchmachen, wirklich wahr." Sie schüttelte den Kopf.

Kitty hörte, wie die Haustür zuklappte, und schleppte sich ermattet die Steinstufen hinab. Durch die Fenster der Bibliothek fiel das Licht auf den Kies. Geräuschvoll drehte sich der Riegel der Terrassentür. Da wich sie in den Schatten zurück.

Paul trat heraus, kam auf sie zu, schritt durch den Lichtstreifen, und die Finsternis verschluckte ihn. Doch seine Silhouette hob sich scharf gegen den relativ hellen Hintergrund ab. „Kitty?"

Sie verharrte reglos.

„Kitty", sagte er noch einmal, weil er sie nicht bemerkte. Er sprach leise, aber halb im Kommandoton.

„Hier bin ich", antwortete sie und verließ den Schatten. Eine Weile standen sie sich schweigend gegenüber.

Er bewegte den Kopf, bis sich seine Augen an die Dunkelheit gewöhnt hatten und er ihr Gesicht sehen konnte. Dann wußte er offenbar nicht so recht, wie er beginnen sollte. Er suchte nach Worten. „Glaubst du an einen freien Willen, Kitty?"

„Ich weiß nicht . . . Ich nehme an, er unterscheidet uns von den Tieren."

Er fuhr zusammen, ergriff sie am Arm, als sie vorbeihuschen wollte. „Es gibt nichts dergleichen. Wir werden alle getrieben. Alle! Ich hatte nie die Absicht, dich zu verletzen."

„Ich verstehe", sagte Kitty wütend. „Du wurdest dazu getrieben, mich – zu gebrauchen, und jetzt treibt es dich, mir den Laufpaß zu geben."

Er tat ihr weh, aber es drängte sie, seine Hände zu küssen, niederzufallen, seine Beine zu umklammern, etwas zu sagen, was ihn nie mehr zur Ruhe kommen ließe, ihn zu zwingen, sie wieder zu lieben. Doch sie stand still da. Warum war er zu ihr herausgekommen. Um zu sagen, daß es ihm leid tue, mit einem abgeschmackten Klischee sein Gewissen zu beruhigen?

„Es gibt keine Rettung für mich, Kitty, kein Entrinnen", flüsterte er. „Du kannst nicht ahnen, wie wunderbar du bist."

„Wunderbar? Ich habe dich geliebt", schrie Kitty anklagend. „Du hast mich zerstört."

Eine Weile schwiegen sie beide.

„So“, fuhr sie dann fort, „zwischen uns ist also nie etwas gewesen? Du hast mich nie gemocht?“ Ihre Stimme bebte. Sie sah ihm ins Gesicht. Die Dunkelheit verhüllte seine Augen. Sie konnte nichts darin lesen.

Als sie sich abwandte, fühlte sie seine Hand auf der Schulter. „Du warst meine Freundin“, sagte er. Dann entfernte er sich zu den erleuchteten Fenstern der Bibliothek hin.

Im unsteten Licht des Mondes ging Kitty nach Hause, mitten auf der Straße, ungeachtet der Gefahr, daß sie ein leicht auszumachendes Ziel bieten würde, wenn ein Brauner in der Nähe wäre. Der innere Aufruhr hatte sich gelegt. Nicht einmal Schmerz empfand sie mehr.

Leonard saß mit Hut in der Küche. Er schnürte sich die Schuhe zu, im Begriff, das Haus zu verlassen. Als sie eintrat, fuhr er hoch. „Wo bist du gewesen, Kitty? Ich wollte dich gerade suchen. Du hättest nicht fortgehen sollen.“

„Ich mußte Paul warnen.“

„Dazu bestand keine Veranlassung. Es war gefährlich, so etwas zu tun. Heute nacht wird kein Feuer gelegt. Ich habe Moores Wort. Hast du Stratton gesprochen?“

„Ja. Er wirkte ziemlich gleichgültig.“

„Und er hat dich allein nach Hause laufen lassen?“

Kitty antwortete nicht.

Leonard setzte sie auf einen Stuhl. „Ist es denn so wichtig für dich, Kitty, was aus Stratton und Haus Tubbercullen wird? Du mußt doch gewußt haben, daß er nichts machen kann. Seitdem die Kaserne nicht mehr steht, sind Leute wie er hilflos.“

Kitty winkte müde ab. „Du hast natürlich recht. Ich war einfach so niedergeschlagen. Ich glaube, ich lege mich hin.“

Er zog sie kurz an sich. Sie lächelte automatisch, löste sich aus der Umarmung und ging in die Diele. Die Tür schloß sich hinter ihr.

Leonard sah eine Weile nachdenklich vor sich hin. Dann nahm er den Hut ab, schnürte die Schuhe auf, schlüpfte in die Pantoffeln und holte sich seine Milch und seine Kekse.

Als Kitty ausgezogen war, setzte sie sich vor die Frisierkommode und prüfte ihr Gesicht. Das Blut hatte sie abgewaschen, aber sie hatte dunkle Augenringe, und die Pupillen waren geweitet. Du siehst fürchterlich aus, informierte sie sich, richtig abscheulich.

Sie stützte die Ellenbogen auf und vergrub das Kinn in den Händen. Wenn sie nur wüßte, sich nur erklären könnte, welcher Teufel sie in all diesen Monaten geritten, sie so versessen auf Paul Stratton gemacht hatte. Es mußte etwas sein, was er hatte und sie brauchte. Doch selbstlos zu lieben, dazu war er nicht fähig, und wenn, dann nicht sie. Vielleicht hatte sie ihn verklärt gesehen, einen Zauber wahrzunehmen geglaubt, den er gar nicht besaß.

Lerne daraus, Kitty, und lerne es gut, riet sie sich und trommelte mit den Knöcheln gegen die kalte Stirn. Was immer du erstrebst – wieder klopfte sie sich nachdrücklich an den Kopf –, tue es hiermit oder laß es lieber.

Sie ging zu Bett und löschte die Lampe, ohne zu bedenken, daß Leonard sie wieder anzünden mußte, und fiel in einen unruhigen Schlaf.

Haus Tubbercullen aber brannte bis auf die Grundmauern ab, während sich Kitty herumwarf und Leonard mit bösen Vorahnungen wach neben ihr lag. Paul Stratton kam in dem Feuer um.

Am Abend darauf ging Eileen zur Beichte. Sie kniete vor Vater McCarthys Beichtstuhl nieder und hörte das Getuschel hinter der geschlossenen Tür. Sie war sich ihres Leibesumfangs bewußt und fürchtete die Blicke der Leute. Sie versuchte gleichgültig zu sein und konzentrierte sich auf die langen Lichtstreifen der Abendsonne, die durch die bunten Fenster schien und das Kircheninnere mit Helligkeit und scharlachroten und blauen Tupfern erfüllte. Ihre Magennerven meldeten sich, und die Spannung sprang auf das Ungeborene über, das sich unruhig bewegte. Sie betete für Mr. Stratton, für die Missus, die die Nachricht mit Entsetzen aufgenommen hatte, für Patch und seine Großmutter. Dann hörte sie das hölzerne Klicken, als die Sprechluke geschlossen wurde. Die Tür des Beichtstuhls öffnete sich, und sie trat ein.

Es roch schwach nach Weihrauch, Panik ergriff sie, und es drängte sie zu fliehen, ihr Rad zu nehmen, so schnell sie konnte nach Hause zu fahren, aber ihre Knie waren wie angewurzelt, und das Kruzifix hielt sie gebieterisch fest. Dann öffnete Vater McCarthy das kleine Fenster, und sein Gesicht tauchte hinter dem Gitter auf. Er sah sie einen Augenblick an, senkte den Kopf und hielt das linke Ohr ans Gitter.

„Ich bitte um Euren Segen, Vater, denn ich habe gesündigt."

„Wie lange hast du nicht gebeichtet, mein Kind?"

„Lange Zeit, Vater."

„Was soll das heißen, Eileen?"

„Seitdem ich hier lebe, Vater."

„Nun, Kind, das genügt nicht im entferntesten!"

Sie schwieg.

Der Priester hoffte, daß sie bald die Sprache wiederfände. Er mußte dringend die Toilette aufsuchen. „Nun fahr fort", sagte er.

„Ich habe etwas sehr Schlimmes getan, Vater."

Vater McCarthy kannte schon solche Menschen, die „sehr Schlimmes" getan hatten – junge Leute, die an Fleischliches gedacht oder sich selbst befummelt hatten, und dies für eine Todsünde hielten, als ob Gott für gar nichts Verständnis aufbrächte.

„Das ist nicht wahr", sagte er mürrisch.

Eileen wünschte sich, daß er leiser spräche. Am liebsten wäre sie ins Holz gekrochen. „Bitte, Vater, es ist wirklich wahr!"

Der Priester drehte den Kopf, um ihr einen Blick zuzuwerfen. „Nun gut", sagte er sanft, „laß hören."

„Ich habe einen Mann getötet, Vater."

Der Priester nahm das Geständnis gleichmütig zur Kenntnis. Was hat sie wohl mit einem Mann gemacht, dachte er, wenn sie glaubt, ihn getötet zu haben? Ein Teil von ihm, der unpriesterliche Teil, hätte beinah aufgelacht, aber seine Blase war nahe daran zu platzen. „Aber Eileen", sagte er fest, „du weißt doch ganz genau, daß du nichts dergleichen getan hast."

„Doch, ich habe es getan, Vater!" Heiße Tränen rannen ihr übers Gesicht.

„Wen hast du getötet, Eileen?"

„Einen von den Braunen, Vater."

„Und wie hast du ihn getötet?“
„Mit Gift, Vater.“
Der Priester richtete ein Stoßgebet an die Jungfrau Maria. „Woher hattest du das Gift genommen?“
„Das kann ich nicht sagen, Vater.“
„Nun, erkläre mir, warum du ihn getötet hast.“
„Weil er etwas mit mir gemacht hat. Er wollte es wieder machen.“
„Sex?“
„Ja, Vater.“
„Wann war das?“
„In der Nacht, als der Hinterhalt gelegt wurde. Danach kamen die Braunen zu uns ins Haus.“
Und dann erzählte sie ihm alles. Lediglich wer ihr das Gift gegeben hatte, verschwieg sie; aber der Priester wußte es ohnehin. Falls die ganze Geschichte wahr war, gab es nur eine Person, die hierfür in Betracht kam. Doch das Mädchen konnte sehr wohl an Zwangsvorstellungen leiden – oder von Rachegedanken erfüllt sein und sich den Mord einbilden, wenn sie wirklich schwanger war. Jedenfalls, je eher der Teufel die alte Finnerty holte und dorthin beförderte, wohin sie gehörte, desto besser.
Zum Schluß versprach der Beichtvater, sich um Eileen kümmern zu wollen, im Verlaufe der Woche vorbeizukommen, mit ihr zu reden. Außerdem wollte er sich an Lennie Delaney wenden, der Sache auf den Grund gehen, die Wahrheit erfahren, ohne das Beichtgeheimnis zu verletzen, um zu wissen, woran er war. Er erteilte seinem Beichtkind Absolution und verlangte, zur Sühne den Rosenkranz zu beten.
Den Rosenkranz zur Sühne für Mord? fragte ein dünnes Stimmchen in seinem Kopf.
Ja, was sonst soll ich denn machen? antwortete er sich selbst. Was tut ein armer Landpriester mit jungen Mädchen, die den Kopf verloren haben? Er wischte sich den Schweiß von der Stirn und eilte zur Toilette. Die bußfertigen Leute vor der Tür vertröstete er mit der Aussicht, „im Handumdrehen“ zurück zu sein.
Als Eileen die Kirche verließ, hätte sie beinah Vater Horan umgerannt, dessen Beichtstuhl seit geraumer Zeit leer war. Der Kurat erweckte in ihr Empfindungen der Bedräng-

nis; und sie lächelte wie von selbst versöhnlich. Doch der junge Priester preßte nur die Lippen zusammen und ließ den Blick über ihren Körper gleiten. Eileen fühlte sich nackt und auf unbestimmte Weise gefährdet.

Vater McCarthy fuhr erst am Sonntag zu den Delaneys. Außer Atem stellte er sein Rad im Torfschuppen unter. Ich setze an, gestand er sich ein, muß mich beim Futtern zurückhalten. Lieber Himmel, es blieb einem ja rein gar nichts mehr, und sein Kurat verschlimmerte alles noch, fastete immerzu, spielte den Heiligen und stellte ihn bloß. Er hatte sich vergeblich bemüht, den Mann ins Herz zu schließen, aber bei der Zehn-Uhr-Messe dieses Vormittags war ihm endgültig der Geduldsfaden gerissen, und er überlegte, ob er ihn dem Bischof melden sollte. Er wußte nicht, wie Eileen, dem armen Mädchen, zumute gewesen war, als der Kurat während seiner Predigt mit dem Finger auf sie gezeigt, sich in Zorn gesteigert und über Unzucht ausgelassen hatte.

„Eine Hure mitten unter uns!" Großer Gott, die kleine, schüchterne Eileen! „Verführt die Männer zur Sünde!" Vater McCarthy seufzte im stillen. Wenn nur ein Bruchteil von dem, was ihm Eileen erzählt hatte, der Wahrheit entsprach, dann war sie das Opfer, nicht umgekehrt. Die Erfahrung lehrte immer wieder, daß die Männer nicht „verführt" zu werden brauchten. Es fiel ihnen nicht schwer, aus eigenem Antrieb sündig zu werden. Jedenfalls war es kaum nötig gewesen, auch noch Tertullian anzuführen: „Siehe, du bist des Teufels Torweg ... Wie leicht hast du einen Menschen zerstört, das Ebenbild Gottes." Nun gut, doch wozu die Frauen verteufeln. Gab es nicht die Erbsünde? Wer war denn dafür verantwortlich?

Gewiß, er mußte etwas unternehmen, aber eine Beschwerde beim Bischof wäre zwecklos. Seine Lordschaft hatte immer wieder klargestellt, daß es Aufgabe des Gemeindepfarrers sei, sich bei den Leuten Respekt zu verschaffen, seine Autorität per Diktat zu sichern, nicht durch Argumentation. Arme Eileen. Er wollte es dem Burschen zeigen, ihn entsprechend einsetzen, beispielsweise in der Mette.

Eileen war in der Küche. Der Priester sah auf den ersten Blick, daß sie schwanger war. Wieweit mochte auch der Rest der Geschichte stimmen? Hatte es diesen Braunen gegeben, hatte sie ihn getötet? Ihr störrisches Gesicht, das sich verfärbte, wirkte normal.

„Hello, Eileen."

Sie traf Anstalten, die Küche zu verlassen.

„Lauf nicht weg, Eileen", sagte Vater McCarthy leise. „Mit der Sache von heute morgen habe ich nichts zu tun. Vielmehr tut es mir sehr leid. Sehr leid. Es wäre verhindert worden, wenn ich es vorher gewußt hätte."

Eileen antwortete nicht, erwiderte aber zornig den Blick des Priesters.

„Wo ist der Hausherr zu finden?" fragte der Geistliche nach einer Weile.

„Der Master ist nicht zu Hause. Vor der Teezeit kommt er nicht zurück."

„Ist Mrs. Delaney da?"

„Sie wünscht keinen Besuch zu empfangen", meldete Eileen im gleichen klanglosen Tonfall.

„Nun, sag ihr, daß ich es bin. Ich bin sicher, daß sie mich einläßt. Übrigens, Eileen . . ." Er dämpfte die Stimme. „Hast du einmal darüber nachgedacht, welche Vorkehren wir treffen müssen – wo du das Kind zur Welt bringen wirst, weißt du?"

Eileen lief dunkelrot an. Sie preßte einen Ellbogen gegen die Seite ihres Bauches, als ob sie ihren Zustand so verbergen könnte.

„Kann ich Mrs. Delaney sagen, daß ich mich in St. Jude's um einen Platz für dich bemühe?" Rasch fügte er hinzu: „Alles übrige, was du mir anvertraut hast, behalte ich natürlich für mich, das dürfte klar sein."

„O bitte, nicht das Asyl", sagte Eileen. Ihre Miene drückte plötzlich Angst aus, die Augen wurden ihr feucht. Sie ließ den Kopf hängen und wischte die Tränen mit dem Ärmel fort.

„Aber wir haben keine andere Möglichkeit, Eileen. Du solltest froh sein, daß es eine Stätte gibt, wo du hingehen kannst – in so einer Angelegenheit."

Eileen zuckte hilflos die Schultern.

„Ist Mrs. Delaney dort drin?" fragte Vater McCarthy und zeigte in die Richtung des Wohnzimmers.

„Ich will mal hören, was sie meint", erwiderte Eileen gleichmütig.

Ist sie krank, oder was hat sie? fragte sich der Priester. Hoffentlich nicht noch eine Fehlgeburt; einige Frauen können die Leibesfrucht einfach nicht halten, dachte er, und da fiel ihm ein, daß er sie und Lennie schon lange nicht beim Abendmahl gesehen hatte.

Eileen wischte die Hände an der Schürze ab und ging in die Diele. Der Priester folgte ihr auf den Fersen. Sie klopfte an, öffnete die Wohnzimmertür und sagte: „Vater McCarthy möchte Sie sprechen, Ma'am."

Kitty kauerte mit angezogenen Beinen in Leonards Sessel. Ein Buch lag unaufgeschlagen neben ihr. In dieser Haltung hatte sie verharrt, seitdem Leonard fortgegangen war. Sie dachte an den Morgengottesdienst und daran, was er nach sich ziehen würde. Die Beleidigung, die allen Frauen der Gemeinde so feindselig und ungestraft ins Gesicht geschleudert worden war, schmerzte sie. Auch die nachfolgende Auseinandersetzung mit Eileen ging ihr noch durch den Kopf. Das Mädchen hatte bebend vor ihr gesessen und sich geweigert, ihre Fragen zu beantworten. „Es tut mir ja so leid, Ma'am, es tut mir ja so leid", mehr war ihr nicht zu entlocken gewesen, als Kitty ihrem Ärger Luft gemacht und ihr vorgehalten hatte, die Familie in Verruf zu bringen. Sie dulde keine losen Mädchen in ihrem Hause, hatte sie erklärt, aber jetzt schämte sie sich, ausfällig geworden zu sein. Lose Mädchen – ausgerechnet von ihr mußte das kommen! Sie hatte es gerade nötig, über Eileen herzuziehen! Dann waren ihre Gedanken um Paul gekreist und hatten alle anderen Überlegungen verdrängt.

„Sag ihm, ich fühle mich nicht, Eileen; ich kann niemanden empfangen", antwortete sie.

„Es ist zwecklos, Ma'am", erklärte Eileen und gestikulierte in ohnmächtigem Zorn, als der Priester an ihr vorbei ins Zimmer schritt.

„Was soll das heißen, daß Sie niemanden empfangen können?" fragte er forsch.

Kitty unterdrückte ihren Ärger über das anmaßende Auftreten des Mannes. Sie war mit ihren Gedanken bei dem Begräbnis gewesen: Der Sarg wurde in die Gruft gesenkt, harte

Batzen Erdbrocken polterten aufs Holz, die unaufhaltsame Flut der Tränen blendete sie, reglos stand sie da, um nicht zu verraten, wie trostlos sie war, und Leonard führte sie behutsam davon, während ihr die törichten Worte, die Oscar Wilde seiner Salome in den Mund gelegt hatte, nicht aus dem Sinn gingen: *Denn das Geheimnis der Liebe ist größer als das Geheimnis des Todes.*

Während sich Eileen zurückzog, sah sie eisig den Gemeindepfarrer an.

Er hob die Hand, um ihr zuvorzukommen. „Ich habe mit der Sache von heute morgen nichts zu tun, Kitty."

„Aber Sie hätten diesen Skandal weiß Gott verhüten können!" brach es aus Kitty hervor.

Der Priester sank auf einen Stuhl. „Ich war völlig überrumpelt. Hätte ich im geringsten geahnt, was er sagen wollte, würde ich es selbstverständlich unterbunden haben."

„Und? Werden Sie Bericht erstatten?"

„Damit wäre überhaupt nichts gewonnen, Kitty. Das Mädchen ist in anderen Umständen und unverheiratet. Vater Horan war im Recht, würde der Bischof sagen."

„Ich verstehe."

Nach einer Weile fuhr der Priester fort: „Du siehst sehr blaß aus, wenn ich mich einmal so ausdrücken darf. Ich habe gehört, es sollte dir besser gehen." Er senkte die Stimme. „Kein weiteres Mißgeschick, hoffe ich?"

„Ich bin ein wenig müde, Vater", murmelte sie zwischen den Zähnen.

„Nimmst du es dir so zu Herzen, daß Haus Tubbercullen abgebrannt ist? Eine furchtbare Tragödie, aber das Leben muß weitergehen."

„Muß es das wirklich, Vater?"

Der Priester lehnte sich zurück und musterte sie, bemerkte die dunklen Flecke um ihre Augen, die tiefen Furchen in ihrem Gesicht. „Natürlich muß es das! Gott gibt und Gott nimmt. Das weißt du doch, Kitty."

Sie war am Ende ihrer Kraft und wünschte, daß er sich verabschieden würde.

„Der arme Stratton war kein schlechter Mensch, Gott hab ihn selig", fuhr der Priester fort und drückte die Zunge gegen ein Loch in einem Schneidezahn, wo sich eine Fleischfaser festgesetzt hatte. Seine Lippen wölbten sich, aber ihm war das Flackern in ihren Augen nicht entgangen, als er Paul erwähnt hatte. „Ich glaube, du warst ihm sehr zugetan, Kitty", sagte er sanft.

Sein Scharfsinn überraschte sie. Ihr war zum Heulen, aber sie hielt die Tränen zurück. „Er war mein Cousin, Vater."

„So etwas habe ich läuten gehört." Er beobachtete, wie sich ihr Gesicht spannte. „Die IRA erklärt, daß sie für den Brand nicht verantwortlich ist. Das hat dir Lennie sicher schon erzählt. Also sind vielleicht die Braunen die Brandstifter."

Kitty entgegnete nichts.

„Ja, der eigentliche Grund meines Kommens" – er dämpfte die Stimme zu einem Flüstern – „ist Eileen. Wann hast du gemerkt, daß sie schwanger ist?"

„Heute morgen, Vater, als Vater Horan so freundlich war, die Gemeinde von der Tatsache in Kenntnis zu setzen."

Der Priester errötete.

„Verdacht hatte ich natürlich schon vorher geschöpft, aber wenn ich sie fragte, ob ihr etwas fehle, verneinte sie, und in der letzten Zeit hatte ich auch andere Sorgen.

„Sie möchte, daß ich mit St. Jude's Vereinbarungen wegen der Niederkunft treffe", murmelte er. „Sie wird nun schon bald fortgehen müssen. Das Gerede der Leute macht ihr das Leben hier zur Qual."

Kitty nickte. „Ich vermute, Tommy ist der Vater?"

„Nunä, darüber darf ich nicht reden. Ich setze jedoch voraus, daß du nichts dagegen hast, wenn ich die Angelegenheit in die Hand nehme. Du wirst dich um ein neues Mädchen bemühen müssen."

„Ersatz zu finden fällt mir nicht schwer", sagte Kitty, „obwohl ich Eileen vermissen werde, aber lassen Sie sich nicht daran hindern zu tun, was nötig ist."

Der Gemeindepfarrer kratzte sich das Kinn mit dem Zeigefinger der linken Hand und überlegte, wie er sein nächstes Anliegen zur Sprache bringen solle. Er fand die Frau verwirrend. Sie hatte überhaupt keine Scheu vor ihm, und das war er nicht gewöhnt. „Ich habe dich schon länger nicht bei der Beichte gesehen, und beim Abendmahl auch nicht."

Kitty hob den Kopf und schaute ihm freimütig in die Augen. „Nein, Vater."

„Es ist nicht gut, wenn du der Ausübung deiner Religion säumig wirst“, sagte der Priester nach einer Weile streng.

„Meiner Religion, Vater?“

„Streiten wir nicht über Worte, wenn es um etwas so Bedeutsames geht, mein Mädchen“, entgegnete er scharf, denn er war zu dem Schluß gelangt, daß er gebieterisch vorgehen müsse. „Ich lese allmorgendlich eine Messe, und ich weiß, daß Gott der Allmächtige auf den Altar herabkommt, herabkommt und die Gestalt des Brotes und des Weines annimmt, auf daß du gerettet werdest, mein Mädchen.“

Kitty fühlte es bitter in sich aufsteigen. In ihrem eigenen Hause zurechtgewiesen zu werden! Auf so unverschämte Weise, von dieser Person. Mein Mädchen ... Das fehlte noch! „Wenn die Hostie von einer Frau geweiht wird, Vater, wenn eine Frau die Beichte abnimmt, dann werde ich diese Religion die meine nennen können!“

Sie staunte über sich selbst, fast so sehr wie der Priester, der sie fassungslos anstarrte und eine Weile brauchte, bis er sich gesammelt hatte. „Ich nehme an, du beliebst zu scherzen, Kitty?“ sagte er schließlich. „Alle diese Fragen sind bereits von den Kirchenvätern aufgeworfen worden, von so großen Geistern wie Augustinus und Aquinas ...“

Kitty unterbrach ihn. „Es ist zwecklos, mit mir über die großen Geister der Kirche zu sprechen.“ Sie hatte den am Morgen zitierten Torweg des Teufels noch gut im Gedächtnis. „Mich stört ihr schändlicher, blinder Frauenhaß. War nur einer unter ihnen, der sich in den Angelegenheiten der Frauen ausgekannt hätte, der wußte, was sie fühlen, was das Leben für sie bedeutet? Welchen Wert haben also ihre Gebote für die Menschheit? Nein, Vater. Ich fürchte, Ihre Theologie, so unnachsichtig sie sich gibt, so einseitig ist sie. Es ist eine Theologie der Männer, nicht des Menschen. Der Unterschied ist Ihnen sicher klar.“

Vater McCarthy wich auf seinem Stuhl zurück. Erstaunen, Zorn, verletzter Stolz spiegelten sich in seinem Gesicht, und Kitty brannten vor Ärger die Wangen.

„Das ist nicht wahr, Kitty.“

„O doch, es ist wahr. Gott schuf den Menschen ihm zum Bilde. Stimmt es? Zum Bilde Gottes schuf er einen Mann und ein Weib. Gibt es aber Achtung oder gar Liebe für das weibliche Antlitz Gottes? Nein! Sie brauchen sich nur den heutigen Morgengottesdienst ins Gedächtnis zu rufen. Weshalb versäumt es Gottes Kirche, Gott auf die Erde zu bringen? Warum bietet sie den Menschen nur ein männliches Bildnis des Göttlichen an? Warum knebelt sie alles Weibliche und bevormundet es? Was glauben Sie wohl, Vater, wie es den Frauen gefällt, in einer Kirche aufzuwachsen, die sie vernachlässigt und zutiefst verletzt? Oder wäre es sogar denkbar, Vater, daß es der Kirche überhaupt nicht um Gott geht, sondern um Macht, Habgier und Sonderrechte?"

Der Gemeindepfarrer schüttelte heftig den Kopf. Seine Hände zitterten. Er rang hart darum, die Selbstbeherrschung zu bewahren. „Natürlich hat die Kirche Hochachtung vor den Frauen, Kitty. Wer hat dir solche Flausen in den Kopf gesetzt? Nimm zum Beispiel Unsere Liebe Frau! Sieh dir an, welche Bedeutung ihr die Kirche einräumt! Ist es denn Kitty, die so redet?" fuhr er wütend fort, „oder spricht dieser Protestant aus dir, in dessen Gesellschaft du dich so oft befunden hast? Hat er dich dazu gebracht, deine Pflicht gegenüber der Kirche zu vergessen?"

„Pflicht? Was Sie nicht sagen!" Kitty schrie es heraus und richtete sich kerzengerade auf. Die Unterstellung, daß sie nicht selbst zu bestimmten Schlußfolgerungen gelangt sein könnte, empörte sie. „Wir hören viel von unseren Pflichten und nichts von unseren Rechten. Und Unsere Liebe Frau, Vater, ist überhaupt keine Frau. Sie hat nichts Menschliches mit ihrer unbefleckten Geburt. Eine blutleere Gestalt ohne Macht oder Machtanspruch und Würde. Und da gibt es Frauen, die auf ihr intellektuelles und seelisches Leben verzichten, um ihr nachzueifern!"

Kitty wußte, daß sie zu weit gegangen war. Sie sah, wie der Priester die Zähne entblößte, aber der Zorn und ihr Triumphgefühl beherrschten sie. Zum ersten Mal sprach sie sich darüber aus, wie demütigend ihre religiösen Erfahrungen waren. Früher hatte sie solche Regungen stets unterdrückt. Das System war gottgewollt. Wenn einer irrte, dann sie. Fühlte sie sich machtlos, so geschah es, weil sie keine Macht haben durfte. Fühlte sie sich brüskiert, so deshalb, weil sie brüskiert werden mußte. Gottes System forderte dies von ihr, von jeder Frau. Ohnmächtig und brüskiert sollten sie sein, sich in Demut beugen. Doch ein plötzlicher Freiheitstaumel nahm ihr jetzt alle Hemmungen. Sie gab nicht vor und zwang sich nicht, so zu sein, wie es sich für eine Frau geziemte. In der stillschweigenden Erwartung, daß ihr Gehorsam belohnt werde, hatte sie sich gefügt. Doch die Belohnung war ausgeblieben.

„Tatsache ist, Vater, daß die Kirche Lügen über die Frauen verbreitet, und solange sie in einer derart wichtigen Angelegenheit, die eine Hälfte der Menschheit betrifft, nicht bei der Wahrheit bleiben kann, ist es zwecklos, mich an meine Pflichten zu gemahnen. Gegenüber einer Institution, die mir meine Würde vorenthält, habe ich keine Pflichten, höchstens die eine, auf ihre Abschaffung hinzuarbeiten."

„Schluß jetzt, Kitty!" Vater McCarthy stand auf und erhob die Hand über sie, als ob er den Teufel austreiben wollte.

Sie beobachtete ihn, diesen rundlichen, kleinen Mann in Schwarz, der bebend, verunsichert nach einem Zaubermittel suchte, um sie in die Knie zu zwingen. Einen Augenblick lang dachte sie, daß er sie schlagen würde, aber er begnügte sich damit, sie finster anzustarren.

„Wenn du deinem Priester so gegenübertrittst, ist es kein Wunder, daß dir der Herrgott keinen Kindersegen beschert hat. Und zu deiner Information: Aus dem Ersten Buch Mose geht eindeutig hervor, daß Gott den Mann nach seinem Bilde schuf, das Weib aber aus einer Rippe und folglich nach dem Bildnis des Mannes, nicht nach seinem eigenen."

„In diesem Fall, Vater, ist es der Gott der Männer", entgegnete Kitty kühl, „demnach bedürfen die Frauen seiner nicht und schulden ihm nichts."

Er reckte sich und starrte sie sprachlos an.

„Die andere Möglichkeit wäre natürlich die", murmelte sie ruhig, „daß die Religion eine Absurdität darstellt, für die Gott nicht verantwortlich ist." Da wurde sie gewahr, daß sie zitterte. Vielleicht würde er sie verfluchen, aber an die Macht von Flüchen glaubte sie nicht.

Doch der Gemeindepfarrer drehte sich einfach um und ging hinaus, ohne noch ein Wort zu verlieren.

Kitty strich sich mit der flachen Hand über den Bauch. Die Brüste empfindlich, die Regel zweimal ausgeblieben, Übelkeit in den Morgenstunden ...

„Ja, Gott“, flüsterte sie, „es sieht ganz so aus, daß Du und ich wieder mit Schöpfung befaßt sind.“

Die Frage war: Wer hatte das Kind gezeugt? Leonard in seiner zurückhaltenden Art, zu der er nach der Hölle seiner Haft noch fähig war, oder Paul mit seiner ungestümen Männlichkeit und seinem Schrei, den er im Augenblick höchster Ekstase ausgestoßen hatte?

Als Leonard zur Teezeit nach Hause kam, erwähnte Kitty, daß der Gemeindepfarrer vorgesprochen hatte. Eileen wurde verlegen, setzte eine widerspenstige Miene auf und warf Kitty einen Seitenblick zu. Doch sonst ließ sie keinerlei Gefühlsregungen erkennen. Leonard berichtete, Frank Ledwith und er hätten die karthographische Erfassung der Parzellen so gut wie abgeschlossen. Er wirkte entspannt und schien in besserer Verfassung als vorher zu sein. Von Geheimsitzungen des Parlaments, das in Dublin getagt hatte, sprach er. Die alternative Regierung lasse allmählich ihre Muskeln spielen.

Sobald sie allein waren, erklärte ihm Kitty, was Vater McCarthy zu ihnen geführt hatte. „Er hat nicht gewußt, daß Vater Horan die Sache an die große Glocke hängen würde. Sonst hätte er es verhindert, beteuerte er.“

„Und ich bin zum Pfarrhaus gegangen“, erzählte Leonard, „um diesem Kurat gehörig die Meinung zu sagen, aber er wollte mich nicht hereinlassen. Stimmt, was er behauptet?“

„Ja.“

Er senkte die Stimme. „Wie nimmt sie es auf?“

Kitty zuckte die Schultern. „Nun ja, wie du siehst, scheint es sie kaum zu beeindrucken. Weißt du, wer für ihren Zustand verantwortlich ist?“

„Einer von den Braunen, Kitty, glaube ich.“ Er schilderte in knappen Worten, was sich damals abgespielt hatte.

Es überraschte sie, daß Eileen das für Tommy getan hatte. „Ahnt er etwas davon?“

„Um die Wahrheit zu sagen, Kitty, ich weiß es nicht. Ich habe die Sache mit keinem Wort erwähnt, weder vor ihm noch vor anderen. Ich wäre niemals auf den Gedanken gekommen, daß sie schwanger ist.“

„Tommy könnte wohl nicht der Vater sein?“

Leonard überlegte. „Ich glaube, sie hätte ihn nicht ... Sie hat ihren Stolz und hält sich hartnäckig an ihre Bauernmoral. Ich mag sie. Nach der Entbindung müssen wir sie wieder aufnehmen."

„Hierher kann sie nicht zurückkommen", entgegnete Kitty entschieden. „Es wäre nicht der richtige Ort für sie. Die Leute würden tratschen und mit dem Finger auf sie zeigen." In Wirklichkeit erschreckte sie jedoch die Aussicht, selbst mit in das Zentrum der Aufmerksamkeit zu rücken.

„Gott steh ihr bei", sagte Leonard. „Wir werden ihr ein gutes Zeugnis ausstellen und eine anständige Zuwendung überreichen."

Was er seiner Frau wohl geben würde, wenn er wüßte, was sie getan hat? fragte sich Kitty; weder ein Zeugnis noch eine Zuwendung! Sie legte das Messer hin und lehnte sich zurück. „Es gibt da etwas, was ich dir mitteilen sollte, Leonard." Sie hielt den Blick auf die Tischdecke gesenkt. Ihre Stimme klang ernst, aber fest.

Leonard sah sie scharf an. „Schweig!" sagte er abrupt. Sie schaute ihm in die Augen, die Schmerz ausdrückten. Er preßte die Lippen zusammen. Wie stark seine Schläfen ergraut waren!

„Sieh mal, Kitty", fügte er sanfter hinzu, „ich denke, daß wir uns einen neuen Anfang schulden. Ich weiß nicht, was du mir deiner Meinung nach mitteilen solltest, und ich glaube auch nicht, daß ich es hören möchte. Verzeihen würde ich dir alles. Die Schwierigkeit bestünde darin, es zu vergessen."

Sie verdaute dies in Ruhe, von Dankbarkeit erfüllt. „Ich wollte dir nur sagen, daß ich heute Ketzerei betrieben habe", bemerkte sie nach einer Weile leichthin und berichtete kurz über ihren Wortwechsel mit Vater McCarthy.

„Wenn der Mann deine theologischen Bedürfnisse nicht befriedigen kann, dann ist etwas faul an seiner Theologie", kommentierte Leonard trocken, „und Horans Christentum bedarf dringend der Überprüfung."

„Das andere, was ich dir sagen wollte ... Ich glaube, ich bin schwanger."

In seinen Augen blitzte es auf. Er kam um den Tisch herum und küßte ihr beide Hände.

Mike von der Post brachte am nächsten Morgen einen Brief, in dem Mary bestätigte, daß sie in zehn Tagen – zu Beginn der Schulferien – kommen wollte. Sie sei froh, Dublin verlassen zu können, schrieb sie. „Es wird immer schlimmer hier. Menschen werden angehalten, visitiert, fast jede Nacht gibt es Hausdurchsuchungen. Sogar in Dalkey sind sie neulich gewesen; sie glaubten, Michael Collins hielte sich in einem der Häuser versteckt, aber sie haben nichts gefunden."

Am Reisetag setzte sich Kitty in den Einspänner und fuhr eigenhändig zum Bahnhof. In letzter Zeit kutschierte sie öfter mal und fand Gefallen daran.

Traurig ragten die angeschwärzten Schornsteine von Haus Tubbercullen über die Bäume hinaus. Keine anheimelnde Rauchspirale drehte sich empor. Öde Mauern umgaben sie. Niemand würde das ausgebrannte Haus je wieder aufbauen. Wem mochte die Domäne jetzt gehören? Daß er in eine schwarze Ruine zurückkehren werde, hatte Paul im Schützengraben geträumt. Nur allzu deutlich erinnerte sich Kitty des Tages, als er es ihr erzählt hatte. Sie kam an der Stelle vorbei, wo sie gestürzt und in seinen Armen zu sich gekommen war.

„O Paul", flüsterte sie. „Was war geschehen? Warum hattest du dich so verändert? Warum hattest du dich abgekapselt? Solange ich das nicht weiß, werde ich keine Ruhe finden."

Mit dem Handgelenk wischte sie die Tränen fort, die ihr die Wangen kühlten. Ich scheine dazu verurteilt zu sein, alle meine Tage mit Tränen zu verbringen, dachte sie zornig. Geh zum Teufel, Paul Stratton! Für wen du dich auch gehalten hast, du hattest kein Recht, mein Leben zu zerstören. Doch bei dem Gedanken, daß dieser brillante und charmante Mann für immer in der Hölle säße, schnürte es ihr die Kehle zu.

Gott, erhöre mich. Überlaß mich dem Teufel statt seiner. Verdamme mich, wenn Du es tun mußt. Nur rette ihn. Rette ihn!

Dann fiel ihr ein, daß auch die Irrlehre von der Verdammnis der Protestanten zu dem Unsinn gehörte, gegen den sie rebelliert hatte. Sie putzte sich die Nase und versuchte sich zu fassen. Da sie noch nicht die Hälfte des Weges zurückgelegt hatte, hoffte sie, daß der Wind ihr Gesicht aufgefrischt habe, wenn sie den Bahnhof erreichte.

Mary war in Blau gekleidet. Die Farbe stand ihr. Sie küßte Kitty. „Du hast geweint", sagte sie vorwurfsvoll.

Kitty schüttelte lächelnd den Kopf. „Ich freue mich, dich zu sehen, Mary . . . Paul ist tot!" Sie riß die Augen auf, um die Tränen zurückzuhalten.

Der Stationsvorsteher stieß einen Pfiff aus und schwenkte die grüne Flagge. Die Lokomotive hustete eine rußige Wolke in die Baumkronen und schnaufte. Die beiden Frauen trafen Anstalten, die Haltestelle zu verlassen.

Billy Kelleher tippte sich an die Mütze, als sie vorübergingen. „Tag Ihnen, Ma'am."

„Tag, Billy."

Mary kletterte in den Einspänner. Kitty folgte und legte ihr die Reisedecke auf die Knie.

„Meinst du, ich bin neunzig? Wir haben Juli!"

Kitty lächelte.

Sie hat sich verändert, dachte Mary, sie ist stiller geworden, gesetzter. „Immer noch gertenschlank", stellte sie fest.

„Nicht mehr lange."

Mary zog die Augenbrauen hoch und blickte Kitty neugierig an.

„Ich bin schwanger", sagte sie.

„Freust du dich?"

„Ja."

Eine unausgesprochene Frage schwebte in der Luft.

„Ich bin mir nicht sicher, wer der Vater ist", sagte Kitty und schaute ihrer Freundin fest in die Augen.

Mary sah schnell weg, aber es entging Kitty nicht, wie betroffen sie war.

„Na, ich hoffe, daß du diesmal durchhältst."

„Keine Angst. Ich fühle mich ganz fit, und im nächsten Halbjahr gebe ich keinen Unterricht. Die Schule ist abgebrannt, wie du weißt, aber Leonard glaubt, daß er in unserer Scheune ein Provisorium einrichten kann. Mich betrifft es nicht. Ich werde verhätschelt."

„Wird auch Zeit."

Im Norden türmten sich graue Wolken.

„Wir kriegen Regen“, bemerkte Kitty und ließ die Zügel auf den Rücken des Pferdes klatschen, das in Trab fiel und die Stränge mit dem Schwanz peitschte.

Als die Schornsteine von Haus Tubbercullen ins Blickfeld kamen, deutete Kitty hinüber und erzählte Mary, was geschehen war.

„Die Zeitungen haben kurz darüber berichtet“, sagte Mary. „Es hieß, die IRA leugne, für den Brand verantwortlich zu sein, und die Haushälterin habe beteuert, daß in jener Nacht keine Mitglieder der Organisation dort gewesen seien. Also müssen wohl die Braunen das Feuer gelegt haben. Es tut mir ja so leid, Kit, und die Sache mit Paul – schrecklich!“

Kitty erwiderte nichts. Doch nach einer Weile sagte sie: „Richtig! Natürlich! Die Haushälterin. Mrs. Devine!“

Mary blickte sie neugierig an. „Was ist mit ihr?“

„Weißt du, Mary, sie ist der einzige Mensch, der mir sagen kann, was in jener Nacht wirklich passiert ist. Daß ich nicht vorher darauf gekommen bin.“

„Willst du zu ihr?“ fragte Mary und stellte bedrückt fest, daß Kitty noch nicht über den Berg war.

Kittys Miene belebte sich. „Morgen, Mary – wenn es dir recht ist.“

Kapitel 24

Am nächsten Morgen erfuhr Kitty vorm Pförtnerhäuschen von Mrs. Mooney, daß Mrs. Devine neuerdings bei ihrer verheirateten Nichte in der Gemeinde Balladerry lebe, rund zehn Meilen von Tubbercullen entfernt. Während sie mit Mary heimwärts radelte, überlegte sie, was sie tun sollte.

„Ich würde lieber ohne dich hinfahren, Mary, weil die Frau dann gesprächiger wäre. Ist es schrecklich schlimm, wenn du heute nachmittag allein bleibst? Ich muß einfach herauskriegen, was in jener Nacht passierte, und je länger ich warte, desto geringer ist die Aussicht, daß ich etwas erreiche."

„Du kannst sie besuchen, wenn du den Wagen nimmst", sagte Mary. „Mit dem Fahrrad legst du die lange Strecke nicht zurück."

„Einverstanden."

„Ob Leonard etwas dagegen hat?"

„Keine Ahnung. Er ist nicht da. Was kann er also erwarten? Er ist wieder zu Frank Ledwich gegangen."

„Soll ich ihm sagen, wo du bist, wenn er vor dir nach Hause kommt?"

„Selbstverständlich."

Kitty nahm ihren Regenmantel und eine warme Strickjacke mit. Der Himmel war bedeckt und der Wind kühl. Balladerry lag im Norden, so daß sie nicht die Hauptstraße zu benutzen brauchte. Statt dessen wandte sie sich gleich nach rechts. Ihrer Freundin, die das Tor schloß, winkte sie einen Abschiedsgruß zu. Sie fuhr in Richtung der ehemaligen Schule. Ihr Weg führte sie an den Überresten des Murrayschen Häuschens vorbei. Niemand hatte das Grundstück wieder betreten. Wer wohl die Farm jetzt betreiben mochte? Den Gerüchten nach hatte Mrs. Murray keine Angehörigen hinterlassen, von einigen entfernten Verwandten in Clare abgesehen. Falls die geerbt hatten, würden sie vermutlich verkaufen.

Sie passierte das zerstörte Schulgebäude. Am Vordergiebel ragten noch ein paar verkohlte Sparren in die Luft. Wahrscheinlich würde die Regierung den Wiederaufbau beschließen – möglicherweise die neue Regierung, die irische. Das muß man sich einmal vorstellen, dachte sie, daß wir bald unsere eigene Demokratie in einem freien, unabhängigen Irland haben werden. Doch vielleicht war es allzu kühn, sich dies zu erhoffen. Die Briten schickten mehr und mehr Schwarzbraune. Außerdem hatten sie kürzlich eine neue Truppe geschaffen, die sogenannten Hilfskräfte. Doch hatte sich in der kurzen Zeitspanne seit ihrer Ankunft so ziemlich alles grundlegend gewandelt – ob zum Guten oder Schlechten, das blieb abzuwarten. Und die Menschen hatten sich verändert: Leonard, fast konnte man von einer Metamorphose seiner Persönlichkeit sprechen. Sie selbst hatte sich verändert, wenngleich sie noch nicht wußte, in wie mannigfacher Hinsicht; doch nichts würde sie mehr verängstigen oder kopfscheu machen. Die Dorfbewohner hatten sich verändert; Stolz und Entschlossenheit waren an die Stelle griesgrämiger Resignation getreten. Auch das Land hatte sich verändert. Die geschwärzten Mauerreste einstiger Steinhäuser und ausgebrannte Bauernhäuschen verunstalteten die Erde. Es war die alte Wechselbalggeschichte: Mißgebildete Säuglinge, die von bösen Geistern gegen die richtigen Kinder ausgewechselt wurden. Ja, Wechselbälge waren sie alle, das Land, Leonard, sie selbst, Eileen; nie wieder würden sie die alten sein.

Der Farmer, mit dem die Nichte von Mrs. Devine verheiratet war, besaß fünfzig Acres Land und ein kleines strohgedecktes Häuschen. Drei schmuddelige Kinder spielten auf dem Hof, als sich Kitty dem Tor näherte. Sie hielten inne und guckten sie neugierig an; dann, als Kitty ausstieg, sausten sie ins Häuschen und brüllten nach ihrer Mutter.

Kitty band das Pferd am Torpfosten fest, und der Gaul machte sich sogleich über das lange Gras im Graben her.

Mrs. Devine kam der Besucherin entgegen. Sie trug ein altes, schwarzes Kleid und war stark gealtert.

„Mrs. Delaney!"

„Ich wollte zu Ihnen, Mrs. Devine. Ich würde mich sehr

gern mit Ihnen unterhalten. Ich wäre Ihnen sehr dankbar, wenn Sie mir ein wenig von Ihrer Zeit opfern könnten."

Die Augen der Frau füllten sich mit Tränen. „Zeit habe ich jetzt überreichlich, Ma'am. Ich hätte Sie schon selbst aufgesucht, Ma'am, aber ich kann nicht mehr radfahren. Kommen Sie herein. Ich will Brigid bitten, uns eine Tasse Tee zu brühen."

Zehn Minuten später nippte Kitty Tee in dem Wohnzimmer, einem finsteren, muffigen kleinen Raum gleich neben der Küche, der den Eindruck machte, daß er nie benutzt wurde. An der Wand hing ein verblichenes, braunes Foto, das einen Mann und eine Frau darstellte, und zwei Porzellanhunde zierten den Kaminsims. Bei dem Fensterchen stand eine alte Roßhaarliege; ein Büschel der Polsterung lugte aus einer aufgeplatzten Kante hervor. Eine kleine Anrichte füllte die Nische neben dem Kamin. Ein Baum vor dem Fenster sorgte dafür, daß kaum Licht hereindrang.

Kitty nahm ein Stück Kümmelkuchen an und überlegte, wie sie beginnen sollte. „Was ich Sie fragen wollte . . . Wie war das mit Haus Tubbercullen und Mr. Stratton, Mrs. Devine? Ich würde gern die Wahrheit wissen."

„Ich meine, Sie haben wahrscheinlich ein Recht zu erfahren, was sich zugetragen hat. Es ist eine lange Geschichte, die weit in die Vergangenheit zurückreicht."

Kitty ließ den heißen Tee durch die Kehle rinnen und wartete.

„Ich habe wohl den größten Teil meines Lebens im Haus Tubbercullen verbracht und dort gearbeitet", begann Mrs. Devine ihren Bericht. „Während meiner Kindheit war mein Vater als Wildhüter bei den Strattons angestellt. Sie unterhielten damals eine große Dienerschar und bekamen oft Besuch, kleine Adlige aus Dublin und so. Ich habe als Zimmermädchen angefangen und wurde schließlich Kammerzofe von Mrs. Stratton, Master Pauls Mutter. Sie war eine wirkliche Schönheit, manche sagen, die schönste Frau westlich des Shannon, goldhaarig, blauäugig, wie eine Gestalt aus einem Märchenbuch. Sie besaß kostbare Kleider und herrlichen Schmuck, und ihr Mann liebte sie, verehrte sie. Sie war auch ganz nett, solange man tat, was sie verlangte, aber sie hatte immer ihren eigenen Kopf."

Die Haushälterin machte eine Pause, sah Kitty an und nickte zu ihren Erinnerungen. Dann heftete sie den Blick auf den leeren Kamin.

„Etwa sechs Monate nach der Hochzeit war sie in anderen Umständen, sehr zur Freude von Master Stratton. Ich entsinne mich, Ma'am, daß er summend durchs Haus lief, nachdem er die Neuigkeit erfahren hatte. Sie machen sich keine Vorstellung, wie besorgt er um sie war. Er wollte sie nicht ins Freie lassen, wenn sie nicht entsprechend angepummelt war. Immer hieß es", – hier verwendete Mrs. Devine ein Aussprache, die sie für aristokratisch hielt – „‚Annabelle, meine Liebe' und ‚Annabelle, Liebste', und ihr gefiel das Scharwenzeln recht gut, daran kann es keine Zweifel geben. Sie war in vieler Hinsicht eine verwöhnte Frau und verstand es, einen Mann um den Finger zu wickeln, zumal einen, der rund zwanzig Jahre älter war als sie. Jedenfalls nahte der Tag, an dem das Baby geboren werden sollte. Ein Arzt war anwesend, man hatte ihn eigens aus Dublin kommen lassen, aber das eigensinnige Baby ließ auf sich warten. Es war Juni, wie ich mich erinnere, die Rosen blühten prächtig im Garten, und heiß."

Mrs. Devine trank einige Schluck Tee und hielt die Tasse linkisch-vornehm am Henkel, den kleinen Finger gekrümmt. „Ellie", sagte sie zu mir, „dieses Baby wird allmählich zur Plage. Glaubst du, daß es sich je entschließen kann, geboren zu werden?"

Mrs. Devine verfiel wieder in ihren irischen Dialekt. „Sie lachte noch darüber, das arme, junge Ding."

Die Haushälterin schnitt Kitty ein zweites Stück Kümmelkuchen ab und schenkte Tee nach. Eins der Kinder schrie im Hof und beschwerte sich mit hoher Stimme, „schrecklich gehauen" worden zu sein. Die Mutter versprach der Empfängerin der Prügel, „ihr die Hammelbeine langziehen" zu wollen, falls „sie nicht die Klappe" halte.

„Nun ja, der Doktor blieb im Haus, ein spindeldürres Männchen mit gewaltigem Backenbart. Eines Abends hörte ich, wie er dem Master nach dem Essen mitteilte, daß nicht ein, sondern zwei Kinder unterwegs waren. Sein Gesicht hätten Sie sehen sollen. Mein Herr verschüttete beinah seinen Portwein. Ich half am Tisch, weil das Stubenmädchen krank war. Sie erinnern sich an die Pfeiler im hinteren Teil des Speisezimmers, Ma'am? Das Büfett stand damals dazwischen, Ma'am, und ich hantierte dort. Auch am nächsten Tag war noch nichts passiert. Gegen acht ging ich zu ihr ins Zimmer, und sie litt leichte Schmerzen. Das Baby sei unterwegs, sagte sie ängstlich. ‚Schnell raus', herrschte mich der Master an, ‚bestell dem verflixten Doktor, daß er sich beeilen soll!' Er trug seinen braunen Samtmorgenrock und zappelte wie ein Aal in der Pfanne. Nachdem ich den Arzt geholt hatte, lief ich in die Küche und erzählte der Köchin und dem Küchenmädchen Edna, daß die Sache allmählich in Gang kam. ‚Ja dann – Gott steh ihr bei', sagte die Köchin und bekreuzigte sich, und Edna und ich taten das geiche. Der Tag schleppte sich hin. Im Haus war es totenstill. Die Mägde schlichen umher, der Master saß in der Bibliothek; aber nach einer Weile hörten wir das Stöhnen, und der Master griff zum Whisky. Der Butler meldete ihm, das Mittagessen sei fertig, und wurde mit Gebrüll hinausgejagt. Danach wagte sich niemand mehr in seine Nähe. Das Stöhnen dauerte den ganzen Abend an. Es wurde tiefer und lauter, und irgendwann in der Nacht begannen die Schmerzensschreie. Zweimal brachte ich frische Handtücher und heißes Wasser hinein. Das arme Ding wälzte sich und schlug um sich wie ein Hengst in seiner Box. Ich betete für sie, das kann ich Ihnen sagen, und das machten wir alle. Am Morgen wurden die Kinder geboren, rot und schrumplig, ein Junge und ein Mädchen. Die Wiegen für sie waren fertig, dafür hatte ich gesorgt. Ich sollte die beiden unter die Fittiche nehmen und war stolz wie ein Pfau. Auch um eine Amme hatte ich mich bemüht; sie konnte jederzeit gerufen werden. Und anderes mehr. Die Herrin schlief gleich nach der Entbindung ein, weiß wie ihr Kissen, und der Herr saß neben ihr, hielt ihre Hand und nickte vor sich hin, und seine Augen waren schrecklich rot."

Mrs. Devine machte eine Pause, schüttelte den Kopf und wischte eine Träne mit dem Knöchel des Daumens fort. „Es waren großartige Kinder, aber ihre arme Mutter starb nach etwa vier Tagen. Sie kriegte Fieber, und die Temperatur stieg und stieg. Der Modearzt war nach Dublin abgereist. Es brachte den Master fast um den Verstand. Er ließ Doktor Kelly holen, den Vater unsres jetzigen Doktors Kelly, wissen Sie, Ma'am. Er war ein tüchtiger Arzt, aber er sagte, er könnte da nichts machen, das Fieber müßte seinen Lauf nehmen. Er murmelte etwas von ‚Sepsis' oder so ähnlich und schüttelte den Kopf. Nun ja, als man sie begraben hatte, verfiel der Master dem Trunk. Einige vom Personal verließen uns, und es wurde sehr still. Die Kinder gediehen prächtig, die kleinen Lieben. Sie waren völlig mir überlassen. Ihr Vater bekam sie kaum einmal zu sehen, höchstens sonntags, wenn ich sie zu ihm in die Bibliothek führte. Sie fürchteten sich. Ich glaube, sie hatten immer Angst vor ihm."

Mrs. Devine wischte wieder die Tränen weg. Sie lehnte sich zurück und sah Kitty an. „Ist es nicht komisch, wie schnell die Zeit vergeht, Ma'am? Solange man jung ist, bildet man sich ein, daß es immer so bleiben wird. Ich will nicht behaupten, daß ich damals blutjung war. Als die Zwillinge geboren wurden, war ich fünfunddreißig und schon verwitwet, aber mir ist, als ob das gestern gewesen wäre."

Sie legte eine Pause ein, räusperte sich und fuhr fort. „Manchmal denke ich, das Leben ist wie ein Bild, das an der Wand hängt. Darauf bewegt sich nichts; alles bleibt, wie es war, bis es eines Tages abgenommen und durch ein neues ersetzt wird. Ist das Leben nicht auch ein bißchen so, Ma'am? Für eine ganze Weile bleibt alles beim alten, und dann verändert sich plötzlich so viel, daß man sich schwer vorstellen kann, daß es immer noch das gleiche Leben ist."

Kitty nickte und wünschte sich, daß Mrs. Devine fortfahren würde. Die Erzählung faszinierte sie. Es war, als ob ein Buch aufgeschlagen wurde. Den Modergeruch bemerkte sie nicht mehr. Auf dem Hof klapperte ein Eimer. Das Geschrei des empörten Kindes war verstummt.

„Ja, also um es kurz zu machen – der Master lud sich oft Gesellschaft ein, holte sich Freunde zum Kartenspielen ins Haus und zechte immer schwerer und spielte immer häufiger. Manchmal war er nach so einem Abend in Höchststimmung, meistens aber unausstehlich. Er verkaufte Pferde, entließ fast das gesamte Personal, und mit dem Haushalt ging es abwärts. Die Kinder hatten niemanden, zu dem sie gehen konnten, Ma'am, höchstens zueinander und zu mir – das heißt, bis sie sieben Jahre alt waren und der Master eine Gouvernante einstellte, Miss Pratt, die sie in Lesen, Schreiben, Arithmetik und Zeichnen unterrichtete. Im Lesen hatte ich ihnen schon einiges beigebracht – ich kann ganz gut lesen", fügte sie hinzu und warf Kitty einen Blick zu, um zu sehen, ob sie beeindruckt war.

„Sie lernten recht gern", fuhr sie nach einer Weile fort, „besonders Miss Sarah, die den Unterricht anziehend fand wie eine Ente das Wasser. Ein spaßiges, kleines Dingelchen war sie. Alles machten die beiden gemeinsam. Sie waren ein Herz und eine Seele."

Sie weinte wieder, schnüffelte und rieb sich die Wangen trocken. „Nun ja, Miss Pratt blieb bei uns, obwohl ich es nicht für möglich gehalten hätte, um Ihnen die reine Wahrheit zu sagen. Offenbar gefiel es ihr, daß es im Haus so still war und sie tun und lassen konnte, was sie wollte, weil ja keine Missus da war, verstehen Sie, um sie zu bevormunden. Dem Master ging sie stets aus dem Weg, aber das machten wir alle soweit wie möglich. Außerdem hielt er sich viel in Dublin auf. Es war traurig, ansehen zu müssen, daß er sich um die Kinder nicht kümmerte. Einmal ging er aus und traf sie auf dem Fahrweg, wo sie spielten. ‚Wo ist eure verdammte Gouvernante?' fuhr er sie an. ‚Geht sofort zum Unterricht!' – ‚Ja, Sir', sagte Master Paul, und sie entfernten sich sittsam, bis sie um die Ecke des Hauses gebogen waren. Dann wollten sie sich vor Lachen ausschütten und liefen in den Wald. Ja, sie wuchsen wild auf, daran kann es keinen Zweifel geben. Der Butler hatte uns schon verlassen. Ein einziges Dienstmädchen war noch da, außerdem die Köchin und der Stallbursche. Als Miss Pratt gekommen war, hatte mich der Master gebeten, den Haushalt zu übernehmen. Zwei Pferde waren übrig geblieben, abgesehen von den Ponys der Kinder. Wenn der Herr außerhalb war, ritten sie wie die Teufel."

Mrs. Devine hielt inne, sie lächelte verklärt. „Der junge Paul kam manchmal die Küchentreppe hochgeritten, was die Köchin zur Raserei brachte. Dem Pferdchen gefiel die Sache anscheinend auch nicht, wenn ich daran denke, wie es die Augen rollte. Jedenfalls, als die Kinder etwa zwölf waren, kam ihre Großmutter aus England auf Besuch. Im Spätsommer traf sie ein, als der Master zu Hause war. Man merkte ihm an, daß er sie nicht erwartet hatte und von ihrem Anblick nicht entzückt war. Sie war seine Schwiegermutter und hatte den größten Teil ihres Lebens mit Reisen durch Italien und Frankreich und viele fremde Orte verbracht. Gleich am ersten Tag nach ihrer Ankunft hatten sie und der Master eine Auseinandersetzung in der Bibliothek. Annie, die gerade die Diele wischte, hörte sie sagen, er solle sich zusammenreißen, sein Haus wäre dem Verfallen nahe, und seine Kinder wüchsen wie die Wilden auf."

Mrs. Devine wählte wieder die vornehme Aussprache, die sie gebraucht hatte, als von Annabelle die Rede gewesen war. „‚Diese Pratt, diese nichtsnutzige Person, muß gehen', sagte sie. ‚Ich werde Sarah mit nach England nehmen und mich um ihre Erziehung kümmern.' Annie meinte, der Master hätte sie dann angebrüllt, sie eine alte Schachtel genannt, die ihre Nase in fremde Angelegenheiten stecke, danach wäre sie knallrot aus der Bibliothek gestürzt und hätte ihrer Zofe befohlen, unverzüglich zu packen. Doch kaum war sie abgereist, ließ der Master seine Kinder kommen, und Master Paul erzählte mir später unter Tränen, daß er nach England geschickt werden sollte, auf eine Schule mit einem komischen Namen. Vorher sei Sarah aufgefordert worden, bei ihrer Großmutter zu leben, und habe freiweg erklärt, lieber sterben zu wollen. Miss Pratt wurde entlassen, eine andere Gouvernante für Miss Sarah eingestellt, und Master Paul fuhr im September zu seiner englischen Schule. Am Tag der Abreise goß es in Strömen, und sein Gesichtchen war ganz rot vom Heulen, und das seiner Schwester ebenfalls. Sie rannte hinter der Kutsche her, und er drehte sich fortwährend zu ihr um, und ich mußte in den strömenden Regen raus, um sie zu holen. Sie war naß bis auf die Haut, aber zu schelten wäre sinnlos gewesen. Ich rieb sie trocken und steckte sie ins Bett, wo sie stundenlang mit Schüttelfrost zubrachte, und das ganze heiße Wasser, das ich heranschleppte, änderte nichts daran."

Mrs. Devine schüttelte den Kopf. Ein entrückter Ausdruck lag in ihren Augen. „Ein anderes Kind hätte sich an mich geklammert, wenn es so fassungslos gewesen wäre,

Ma'am, aber nicht Miss Sarah. Sie zog sich in sich selbst zurück, in ihr tiefstes, verborgenes Inneres, und es gab nichts, was ich hätte tun können. Sie klapperte mit den Zähnen und krallte die Finger ins Kissen. Danach war sie auffallend ruhig. Im Unterricht machte sie alles, was die Gouvernante verlangte, und sie lernte sehr gut, aber sie magerte erschreckend ab. Die neue Erzieherin war eine strenge Frau, Pfarrerswitwe, und ich kann Ihnen sagen, wir hatten alle nichts zu lachen, seitdem sie im Hause war. Doch sie machte sich Sorgen um Miss Sarah, das merkte ich. Sie redete ihr gut zu, versuchte sie zum Lachen zu bringen, und manchmal kaufte sie ihr Schokolade. ‚Vielen Dank, Mrs. Henry', sagte das Mädchen, aber ich habe sie nie Schokolade essen sehen. Ich denke, daß sie sie Annie geschenkt hat."

Mrs. Devine machte eine Pause. „Langweile ich Sie, Ma'am? Ich fasse mich kürzer, wenn Sie möchten, nur es erleichtert mich zu reden, und vielleicht sollten Sie alles wissen, damit Sie die Dinge besser verstehen können."

„Sie langweilen mich überhaupt nicht, Mrs. Devine", beeilte sich Kitty zu versichern. „Fahren Sie bitte fort. Ich bin fasziniert."

„Ja. Wo war ich stehengeblieben? Ich glaube, das nächste, was passierte, war, daß Mrs. Henry für Miss Sarah eine kleine Party gab. Sie wandte sich an drei angesehene Familien, die im Umkreis von zwanzig Meilen wohnten, – die Herberts, die Littles und die Fitzmullens –, und bat die jungen Damen zum Tee. Es war ihre Absicht, Sarah mit einigen Mädchen ihres Alters bekannt zu machen. Die gute Frau dachte dabei an die Zukunft, vermute ich, Ma'am, an die Bälle und Parties, zu denen jemand wie Miss Sarah eingeladen werden könnte. Die Mädchen kamen also, begleitet von ihren Gouvernanten, und saßen wie Wachsfiguren im Salon herum. Sie scheuten sich vor Sarah, die ihnen gegenüber zu höflich, zu kühl auftrat, und verabschiedeten sich so bald wie möglich. ‚Verschonen Sie mich künftig mit solchen Dummköpfen', flüsterte Sarah der armen Mrs. Henry zu, als die Gäste gegangen waren. Mrs. Henry schien dem Weinen nahe zu sein. Ich glaube, Miss Sarah hat sie leicht schockiert. Sie versuchte nie weider, eine Party auf die Beine zu bringen, und Sarah lehnte sämtliche Einladungen ab. Wenn ihr Vater unterwegs war, verbrachte sie fast die ganze Zeit in der Bibliothek, wo sie von früh bis abends las. Sie war damals vierzehn und wurde allmählich ein junges Mädchen. Dann lief Master Paul von der Schule weg. Es war sein zweiter Ausreißversuch, und sie ließen die Familie wissen, daß sie ihn nicht wieder aufnehmen würden. In einem fürchterlichen Zustand traf er zu Hause ein, verschmutzt und hungrig, aber Sie machen sich keinen Begriff, wie entzückt Miss Sarah war. Ihre Augen blitzten, sie küßte und umarmte ihn und lachte und weinte zugleich. Mrs. Henry benachrichtete den Master, der Paul gleich nach dem Eintreffen eine Tracht mit der Reitpeitsche verabreichte. ‚Keiner will dich jetzt mehr haben, du törichter Kindskopf!' schimpfte er, aber das war genau das, was der Junge hören wollte.

Kurze Zeit, nachdem Paul angekommen war, reiste Mrs. Henry ab. Sie habe sich woanders eine Stelle gesucht, sagte sie, bei einer Familie, in der es ordentlich zugehe. Der Master holte einen Lehrer ins Haus, der seinen Sohn unterrichten sollte, und als er nach Dublin zurückgekehrt war, besuchte auch Miss Sarah die Stunden des Bruders.

Der Lehrer war ein junger Mann namens Edward Dwyer, ein hochgewachsener, schlanker Bursche mit schwarzen Haaren und tiefliegenden, blauen Augen. Er war etwas schüchtern, verbrachte die ganze Zeit damit, die Zwillinge zu unterrichten oder zu lesen, verstand aber eine Menge von Griechisch und Latein und englischer Literatur und Mathematik. Dabei hatte er auch einen Blick für ein hübsches Mädchen. Ich bemerkte wohl, wie er Sarah nachschaute, und ich hätte es gern dem Master gesagt, doch die Angst vor ihm war zu groß.

Der Unterricht ging also weiter. Der Lehrer staunte, wie beschlagen Miss Sarah in Literatur und griechischen Geschichten war, und Latein und Griechisch flogen ihr nur so zu. Wenn der junge Paul ausritt oder am See angelte, traf ich Lehrer und Schülerin in der Bibliothek an, wo sie sich mit einem Buch beschäftigten oder er ihr etwas erklärte und sie zuhörte und ihm anschließend sagte, wie sie dachte, so daß zum Schluß jeder seine Meinung vertrat. Als sie älter wurde, waren sie merklich zurückhaltend zueinander.

Fast vier Jahre blieb der junge Mann bei den Zwillingen.

Er war ein recht netter, armer Teufel und ein guter Lehrer, aber es entging mir nicht, daß er in Miss Sarah vernarrt war, obwohl ich nicht wüßte, daß er ihr jemals zu nahe getreten wäre – bis zu einem Tag im Mai, etwa einen Monat, bevor sie achtzehn wurde."

Mrs. Devine hörte jäh zu sprechen auf und atmete tief. „Vielleicht sollte ich Ihnen den Rest ein andermal erzählen, Ma'am?"

„Nein, bitte, Mrs. Devine", sagte Kitty leise, „bitte, fahren Sie fort."

„Es wird aber schon spät. Ihr Gatte wird sich Gedanken machen."

„Er weiß, wo ich bin."

Mrs. Devine seufzte. „Also, das Wetter war herrlich. Dem Master ging es sehr schlecht. Er hatte sich schon lange nicht mehr in Dublin herumgedrückt und sah aus wie das Leiden Christi. Der Doktor sagte etwas von einem Leberschaden, was mich nicht wunderte, Ma'am, nicht im geringsten. An dem betreffenden Tag wollte Master Paul einige Pächter aufsuchen, und Miss Sarah und Mr. Dwyer ritten zusammen aus, wie sie es dann und wann schon vorher getan hatten.

Sie blieben lange fort, und als sie zurückkamen, bemerkte ich, daß Miss Sarah stark gerötet und aufgeregt war und daß er zerfahren wirkte.

Master Paul war vor ihnen angekommen. Sie trafen ihn bei den Ställen an und stiegen ab. Durch das offene Fenster konnte ich hören, was gesprochen wurde.

‚Wo zum Teufel seid ihr gewesen?' fragte er sehr zornig, und Miss Sarah preßte die Lippen zusammen, während ihr der Lehrer vom Pferd half.

Ned Dwyer drehte sich ruhig zu Master Paul um, aber die Art, wie er mit den Zügeln spielte, verriet mir, daß er nervös war. ‚Sarah und ich lieben uns', sagte er. ‚Wir wollen heiraten.'

Master Paul starrte ihn an. ‚Das ist eine gottverdammte Unverschämtheit!' entgegnete er drohend und streckte den armen Kerl mit einem Faustschlag zu Boden.

Das Pferd warf den Kopf zurück und tänzelte zur Seite, und Miss Sarah, die scheinbar unbeteiligt ihre Kleidung glattgestrichen hatte, kniete auf dem Pflaster. ‚Ned, Ned, bist du verletzt?‘ fragte sie besorgt, hob den Blick zu ihrem Bruder, und ihre Augen funkelten. ‚Das verzeihe ich dir nie‘, sagte sie, ‚mein ganzes Leben nicht!‘ Ihre Stimme klang so drohend, wie seine geklungen hatte.

Mr. Dwyer rappelte sich hoch. Er hatte eine Platzwunde an der Lippe, aber sonst war ihm nichts anzumerken, und Paul führte die Schwester am Arm ins Haus, wo er sich bei seinem Vater über den Lehrer beschwerte. Am nächsten Tag reiste der junge Mann ab, fristlos entlassen, aber mit einem Monatsgehalt versehen. Er kam zu mir in die Küche, um sich zu verabschieden, und ich habe noch keinen Menschen gesehen, der stärker erschüttert gewesen wäre. Er ballte nervös die Fäuste und war weiß wie die Wand. ‚Ich verehre sie, Mrs. Devine. Man kann uns nicht trennen. Ich komme wieder.‘

Master Paul versuchte den Sommer über, seine Schwester zu zerstreuen, sie abzulenken, aber Miss Sarah gehörte nie zu denen, die etwas vergessen.“

Mrs. Devine bewegte krampfhaft die Hand, streckte die Finger und krümmte sie. „Nun ja, als es Winter wurde, war zu sehen, daß sie ein Kind erwartete. Wenigstens blieb es mir nicht verborgen, denn ich mußte alle ihre Kleider weiter machen. Sie gestand es mir dann und war dabei die Ruhe selbst.

Annie war nach Amerika ausgewandert. So gab es außer mir keine Angestellte mehr im Haus, was auch recht war, Ma’am, wenn man bedenkt, wie die Leute tratschen können.“

Sie blickte Kitty bedeutsam an und schien ausdrücken zu wollen, daß sie über Eileen Bescheid wußte. „Freilich war da noch der Stallbursche“, fuhr sie fort, „aber der kriegte sie nie mehr zu sehen, weil sie das Reiten aufgegeben hatte und immer drin blieb. Außerdem war der Kerl fast ständig betrunken.

Hin und wieder ging sie zu ihrem Vater. Bei ihm war es immer ziemlich finster. Nur die Leselampe brannte, wenn er die Bibel studierte, was er jetzt häufig tat, und er machte sich kaum die Mühe, das Mädchen anzuschauen.

Natürlich trafen Briefe von Mr. Dwyer ein. Die nahm sie mit in ihr Zimmer.“ Mrs. Devine schwieg und schürzte die Lippen.

„Hat sie ihm nicht geschrieben, in welchem Zustand sie sich befand?“ fragte Kitty.

„Oh, geschrieben hat sie, ich habe ja die Briefe im Dorf aufgegeben, und ob sie ihm reinen Wein eingeschenkt hat, ja, danach habe ich sie auch gefragt, und sie hat nein gesagt. Wenn er sie heiraten wolle, dann solle er es aus Liebe tun, nicht aus irgendeinem andern Grund.

‚Er hat eine Stelle als Lehrer an einem Knabeninternat, Ellie‘, verkündete sie eines Tages und strahlte über das ganze Gesicht. ‚Es ist ein Probejahr, danach können wir heiraten.‘

Sie war so glücklich, das arme, kleine, tapfere Ding.

Ich wußte nicht, wie ich mich verhalten sollte, Ma'am, das ist die Wahrheit. Sollte ich Master Paul informieren? Er war zu seinem College nach Sandhurst in England gefahren. Doch schließlich – was konnte er tun? Als er Weihnachten kam und sie sah, wurde er grau wie Haferbrei. Tagelang nahm er keinen Bissen zu sich und betrachtete entsetzt seine Schwester. Sie machte gute Miene zum bösen Spiel, war heiter und fröhlich, obwohl sie am ersten Feiertag vorgab, Kopfschmerzen zu haben und in ihrem Zimmer blieb. Der Vater hatte sich nämlich entschlossen, zum Essen hinunterzukommen.

Master Paul hätte im Januar nach Sandhurst zurückkehren müssen, aber er blieb länger zu Hause. Er schrieb an Mr. Dwyer. Ich hatte ihm die Adresse gegeben. Seine Schwester sagte zwar, er solle es nicht tun, weil sie auf jeden Fall im Herbst heiraten würden, doch er hatte seinen Kopf für sich.

Das Kind kam in der zweiten Januarwoche an – ein Frühchen. Es war eine schwierige Geburt, aber ich hatte Mrs. Finnerty geholt – zum Glück, denn der Master hatte gemerkt, daß etwas im Gange war, und stürzte wie ein Besessener herein. Sie beruhigte ihn, aber letzten Endes lief es so ziemlich auf das gleiche hinaus, Ma'am.“

Mrs. Devine wischte sich die Augen und sah Kitty ernst an. „Geben Sie mir Ihr Wort, daß Sie keiner Menschenseele jemals den Rest der Geschichte preisgeben?“

Eine Gänsehaut kroch Kitty den Rücken hinauf. Sie hob die rechte Hand und legte sie aufs Herz. „Ich verspreche es.“

„Nun gut, am Morgen nach der Entbindung stand kein anderer als Mr. Dwyer vor mir in der Küchentür. Er war vom Regen völlig durchnäßt und ganz steif gefroren.

‚Ist sie gesund, Mrs. Devine?' fragte er.

Ich konnte ihm nicht böse sein, Ma'am. Er war zu sehr durcheinander, und man sah ihm an, wie sehr er sie liebte.

‚Wir werden unverzüglich heiraten, Mrs. Devine', sagte er, als ich ihm die Neuigkeit mitgeteilt hatte. ‚Falls sie mich noch haben will.'

Ich sorgte dafür, daß er den Mantel ablegte und die Schuhe auszog und schickte ihn zu ihr nach oben. Am Zimmer des Hausherrn solle er sich vorbeischleichen, schärfte ich ihm ein. Doch da ich ihm von der Küchentür aus nachschaute, sah ich, daß er zwei Stufen auf einmal nahm. Ich hätte heulen können vor Angst um das arme, kleine Ding, Ma'am, aber es war richtig, die Tränen für später aufzuheben, denn was dann folgte, war so gräßlich, daß ich mich nicht daran erinnern möchte."

Sie verstummte, lehnte sich nach vorn und stützte den Kopf in die Hände.

Kitty wartete. „Was geschah denn?" fragte sie gespannt.

Mrs. Devine gab einen langen, verhaltenen Seufzer von sich. Ihre Stimme war leise, fast unhörbar. „Wenige Minuten später krachte ein Schuß, und der Schrei von Mrs. Sarah schallte durch das Haus. Ich lief zur Diele, und Master Paul stürzte aus der Bibliothek und stürmte wie ein Windhund die Treppe hoch. ‚Sarah!' brüllte er. ‚Sarah . . .' Ich rannte hinterher, so rasch mich meine Beine trugen, und dort, in ihrem Zimmer, lag Ned Dwyer. Er blutete aus der Brust, und der Master schrie etwas von Hurerei und richtete mit zitternden Händen eine Schrotflinte auf Miss Sarah, die sich über Mr. Dwyer beugte und die Blutung zu stillen suchte. Dann sah ich, wie Master Paul einen Satz nach vorn machte, sah, wie er nach dem Gewehr griff. Es gab einen kurzen Kampf, und ein Schuß löste sich. Der alte Mann kippte hintenüber und rührte sich nicht mehr. Seine Augen waren starr auf die Decke gerichtet. Die halbe Stirn hatte es ihm weggerissen. Es war alles so schnell gegangen, Ma'am, daß ich zu träumen glaubte. Das Baby plärrte in der Wiege. Miss Sarah lag quer über ihrem Ned, die Hände und das Nachthemd waren völlig mit Blut beschmiert. Ihr Bruder kniete neben dem Master und wisperte: ‚Vater – Vater ... O bitte, Vater ...‘ Und im Kamin züngelten die Flammen zum Schornstein hoch, als ob nichts geschehen wäre. Und plötzlich hörte das Baby zu plärren auf, und eine grausige Stille herrschte im Zimmer. Ich stand da, Ma'am, unfähig, mich zu regen ...“

Kitty sah sich benommen in dem schäbigen, kleinen Wohnzimmer mit den Porzellanhunden und den vergilbten Fotos um, diesen Zeugnissen ehrenwerter Armut und Anspruchslosigkeit, und kam nur langsam zu sich. Sie wußte nun, wessen Skelette man im See gefunden hatte, und Mrs. Devine berichtete, wie sie die beiden Leichen in der Nacht mit Ketten vom Kornboden beschwert und im Wasser versenkt, wie sie das Pferd des alten Mannes gesattelt und in den Wald getrieben hatten, und sie erwähnte die Gerüchte, die aufgekommen waren, nachdem das reiterlose Pferd am Morgen den Heimweg gefunden hatte. (Hatte Leonard nicht gesagt, daß der alte Stratton verschwunden war?) Und zum Schluß erzählte Mrs. Devine, wie Paul mit seiner Schwester nach London gefahren war und Pflegeeltern für das Kind gesucht hatte.

„Sie hat geheiratet – Sarah meine ich?“ half Kitty nach, als ihr Mrs. Devine zu lange schwieg.

Mrs. Devine nickte. „Ja, einen Major Chandler Greene, einen alten Knaben von fünfzig, der in Indien stationiert war. Ein mächtiger Koloß muß das gewesen sein, seinem Bild nach zu urteilen. Er nahm das arme Mädchen mit, und Master Paul ging zur Armee. Dann begann der Krieg. Gelegentlich schrieb er mir und schickte Geld, aber wiedergesehen habe ich ihn erst im letzten Frühjahr, als er nach Hause zurückkehrte. Danach kam der arme, kleine Jeremy an, und Master Paul kehrte im Kinderzimmer das Unterste zuoberst und kramte seine alten Zinnsoldaten und anderes Spielzeug hervor. Als ich hörte, Miss Sarah kehre aus Indien heim, war mir klar, daß sie es arrangiert hatten, damit sie ihr Söhnchen sehen konnte, aber wie Sie wissen, starb der Kleine, und sie streifte in der Nacht allein umher, und auch den Rest kennen Sie.“

Mrs. Devine lehnte sich zurück. Sie war offensichtlich erschöpft. Kitty erhob sich, um zu gehen.

„Bleiben Sie noch eine Minute, Ma'am. Ich hätte doch

beinah vergessen ... Ich hab da was für Sie.“ Sie zog ein Schubfach der Anrichte auf und nahm einen versiegelten Umschlag an sich. „Das gab er mir in der Nacht, als das Haus abbrannte. Er holte mich aus dem Bett und sagte mir, die IRA wäre da. Er führte mich zu den Ställen und sperrte mich in eine leere Pferdebox. ‚Hier sind Sie sicher, Elli‘, sagte er. Dann zog er dieses Kuvert aus der Tasche. ‚Geben Sie es Mrs. Delaney, falls sie nachfragen sollte.‘“.

Kitty nahm den Umschlag entgegen und öffnete ihn. Eine silberne Uhrkette und ein Anhänger fielen in ihre Hand. Sie hob das geflügelte Ding hoch, und als sie es umdrehte, sah sie, daß es ein Fabelwesen, ein Phönix, war.

Kapitel 25

Eileen packte ihre Habseligkeiten in die Tasche. Die Decken hatte sie zusammengelegt und die Laken zur schmutzigen Wäsche getan. Damit mußte sich das neue Mädchen befassen, wer immer es sein mochte. Draußen wartete der Master mit dem Einspänner; die Missus, die im Wohnzimmer saß, hatte sie aufgefordert, sich zu verabschieden, ehe sie ging. Die zurückgehaltenen Tränen brannten. Ein letztes Mal ließ sie den Blick durch ihr bescheidenes, kleines Reich schweifen zu der reparierten Jesusfigur auf dem Kaminsims hin, zu dem tickenden Wecker auf dem Nachttisch, dem Korbstuhl, dem Gitter, durch das sie dem Braunen den vergifteten Whisky gereicht hatte. Und in dem Hohlraum hinter der Garderobe war Tommy versteckt gewesen, während sie den Braunen abgelenkt hatte.

Sie sah aus dem Fenster. Dort lag das Gehölz. Gleichmütig plätscherte der Bach dahin. Was jetzt werden sollte, wußte Gott allein. Der Missus würde sie wahrscheinlich niemals wieder begegnen, sie aber immer im Gedächtnis behalten, schön und freundlich, wie sie war. Die Erinnerung an das anmutige Gesicht der Erzherzogin verblaßte allmählich.

„Herein", rief Kitty, als Eileen schüchtern angeklopft hatte, und wunderte sich, wie blaß die Eintretende war. Mitgefühl regte sich in ihr.

„Danke für alles, was Sie für mich getan haben, Ma'am", platzte es aus Eileen heraus. „Ich muß gehen. Der Master wartet auf mich."

Kitty ergriff ihre Hand. „Du warst das beste Mädchen, das ich jemals hatte, Eileen. Es tut mir leid, daß du uns unter diesen Umständen verläßt. Ich wünsche dir alles Gute für dein weiteres Leben." Sie zog zwei Briefumschläge aus der Tasche und gab sie Eileen. „Alle deine fälligen Löhne, dazu eine Kleinigkeit extra. In dem anderen findest du das Zeugnis. Und falls ich irgend etwas für dich tun kann, wenn das – wenn das alles vorüber ist, läßt du es mich hoffentlich wissen."

„Gott segne Sie, Ma'am", flüsterte Eileen. Sie versuchte, ihre Stimme zu beherrschen, doch das gelang ihr nicht. Sie brach in Tränen aus und tupfte ihr Gesicht zornig mit dem Taschentuch ab.

Kitty musterte sie und spürte etwas von ihrem Jammer. „Das Leben ist schwer für uns Frauen, Eileen, aber gib dir Mühe, tapfer zu sein. Am Ende steht Gott auf unserer Seite."

„Eileen schnaufte und putzte sich die Nase. „Ach, wissen Sie, ich halte nicht sehr viel von Gott, Ma'am, um die reine Wahrheit zu sagen. Kennt er denn die Frauen, wenn er ein Mann ist?"

„Überleg mal. Eileen, es sind doch nur die Männer, die das behaupten. Hab also Mut."

Eileen lächelte unter Tränen. „Dann leben Sie wohl, Ma'am, un' falls ich je noch mal bete – bestimmt für Sie."

Kitty beobachtete, wie sie sich zurückzog, und als sich die Tür geschlossen hatte, nahm sie ihren alten Platz wieder ein. Falls ich je noch mal bete, hallte es in ihren Ohren nach. Seltsames Geschöpf. Kannte sie ihr Mädchen überhaupt? Es erforderte Stolz und Mut, die Möglichkeit zu erwägen, aufs Beten zu verzichten, besonders wenn man dazu erzogen worden ist, hinter jedem Atemzug einen göttlichen Willen zu sehen.

Ich aber muß zu Dir beten, weil ich Deiner bedarf. Bitte, sei schließlich irgendwie für mich da.

Vor St. Jude's zügelte Leonard das Pferd und betrachtete geringschätzig die braune Tür, durch die Eileen zu ihrem schweren Gang schreiten mußte. Wie eine Schildkröte, die auf das Schlimmste gefaßt ist, kauerte sie in einer Ecke des Wagens. Er stieg ab und setzte ihre Tasche auf den Bürgersteig. Sie folgte, stand dann verklemmt neben ihm.

„Na also", sagte Leonard mit gemachter Jovialität, verstummte aber, als er ihr Gesicht sah, die Angst in den verweinten Augen, die roten Ränder. Er bediente die Klingel, entnahm der Brusttasche eine Fünf-Pfund-Note und schob sie ihr in die Hand.

Sie wollte sich bedanken, doch er legte einen Finger auf die Lippen. „Wenn du uns brauchst, Eileen, weißt du, wo wir zu finden sind."

Sie nickte wortlos. Eine große, dürre Nonne öffnete die Tür. Eileen nahm ihren Beutel und betrat die düstere Vorhalle, ohne sich noch einmal umzusehen.

Eileen wartete darauf, daß die Tür geschlossen wurde. Jede Bewegung der Nonne drückte Mißfallen aus.

Was habe ich ihr getan? fragte sich Eileen. Macht ein Gesicht, als ob ich sie in die Schnauze gehauen hätte! Trotzdem bemühte sie sich, den Bauch einzuziehen – ohne merklichen Erfolg.

Die Nonne führte sie in die Küche, wo ein schwangeres Mädchen auf Händen und Knien den Fußboden scheuerte. Die Fenster lagen zu dem von hohen Ziegelmauern umgebenen Hof hinaus.

„Sadie", sagte die Nonne, „willst du Eileen in den Schlafsaal geleiten."

Acht Betten standen im Dormitorium der Jungfrau Maria, darauf lagen einheitliche blaßblaue Tagesdecken. Der hölzerne Fußboden war kahl. Ein Kruzifix schmückte eine der Wände. Zu jedem Bett gehörte ein braun gestrichenes Spind. Sadie deutete auf eins.

„Leg deine Klamotten da rein", sagte sie.

„Und den Überzieher?"

Sadie zeigte ihr einen Holzschrank, der einen Teil der Wand mit dem Kruzifix einnahm, und Eileen hängte dort ihren Mantel an einem Haken auf. Der Schrank war vollgepfropft. Ein Geruch von Wolle und Mottenkugeln schlug ihr entgegen. Sie trat an das Bett zurück, das ihr Sadie zugewiesen hatte, packte ihre Tasche aus und legte die Sachen in das Spind. Sie schauderte.

„Frierst du?" fragte Sadie.

„Nein."

„In welchem Monat bist du?"

Eileen ließ den Blick über den gewölbten Leib des Mädchens schweifen. „Ungefähr im sechsten. Un' du?"

Sadie zuckte die Schultern. Sie hatte feines, kurz geschnittenes Blondhaar. „Guck dir das an", sagte sie und streckte den Bauch vor. „Noch einen Monat, dann bin ich fort von hier."

„Wie ist es denn passiert?" erkundigte sich Eileen.

„Ließ mich von einem Kerl nach Hause bringen. Der hat mich verführt, griff mir unter den Rock und – na, du weißt schon, besorgte auch den Rest. Ich war so dumm, ich hatte richtig ein Brett vor dem Kopf. ‚Das machen doch alle nach dem Tanzen', sagte er."

Sadie lachte bitter auf. „Los, komm jetzt, sonst wird ihre Hoheit ungeduldig."

Beim Hinausgehen erkannte Eileen den gebohnerten Treppenabsatz wieder, über den sie gelaufen war, als Schwester Rosalie Alice und sie hergebracht hatte. Sie blickte den Korridor entlang zu der Tür, durch die sie Kathleen zum letzten Mal gesehen hatte.

Sadie warf den Kopf zurück. „Da drin spielt sich alles ab. Manchmal hörst du sie schreien."

Eileen hätte am liebsten ihre Sachen aus dem Schlafsaal geholt und wäre fortgelaufen – weit, weit weg. Sie hatte keine Lust, noch einmal über die glänzenden Dielen zu gehen, aber sie saß in der Falle, mußte dieses ungeborene Kind mit sich herumschleppen, bis es ganz fertig war – ob sie wollte oder nicht. Sie wurde überhaupt nicht gefragt; ihre Wünsche interessierten keinen.

„Ich werde nicht schreien", erklärte Sadie. „Ich werde schweigen wie ein Grab."

Sie überquerten den Hof, den Eileen vom Küchenfenster aus gesehen hatte. Durch eine Tür gelangten sie auf einen zweiten Hof, der zu einem großen Teil mit verzinktem Blech überdacht war und wo reihenweise Laken, Kopfkissenbezüge, Tischtücher, Hemden und Unterwäsche zum Trocknen hingen. Von dort führte Sadie Eileen in die Wäscherei.

Wasserdampf erfüllte den Raum. Eine Nonne und fünf Mädchen waren über drei Holzbottiche gebeugt, schlugen das durchgerumpelte Leinen gegen die Waschbretter und warfen es zum Spülen in einen vierten Bottich.

Sadie stellte Eileen vor. Die Nonne hieß Schwester Barbara und streifte Eileens Bauch mit einem Blick. „Schön, Eileen. Du kannst Maureen dort helfen."

Sadie zog sich in die Küche zurück.

Etwa eine Woche mochte vergangen sein, da kam Schwester

Barbara in die Wäscherei, um Eileen mitzuteilen, daß Besuch für sie da sei. Bestimmt die Missus, dachte Eileen. Ihr Herz klopfte freudig. Doch in der Halle verriet ihr Schwester Barbara, daß der Besucher ein Mann war. Dabei sah sie Eileen scharf an und zog die Augenbrauen hoch.

Eileen öffnete die Tür des Empfangszimmers, erblickte aber nur einen vierschrötigen Mann, der unruhig auf einem der harten kleinen Stühle saß. Sie schaute sich suchend um und dachte, es müsse wohl ein Irrtum vorliegen, Grimes könne schwerlich ihr Besucher sein. Errötend wollte sie kehrtmachen. Sie schämte sich über ihren dicken Bauch. Es wäre ihr lieber gewesen, wenn Grimes sie in diesem Zustand nicht gesehen hätte.

Er stand jedoch auf und gab ihr die Hand. Dann schloß er die Tür hinter ihr. „Ich hoffe, du hast nichts dagegen, daß ich hergekommen bin", sagte er verlegen.

„Was willst du?" fragte ihn Eileen.

Ein Lächeln spielte in seinen Mundwinkeln; seine Augen blitzten. „Du hast dich nicht verändert. Setzt du dich hin, Dirndl, damit ich mit dir sprechen kann?"

Eileen fixierte ihn mißtrauisch.

„Ich will nicht lange drumrumreden", erklärte Grimes. „Immer frei von der Leber weg, und ich erwarte keine Antwort, bevor . . ." Er gestikulierte unbestimmt. „Bevor du das hinter dir hast."

Um Gottes willen, worauf will er hinaus? überlegte Eileen. Ob etwas mit der Missus war? „Is' die Missus wohlauf?" fragte sie. „Oder is' was passiert?"

Grimes seufzte. „Soviel ich weiß, ist sie auf dem Damm", sagte er und machte eine Pause, bis er den Faden wiedergefunden hatte. „Sieh mal, Eileen . . . Ich kann nicht sagen, was du von mir hältst, aber . . . Ich habe eine Menge für dich übrig, mehr als eine Menge. Du bist das gescheiteste Dirndl, das ich je getroffen habe."

Eine Weile schwiegen sie beide.

„Ich gehe bald fort", berichtete er dann, „nach Amerika. Kommst du mit? Heiratest du mich?" Er lehnte sich zurück und musterte sie.

„Schlag dir das aus dem Kopf!" zeterte Eileen.

Grimes sah ihr gerade in die Augen. „Als das große Haus

abgebrannt war, dachte ich daran, nach England zu gehen, aber wie ich so meine Sachen sichte, finde ich einen Brief von einem amerikanischen Offizier, den ich während des Krieges in Belgien kennenlernte und der mir etwas zu verdanken hat – wenigstens behauptet er das. Seine Leute züchten Pferde, und er hatte mir eine Stelle angeboten, auf ihrem Wohnsitz in Kentucky – so eine Art Ranch muß das sein. Ich hatte die Sache nicht weiter beachtet – bis neulich, als das passierte. Da schrieb ich ihm und wollte wissen, ob sein Angebot noch gilt, und heute morgen kam die Zusage."

Eileen gaffte, dann senkte sie den Blick. „Was ist eine Ranch?" fragte sie argwöhnisch.

„Eine große Farm, könnte man sagen."

„Mehr als hundert Acres?"

Grimes schmunzelte. „Ja. Eine Menge mehr. – Ich scherze nicht", fügte er hinzu und wiegte den Kopf. „Ich habe einiges auf der hohen Kante, bin jetzt einunddreißig und verstehe was von Pferden. Verheiratet bin ich nie gewesen. Mit zwanzig verlor ich mein Herz an ein Mädchen zu Hause, aber sie nahm meinen besten Freund. Danach konnten mir die Dirndln gestohlen bleiben, bis ich dich traf. Du legtest die Hände an die Hüften und wolltest wissen, was es zu stieren gebe." Er lächelte bei der Erinnerung. „Ich war gekommen, um den kleinen Jeremy abzuholen, und du standest im Hof und bücktest dich, und als du dich rumdrehtest und mich sahst, fragtest du, wo ich hinstierte. Weißt du das nicht mehr?"

„Nein", antwortete sie barsch. „Ich erinnere mich nicht, und du scherzt doch, das ist klar. Wieso nicht, wenn ich – wenn ich doch ein Kind kriege?" Die Augen wurden ihr feucht.

Grimes rückte seinen Stuhl näher heran und nahm ihre Hand. „Du warst ein junges, unschuldiges Dirndl, ein feiner Kerl. Man hat dich reingelegt. Das kommt immer wieder vor." Er lächelte, legte ihr einen Finger an die Wange und wischte die Tränen fort.

Eileen spürte, wie rauh seine Haut war und wie sanft er sie berührte. Sie wurde blaß, fühlte sich auf unerklärliche Weise getröstet und glaubte zu träumen.

Grimes kramte in der einen Manteltasche und zog ein

braunes Päckchen hervor. „Für das Baby“, sagte er unsicher, holte aus der anderen Tasche zwei Riegel Schokolade und legte sie auf den Tisch. „Für dich.“ Er erhob sich und ging zur Tür. Dort drehte er sich um. „Wenn du deine Probleme hinter dir hast, komme ich wieder und hole mir deine Antwort ab.“ Er nickte ihr zu und verließ den Raum.

Eileen verharrte noch eine Weile, die ihr wie eine Ewigkeit erschien. Sie hörte kaum den Lärm auf der Straße und spürte kaum die Bewegung des Kindes in ihrem Bauch. Sie öffnete das braune Päckchen, das eine große, rosafarbene Klapper enthielt. Zum erstem Mal im Leben, so kam es ihr vor, mußte sie von Herzen lachen.

Leonard setzte sorgfältig seinen Namenszug unter die Urkunden, die ihm der Anwalt über den Tisch reichte. Nach ihm unterschrieb Frank Ledwith, und zum Schluß signierte der Anwalt als Zeuge.

Sein Name war Nathaniel Power. Er saß auf einem großen Drehstuhl, den er völlig ausfüllte. Sein massiger Bauch war in eine Weste gezwängt. Er hatte eine fahle, großporige Gesichtshaut und tiefe Falten um den Mund. Sein Haar war in dünnen Strähnen quer über den Kopf gekämmt. „Ist dieses Dienstmädchen noch bei Ihnen – Eileen?“

Leonard runzelte die Stirn. Was mochte Nat gehört haben? Der Zustand Eileens ging ihn schwerlich etwas an. „Nein. Warum fragen Sie?“

„Sie ist die Begünstigte im Testament von Mrs. Murray. Ich wollte mich schon mit ihr in Verbindung setzen.“

„Von Mrs. Murray?“

„Ja. Im Testament der alten Mrs. Kathleen Murray, die oberhalb von Ihnen an der Straße gewohnt hat. Etwa fünf Wochen nach dem Tode ihres Enkels kam sie zu mir ins Büro – um ihr Testament zu machen, wie sie sagte, und die Farm und alles, was sie sonst noch besaß, an Eileen Ward zu vererben, die bei Master Delaney arbeite.“

Leonard lehnte sich nach hinten und räusperte sich gewichtig. „So, so, so. Das wird für die arme Eileen aber eine Überraschung sein.“

„Ich habe erst letzte Woche erfahren, daß sie tot ist“, fuhr der Anwalt fort. „Der Brief für Eileen ist jedoch fertig.“

„Ich werde mich darum kümmern, daß sie ihn bekommt."

Der Anwalt zog ein Fach auf und schob einen versiegelten Umschlag über den Tisch. Er war an Miss Eileen Ward adressiert. „Übrigens", fügte er hinzu, „da das Mädchen minderjährig ist, mußten zwei Treuhänder eingesetzt werden. Mrs. Murray nannte Ihren Namen. Da Ihre Zukunft damals jedoch ungewiß war, schlug ich Frank und mich vor. Ich hoffe, Sie haben nichts dagegen, Frank?"

„Lieber Himmel, nein. Was habe ich zu tun?"

„Ach, einfach die Papiere unterzeichnen, den Testamentsvollstreckereid und die beeidete Erklärung der Inlandfinanzverwaltung. Sie werden in Erfahrung bringen müssen, was noch alles hinterlassen wurde. Auch auf dem Postamt hat sie ein paar Pfund liegen."

„Post für dich, Eileen."

Schwester Barbara lehnte sich über den Tisch und reichte ihr den unfrankierten Brief. „Persönlich auszuhändigen" stand in der linken oberen Ecke des Umschlags. Eileen nahm den Brief entgegen, setzte sich darauf und lief puterrot an. Wer schreibt mir denn? dachte sie, während sie sich wieder über ihren Haferbrei hermachte. Die Missus etwa? Ein Gefühl der Wärme durchrieselte sie. Den Brief wollte sie erst später lesen.

„Ja, willst du ihn denn nicht aufmachen?" drängelte Sadie schließlich ungeduldig.

„Aschä . . . Ich lese ihn später."

„Los, los", zischelte Sadie, „öffne ihn schon. Er ist bestimmt von deinem Verehrer."

„Red kein Blech."

Eileen holte den Brief hervor. Er war warm und an den Ecken zerknittert. Sie schnitzte den Umschlag säuberlich mit einem Messer auf und zog einen steifen Bogen heraus, den sie langsam entfaltete, in dem Bewußtsein, den Mittelpunkt der Aufmerksamkeit zu bilden.

Aufdringlich glotzten sie die großen schwarzen Druckbuchstaben des Briefkopfes an:

„NATHANIEL POWER & CO., ANWÄLTE, NOTARE."

Großer Gott, was hatte sie getan? Es mußte um den Braunen gehen!

„Betr. Kathleen Murray, verstorben“, lautete es weiter. „Sehr geehrte Dame ...“ Das mußt du dir einmal vorstellen, sagte sich Eileen später: „Dame“ – wenn das nichts ist!

„Wir bringen Ihnen hiermit zur Kenntnis, daß Sie nach der letztwilligen Verfügung der verstorbenen Kathleen Murray aus Tubbercullen als Alleinerbin benannt sind. Eine Testamentabschrift der Verstorbenen fügen wir bei. Die erforderlichen Papiere für die Hand der Testamentsvollstrecker werden in Kürze zur Verfügung stehen. Es würde uns freuen, wenn Sie uns Ihre Wünsche bezüglich der Hintenlassenschaft mitteilen könnten.

Hochachtungsvoll ...“

Die Unterschrift war in einem verschnörkelten, nicht entzifferbaren Gekritzel hingesetzt. Der Brief entglitt Eileens zitternder Hand und fiel in den Porridge. Sadie fischte ihn heraus, las ihn und reichte ihn an die anderen Mädchen weiter, die sich hinter ihr drängten und einander über die Schulter schauten.

Eileen entfaltete das zweite Papier – die Testamentsabschrift – und vertiefte sich darin.

Ich, Kathleen Murray, wohnhaft in Tubbercullen, Grafschaft Roscommon, widerrufe hiermit alle vordem von mir verfaßten Testamente und testamentarischen Entscheidungen und mache dies zu meinem Letzten Willen und Testament.

Sie warf einen Blick auf das Dokument, fand die Namen Nathaniel Power und Francis Ledwith und überflog den Text.

Ich hinterlasse und überantworte meinen gesamten Besitz, sowohl das Grundeigentum als auch das bewegliche Vermögen den genannten Sachwaltern zur Treuhandverwaltung für Eileen Ward, beschäftigt bei Leonard Delaney zu Tubbercullen, bis zu dem Zeitpunkt der Vollendung ihres einundzwanzigsten Lebensjahres oder ihrer vorher erfolgenden Verehelichung und hiernach zur absoluten Verfügung besagter Eileen Ward.

Eileen konnte nicht weiterlesen. Es war die Rede von Verkaufsermächtigungen, dem Recht des Notars, angemessene Gebühren zu erheben, dem Recht der Treuhänder, das Einkommen oder Kapital nach eigenem Ermessen für den Lebensunterhalt und die Ausbildung der Begünstigten zu nutzen.

Sie verstand jedoch das wesentliche Anliegen des Testaments, und ihr wurde warm ums Herz. Die drückende Last ihres bisherigen Lebens war ihr genommen. Außer Arbeit und Mißgeschick gab es also noch etwas anderes auf der Welt. Liebe und Dankbarkeit für Mrs. Murray erfüllte sie. Die Gute hatte sie gerettet, ihr eine Zukunft gegeben.

„Laß mal sehen", bat Sadie, aber da trat Schwester Barbara heran und streckte die Hand aus. Eileen gab ihr die Dokumente, und als die Nonne sie gelesen hatte, zog sie die wirren Augenbrauen höher und höher und forderte Eileen auf, mit ihr nach draußen zu kommen, weil sie etwas zu besprechen habe.

Eileen folgte ihr und schloß die Tür des Speisesaals, wo die Mädchen durcheinanderredeten und Vermutungen austauschten.

Schwester Barbara zog sie in einen Alkoven beim Fenster. „Es erfüllt mich mit Freude, daß du so großes Glück hast, Eileen. War sie eine reiche Frau, diese Mrs. Murray?"

„Ach nein, Schwester. Sie hatte eine Farm, ungefähr fünfundvierzig Acres, sagte sie mal. Ich kann es noch gar nicht fassen, Schwester", fügte sie hinzu und schüttelte den Kopf, daß die Kraushaare flogen.

„Nun, du bekommst sie nicht vor dem einundzwanzigsten Lebensjahr, wenn ich richtig gelesen habe. Reiß dich also zusammen. Gibt es ein Haus auf dem Grundstück?"

Eileen dachte an die angekohlte Ruine und an die tote alte Frau im Hühnerstall. Plötzlich spürte sie, wie sich das Baby bewegte, und preßte die Lippen zusammen. „Die Braunen haben es abgebrannt", sagte sie abrupt.

„Nun, du bist jetzt eine begehrenswerte Person. Vielleicht wird dich der Vater deines Kindes heiraten, und du brauchst es nicht wegzugeben?"

„Nein!"

„Na gut, Eileen", sagte Schwester Barbara vorwurfsvoll. „Du mußt ein sehr eigensinniges Mädchen sein. Ich wäre dir aber dankbar, wenn du mit den anderen nicht über diese Erbschaft sprechen würdest. Sie haben keine Farmen, auf die sie sich freuen können."

Kapitel 26

Eine nach der anderen brachte ihr Kind zur Welt und verließ St. Jude's. Verängstigte, verschämte Neulinge traten an ihre Stelle. Sadie wurde drei Wochen nach der Entbindung als Hausgehilfin zu einem älteren Ehepaar in die Stadt geschickt. St. Bride's nahm ihr Baby auf. Da fiel Eileen Ursie ein, und sie fragte sich, wie es ihr wohl gehe und wer sie jetzt betreuen mochte. Sie dachte nur noch selten an die Kleine. Auch Schwester Rosalie war in weite Ferne gerückt. Allerdings hoffte Eileen, daß sie nie erfahren werden, was geschehen war.

Doch eines Sonntagmorgens erschien sie in der Wäscherei, nahm Eileen am Ellbogen und dirigierte sie zur Küche. Dort stellte sie sich in armlangem Abstand vor sie hin, musterte sie und schürzte verächtlich die Lippen.

Eileen fühlte, wie die Scham in ihr aufstieg. Ihr Zustand ließ sich nicht länger verbergen. Sie hatte es aufgegeben, den verräterischen Bauch einzuziehen. Ihr Gesicht brannte, doch trotzig erwiderte sie den Blick der Nonne, ehe sie ihn senkte.

„Du warst die letzte, die ich hier anzutreffen erwartet hätte", zischte Schwester Rosalie. „Ist es mir nicht gelungen, wenigstens ein Fünkchen Vernunft in dir zu wecken?"

Eileen ließ sie weiterreden. Hin und wieder betrachtete sie das alte vertraute Gesicht mit dem Gesprenkel roter Äderchen, das die Wangen durchzog.

„Ich wollte es nicht glauben, als ich es erfuhr. Das muß ein Irrtum sein, dachte ich, aber das da spricht eine deutliche Sprache." Sie tippte Eileen auf den Bauch. „Eine schöne Art, unter die Räder zu kommen. Wer ist der Vater?"

Eileen hüllte sich in Schweigen, und die Besucherin ging schließlich. Sie murmelte etwas vor sich hin.

Weihnachten stand vor der Tür. Einige Städter schickten einen Truthahn als Geschenk, und die Mädchen setzten sich daran, den Festtagsbraten zuzubereiten. Eileen wurde die Aufgabe zuteil, den Vogel zu rupfen. Mehrere Stunden arbeitete sie emsig, dann war das arme Vieh endlich kahl.

Dort, wo die Federn gesessen hatten, klafften kleine Löcher in der Haut. Der Kopf baumelte an dem langen dürren Hals zum Fußboden hinab; die Augen waren geschlossen. Sie freute sich auf das Essen.

Die Mädchen schenkten sich gegenseitig Karten, die aus gefaltetem Papier bestanden und in die sie mit Farb- oder Bleistift Weihnachtswünsche geschrieben hatten. Die Küche dekorierten sie mit Glitzerschmuck. Nur zwei erhielten Post von Familienangehörigen, in beiden Fällen von Schwestern.

Als es soweit war, ließ es sich Eileen schmecken. Die Nonnen hatten große braune Krüge Milch hingestellt, und es gab auch einen Rosinenkuchen – Korinthenhäppchenkuchen taufte ihn eines der Mädchen, pro Happen eine Korinthe. Nach dem Mittagessen sangen sie Weihnachtslieder, und eine nach der anderen brach in Tränen aus – außer Eileen, für die es keine Erinnerungen an ein Festmahl im Kreise der Familie gab.

Die Schließmuskeln ermüdeten; wenn sie lachte, ergoß sich ein kurzer Strahl in den Schlüpfer. Joan, eine Neue, zeigte sich anfangs heiter und erzählte Witze, aber am Ende entdeckte man sie schluchzend in der einsamen, finsteren Wäscherei. Alle diese Mädchen saßen in der Klemme, fand Eileen, und schämten sich, während die Männer ungeschoren davonkamen. Warum überhaupt bedeutete ihnen Sex so viel? Es war doch nichts Großartiges daran, qualvoll und feucht, weiter nichts.

Am Stephanstag erwachte Eileen mit lästigen Stichen tief drin im Unterleib. Sie hörten auf und setzten wieder ein. Eine Weile lauschte sie den regelmäßigen Atemzügen der anderen. Es war noch dämmerig. Sie konnte gerade die grüne Farbe der Vorhänge erkennen, die ihre kleine Schlafnische von denen der übrigen Mädchen abtrennte. Ein Licht brannte vor dem Bild des Heiligen Herzens, das unlängst bei der Tür des Dormitoriums angebracht worden war.

Die Stiche kamen und verebbten wieder, und es war auszuhalten. Großer Gott, wenn das einige Frauen so furchtbar fanden, dann sollten sie sich von einem Nervenarzt untersuchen lassen. Sie dachte an Kathleen, die in jenem Zimmer am Ende des gebohnerten Korridors gelegen hatte. Ganze zehn Monate lag das zurück, aber es schien zehn Jahre her zu sein. Wie sie sich gekrümmt und herumgeworfen hatte, wie ihr der Schweiß ins Haar geronnen war! Nun ja, vielleicht wurden die Schmerzen noch heftiger, doch es war aufregend, sich vorzustellen, daß sich die Leidenszeit ihrem Ende näherte.

Um acht, als die Mädchen geweckt wurden, flüsterte sie ihrer Nachbarin Joan zu, die Sadies Bett übernommen hatte: „Ich glaube, es geht los!"

„Je! Ich werde vorsichtshalber die Schwester rufen. Ist es schlimm?"

„Man spürt es eben."

Nach wenigen Minuten kam Schwester Barbara zu ihr. Sie betrachtete das Mädchen in dem schmalen Bett und staunte über ihre Miene des Triumphes. „Ich dachte, du hättest noch eine Weile Zeit, Eileen. Wenn die Wehen gerade erst angefangen haben, solltest du lieber aufstehen und dich bewegen. Nichts bringt dich besser auf andere Gedanken als ein kleines bißchen Arbeit."

Eileen setzte sich an den Frühstückstisch. Sie hatte keinen Appetit, trank aber etwas Tee. Die anderen bestürmten sie mit ehrerbietigem Geflüster: „Wie ist es denn? Tut es sehr weh?" Und sie schüttelte den Kopf.

„Finde ich prima, wie du dich zusammenreißt", sagte eine.

Eileen sah sie entschlossen an und lachte hysterisch. „Ich werde es rausquetschen wie eine Erbse aus der Schote, und dann nichts wie weg von hier."

Nach dem Frühstück fegte sie die Empfangshalle. Um den Staub zu binden, holte sie ein paar nasse Teeblätter aus der Küche und streute sie auf den Fußboden. Wenn die Stiche heftiger wurden, lehnte sie sich gegen den Besenstiel. Die Halle kehre ich auf jeden Fall fertig aus, nahm sie sich vor.

Ein wenig später kam Schwester Barbara vorbei und fand sie auf der Treppe. Sie saß dort mit geschlossenen Augen, hatte den Kopf zwischen den Knie geklemmt und murmelte durch die zusammengebissenen Zähne: „Heiliges Herz Jesu!"

„Eileen, wenn es so schlimm ist, sollten wir Schwester Margaret holen. Geh hinauf und zieh dein Nachthemd an."

Eileen gehorchte, froh, sich ans Geländer klammern zu können. Als sie sich umgezogen hatte, saß sie auf dem Bettrand, und wenn die Wehen einsetzten, zwang sie sich zu zählen: neunzehn, zwanzig, einundzwanzig und so weiter, bis der Höhepunkt erreicht war und sie wieder frei atmen konnte. Es wirkte, es lenkte sie ein wenig von den Schmerzen ab.

Schwester Margaret war die untersetzte, kleine Nonne, die Eileen das erste Mal gesehen hatte, als Kathleen niedergekommen war. Die Schwester hatte sie bereits wiederholt untersucht, betont sachlich und immer in Eile. Sie betrachtete Eileen mit ihren ausdruckslosen Augen: „Leg dich um und zieh das Nachthemd hoch."

Eileen zögerte, dann ließ sie sich nach hinten rollen. Das Gefühl, gedemütigt zu werden, bewirkte, was der Schmerz nicht vermocht hatte, es trieb ihr Tränen in die Augen. Sie entblößte die Schenkel, die Nonne schob das Hemd über den Bauch hinweg und knetete ihn mit kalten Händen. Eileen erschauderte. Der Schlafsaal war ungeheizt, die ganze Welt wirkte frostig. Die anfängliche Erregung war der Furcht und einem Gefühl der Ohnmacht gewichen. Daß die Nonne sie so sorgfältig untersuchte, deutete darauf hin, daß weitaus ärgere Dinge als neue Stiche bevorstanden.

„Hmm", machte Schwester Margaret und preßte den Leib noch einmal hart, während sich das Baby bewegte und ein heftiger Schmerz von der Leistengegend zum Rückgrat schoß. „Zieh den Mantel über und komm mit."

Eileen folgte der Nonne durch den Korridor zu der lakkierten Tür. Der abstoßende, eklige Geruch eines Desinfektionsmittels schlug ihr entgegen. Auch dieser Raum war ungeheizt. Sie setzte sich auf den Bettrand, raffte den Mantel eng um den Körper und bibberte.

Bald kam Schwester Barbara, und die beiden Nonnen berieten sich flüsternd, während Eileen versuchte, nicht mit den Zähnen zu klappern. Es gab Tausende Frauen, sagte sie sich, die in diesem Augenblick das gleiche durchmachten wie sie, aber die einen entbanden zu Hause, und andere hatten sogar einen Mann, der um sie bangte, sie versorgte und tröstete.

Schwester Barbara machte Feuer an und verließ das Zimmer. Sie kehrte mit einem heißen Topf zurück, der in ein Handtuch gehüllt war. „Ins Bett mit dir, Eileen", sagte sie, als sich Eileen steif machte. Sie zerrte an dem Mantel, und

Eileen gehorchte schwerfällig. „Hab keine Angst", fügte sie lebhaft hinzu. „Schwester Margaret ist eine Expertin auf diesem Gebiet."

Leonard erzählte Kitty von dem Testament, das Mrs. Murray hinterlassen hatte.

Kittys Augen weiteten sich. „Ich wußte nicht, daß sie ihr so nahegestanden hat. Vermutlich wird sie verkaufen wollen."

„Etwas anderes wird ihr kaum übrigbleiben. Das Haus ist unbewohnbar, aber auch sonst könnte sie nicht allein dort leben, schon gar nicht nach allem, was passiert ist. Es ist Sache von Nat Power und Frank Ledwith, eine Entscheidung zu treffen, aber ich denke mir, sie werden verkaufen und ihr raten, das Geld für eine Ausbildung zu benutzen. Wann kommt sie dort heraus?"

„Das weiß ich nicht", murmelte Kitty schuldbewußt.

Im Dunkeln kam Tommy. Durch ein Kratzen am Fenster machte er sich bemerkbar. Kitty legte sich schlafen. Es ärgerte sie, daß dieser Mensch glaubte, hereinplatzen zu können, wann immer es ihm paßte, und sie war wütend auf Leonard, weil er sich über den Besuch noch freute. Dabei hatte es der Flegel nur auf den Whisky abgesehen. Wie unverfroren er sich seit einiger Zeit über die Sperre hinwegsetzte! Er ging ein ernstes Risiko ein, ob er es wahrhaben wollte oder nicht. Zwar lag die Kaserne von Tubbercullen in Schutt und Asche, aber die in der Stadt hatte durch ein zusätzliches Kontingent Schwarzbrauner aus England Verstärkung erhalten.

Leonard legte Torf nach und stocherte in der Asche, so daß sie durch den Rost fiel. Einige Flammen griffen auf die frischen Batzen über, die bald lustig brannten. Er holte den Whisky aus dem Büfett, froh, daß Tommy gekommen war, weil er zu berichten wußte, was es draußen Neues gab. Er war ein aktives Mitglied der fliegenden Kolonne, wenngleich kaum geneigt, Einzelheiten ihrer Handlungen zu erörtern. Hinterhalte hatte es in jüngster Vergangenheit nicht mehr gegeben, doch vor Weihnachten waren mehrere Leute, darunter eine alte Frau aus einer Unionistenfamilie, erschossen aufgefunden worden. Den Toten angeheftete Notizen besagten, daß die IRA sie als Spione hingerichtet hatte.

Die Brutalität hatte auf beiden Seiten zugenommen. In Cork hatte eine Kompanie der Hilfskräfte einen erheblichen Teil des Stadtzentrums niedergebrannt. Die Streitkräfte der Krone ahndeten Tötungen durch erbarmungslosere Repressalien als je zuvor. Männer wurden „auf der Flucht" erschossen und mitten in der Nacht von Leuten mit englischem Akzent, die ihre Gesichter geschwärzt hatten, aus den Betten geholt und umgebracht.

Alles in allem hatte sich das Blatt zugunsten der Bewegung gewendet, was größtenteils dem organisatorischen Talent eines Michael Collins und anderer zu verdanken war. Collins hatte das Netz des britischen Geheimdienstes so erfolgreich infiltriert, daß allein am Sonntag, dem 21. November, in den Morgenstunden elf Agenten exekutiert worden waren.

Daneben gab es freilich auch weniger rühmliche Aktivitäten, zum Beispiel die grausame Ermordung eines Magistrats der Unionisten, den man oberhalb der Niedrigwassermarke bis zum Hals im Sand eingegraben hatte. Leonard verabscheute diese Tat ebenso wie die Tötung seines alten Bekannten, Sergeant O'Connors. Vergeblich war er bemüht gewesen, aus Tommy herauszubekommen, wer ihn erschossen hatte und wer dafür die Verantwortung trug.

Die öffentliche Meinung hatten sie jedoch auf ihrer Seite. Der langsame Tod Terence McSwineys, des Oberbürgermeisters von Cork, der in Hungerstreik getreten und am 20. Oktober verstorben war, hatte das Herz der Welt gerührt. Eine gedämpfte, aber fast spürbare Erwartung herrschte im Land.

Tommy nahm das Glas Whisky entgegen. Seine Miene wurde freundlicher. „Auf Ihre Gesundheit, Master Delaney." Er nippte, was ihn offensichtlich einige Anstrengung kostete. Er widerstand der Versuchung, den Schnaps in einem Zug hinterzustürzen. Als er am Küchenfenster vorbeigeschlichen war, hatte er das neue Mädchen der Delaneys erblickt. Sah schmuck aus, die Kleine, ein unverkennbarer Fortschritt gegenüber der letzten. Für einen Moment wanderten seine Gedanken selbstgefällig zu Molly Dwyer weiter. Gott, dieser Hure hatten sie es gegeben! Ihr Haar war inzwischen sicher nachgewachsen, vielleicht sollte man sie noch einmal scheren und auch Eileen eine Kostprobe geben. „Sie haben wohl ein neues Mädchen?“ fragte er.

„Ja“, antwortete Leonard langsam. War es möglich, daß Tommy nicht wußte, in welchem Zustand sich Eileen befand? „Jenny ist schon seit ein paar Monaten hier.“

„Was Sie nicht sagen. Wenn ich sonst abends vorbeikam, war immer das Rollo runtergelassen, heute aber nicht. Da habe ich mir die kleine Neue angeschaut, wie sie sich über den Herd beugte.“

„Sie ist das Mädchen von Murthy Duffy.“

„Ah ja. Sie ist aber groß geworden, seitdem ich sie das letzte Mal gesehen habe“, bemerkte er. „Und was ist mit Eileen?“ fragte er nach einer Weile. „Hat sie sich in die Stadt abgesetzt, oder was ist passiert?“

„In die Stadt gegangen ist sie, das stimmt“, bestätigte Leonard lakonisch, fügte jedoch hinzu: „Sicher weißt du doch, daß das Mädchen schwanger ist?“

Tommy verschluckte sich und hustete wütend, weil ihm der Rest der feurigen Flüssigkeit in die Luftröhre geraten war. „Ich habe gehört, daß es vom Altar herab bekanntgemacht wurde.“ Er blickte Leonard forschend an. Dachte der Master etwa, daß er der Schuldige war? „Ich war es nicht, Master Delaney. Ich schwöre vor Gott, daß ich sie nie angerührt habe, aber sie sah schon aus wie eine Schlampe.“

„Sie war nichts dergleichen“, entgegnete Leonard heftig und dämpfte die Stimme sofort wieder. „Du verleumdest deine Lebensretterin. Dieser verdammte Braune war der Vater ihres Kindes, der Feldwebel, der in der Nacht nach dem Überfall mit seinen Männern das Haus durchsuchte. Während du blutend in dem Kabuff lagst, fiel er über Eileen her.“ Seine Stimme schwoll wieder an. „Und sie ließ ihn gewähren, um ihn von dir abzulenken!“

Eine Weile war nichts zu hören als das Getrommel des Regens gegen die Scheibe und das sanfte Knistern des Feuers.

Tommy glaubte das Ende der Geschichte nicht. „Warum sollte sie das für mich getan haben?“

„Sie war in dich verschossen. Wußtest du das nicht?“

„Na, jetzt kann ich ihr auch nicht helfen.“

„Du könntest sie heiraten.“

Tommy schielte Leonard unsicher an, sah, daß er es ernst meinte, und wandte den Blick ab. „Ja nun, Master Delaney, verlangen Sie das nicht von mir. Ich bin bestimmt nicht der Mann für die Ehe."

„Stimmt das?" Leonard trank aus und betrachtete seinen früheren Arbeitsmann. „Vermutlich hättest du nichts gegen eine eigene Scholle, vierundfünfzig Acres oder so?"

„Natürlich will ich ein Stück Land haben – irgendwann werde ich es auch schaffen", sagte Tommy und rutschte unruhig hin und her. „Nur – welche Chancen hätte ich im Augenblick?"

„Du könntest es durch Verehelichung erwerben."

„Das wäre möglich, wenn ich Glück hätte, aber ich kriege es nicht, wenn ich Eileen heirate."

„Du irrst dich, verstehst du", sagte Leonard ruhig. Er genoß das Mienenspiel auf Tommys schmalem Gesicht. „Eileen hat die Murray-Farm geerbt!"

Tommy zuckte zusammen. Seine Pupillen weiteten sich. „Wollen Sie sagen ... Die alte Mama Murray hat sie ihr vermacht?"

„Ja, das hat sie." Leonard stand auf. „Also überleg es dir, Tommy. Ich glaube, daß sie dich nehmen würde, wenn du sie nett darum bittest. Das Haus ist natürlich reparaturbedürftig. Es muß neu gedeckt werden und so weiter."

„Ja", sagte Tommy, fast zu sich selbst. „Na, ich verzieh mich jetzt, Master Delaney, und Ihre Worte werde ich mir durch den Kopf gehn lassen."

„Tu das, Tommy." Leonard löschte das Licht und sah nach draußen, bis sich seine Augen an die Dunkelheit gewöhnt hatten. Nichts regte sich in der Nähe des Hauses. Die Braunen belästigten ihn nur noch selten, aber man konnte nicht vorsichtig genug sein. Er öffnete das Fenster, und Tommy glitt in die unfreundliche Nacht hinaus.

Leonard kniete sich hin, beugte den Kopf, betete eine Zeitlang, dann ging er schlafen.

Es war Nacht geworden. Sie wußte es, weil die Lampen brannten, eine auf jeder Seite des Bettes. Die Wehen kamen in großen Wellen und schüttelten sie, eine nach der anderen, verebbten, näherten sich mit wachsender Wucht, rissen sie fort, hoben sie hoch, stürzten sie in die Tiefe. Sie fühlte sich geschlagen, vernichtet, zermalmt, an Leib und Seele gebrochen, besiegt. Und der Ansturm legte sich nicht. Die Pausen waren kurz, ließen ihr keine Zeit zu verschnaufen, sich gegen die nächste Woge zu wappnen. Die Tortur peinigte jeden Nerv, und sie versank in dieser Qual, ergab sich. Sie wußte, daß die Laute, die sie hörte, die verzerrten Gutturallaute, aus ihrer Kehle stammten. Das also waren Schmerzen. Sie selbst war Schmerz, nie frei, nie fähig zu denken, immer in der Macht dieser wilden Gewalt. O Gott, o Gott, o Gott, laß mich sterben, erlöse mich! Sie klammerte sich an das eiserne Bettgestell, hob den Körper an, widersetzte sich, bis ihre Kräfte versagten. Zwei Schwestern Margaret standen nebeneinander, zwei Nonnen, die kamen und gingen wie Traumgestalten.

„Etwas gegen Schmerzen!“ schrie Eileen. „Geben Sie mir was, damit der Schmerz aufhört!“

„Und wirst du es nächstes Jahr wieder machen?“ fragte eine seidige Stimme. „Das ist die Rechnung, die du für deinen Spaß bezahlst.“

Später drangen andere Worte an ihr Ohr: „Nicht lange mehr, Eileen. Pressen!“

Sie preßte. Sie konnte nicht anders als pressen. Sie würde weiterpressen, und wenn der Fortbestand der Welt davon abhinge, daß sie es nicht täte. Sie preßte, spürte, wie sich die Masse in ihr abwärts bewegte, wie ihr Fleisch riß, fühlte die warme Flut ihres Blutes. Sie zitterte, drückte Hände und Arme gegen das Bettgestell, bebte vor Erschöpfung, und der Schweiß rann in Strömen über Hals und Kopf.

„Noch einmal“, sagte die Stimme, wieder und wieder und wieder, und jedesmal riß das Fleisch und wurde es finsterer im Zimmer. Sie war machtlos, wesenlos, gezwungen, dieses Leben auszustoßen, auch wenn ihr eigenes folgen würde, und das schlimmste wäre es nicht. Dann wären wenigstens die Qualen zu Ende, käme sie endlich zur Ruhe.

Ein letztes, schluchzendes Pressen, das gedehnte Ächzen ihres gemarterten Atems, und der massige Kopf des Kindes trat zwischen ihren Beinen hervor, das schlüpfrige Körperchen folgte in die Welt. Die Leiden hörten auf.

Ein plötzlicher Laut ertönte, schwach zuerst, und steigerte sich zu einem kräftigen Protestschrei.

„Es ist ein Mädchen“, sagte Schwester Margaret müde. „Drück jetzt die Plazenta heraus.“

Eileen beschloß, den Notar, Mr. Power, aufzusuchen. Es war zwei Wochen nach der Entbindung, und sie fühlte sich noch etwas wackelig auf den Beinen, aber sie bangte um die Zukunft, besonders um die des Kindes, in das sie sich zu ihrem eigenen Erstaunen total vernarrt hatte.

Sie verließ St. Jude's, froh, ein freier Mensch zu sein, wieder schlank zu sein, nicht mehr die abschätzenden Blicke der Leute auf sich zu ziehen. Über Bert Grimes, seinen Besuch und Heiratsantrag hatte sie oft nachgedacht, sich jedoch noch nicht festgelegt. Im Grunde ihres Herzens regte sich die alte Schwäche für Tommy.

Auf der Straße hätte sie ihn beinah umgerannt. Er war unterwegs zu ihr, wollte sie besuchen, aber da er einen Bart trug, erkannte sie ihn kaum.

„Ich bin's – Tommy. Eileen, du kennst mich doch.“

„Ich kenne niemanden mit diesem Namen. Der Junge, den ich mal gekannt habe, war keinen Pfifferling wert.“

„Ach komm, Eileen, wir sind alte Kumpel.“

„Wenn du nicht vorsichtig bist, werden dich die Braunen schnappen“, sagte Eileen.

Tommy sah sich lässig um, aber Eileen bemerkte, daß er eine Handbewegung zur Tasche seines schäbigen Mantels hin machte.

„Was hast du da drin?“ fragte sie argwöhnisch.

Tommy schürzte die Lippen. „Einen Revolver hab ich da drin – für alle Fälle.“ Seine Stimme entspannte sich. „Ich weiß, daß ich einiges riskiere. Das mache ich deinetwegen. Kommst du mit, das Haus besichtigen – dein Eigenheim?“

„Davon hast du also schon gehört.“

„Ich habe es für dich hergerichtet.“

Eileen zog die Augenbrauen hoch. „Mit den Braunen im Nacken?“

Er zuckte die Schultern. „Sie sind jetzt eine lahme Truppe, diese Braunen, kommen bloß noch selten vorbei. Diejenigen, die mich erkennen könnten, leben sowieso nicht mehr“, fügte er befriedigt hinzu. „Also was ist? Willst du dir das Haus ansehen? Ich habe mir Master Delaneys Kutsche ausgeliehen."

Eileen blickte sich um, und tatsächlich, dort stand der Einspänner mit dem kanstanienbraunen Pferdchen, das an einen Laternenpfahl gebunden war. Sein Atem wehte wie Nebel in der kalten Luft. Sie erinnerte sich, wie aufrecht die Missus auf dem Kutschbock zu sitzen pflegte. „Weiß die Missus, daß du den Wagen genommen hast?"

„Sicher weiß sie das", log Tommy. Leonards Erlaubnis hatte er zwar, doch Kitty hätte niemals zugestimmt. Darüber war er sich im klaren. „Sie weiß, daß ich dich hinbringen will."

„Dann ist's gut." Sie stieg ein und dachte, wie eigenartig es war, mit demselben Fahrzeug angekommen zu sein, der Verzweiflung nahe, in dem Glauben, daß ihr Leben zerstört sei, ehe es begonnen hatte. Und jetzt, nur wenige Wochen später, saß sie wieder hier, aber diesmal, um ihr Haus und ihre Farm zu besichtigen, einen Heiratsantrag in der Tasche, und nach Tommys Miene zu urteilen, ließ der zweite nicht mehr lange auf sich warten. Das Leben spielte schon recht sonderbar. Man wußte doch nie, was vor der Tür stand.

Bis zum Kreuz schlug das Pferd einen flotten Trab an, dann mußte es Tommy zügeln, damit er den Schlaglöchern ausweichen konnte. Eileen sah Rauch über den Bäumen aufsteigen und stellte sich vor, wie die Missus entweder im Wohnzimmer oder in der Küche saß. Sie hätte gern gehalten, vorgesprochen, guten Tag gesagt, aber sie war zu schüchtern, um es Tommy vorzuschlagen, und es gab keinerlei Anzeichen dafür, daß er ihre Wünsche teilte. Er zog nur die Mütze tiefer in die Stirn, und bis das Tor hinter ihnen lag, gebrauchte er die Peitsche, weil das Pferd zu dem heimischen warmen Stall abschwenken wollte.

Die Farm war in guter Verfassung, das Häuschen neu gedeckt und innen und außen getüncht. Mit einigen Möbelstücken wäre es wohnlich einzurichten.

„Haste das alles selber gemacht?" fragte Eileen.

„Klar, mit 'm bißchen Hilfe von ein paar Jungs. Sogar der

kleine Dinny Mooney hat angepackt. Was hältst du so davon?"

„Es ist sehr hübsch", sagte Eileen und dachte an Mrs. Murray, die an der Tür gestanden und gesagt hatte: „Ich dachte, es kommt vielleicht einer von diesen Halunken daher." Und sie sah die Gute so vor sich, wie sie zum Schluß gewesen war. Tränen liefen ihr übers Gesicht.

„Was hast du denn?" fragte Tommy besorgt. „Gefällt dir nicht, was wir gemacht haben?"

Eileen wischte die Tränen fort. „Es war nur die Erinnerung . . . Warum haste das alles gemacht, dir so viel Arbeit aufgeladen?"

Tommy blickte sie treuherzig an. „Für dich, Eileen. Verstehst du, ich dachte, jetzt, wo alles vorüber ist, willst du dich vielleicht häuslich niederlassen. Die Farm kannst du natürlich nicht selbst bewirtschaften, aber wenn ich dich heiraten würde, wäre das Problem gelöst."

Eileen machte große Augen. „Was hast du gesagt?" flüsterte sie.

Tommy nahm die Mütze ab, kratzte sich den Kopf, setzte sie wieder auf. Sein Haar kringelte sich unter dem Rand hervor wie damals, als sie ihn das erste Mal gesehen hatte. Sie stellte sich vor, wie es wäre, wenn er, ihr Mann, nach der Tagesarbeit zum Tee heimkehrte, während das Feuer lustig knisterte und Funkenschauer durch den Schornstein schickte und das Baby in der Wiege krähte. Das Herz hüpfte ihr vor Freude bei dieser Perspektive. Sie versprach Geborgenheit, Frieden, die Sicherheit, die nur das Land schenken konnte, und in den fernen Winkeln ihrer Seele regte sich der angeborene Landhunger.

Dann dachte sie an Bert Grimes, an die rosarote Klapper, die er für die Kleine mitgebracht hatte, an seine Wärme, sein freundliches Gesicht. Einen feinen Kerl hatte er sie genannt. Und dann die Aussicht, nach Amerika zu gehen, auf dieses große Gestüt in Kentucky. Und sie dachte an das neue Leben, das sie dort führen könnte, ohne daß jemand ihre Vergangenheit kannte oder sich darum scherte, und sie dachte an das kleine Mädchen in St. Jude's, ihre Tochter mit dem roten Flaum auf dem Kopf und dem erstaunlich festen Griff ihres winzigen Händchens.

„Die Leute würden nach einer Weile vergessen, was für Trödel du hattest, und ich werde dir weiß Gott nicht – niemals werde ich dir deine Vergangenheit vorhalten.“

„Ist das wahr?“

Tommy nickte. „Wahrhaftig wie Gott.“

„Das is' verdammt anständig von dir!“ Eileen blickte auf, sah seine verschlagenen Augen, den berechnenden Zug um den Mund und begriff, daß sie für ihn nichts anderes wäre als ein Mittel zum Zweck. Und er hatte gelogen. Auch das wußte sie. Immer würde er ihr vorhalten, was geschehen war, denn er konnte nicht über seinen Schatten springen. Die Farm würde er als sein persönliches Eigentum betrachten, und sie wäre abhängig von ihm, stets schuldig, stets befleckt, eine Sklavin. Und auch die Gemeinde würde es nicht vergessen oder sie vergessen lassen. In jedem Augenpaar wäre es zu lesen, und ihr Kind würde es so sehen und die Kinder, die später kamen.

„Un' was wird aus meinem kleinen Baby?“ fragte sie steif.

Er zuckte die Schultern. „Das kannst du sicher bei den Nonnen lassen.“

Eileen drehte sich um und ging zum Wagen.

Tommy eilte ihr nach. „Gibste mir also 'n Kuß, um das Abkommen zu besiegeln?“ scherzte er.

„Bring mich nach St. Jude's zurück“, stieß Eileen zwischen den Zähnen hervor, „ehe ich dir deine gemeine Fresse einhaue.“

Als einige Tage später Bert Grimes auftauchte, um sich ihre Antwort abzuholen, erzählte sie ihm denn von der Farm.

Die Art, wie er reagierte, verriet ihr, daß er es erstmalig erfahren hatte. Er war ganz niedergeschlagen. „Also willst du bleiben?“ fragte er.

„Und dann ist da auch mein kleines Mädchen“, sagte Eileen errötend. „Es könnte ja sein, daß du sie nicht haben möchtest.“

„Natürlich möchte ich sie haben. Sie ist doch deine Tochter. Oder nicht?“

Eileen nickte. Sie blickte in das aufrichtige Gesicht vor sich und verspürte so etwas wie Liebe. „Ich werde dich heiraten“, entgegnete sie, „und die Farm will ich verkaufen.

Mr. Power, der Anwalt, hat mir gesagt, ich könnte das machen, wenn ich verheiratet wäre. Sonst müßte ich warten, bis ich einundzwanzig bin."

Seine Miene wurde heiter. „Bist du sicher, daß du das wirklich möchtest, Dirndl?" fragte er bedächtig. „Du gibst eine Menge auf, um mit dem einfachen Bert Grimes zu gehen."

„Ich würde eine Menge mehr aufgeben, um mit dem einfachen Bert Grimes zu gehen", erwiderte Eileen schlagfertig, und er umhüllte sie mit seinem weiten Mantel, aus dem sie schließlich ganz erhitzt und atemlos wieder auftauchte.

Kapitel 27

Als Leonard das Scharren am Fenster hörte, glaubte er im ersten Augenblick, daß es Tommy sei. Er hatte ihn lange nicht gesehen, nicht seit dem Tag vor zwei Monaten, an dem er ihm erlaubt hatte, den Einspänner zu nehmen, um Eileen zu ihrem Haus zu bringen. Sie hatte ihm also einen Korb gegeben und sich für Bert Grimes entschieden, den wortkargen Stallburschen der Strattons, und war mit ihm nach Amerika ausgewandert. So stellte sich heraus, daß sie insgeheim eine wilde, kleine Hummel war. Von dem Techtelmechtel zwischen ihr und Grimes hatte keiner was geahnt.

Kitty war zeitig zu Bett gegangen. Die Entbindung hatte sie mitgenommen, aber sie erholte sich, und auch der Kleine war gesund und munter. Sie hatten ihn Peter genannt, nach ihrem Vater. Leonard nahm sich immer etwas Zeit, um den jungen Erdenbürger zu beobachten, bevor er sich schlafen legte. Er lauschte den leisen, schniefenden Atemgeräuschen und betrachtete das friedliche Babygesicht zwischen den Fäustchen. Endlich hatte er seinen Sohn.

Neuerdings unterrichtete er in der Scheune, doch die Beheizung und die räumliche Enge stellten ihn vor ernsthafte Probleme. Zum Glück war der Frühling mild, und die Kinder kamen gern. Johnny Devlin vermißte er natürlich, aber erfreuliche Projekte zeichneten sich ab. Wenn die Feindseligkeiten endeten – innerhalb des nächsten Jahres oder so –, würde sich die Lage allmählich normalisieren. In der Gemeinde wurde Geld für den Bau einer Schule gesammelt, und es war erstaunlich, wie rasch der Fonds wuchs. Bildung für ihre Kinder war etwas, worauf die Menschen unter keinen Umständen verzichten wollten.

Er zog den Vorhang beiseite, blinzelte in die Dunkelheit hinaus und erkannte Kieran Moore, der ihn ansah. Was wollte denn der? Leonard ging zur Haustür und öffnete sie behutsam. Moore und zwei Männer, die er noch nie gesehen hatte, drängten sich an ihm vorbei in die Diele. Die Unbekannten steckten die rechte Hand in die Tasche ihres Trenchcoats.

„Was kann ich für Sie tun?“ fragte Leonard, von einer plötzlichen, unerklärlichen Unruhe erfüllt. Die beiden Begleiter Moores fixierten ihn drohend. Einer zog einen Revolver und drückte ihn ihm in die Seite.

Leonard wandte sich Moore zu. Der erwiderte seinen Blick nur kurz und schaute weg. Er hatte eine finstere Miene aufgesetzt. Sie haben es also herausgekriegt, dachte Leonard seltsam sachlich, es mußte ja so kommen, früher oder später.

„Es gibt da etwas zu regeln. Delaney“, sagte Moore. Er nickte zu der offenen Tür hin.

Eine Fülle von Überlegungen schoß Leonard durch den Kopf. Sich wehren. Nein, zwecklos. Er war unbewaffnet. Sie unter einem Vorwand aufhalten, während er Hilfe holte? Doch was für Hilfe? Ein vier Wochen altes Kind und zwei Frauen, die eine obendrein noch geschwächt durch die Niederkunft? Er würde sie nur in Gefahr bringen. Nicht mal ein Gewehr war im Haus. Er selbst hatte die Aktion organisiert, in deren Verlauf sämtliche Feuerwaffen der Gemeinde eingesammelt worden waren. Bitterer Humor verzerrte seine Lippen. Auf diese Weise sollte für ihn also alles enden. Ihm war kein langes Leben an Kittys Seite beschieden. Er würde nicht sehen, wie sein Sohn heranwuchs und das neue Irland Gestalt annahm. Nie hätte er sich der Politik der jungen Leute verschreiben dürfen. Sein Traum rechtfertigt nicht das Blutbad, die unbarmherzige Gewalt, die heraufbeschworen worden war und das halbe Land in Trümmer legte. Er hatte Wind gesät, und jetzt sollte er Sturm ernten. „Kann ich meiner Frau eine Nachricht hinterlassen?“

Die Männer schüttelten den Kopf. Der eine stieß ihm wieder seinen Revolver in die Rippen und schob ihn zur Tür. Er blickte die Stufen hoch zu dem schwach erhellten Treppenabsatz und schickte einen letzten Gruß hinauf zu dem Raum über dem Speisezimmer. Dann trat er in die Nacht hinaus.

Es war kalt. Ein scharfer Ostwind wehte, wie er für den März so typisch ist. Am Bach unten, gegenüber dem Haus, blühten die Osterglocken, ein blasses Gewoge im unsteten

Licht des Mondes. Die Nachtluft roch leicht nach dem Rauch von Torf.

Als lebendig-bunte Folge, ähnlich den Formen und Farben eines Kaleidoskops, überstürzten sich Erinnerungen: Leonards Eltern, die Ehe mit Sheila, ihr erstes Häuschen unweit der Schule, das Dan Hourihan nun bewohnte. Auch an ihr jetziges Haus dachte er, daran, wie sie es von Paul Strattons Vater kauften, das Dach reparieren ließen. Sein jahrelanges, vergebliches Warten auf Kindersegen fiel ihm ein, Sheilas schließliche Schwangerschaft, ihr Tod im Wochenbett, die Bitterkeit, die er vergessen wollte, indem er sich der Sache widmete, die zufällige Begegnung mit Kitty, die zweite Ehe, die Fehlgeburt, der Hinterhalt, seine Haft, die Geburt des Jungen. Stück für Stück lief sein Leben noch einmal vor ihm ab. Er versuchte sich zu trösten, die Angst zu bezwingen, die ihn zu lähmen drohte. Zu fliehen hätte keinen Zweck. Er würde höchstens bis zur Hecke kommen. Da sollte er besser die Würde bewahren wie Kardinal Newmans Gentleman, der ohne zu murren in den Tod ging, weil er ihm bestimmt war.

Farbenprächtig und zerbrechlich schillerte das Leben, ähnlich den bunten Seifenblasen, die er als Kind mit Tonpfeifen in die Luft geblasen hatte. Nicht einmal bei der Folter auf Schloß Dublin war ihm ein Leben in Freiheit so kostbar und unbeschreiblich schön erschienen.

Schweigend begleitete er die drei Männer zu dem Haus, das einst von Mrs. Murray bewohnt worden war und das Eileen an Kieran Moore verkauft hatte.

Der Besitzer öffnete die neue Tür und drehte sich in der finsteren Küche um. „Das war ein übler Scherz, den Sie sich mit Haus Stratton erlaubt haben, Delaney. Dachten wohl, Sie würden meine Autorität untergraben, wenn Sie das Ding selbst drehten? Wer hat Ihnen geholfen?"

Eine kleine Streife der Hilfskräfte, Teil des größeren Trupps, der aus der Stadt gekommen war und das Fahrzeug etwa zwei Meilen entfernt, an der Abzweigung von der Hauptstraße, abgestellt hatte, hörte den Schuß. Die Männer waren rund dreihundert Meter entfernt und umstellten schnell das Häuschen. Zwei Männer stießen die Tür auf und warfen eine Handgranate. Ein Schrei ertönte, eine Jagd zum Hinterausgang folgte. Schüsse krachten von der Rückseite des Hauses her. Dann war es still. Mit Stablampen leuchteten die Männer den Fußboden ab, entdeckten zwei Tote, die sie untersuchten, mit den Füßen umdrehten. Da sahen sie, daß der eine Pantoffeln trug.

„Wir haben ein beschissenes Exekutionskommando überrascht", sagte jemand.

Hinter dem Haus lag eine dritte Leiche.

„Haben wir alle erwischt?" fragte der Feldwebel. Der Schein seiner Lampe glitt über den reglosen Körper im Trenchcoat und über den Hof.

„Bin nicht ganz sicher, glaub aber schon."

Der Feldwebel durchsuchte hastig die Außengebäude und befahl seinen Leuten, zum Lastwagen zurückzukehren. Er fürchtete einen Hinterhalt und wollte nicht in ein Hornissennest gestochen haben.

Mary kam aus Dublin herüber, und nach der Beerdigung nahm sie Kitty und den Kleinen mit. Das Begräbnis hatte sich zu einem großen Ereignis gestaltet. Aus den fernsten Winkeln des Pfarrbezirks waren die Menschen herbeigeströmt, um Master Delaney die letzte Ehre zu erweisen. Die Braunen, hieß es, hätten ihn ermordet. Man sprach sich dafür aus, der neuen Schule seinen Namen zu verleihen. Nach der Trauerfeier kondolierte auch ein Mann, der sich als Kieran Moore vorstellte. Kitty entzog ihm brüsk die Hand, denn sie erinnerte sich, daß er es war, der Paul Strattons Haus niedergebrannt hätte, wenn der arme Leonard nicht eingeschritten wäre. Sie merkte, daß er sie abschätzend musterte.

Die Gerüchte besagten, an dem Abend, an dem Master Delaney gestorben war, hätte er aus Dublin einen Hinweis erhalten, der alten Murray drohe ein Überfall, da man entdeckt habe, daß ein Offizier der IRA der jetzige Besitzer sei. Daraufhin sei er zu Kieran Moore gegangen, um ihn zu warnen. Es sei zu einem Schußwechsel mit den Braunen gekommen, und er sowie zwei Offiziere aus Dublin, die Moore bei sich gehabt habe, seien dabei gefallen.

Kitty ärgerte und verbitterte es, daß Leonard auf Kosten

seiner Familie Unsterblichkeit erlangt hatte. Sie hatte an dem Abend nichts gehört. Die Botschaft aus Dublin mußte unerwartet eingetroffen und lautlos überbracht worden sein.

Mary und ihre Mutter waren wunderbar und schienen nichts dagegen zu haben, daß sich der ganze Haushalt jetzt um den kleinen Kerl drehen mußte, der von seinem Kinderbettchen aus jeden tyrannisierte. Sie durften nur schlafen, wenn er selber schlief, aber zum Glück wurden seine Schlafperioden immer länger, so daß die Nachtruhe nicht mehr um zwei Uhr morgens durch sein Gebrüll gestört wurde. Manchmal lächelte er komisch und legte die Stirn in Falten. Dann erinnerte er an Jeremy, der mit einem mathematischen Problem beschäftigt gewesen war und zu Kitty aufgeschaut hatte, und ihr stockte das Herz.

Endlos grübelte sie über Leonard. Eine bittere Ironie lag in der Art, wie er gestorben war – dahingerafft zu einer Zeit, als sie es am wenigsten erwartet, als sie ihn in Sicherheit gewähnt hatte. Sie litt unter der Leere in ihrem Leben. Ein großes Loch klaffte dort, wo sie sich stark und geborgen gefühlt hatte. War sie ungenügend liebevoll zu ihm gewesen, weil sie sich ganz ihrer Leidenschaft zu Paul hingegeben und sich vergessen hatte? Sie weinte lange, bis tief in die Nacht hinein, doch nichts löste den alten Konflikt: Leonard und Paul, Paul und Leonard. Sie waren die Scylla und Charybdis ihres Lebens, zwei entgegengesetzte Klippen, zwischen denen sie sicher hindurchsteuern mußte, oder sie war verloren.

Warum hatte er ihr nicht gesagt, daß er zu Moore gehen wollte? Hatte er nicht mit der Bewegung gebrochen, oder die Bewegung mit ihm? Hatte er sich eingebildet, zu einem potentiell tödlichen Unternehmen davonschleichen und wider nach Hause kommen und sich ins Bett legen zu können, als ob nichts geschehen wäre?

Und wo war jetzt ihr Zuhause? Sie könnte ihren Wohnsitz in Dublin nehmen, wenn sie wollte, hier unterrichten; Mary hatte durchblicken lassen, daß an ihrer Schule vielleicht bald eine Stelle frei sein werde, und ihr empfohlen, sich an Mutter Nora, die Direktorin, zu wenden. Doch irgendwie hatte die Stadt an Reiz verloren. Tubbercullen hielt sie fest, hatte sie auf Gedeih und Verderb in Bann gezogen. Es gab Dinge, die sie nur regeln konnte, wenn sie dorthin zurückkehrte. So blieb sie noch drei Wochen bei Mary. Dann kündigte sie sich telegrafisch in Tubbercullen an und nahm in Kingsbridge einen Zug nach Westen.

Am Bahnhof von Athlone stiegen Hilfskräfte ein, die sämtliche Passagiere visitierten, selbst das Baby. Der Kleine wurde wach und begann zu schreien. Kittys Gedanken wanderten zurück zu dem Tag, als sie mit Paul in diesem Zug gesessen und die Braunen in Kilcock das Gepäck durchsucht hatten. Sie wiegte das Kind und sang es leise in Schlaf.

Bei ihrer Ankunft war das Haus sauber und merkwürdig unpersönlich. Das junge, schüchterne Mädchen hatte so etwas wie ein Mittagessen zubereitet, und Kitty mußte unwillkürlich an Eileen denken und daran, wie ihre Miene jedesmal heiter geworden war, wenn sie sie gesehen hatte. Ob es ihr wohl gut geht? fragte sie sich. Leonard hatte ihr erzählt, daß sie mit Grimes – ausgerechnet dem! – nach Amerika gegangen war. Nun, er war anständig und würde lieb zu ihr sein – anders als Tommy, diese Kreatur.

Das Haus war nicht mehr das alte. Es schien zu wissen, daß Leonard tot war, und löste sich von ihm. So leer war es Kitty noch nie vorgekommen, nicht einmal, als sie Leonard verhaftet hatten. Doch das paßte zu ihrer Stimmung. Sie brauchte eine neutrale Umgebung wie ein leeres Blatt, das die Berührung der Feder oder des Pinsels erwartete. Lange genug war sie durch Ereignisse gebeutelt worden, auf die sie wenig Einfluß gehabt hatte.

Sie fütterte das Baby und wanderte ziellos umher. Dinny Mooney hatte sie vom Zug abgeholt, und unterwegs hatte sie lange die schwarzen Schornsteine des ehemaligen Herrenhauses betrachtet, aber die Ruine erweckte keine Erinnerungen an Paul mehr. Sie war nur ein Zeugnis der Zerstörung, das sich als Silhouette gegen den Himmel abhob. Die Zeit geht weiter, dachte sie, mit uns oder ohne uns; sie kümmert sich weder um unsere Leidenschaften noch unseren Willen. Dennoch war ihr Paul lebhaft gegenwärtig, sooft sie den Kleinen ansah. Dann meldete sich auch das Gefühl der Schuld vor Leonard. Doch vielleicht irrte sie sich; vielleicht war es Leonards Kind, und sie ließ sich immer noch von der alten Besessenheit leiten, die sie so genarrt hatte. Sie mußte sich Klarheit verschaffen, um frei atmen zu können.

Als sie an diesem Abend im Schlafzimmer beim Kamin saß, klopfte Jenny und brachte einen Brief. „Es tut mir leid, Ma'am. Den hatte ich vergessen. Er traf ein, als Sie fort waren."

Kitty sah den Dubliner Poststempel, aber die Schriftzüge waren ihr fremd. Sie fuhr fort, das Kind sanft zu wiegen, riß eine Ecke des Umschlags ab, steckte einen Finger in das Loch und öffnete den Brief, der aus Schloß Dublin kam.

Sie überflog ihn flüchtig. Das Herz schnürte sich ihr zusammen. Dann las sie ihn genau.

Liebe Mrs. Delaney,

vielleicht erinnern Sie sich an mich? Wir lernten uns hier im vergangenen Sommer kennen, als Sie sich nach Ihrem Gatten erkundigten. Ich bin tief betroffen über den Verlust, den Sie jetzt erlitten haben, und drücke Ihnen mein aufrichtiges Beileid aus. Der eigentliche Zweck meines Schreibens ist es jedoch, Ihnen Paul Strattons Letzten Willen zur Kenntnis zu bringen. Ich bin mehrere Monate auf der Hochzeitsreise gewesen und fand bei meiner Rückkehr einen Brief seiner Anwälte vor, der Herren J. W. Barron von Ormond Quay in Dublin. Sie haben sein Testament, das kurze Zeit, nachdem Sie bei mir waren, aufgesetzt wurde. Darin werde ich als Testamentsvollstrecker genannt und Sie als Hauptbegünstigte. Auch gibt es einige relativ kleine Zuwendungen an die Leute, die für ihn gearbeitet haben. Natürlich bin ich bereit, seinen Wunsch zu erfüllen, und werde weiterhin mit Ihnen in Verbindung bleiben, während die Dinge in Fluß kommen und das Testament bestätigt wird. Meines Wissens ist ein Kapital von annähernd 10 000 Pfund vorhanden. Dazu kommt das Land, das mit dem Haus zusammen im Besitz des Erblassers verblieben war. Ich bedaure es sehr, daß das Gebäude zerstört ist.

Eine Abschrift des Letzten Willens füge ich bei.

Mit vorzüglicher Hochachtung

William F. Davis, Capt., R. A.

Sie löste das angeheftete Dokument, eine mit Maschine geschriebene Kopie des knapp gefaßten Testaments, Paul

Strattons, und las es wie im Traum. Mrs. Devine wurde mit einer Summe von 350 Pfund bedacht, Bertram Grimes mit 200. Der gesamte Rest sowie das übrige Eigentum jeglicher Art und Beschreibung fiel seiner Cousine zu, Mrs. Kitty Delaney in Tubbercullen, Grafschaft Roscommon.

Wenige Tage später nahm Kitty all ihren Mut zusammen und brach zu Mrs. Finnerty auf. Jenny hatte sie darüber informiert, daß es der Frau gar nicht gut gehe. Sie nahm einen Topf Kalbshaxensülze mit, die das Mädchen am Morgen zubereitet hatte.

Der Begegnung sah sie bangen Herzens entgegen. Sie fürchtete sich vor der alten Hexe, wollte sie jedoch sprechen, um auf Umwegen etwas über die Vaterschaft zu erfahren. Mrs. Finnerty mit ihrer dämonischen Gabe würde ihre Zweifel ein für allemal zerstreuen können, und wenn sie jetzt nicht versuchte, sich Klarheit zu verschaffen, würde die Frau vorher sterben und dieses Kapitel ihres Lebens nie abgeschlossen werden. Doch so oder so mußte sie wissen, woran sie war.

Mrs. Finnerty saß auf der Bank vor dem Feuer. Sie sah gebrechlich aus. Ihre von Falten umgebenen Augen brannten. Manchmal hustete sie keuchend. „Mich hat's erwischt, Ma'am", erklärte sie und blickte Kitty scharf an, „ich hab's ein bißchen auf der Brust."

Kitty stellte den Topf mit der Sülze auf den Tisch. „Das soll Ihnen gegen die Erkältung helfen, Mrs. Finnerty. Es rutscht glatt runter."

„Ich werde demnächst selber glatt runterrutschen", entgegnete sie, „aber schönen Dank für die Aufmerksamkeit, Ma'am."

„Sie überleben uns alle, Mrs. Finnerty", sagte Kitty so fest wie möglich und sah sich unsicher um. Die Küche war unaufgeräumt, aber das kleine Feuer hielt sie warm. Es roch sonderbar scharf nach etwas Unbekanntem.

„Das sind bloß die Kräuter, Ma'am, was Sie da riechen", erklärte Mrs. Finnerty mit krächzender Stimme. „Wollen Sie sich nicht setzen?"

Kitty zuckte zusammen. Konnte die Frau Gedanken lesen? Sie hob einen Stuhl an und nahm neben der Bank Platz.

„Sie können gern eine Tasse Tee haben", fuhr Mrs. Finnerty fort und machte Anstalten, aufzustehen.

„Nein, danke", entgegnete Kitty schnell. „Ich habe zu Hause gerade eine getrunken."

Dann schwiegen sie eine Weile. Kitty überlegte, was sie sagen könnte. Sie hatte das Gefühl, von der unheimlichen Alten abgeschätzt zu werden, aber als sie ihr wieder in die Augen schaute, begegnete sie nur einem ernsten, aufmerksamen Blick.

„Was macht der Kleine?" fragte Mrs. Finnerty.

„Ihm geht es gut", antwortete Kitty. „Er hält mich in Schwung."

„Wie sein Vater", sagte die Alte weich.

Kitty wurde blaß und starrte sie an. „Wer ist sein Vater, Mrs. Finnerty?" flüsterte sie, hörte die Uhr auf dem hölzernen Sims ticken, bemerkte, daß sich das Feuer beruhigte, gewahrte die zusammengerollte Katze.

„Das wissen Sie selber, Ma'am", erwiderte die Alte sanft. „Es geziemt sich für keinen anderen Menschen der Welt, Ihnen das zu sagen."

„Ich kann mir nicht sicher sein."

„Wer von uns kann sich des nächsten Atemzuges sicher sein?" fragte die Alte hüstelnd. „Aber das Wissen sitzt tiefer. Wollen Sie mir einreden, daß Sie Ihrem Kind nicht am Gesicht ansehen, wo es herkommt, daß Sie es nicht in Ihrem Mutterherzen spüren?"

„Ich sehe Jeremys Gesicht", sagte Kitty einen Moment später und preßte die Hände im Schoß zusammen.

„Und ehe er zwei Jahre ist, werden Sie die Gesichter aller gesehen haben, auch Ihr eigenes." Sie griff nach Kittys Hand, tätschelte sie und sprach wie zu sich selbst: „Ein kräftiger Junge, in Ihrem Feuer geschmiedet. Ihm gehört das Alte und das Neue."

„Sie kennen die Geschichte von dem Fluch?" erkundigte sich Kitty leise.

Mrs. Finnerty zog die Hand zurück. Sie war plötzlich ernst geworden. „Sie glauben nicht daran, stimmt's, Ma'am? Was immer Sie tun – fangen Sie nie an, daran zu glauben!" Sie hustete wieder und schnaufte, als sie Atem schöpfte.

„Brauchen Sie einen Arzt, Mrs. Finnerty?" fragte Kitty besorgt. Die Geräusche, die aus der alten Brust kamen, und das Zittern der Frau beunruhigten sie.

„Einen Arzt? Wo denken Sie hin, Ma'am, nein“, antwortete sie mit einem pfeifenden Lachen. „Der könnte mir jetzt verteufelt wenig helfen, aber mir scheint, Sie wird er bald besuchen kommen, und viele andere finden den Weg zu Ihrer Tür, wenn sich das von Ihrer Erbschaft herumgesprochen hat.“

„Woher wissen Sie?“ Kitty errötete. „Ich habe mit niemand darüber gesprochen.“

Mrs. Finnerty seufzte. „Glauben Sie, daß es bloß diese Möglichkeit einer Verständigung gibt?“ Sie lehnte sich gegen die Kissen zurück. „Das eine will ich Ihnen sagen“, fuhr sie fort, „machen Sie einen Bogen um den schwarzhaarigen Burschen aus Dublin, diesen Wichtigtuer. Es klebt Blut an seinen Händen.“

Kitty überlegte, wen sie wohl meinen könnte, dann sah sie kristallklar Kieran Moore vor sich. Dieser Kerl, dachte sie, und Haß wallte plötzlich in ihr auf. Wessen Blut? Pauls? Leonards? Sie blickte Mrs. Finnerty an, aber die hatte die Augen geschlossen. „Darüber brauchen Sie sich keine Sorgen zu machen, Mrs. Finnerty, ich werde nie wieder heiraten“, sagte sie leise.

„Mit den Toten können Sie nicht leben, soviel sie Ihnen auch bedeuten.“ Die alte Frau keuchte. „Das Leben fordert auf jeden Fall sein Recht, ob Sie es wollen oder nicht.“ Sie wirkte erschöpft, deutete aber zum Sims hin. „Nehmen Sie das kleine Buch und lassen Sie die Vergangenheit ruhen.“

Auf Zehenspitzen trat Kitty an den Sims heran, gewahrte die Uhr, ein paar beschädigte Tassen, eine Teedose, reichlich Staub und ein angekohltes Taschenbuch, das sie vorsichtig hochhob. Einige Flocken verbranntes Papier fielen auf den Fußboden. „Meinen Sie das hier?“

„Ja. Stecken Sie es ein. Sehen Sie es sich später an.“

Kitty gehorchte verwirrt. Ihre Tasche würde schwarz werden, aber sie fühlte, daß dieses Büchlein ein Geheimnis barg. „Was ist es? Wo haben Sie es her?“

„Das haben Sie nicht zu fragen, und das brauche ich Ihnen nicht zu sagen“, antwortete Mrs. Finnerty.

Kitty wartete darauf, daß sie fortfahren würde. Es gab

noch so vieles, was sie wissen wollte. Doch die Alte hüllte sich in Schweigen. Wie kommst du zu deiner hellseherischen Gabe? dachte sie, zu deiner Sinnesschärfe? Wieso weißt du, was du eigentlich gar nicht wissen kannst?

Die Lippen der Frau kräuselten sich zu einem Lächeln. „Sie brauchen weiter nichts zu tun, als zu lauschen, Ma'am", sagte sie, ohne die Augen aufzuschlagen.

Kitty errötete. Konnte sie wirklich Gedanken lesen? „Lauschen, Mrs. Finnerty? Wie meinen Sie das? Wem sollte ich lauschen?"

Es erfolgte nicht gleich eine Antwort. Kitty stand auf, um zu gehen. Sie hörte, wie die Bäume vor der Halbtür im Wind rauschten, wie er leise summte und das trockene Laub raschelte.

„Lauschen Sie dem Geheimnisvollen, Ma'am", flüsterte die Alte überraschend. „Es ist alles gegenwärtig, all das Streben, all der Zorn, alle die Leidenschaften . . . Sie und ich und die, die vor uns waren, und die, die nach uns kommen — am Ende sind wir nur . . . Sind wir nur ein Flüstern im Wind."

Epilog

Es war Sonntag, der 10. Juli. In der stinkigen, feuchten Erdbehausung schlug Kieran Moore die Zeitung des vorherigen Tages auf und las zum wiederholten Male den unter der Schlagzeile *Friede in Vorbereitung* abgedruckten Brief von Dev an Lloyd George.

Der Wunsch, den Sie für die Seite der britischen Regierung zum Ausdruck bringen, nämlich den Jahrhunderte währenden Konflikt zwischen diesen beiden Inseln beizulegen und Beziehungen nachbarlicher Harmonie herzustellen, ist der allgemeine Wunsch des Volkes von Irland.

Was die Einladung betrifft, die Sie mir zukommen ließen, so habe ich meine Kollegen konsultiert und die Ansichten der Vertreter der Minderheit unserer Nation eingeholt. In Beantwortung gestatte ich mir, Ihnen mitzuteilen, daß ich bereit bin, mit Ihnen zusammenzutreffen und darüber zu diskutieren, auf welcher Basis eine Konferenz wie die vorgeschlagene begründete Aussicht haben kann, zu dem gewünschten Erfolg zu führen.

Mit freundlichen Grüßen bin ich, Sir,
Ihr Eamon De Valera.

Und in der Nacht hatte ein Melder aus Dublin den Befehl des Hauptquartiers überbracht.

Im Hinblick auf die Gespräche, die unsere Regierung jetzt mit der Regierung Großbritanniens aufnimmt, und im Verfolg der gegenseitigen Gespräche werden von Montag, dem 11. Juli, 12.00 Uhr an alle aktiven Operationen unserer Truppen eingestellt.

Risteard Ua Maolchatha
Stabschef.

Er empfand jedesmal die gleiche Erregung, wenn er die Botschaft las. Umgehend hatte er entsprechende Anweisungen erteilt. Einige seiner Leute glaubten, die Waffenruhe würde höchstens ein paar Tage halten, andere sahen darin – wie er selbst – den Beginn einer neuen Ära; dritte, zu denen Tommy O'Brien gehörte, betrachteten die ganze Angelegenheit argwöhnisch. Seit wann, argumentierten sie, könne man von den Briten erwarten, daß sie ein anständiges Spiel spielen, wenn es um Irland gehe? Ihnen und ihren „Gesprächen" sei nicht zu trauen.

Moore hatte bereits fest umrissene Pläne. Er war jetzt ein Regionalheld, weil ihn die Menschen – und das war ironisch genug – mit ihrem toten Märtyrer Leonard Delaney in Verbindung brachten. Wenn der wahre Sachverhalt jemals ans Licht käme, gäbe es für ihn diesseits des Atlantik kein sicheres Plätzchen mehr. Zu seinem Glück waren die beiden Männer aus Dublin in jener Nacht gefallen. Das ersparte ihm den Ärger. Daß er vom Tod Delaneys profitieren sollte, fand er amüsant. Falls die Waffenruhe tatsächlich das Ende der Feindseligkeiten bedeutete, hatte er durchaus die Absicht, aus seiner Popularität politisches Kapital zu schlagen. In dem neuen Irland standen ihm alle Wege offen. Delaney war der einzige gewesen, der in der Gegend wirkliche Macht ausgeübt hatte. Durch sein Ableben war ein Vakuum entstanden, das aufgefüllt werden mußte, und dazu war er der richtige Mann. Für einige Augenblicke verweilten seine Gedanken bei Kitty Delaney. Eine attraktive Frau! Als ihr Gatte erschossen worden war, hatte er ihr seine Aufwartung gemacht – vorgeblich aus Mitgefühl. Sie hatte ihm die kalte Schulter gezeigt. Das interessierte ihn. Verdächtigte sie ihn, oder mochte sie ihn einfach nicht? Er würde keine Mühe scheuen, um diesen Zustand zu ändern. Sie war nicht nur eine einflußreiche Person, sondern dem Vernehmen nach zugleich recht wohlhabend, seit sie aufgrund ihres Verwandtschaftsverhältnisses zu dem verstorbenen Major Stratton dessen Vermögen geerbt hatte. Sollten die Feindseligkeiten endgültig eingestellt werden, wollte er seßhaft werden. Er war es überdrüssig, sich in die Erde zu verkriechen, nasse Sachen zu tragen, zu hungern und zu frieren, während eine halbe Meile von ihm entfernt sein hübsches Häuschen leer stand. Es wäre gar nicht so übel, die Witwe Delaneys zu Mrs. Moore zu machen. Doch wie konnte er sie für sich gewinnen, wie erreichen, daß sie ihre Meinung über ihn änderte? Da war die Stelle des Direktors an der neuen Schule, die besetzt werden mußte. Er wollte Vater McCarthy veranlassen, Mrs. Delaney zu berufen. Es wäre ganz in ihrem

Sinne, das wußte er, und im Sinne der Gemeinde ebenfalls.

Kitty stand am Grab. Schwester und Bruder waren gemeinsam beigesetzt. Sie hatte einen Stein in Auftrag gegeben, eine einfache Granitplatte mit den Namen und Daten. Sonderbar, daß dieser Friedhof wie alles andere, was Paul hinterlassen hatte, jetzt ihr gehörte.

Sie jätete das zähe junge Unkraut und warf es in eine Ecke. Einige der Rosen, die sie aus dem Garten mitgebracht hatte, legte sie behutsam auf die Hügel der Geschwister und die übrigen auf das Hügelchen mit dem weißen Marmorstein, den Paul aufgestellt hatte.

Jeremy Stratton. Geboren am 12. Januar 1913. Gestorben am 5. Juli 1920.

Sie ließ den Blick über den kleinen Familienfriedhof schweifen. Es gab dort alte Granitsteine, Urnen, dünne, schräg zur Erde geneigte Platten. Hier ruhte William Stratton, Pauls Vater, und neben ihm lag Annabelle. Fünfzig Yards entfernt stand die alte Gutskirche, ein rechteckiger, protestantischer Turm mit vier kleinen Spitzen. Das Dach war eingefallen, die verschlossene Tür hing in rostigen Angeln.

Errichtet 1832 von William Stratton, Esq., an der Stelle einer früheren Kirche, die 1710 gebaut wurde, durch Feuer zerstört 1780, war in der Kalksteinplatte über der Tür eingraviert.

Die Sonne schien ihr warm auf den Rücken. Die Zweige der Bäume breiteten sich über den Gräbern aus. Wind strich durch das Laub, es wisperte sanft. Blumen standen in dem hohen Gras. Sie konnte den wilden Knoblauch riechen. Der Hochsommer mit seiner verschwenderischen Üppigkeit war zurückgekehrt, doch Paul war tot, er würde niemals wiederkommen, aber er hatte ihr dieses kleine angekohlte Büchlein hinterlassen.

Nach ihrem Besuch bei Mrs. Finnerty hatte sie es zu Hause aus der Tasche gezogen und auf den Tisch gelegt, um es zu untersuchen. Es war so übel zugerichtet, daß sie es um ein Haar verärgert ins Feuer geworfen hätte, als sie ihre schmutzigen Finger und die geschwärzte Tasche sah. Es roch rauchig. Der Ledereinband war aufgeworfen, angesengt, brüchig, und die meisten Seiten fehlten, aber dann stellte sich heraus, daß es sich um Pauls Tagebuch handelte. Auf der Innenseite des Deckels fand sie seinen Namen. Die Tinte, mit der er ihn geschrieben hatte, war in der Hitze blaß geworden. Sie trat ans Fenster und sah es sich aufmerksam an, von Wehmut erfüllt. Unverständliche Ziffern bedeckten die wenigen leserlich gebliebenen Seiten, Angaben über Lohnzahlungen an Mrs. Devine, und dann: die letzte Eintragung – Worte, die sich ihr ins Herz eingegraben, die ihr Schmerzen bereitet und Frieden gebracht hatten.

„Es fällt alles auf den Urheber zurück. Es erwartet mich, erwartet jeden, den ich geliebt habe. Ich bin eine Abwandlung von Midas. Selbst wenn sie frei wäre, könnte ich ihr nur dies eine bieten. Meine teuerste Liebe, du wirst mich gründlich los sein."

Sie war nicht einsam. Dr. Kelly besuchte sie und das Baby regelmäßig und war die Feundlichkeit selbst. Mrs. Mooney versorgte sie mit dem neuesten Tratsch. Sogar Vater McCarthy sprach vor, geneigt, ihr zu verzeihen (er schrieb ihre Ausbrüche dem damaligen „Zustand" zu, und das brachte sie auf), und das Kind und die Farm nahmen sie in Anspruch. Bald mußte sie Pläne schmieden, was aus dem Land werden und wo sie das geerbte Geld anlegen sollte. Noch fand sie die Aussicht überwältigend. Captain Davis hatte ihr einen Dubliner Bankdirektor als Ratgeber empfohlen. Sie wollte bald zu ihm fahren. Der Frieden verlieh ihr Sicherheit; sie vertraute darauf, daß die Waffenruhe halten würde.

Manchmal fragte sie sich freilich, wie sie mit allen ihren neuen Problemen allein fertig werden sollte. Doch Pauls Nachlaß hatte ihr auch Kraft gegeben. War sie vielleicht immer schon dagewesen, überlegte sie, und hatte nur darauf gewartet, freigesetzt zu werden? Allenthalben begegnete man ihr freundlich und achtungsvoll. Ein neues Gefühl der Zugehörigkeit beherrschte sie. In der Gemeinde war sie jetzt wirklich wer, daran beteiligt, ihre Geschichte zu machen.

Der Schmerz würde schließlich vergehen, das wußte sie, die Vergangenheit in der Zukunft verblassen, und eine alte – unmöglich, es sich vorzustellen –, eine runzlige Kitty irgendwann verwundert und mitleidig auf die Ereignisse ihrer Jugendzeit zurückblicken und sich nur noch halbwegs an den blinden Aufruhr ihrer Seele erinnern.

Inzwischen aber hatte sie ihre Leben zu leben.

Wort- und Sacherklärungen

Dáil	Unterhaus der Republik Irland
Heiliger Malachias	Erzbischof von Armagh, trat für römische Reform der irischen Kirche ein
Lourdes	Stadt am Nordrand der Pyrenäen, Marienwallfahrtsort
Mayfair	vornehmer Londoner Stadtbezirk
Mick	Spitzname für Ire
Pale	Gebiet, in dem nach der Invasion von 1172 allein die Engländer die Macht ausübten
Parnell	Charles Stewart (1846–91), irischer Nationalist, im Parlament Führer der Bewegung „Irish Home Rule“
Pishoeg	oder pishogue von ir. piseog: Hexerei, Zauberkraft
Rip van Winkle	Gestalt einer Erzählung von W. Irwing. Winkle schlief zwanzig Jahre lang, übertragen folglich: ein Mensch mit höchst antiquierten Ansichten
Shinner	Anhänger der Sinn Féin
Sinn Féin	irische republikanische Bewegung
Unionisten	Mitglieder der protestantischen Mehrheitspartei

Bitte lesen Sie weiter ...